U0906042

Yilin Classics

ὍΜΗΡΟΣ

经/典/译/林

Ἰλιάς

伊利亚特

[古希腊]荷马 著

陈中梅 译注

译林出版社

图书在版编目（CIP）数据

伊利亚特 /（古希腊）荷马著；陈中梅译注．—南京：译林出版社，2023.1

（经典译林）

ISBN 978-7-5447-9435-0

Ⅰ.①伊… Ⅱ.①荷… ②陈… Ⅲ.①英雄史诗－古希腊 Ⅳ.①I545.22

中国版本图书馆CIP数据核字（2022）第171868号

伊利亚特 ［古希腊］荷马／著 陈中梅／译注

责任编辑 鲍迎迎 施梓云 赵 奕
装帧设计 陈天帼
校　　对 蒋 燕
责任印制 董 虎

出版发行 译林出版社
地　　址 南京市湖南路1号A楼
邮　　箱 yilin@yilin.com
网　　址 www.yilin.com
市场热线 025-86633278
排　　版 南京展望文化发展有限公司
印　　刷 南京新世纪联盟印务有限公司
开　　本 880毫米 × 1240毫米 1/32
印　　张 23.5
插　　页 4页
版　　次 2023年1月第1版
印　　次 2023年1月第1次印刷
书　　号 ISBN 978-7-5447-9435-0
定　　价 82.00元

CONTENTS · 目录

序 言

他站立在西方文学长河的源头上。他是诗人、哲学家、神学家、语言学家、社会学家、历史学家、地理学家、农林学家、工艺家、战争学家、杂家——用美国古典学者哈夫洛克(E. A. Havelock)的话来说,是古代的百科全书。在古希腊,熟悉他的诗歌是有知识的表现。至迟在公元前五世纪,他已是公认的希腊民族的老师;在亚里士多德去世后的希腊化时期,只要提及“诗人”(ho poiētēs),人们就知道指的是他。此人的作品是文艺复兴时期最畅销的书籍之一。弥尔顿酷爱他的作品,拉辛曾熟读他的诗篇。歌德承认,此人的诗作使他每天受到教益;雪莱认为,在表现真理、和谐、持续的宏伟形象和令人满意的完整性方面,此人的功力甚至超过莎士比亚。这位历史真实性已很难准确稽考的古人,据说是两部传世名著,即史诗《伊利亚特》和《奥德赛》的作者,出生在位于小亚细亚近海的基俄斯岛,大约生活在公元前八世纪,他的名字叫荷马(Homēros)。

在荷马史诗问世之前,经由吟游诗人们的演唱,一些有关特洛伊战争的故事片段和别的英雄传奇,已经以较短的叙事诗形式在希腊各地的宫廷和民间流传。《伊利亚特》和《奥德赛》与此类故事属于同一种文学门类,但在质和量两个方面均远远胜出,绝非后者可以同日而语。《伊利亚特》讲述发生在历时十年的特洛伊战争最后一年里的故事,而《奥德赛》则以战后英雄奥德修斯于归航途中所遭受的各种磨难，以及回家后击杀求婚人一事作为情节的主干。随着时间的推移，两部史诗以其鲜明的希腊风格、宏大的规模、跌宕起伏的情节和极高的艺术品位，逐渐具备了跨城邦的全希腊（pan-Hellenic）影响力，广为传播，妇孺皆知，成为全体希腊人珍爱与共享的精神财富。荷马史诗从一开始就并非只是诗歌。对于公元前七世纪以降的希腊人，《伊利亚特》和《奥德赛》既是诗，也是史，而且还兼具教化功能，其作用远超一般意义上的文学。作为希腊历史的讲述者和民族精神的塑造者，荷马用这两部长诗为散居在辽阔地域内的希腊人打造了族群的文化共同体意识，给了他们一种能够大致确定其民族身份的标志，使其初步然而却是明确具备了长期以来渴望具备的自我意识。荷马史诗唤醒并优化了希腊人的民族认同感，是“希腊主义”（Hellenism）的最初表达。希腊人从荷马那里接纳的不只是古老的遗产，不只是“爱国主义的历史传奇或迷人的童话故事”，比这些更为重要的是，诚如《希腊人》一书的作者基托（H. D. F. Kitto）所指出的，他们还接纳了每一个希腊男孩在小学里必读的“那些内含使希腊文明具备其自身面貌的全部质素的诗篇”。荷马史诗凝聚并升华了希腊人的民族自豪感，使他们具备了自己的宗教观、生存理念、政治判断力和价值取向，拥有了自己的观念形态。凭借荷马史诗提供的价值引领，也受益于接受这种引领的社会实践，希腊文明第一次真正具备了自己的形观。作为“第一位”和“最伟大的”诗人，荷马和他的史诗为后续时代的希腊人“绘制了他们即将进入其中的世界图景”（J. D. 伯纳尔语）。

荷马塑造了希腊。《伊利亚特》是希腊民族第一次清晰的话语表述，描绘了希腊生活最古老的画面。荷马史诗奠定了希腊文化的基础，把希腊人引向对美、公正、知识和自由的热爱，使他们养成了一种注重事物的普遍性和共性展示的认知习惯。正是荷马史诗所帮助培育的这种希腊性(the Greekness),使得古希腊文明即使在表层乃至中层出现断裂之后,依然可以在深层次里保持传统与现实之间的通连。公元前六世纪,随着自然哲学的兴起,荷马史诗所宣扬的世界由奥林波斯神族掌控的神话宇宙观受到了前所未有的强劲挑战。然而,荷马依据某种整体意识或曰整全感解释世界和人生的认知取向却依然有效,他对中允和无偏见叙事原则的青睐,事实上也许还以一种潜移默化的方式,无形中为泰勒斯等自然哲学家们的探索提供了助力。对于普通希腊人,荷马史诗所描绘的生存图景从未整体地失去感召力。荷马史诗依然是主导希腊人民族认同感最主要的精神力量;作为指导行为的规范和准则,史诗的道德与文化影响力在哲学兴起之后的几百年里依旧长盛不衰。

荷马史诗是希腊的,也是西方的。从这个意义上来说,荷马塑造了希腊,也就意味着一定程度上直接和间接地塑造了西方。按照一些西方学者的观点,荷马史诗"是文化的代表,价值的符号,文学与文化之变动不居关系的里程碑"。不能因为《伊利亚特》和《奥德赛》的古老而简单地将其归结为"原始",也不宜因为其中神话氛围的浓厚而不分青红皂白地一概斥之为"不真实"。事实上,两部史诗的信息含量巨大,情感、史料与思想积淀丰厚,"代表了西方文化的根基",在一些重要方面影响了西方文明的进程。"两千七百年来,《伊利亚特》从未失去它的典范地位";"和《圣经》一起,《伊利亚特》代表西方文学、思想和精神的根基,从最广泛的意义上来说,代表了它的文化"。荷马史诗乃"欧洲文明的基础文本",展示了鲜明的"欧洲性格",《伊利亚特》是"西方文明的源头"。荷马史诗在西方文化的开源处烙下了涂抹不掉的印记。

"荷马是希腊文化、欧洲文化和西方文化真正的先驱，"比利时裔美国科学史家乔治·萨顿(George Sardon)评价道，"这位先驱的身形如此高大，以至于我们今天仍然处在他的投影之中。"

荷马史诗对西方文学的影响尤其显著，对荷马以及荷马史诗的颂扬构成了文学评论中的一个组成部分，经常见诸西方学者和文人的笔端。荷马乃但丁心目中的"诗王"(poeta sovrano)，是雨果崇敬的"太阳"(相比之下，维吉尔只是"月亮")。这位盲诗人虽然以口诵从业，却是"欧洲文学的奠基英雄"。对希腊人来说，荷马从来就是"那个特指的诗人"，在西方文学传统中，"他从未失去这一身份"。纵观源远流长的欧洲文学史，荷马史诗是形成最早且受赞誉度最高的文学作品，以这两部诗作为代表的希腊文学和直接继承其衣钵的拉丁文学，"模塑了(has moulded)西欧和美国的文学生态"。荷马史诗对后世文人的榜样和激励作用怎么估计都不会过分，脍炙人口的故事和通过它们所精湛表述的人文思想一样，或明澈或隐晦地进入西方文学的主流渠道，"滋养我们的想象力达两千五百年之久"。无论是受到赞誉，还是受到批评乃至一些宗教人士的憎恨，它们都是整部欧洲文学史的核心。荷马史诗"被认为是我们最伟大的诗篇"，是西方世界"最古老的文学作品"，对西方的文学传统产生了"渗透面最广的影响"，"这三点事实"使得它们当之无愧、实至名归地"成为整座西方文学大厦的基石"。

荷马参与了对西方文明的塑造，但即便用最夸张的方式来描述，我们也绝对不会说，荷马或《伊利亚特》和《奥德赛》的作者单枪匹马地造就了西方。参与模塑西方文明的要素除了荷马史诗，还有希腊哲学、基督教、罗马法、十一世纪的格里高利改革、十七世纪的科学革命以及随之而来的社会变革。即便对于希腊文明，本身亦在一些方面受惠于东方文学的荷马史诗也不是全部。希腊哲学的作用不可小觑,近当代西方学者对一百多年来受到广泛讨论的“希腊奇迹”(the Greek miracle)的褒奖性评估中,哲学、逻辑和科学的因素占据很大的比重。荷马和赫西俄德初步完成了对希腊文化的史诗形塑,而泰勒斯等米利都自然哲学家以及他们的那些生活在南意大利的后继者,则为希腊文明推开了抽象思维的大门,使其拥有了重视思辨和学术的科学气质。希腊本土是遍布小亚细亚和南意大利的许多拓殖点的“祖国”。公元前六世纪末,这些吸收了东方和希腊文明之精华的“孩子们”,开始反过来把哲学和科学输回“祖国”(主要是雅典),从而给本土人民带去了一次智识上的启蒙,有力地推动了雅典的社会改革和民主化进程。同样,希腊民族养育了荷马,而荷马又反过来用他的史诗滋养希腊民族,淬炼它的个性,凸显它的族群特征,帮助塑造了一个初步具备真正希腊性的希腊。有必要说明的是,希腊性或希腊国民性的形成是一个复杂的文化现象,其中亦有外来思想和观念的滋养。所以,无论是“荷马塑造了希腊”还是“参与了对西方文明的塑造”,都是一种笼统的提法,不宜做排他性或过分拘泥于字面的理解。此外,荷马的价值观在一些方面带有明显的普世性质,这就决定了它某种程度上具备世界属性,使得它不仅能够参与模塑西方,而且同时也能够用来针对西方,其中的一些成分可以作为具有启迪意义的参照项,对当今欧美国家的某些偏离客观和公允原则的不当做法进行审察。

光阴荏苒,感觉中仿佛不久前刚刚到来的二十一世纪实际上已经过去了将近四分之一。面对当前复杂多变的世界局势,我们有必要保持清醒的头脑,对事态可能的发展前景做出展望。但是,展望不能代替回顾,而需要我们认真回顾的显然也不只是满载着辉煌成就和惨痛教训的二十世纪(以及二十一世纪刚刚过去的二十多年)。了解西方有大篇幅文字记载的人文史应该从哪里开始?是从荷马用结合现实主义、理想主义和浪漫主义方法所精彩描述的史诗社会,还是从后来的古典时期、希腊化时期、中世纪,或是文艺复兴以后——我想答案是现成的。我们有理由为自己对近当代西方比较充分的了解感到自豪,但却不想,也不应该了无终期地为自己对它的古代,尤其是源头文化的所知不多惊讶不已。如果把目光眺出西方以外,我们同样需要知道荷马及其史诗里的人物对一些带有永恒属性的"命题"的理解:对人与神(和环境)、对生与死、对爱与恨、对美与丑、对朋友与敌人、对荣誉与耻辱、对和平与战争、对公正与邪恶、对自由与奴顺、对道德原则的终端、对伦理观念的知识背景、对生活中出于必然和偶然以及有时会显得捉摸不定的变幻。毕竟,我们今天仍在苦苦思索当年荷马思考过的某些问题,尽管我们有时能够凭借更为广阔的历史视野侥幸和看似更为稳妥地提出新的见解。不能精到地了解过去,就难以不失偏颇地展望未来。在人们热衷于谈论面临新时代挑战的今天,谁会想到回顾过去并切实留意是否能够从中受到启迪有时也是一种挑战?和我们一样,荷马远非总是对的。置身于古希腊历史上的一个重大变革时期,他的认知图谱中新旧观念杂陈。然而,和我们不一样的是,他是西方文学乃至人文史上第一位有完整和大篇幅作品传世的史诗诗人。所以,即便是他的过失也带有令人羡慕的历史积淀,能够帮助我们少走弯路,找到求知和探索的新起点。让我们了解荷马的成功,受益于他的失败。在觉得回顾或许比展望更有或同样有意义的时候,让我们走进荷马的世界,贴近他的诗篇。

陈中梅

第一卷

歌唱吧女神[①],歌唱裴琉斯之子阿基琉斯招灾的
愤怒,它给阿开亚人[②] 带来了无穷尽的痛楚,
把众多豪杰强健的魂魄打入了哀地斯的冥府,
而把他们的躯体作为美食,扔给狗和各种
兀鸟,从而实践了宙斯的意图——开始吧,
从初始的那场争斗,卓越的阿基琉斯和
阿特柔斯之子,民众的王者阿伽门农闹翻分手。

是哪位神明挑起了二者间的争斗?
是阿波罗,宙斯和莱托之子,痛恨王者的所作,
在兵群中降下可怕的瘟疫,把将士的生命吞夺,
只因阿特柔斯之子侮辱了克鲁塞斯,阿波罗的
祭司,后者曾身临阿开亚人的快船,为了
赎回女儿,带着难以计数的礼物,手握黄金节杖,
杖上系着阿波罗的条带[③] ——他的箭支从远方
射出——对着所有的阿开亚人,首先是
阿特柔斯的两个儿子,军队的统帅求呼:

① 指缪斯,诗乐之神。比较《奥德赛》第一卷第1行。参考赫西俄德《神谱》和《农作与日子》的起始部分(比较《神谱》第22—34行)。另参见《奥德赛》第八卷第62—64行和第二十二卷第347—348行。古希腊人以为神明(如宙斯、阿波罗、缪斯等)博古通今,故而可以令人信服地讲诵往事(即故事)。缪斯姑娘(们)是记忆女神的女儿。

② 即希腊人,也叫达奈人和阿耳吉维人。比较第二卷第684行注。

③ 可能用羊毛制成,置于节杖顶端,以示祭司的身份。参考本卷第28行。

"阿特柔斯之子，其他胫甲坚固的阿开亚军勇，
但愿家住奥林波斯的神明允许，让你们
洗劫普里阿摩斯的城国，然后安抵家中，
求你们接受赎礼，交还我的女儿，以示
尊仰宙斯的儿子，阿波罗有远射的神功。"

阿开亚全军发出赞同的吼声，表示
应该尊重祭司，收下光灿灿的礼物，
然而此事却未能愉悦阿特柔斯之子的心胸，
阿伽门农发出严厉的命令，粗暴地赶走了老人：
"老家伙，别让我再见到你，傍临我们深旷的船舟！
将来不许再来，今天也莫要逗留，
否则，你的节杖和神的条带将不再为你保佑。
我不会交还姑娘，很快她会变老，
在远离故乡的阿耳戈斯，我的房宫，
她将与我同床，和布机做伴，巡走穿梭。
去吧，保全你的性命，不要惹发我的怒火。"

他言罢，老人感到害怕，只有听从，
沿着涛声震响的海滩，默默行走，
离去之后，开始一次又一次地祈求，
向王者阿波罗，由美发的莱托所生：
"听我说，克鲁塞和神圣的基拉的护神，用你的
银弓，强有力地保护着忒奈多斯，史鸣修斯①，

① "鼠神"，据传阿波罗曾为某地去除鼠害（或鼠疫），故此得名。Smintheus，得之于 sminthos，意为"老鼠"。一说称阿波罗为"鼠神"乃与古老的动物崇拜有关。

王者，如果我曾立过你的庙宇，欢悦你的心胸，
烧过裹着油脂的腿件，取自公牛或是山羊，
使你开怀，那就请你兑现我的祈祷，发自由衷：
让达奈人[1] 赔报我的眼泪，用你的箭镞击冲！”

祷毕，福伊波斯·阿波罗听闻他的祈诵[2]。
身背强弓和带盖的箭筒，他从奥林波斯
山巅下扑，大步流星，怒满心胸，
箭支敲响在背上，伴随他的行进，
愤怒；他来了，宛如黑夜降落。
天神遥对着海船下蹲，射放一支箭矢，
银弓发出可怕的响声。
他先射骡子和迅跑的犬狗，然后放出一支
啸响的利箭，对着人群，将其击中；
焚尸的柴火经久不灭，到处是烈火熊熊。

一连九天，神的箭雨把联军横扫，
及至第十天上，阿基琉斯召集聚会商讨，
白臂女神赫拉将开会的念头注入他的心窍，
怜悯他们的遭遇，眼见达奈人成片躺倒。
当众人聚集完毕，在会场里站好，
捷足的阿基琉斯起身，在人群中放声说道：
“阿特柔斯之子，眼见事态不妙，我想

① 希腊人的另一个指称（参见第 2 行注）。Danaoi 原指一个古老的部族，得名或许和传说中的国王达奈俄斯及其女儿们（the Danaids）的活动有关。参考第 79 行注。另见专名索引中的相关条目。

② 第 43 行同第 457 行和第十六卷第 527 行。福伊波斯乃阿波罗的别称。莱托（阿波罗的母亲）的母亲叫福伊贝（Phoibe），意为“闪光者”。

我们必须撤兵回返，如此尚能躲过死亡，
倘若战争和瘟疫联手，必将把阿开亚人摧捣。
现在，让我们先询问某位通神的人士，一位先知，
哪怕是一位释梦者，须知睡梦也来自宙斯的预兆，
让他释告福伊波斯·阿波罗为何盛怒，
是因为我们忽略了某次还愿还是丰盛的祭肴。
或许，倘若送上烧烤羊羔和山羊的熏烟，
他会息怒，中止瘟疫带给我们的煎熬。”

　他言毕坐下，人群中站起了塞斯托耳之子
卡尔卡斯，行家，辨释鸟踪的本领无人赶超，
他通知一切，过去、当前、将来，无事不晓，
引导阿开亚人的舰队前行，在伊利昂登陆，
凭借福伊波斯·阿波罗赐予的卜术神妙。

　怀着对各位的善意，卜者在人群中讲话，说道：
“宙斯钟爱的阿基琉斯，你让我卜释
王者，远射手阿波罗的愤怒，我将开口说告。
不过，你得答应，对我以誓言作保，
伸出你的双手，用你的话语，保护我不受侵扰，
我知道释言会激怒一位强者，他王统着
阿耳吉维兵勇①，所有的阿开亚人归他制导。
对一个相对低劣的下人，王者的暴怒委实难以承消；
即便当时可以咽下怒气，暂且，
他会把怨恨埋在心底，直到有朝一日

① 阿耳吉维人即“家住阿耳戈斯的人”。阿耳戈斯位于伯罗奔尼撒东北部，是代表古希腊文明的核心地区之一。参考第二卷第160行注。

发作索报。认真想一想吧，你是否愿意为我担保。”

其时，捷足的阿基琉斯答话，对他说道：
“放心说吧，别害怕，释卜你的知晓。
我凭宙斯钟爱的阿波罗起誓，那位你，卡尔卡斯，
在对达奈人卜释他的意志时对之祈祷的
神明：只要我还活着，得见阳光普照，
深旷的船边就不会有人敢对你动手动脚，
达奈人中谁也不敢，哪怕你指的是阿伽门农，
此人现时正自诩为阿开亚人中远为出色的英豪。”

如此，无可指责的先知鼓起勇气，开口说道：
“原因不在没有还愿，也不在没有举办丰盛的祭肴，
而在于阿伽门农侮辱了神的祭司，
不愿交还他的女儿，拒不接受赎人的礼报。
所以，远射手给我们送来痛苦，并且还将继续困扰。
他将不会消解使达奈人丢脸的瘟疫，
直到我们把明眸的姑娘交还她的亲爹，
没有赎礼，毫无代价，还要给克鲁塞运送一份
祭肴，丰厚、神圣，如此方能使他息怒，气消。”

他言毕坐下，人群中站起阿特柔斯之子，
英雄，统治的疆域何其辽阔，阿伽门农
怒气咻咻，乌黑的心里注满澘溢的愤恼，
双眼熠熠生光，宛如喷射出燃烧的烈火[1]，
凶狠地盯着卡尔卡斯，从他下手，对他说道：

① 第104行同《奥德赛》第四卷第662行。

"灾难的卜者,你从未对我卜过一件吉好,
总是心仪预言灾难,对此津津乐道,你从未
说过吉利的话,没有带来一件成真的喜兆。
现在,你又对集会的达奈人卜释起神的意志,
声称远射手之所以使他们备受煎熬,
是因为我不愿接受光灿灿的赎礼,把姑娘
送回克鲁塞斯的怀抱。是的,我确实想
把她放在家里,我喜欢她胜似克鲁泰奈斯特拉,
我的妻姣,因为此女半点也不比她逊色,
无论是身段体形,还是内秀和手工的精巧。
尽管如此,我仍愿割爱,倘若此举佳好。
我祈望军队得救,而不是它的毁破。不过,
你们得给我找一份应该属于我的礼物,以免
在阿耳吉维全军中唯我两手空空,如此不妥。
你们都已看见,我失去了属于我的礼获。"

其时,捷足和卓越的阿基琉斯对他答话,说道:
"阿特柔斯之子,最尊贵的王者,世上最贪婪的人儿,
心胸豪壮的阿开亚人眼下何以能支给你另一份战获?
据我所知,库里的堆藏已存货不多。
得之于劫扫城镇的战礼已被散发,
而要人交还分得的东西,我想此举不算稳妥。不!
现在,你应把姑娘交还阿波罗。将来,我们
阿开亚人会以三倍、四倍的酬礼回报,倘若宙斯
允许,让我们荡劫墙垣坚固的特洛伊城堡。"

如此,强有力的阿伽门农对他答话,说道:
"别要小聪明,神样的阿基琉斯,尽管你善战英勇,

不要欺骗,你蒙不了我,你的说服无效。
你想干什么?守着你的战礼,而让我干坐此地,
一无所获?你在命令我,对吗,要我把姑娘递交?
除非心胸豪壮的阿开亚人给我一份新的战礼,
按我的心意选送,弥补我的失落,
否则,倘若不办,我将自行提取,带走你的
战礼,或是埃阿斯的,或是奥德修斯的,
我将亲往提取,给被访者带去苦恼。
这些事情我们以后再说。现在,
我们必须拨出一条黑船①,拖向闪光的海涛,
配备足够的桨手,搬上丰盛的祭肴,
还有那位姑娘,美颊的克鲁塞伊斯,
由一位首领负责送到,可由埃阿斯带队,
或是伊多墨纽斯,或是卓越的奥德修斯,
也可以由你,裴琉斯之子,天底下最可怕的蛮豪,
承揽那边的祭事,以平慰远射手的怒躁。”

捷足的阿基琉斯恶狠狠地盯着他,答道:
“啊哈,你已被彻底的无耻包裹!狡诈的心窝!
你怎能让阿开亚人心甘情愿,听从
号令,为你征伐,或对强敌拼剿?
就我而言,我来到此地,并非出于和特洛伊
枪手战斗的愿望。他们没有做过对不起我的事情,
从未抢过我的牛群、马匹,从未在
土地肥沃、人丁强壮的弗西亚践踏过我的

① 船体用沥青(亦可加蜡)等黑色涂料漆染,故为“乌黑的海船”(见第二卷第524、534和545行等处。)

庄稼——我们之间隔着广袤的地域，
有投影森长的山脉，呼啸的海洋。为了
你的利益，真是奇耻大辱，我们跟来此地奔忙，
你这狗头[①]，为你和墨奈劳斯从特洛伊人那里
争回荣光！对这一切你却满不在乎，以为应当。
眼下，你倒扬言要亲往夺走我的份子，我为她
苦战拼搏，阿开亚人的儿子们给我的酬赏。
每当阿开亚兵勇攻破特洛伊人丁兴旺的
城邑[②]，我的所得从来不曾和你的相仿，
惨烈的拼搏中，苦活总是由我承担。
然而，当分发战礼的时机来临，
你总是吞拿大头，而我却只能带着那点珍爱，
丁点的所得，拖着疲软的身子，走回船舫。
好了，我要返回弗西亚；这是件好得多的美事，
能够乘坐弯翘的海船回家。我不想忍受侮辱，
待在这里，为你积聚财富，增添佳宝库藏！”

　其时，民众的王者阿伽门农对他答话：
“溜之大吉吧，倘若此乃你的心想。我不会
留你，为了助我一场；还有其他战勇同在，
为我增光——当然，首先是精擅谋略的宙斯，他的帮忙。
宙斯哺育的王者中，你是我最恨恼的一个，
争吵、战争，还有搏杀，总是让你心驰神往。
如果说你十分勇敢，那也是神明的恩赏。
撒腿回家吧，带着你的海船，你的伙伴，

① 类似的骂人话见第二十二卷第345行及该行注。比较本卷第225行。
② 在攻占伊利昂之前，阿开亚人已破袭了特洛伊地区的一些城镇。

在慕耳弥冬人中称王。我不重视你的境况，
也不在乎你的怒火满腔。不过，记住我的警告此番！
既然福伊波斯·阿波罗要取我的克鲁塞伊斯，
我将把她遣送归还，用我的船只，命令我的
伙伴。但是，我将带走美颊的布里塞伊斯，你的
战礼，去你的营棚，亲自造访，以便让你知道，
和你相比，我要远为豪壮，也为顺便吓阻别人，
不要试图与我抗争，以为地位和我一样！”

一番话激怒了裴琉斯的儿郎，多毛的
胸腔里，心魂被两个念头争扯，
是拔出锋快的铜剑，就在胯边悬挂，
一把拨开挡道的人群，杀了阿特柔斯之子，
还是咽下这口怨气，压住腾升的狂莽。
当他权衡于二者之间，在心里魂里思量，
从鞘盒里拔出硕大的铜剑，雅典娜从天
而降——白臂膀的赫拉差她下凡，一视
同仁地关心着他俩，钟爱出自她的心房。
女神站在裴琉斯之子背后，抓住他的秀发，
只对他一人显现，别人全都不见她的模样。
阿基琉斯于惊异中转过身子，当即认出了
帕拉斯·雅典娜，从那双眼睛，亮得可怕。
他吐送长了翅膀的话语，对女神说讲：

"为何再次降临,现在,带埃吉斯[1] 的宙斯的姑娘[2]?
想看看阿特柔斯之子阿伽门农的骄横[3],对吗?
我要对你告说此事,我想它会成为现状,
此人的放任,此般傲慢将导致他的死亡。"

　其时,灰眼睛女神雅典娜对他说讲:
"我从天上下来,止息你的怒狂;听从规劝,
好吗? 白臂膀的赫拉差我下凡,一视
同仁地关心着你俩,钟爱出自她的心房。
算了,停止争斗,劝你不要手握剑把,
虽然你可辱骂,是的,让他知道事情将会怎样。
我这里有话在先,此事会成为现状[4]。
将来,三倍于此的礼物定会奉上,闪着亮光,
以抵消他对你的虐狂。不要动武,听话。"

　其时,捷足的阿基琉斯对她答话,说讲:
"我必须听从,女神,服从你俩,尽管
有气,在心里窝藏;此举会有益于他。
谁个服从神的意志,神明也会倾听他的心想。"

---

① 一种"超常规"的兵器,可起盾牌的防卫作用,亦可用于进攻。宙斯的属物,但也常由雅典娜和阿波罗使用。从词源上来看,aigis(或 aegis)或许与山羊皮有关。

② 雅典娜是宙斯的女儿。据传宙斯因惧怕墨提斯生养比他强健的后代,遂将墨氏吞入肚皮。赫法伊斯托斯(一说普罗米修斯)用斧子破开宙斯的头颅,"生出"雅典娜。关于"长了翅膀的话语"(epea pteroenta),参考第二卷第 7 行注。

③ hubris,骄横、横蛮(另见第 214 行)。hubris 膨胀个人(即当事人)的激情,因而会直接导致对别人利益的伤害,造成严重的后果。

④ 本行为程式化用语,在《伊利亚特》中出现六次。

言罢，他用宽厚的手掌握住银质的剑把，
将硕大的铜剑推回鞘盒，服从雅典娜的训导，
不予违抗。女神起程返回奥林波斯，
和众神聚首，在带埃吉斯的宙斯的殿堂。

其时，裴琉斯之子再次开口嘲骂，
对着阿特柔斯之子，怒气绝无减弱的迹象：
"酒鬼，长着狗的眼睛，只有鹿的心脏！
你从来缺少勇气，不敢武装起来和大家一起拼战，
也不敢会同阿开亚人的豪杰，伏兵击杀。
在你眼里，此类事情意味着死亡。与之相比，
在阿开亚人宽阔的营区，撞见某个敢于
顶嘴的英壮，夺走他的战礼，要来得远为便当。
痛饮兵血的昏王！你的部属无不窝囊；
否则，阿特柔斯之子，这将是你最后一次霸道逞强。
这里，我有一事奉告，发出庄重的誓言，
以这根权杖的名义，它已不会再生新枝，叶片不长，
已被砍离高山，砍离树干，它也
不会再抽新绿，已被铜刀剥去皮条，
将叶片剔光。如今，阿开亚人的儿子们
将它[1]传握在手，维护宙斯定导的
习俗规常。所以，这将是一番郑重的誓讲：
将来会有这么一天，阿开亚人的儿子们，全军将士

① 节杖(skeptron)通常由使者掌管，在集会上交由发言者手握，具有很高(乃至神圣)的权威。阿伽门农本人亦有一根权杖(或王杖)，得之于祖传(参见第二卷第100—108行)。此类杖节亦可由制法者手握，显示王权和法规的神圣和不可侵犯。比较第二卷第265—279行等处。关于握杖起誓，另见第十卷第321行。比较第二卷第185—187行和第二十三卷第568—569行。

都会把阿基琉斯盼望。其时,你心里焦躁,
却只能一筹莫展,眼见战勇成堆地倒下,
被屠人的赫克托耳凶杀。你会痛悔没有尊重
阿开亚最杰出的勇士,在暴怒的激使下碎裂心房!”

言罢,裴琉斯之子将金钉嵌饰的权杖
怒掷于地,弯身坐下。对面,
阿特柔斯之子仍在怒狂,口才出众的奈斯托耳
站起在他们之间,来自普洛斯的辩者,
嗓音清亮,谈吐比蜂蜜还要甜香。
老人已经历两代人的消亡,那些和他同期
出生成长的同胞以及他们的后代,
在神圣的普洛斯,如今他是第三代人的国王。

怀着对二位的善意,他在人群中讲话,说起:
“哦,巨大的悲痛正降临阿开亚大地!
普里阿摩斯和他的儿子们将会兴高采烈,
其他特洛伊人也全都会喜在心里,
倘若他们听闻这些,关于你俩争斗的消息——
论谋略,论战技,你们是达奈人中最好的英杰。
然而,听从劝导吧,你俩都比我年轻。
过去,我曾同别人交往,都比你们出色,
但他们从未把我贬低。我再也没有,
将来也不会有缘,得见那样的人杰,
有裴里苏斯、兵士的牧者德鲁阿斯、
开纽斯、厄克萨底俄斯、神样的波鲁菲摩斯
和埃勾斯之子,像似神灵的塞修斯——
大地哺育的一代奇人,最强健的精英。

最强健的他们曾经激战另一些最强健的生灵①,
那群人兽,住在山里,把他们杀得一败涂地。
我曾与他们为伍,应他们的邀请,
从遥远的地方,从家乡普洛斯赴会。
我活跃在战场上,独当一面;生活
在今天的人们,哪能与他们战击。
然而,他们尊重我的言论,倾听我的论议。
你们亦应听从我的劝解,服劝于人有益。
你,尽管豪强,也不应试图带走姑娘,而应让她
待在那里,阿开亚人的儿子们已将她分发,作为战礼。
至于你,裴琉斯之子,也不应试图与一位国王
争比,涉及荣誉的占有,别人得不到他的份子,
对一位手握权杖的王者,宙斯使他得享荣辉。
尽管你比他强健,而生你的母亲是一位神明,
但此人比你统治更多的民众,有更高的权威。
阿特柔斯之子,罢息你的雷霆,连我都在求你
平息怒气:痛苦的战争中,阿基琉斯
挡护着所有的阿开亚人,是一面高大的墙基。"

其时,强有力的阿伽门农对他答话,说接:
"是的,老人家,你的话一点没错,在理②。

① 指马人(身子、腿脚像马,头、臂、胸似人),生活在塞萨利亚境内的裴利昂山地。根据古希腊神话(或传说),拉丕赛人曾邀请马人参加国王裴里苏斯的婚礼,但马人生性放荡粗野,试图强抢国王的新娘和该国的妇女,由此引发了一场著名的文明战胜野蛮的恶战。宙斯之子裴里苏斯曾对多毛的马人投出复仇的枪杆(见第二卷第743行)。

② 在《伊利亚特》里,奈斯托耳多次发表精彩的讲演,提出有益的规劝。老年人能瞻前顾后,富有智慧(参考第十八卷第250行注和第二十三卷第586—590行等处)。第286行同第八卷第146行,另见第二十三卷第626行。

但是，此人想要凌驾众人之上，
试图控掌全局，王霸全军，对所有的人
发号施令。不过，我想有人不会服气。
如果说长生不老的神明使他成为枪手，
却不曾给他肆意侮辱谩骂的权利。”

卓越的阿基琉斯恶狠狠地盯着他，答接[①]：
“人们会骂我窝囊，胆小，倘若我对你
唯命是从，而不管你是否在信口胡议。
告诉别人做这做那，不要对我发号
施令，我呀再也不想听你指挥。
我还有一事奉告，你要记在心里，
我的双手不会为了那位姑娘拼战，既不与你，
也不和别人拼命；你们把她给我，复又夺回。
不过，至于我的其他财物，在快捷的黑船边成堆，
不经我的许可，你可丁点不许移位。
不信吗？试试吧，也好让旁人看清，
你的黑血会即时喷涌，把我的枪尖浇淋！”

就这样，两人出言凶暴，舌战了一场，
起身解散集会，在阿开亚人的船旁。
裴琉斯之子返回营棚和线条匀称的海船，
同行的还有墨诺伊提俄斯之子[②] 和他们的伙伴。
其时，阿特柔斯之子将一条快船拖下大海，

① 比较第二十四卷第559行等处。

② 即阿基琉斯最亲密的伙伴帕特罗克洛斯，以后被赫克托耳（在神的助佑下）击杀，由此激怒了阿基琉斯，促使其重返战场，杀死赫克托耳。

拨出二十名桨手，让人抬着祭神的物件，
丰足的牲品，将美颊的克鲁塞伊斯领上
木船；足智多谋的奥德修斯率队，作为督办。

　一行人于是登船，驱舟驶向洋面，
阿特柔斯之子传令洁身，洗去污垢，
将士们随即清濯，将脏水泼向大海，
供上丰盛、足量的牲品，对阿波罗祭献，
用公牛和山羊，在荒漠大洋的岸边，
熏烟挟着阵阵香气，袅绕着升上青天。

　就这样，众人在营区里忙碌，但阿伽门农
却无意息怒，记着先前对阿基琉斯的威胁，
命令塔尔苏比俄斯和欧鲁巴忒斯，
他的信使，两位勤勉的助手，要他们操办：
“去吧，速往裴琉斯之子阿基琉斯的棚寨，
将美颊的布里塞伊斯牵还。倘若他
阻止你等执令，那么我将亲自去取，带回姑娘，
引着大队兵男——这会加重他的愁哀。”

　言罢，他遣走信使，用严厉的命令。
他们行进在荒漠大海的滩沿，违背心意，
来到慕耳弥冬人的营区，驻扎的海船，
发现阿基琉斯傍着营棚，坐在乌黑的船边，
眼见着他们行至，无有丝毫悦念。
怀揣恐惧，带着对王者的敬畏，他俩静立
一边，既不说话，也没有提问开言。
然而，阿基琉斯开口发话，心里明白：

“欢迎，使者，你们为宙斯和凡人传送信言。
走近些，你俩无辜，在我看来。是阿伽门农
差遣你们，要将布里塞伊斯姑娘带回。
去吧，宙斯养育的帕特罗克洛斯，把姑娘领来，
让他们回去交差。他俩可以做证，
在幸福的神祇和会死的凡人面前，也可当着
那个残忍王者的脸面，如果将来会有那么
一天，需要我去替众人挡开可耻的失败。
此人的心智肯定在有害的暴怒中熬煎，
既没有瞻前，也没有顾后的智慧，
不能使苦战在船边的阿开亚人免遭死的伤害。”

他言罢，帕特罗克洛斯听从亲爱的伙伴[①]，
从营棚里领出美颊的布里塞伊斯，交给
二位，后者动身返回，沿着阿开亚人的海船，
姑娘不愿离去，只得曲意跟随，阿基琉斯
悲痛交加，泪水涟涟，远离跟随的伙伴，
坐在灰蓝色大洋的边沿，凝望着无际的海面，
一次次伸出双手，祈呼母亲帮援：
“母亲，既然你生下儿郎，我的一生短暂，
宙斯便应该给我荣誉，他炸响雷，在奥林波斯
大山，但他不给，不曾给我丁点。
如今，阿特柔斯之子，强有力的阿伽门农
使我受辱，夺走我的礼份，自己霸占。”

他含泪泣诉，高贵的母亲听闻他的话言，

① 第 345 行同第九卷第 205 行。

其时正坐在深深的海底，年迈的父亲身边。
像一缕升腾的薄雾，女神踏上灰蓝色的大海，
行至恸哭的儿子身边坐下，举手轻轻
抚摸一番，呼唤，对他开口说劝：
“儿啊，为何哭泣？有什么忧愁，在你的心间？
告诉我，不要藏匿，以便你我都能知全。”

捷足的阿基琉斯长叹一声，对她答道：
“此事你已知晓，既如此，为何还要我来说告？
我们曾进兵忒拜，荡平厄提昂神圣的城堡，
将所得的一切带回此地，把城市彻底劫扫。
阿开亚人的儿子们逐份配发战礼，
把美颊的克鲁塞伊斯分归阿特柔斯之子藏娇。
其后，克鲁塞斯，远射手阿波罗的祭司，
来到身披铜甲的阿开亚人的捷舟驻足，打算
赎回女儿，带着难以计数的礼物，手握黄金节杖，
杖上系着阿波罗的条带——他的箭支从远方
射出——对着所有的阿开亚人，首先是
阿伽门农的两个儿子，军队的统帅求呼。
阿开亚全军发出赞同的吼声，表示
应该尊重祭司，收下光灿灿的礼物，
然而此事却未能愉悦阿特柔斯之子的心胸，
阿伽门农发出严厉的命令，粗暴地赶走了老人。
老人愤愤不平，离去，但阿波罗听闻
他的祈告——他是福伊波斯极为钟爱的凡人，
对着阿耳吉维人射出歹毒的箭镞。兵勇们
成群结队地死去，在阿开亚人宽阔的营区躺倒，
承受神的箭雨，到处横扫。其后，幸得

知晓内情的先知道释远射手的旨意，如此，
我第一个出面，敦促慰息阿波罗的愤恼。
由此激怒了阿特柔斯之子，他跳将起来，
对我威胁咆哮，如今他已说到做到。
明眸的阿开亚人正用快船引渡，把姑娘
向克鲁塞转交，载着礼物，让阿波罗气消。
此外，就在刚才，使者来到我的营棚，带走了
布里修斯的女儿，阿开亚人给我的赏犒。
现在，如果有这个能力，你要保护自己的儿子，
可以直奔奥林波斯，向宙斯求告，倘若从前
你曾博取他的欢心，用你的言语，你的行动。
在父亲家里，我经常听你声称，说是
在不死的神中，只有你救过克罗诺斯之子，
乌云的驾者，使他免遭可耻的毁破。
当时，其他奥林波斯神明试图把他绑住，
包括赫拉、帕拉斯·雅典娜，还有波塞冬。
紧急中，女神你赶去为他松绑，迅速行动，
招来百手的生灵，上了高耸的奥林波斯山峰，
此君神称布里阿柔斯，但凡人却用别的称呼，
唤其埃伽昂①，虽说他的力气远胜父亲的神功。
他在克罗诺斯之子身边就座，享受无上的光荣，
幸福的诸神心里害怕，放弃了捆绑的念头。
快去坐在宙斯身边，抱住他的膝盖，
使他记起这些，也许他会愿意帮助特洛伊战勇，
把阿开亚人逼向舟船大海，在那里送终，
使他们都能受益于那位王者，也能让

① 或“埃伽伊俄斯之子”。据传埃伽伊俄斯乃海中的巨仙，布里阿柔斯的父亲。

阿特柔斯之子，统治辽阔疆域的阿伽门农认识到
自己的愚狂[①]，后悔屈辱了阿开亚全军最出色的杰雄！”

其时，塞提斯对他答话，泪水横流：“唉，苦命的
孩儿！你伴随痛苦出生，我为何让你长大成人？
但愿你无忧无虑，无须啼哭，在船边坐镇，
只因你剩时不多，只有短暂的时辰。
现在看来，你不仅一生短促，而且受苦超过
世人，我把你生在厅堂，让你直面命运的恶憎。
不过，我还是要去白雪覆盖的奥林波斯，
祈求喜好炸雷的宙斯，兴许他会开恩。
至于你，你可继续待守自己的快船，
不要参战，满怀对阿开亚人的愤恨。
昨天，宙斯已远行俄刻阿诺斯长河，参加高贵
刚勇的埃塞俄比亚人的宴酬，带领全体天神。
到那第十二天上，他将回返奥林波斯起程，
届时，我将为你祈愿，前往他那青铜铺地的房宫，
抱住他的膝盖，我想可以把他劝争。”

言罢，女神飘然离去，留下儿子一人，
为了那位束腰秀美的女子伤心，对方
不顾他的意愿，强行带走女身。其时，奥德修斯的
木船，载着神圣的祭肴，已经驶入克鲁塞

① ate（即 atē；为便于理解，注释及专名索引中的外文词一般不用长音及其他符号标示），可作“狂盲”“迷乱”“骄狂”解。由于理智的一时失控，ate 可使人激情冲动，失去正常的评判能力，在狂迷的心境中做出错误的抉择。像许多“神奇”的东西（如性爱、梦幻等）一样，ate 也可以是神明致送的。神使人失控，使人无法把握自己的情绪，克制冲动。参考第八卷第 236 行注。

的浪冲。当船只进入蓄水幽深的港口，
他们收拢长帆，堆放在乌黑的船舟，
松动前支索，使桅杆顺势躺入支架，
然后荡桨划船，驶向停泊的码头。
他们抛出锚石，系牢船尾的缆绳，
足抵浪水冲刷的滩沿，迈步行走，
引着丰盛的牲品，献给远射手阿波罗的祭酬。
克鲁塞斯的女儿亦从破浪远洋的船上下来，
足智多谋的奥德修斯引着她向祭坛靠拢，
将她送入父亲的怀抱，对他说话开口：
“克鲁塞斯，受民众的王者阿伽门农遣送，
我交还你的女儿，并将举办一次神圣的祭酬，
代表达奈兵勇，以求平慰阿波罗的愤怒，
这位王者给阿耳吉维人堆聚苦难，带来悲愁。”

言罢，他把姑娘送入老人的怀抱，后者
高兴，迎回亲爱的女娇。众人整治神圣的祭肴，
献给神明，有条不紊，将坚固的祭坛围绕。
接着，他们净洗双手，抓起供撒的大麦，
克鲁塞斯高扬双手，用洪亮的声音祈祷：
“听我说，克鲁塞和神圣的基拉的护神，
用你的银弓，强有力地保护着忒奈多斯，
如果从前你曾听应过我的诵告，
给我荣誉，狠治了阿开亚人，将他们摧捣，
那么请你再次满足我的愿望，我的祈告，
中止凶毒的瘟孽，使达奈人免受煎熬。”

祷毕，福伊波斯·阿波罗听闻他的祈诵。

当众人做过祈祷，撒出祭麦①，他们
首先扳起祭畜的头颅，割断喉咙，然后剥去皮张，
剔下腿肉，用油脂包裹腿骨，
双层覆盖，铺上精切的碎肉。老祭司
将肉包放妥，在劈开的木块上焚烤，洒上闪亮
的浆酒，年轻人手握五指尖叉，一旁守候。
焚烧了祭畜的腿件，品尝过内脏，
他们把剩余部分切成小块，挑上
叉头，仔细烧烤后，脱叉备用。
其时，一切整治完毕，盛宴已经摆妥，
他们开始餐食，人人都有足份的佳肴。
当大家满足了吃喝的欲望，
年轻人在兑缸② 里注酒，先在众人的杯里略倒，
作为祭献，然后斟满各位的酒盅。
整整一天，他们用歌唱平息神的愤恼，
年轻的阿开亚兵勇唱起动听的歌谣，
赞美远射的弓手，后者听闻，心里乐陶。

其时，夕阳沉下，昏黑的夜幕降落，
他们躺倒入睡，傍依系连船尾的绳索。
当早起的黎明重现天际，手指玫瑰嫣红，
他们登船上路，驶向阿开亚人宽阔的营地，
发箭远方的阿波罗送来顺吹的长风。

① 第458—468行描述了整备和食用祭宴的情景，带有程式化的性质（比较第二卷第421—432行）。另请参考《奥德赛》里的相关注释。

② 调兑或稀释酒液的容器。古希腊人很少饮用“纯”酒——饮用前，一般先须按比例注水勾兑。公元前五世纪的常规兑法为酒一水三或酒二水三。

他们竖起桅杆,挂上雪白的帆篷,
兜鼓起劲吹的疾风,海船迅猛向前,
辟开一条紫蓝色的水路,唱着轰响的歌。
快船破浪前进,朝着目的地疾奔,
及至抵达阿开亚人宽阔的营盘,
他们把乌黑的木船拖上海岸,停放在高高的
滩头,搬起长长的支木,垫在船的底部。
随后,众人就地散伙,返回各自的海船营棚。

　　然而,裴琉斯之子,神的后裔,捷足的
阿基琉斯却仍在迅捷的船边发怒。
现在,他既不去集会——人们在那里争得光荣,
也不参与杀搏,而是不停地耗磨心力,
终日闷坐,尽管他喜闻啸吼,渴望战斗。

　　然而,此后,随着第十二个黎明的来到,
长生不老的神仙一起回到奥林波斯,
由宙斯带着。其时,塞提斯记着儿子的恳求,
没有忘掉,从海浪里出来,赶一个大早,
直奔奥林波斯,奔向高高的天穹,
发现克罗诺斯沉雷远播的儿子,正离着众神,
独自坐在山脊耸叠的奥林波斯的顶峰。
塞提斯迎上前去,在他的身边下坐,左手抱住
他的膝盖,右手上伸,托住他的下颌①,
向王者宙斯,克罗诺斯的儿子祈求:
“父亲宙斯,如果说不死的神祇中我确曾帮过你,

① 这是祈求者取用的标准姿势(另参考第512行,比较第八卷第371行等处)。

用言论，或是行动，那么求你答应我的请求。
让我儿获得荣誉，助佑这个世间
最短命的凡人。现在，民众的王者阿伽门农
侮辱了他，夺走他的战礼，占为己有。
精擅谋略的宙斯，奥林波斯的主宰，让我儿获得尊荣。
让特洛伊人拥有力量，直到阿开亚人
补足我儿的损失，给他增添尊荣。”

　　她言罢，汇集云层的宙斯闭口不答，
静坐良久。塞提斯的左手一直搂着他的膝盖，
此时抱得更紧，再一次说话催求：
“答应兑现此番敦请，给我点个头；
要不就干脆拒绝，你可没有惧怕的事由，倒是能让我
知晓，比起别的神祇，有多出几倍的屈辱，要我承受。”

　　带着极大的烦恼，汇集云层的宙斯对她答道：
“这可是件招灾的事情，你会导致我与赫拉对抗。
她会挑衅，用刻薄的言辞非难。
即便是现在，她还总是当着永生众神的脸面，
指责我的作为，说我怎样帮助了特洛伊人作战。
离去吧，现在，可别让她看见，
我会把此事放在心里，保证使它兑现。
瞧，我在向你点头，让你把心放宽，
对永生的神祇，这是我能给的最庄重的
诺愿。只要点头答应，我的话就不会掺假，
我就不会食言，事情将不可逆转地实现。”

言罢，克罗诺斯之子弯颈点动浓黑的眉毛[①]，
涂抹仙液的发绺[②] 低斜，从王者永生的头颅上
垂泻，摇撼着巍峨的奥林波斯山高。

议毕，二神分手而行，塞提斯从
闪亮的奥林波斯跃下，回到大海深处，
而宙斯则返回他的王宫。众神见状起身
离座，向父亲致意，谁也不敢留恋
座椅，当父亲走来，全都站立恭候。
宙斯弯腰王位，他的宝座，但赫拉
知晓事情的原委，曾亲眼目睹他的筹谋，
与银脚的塞提斯，海洋长老之女的所作。
她当即揶揄，对克罗诺斯的儿郎宙斯道说：
“狡猾的宙斯，刚才又和哪位神祇谋划来着？
背着我诡秘地思考判断，这些永远是
你的嗜好。你从来没有这分雅量，
把你的心想，打算要做的事情直率地告我。”

其时，神和人的父亲答话出声：
“赫拉，不要痴心妄想，试图了解我的每一分
心衷，这些于你太难，虽说你是我的妻从。
任何念头，只要适合于你的耳朵，那么
不管是神是人，谁都不能先你听闻。

① 第 528 行与第十七卷第 209 行同。

② 直译作：“安伯罗西亚发绺”，即神圣的头发。神用的一切都与（或可以与）安伯罗西亚（ambrosie）有关，即可用该词修饰。关于安伯罗西亚，参考第五卷第 777 行注和第十四卷第 170 行及该行注等处。

但是，要是我想谋划点什么，避开众神，
你便不要一味寻根刨底，也不许诘察盘问。”

　如此，牛眼睛天后[1] 赫拉对他答诉：
“克罗诺斯最可怕的儿子，你说了些什么？
说实话，过去我可从未对你诘察盘问，
你可随心所欲地思考，按你自个儿的意图。
然而，眼下我却担心惊怕，怕你已被她争取，
被银脚的塞提斯，海洋长老[2] 的女儿说服。
今天一早，她在你身边下坐，抱住你的膝盖，
我想你已点头答应为阿基琉斯
增荣，沿着阿开亚人的海船，大量杀屠。”

　其时，汇集云层的宙斯对她答话，道说：
“好你个夫人，你总是满腹猜忌，我的言行绝难躲过。
但你的作为何益，还不是一无所获，只能进一步
削弱你的地位——这将于你更为不利——在我心中。
如果说你的话不假，那是因为我愿意使其成真；
去吧，静静地坐下，按我说的做。否则，
当我施展不可拒抗的臂力，走近击打，奥林波斯
山上的众神将绝难帮忙，哪怕倾巢出动。”

---

① 赫拉（宙斯的姐妹和妻子）自然不会真的长着像似牛眼的双眸。“牛眼睛的”这一饰词可能产生在远古时代——那时，人们顶礼膜拜的神祇通常以动物的形象出现（即所谓的图腾崇拜）。赫拉的原型或许与母牛有关（正如雅典娜的原型或许与猫头鹰有关一样——此神有一双灰蓝色的眼睛），但是否真的如此已难以确切考证。参考本卷第 38 行注。另参见第七卷第 10 行。

② 或“海洋老人”，即奈柔斯。另见本卷第 538 行和第十八卷第 38 行。

他言罢，牛眼睛天后赫拉感到害怕，
默然不语，坐下，克制自己的心想。
其时，宙斯的宫居里，天神们个个心绪晃荡。
赫法伊斯托斯，著名的工匠，起身说话，
为了安抚亲爱的母亲，臂膀雪白的赫拉：
“这将是一场灾难，无可忍让，
倘若你俩为了凡人的缘故失和争斗，
使众神吵吵嚷嚷。盛宴将不再给我们
带来欢乐，坏毒的事情会压倒顺畅。
我要敦请母亲，虽然她自个儿心里明白，
主动接近我们钟爱的父亲，争取宙斯原谅，
使他不再骂你，把此间的盛宴搅烂。
倘若奥林波斯的主宰，玩闪电的大神有意
把我们拎出座椅，他的强健谁能阻挡。
母亲，走上前去，用温柔的语句和他说话，
如此，奥林波斯大神会恢复对我们的友善，当场。”

言罢，他跳立起来，将一只双把的
杯盏送到亲爱的母亲手上，再次对她说话：
“忍着点，虽说难受，我的妈妈。
否则，尽管爱你，我将看着你挨打，
要说疼你，不假，但却无能为力，不能
帮忙。此事艰难，与奥林波斯神主对抗。
记得吗，那次我想帮你，在那个时光，
被他一把逮住，抓住腿脚，扔出圣殿的门槛，
整整一天，我飘摇直下，及至日落时分，
气息奄奄，跌撞在莱姆诺斯岛上。

其后，多亏新提亚人赶来，救死扶伤[1]。”

一番话逗得白臂女神赫拉眉开眼笑，
笑容可掬地接过杯盏，从儿子手上。
赫法伊斯托斯从兑缸里舀出甘甜的奈克塔耳[2]，
从左至右，逐个斟倒，注满众神的杯盏，
幸福的神明忍俊不禁，全都笑声朗朗，
看着他在宫居里颠跑，那副忙碌的模样[3]。

就这样，他们快活了整整一天，直到夕阳
落下，欢宴，进用足份的餐享，
聆听阿波罗的弹奏，用精工制作的竖琴，
伴和缪斯姑娘们的歌声，动听的轮唱。

终于，当太阳的明光消隐沉下，众神
返回各自的居所，平身睡躺，著名的
赫法伊斯托斯，双臂粗壮，以他的工艺，
他的匠心，曾给每一位神明兴建殿堂。
宙斯，闪电之王，奥林波斯的主宰，走向睡床，
每当甜蜜的睡眠附体，这里是他栖身的地方。
他上床入睡，身边躺着享用金座的赫拉。

① 看来，可怜的赫法伊斯托斯至少被摔丢过两次——另一次是被他的母亲赫拉（参阅第十八卷第 393—399 行）。

② 神喝的饮料。凡人喝酒（参见第 470 行），神明享用奈克塔耳（nectar）。在第十九卷第 39 行里，奈克塔耳是一种红色的液体。另参考第四卷第 3 行。

③ 神不会死亡，因此是“幸福的”。他（她）们无须担心一些对凡人来说具有本质意义和极其“沉重”的问题（比如死亡），因而可以用远为轻松的态度对待生活。诗人巧妙地利用了这一点，通过适当地让神出点“洋相”的做法，有效地调剂了英雄史诗的严肃和凝重，丰富了作品的艺术性。

第二卷

所有神和驾驭战车的凡人都已酣睡
整夜，但宙斯却不曾享受睡眠的香甜，
心里思考着如何使阿基琉斯获得荣誉，
将成群的阿开亚兵勇杀死在船边[①]。
眼下，合他心意的最佳举措是派遣凶险的梦幻，
给阿特柔斯的儿子阿伽门农传送令言。
他说出长了翅膀的话语[②]，对着梦幻呼喊：
“去吧，凶险的梦幻，速往阿开亚人的快船，
行至阿特柔斯之子阿伽门农的营棚，
把我对他的指令原原本本地告传。
命他即刻行动，把长发的阿开亚人武装
起来；现在，他可攻占特洛伊人的城邑，
那里有宽阔的路面。家住奥林波斯的众神
已不再为此争吵，赫拉的恳求已消除他们的
歧见。特洛伊人将面临一场凶灾。”

宙斯言罢，梦幻听过后得令下山，
迅速来到阿开亚人快捷的船边，

① 比较第十卷第1—4行。

② 程式化用语，在《伊利亚特》里出现多达十四次（另见第一卷第201行、第四卷第69行、第二十卷第331行和第二十三卷第557行等处）。语言出自人的嘴巴，穿过空气，进入听者的耳朵，像鸟儿一样，长翅飞翔。

行至阿特柔斯之子阿伽门农的营棚，发现
后者正睡在里面，吞吐着神赐的香甜。
梦幻在他的头顶悬站，变取奈斯托耳的形象，
奈琉斯的儿男，长老中此人最受阿伽门农敬爱。
梦神对他说话，以奈斯托耳的形面：
“还睡呀，聪明的驯马手阿特柔斯的儿男？
一位负责运筹帷幄的首领岂可整夜睡眠，
他深思熟虑，事无巨细，肩负统领全军的重担。
听着，不许倦怠，我乃宙斯的使者，为他传言，
他虽远离此地，却十分关心，怜悯你的艰难。
宙斯命你即刻行动，把长发的阿开亚人
武装起来；现在，你可攻占特洛伊人的城邑，
那里有宽阔的路面。家住奥林波斯的众神
已不再为此争吵，赫拉的恳求已消除他们的
歧见。特洛伊人将面临宙斯致送的
凶灾。记住此番口嘱，不可忘怀，
当你被酣睡释免，告别蜜一样的香甜。”

　言罢，梦幻动身离去，把阿伽门农
撂在那儿，寄望于此番不会兑现的话传，
以为当天即可攻下普里阿摩斯的城垣。
好一个笨蛋！他岂会知晓宙斯谋划的事件？
宙斯已决意让特洛伊人和达奈人拼死鏖战，
一起承受悲痛，一起遭受将至的苦难。
阿伽门农从睡梦中醒来，神的声音回响在耳边。
他坐挺起身子，穿上簇新、
精美的套衫，裹上硕大的披篷，
系紧舒适的条鞋，在闪亮的脚面，

把嵌缀银钉的劈剑背挎上肩，拿起
永不败坏的权杖①，祖祖辈辈的递传。
他迈开腿步，沿着身披铜甲的阿开亚人的海船。

　其时，黎明女神登启高耸的奥林波斯，
给宙斯和永生的神明送来光线。
阿伽门农命嘱嗓音清亮的使者，
传令长发的阿开亚人集会，
信使们奔走呼号，人群很快汇聚起来。

　首先，他会晤了心胸豪壮的首领，
商议在普洛斯养育的王者奈斯托耳的船边。
他起将包藏诡谲的谋划说开：
“听着，朋友们！值我熟睡之际，神赐的
梦幻穿过圣谧的夜晚，来到我的营棚，容貌
极像卓越的奈斯托耳，从体魄和身材判断。
他前来悬站我的头上，对我说话，进言：
‘还睡呀，聪明的驯马手阿特柔斯的儿男？
一位负责运筹帷幄的首领岂可整夜睡眠，
他深思熟虑，事无巨细，肩负统领全军的重担。
听着，不许倦怠，我乃宙斯的使者，为他传言，
他虽远离此地，却十分关心，怜悯你的艰难。
宙斯命你尽快行动，把长发的阿开亚人
武装起来；现在，你可攻占特洛伊人的城邑，
那里有宽阔的路面。家住奥林波斯的众神

① 此杖乃由神匠赫法伊斯托斯手铸，经由宙斯交给阿伽门农的先人（参见第100—108行），故而是“永不败坏的”。

已不再为此争吵,赫拉的恳求已消除他们的
歧见。特洛伊人将面临宙斯致送的
凶灾。记住此番口嘱,不可忘怀。'言罢,
梦幻展翅飞去,甜蜜的睡眠将我释免。
来吧,看看我等是否能把阿开亚人的儿子们武装起来。
不过,我想此举妥当,待我先用
话语试探,要他们踏上凳板众多的海船归返;
你等可从各个方向截堵,把他们哄挡回来。"

　他言毕坐下,人群中随即站起了
奈斯托耳,王者,统治多沙的普洛斯地面。
他起身说话,怀着对众人的善好意愿:
"朋友们,阿耳吉维人的首领和统治者们[①],
倘若传告此件梦事的是别的阿开亚人,
我们或许便会斥之为谎言,把它放置一边,但现在,
目击者是他,此人自称为阿开亚远为出色的军男。
来吧,让我们看看能否把阿开亚人的儿子们武装起来。"

　言罢,他领头离开议事的地点,
其他首领亦起身站立,握掌权杖的王爷,
服从民众的牧者,人流涌动,跟随在后面。
像成帮结队的花蜂,一群接着一群飞来,
没完没了,冲出空心的石窟,抱成
一个个圈团,漫舞在春天的花丛之间[②],
飘来荡去,有的在这里,有的却在那边,

---

① 第 79 行同第二十二卷第 378 行。

② 有关蜜蜂的明喻,另参考第十六卷第 259—265 行。

来自不同部族的人们拥出营棚和海船，
沿着宽阔的滩沿，一队接着一队，
走向集会的地点；谣言像烈火一样蔓延，
作为宙斯的信使，催励人们向前。队伍麇集，
会场摇撼，大地悲鸣，承受着兵勇的踏踩，
随着就位的纷杂，到处是一片混乱。九位
使者高声喊叫，忙着维护秩序，要大家
停止喧嚣，静听宙斯钟爱的王者们训言。
终于，他们迫使兵勇们坐下，使人们各就各位，
制止了哗喧。强有力的阿伽门农起身，
站立，手中的权杖由赫法伊斯托斯精工铸建。
匠神把他交给王者宙斯，克罗诺斯的儿男，
宙斯把它转交给导路的阿耳吉丰忒斯①，
王者赫耳墨斯交杖擅长车战的裴洛普斯，
而裴洛普斯又把它给了兵士的牧者阿特柔斯，
后者死后，权杖由富有羊群的苏厄斯忒斯接传。
苏厄斯忒斯传留权杖，由阿伽门农接管，
凭此统领众多海岛，镇辖整个阿耳戈斯地面。
其时，倚着王杖，阿伽门农对阿耳吉维人发话，呼喊：
“朋友们，达奈勇士们，哦，阿瑞斯的随员！
神主宙斯，克罗诺斯之子已使我陷身可悲的愚狂，
此神凶残！他曾经点头答应，先前，答应
让我在荡劫墙垣坚固的伊利昂后启程乡还。

① 指赫耳墨斯，“导者”，宙斯之子。Argeiphontes 词源不详，一说意为“阿耳戈斯的屠杀者”。据传阿耳戈斯（或阿耳古斯）长着一百只眼睛，受赫拉命遣看守变成母牛的伊娥（宙斯的“心上人”），被赫耳墨斯诛杀。不知在荷马生活的年代，这则“逸闻”是否已经产生，尽管我们似乎有理由相信，古希腊神话的大致成形当在公元前五世纪以前。

但现在，他却谋设邪毒的骗局，要我
不光不彩地返回阿耳戈斯，折损了许多兵员。
此乃他的心意，能使力大无穷的宙斯心欢；
在这之前，他已打烂许多城市的顶冠，
今后还会继续砸捣，他的神力谁能挡还。
这将是一个耻辱，即使让子孙后代听来，
如此雄壮、如此庞大的阿开亚联军，
竟然劳而不获，打了一场没有收益的征战，
与人数少于我们的对手较量，终期难以预见。
如果双方愿意，阿开亚人和特洛伊人均无怨言，
可以牲血为证，立下庄重的誓约，盘点人数，
特洛伊人以家住城里者为计①，
而我们阿开亚人则以十人为股计算。
然后，让每个股组挑选一个特洛伊人斟酒，
结果，十人的股组尚存，斟酒的侍者已被挑完。
就以如此悬殊的比例，阿开亚人的儿子们，
我认为，压倒了居家城里的特洛伊人——但他们有
众多盟军，来自别的城镇帮赞，那些投枪的兵勇，
打退我的进攻，阻挠我荡劫人丁兴旺的
伊利昂城堡，不让我随心，挫毁了我的意愿。
九个年头已经过完，受大神宙斯支配的时间，
海船的木板已经腐烂，缆绳亦已蚀断。
在那遥远的故乡，我们的妻子和幼小的孩儿
正坐等厅堂，盼望我们回还，但战事仍在继续，
还是那样缠绵——我们来到此地，为了它的因缘。

① 换言之，不包括特洛伊人的盟军。从某种意义上来说，特洛伊战争是两支联军（即阿开亚联军和特洛伊联军）之间展开的一场旷日持久的大战。

行动起来吧,按我说的办！让我们顺从屈服,
登船上路,逃返我们热爱的故园。
我们已无法攻占伊利昂,它有宽阔的路面。”

一番话激起澎湃的豪情,在全体士兵的胸间,
上千上万的兵勇,不曾听闻议事会上的话言。
会场喧嚣沸腾,犹如伊卡里亚海里
掀起的狂澜,被刮自云层的东风和南风
吹搡,受到父亲宙斯的催鞭。宛如
阵阵强劲的西风,扫过一大片密密沉沉的谷田,
来势凶猛,咆哮呼喊,刮垂庄稼的穗耳,摇撼着茎秆,
整个集会,同样,其时土崩瓦解,人们挤作一团,
杂乱中撒腿扑向海船,踢踏起纷纷扬扬的
尘土,高卷,相互间你嘶我喊,要对方
抓住岸边的船艘,拖下闪亮的大海。
他们清出下水的道口,喊叫之声响彻云天,
众人急于回家,动手将船底的挡塞搬开。

其时,阿开亚人可能冲破命运的制约,实现回家的
企愿,若非赫拉发话,对雅典娜开言:
“可耻啊,阿特鲁托奈[①],带埃吉斯的宙斯的女儿！
按眼下的事态,阿耳吉维人是打算撒腿回家,
跨过浩淼的水浪,逃返他们热爱的故园,

① 雅典娜的“古称”之一,确切含义不明,可能意为“不知疲倦者”。比较埃斯库罗斯《善好者》第403行。

把阿耳戈斯的海伦[1] 丢给普里阿摩斯和特洛伊人，
为他们增彩——为了她，多少阿开亚人
丧命此地，远离亲爱的故土家园。
去吧，你可前往身披铜甲的阿开亚人的群队，
用和气的话语劝阻每一位士兵回返，
别让他们拽起翘耸的航船，拖入大海。”

赫拉言罢，灰眼睛女神雅典娜谨遵
不违，急速出发，冲下奥林波斯山巅，
转眼便落脚在阿开亚人的快船边。
她看见奥德修斯，和宙斯一样精擅谋略，
此时正木然站立，不曾触手他的乌黑、凳板
坚固的海船，眼前的情景使他心灰意寒。
眼睛灰蓝的雅典娜对他说话，站在他的身边：
“莱耳忒斯之子，宙斯的后裔，多谋善断的奥德修斯，
难道此事就该这样操办？你们真的要把自己扔上
凳板众多的海船，逃回亲爱的故园，
把阿耳戈斯的海伦丢给普里阿摩斯和特洛伊人，
为他们增彩——为了她，多少阿开亚人
丧命此地，远离亲爱的故土家园？
去吧，前往阿开亚人的群队，别再退避躲闪，
用和气的话语劝阻每一位士兵回返，
别让他们拽起翘耸的航船，拖入大海。”

① 海伦并非来自阿耳戈斯，而是来自斯巴达。在这里，阿耳戈斯可能泛指伯罗奔尼撒半岛（或许亦可推而广之，指全希腊）。荷马常用“阿耳吉维人”（即阿耳戈斯人）指希腊人（另参考第一卷第 79 行注以及专名索引中的相关条目）。

她言罢，奥德修斯知晓此乃女神的声音，
当即放开腿步，甩出披篷，被跟随
左右的伊萨卡信使欧鲁巴忒斯手接。
他跑至阿特柔斯之子阿伽门农面前，
接过永不败坏的权杖，世代相传，
然后持杖走去，沿着身披铜甲的阿开亚人的海船。

每当遇见某位王者或有影响的人物，
他就会止步在后者身边，用温柔的话语回劝：
“我可不能唬你，我说先生，把你当贪生的小人对待，
但你也该站住，阻挡人群的溃散。
你还没有真正弄懂阿特柔斯之子的用意，他在
试探你们，马上即会对阿开亚人的儿子们翻脸。
我们不全都听过他在议事会上的话言？
但愿他不致因为暴怒，伤害阿开亚人的儿男。
王者的愤怒非同小可，他们受到神的恩典，
享领精擅谋略的宙斯赐给的荣誉，受到他的钟爱。”

然而，每当遇见喧叫的普通士兵，
他便会举杖击打，教训一番：
“蠢货！还不给我静静地坐下，聆听你的上司，
那些比你杰出的人的安排。你这逃兵，
胆小鬼，战场和议事会上的小不点！
不用说，阿开亚人不能个个都是王者，
王者众多不好；这里只应有一位王者，
一个统管，此人执掌工于心计的克罗诺斯
之子授予的王杖，辖治民众，行使评判的特权。”

就这样，他穿走在人群之间，整饬队伍，
直到众人吵吵嚷嚷，拥回集会的地点，
从海船和营棚那边，犹如在那惊涛轰响的洋面，
激浪冲扫狭长的海滩，大海咆哮，腾翻。

其时，人们各就各位，秩序井然，只有
多嘴快舌的塞耳西忒斯[①] 例外，仍在骂骂咧咧。
此人满脑门的颠词倒语，一派胡言，
不时语无伦次，与王者们争辩，徒劳无益，
用词不计妥帖，但求能博得阿耳吉维人一笑
了结。围攻伊利昂的军伍中，他是最丑的一员：
两腿外屈，一脚偏拐，双肩凸起前耸，
成堆地挤在胸前，挑着一个尖翘的
脑袋，上面稀稀拉拉地歪倒着几绺发线。
阿基琉斯恨之最切，奥德修斯亦然，二位经常
受他责辱攻击。现在，他又尖声喊出骂人的话语，
向卓越的阿伽门农泼泻，极大地
冒犯了阿开亚人，他们的心里充填恨怨。
这家伙扯开嗓门，对着阿伽门农恶语连篇：
“阿特柔斯之子，我不知你还需要什么，有何缺欠？
你的营棚里满堆青铜，成群的美女
充塞在你的棚间，每当攻陷一座城堡，
我们阿开亚人就首先把最好的女子向你奉献。

① 请注意，诗人没有提及塞耳西忒斯的宗谱或父名和出生地。有学者认为，塞耳西忒斯是一个普通士兵，是下层的“众人”在作品里的代表，但似论据不够充分。塞耳西忒斯的口气表明，他不是个无足轻重的人物（尽管没有勇士所“应该”具有的相貌堂堂）——至少可以在战斗中冲在前面，抓到俘虏（第 231 行）。

或许，你还要更多的黄金？别急，驯马的特洛伊人，
他们的某个儿子，会从伊利昂把它当作赎礼送来，
虽说抓到俘虏的是我，或是某个阿开亚同伴。
抑或，你还要一位年轻的女子，一起同床作乐，
避开众人，独自包揽？不，作为统帅，
你不能把阿开亚人的儿子们推向苦难。
蠢货，可恨，无耻，你们是女人，不是阿开亚的男子汉！
让我们回家，乘坐海船，把这个家伙
离弃在特洛伊，沉湎于他的礼件，如此
他才会知晓，众人是否曾经出力帮赞。
眼下，他已屈辱了阿基琉斯，一位远为
杰出的斗士，夺走他的礼份，自己霸占。
然而，阿基琉斯并没有记恨，而是疏通心怀；
否则，阿特柔斯之子，这将是你最后的横蛮！”

　塞耳西忒斯破口辱骂，对着阿伽门农，
兵士的牧员。其时，卓越的奥德修斯
快步趋前，怒目而视，大声呵斥，开言：
“尽管口齿伶俐，塞耳西忒斯，你的话
粗俗不堪！住嘴，不要试图和王者们比攀。
跟随阿特柔斯的两个儿子进兵伊利昂的所有
军男中，我相信，你是压底的坏蛋。
所以，你不该鼓唇弄舌，与王者们争辩，
指责他们的作为，也不许多嘴，侈谈回返。
我们不能确知，不知道阿开亚人的
儿子们将如何归还，是顺畅，还是悲惨。
然而，你却闲坐此地，痛斥阿特柔斯之子
阿伽门农，兵士的牧者，只因达奈壮士们给了

他大份的战礼，你便恶语中伤，口出狂言。
我还有一言奉告，此事将会兑现。
如果你装疯卖傻，让我再次看见，像现在这般，
那么，就让我的脑袋和肩膀分家，
你等再也不要叫我忒勒马科斯的亲爹，
倘若我不逮住你，剥脱你的衣服，
撕下你的披篷和遮掩光身的衣衫，
拳脚相加，狠狠地把你打出集会，
任你放声哭号，把你一丝不挂地赶回快船！”

言罢，奥德修斯狠揍他的脊背双肩，扬起
权杖，后者佝偻起身子，豆大的泪珠顺着
脸颊流淌，金杖打出一道带血的条痕，
隆起在双胛的中央，他缩身坐下，忍着疼痛，
害怕，呆呆地望着，抹去滚涌的泪花。
眼见他的窘态，人们虽然烦恼，但都咧嘴哈哈，
有人开口说话，望着身边的伙伴：
“嘿，真棒！奥德修斯做过的好事成千上万，
统领战阵，运筹良谋规划，但他在
阿耳吉维人中所做的一切，都远远比不上这一件风光，
将这个耍贫嘴的赶出集会，中止了他的张狂。
今后，这小子再也不敢放纵高傲的心魂，
诽谤我们的王者，肆意辱骂。”

众人七嘴八舌，但奥德修斯，荡劫城堡的勇士，
其时昂首挺立，手握王杖。灰眼睛的雅典娜
站在近旁，变取信使的模样，号令大家肃静，
以便使坐在头排和末排的阿开亚人

都能听见他的话语，思量他的劝讲。
怀着对各位的善意，奥德修斯在人群中说话：
“阿特柔斯之子，尊贵的王者，你的士兵们
正试图使你丢脸，在所有的凡人面前，
他们不想实践当年从马草丰肥的地方，
从阿耳戈斯发兵此地时所做的承诺：保证决不回家，
直到荡平墙垣坚固的伊利昂。
现在，像一群不懂事的孩子或落寡的妇人，
他们互相抱怨，哭喊着要求返航。
确实，此事艰难，让人带着沮丧的心情还家。
任何人出门在外，远离妻子，只有一月时光，
受阻于冬日的寒风和汹涌的海浪，便会焦炙于
带凳板的船舟，坐立不安。而我们，大家
已在此挨过了第九个转逝的年头，
所以，我不能责备阿开亚人，在弯翘的船旁，
你们有焦烦的理由。然而，这事总不光彩，
在此磨蹭许久回去，两手空空，啥也没有。
坚持一下，朋友们，让我们再作稍候，
直到弄清卡尔卡斯的预卜是真，还是虚哄。
我还清晰地心记着此事，而你们，所有
死的命运未曾带走的人们都可以做证：
事情就像在昨天或是前天发生，阿开亚舰队正在
奥利斯集中，给普里阿摩斯和特洛伊人带去灾愁。
在一泓泉流的边沿，就着神圣的祭坛，
我们正摆出全副牲品，求神保佑，
在一棵秀美的悬铃木树下，滚动着闪亮的水流。
其时，一个显赫的兆示突现，一条蛇，背上血迹
殷红，奥林波斯神主亲自将它送入光中，

蜿蜒着爬出坛底，朝着悬铃木树蠕动。
树上坐着一群雏鸟，嗷嗷待哺的麻雀一窝，
巢儿筑在树端的枝丫，小鸟在叶片下屈缩，
八只，连同生养的母亲，一共九只，无一存活。
蛇把幼鸟吞尽，全然不顾后者凄厉的尖叫，
雌鸟悲鸣孩子的不幸，在蛇的上方扑绕，
蛇虫盘起身子，钳住鸟的翅膀，伴随它的嘶号。
长蛇吞食麻雀，连同全部雏小。
其后，那位送蛇前来的神明把它变为石头，
工于心计的克罗诺斯的儿子将其化成一座碑标。
我等站立观望，惊诧于眼前的蹊跷。
当这些可怕的怪物兆显于供奉神明的祭祀盛大，
卡尔卡斯当即卜释，开口对众人说告：
'为何瞠目结舌，长发的阿开亚同胞？
多谋善断的宙斯已显示一个惊魂的先兆，
此事将在日后，将在以后兑现，大业的荣烈永葆。
长蛇吞食了麻雀，随同它的雏鸟，
一窝八只，连带生养它们的母亲，九只一道，
所以，我们将在此苦战等数的年份，
直到第十个年头，攻下这座路面宽阔的城堡。'
这便是他的卜释，所有的一切如今都在现报[①]。
振奋精神，胫甲坚固的阿开亚人，让我们
全都留下，抢夺普里阿摩斯宏伟的城堡！"

　他言罢，阿耳吉维人高声叫喊欢呼，
赞同神一样的奥德修斯的讲话，身边的船艘

① 第330行同第十四卷第48行。

回扬出可怕的轰响，荡送着阿开亚人的呼吼。
其时，人群中响起车战者，格瑞尼亚的奈斯托耳① 的话声：
“耻辱啊，耻辱！看看你们在集会上的表现吧，
简直像一群孩子，娃娃，对战事无动于衷！
给我们的那些协议和誓言找个去处，如何？
把它们扔进火里，什么勇士的磋商、计划之类的东西，
连同不掺水的奠酒，还有我们紧握的右手。
我们用嘴皮子战斗，找不出什么办法补救，
尽管滞留此地，为时已久。阿特柔斯之子，
贯彻初时的计划，一如既往，决不变动，
率领阿耳吉维将士拼搏，杀冲。
让那一两个人自取灭亡，自食其果，他们的
想法不会实现，与别的阿开亚人的心念不同；
让他们匆匆跑回阿耳戈斯，连带埃吉斯的
宙斯的允诺是真是假都没有弄懂。
我要提醒你们，力大无比的克罗诺斯之子
早已点头允诺，那一天，当我们阿耳吉维人踏上
迅捷的船舟，给特洛伊人送去流血，送去折夭。
他把闪电打在我们右边上方，显示吉兆。
所以，我们中谁也不许急于返航回家，
先于和一个特洛伊人的妻子睡觉，
这是对海伦所受的磨难，对她的悲哭实施惩报。
但是，如果有人非要回家，十分想要，

① 奈斯托耳是老一辈的英雄。“格瑞尼亚的”是一古老的饰词，评论家们对词义做过种种猜测，似乎难以达成共识。荷马史诗包含许多即使在荷马生活的年代已属古旧的用语，这一事实本身即可从一个侧面证明（口诵）史诗的源远流长。“格瑞尼亚的车战者奈斯托耳”是个程式化用语，在《伊利亚特》里出现多达二十次左右。

那么，只要他把双手搭上凳板坚固的黑船，
便会在众目睽睽之下死去，与厄运见交。
至于你，王者，也应谨慎，倾听别人的谈讨。
我有一番告诫，你可不要把它弃抛。
把你的人按部族或宗族编阵，阿伽门农，
使宗族和宗族互相支援，部族之间互为倚靠。
若能此般布阵，而阿开亚将士都能服从，
你就能看出哪些士兵怕死，哪些首领贪生，
区分懦弱强豪，因为他们以部族为伍，征剿。
由此，你亦可知晓，是出于天意，使你不能
攻占城邑，还是士兵的怯懦，不懂战争的门道。”

其时，强有力的阿伽门农对他答话，道说：
“说得好，老人家，你的辩才再次把阿开亚人的
儿子们胜出！哦，父亲宙斯，雅典娜，阿波罗，
阿开亚人中要有十位谋士，如此杰卓，
普里阿摩斯王的城国便会即刻对我们俯首，
被我们攻占，劫洗，用我们的双手！然而，
克罗诺斯之子，带埃吉斯的宙斯反倒给我苦难，
把我投入了有害无益的辱骂和争斗。
为了一个姑娘，我和阿基琉斯闹翻，
激烈争吵，而我还率先动怒。
倘若我俩齐心合力，所见略同，特洛伊人的
灾难便会倏忽而至，当在瞬息之中。
好了，回去填饱肚子，做好临战的工作。
大家要磨快枪尖，整备好盾牌，
给足食料，将捷蹄的快马喂饱，
仔细检查，调理好战车，准备战斗；

可恨的拼争会缠磨我们，整整一个白昼。
战时没有间隙，没有丁点息手的时候，
直到夜色降临，隔开勇士的怒气冲冲。
汗水会湿透勒在肩上的背带，它连接
挡护身躯的战盾，握枪的双手将要忍受酸痛，
驭马会跑得热汗涔涔，拖着滑亮的战车。
届时，若是让我看见有人试图逃避战斗，
在弯翘的船边闪躲，那么，对于他，唯一的
下场便是，被狗和兀鹫的利爪碎破①！”

他言罢，阿耳吉维人高声呼吼，像那排空的
激浪，受疾扫的南风驱纵，对着峭壁猛冲，
挺拔的礁岩兀立，躲不过卷起的涛峰，
受制于各路风飙，从不同的方向吹涌②。
众人站立起来，散开，朝着海船行走，
点亮炊火，用毕食餐，沿着营棚。
他们个个献祭，每人祀祭一位永生的神明，
祈求躲过死亡和战争的抓捕，求神保佑。
民众的王者阿伽门农祭奉了一条肥壮的公牛，
五岁的牙口，给宙斯，克罗诺斯强有力的儿种，
召来全军的精华，阿开亚人的首领军头，
首先是奈斯托耳，然后是王者伊多墨纽斯，
还有两位埃阿斯，图丢斯之子狄俄墨得斯，

---

① 也就是说，逃避战斗者不仅必死无疑，而且还得不到体现荣誉的礼葬：只能被暴尸野外，成为犬狗和兀鹫的食肴。第 393 行所表述的意思多次出现在史诗中。

② 荷马善于描写风、浪、田野和峭壁等自然景观（比较第 144—148 行），能用寥寥数语勾勒出场面宏大、壮伟的“画卷”。

奥德修斯，来者中的第六位，谋略与宙斯等同。
啸吼战场的墨奈劳斯不邀自来，
心里清楚，明白兄长的心事重重。
他们围着公牛站定，抓起祭撒的大麦，
强有力的阿伽门农在人杰中开口祈诵：
“宙斯，最最光荣、伟大的天神，乌云之王，居家天空，
求你别让太阳落下，在黑雾中失沉。
在此之前，让我掀翻普里阿摩斯四壁焦黑的厅堂[1]，
焚火燃烧，让腾腾的烈焰焦毁他的宫门；
让我撕裂赫克托耳的衣衫，用铜矛
剁碎他的前胸；让他和他的那许多伙伴
头脸朝下，翻倒在地，嘴啃泥尘[2]！”

他言罢，但克罗诺斯之子不会兑现他的祈诉。
宙斯收下祭礼，但却加剧了无人想要的痛苦。
当众人做过祈祷，撒出祭麦，他们
首先扳起祭畜的头颅，割断喉咙，然后剥去皮张，
剔下腿肉，用油脂包裹腿骨，
双层覆盖，铺上精切的碎肉。
他们把肉包放在净过枝叶和劈开的木块上焚烤，
叉挑起内脏，悬置于赫法伊斯托斯的柴火。
焚烧了祭畜的腿件，品尝过内脏，
他们把剩余部分切成小块，挑上
叉头，仔细烧烤后，脱叉备用。
其时，一切整治完毕，盛宴已经摆妥，

---

① 厅堂里设火炉（或火塘），难免时有青烟燎绕，熏黑墙壁是很自然的事。
② 参考第十九卷第 61 行注。

他们开始餐食，人人都有足份的佳肴。
当大家满足了吃喝的欲望，
奈斯托耳，格瑞尼亚的车战者，率先对众人说道：
“阿伽门农，阿特柔斯最尊贵的儿子，民众的王导，
让我们不要吵个没完没了，也不要
继续耽搁，延误神灵命嘱的所做。
干起来吧，让身披铜甲的阿开亚信使
大声传告，要各支队伍在船边汇总，聚好。
作为首领，我们要一起行进在阿开亚人
宽阔的营盘，更快地催发凶蛮的战斗拼剿。”

他言罢，民众的王者阿伽门农不违听从[①]，
当即命嘱嗓音清亮的使者，要他们[②]
传令长发的阿开亚士兵投入战斗。
信使们四出呼号，人群迅速汇聚集中。
首领们，这些宙斯养育的王者，随同阿伽门农奔走，
整顿队伍；灰眼睛雅典娜活跃在他们之中，
带着埃吉斯，那面贵重、永恒和永不败坏的
珍宝，边沿飘舞着一百条金质的流苏，
织工精致，每根的换价抵得上一百头畜牛[③]。
挟着埃吉斯的闪光，女神穿行阿开亚人的队伍，
督促人们前进，在每一个战士的心里
催发力量，激起拼搏和连续作战的刚勇。

---

① 第 441 行同第二十三卷第 895 行。

② 第 442 行同第二十三卷第 39 行。

③ 当时尚无货币，牛是估价(即估计价值)的基本单位或参照(之一)。贸易一般通过以物易物的方式进行。另参考第七卷第 475 行注。

其时，对于他们，比之驾坐深旷的海船回家，
返回亲爱的故乡，战斗要来得更加甜蜜诱人。

　像焚扫一切的烈焰，吞噬无边的森林，破毁
覆盖群峰的林木，从远处亦可眺见火光闪烁；
同样，战勇们雄赳赳地向前迈进，灿烂辉煌的青铜
甲械射出耀眼的光芒，穿过气空，直指苍穹。

　宛如不同种类的羽鸟，有野鹤、鹳鹤
和脖子颀长的天鹅，生活在考斯特里俄斯
河边，飞翔在亚细亚[①] 的沼泽，
这里，那边，展开骄傲的翅膀，
然后集群停泊，整片草野回荡着它们的喧响阵阵；
就像这样，来自各个部族的兵勇，走出海船营棚，
蜂拥到斯卡曼德罗斯平原，使土地承受
人脚和马蹄的踏踩，发出可怕的吼声。
他们在花团似锦的斯卡曼德罗斯平原摆开战阵，
数千之众，像春天的绿叶和花丛。

　像成群的苍蝇，来自不同的部族，
这里那里，成片地飞旋在羊圈的四周，
在那春暖季节，鲜奶溢满提桶的时候[②]，
就以此般数量，长发的阿开亚人挺立

① 指位于小亚细亚的鲁底亚境域。公元前六至前五世纪后，“亚细亚”的疆土涵盖面逐渐扩大。

② 诗人对生活的观察细致入微。这一明喻取自日常生活，飘溢出浓郁的草原和牧场的气息，尽管从形象制作的角度来看，把武士比作苍蝇似乎不算十分妥帖。另参考第十二卷第423行注。

平原，面对特洛伊人，渴望捣烂他们的营阵。

宛如有经验的牧人，将牧场上的山羊，
将混杂、遍野的羊群得体地分成小股，
首领们忙着派遣部队，有的调这，有的去那，
准备战斗。强有力的阿伽门农在他们中调度，
眼睛和头颅恰似宙斯，此神喜好雷轰，
摆着阿瑞斯的腰围，挺着波塞冬的胸脯。
像群队中一头格外高大雄健的壮牛，
一头公牛，风骚独领，突显在畜群之中，
那一天，宙斯让阿特柔斯之子出尽风头，
突显在人群之上，超然于带兵的豪雄。

告诉我，缪斯[①]，你们居家奥林波斯山峰，
你们是女神，总是在场，知晓每一件事由，
而我们却一无所知，只能满足于道听途说的传闻。
告诉我，谁是达奈人的王者，统领他们？
我无法谈说大队中的普通一兵，也道不出名称，
即使长着十条舌头，十张嘴巴，即使有
一管不知疲倦的喉咙，一颗青铜铸就的心魂，
除非奥林波斯的缪斯，带埃吉斯的宙斯的女儿们
提醒，使我记取所有进兵伊利昂的士卒人等。
现在，容我讲述统率船队的首领，把航船的数目述陈。

① 参考第一卷第1行注。诗人倾向于把自己放在缪斯女神们的代言人的位置上——是缪斯让他把一切描绘得真实贴切，栩栩如生。第484—485行处于叙事的转折点上，因而亦起到了结构上承上启下的作用（另参考第十一卷第218行和第十四卷第508行）。

雷托斯和裴奈琉斯乃波伊俄提亚人的首领，
与阿耳开西劳斯、普罗梭诺耳和克洛尼俄斯一起统管，
他们有的家住呼里亚、山石嶙峋的奥利斯、
斯考诺斯、斯科洛斯和山峦起伏的厄陶诺斯、
塞斯裴亚、格拉亚和舞场宽阔的慕卡莱索斯，
有的居家哈耳马、埃勒西昂和厄鲁斯莱，
有的占据厄勒昂、呼莱、裴忒昂，
占有俄卡莱和构筑坚固的城堡墨得昂、
科派、欧特瑞西斯和鸽群飞绕的希斯北，
有的占据科罗奈亚和哈利阿耳托斯，肥沃的草场，
有的占据普拉塔亚，居家格利萨斯，
有的占据低地忒拜[①]，构筑坚固的城堡，
占据神圣的昂凯斯托斯，波塞冬闪光的林苑，
有的占据阿耳奈，它的葡萄甜香，占有弥底亚、
神圣的尼萨和安塞冬，最边远的地方。
他们带来五十条海船，每船载坐
一百二十名兵勇，波伊俄提亚人的儿郎。

家住阿斯普勒冬和米努埃人的俄耳科墨诺斯的兵勇们，
由阿斯卡拉福斯和亚尔墨诺斯统管，阿瑞斯的儿男，
由阿斯陀开生养，在阿宙斯之子阿克托耳的居家，
一位含羞的少女，走进上层的阁房，
和强健的阿瑞斯一起，偷偷地与他同床。
这一对兄弟带兵，统领三十条深旷的海船。

斯凯底俄斯和厄丕斯特罗福斯统领福基斯军勇，

① 位于忒拜，或高地忒拜(在希腊中部的波伊俄提亚境内)的下面。

心胸豪壮的拿波洛斯之子伊菲托斯的儿郎，
兵勇们有的占据库帕里索斯、山石嶙峋的普索、
神圣的克里萨、道利斯和帕诺裴乌斯，
有的家住阿奈莫瑞亚一带和呼安波利斯地方，
有的伴着神圣的河水居家，在开菲索斯两岸，
有的占据利莱亚，住在开菲索斯河畔的泉旁。
由他们统领，带来四十条乌黑的海船。
福基斯人的首领们正忙着整饬队伍，使其
进入临战状态，立阵在波伊俄提亚人的左边。

俄伊琉斯之子，快捷的埃阿斯乃洛克里斯人的统管，
小埃阿斯，没有忒拉蒙之子魁伟的身材，矮小，
难以比攀。然而，这位身穿麻布胸甲的小个子却是
最好的枪手，超胜所有阿开亚人，他的赫勒奈斯同伴。
士兵们有的居家库诺斯、俄波埃斯、卡莱罗斯，
有的居家伯萨、斯卡耳菲和秀丽的奥格埃、
斯罗尼昂、塔耳菲，与包格里俄斯的河水临伴。
由他统领，带来四十条乌黑的海船，满载
洛克里亚兵勇，家乡和神圣的欧波亚隔海。

占据欧波亚的兵勇们，阿邦忒斯人吐喘怒焰，
居家卡尔基斯、厄瑞特里亚和盛产葡萄的希斯提埃亚，
来自靠海的开林索斯和陡峭的城堡狄昂，
占有卡鲁斯托斯，拥占斯图拉，
统领他们的是厄勒菲诺耳，阿瑞斯的后代，
卡尔科冬之子，心胸豪壮的阿邦忒斯人的镇管。
腿脚迅捷的阿邦忒斯人随他前来，长发垂背，
鲁莽狂烈的枪手，渴望投出杀敌的梣木杆枪矛，

将对手护胸的甲衣捅穿。
由他统领,带来四十条乌黑的海船。

　来自雅典的兵勇们,居守构筑坚固的城堡,
心志豪莽的厄瑞克修斯王统的地方。雅典娜,宙斯的
女儿,看护过这位丰产谷物的大地生养的儿男,
使他在雅典安家,在她丰足的庙堂。
随着年轮的移转,雅典人的儿子们
用雄牛和公羊献祭,祈盼着他的佑帮。
裴忒俄斯之子墨奈修斯乃他们的镇管。
人世间从未有谁比他能耐,擅于编排,
布设车阵,使手握盾牌的甲兵赴战,
只有奈斯托耳,年长的老辈,仅此例外。
由他统领,带来五十条乌黑的海船。

　从萨拉弥斯出发,埃阿斯带来十二条
海船,排列在雅典编队的旁边。

　占据阿耳戈斯和高墙围绕的提仑斯,
来自赫耳弥俄奈、深谷环抱的阿西奈、
特罗伊真、埃俄奈和丰产葡萄的厄丕道罗斯的
兵勇们,汇同占据埃吉纳和马塞斯的阿开亚人的
儿子们前来,受啸吼战场的狄俄墨得斯镇管,
由塞奈洛斯辅佐,声名远扬的卡帕纽斯钟爱的儿郎;
神一样的汉子欧鲁阿洛斯排位第三,
塔劳斯之子,国王墨基斯丢斯的儿男;
啸吼战场的狄俄墨得斯乃全军的统帅。
由他们率领,带来八十条乌黑的海船。

那些占据构筑坚固的慕凯奈、
富足的科林斯和构筑坚固的克勒俄奈，
那些居家俄耳内埃、秀丽的阿莱苏里亚
和西库昂——阿德瑞斯托斯曾在那里为王，
那些占据呼裴瑞西亚和陡峭的戈诺厄萨，
那些占据裴勒奈，来自埃吉昂一带以及
整个沿海地区和广阔的赫利开岬域的兵勇们，
连同一百条海船，均由强有力的阿伽门农镇管，
阿特柔斯之子，最勇、人数最多的士卒
随他前来。营伍里，他身披闪光的铜甲，
气宇轩昂，在骁勇的壮士群中突显，
享领最高的地位，统领着远为众多的兵员。

那些占据沟壑宕跌的拉凯代蒙、
法里斯、斯巴达和鸽群飞绕的墨塞，
那些居家布鲁塞埃和秀丽的奥格埃，
那些占据阿姆克莱和濒海的城堡赫洛斯，
那些来自拉斯和俄伊图洛斯的兵勇们，
均由主帅的兄弟，啸吼战场的墨奈劳斯镇管，
统辖六十条海船，离着其他军旅备战。
他行走在队伍中间，坚信自己的刚勇，
催督部属向前，因他渴望报仇，比谁都心切：

为仇报海伦的悲哭，为她所遭受的苦难①。

　兵勇们居家普洛斯、美丽的阿瑞奈、
斯鲁昂、阿尔菲俄斯水津和坚固的埃普，
居家库帕里塞斯、安菲格内亚
以及普忒琉斯、赫洛斯和多里昂——缪斯姑娘们
窒息了斯拉凯人萨慕里斯的歌喉，就在那个地方。
此人正从俄伊卡利亚行来，离别欧鲁托斯——后者
在俄伊卡利亚居家——扬言即便是带埃吉斯的
宙斯之女，倘若敢于赛歌，也会败在他的手下。
愤怒的缪斯姐妹们将他毒打致残，夺走他那
不同凡响的歌喉，使其忘却了弹唱②。
奈斯托耳，格瑞尼亚的车战者统领这支队伍，
受他节制，指挥调度九十条深旷的海船。

　占据阿耳卡底亚的兵勇，来自陡峭的库勒奈山脚，
埃普托斯的墓旁，近战是他们的家常；连同
那些居家菲纽斯、羊儿成群的俄耳科墨诺斯，
来自里培、斯特拉提亚和多风的厄尼斯培，
那些占据忒格亚和美丽的曼提奈亚，
那些居家斯屯法洛斯和家住帕拉西亚的兵勇们，

---

① 换言之，海伦遭受了苦难，心情悲伤，因此希腊人要为她“报仇”。在这一点上，《伊利亚特》和《奥德赛》的描述似乎略有出入。在《奥德赛》里，海伦是自愿跟随帕里斯出走——受阿芙罗底忒（即爱情）的驱怂（参阅《奥德赛》第四卷第 261—263 行）。不管（她）自愿与否，特洛伊老王并无责备海伦之意，倒是颇为贴切地强调了神的“作用”：“我没有怪你……该受责备的是神”。（本书第三卷第 164 行）

② 人的骄狂必然会招致神的惩罚（另参考第六卷第 140 和 200 行注），这是包括荷马在内的古希腊人的一个基本信念，也是公元前五世纪的悲剧诗人们反复强调的行为“戒律”。

均由安凯俄斯之子，强健的阿伽裴诺耳镇管，
带来六十条海船，各载众多的
阿耳卡底亚乡勇，个个能征惯战。
民众的王者阿伽门农给了他们这些凳板
坚固的木船，使他们跨渡酒蓝色的大海——
是阿特柔斯之子供船，因为航海与他们无关。

家住布普拉西昂和亮丽的厄利斯、
所有来自介于呼耳弥奈、边域慕耳西诺斯、
俄勒尼亚石岩和阿勒西昂之间地带的兵勇们，
受四位首领统管，每位带来十条
快船，满载着大批厄培亚兵员。
萨尔丕俄斯和安菲马科斯各领一支分队，阿克托耳的
后代，分别是克忒阿托斯和欧鲁托斯的儿男，
阿马仑丘斯之子，强健的狄俄瑞斯率掌另一支营伍，
第四支分队由神样的波鲁克塞诺斯镇管，
阿伽塞奈斯之子，奥格亚斯的后代。

那些来自杜利基昂和神圣的厄基奈
群岛的兵勇们，家乡与厄利斯隔海，
由墨格斯镇管，阿瑞斯一般的骁将，
宙斯钟爱的车战者夫琉斯的儿男，带着
怨父的怒气，夫琉斯跑到了杜利基昂地面。
由他统领，带来四十条乌黑的海船。

奥德修斯率领心胸豪壮的开法勒尼亚人，
兵勇们有的占据伊萨卡和枝叶婆娑的奈里同，
有的居家克罗库勒亚和岩壁粗皱的埃吉利普斯，

有的居家扎昆索斯，有的居家萨摩斯，
有的居住陆架，住在面对海峡和岛屿的地带[①]。
奥德修斯统领他们，像宙斯一样多谋善断，
带来的航具头首涂得鲜红，总共十二条海船。

安德莱蒙之子索阿斯乃埃托利亚人的镇管，
他们家居普琉荣、俄勒诺斯、普勒奈、
濒海的卡尔基斯和岩石嶙峋的卡鲁冬，因为
心志豪莽的俄伊纽斯的儿子们[②] 已经不在，俄伊纽斯
本人早已作古，金发的墨勒阿格罗斯亦已死难。
所以，索阿斯成了所有埃托利亚人的王权。
由他统领，带来四十条乌黑的海船。

著名的枪手伊多墨纽斯乃克里特人的镇管，
兵勇们有的占据克诺索斯、墙垣高耸的戈耳图那、
鲁克托斯、米勒托斯和白垩闪亮的鲁卡斯托斯、
法伊斯托斯、鲁提昂，清一色人丁兴旺的城垣，
还有的居家克里特，拥有一百座城市的地界[③]。
著名的枪手伊多墨纽斯乃全军的镇管，
由墨里俄奈斯辅佐，像杀人的战神一样豪蛮。
由他们统领，带来八十条乌黑的海船。

---

① 可能指厄利斯或阿卡耳那尼亚的沿海地区。由此可见，奥德修斯统辖的地域并不仅限于家乡伊萨卡岛。伊萨卡的一些权贵亦在陆架上拥有畜群田产（参考《奥德赛》第四卷第634—637行）。

② 指图丢斯和墨勒阿格罗斯。参见第九卷第534—536行，第十四卷第114—118行。关于墨勒阿格罗斯的大段描述，参阅第九卷第543行以下。

③ 《奥德赛》称克里特拥有九十（而非一百）座城镇（参见《奥德赛》第十九卷第172—177行）。

高大、强健的特勒波勒摩斯，赫拉克勒斯之子，
率领高傲的罗得斯乡勇，带来九条海船，
他们居家该岛，民众一分为三，占有林多斯、
亚鲁索斯和白垩闪亮的卡迈罗斯地面。
著名的枪手特勒波勒摩斯乃全军的镇管，
阿斯陀开娅的生养，强壮的赫拉克勒斯的儿男。
赫拉克勒斯把她从厄芙拉带出，从塞雷斯河畔，
在劫扫了众多城镇之后，里面住着强健、神祇哺育的
壮汉。特勒波勒摩斯在精固的宫殿里长大，
打死了父亲钟爱的舅爷，阿瑞斯的后代，
利昆尼俄斯，当时已经年迈。
他当即动手造船，招聚起一大批随伴，
匆匆亡命海外——强壮的赫拉克勒斯其余的
儿子，连同他们的儿子们，已扬言要讨还血债。
他来到罗得斯，一个落魄之人，一个浪汉，
众人在那里落脚，按部族定居，一分为三，
受到王统所有神祇和凡人的宙斯的钟爱，
克罗诺斯的儿郎，对他们泼撒富足的财产①。

从苏墨出发，尼柔斯带来三条匀称的海船，
尼柔斯，阿格莱娅和国王卡罗波斯之子，
尼柔斯，特洛伊城下最美的男子汉，容貌
仅次于无可比及的阿基琉斯，在达奈人中间。
但是，此人体弱，只带来寥寥无几的兵员。

① 《伊利亚特》中多有年轻人杀人后亡命他乡的例子（参见第二十三卷第 88 行注），此类行为有时会促进移民点的形成。

占据尼苏罗斯、克拉帕索斯、卡索斯、
欧鲁普洛斯的科斯以及人称卡鲁德奈群岛的
兵勇们,均由菲底波斯和安提福斯镇管,
王者赫拉克勒斯之子塞萨洛斯的一对儿男。
由他们统领,指挥调度三十条深旷的海船。

此外,居家裴拉斯吉亚的阿耳戈斯地方,所有的乡勇,
连同家住阿洛斯、阿洛培和特拉基斯的军男,
以及居家弗西亚和出美女的赫拉斯[1] 的兵丁——
他们也叫慕耳弥冬人、赫勒奈斯人和阿开亚人[2],
概由阿基琉斯镇管,辖领五十条船舫。
然而,这些人现在不想重上悲苦的战场,
只因军中无人指挥,将他们编队赴战,
捷足和卓越的阿基琉斯正盛怒不息,躺在船旁,
为了美发的布里塞伊斯,他的姑娘,
苦战得手的礼份,从鲁耳奈索斯城下,
他曾荡劫那个地方,捣烂了忒拜的城墙,
击倒厄丕斯特罗福斯和慕奈斯,凶狠的枪手[3],
塞勒丕俄斯之子,国王欧厄诺斯的儿郎。
他躺着,但很快就会起来,虽说伤心,为了姑娘。

兵勇们来自夫拉凯和鲜花盛开的普拉索斯,
黛墨忒耳的奉地,占据伊同,羊群的母亲,

① 公元前七至前六世纪后,“赫拉斯”开始泛指全希腊,正如第 684 行中的“赫勒奈斯人”以后泛指希腊人一样。

② 此处指阿基琉斯统辖的族民(也就是说,并不泛指希腊人,参考并比较第一卷第 2 行注)。

③ 即手持枪矛作战的勇士,和“弓手”不同(参见第四章第 242 行注)。

占据濒海的安特荣和草泽深处的普忒琉斯地面，
嗜战的普罗忒西劳斯镇管他们，在他
生前，但乌黑的泥土早已把他葬埋。
他的妻子，悲哭中撕破了颊脸，被弃在夫拉凯，
建家之业只完成一半。一个达耳达尼亚人
将他杀翻——阿开亚人中，是的，他第一个跳出海船。
眼下，尽管怀念首领，兵员们并不缺少管带，
波达耳开斯，阿瑞斯的后代，将战阵编排。
他乃伊菲克洛斯之子，富有羊群的
夫拉科斯的孙男，心胸豪壮的普罗忒西劳斯的
亲兄弟，出生略晚，也不如兄长果断，
普罗忒西劳斯，豪莽的壮汉。然而，
他们不缺首领，尽管怀念失去的英男。
由波达耳开斯统领，带来四十条乌黑的海船。

家住波伊贝斯湖畔的菲莱、波伊北、
格拉夫莱和构筑坚固的伊俄尔科斯的兵勇们，
分乘十一条海船，受阿德墨托斯的爱子
欧墨洛斯镇管，由阿尔开斯提斯生养，女中的美色，
裴利阿斯最漂亮的女儿，把他生给了阿德墨托斯的家传。

家住墨索奈和萨乌马基斯，占据
墨利波亚和岩壁粗皱的俄利宗的兵勇们，
分乘七条海船，由弓法精熟的菲洛克忒忒斯
镇管，每船乘坐五十名划桨的
兵丁，清一色擅长临敌的弓战。
不过，其时他正遭受巨痛的折磨，横躺在神圣的
莱姆诺斯岛滩，受创于歹毒的水蛇侵咬，

被阿开亚人弃留，忍受伤疾的摧残。
他强忍痛患，躺在岛上，但船边的阿耳吉维人
很快便会盼望王者菲洛克忒忒斯[①] 回还。
然而，尽管怀念，兵员们并不缺少管带，
墨冬，俄伊琉斯的私生子，将战阵编排。
他出自荡劫城堡的俄伊琉斯的精血，蕾奈的儿男。

占据石岩梯叠的伊索墨以及特里卡和
俄伊卡利亚人欧鲁托斯的城市俄伊卡利亚的
兵勇们，概由阿斯克勒丕俄斯的两个儿子镇管，
波达雷里俄斯和马卡昂，高明的医者，
由他俩统领，指挥调度三十条深旷的海船。

占据俄耳墨尼昂和呼裴瑞亚水泉，占据
阿斯忒里昂和峰壁苍白的[②] 提塔诺斯的兵勇们，
概由欧鲁普洛斯率领，欧埃蒙卓著的儿男。
由他统领，带来四十条乌黑的海船。

占据阿耳吉萨，居家古耳托奈、俄耳塞、
厄洛奈和白城俄卢松的兵勇们，
概由犟悍骠勇的波鲁波伊忒斯镇管，
永生宙斯的儿子裴里苏斯的儿男，

① 菲洛克忒忒斯统七条海船赴战，中途遭蛇咬伤，被阿开亚人弃置于莱姆诺斯岛上。据赫勒诺斯预言，倘若没有赫拉克勒斯的硬弓（在菲洛克忒忒斯手中），阿开亚联军将无法攻破伊利昂。于是，奥德修斯和狄俄墨得斯赶去接回菲氏，由马卡昂治愈他的伤疾。其后，菲洛克忒忒斯射杀帕里斯，帮助全军攻下了特洛伊。从上下文来看，荷马大概熟知这段故事。

② 山壁由石灰岩构成，呈灰白色。另参见第 739 行。

光荣的希波达墨娅把他生给裴里苏斯，
那一天，他对多毛的马人复仇开战[1]，
把他们逐出裴利昂，赶至埃西开斯人的乡园。
他并非一人统兵，还有勒昂丢斯，阿瑞斯的后代，
开纽斯之子，心胸豪壮的科罗诺斯的儿男。
由他们统领，带来四十条乌黑的海船。

从库福斯，古纽斯带来二十二条海船，
率领厄尼奈斯人和骠勇犟悍的裴莱比亚壮汉，
有的家住寒酷的多多那，有的
拥占肥熟的耕地，在秀丽的提塔瑞索斯河岸，
清澈的水流呼涌着注入裴内俄斯，
却从未和后者闪着银光的漩涡融汇，
而是像油层似的浮着，在它的表面——它是
那条可怕的长河，用以誓咒的斯图克斯的支脉。

藤斯瑞冬之子普罗苏斯乃马革奈西亚人的镇管，
家住裴内俄斯和枝叶婆娑的裴利昂
一带。捷足的普罗苏斯率领他们，
由他统管，带来四十条乌黑的海船。

这些便是达奈人的王者，他们的头领首脑。
告诉我，缪斯，在跟随阿特柔斯儿子们的军旅中，那个远为
出色的佼佼者：哪一位壮士最勇，哪一对驭马最好。

马匹中，菲瑞斯的孙子欧墨洛斯的牝马远为出色，

① 参见第一卷第267行及该行注释。

他赶着马儿飞奔，犹如展翅的飞鸟。
它俩毛色一样，牙口相同，有着像用水平量齐的背高。
银弓之神阿波罗把它俩养育，在裴瑞亚的厩屋，
好一对牝马，挟着战神的恐怖飞跑。
人群中，忒拉蒙之子埃阿斯乃远为出色的战勇，
阿基琉斯仍在生气，否则他是无愧的头号英雄。
论马亦然，要数拉载裴琉斯豪勇儿子的最好。
但是，阿基琉斯正远离众人，伴随着弯翘的
远洋船舟，怀着对民众的牧者，对阿伽门农的
愤恼，兵勇们嬉耍在长浪拍岸的滩沿，
或掷饼盘，或投枪矛，也有的把玩着
手中的射弓；马儿们站在各自的车旁，
悠闲舒适，咀嚼着泽地上的欧芹和
三叶草；主人的战车顶着遮篷，
在营棚里停靠。士兵们思念嗜战的首领，
不再战斗，这里，那边，在营区里逍遥。

然而，大部队正在开进，像烈焰吞噬万物，
大地在脚下隆隆震响，似喜好炸雷的宙斯
动怒，犹如他在阿里摩伊人的地域劈击
图福欧斯——那里是后者的睡床，人们都说。
就像这样，行进中的军队把大地踩得
轰然震响，穿走平原，以极快的速度。

其时，信使，腿脚迅捷追风的伊里斯前往伊利昂，
急速赶到，捎去带埃吉斯的宙斯不祥的讯告。
特洛伊人正在集会，挨着普里阿摩斯家院的大门，
汇聚在一个地方，年轻和上了年纪的男人一道。

腿脚迅捷的伊里斯站到他们近旁，
模仿普里阿摩斯之子波利忒斯的声音，开口说告。
波利忒斯自信能跑善跳，一直在为特洛伊人放哨，
待在老埃苏厄忒斯的墓顶[①] 观望，
等待着阿开亚人离船进攻的第一个讯号。
以此人的形象，腿脚迅捷的伊里斯对老王说道：
"老人家，你总爱没完没了地唠叨，一如
在从前太平的时光；杳无终期的战争已在近靠。
我经常在人们拼杀的战场出入，
却从未见过如此庞大的军伍，浩荡的阵容，
恰似树叶，像那滩沿上的沙子，
他们正越过平野，将在我们的城下拼搏。
赫克托耳，人群中我要对你发话，按我说的去做：
普里阿摩斯偌大的城里塞挤着多支盟军，
人们来自不同地域，讲说的语言众多。
让各位首领饬令由他统领的兵勇，
整顿好来自该城的队伍，带领他们战夺。"

她言罢，赫克托耳听出了女神的话声。
他当即解散集会，人们朝着各自的枪械急奔。
他们蜂拥着往外逼挤，打开所有的大门，
步兵，马车，熙熙攘攘，喧杂之声沸腾。

在城门前方，平野的远处，孤耸着
一座土丘，两边均有平整的地皮空出，

① "老埃苏厄忒斯的墓顶"在《伊利亚特》中仅出现一次，显然是（荷马心目中）特洛伊平原上的一个方位标记。比较第 814 行。

凡人称之为灌木之岗，但永生的
神祇却叫它善舞的慕里奈的坟墓。
就在那里，特洛伊人和盟军排开了战斗的队伍。

高大、头盔闪亮的赫克托耳乃特洛伊人的镇管，
普里阿摩斯之子，率领远为出色的兵群，最好、
最勇敢的军男，盔甲齐整，渴望着投枪赴战。

安基塞斯之子是达耳达尼亚人的镇管，强建的
埃内阿斯，美貌的阿芙罗底忒生给安基塞斯的儿男，
在伊达的岭脊，女神和凡人尽欢。
埃内阿斯并非独统，还有阿耳开洛科斯和阿卡马斯，
精熟诸般战式，安忒诺耳的一对儿男。

家住伊达山脚的泽勒亚的兵勇，
一群富有、饮喝埃塞波斯黑水长大的
特洛伊壮汉，由鲁卡昂英武的儿子镇管，
潘达罗斯，他的强弓乃阿波罗馈赠的物件。

占据阿德瑞斯忒亚和阿派索斯乡土，
占据皮推亚和险峻的忒瑞亚的兵勇们，
概由阿德瑞斯托斯和身穿麻布胸甲的安菲俄斯镇管，
裴耳科忒的墨罗普斯的一对儿男，此人谙晓
卜术，他者不可比攀，曾劝阻儿子，
不要蹈赴人死人亡的阵战，无奈后者
不听，任随幽黑的死亡和命运驱赶。

居家裴耳科忒和普拉克提俄斯一带，占据

塞斯托斯、阿布多斯和闪亮的阿里斯贝的兵勇们，
概由呼耳塔科斯之子阿西俄斯镇管，统兵的首领，
阿西俄斯，呼耳塔科斯的儿男，闪亮的高头大马
载他前来，从阿里斯贝，塞雷斯河畔[①]。

希波苏斯率领裴拉斯吉亚部族
善战的枪手，家住沃土连绵的拉里萨，
希波苏斯和普莱俄斯统领他们，阿瑞斯的后代，
丢塔摩斯之子，裴拉斯吉亚人莱索斯的两个儿男。

阿卡马斯和英雄裴罗斯统领斯拉凯兵勇，
带来水流湍急的赫勒斯庞特划围的每一位壮汉。

基科尼亚枪手由欧菲摩斯镇管，神明
哺育的王者，凯阿斯之子特罗伊泽诺斯的儿男。

普莱克墨斯统领手持弯弓的派俄尼亚人，
兵勇们来自遥远的阿慕冬和水面宽阔的阿克西俄斯
沿岸；阿克西俄斯，地面上最美的河湾。

心志粗莽的普莱墨奈斯乃帕夫拉戈尼亚人的镇管，
兵勇们来自厄奈托伊人的地域，野骡在那里生衍，
占据库托罗斯，家住塞萨摩斯一带，
盖起远近驰名的房居，在帕耳塞尼俄斯两岸，
居家克荣纳、埃伽洛斯和厄鲁西诺伊隆起的地面。

① 第838—839行同第十二卷第96—97行。

俄底俄斯和厄丕斯特罗福斯率领哈利宗奈斯人，
从遥远的阿鲁贝过来，白银在那里发源。

克罗弥斯乃慕西亚人的首领，由卜者英诺摩斯帮办，
但识辨鸟踪的本领没有替他挡开幽黑的死难，
埃阿科斯捷足的孙子[①] 结果了他的性命，
在那条河里，他还杀死了另一些特洛伊军男。

福耳库斯和神样的阿斯卡尼俄斯乃弗鲁吉亚人的首领，
从遥远的阿斯卡尼亚过来，渴望投入拼死的鏖战。

墨斯勒斯和安提福斯乃迈俄尼亚人的镇管，
塔莱墨奈斯之子，母亲是古伽亚湖里的女仙，
统领家居特摩洛斯山脚的迈俄尼亚人前来。

口操异腔怪调的[②] 卡里亚人由纳斯忒斯镇管，
占据米勒托斯和弗西荣，林木葱郁的群山，
陪傍迈安得罗斯的水流，慕卡勒峥嵘的石岩。
他们的首领是安菲马科斯和纳斯忒斯，
纳斯忒斯和安菲马科斯，诺米昂光荣的儿男。
他[③] 一身黄金装饰，走去赴战，姑娘一般，
蠢货——金子没有替他挡开死的凄惨。

---

① 即阿基琉斯(裴琉斯之子)。第二十一卷着力描述了阿基琉斯在斯卡曼德罗斯河里大开杀戒的情景，其中没有提及英诺摩斯(和纳斯忒斯)的名字。参考该卷第205—210行等处。

② barbarophonon，即口操外邦语言(或不讲希腊语)的。另参考第804行。

③ 可能指纳斯忒斯。

埃阿科斯捷足的孙子结果了他的性命[①],
在那条河里,狂怒的阿基琉斯剥抢了他的金件。

萨耳裴冬和豪勇的格劳科斯乃鲁基亚人的首领,
从遥远的鲁基亚[②],从珊索斯的漩流边赶来。

---

① 参见第860行注。

② 位于小亚细亚西南部。参考第五卷第479行注等处。

第 三 卷

其时，两军已经排开，各队均有首领管带，
特洛伊人挟着喧闹走来，高声呼喊，像一群野雁，
麇集的鹳鹤，发出冲天的嚣喧，
试图躲避冬日的阴寒和骤雨的倾泻，
尖叫着飞去，冲向俄刻阿诺斯的水面①，
给普革迈俄伊人② 带去死亡，致送毁灭：
它们将在黎明时分进攻，开始殊死的恶战。
但是，阿开亚人却在默默行进，吞吐狂烈，
人人狠下心肠，决心与战友互为帮援。

犹如南风刮来弥罩峰峦的浓密雾霭，
不是牧人的朋友，但对窃贼却比黑夜宝贵，
使人的目力仅限于一块投石可及的距离；
就像这样，兵勇们急速前行，抢越平原，
腿脚掀卷浓密的泥尘，一片片腾升的灰团。

两军相对而行，咄咄逼近，神一样的
亚历克山德罗斯跳将出来，从特洛伊人的

① 换言之，它们正尖叫着朝着南方，向世界的边缘飞去。

② Pugmaioi，传说中生活在埃及的侏儒民族。比较 pugme，“手指”“拳击”。另参考希罗多德《历史》第三卷 37 和亚里士多德《动物史》第八卷 597a6。有关鹤群血战普革迈俄伊人的故事可能出自古埃及传说。

队列，作为挑战者，肩披一领豹皮，
身带弯翘的弓杆劈剑，手握一对枪矛，
顶着铜尖，对所有最好的阿耳吉维人挑战，
要他们投入痛苦的搏杀，一对一地拼击。

　眼见他迈着大步，走在队伍的前列，
阿瑞斯钟爱的墨奈劳斯兴高采烈，
宛如一头狮子，撞上一具硕大的尸躯，
其时饥肠辘辘，蹿扑一头带角的公鹿
或野山羊的躯体，大口吞咽，虽说奔跑的
猎狗和年轻力壮的猎手正在进袭[①]。
就像这样，墨奈劳斯高兴，看到神一样的
亚历克山德罗斯出现，心想着惩罚这个恶棍，
从车上一跃而下，全副武装，双脚着地。

　然而，当神样的亚历克山德罗斯看到墨奈劳斯的
身影，在前排战勇中显现，顿感心里哆嗦，
为了躲避死亡，退回己方的群伴里面。
犹如一个穿走山谷的行人，路遇长蛇，
赶紧收回脚步，吓得浑身发抖，
面色青白，急欲躲避，连连后退；就像
这样，在阿特柔斯之子面前，神样的亚历克山德罗斯
赶紧回缩，隐没在高傲的特洛伊人的队列。

---

① 诗人常把勇士比作狮子（扑杀羊、鹿等）；狩猎的情景也不时出现在明喻里。参考第十六卷第 487—489 行和第 752 行注。比较第十一卷第 324—325 行和第十三卷第 471—475 行等处。

　　其时，赫克托耳见他，便用讥辱的语言抨击：
“可恶的帕里斯，俊公子，诱骗狂，女人迷！
但愿你未婚而卒，不曾出生在人间！
倘若此事当真，我会真心愿意。这要远为可取，
比之让你跟着我们，招人辱骂，丢人现眼。
毫无疑问，长发的阿开亚人正在笑讥，
以为你是我们中最勇的杰英，只因你看起来
潇洒——却没有豪壮的心胸，缺少勇气。
难道不是你在那远洋的船里，招聚起
荡杆的桨手，帮你鼓起长帆，跨越海区，
和外邦人交往，混在一起，带走一个美女，
从遥远的地面，她的同胞都是投枪的军兵？
不是吗？对你的父亲、城市和全民，你是一场剧痛；
对敌人，你是欢悦；你是耻辱，对你自己。现在，
难道你就不能站稳脚跟，与嗜战的墨奈劳斯一拼？
这样，你就会知道此人，你夺走了他丰美的娇妻。
其时，你的竖琴、发绺和阿芙罗底忒的钟爱
都将不能帮你，当你在泥尘里打滚，你的美貌不能助济。
特洛伊人都太胆小，否则，冲着你所
带来的这许多祸害，你本该已经穿上石头的衫衣①！”

　　这时，神样的亚历克山德罗斯对他答话，说起：
“赫克托耳，你的指责不算过分，说得在理。
不过，你的心灵如此刚烈，似一把斧斤，
带着工匠的臂力，伐砍树材，凭靠精湛的技艺，
断木造船，闪落伐者浑身的力气；是的，

① 意为本该已被特洛伊人用乱石砸死。

这就是你胸腔里的雄心，着实坚硬。尽管如此，
你可不宜讥嘲金色的阿芙罗底忒给我的赠礼，
神赐的礼物不能丢却，件件亮丽，
神们自己愿给，凡人的一厢情愿不可得及[1]。
好吧，倘若你希望我去战斗，去死拼，那么
就让所有的特洛伊人坐下，连同阿开亚军兵，
让我和嗜战的墨奈劳斯决斗，在中间的空地，
为了海伦，争抢她的财产，所有的东西。
让二者中的胜者，也就是更强健的斗士，
理所当然地带走财物，把女人领回家里。
其他人要订立友好协约，以牲血誓凭，
你们继续住在土地肥沃的特洛伊，而他们则返回
马草丰肥的阿耳戈斯[2] 和出美女的阿开亚大地。”

他言罢，赫克托耳听后很是高兴。他随即
步入两军之间的空地，手持枪矛的中端，
逼迫特洛伊营伍后退，直到军士们屈腿坐定。
但长发的阿开亚人仍然举着弓杆，对他瞄准，
射出箭支，投出飞石，对他实施打击。
民众的王者阿伽门农见状，喊出洪亮的声音：
“打住，阿耳吉维人！别再投射，阿开亚人的儿子们！
头盔闪亮的赫克托耳有话要说，对我等众人。”

他言罢，兵勇们停止击打，场地突然变得

① 帕里斯显然在委婉地为自己应负的责任开脱（比较第二十四卷第 28—30 行）。

② 在这里，“阿耳戈斯”指伯罗奔尼撒（参考第一卷第 79 行注、第二卷第 684 行注和第七卷第 363 行注等处）。

肃静。赫克托耳对两军喊话,在中间站立:
“听着,特洛伊人和胫甲坚固的阿开亚军兵,听听
亚历克山德罗斯的挑战,他是这场恶战的起因。
他要所有其他特洛伊人和阿开亚人
放下绚美的甲械,搁置在丰肥的土地,
由他自己和嗜战的墨奈劳斯居中硬拼,
为了海伦,争抢她的财产,所有的东西。
让二者中的胜者,也就是更强健的斗士,
理所当然地带走财物,把女人领回家里。
其他人要订立友好协约,以牲血誓凭。”

　他言罢,全场静默,众人悚然无言[①]。
人群中,啸吼战场的墨奈劳斯开口说及:
“也应听听我的意见,因为这场苦痛伤损我的心灵,
比对别人直接。不过,我认为阿耳吉维人和
特洛伊人现在可以分开,大家已经饱受苦难,
为了我的争吵,由亚历克山德罗斯挑起事端。
我们二人中总有一个命薄,注定不能生还;
让他死去吧!但你等双方应宜分手,要快。
去拿两只羊羔,白黑各一[②],分别献祭给
太阳、大地;对宙斯,我们要另备一份牲祭。
还要把普里阿摩斯请来,以便用牲血誓凭,
让他本人——他的儿子们傲莽,不可靠信——

① 第95行同第七卷第92行等处。这一程式化用语在《伊利亚特》中出现达十次之多。

② 祭品的颜色颇有讲究:白的祭给奥林波斯神明,黑的祭给地神。此外,按照古希腊习俗,献祭男性神用公畜,献祭女性神则用母畜。参考第二十卷第404行注。

以防有人践毁宙斯督发的誓咒，使其失去效应。
年轻人心绪漂浮，此乃不变的定律。
所以，要有一位长者主事，他能瞻前
顾后，使双方都能获得远为佳好的结局。”

他言罢，特洛伊人和阿开亚人全都高兴，
以为就此可以罢兵，摆脱战争的苦凄。
他们把战车排列成行，提腿下来，
卸去甲械，置放在身边的泥地，
靠挤成群，周边只有很小的空隙。
赫克托耳吩咐两位信使赶回城里，即刻
提取羊羔，并请普里阿摩斯前来主持事宜。
强有力的阿伽门农命嘱塔尔苏比俄斯
离去，前往深旷的海船，取回另一只羊祭，
后者遵从，不违高贵的阿伽门农的嘱令。

其时，神使伊里斯来到白臂膀的海伦面前，
以她姑子的形象出现，安忒诺耳之子，是的，
安忒诺耳之子，强有力的赫利卡昂的妻侣，
劳迪凯，普里阿摩斯的女儿中最漂亮的一位。
伊里斯进入厅里，只见海伦正在织制一件硕大的
紫色披篷，双层，织出驯马的特洛伊人
和身披铜甲的阿开亚人许多场搏斗的图案，
为了她，双方在战神的击打下受尽了苦难。
腿脚迅捷的伊里斯对她说道，站在她的身边：
“去看吧，亲爱的夫人，那里的场面真够精彩，
由驯马的特洛伊人和身披铜甲的阿开亚人
手创出来。刚才，他们还在痛苦的战斗中搏击，

格杀在平野,一心向往殊死的拼战,
而现在,他们却静静地坐着,战斗已经终结;
他们把粗长的枪矛插入身边的泥地,倚靠着盾牌。
但嗜战的墨奈劳斯与亚历克山德罗斯即将
开战,为了你不惜面对粗长的枪杆。
你将归属胜者,被称为他所钟爱的妻伴。”

女神的话在海伦心里勾起甜美的思念,
思想前夫,她的双亲,还有那座城垣。
她披掩起闪光的亚麻纱头巾,动作很快,
当即走出房间,挂着晶亮的眼泪,
并非独自一人,有两位侍女伴陪,
埃斯拉,皮修斯之女和牛眼睛的克鲁墨奈,
很快来到斯凯亚门[1] 耸立的墙垒。

潘苏斯坐在普里阿摩斯身边,还有苏摩伊忒斯、
朗波斯、克鲁提俄斯和希开塔昂,阿瑞斯的后代,
连同乌卡勒工和安忒诺耳,双双擅长谋算。
他们端坐斯凯亚门边,城民中的长老前辈,
虽说上了年纪,已不在战场服役,但仍然
雄辩滔滔,嗓音清晰,像那停栖枝头的夏蝉,
鼓翼绿林,放出脆亮的声音传开。
就像这样,他们置身塔楼,特洛伊人的首领坐待。
他们看到海伦,正沿着墙基走来,
便压低声音,交换起长了翅膀的语言:

① 特洛伊朝向战场的大门(意为“在左边”),在诗中出现十二次,其中三次和“橡树”连用。

“不能责怪特洛伊人和胫甲坚固的阿开亚人，
确实，倘若他们经年苦战，为了这样一个女人，
她的长相太像，令人惊恐地像似长生的女仙。
不过，尽管美貌，还是让她离去，登上海船，
不要把她留下，给我们和子孙带来悲哀。”

他们言罢，但普里阿摩斯呼唤海伦，讲说：
“过来吧，亲爱的孩子，在我身边下坐，
看看你的前夫，还有你的乡亲和朋友。
我没有怪你，在我看来，该受责备的是神，
他们把我逼向与阿开亚人悲苦的战争。
坐下，告诉我他的名字，那位魁伟的壮勇，
他是谁，那位强健、粗壮的阿开亚人？
尽管队列里有人比他颀长，高出一头，
但我的眼睛却从未见过如此雄杰的人物，
这样豪阔的派头，此人看来像是一位王公①。”

海伦，女人中的姣杰答话，对他说称：
“尊爱的父亲，我总是怕你，但对你敬重②。
但愿我已悲惨地死去，就在跟你儿子过来的
时分，抛弃我的房居，我的亲属，抛弃
心爱的孩子，还有秀美的闺期女伴一同。
然而事情不曾那样发生，而我只能在泪水中磨损。

---

① 赞美敌人并不一定意味着贬低自己——相反，它能表现赞美者的气度，展示他的英雄本色。荷马有偏袒和倾向于更多地为阿开亚人“着想”的一面，但同时也具备较多的中性意识，有较为宽广的政治和文学视野。另参考第二十四卷第 632 行注。

② 对海伦，普里阿摩斯“总是那么和善，像我的亲爹一般”（第二十四卷第 770—771 行）。

好吧，我这就回答，回复你的询问。
那是阿伽门农，阿特柔斯之子，统治辽阔的疆土，
一位善好的国王，强健的枪手，曾是
我的亲戚，倘若这是真的，对我这不要脸的女人。”

　她言罢，老人深感惊异，说道：
“好福气啊，阿特柔斯之子，得宠的天骄，
你统领浩荡的大军，阿开亚人年轻的小伙。
从前，我曾造访弗鲁吉亚，那里盛产葡萄，
见过弗鲁吉亚兵勇，成群的战马闪射光灼，
兵多将广，由俄特柔斯和神样的慕格冬率导，
其时正安营扎寨，沿着桑伽里俄斯河的水道[①]。
我，作为盟友，编在汇聚的营伍之中；那一天，
亚马宗女郎[②] 正在逼近，男人一样强悍的兵勇。
然而，就连他们，也不及明眸的阿开亚人势众。”

　接着，老人望着奥德修斯，对她发问：
“告诉我那位，亲爱的孩子，那是谁人，
虽说个子比阿特柔斯之子阿伽门农矮了一头，
但他的肩膀，还有胸背却长得更为宽厚。
现在，此人虽然已把甲械堆放在丰产的土地，
却依然忙着整饬队伍，像一头公羊，穿梭巡走。
真的，我想把他比作一头公羊，毛层浓厚，

① 赫卡贝的兄弟阿西俄斯居家此河边旁(阿波罗曾变取他的形貌，详见第十六卷第 715—720 行)。

② 据传散居在“世界的边缘”，即亚洲的东北部一带，以游牧为生，嗜战。参见第六卷第 186 行。另参考希罗多德《历史》第四卷 110—117 和第九卷 27。

穿行在一大群白光闪烁的绵羊之中。”

其时，宙斯的女儿，他的后裔对老人答道：
“那是莱耳忒斯之子奥德修斯，足智多谋，
在伊萨卡地面长大，尽管那里岩壁粗皱，
精于各种韬变，通掌所有精妙的计筹。”

其时，聪明的安忒诺耳插话，对她说道：
“夫人，你的话完全正确，说得一点不错。
从前，卓著的奥德修斯曾经来过，衔领
带你回返的使命，和嗜战的墨奈劳斯一同。
我热情款待他俩，在自家的厅堂里做东，
了解到二位的身材，他们的智算谋功。
当他们参加集会，介入特洛伊人之中，
并肩而立，墨奈劳斯显得硕大，双肩更为宽厚，
然而，奥德修斯却更具王者气度，在端坐的时候。
他俩对着众人讲话，用词遣句，抒表心筹，
墨奈劳斯出言迅捷、流畅，用词虽少，
却说得十分清楚；他不擅漫无边际，
也不喜长篇大论，虽然没有奥德修斯的岁数。
当足智多谋的奥德修斯站立起身，他只是
木然不动，两眼笔直，盯着脚下的泥土，
从不造摆姿势，拿着权杖前后晃动，
而是僵紧地握在手中，像个痴汉，啥也不懂。
是的，你可以把他当作一个蠢货，一个怪人。
然而，当他亮开洪大的嗓门，语句从胸腔里
冲出，像冬天的雪花飞纷，其时，
凡人中就不再有谁可以与奥德修斯比争，

我们将不再盯视他的外表,带着惊异的眼神[①]。"

老人望着第三位战勇,望着埃阿斯发问:
"他是谁,那位阿开亚人,如此强壮、魁梧,
俯视阿耳吉维兵勇,高出一个头脸和宽厚的肩胸?"

女人中的姣杰、裙袍长垂的海伦对他答道:
"他是魁伟的埃阿斯,阿开亚人的墙堡;
那是伊多墨纽斯,站在那头,像一位神明,
在克里特人之中,他们的首领在他身边簇拥。
当他从克里特来访,阿瑞斯钟爱的墨奈劳斯
曾多次设宴厅堂,款待做东。现在,我已看到
全部来者,所有其他明眸的阿开亚人,
我熟悉他们,叫得出他们的名称,
但却不见那两位亲人,他们统领军阵,
驯马的卡斯托耳和波鲁丢开斯,强有力的拳手,
我的兄弟,由同一位娘亲所生。也许,
他们没有率众出征,离开美丽的拉凯代蒙;
也许来了,乘坐破浪远洋的船舟,
但眼下却不愿和勇士们一起战斗,
害怕听到成串的羞辱,听闻对我的讥讽。"

她言罢,却不知催生万物的泥层已把他们
埋没,在拉凯代蒙,他们热爱的故土[②]。

---

① 古希腊人向来重视讲演和修辞技巧,能说会道和行动果敢是他们自幼着力培养的"文武之道"(参考第九卷第 443 行)。

② 比较《奥德赛》第十一卷第 301—304 行。

其时，信使们穿走城区，带着对神封誓的牲品，
两只羊羔，连同烘暖心胸的浆酒一起，大地的
丰产，装在山羊皮袋里，信使伊代俄斯
携带闪亮的兑缸，拿来金铸的杯子洒祭。
他站在老人身边说话，高声催请：
"起来吧，劳墨冬之子，驯马的特洛伊人和
身披铜甲的阿开亚人的首领们请你，
要你前往平原，为他们证封誓凭。
亚历克山德罗斯和嗜战的墨奈劳斯正准备拼命，
为了那个女人，手握粗长的枪矛搏击。
让胜者带走女人，连同她的全部财产，
让其他人订立友好协约，以牲血誓凭，
我们继续住在土地肥沃的特洛伊，而他们则返回
马草丰肥的阿耳戈斯，返回出美女的阿开亚大地。"

他言罢，老人浑身战栗，吩咐伴从
牵马套车，后者当即行动，谨遵不违。
普里阿摩斯抬腿登车，向后把缰绳绷紧，
安忒诺耳踏上做工精致的马车，从他的身边。
他们驾驭快马，冲出斯凯亚门，驰向平原。

当来到特洛伊人和阿开亚人陈兵的地点，
他们步下马车，踏上丰产的土地，
迈步行走在特洛伊人和阿开亚军兵之间。
民众的王者阿伽门农起身站立，足智多谋的
奥德修斯亦起身迎接。高贵的使者带来
祭神的用物，封证誓约的牲品，在一个硕大的
缸碗里兑酒，净洗王者们的双手，倒出清水。

阿特柔斯之子手握柄把，拔出匕首，
此物总是悬挂在铜剑宽厚的鞘边相随，
从羊羔的头部下手，割下毛发，信使们将
它传递给特洛伊和阿开亚人的首领每位。
人群中，阿特柔斯之子大声祈祷，高扬双臂诵谓①：
“父亲宙斯，你从伊达山上统治，至尊、至伟，
还有无所不闻的赫利俄斯，无所不见，
连同河流、大地以及你们，在地府里惩治死鬼，
惩罚发伪誓的人们②，不管是谁——
请你们做证，监护我们的旦旦誓规。
如果亚历克山德罗斯杀了墨奈劳斯，
那就让他继续拥有海伦，拥有她的全部财产，
而我们则将踏上破浪远洋的船舟，返回。
但是，倘若金发的墨奈劳斯杀了亚历克山德罗斯，
那就让特洛伊人交还海伦，交还她的全部财产，
附带一份给阿耳吉维人的陪送，事情要做得体面，
以便让后人有所遵循，记在心间。
假如普里阿摩斯和他的儿子们
不愿在亚历克山德罗斯倒下后付酬，偿还，
那么，我将亲自出阵，为了财礼拼战，
直至打完这场战争，直到获胜的一天！”

言罢，他用无情的匕首抹开羊羔的脖颈，
放手让它们瘫倒在地，喘着粗气，从喉管

① 古希腊人对神祈祷时常直立，高扬双臂，目视苍天(第七卷第178行)。

② 即发过誓言但日后不予实践(亦即予以破毁)之人。誓咒接受神的督视，既有约定俗成的“法律”效应，又能对当事人形成巨大的形而上的心理威慑和压力。

吐出魂息,青铜的威力夺走了它们的生命。
接着,他们倾杯兑缸,舀出酒液,泼洒
在地,开口祈祷,对长生不老的神祇。
阿开亚人中有人说话,或是某个特洛伊军兵:
"宙斯,你至尊、至伟,还有列位不死的神祇,
我们双方,若有谁个破约,无论哪一方面,
让他们,连同他们的儿子,像这泼洒出去的
奠酒,脑浆涂地;让他们的妻子沦为战礼!"

他们言罢,但克罗诺斯之子不会兑现,无意。
其时,普里阿摩斯在人群中说话,达耳达诺斯的后裔:
"听着,特洛伊人和胫甲坚固的阿开亚军兵,
我准备动身回家,回到多风的特洛伊,
不忍心亲眼目睹,看着我亲爱的儿子
和阿瑞斯钟爱的墨奈劳斯一对一地拼命。
宙斯知道,毫无疑问,还有其他永生的神祇,
他俩中谁个将死,已由命里注定。"

言罢,这位神一样的凡人将羊羔放上马车,
登上车板,往后把缰绳拉紧,
安忒诺耳踏上做工精致的马车,从他身边。
两人动身回程,返回伊利昂地面。
赫克托耳,普里阿摩斯之子,和卓越的奥德修斯
一起丈量出决斗的场地,抓起两个阄块,
放入青铜的战盔,来回摇动一气,
以便决定二人中谁个先掷,投出青铜的矛尖;
两边的兵勇们举起双手,对着神明求祈。
阿开亚人中有人说话,或是某个特洛伊军兵:

“父亲宙斯，你从伊达山上督视，至尊、至伟，
让他俩中给我们双方带来灾难的人死去，
不管是谁，让他滚入哀地斯的府居；
让我们大家一起共享誓约带来的友情！”

　他们言罢，高大、头盔闪亮的赫克托耳
摇动阄块，双目后视，帕里斯的阄件跳将出来①。
兵勇们全都列队坐下，紧挨着
各自蹄腿快捷的驭马和闪亮的甲械。
卓著的亚历克山德罗斯，美发海伦的夫婿，
开始披挂锃亮的铠甲，在自己的背肩。
首先②，他戴上精美的胫甲③，裹住小腿，
焊着银质的搭扣，在脚踝处箍紧，
随之系上兄弟鲁卡昂的护甲，大小
适中，恰好服帖，遮掩起他的胸背，
然后斜搭肩头，挎上镶嵌银钉的劈剑，
青铜铸就，背起巨大、沉重的盾牌。
接着，他把铸工精致的帽盔扣上硕大的
头颅，马鬃做就的顶冠摇曳出镇人的威严，

---

① 类似的例子另见第七卷第181—192行等处。

② 《伊利亚特》里武装程式的第一个例子由此开始。另参考第十一卷第17—44行、第十六卷第131—144行和第十九卷第369—391行等处。从某种意义上来说，《伊利亚特》中相当多的诗行是通过许多长短不一的程式（或模式）拼组而成的。古时的口诵诗人没有可供阅读和随时“查询”的文本，只能凭借前辈同行的口授指点，死记硬背（当然也不排除即兴发挥），从事承接和讲诵故事的工作。程式无疑有助于口诵诗人的记忆和作品的师承传授。

③ 胫甲用以保护膝下和踝上的小腿，可用厚布、皮革和金属制作。阿开亚人是“胫甲青铜”的斗士（第七卷第41行）。赫法伊斯托斯曾用白锡铸制胫甲（第十八卷第612行）。

操起一杆粗莽的枪矛，恰合他的手间[1]。
嗜战的墨奈劳斯以同样的顺序武装起来。

　　二位在各自的军阵里披挂完毕，
大步跨入特洛伊人和阿开亚兵丁之间，
眼里射出凶狠的光闪，令旁观者们惊赞，
驯马的特洛伊人和胫甲坚固的阿开亚军男。
他俩在丈量好的场地上站定，相距不远，
全都怒气冲冲，挥舞手中的枪杆。
亚历克山德罗斯先掷投影森长的枪矛，
击打阿特柔斯之子的战盾溜圆，
但铜尖不曾穿透，被坚实的盾面
顶弯。接着，阿特柔斯之子墨奈劳斯
手举铜枪冲刺，口诵对父亲宙斯的祈盼：
“允许我，王者宙斯，让我惩罚他，是他伤我在先，
用我的双手把卓著的亚历克山德罗斯打翻，
以便让后人心惊胆战，若有谁个打算
恩将仇报，使好客的主人受害！”

　　言罢，他平持落影森长的枪矛投掷，
击中普里阿摩斯之子边圈溜圆的盾牌，
沉重的枪尖深扎进去，穿透闪光的盾面，
长驱直入，捅开精工制作的胸甲，
冲着肋腹刺捣，挑烂贴身的衣衫，
但帕里斯及时侧避，躲过了乌黑的死难。
阿特柔斯之子拔出嵌缀银钉的铜剑，

① 第 338 行同《奥德赛》第十七卷第 4 行。

高举起来，对着冠顶的突角劈砍，剑刃
迸撞得七零八落，从他的手心脱开。
阿特柔斯之子长叹一声，仰面辽阔的天界：
“父亲宙斯，你的残忍神祇中谁可比及！
我想惩治亚历克山德罗斯的劣迹，
但我的劈剑却在手中裂成碎片；投枪
不曾把他结果，徒劳地做了一次扑击。”

　言罢，他猛冲上去，抓住嵌缀马鬃的头盔，
奋力拉转，把他拖往胫甲坚固的阿开亚人的队列，
刻着图纹的盔带系固着铜盖，扣住下颌，
勒紧松软的脖圈，把帕里斯卡得喘不过气来。
其时，他会把伤者拖走，争获无尽的光荣，
若非宙斯之女瞅见，阿芙罗底忒的眼快①。
她撸脱牛皮，那是扣带，割自一头公牛被宰，
使阿特柔斯粗壮的大手只攥得一顶空有的盔盖。
英雄甩手一挥，铜盖朝着胫甲坚固的
阿开亚人疾飞，被可以信靠的伙伴收接。
他转身复又追去，决心用青铜的枪矛
结果对手的性命，但阿芙罗底忒轻舒臂膀，
因为她是神祇，摄走帕里斯，把他裹藏在雾里，
放落在清香飘散的寝室，他的宅邸。
然后，她又前往招呼海伦，发现后者
正在高高的塔楼上，被一群特洛伊女子簇围。
她伸手拉住芬芳的裙袍，轻轻摇摆，

① 第 374 行同第五卷第 312 行。阿芙罗底忒还救过她的爱子埃内阿斯和另一位风流“公子”，即战神阿瑞斯。

开口说话，变取一位老妪的身形，
此女织纺羊毛，那时海伦还是拉凯代蒙的居民，
曾为她手制漂亮的织物，海伦爱她发自内心。
以这位老妪的模样，阿芙罗底忒对她说及：
“跟我来，亚历克山德罗斯差我，请你回还，
正在卧房的睡床等你，床上雕着圈环，
他衣饰光亮，潇洒俊美，你不会觉得
他刚从决斗归来。不，你会以为他想去
跳舞①，或者刚刚跳完，想要小歇一番。”

　阿芙罗底忒的话语激扰了海伦的心境，
她认出了女神，那修长、滑润的脖颈，
还有坚挺的乳房，闪闪发光的眼睛，
使她看后惊异，于是说话称指，争鸣：
“为何执意骗我，你这不可思议的神灵？
难道还想诱骗，把我带往某个人丁兴旺的
城市，带往弗鲁吉亚，或是迷人的迈俄尼亚地面？
兴许那里也有一位会死的凡人，受你钟爱？
要不就是墨奈劳斯已将高贵的帕里斯打败，
想要把我，尽管遭人怨恨，带回家园——
可是出于这个缘故，你来找我，出于谋算？
要去你自己请便，坐在他身边，放弃神的地位，
从今后再也不要脚踏奥林波斯的路面，
看护着他，为他吃苦受难，永世相伴，

① 战斗和跳舞都是“近身”的行为，也是两种经常以“集体”方式展开的“活动”，但二者的人文内涵却大相径庭——战争意味着仇杀与死亡，而舞蹈则象征亲密、欢乐与和平。参考第十五卷第 508 行注。

直到他娶你为妻,或是当作奴隶看待。
不,我不会和他重圆,那是羞辱的极端。
我不会为他侍寝,不想让全城的特洛伊女子
今后说四道三;我的心里已充满愁哀。”

其时,闪光的阿芙罗底忒愤怒,对她说讲:
“不要惹我,狠酷的姑娘,免得我发怒,把你弃置一旁,
开始咬牙切齿地恨你,就像眼下深深地爱你一样,
免得我鼓动起双方的至恨,把你夹在中央,
在达奈人和特洛伊人之间,凄惨地死亡。”

她言罢,宙斯的女儿海伦感到害怕,
裹着灿亮的裙袍,默然无声,启步回家,
特洛伊妇女一无所见,女神前行引她。

当她们抵达亚历克山德罗斯华丽的宫房,
侍从们赶紧走开,为操持各自的活计碌忙。
而海伦,女人中的姣杰,走向高耸的睡房,
爱笑的阿芙罗底忒抓过一把椅子,她,
一位女神,提来放在亚历克山德罗斯的前方。
海伦,带埃吉斯的宙斯的女儿,弯身坐下,
开口嘲讽丈夫,改变视看的方向:
“这么说,你已从战场回返。哦,真愿你死在那里,
被我的前夫,那个比你强健的男人手杀。
从前,你曾说过大话,自称比嗜战的
墨奈劳斯出色,无论是比力气、手劲和投枪。
何不再去试试,挑战阿瑞斯钟爱的墨奈劳斯,
面对面地开打?算了,我劝你还是

就此作罢，别再和金发的墨奈劳斯
较劲，一对一地搏杀。你呀，别再鲁莽，
免得很快了结，倒死在他的枪下。”

　其时，帕里斯对她说话，回答：
“别再折磨我的心灵，夫人，别再辱骂。
这一回墨奈劳斯胜我，受惠于雅典娜的帮忙，
下一回我要把他打败，神明也在我们身旁。
来吧，让我们就此做爱，寻欢睡床，
激情将我缠缚，从来不曾像现在这样，
包括那次，我把你从美丽的拉凯代蒙抢出，
带走，乘坐海船，破浪远洋，
在克拉奈岛上欢爱，在床上睡躺。我爱你，
眼下，被甜美的欲念折服，连那时都难以比上。”

　言罢，他引步前行，妻子跟他上床。
就这样，他俩睡躺在穿孔的床上，而阿特柔斯
之子却在人群里来回奔走，野兽一样，
寻找神一般的亚历克山德罗斯的去向。
然而，无论是特洛伊人，还是著名的盟军将士，
谁也无法对嗜战的墨奈劳斯指明帕里斯人在何方。
他们不会藏匿，倘若见过，出于爱他；
众人恨他，像痛恨乌黑的死亡。

　其时，民众的王者阿伽门农在人群中讲话：
“听着，特洛伊人，达耳达尼亚人，各方盟帮！
很明显，嗜战的墨奈劳斯已获胜战场。

你们必须交还阿耳戈斯的海伦[1],连同她所有的
财产,还要另外添加一份,进行体面的赔偿,
如此让后人遵循,作为标准,记在心上。”

阿特柔斯之子言罢,阿开亚人喊出呼声,赞扬[2]。

---

① 海伦来自拉凯代蒙;这里的“阿耳戈斯”指伯罗奔尼撒。

② 比较第一卷第 22 行。《伊利亚特》乃英雄史诗,普通士兵的声音一般只能在相互间的私语(或议论)和呼吼中听到。

第四卷

其时，众神正坐在宙斯身边商量，
在黄金铺地的宫房，女神赫蓓给
他们逐个斟倒奈克塔耳[①]，神们举着
金杯互相劝饮，俯视着特洛伊人的城邦。
突然，克罗诺斯之子张嘴发话，以
挑衅的口吻挖苦说讲，意欲激怒赫拉：
“女神中，有两位是墨奈劳斯的朋帮，
阿耳戈斯的赫拉和阿拉尔科墨奈的雅典娜[②]。
瞧哇，她俩端坐此地，悠闲自得，
极目远望，而爱笑的阿芙罗底忒却
总在保护她的宠人，替他挡开厄运死亡——
她让自以为必死的帕里斯逃生，就在刚刚。
所以，胜利已归属嗜战的墨奈劳斯一方。
现在，让我们考虑事情发展的归向，
是再次挑起惨烈的恶战和痛苦的搏杀，
还是让他们言归于好，让交战的双方。
倘若这能使各位满意，感觉欢畅，那么
普里阿摩斯王的城仍将是个人居人住的国邦，

① 参考第一卷第597行注。

② 阿拉尔科墨奈位于波伊俄提亚境内，为一小城镇，设有雅典娜的祭坛。“阿拉尔科墨奈的雅典娜”含雅典娜是该地的保护神或保护者之意，因而可作引申性的“保护者雅典娜”或“护卫民众的雅典娜”解。参考第五卷第908行。关于雅典娜另见第515行注。

而墨奈劳斯亦可带着阿耳戈斯的海伦还乡。”

宙斯言罢，但二神小声嘀咕，雅典娜和赫拉，
坐得很近，谋划着如何使特洛伊人遭殃。
雅典娜静坐不语，恼恨父亲宙斯的
做法，狂野的暴怒业已把她逮抓。
然而，赫拉却开口说话，不能把盛怒填在胸腔：
“你说了些什么？克罗诺斯最可怕的儿郎[1]？
你怎能存心让我劳而无功，白忙一场，
我曾汗流浃背，累坏了奔走的驭马，为了
集聚军队，给普里阿摩斯和他的儿子们致送愁殃。
做去吧，但我等众神不会一致赞赏。”

带着极大的烦恼，汇集云层的宙斯对她答话：
“我说夫人，普里阿摩斯和他的儿子们究竟
给你造成多大的痛苦，使你怒气大发，
念念不忘捣毁墙垣坚固的城堡伊利昂？
看来，你是非要穿过城门，进入高墙，
生吞活剥了普里阿摩斯和他的儿男，连同
所有的兵壮，如此方能平息你的怒火满腔。
做去吧，按你的心想。别让这次争吵
日后使你我不和，给咱俩带来苦伤。
我还有一事奉告，你要牢记心上[2]，
将来，无论何时，如果我要摧毁某个城邦，
里面住着你所钟爱的民众，随我的愿望，

① 第 20—25 行同第八卷第 457—462 行。

② 第 39 行同第一卷第 297 行等处。

你可不要冲着我的盛怒，出面阻挡，而应让我
做去，因为这次我已让你，尽管违背心想。
所有的城市中，在太阳和星空之下，
只要是凡人居住的地方，
神圣的伊利昂是我内心最珍爱的一个，连同
普里阿摩斯和他的兵民，手握粗重的梣木杆矛枪，
因我从不匮缺丰美的供品，在那里的祭坛，
不缺烟香和奠酒，此乃我们应得的尊享[①]。”

其时，牛眼睛夫人赫拉对他答话，说讲：
“天底下我有三个最钟爱的城邦，
阿耳戈斯、斯巴达和路面开阔的慕凯奈，
荡平它们，无论何时，如果它们使你怒满胸腔。
我不会奋起保卫，也不会怨恨你的做法。
事实上，即便怀恨抱怨，不让你摧垮，
我的怨恨不会有用，因为你比我远为强壮。
不过，我的辛劳不应白费，不能空忙，
我也是神，我的宗谱和你的家族一样。
我乃工于心计的克罗诺斯最高贵的女儿，
卓显在两个方面：我最早出生，又是你的侣伴，
而你，你是镇统所有长生者的大王。
所以，在这件事上，让我俩互相容让，
我对你，你对我，其他永生的神祇
自会因袭效仿。现在，你可速命雅典娜
前往特洛伊人和阿开亚人喧嚣拼搏的战场，
想方设法，使特洛伊人率先肇事冒犯，

① 第48—49行同第二十四卷第69—70行。

破毁誓约，伤害声名远扬的阿开亚兵壮。”

　她言罢，神和人的父亲不予违抗，
当即吐说长了翅膀的话语，指令雅典娜：
“快去，在特洛伊人和阿开亚人中执行计划，
想方设法，使特洛伊人率先肇事冒犯，
破毁誓约，伤害声名远扬的阿开亚兵壮。”

　他的话催励早已迫不及待的雅典娜
出发，从奥林波斯峰巅急冲而下，
像工于心计的[①] 克罗诺斯之子抛出一颗流星，
一个预兆，对水手和铺天盖地的兵壮，
放射出密密匝匝的火花，闪闪发光。
就像这样，帕拉斯·雅典娜朝着地面疾扫，
落脚在两军中央，使目击的人们惊诧，
驯马的特洛伊人和胫甲坚固的阿开亚兵壮。
他们会如此说话，望着身边的对方：
“毫无疑问，我们又将面临凶险的战争和
嚣闹的拼杀，抑或宙斯有意使双方言归
于好，他是决断者，凡人的战事由他控掌。”

　阿开亚人中有人这样说话，或是某个特洛伊兵壮。
女神混入特洛伊人中间，以一位男子的形象[②]，
安忒诺耳之子劳多科斯，甩得粗重的投枪，

① “工于心计的”修饰克罗诺斯(见第 59 行和第九卷第 37 行)。以下类似情况同此解。

② 神经常变取凡人的形貌介入人间的冲突(另见第三卷第 386 行等处)。

寻找神样的潘达罗斯,希望能够碰上。
他找到鲁卡昂之子,一位高贵、勇猛的精壮,
正昂首挺立,一队队强健、携握盾牌的兵勇
簇拥在他的身旁,随他进兵,来自埃塞波斯沿岸。
女神站立他的身旁,说出的话语长着翅膀:
“鲁卡昂聪明的儿郎,可愿听听我的劝讲?
你可放胆射箭,对着墨奈劳斯击发,
你将因此争得荣光,享领全体特洛伊人,
尤其是王子亚历克山德罗斯的谢答。
你可先于他人,领取闪光的礼件,从他手上,
倘若让他见着嗜战的墨奈劳斯,阿特柔斯
之子被你箭杀,在悲苦的柴堆上平躺。
射箭吧,对着高傲的墨奈劳斯发放,
别忘了祈告光荣的射手,狼神阿波罗[①],
许愿你将敬办隆重的牲祭,用头胎的羔羊,
当你回到神圣的城市泽勒亚,回返家乡。”

雅典娜言罢,说动了他愚蠢的心肠。
他随即取出强弓,磨得溜滑,取自一头野山羊的
角叉——当岩羊从石壁上走下,他把箭矢射入
羊的胸膛。他藏身等待,身披伪装,
一箭扎入羊的胸膛,将它射翻在岩面上。
叉角在山羊的头上生长,长达十六个手掌,

① Lukegenei 可作“狼生的”(“狼神”包含“牧羊人的护神”之意)或“出生在鲁基亚的”解。后一种解法亦有较为强劲的支持。其一,据传阿波罗出生在亚洲;其二,潘达罗斯来自特洛伊附近的鲁基亚(见第五卷第 105 行,另参考专名索引中的“鲁基亚”条);其三,潘达罗斯父亲的名字亦与阿波罗的“别名”Lukeios 颇为相近,叫作 Lukaon(鲁卡昂,见第二卷第 826 行)。

由一位能干的弓匠加工，粘连接镶，
将表面磨得溜光，安上金铸的弦环。
潘达罗斯把弓的一角抵在地上，弯弓上弦，
有人把盾牌挡在前面，那些勇敢的伙伴，
以防阿开亚人善战的儿子们突然站起，向他扑来，
在他发箭阿特柔斯之子，嗜战的墨奈劳斯之前。
他打开筒盖，拈出一支挂着翎毛的新箭，
以前从未用过，致送昏黑的痛患。
他动作迅捷，将致命的箭支搭上弓弦，
祈告光荣的射手阿波罗，狼养的神仙，
许愿敬办隆重的牲祭，用头胎的羔羊奉献，
当他回到神圣的城市泽勒亚，回返乡园。
他运气开弓，紧捏着箭的槽口和牛筋的弓弦，
将弦线拉近胸口，铁的箭镞碰到了弓杆。
他张开偌大的硬弓，把兵器拉成一个拱环，
弦线呻吟，高歌作响，锋快的箭支射出，向前飞弹，
挟着暴怒，朝着前方的人群扑钻。
然而，墨奈劳斯①，幸福和长生不老的神明没有
把你忘怀，尤其是宙斯赐赏战礼的女儿，
其时站在你的面前，替你挡开锐利的飞箭。
她动作轻快，将箭矢挪离皮肉，改变落点，
像一位撩赶苍蝇的母亲，替酣睡的儿男②，
她把箭镞导向腰带上的金环，

① 在这里，诗人直接对墨奈劳斯说话，缩短了诗人（或歌手）与人物之间的距离，是一种表示强调和抒发强烈情感的有效的修辞手段（另见第146行、第七卷第104行和第二十三卷第600行）。

② 一个简短和颇具生活气息的明喻。参考第二十卷第497行注。

胸甲的两个半片在那里重叠交连。
无情的箭头狠狠地捣进褡结，咬入
精工编制的条带，打了个透穿，
破开精工制作的胸甲，直逼系在里层的
甲片，此甲保护下身，抵挡枪矛的冲击，
故而是最重要的防卫——无奈也被箭力捅穿，
犀利的箭头碰伤壮士，挑开皮肉，
割出豁口，放出暗红、喷涌的热血。

　　如同用紫红的颜料涂漆，某个迈俄尼亚
或卡里亚妇女用象牙[①] 制作驭马的颊片，
将它收藏在里屋，尽管许多驭手渴望
得获此件，作为王者的佳宝，受到双重的珍爱，
既是马的饰物，又为驭者增添光彩。
就像这样，墨奈劳斯，鲜血浸染了你强健的
大腿、小腿，浇淋在线条分明的踝骨上面。

　　民众的王者阿伽门农吓得全身震颤，
眼见黑红的血浆从伤口里冒涌出来，
嗜战的墨奈劳斯亦感惊恐，颤抖得厉害；
然而，当他眼见绑条和倒钩都在伤口外面，
失去的勇气复又回返心田。
强有力的阿伽门农握着他的手说话，
高声吟叹，伙伴们呜咽抽泣，围聚在旁边：
“亲爱的兄弟，我所封证的誓约给你带来死难，

① 《伊利亚特》两次提及象牙（另见第五卷第 583 行）。关于迈俄尼亚（人）和卡里亚（人），参考专名索引。

让你独自临战特洛伊兵壮，在我等阿开亚人面前。
现在，特洛伊人将你射倒，践踏庄重的誓约。
然而，誓言不会白费，连同羔羊的热血，
还有不掺水的奠酒和紧握的右手，受我们信赖。
如果奥林波斯神主不及马上了结此事，
日后也会严惩不贷；他们将付出惨重的代价，
用他们的头颅，连同他们的妻子和童孩①。
我的心魂知晓，是的，我心里明白，
这一天必将到来：神圣的伊利昂将被扫灭，连同
普里阿摩斯和他的手握粗长梣木杆枪矛的壮汉。
克罗诺斯之子宙斯端坐宫庭，发威高天，
将亲自挥动浑黑的埃吉斯，在全城之上，
愤恨于他们的欺骗。这一切终将实现。
不过，我将为你承受巨大的悲痛，墨奈劳斯，
倘若你结束命运限定的人生，撒手人寰。
我将背着耻辱，回到干旱的阿耳戈斯地方，
因为阿开亚兵勇马上即会萌发幽情，思念故乡，
为此，我们将只能把阿耳戈斯的海伦留给普里阿摩斯
和特洛伊人，为他们争光。你的骸骨会在
特洛伊的泥土里腐烂，撇下你的事业，没有做完。
某个特洛伊小子会兴高采烈，跳上了不起的
墨奈劳斯的坟茔吹喊，趾高气扬：
‘但愿阿伽门农如此息止对所有敌人的暴怒，
像现在这样，徒劳无益地统领阿开亚人至此，
然后劳师还家，回返他所热爱的故乡，
海船里空空如也，把勇敢的墨奈劳斯撇下。’

① 所谓“城门失火，殃及池鱼”。比较第三卷第298—301行。

此人会这般胡说。哦，让广袤的大地裂开，把我吞藏[①]！”

其时，金发的墨奈劳斯说话，宽慰兄长：
“勇敢些，不要吓坏了阿开亚兵壮，
犀利的箭镞没有击中要害，闪亮的腰带
钝锉了它的锋芒，底下的束围和铜匠
为我精心制作的腹甲将它的冲力阻挡。”

其时，强有力的阿伽门农对他答话，说讲：
“亲爱的墨奈劳斯，但愿伤情如你说的那样。
不过，医者会来治疗创口，敷设
配制的药膏，止住这乌黑的痛伤。”

言罢，他命嘱塔尔苏比俄斯，他的神圣的信使：
“全速前进，塔尔苏比俄斯，把马卡昂叫来帮忙，
阿斯克勒丕俄斯之子，手段高明的医者，
察治阿特柔斯之子，嗜战的墨奈劳斯的创伤，
某个擅使弓弩的射手发箭于他，某个特洛伊人
或鲁基亚兵壮——此乃射者的光荣，我们的愁殃。”

他言罢，使者听后不予违抗，迈开腿步，
在身披铜甲的阿开亚人的营伍里穿插，
寻觅马卡昂，一位英壮，见他挺身站立，
身边围拥着一队队骠健的军勇，手握盾牌，
跟随他进兵此地，来自马草丰肥的特里卡。

---

① 英雄们视荣誉为生命(亦知人言可畏)。图丢斯之子狄俄墨得斯亦表示过相似的意愿(第八卷第150行)。

使者在他身边站立说话,吐出的语句长了翅膀:
“行动起来,阿斯克勒丕俄斯之子,强有力的阿伽门农
　对你有话,要你
察治阿开亚人的首领,嗜战的墨奈劳斯的创伤,
某个擅使弓弩的射手发箭于他,某个特洛伊人
或鲁基亚兵壮——此乃射者的光荣,我们的愁殃。”

　一番话激起了马卡昂的情感,在他的胸腔。
他们穿行阿开亚人宽广的军伍,
来到金发的墨奈劳斯中箭息躺的地方,
首领们都在那里,围成一圈,守候在他的身旁。
医者在人群中站定,凡人,但却神仙一样,
出手迅捷,从伤者腰带的扣合处将箭矢抽拔,
锋利的倒钩顺势后仰,崩裂损断。
接着,他松开腰带,宽解下面的束围
以及铜匠为他精心制作的腹甲,
眼见凶狠的射箭扎捣所致的痛伤,
吸出里面的淤血,敷上镇痛的药膏——
很久以前,出于友好,喀戎将其赠送他的阿爸[1]。

　当他们忙于照料啸吼战场的墨奈劳斯,
特洛伊人的队列却在向前开进,全副武装;
阿开亚人重新装备起来,复又想起厮杀。

---

① 马卡昂的父亲是名医阿斯克勒丕俄斯(见第194行)。喀戎乃马人中的智者,栖居裴利昂山上,是阿斯克勒丕俄斯、伊阿宋和阿基琉斯的老师(参见第十一卷第830—831行)。

其时，你不会看到卓越的阿伽门农睡觉，
或是躲向一旁，心里不想应战——不，
他渴望搏击，在人们争得荣誉的战场。
他把驭马和战车留在身后，闪着耀眼的铜光，
马儿喘着粗气，由他的助手带往一旁，
欧鲁墨冬，裴莱俄斯之子普托勒迈俄斯的儿郎。
阿伽门农命令他们就近看管驭马，以便在他
调度人数众多的军旅，四肢疲软时派上用场。
他迈开腿步，在列队的战勇之间穿插，
当看见求战心切的达奈驭手，带着快马，
他就站到他们身边，热切地鼓励说话：
“阿耳吉维斗士，不要消懈狂烈的豪莽。
父亲宙斯不会对说谎的骗子帮忙，
是他们首先破毁，将誓封的约言践踏，
兀鹫会吞食他们鲜亮的皮肉，而我们
将带走他们无助的孩童和钟爱的妻房，
在荡平这座城堡之后，用我们的海船载装！”

但是，当他发现有人试图畏避可怕的搏杀，
便会声色俱厉，恶狠狠地破口大骂：
“你们，阿耳吉维弓手[①]，不要脸啦，想把面子丢光？
为何呆呆地站立，迷迷惘惘，像小鹿一样[②]，

① iomoroi（另见第十四卷第 479 行），确切语义不明，一般作“弓手”解，含贬义。弓手通常在离对手较远的距离用弓箭袭杀，不像枪手（egchesimoroi，参见第二卷第 692 行）敢于和对手进行面对面的近战搏杀（但枪手亦可从远处投掷，而这还是史诗英雄们惯常的战法）。另参考第十一卷第 385 行及相关注释。

② 比较第二十一卷第 29 行和第二十二卷第 1 行等处。与之不同，敢于面对进击的斗士可以“像野猪一样犟莽”（本卷第 253 行；另参考第十七卷第 726 行注等处）。

跑过一大片草地,累得稀里哗啦,
木然站立,丢尽心里的勇气,每一分胆量?
同此,你们木然战立,迷迷惘惘,不思战杀。
抑或,是想等特洛伊人把你们逼至灰色大海的
滩沿,赶回停放船尾坚固的海船的地方,然后
再看看克罗诺斯之子,是否会把大手挡在你们头上?”

　就这样,他发布训令,在列队的战勇间穿插,
挤过密集的人群,来到克里特人边旁,
集聚在骁勇的伊多墨纽斯周围,准备迎战。
伊多墨纽斯在最前面的壮勇中挺立,像野猪一样犟莽,
而墨里俄奈斯则催督后面的队伍,要他们赶上。
见此情景,民众的王者阿伽门农感觉欢畅,
当即用欣赏的口吻,对伊多墨纽斯说讲:
“我敬你,伊多墨纽斯,胜过对其他驾驭快马的达奈
战勇,无论是在战斗,还是在别的事情,
或是在盛宴之上,当阿耳吉维人的首领在
兑缸里匀调闪亮的浆酒,供王者们分享。
即使所有其他长发的阿开亚人喝完
自己的份额,你的杯里却总是斟满
酒浆,像我的一样,要喝就喝,随你的心想。
奋起战斗吧,如你平时吹擂的那样!”

　其时,克里特人的首领伊多墨纽斯对他答讲:
“阿特柔斯之子,我会成为你可以信靠的
伙伴,一如当初做过保证,对你允诺的那样。
去吧,鼓动其他长发的阿开亚战勇,
以便迅速出战,既然特洛伊人已败毁

誓约，此事将在日后给他们带来悲痛和
死亡。是他们首先破毁，将誓封的约言践踏。”

他言罢，阿特柔斯之子迈步前行，心里喜欢，
挤过密集的人群，来到两位埃阿斯边旁，
正在整装备战，一大群浓密云朵般的步兵围随着他俩。
像一位放护山羊的牧人看见乌云，从眺望的山岗，
卷着西风的威烈，正从海空向岸边下压，
尽管悬离远处，在他看来胜似沥青的黑暗，
正在穿越大海，汇聚起风暴吹刮；
见此情景，牧人浑身发抖，赶起羊群，进洞躲藏。
就像这样，军旅运行在两位埃阿斯身旁，
一队队密匝的人群，神佑的年轻兵壮，乌黑的
阵容，携挺竖叠的枪矛盾牌，迎面战争的凶狂。
见此情景，民众的王者阿伽门农感觉欣欢，
喊出长了翅膀的言语，对他们高声说话：
“两位埃阿斯，身披铜甲的阿开亚人的首领，
对你们二位，我无须号令催赶，此举不妥，
要你们赶快——你俩已自行催督兵勇们苦战。
哦，父亲宙斯，阿波罗，雅典娜，但愿这种
精神驻扎在我的每一位部属的心房。如此，
普里阿摩斯王的城国便会对我们俯首，即刻，
被我们的双手劫洗，被我们攻抢！”

言罢，他离别二位，继续巡会军队的酋首，
只见来自普洛斯的奈斯托耳，善能吐词清亮的演说，
正忙着调度他的伙伴，催督他们战斗，
由高大的裴拉工、阿拉斯托耳、克罗米俄斯、

强有力的海蒙和兵士的牧者比阿斯分统。
首先，他把乘车的壮勇、驭马和战车放在后头，
让勇敢善战的步卒的主力跟行殿后，作为
中坚，再把胆小怕死的赶到二者之间居中，
这样，即使有人贪生，也只好硬着头皮战斗。
他首先号令驭赶战车的人们，要他们紧紧
拉住缰绳，不要让驭马打乱兵勇的队阵：
“谁也不许自恃驭术高强或自己的勇猛，
独自和特洛伊人战斗，擅自冲出队阵；
谁也不许弃战退却，这样你会弱于敌人。
当车上的枪手遇到敌方的战车，
让他用长枪刺捅，如此更为稳妥解恨。
你们的前辈就是这样攻破堡楼，捣毁坚城，
凭着这股斗志，他们心中的这种精神[①]。”

老人如此激励部属，因他知晓过去的战术。
见此情景，民众的王者阿伽门农感觉欣欢，
喊出长了翅膀的话语，对他高声道说：
“老壮士，你的心胸里朝气蓬勃，
但愿你的膝腿也能这样，愿你勇气长留。
可恨的老年使你虚弱——但愿某个壮士能接过
你的年龄，而你则变成一位年轻的战勇！”

① 奈斯托耳是一位“车战者”(见第 317 行)，具有丰富的阵战经验。比较他给儿子安提洛科斯的告诫(第二十三卷第 306—348 行)。

奈斯托耳，格瑞尼亚的车战者[①] 对他答话，说道：
“阿特柔斯之子，我也想回复年轻的时候，
那时能把卓越的厄柔萨利昂杀倒，
但神明不会同时把所有的好处赋予凡人，
如果说那时还很年轻，现在我已苍老。
尽管如此，我仍将站立驭手之中，催励他们，
用我的话语和计谋，此乃老人的权益光荣。
年轻的枪手将用长矛战斗，这些比我
远为年轻的后生，自信于他们的刚勇。”

他言罢，阿特柔斯之子迈步前行，喜在心头，
看见裴忒俄斯之子墨奈修斯，战车的驭手，
挺身站立，周围是呼啸战场的雅典兵众。
足智多谋的奥德修斯统兵在他们近旁，
身边是开法勒尼亚人的队伍，绝非懦弱，
站候等待，还不曾听闻战斗的呼吼，
只因赴战的序列还只是刚刚形成，展开运动，
阿开亚人和驯马的特洛伊兵勇。所以，他们
站立等候，等待着另一支阿开亚部队前走，
扑向对面的特洛伊人，开始战斗。
见此情景，民众的王者阿伽门农斥训开口，
喊出长了翅膀的话语，对他们高声嚷道：
“裴忒俄斯之子，神明助佑的王种，
还有你，你这心计诡诈、精明贪婪的管统，

① “格瑞尼亚的车战者”是奈斯托耳的另一个称谓。“车战者”表明一种身份，通常是对老一辈勇士的尊称。阿基琉斯的父亲裴琉斯亦是一位“年迈的车战者”（第七卷第 125 行）。另参考第九卷第 52 行注。

为何站立此地，畏缩不前，等待别人前冲？
你俩的位置本该在队伍的前排之中，
在那儿迎受炙人的战争烈火。别忘了，
每当阿开亚人摆开聚会王者的佳肴，
你俩总是最先接到赴宴的邀请，
放开肚皮，尽情吞嚼烤肉，开怀痛饮，
只要想喝，灌够蜜一样香甜的浆酒。
但现在，你们却想观赏十支阿开亚人的队伍，
挺着无情的铜矛在你们面前战斗！”

其时，足智多谋的奥德修斯恶狠狠地盯着他，说称：
“这是什么话，阿特柔斯之子，溜出了你齿栅的围封？
你怎能说我们退缩不前，当着我们阿开亚人
催激起凶险的战神，临战驯马的特洛伊人的时候？
看着吧，倘若你乐意，有心看瞅，
忒勒马科斯钟爱的父亲，将和驯马的特洛伊人的
前排勇士厮杀黏稠。你的话无用，就像清风。”

强有力的阿伽门农对他答道，笑着开口，
眼见他动了肝火，收回刚才的话头：
“莱耳忒斯之子，宙斯的后裔，多谋善断的奥德修斯，
我不该责备，也不该命令你听从，
我知道你胸腔里的内心满是
善好的想法，你和我呀所见略同。
别见怪，日后我会把这些改过，如果刚才
说了些难听的话语，让神明将这一切抛空。”

言罢，他离别走去，继续巡会军队的酋首，

只见图丢斯之子,心志豪强的狄俄墨得斯
站在制合坚固的战车里,驭马的后头,
卡帕纽斯之子塞奈洛斯在他身边站候。
见此情景,民众的王者阿伽门农斥训,
喊出长了翅膀的话语,对狄俄墨得斯嚷嚷开口:
"嘿,勇莽的驯马手图丢斯的儿子,我说,
为何退缩不前,盯着拼战的空道[①],看视不够?
图丢斯可不会这样,临战时蜷缩在后头;
他总是冲在伙伴们前面,击打敌仇。
目睹他冲杀的人们这样称说,我本人未曾见过,
也不曾和他聚首,但他们说此人是出众的杰雄。
从前他曾来过慕凯奈,但不是前来争斗,
而是偕同神样的波鲁尼刻斯[②],作为客人和朋友,
为了招聚一批兵勇,前往攻捣忒拜神圣的城楼,
好说歹说,求我们拨出一支善战的军伍,
我的乡胞们使来者如愿以偿,乐意帮助,
无奈宙斯送来不祥的预兆,使他们改变念头。
征战的队伍出发,一路不停行走,来到
阿索波斯河畔,河床边芳草萋萋,芦苇丛生,
阿开亚人要图丢斯报信,从那里先走。
他匆匆上路,遇到一大群卡德墨亚乡人[③],
聚宴在强壮的厄忒俄克勒斯的厅中。

---

① polemoio gephuras,此处指两军或军阵之间的空地。gephura 本义为"桥",可作喻指。参考第五卷第 88 行和第十五卷第 357 行等处。

② 可见荷马熟知七勇攻忒拜的故事。波鲁尼刻斯乃厄忒俄克勒斯的兄弟(另参考专名索引)。

③ 忒拜人的旧(或古)称,得名于该城的创建者卡德摩斯。俄狄浦斯曾在该地为王。

尽管人地生疏，车战者图丢斯
毫无惧色，面对众多的卡德墨亚乡勇，
激挑他们比试，轻松地击败了所有的
对手①，帕拉斯·雅典娜给他豪力助佑。
鞭赶驭马的卡德墨亚人恼羞成怒，
设下阵容强大的埋伏，在他的归途之中，
五十名年轻的力士，由两位首领制统，
海蒙之子迈昂，神一样的凡人，连同
奥托福诺斯之子波鲁丰忒斯，作战犟勇。
然而，图丢斯给这帮人送去可耻的死亡，
杀了所有的对手，只让一人存留，
遵照神的兆示，他让迈昂死里逃生。
这便是图丢斯，埃托利亚壮勇。然而，此人的
儿子却不如其父善战，强项是巧辩争雄。"

他言罢，强健的狄俄墨得斯不予回复，
已被尊贵的王者，被他的辱骂慑服。
但光荣的卡帕纽斯之子其时对他说话，答诉：
"不要撒谎，阿特柔斯之子，你心里清楚，
我俩远比父亲出色，我敢对你谈吐，
是我们攻破忒拜②，安着七座大门，

① 另见第五卷第801—808行。比较第二十三卷第624—640行里奈斯托耳的叙述。

② 塞奈洛斯和狄俄墨得斯参加了攻破忒拜的战斗。作为七勇的后代(Epigonoi)，塞奈洛斯在《伊利亚特》里颇为罕见地声称"远比父亲出色"(第405行)，"不要把我们和父亲并论"(第410行)，足见年轻一代的英雄气概，自认为不亚于父辈的刚勇。对他们如何攻下忒拜的细节，后世所知不详。塞奈洛斯(像奥德修斯一样)敢于顶撞联军的统帅，直抒自己的见解。

虽然带去的人少，而城墙却更为坚固，
我们服从神的兆示，接受宙斯的佑助，
而他们却送命于自己的莽撞、粗鲁。
所以，扯连荣誉，不要把我们和父亲并论。”

强健的狄俄墨得斯恶狠狠地盯着他，道说：
“朋友，不要喧嚷，按我说的去做。
我不会抱怨民众的牧者阿伽门农，
他在策励胫甲坚固的阿开亚人投入战斗。
这将是他的光荣，如果阿开亚人砍杀
特洛伊人，攻占神圣的伊利昂垣城；
但如果阿开亚人被杀，他将承受巨大的苦痛。
来吧，让我们忖想狂烈的刚勇！”

言罢，他全副武装，双脚着地，跳下战车，
随着身子的运动，胸前的铜甲发出可怕的
响声，即便是心志豪蛮之人，见了也会发抖。

犹如巨浪击打惊涛轰响的海滩，
西风卷起峰尖，一浪接着一浪猛冲，
先在海面扬起水头，然后飞泻奔涌，
劈打滩沿，水波拱卷，响声呼隆，
激撞突兀的岩壁，迸射出咸涩的浪沫；
就像这样，达奈军队开赴战场，一队接着
一队簇拥，首领们分统各自的部众，
后者静悄悄地行走——你甚至不会以为
他们拥有声音，在胸腔里头，如此众多的
兵勇悄然行进，慑服于首领的威隆，全都

穿戴精工制作的铠甲，在铜光闪烁中走动。
特洛伊人的队伍则像羊群，在富者的圈笼，
成千上万，等待着被挤出洁白的奶流，
听闻羊羔的呼唤，发出持续不断的咩咩叫声；
就像这样，特洛伊人的嘈杂传送在宽长的队列之中。
他们没有一种共同的语言，可以对讲互通，
故而言谈杂乱，兵勇们应召来自许多国度汇总。
阿瑞斯催赶他们，而灰眼睛的雅典娜则督励阿开亚
兵勇，惊惧策赶他们，还有溃乱和怒不可遏的争斗，
屠人的阿瑞斯的姐妹和伴友——当她第一次
抬头，还只是个小不点儿，以后逐渐长大，
直到足脚跨行大地，头颅刺顶天穹。
现在，她在两军之间抛洒拼杀的仇凶，
穿行在兵流里，增剧将士的苦痛。

　　其时，两军近逼，在同一个地点会交，
枪矛碰击，盾牌撞敲，身披铜甲的
武士竞相搏杀，中心突鼓的战盾
挤来压去，战斗的嘈响腾起升高。
痛苦的哀叹伴和胜利的喊叫，那是
杀人者和被杀者的呼声，泥地上流动着血膏。
像冬日里的两条激流，从山脊上冲扑，
十分莽暴，直奔峡谷，汇成洪流，
飞泻沟底，挟卷来自源头的滚滚波涛，
声如雷鸣，让远处山坡上的牧人听到；
就像这样，将士对撞、拼搏，高声呼啸。

　　安提洛科斯率先杀死一位特洛伊首领，

萨鲁西阿斯之子厄开波洛斯，前排里的英豪。
他率先投枪，击中插缀马鬃的头盔上的突角，
铜尖扎进厄开波洛斯的前额，往里钻咬，
捣碎他的头骨，双眼被黑雾蒙罩，
死于激战之中，像一堵墙基塌倒。
他猝然倒地，强有力的厄勒菲诺耳，心胸豪壮的
阿邦忒斯人的首领卡尔科冬之子，抓住他的双脚，
把他从枪林箭雨中拖拉出来，试图以最快的
速度抢剥甲胄，但此举在短暂的时间里失效。
在他拖尸之际，心志豪强的阿格诺耳看准
他的肋肋——战盾的边沿露出下弯的弓腰——
举手出枪，铜尖的闪光送走魂息，酥软了
他的肢脚。双方就着他的尸躯杀夺，
狼一样的特洛伊人和阿开亚军兵
互相击扑，人冲人杀，翻倒颠摇。

忒拉蒙之子埃阿斯杀了安塞米昂之子
西摩埃西俄斯，一位青年，风华正茂，母亲
将他生养在西摩埃斯河边，当她走下伊达的
山坡——她曾偕同爹娘，在那里把羊群照料。
所以，他们给孩子取名，以西蒙埃西俄斯称叫。
然而他已不能回报亲爱父母的养育，此生短暂，
被心胸豪壮的埃阿斯投枪放倒，
因他在前排里战斗，故而遭击右胸，奶头的
边旁，青铜穿透胸肩，那支前冲的枪矛。

他翻身倒地，卧躺泥尘，像一棵杨树[①]，
长在凹陷的洼地，伴邻大片的泽草，
树干光洁，但顶部枝丫横生、繁茂，
被一位制车的工匠用闪光的铁斧砍倒，
准备将它弯成轱轮，装上战车，由他精造，
杨树平躺海岸，在它的滩沿受风干燥[②]；
就像这样，安塞米昂之子西摩埃西俄斯横躺地上，
被宙斯的后裔埃阿斯杀倒。胸甲铿亮的安提福斯，
普里阿摩斯之子，在人群中对埃阿斯投出锋快的枪矛，
不着，但却击中琉科斯，奥德修斯的伙伴，
打在小腹上，在他拖尸的时候——
他松开双手，在被拖的尸躯上扑倒。
眼见他的死亡，奥德修斯气得不可开交，
头顶铿亮的铜盔，从前排战勇里跨跃，
大步逼近敌人，挥掷闪亮的投枪，
双眼四处扫描。特洛伊人退却畏缩，
面对投出的枪矛。他没有白掷一遭，
击中普里阿摩斯的私生子德谟科昂，
来自阿布多斯，从迅跑的马车上翻倒。
奥德修斯矛击此人，出于对伙伴之死的愤恼，
铜尖扎在太阳穴上，穿透大脑，从另一边
穴眼里钻出，黑雾把他的双眼蒙罩[③]；

① 壮士挺拔、伟岸，他的死亡“像一棵杨树”倾倒（另参考第十三卷第 180 行注），壮烈，然而不无悲惋，只因“此生短暂”（本卷第 478 行）。

② 在第三卷里，帕里斯称赫克托耳的心灵像似被工匠用来伐木造船的斧斤（第 60—62 行）。另参考第十三卷第 178—181 行。

③ 人死后，两眼一抹黑，心魂随即飘离躯体，进入黑魆魆的哀地斯。“黑雾把……双眼蒙罩”是死亡的另一种说法（另见第 526 行）。

此人轰然倒下，铠甲在身上铿锵震敲。
特洛伊首领，包括赫克托耳，开始退缩，
阿耳吉维战勇高声呼喊，拖回尸首，
向敌军的纵深进捣。阿波罗心生怒气，
从裴耳伽摩斯上见瞧，对特洛伊人大叫：
"振作起来，驯马的特洛伊人，不要在战斗中
向阿耳吉维人弯腰！他们的皮肉不是石头，亦非
硬铁，可以挡住铜枪，挡住它要命的钻咬。
阿基琉斯，美发的塞提斯的儿子早已罢战，
伴着海船，在揪心的怒怨中郁闷苦熬。"

高城上，阿波罗大声呼啸；而宙斯的女儿，
特里托格内娅①，最光荣的女神，亦在战场巡访，
催督每一位阿开亚人，只要发现他回缩腿脚。

其时，死运将阿马仑丘斯之子狄俄瑞斯逮获，
一块粗莽的石头砸在踝旁，击中他的
右脚，出自一位斯拉凯首领的投掷，
裴罗斯，英勃拉索斯之子，从埃诺斯来到，
无情的石块打烂两边的筋腱，把腿骨
碎敲，他仰面倒在泥地，伸展双手，
求援于他所钟爱的伴友，吐喘出

---

① Tritogeneia，所指不甚明了。从字面上看，似可作"海（洋）生的"（比较 Triton 和 Amphitrite）或"出生第三的"（tritos）解。一说宙斯从头颅里生下雅典娜后（参见第一卷第 202 行注②），将其送交波伊俄提亚（或塞萨利亚）境内的特里同河或利比亚的特里托尼斯湖，女神由此得名。关于名称的确切来源，学界尚无定论。另参考第 8 行注。

命息摇飘[①]。投石者赶至他的身旁，
裴罗斯，一枪扎在肚脐边，和盘捣出腹肠，
满地涂浇；黑雾将他的双眼蒙罩。

埃托利亚人索阿斯击中裴罗斯，当他匆匆回跑，
投枪扎在胸部，挨着奶头，铜尖使肺叶不保。
索阿斯赶上前去，将沉重的枪矛
拔出他的胸口，抽出锋快的劈剑，
捅开肚皮中段，把他的性命结果。
但他不曾抢剥甲胄，只因裴罗斯的伙伴们围站尸边，
束发头顶的斯拉凯人，手握粗长的枪矛，
将其捅离死者，尽管他强劲有力，雄伟
高豪，逼迫他连连后退，步履踉跄晃摇。
这样，泥地里肢腿撒开，并排躺着两位战勇，
一位是斯拉凯头领，另一位是身披铜甲的厄培亚人的
英豪；成群的兵勇在他们周围翻倒。

其时，参战者中谁也不能指称恶战不够莽暴，
任何人，尚未被投枪击中，未被锋快的青铜刺捣，
转留在战阵里面，由帕拉斯·雅典娜牵手
引导，替他挡开横飞的矢石枪矛。
那一天，众多的特洛伊人和阿开亚人
头脸朝下，贴对泥土，尸身毗连，叉腿躺倒。

① 参考第503行注。"命息"(thumos)亦可作"魂气"或引申作"生命"解。在荷马看来，生命是一种"气"或"魂气"——人死后，魂气与肉体脱离，从口中呼出，最终进入哀地斯，以虚影的形式活动在地府之中。在《奥德赛》第十一卷里，奥德修斯用牲血"勾引"出阿伽门农和阿基琉斯等人的魂影并奇迹般地与之进行了交谈。

第五卷

其时，帕拉斯·雅典娜[①] 给出勇气，
使狄俄墨得斯拥有力量，使他能以显赫的威势
展现于全体阿耳吉维英壮，争得巨大的荣光。
她点燃不知疲倦的火花，在他的盾牌和帽盔之上，
像那颗缀点夏末的星辰[②]，比所有的星座明亮，
冉冉升起，从俄刻阿诺斯长河的浴汤；
就像这样，雅典娜燃起火焰，在他的头顶肩膀，
催励他奔赴战场的中间，兵勇麇聚最多的地方。

特洛伊人中有个达瑞斯，一位雍贵的富豪，
赫法伊斯托斯的祭司，有两个儿子，
菲勾斯和伊代俄斯，谙熟诸般战式技巧。
他俩从队列里冲出，撇开众人，驱车朝着
狄俄墨得斯奔跑，后者已经下车，徒步攻扫。
双方相对而行，咄咄近迫，
菲勾斯率先出手，掷出投影森长的枪矛，
枪尖擦越图丢斯之子的左肩，没有

① 帕拉斯·雅典娜连称在《伊利亚特》中频繁出现，亦多见于《奥德赛》。帕拉斯乃雅典娜的另一称谓，从词源上来看似可与“年轻”或“摆动”（宙斯和阿波罗都曾在《伊利亚特》里摇动埃吉斯）相关，但与后者关联的可能性更小些。另参考第四卷第 8 和 515 行注。

② 指天狼星，在第二十二卷第 29 行里荷马称之为“俄里昂的狗”。比较第十八卷第 486—489 行，《奥德赛》第五卷第 272—277 行和赫西俄德《农作与日子》第 587 行。

击中目标;狄俄墨得斯接着回敬,
掷出铜枪,出手的兵器没有空飞白跑,
枪尖插入胸脯,奶头之间,对手从马后栽倒。
伊代俄斯纵腿下跳,丢弃做工精美的战车,
不敢跨立尸体两侧,保护死去的同胞。
尽管如此,他仍然难逃幽黑的死亡,
若非赫法伊斯托斯救护,用黑雾将他裹罩,
从而使年迈的祭司不致陷于绝望的伤恼。
心胸豪壮的图丢斯之子赶走驭马,
交给伙伴,朝着深旷的海船牵导。
心胸豪壮的特洛伊人目睹达瑞斯的两个儿子,
一个被打死在车旁,另一个逃跑,
无不感觉心跳。其时,灰眼睛雅典娜
拉住勇莽的阿瑞斯的手,对他说道:
"阿瑞斯,阿瑞斯,沾血的杀人狂,城垣的克枭,
我们应让特洛伊人和阿开亚人自行苦战,
宙斯当会决定光荣该由哪方得获,
我俩宜可撤手,避免父亲的愤怒——如此可好?"

　言罢,她引着鲁莽的阿瑞斯避离战祸,
而后又让他坐在斯卡曼德罗斯河边的沙坡;
达奈人击退了特洛伊军勇,每位首领都
把对手放倒。首先,阿伽门农,民众的王者,
把高大的俄底俄斯,哈利宗奈斯人的首领
撂下战车,当他转身逃跑,枪矛击中脊背,
打在双胛之间,长驱直入,穿透了胸窝;

此人轰然倒下，铠甲在身上铿锵震敲[①]。

伊多墨纽斯杀了法伊斯托斯，迈俄尼亚人波罗斯
之子，来自塔耳奈，土地肥沃。当他试图从马后
登车，伊多墨纽斯，著名的枪手，
奋臂出击，粗长的枪矛捣入右肩，
把他捅下马车，性命被可恨的黑暗吞没。

伊多墨纽斯的随从们将他的铠甲抢剥。
阿特柔斯之子墨奈劳斯，用锋快的枪矛，杀了
斯特罗菲俄斯之子斯卡曼德里俄斯，出色的猎手，
善能追捕野兽的迹踪。阿耳忒弥斯教会他
猎杀各类走兽，衍生于高山密林之中。
然而，泼洒箭矢的阿耳忒弥斯其时却救护不得，
他那之前出类拔萃的远射箭术也难以建功，
阿特柔斯之子，以枪矛闻名的墨奈劳斯击中
撒腿跑在前头的敌手，枪条扎入背后，
打在双胛之间，长驱直入，穿透了胸窝。
此人扑面倒下，铠甲在身上铿锵震敲。

墨里俄奈斯杀了菲瑞克洛斯，工匠哈耳摩尼得斯的
儿郎；其人双手灵巧，所有精致复杂的东西
都能制造，帕拉斯·雅典娜爱他，凡生中最受宠褒。
正是他为亚历克山德罗斯建造平稳的船舟，
导致了一场恶难，给特洛伊人带来苦忧，
现在，也给他自己，只因一无所知神的计筹。

① 第 42 行同第 540 行和第四卷第 504 行等处。

墨里俄奈斯将他赶上，快步追踪，
出枪击中他的右臀，枪尖长驱直入，
刺进膀胱，从盆骨下面穿过。
此人双膝着地，厉声惨叫，被死的迷雾掩罩。

墨格斯杀了安忒诺耳之子裴代俄斯，
尽管得之于私出，美丽的塞阿诺把他当作
亲子养育，为了博得夫婿欢心，体贴照顾。
现在，夫琉斯之子，著名的枪手，咄咄近迫，
犀利的枪矛打断他后脑勺下的筋腱，
枪尖深扎进去，挨着牙齿，撬掉了舌头；
裴代俄斯摔倒泥尘，牙根咬着冰冷的青铜。

欧鲁普洛斯，欧埃蒙之子，杀死心志高昂的
多洛丕昂之子，卓越的呼普塞诺耳，斯卡曼德罗斯[①] 的
祭司，受到家乡人民像对神一样的敬崇。
欧鲁普洛斯，其父欧埃蒙的光荣，
追赶逃逸中的敌手，挥剑砍入他的
肩膀，利刃将手臂从身躯上劈落，
胳臂掉在地上，淌着血流，乌黑的
死亡和强健的命运将他的眼睛合拢。

就这样，他们在激烈的战斗中冲杀，
但你却无法告知图丢斯之子效命何方，
是特洛伊人或是阿开亚人中的一员骁将，

---

① 像乌拉诺斯既是天空，又是神灵(宙斯之父克罗诺斯的父亲)，斯卡曼德罗斯既是一条河流，又是一位拟人化的神明，集神性、自然性与“生物性”于一身。

他在平原里横冲直撞,像冬日里的一条
河流泛滥,汹涌的大水冲垮堤坝的阻挡,
坚固的河堤已挡不住滚滚的激浪,
防护果实累累的葡萄园的围墙亦已同样,
抵不住宙斯的暴雨汇成突至的洪流,
荡毁了许多人们精工制作的美佳。
就像这样,图丢斯之子将多支特洛伊人的
队伍打垮,敌方尽管人多,却不能阻挡。

潘达罗斯,鲁卡昂英武的儿子,看着他
横扫平原,把己方的队阵打得稀里哗啦,
当即拉开弯翘的射弓,对准图丢斯的儿郎,
发箭击中前冲的勇士,打在右肩膀上,
扎进胸甲的虚处,凶狠的箭头深咬不放,
长驱直入,鲜血滴溅,将胸衣透染。
鲁卡昂英武的儿子放开嗓门,高声呼喊:
“振作起来,心胸豪壮的特洛伊人,你们捶鞭骏马!
阿开亚人中最好的战勇已被我射中,我想他
挨不了多久,被强劲的箭力击打——倘若真是王者
阿波罗,宙斯之子,催我从鲁基亚赶赴战场[①]!”

此人高声炫耀,却不知对手并没有被快箭杀伤,
他只是退至战车那边,驭马的边旁,

① 关于阿波罗和鲁基亚(以及潘达罗斯之父鲁卡昂),参考第四卷第 101 行注。潘达罗斯的家乡在特洛伊附近的伊达山下,因此,这里所说的鲁基亚显然不同于萨耳裴冬的故乡鲁基亚,后者在小亚细亚南部。潘达罗斯的族民们也是“特洛伊人”(参见第 200 和 211 行,另参考第二卷第 825—827 行)。比较第 479 行并参考该行注释。

直身站立，对卡帕纽斯之子塞奈洛斯说讲：
“快过来，卡帕纽斯的好儿子，步下车板，
替我拔出这支歹毒的箭矢，从我的肩膀。”

　他言罢，塞奈洛斯从车上一跃而下，
站在他身旁，手脚利索，从他肩上拔出利箭，
带出如注的血浆，透湿了松软的衣衫。
其时，啸吼战场的狄俄墨得斯高声诵祷，嗓音洪亮：
“听我说，阿特鲁托奈[1]，带埃吉斯的宙斯的女郎！
倘若过去你曾出于厚爱，站立家父身旁，闯荡
酷烈的搏杀，那就做我的朋友，眼下，雅典娜。
答应我，让他进入我的投程，让我把他宰杀。
此人趁我不备，发箭残伤，现在又大言不惭，
说我已没有多少可见亮丽日照的时光。”

　祷毕，帕拉斯·雅典娜听闻他的祈讲[2]，
于是轻舒他的臂膀，使腿脚和上面的双手松缓，
站在他身边，对他说话，讲出的语言长了翅膀：
“鼓起勇气，狄俄墨得斯，去和特洛伊人拼杀，
在你的胸间我已注入乃父的力量，图丢斯，
操使巨盾的车战者，一位勇敢无畏的英壮。
我已拨开原先蒙住你双眼的雾障，
使你能识辨谁是凡人，谁是仙家。
所以，眼下若有神祇来此试探，
你可不要出手，和永生的神明面对面地开打，

① 即雅典娜。参考第二卷第 157 行注。
② 比较第一卷第 43 行等处。

例外只有一个，假如宙斯之女阿芙罗底忒
前来助战，你便可对她出击，用锋快的铜枪。”

灰眼睛雅典娜离他而去，言罢。
图丢斯之子则返回前排，和首领们成行，
早就心存怒火，渴望与特洛伊人厮杀，
现在挟着三倍于此的恶怒，像一头狮子①，
被看护毛层厚密的羊群的牧人击伤，
在野地里，当它扑跃羊圈的栅栏，但不曾致命，
倒是催激起它的横蛮，牧人无法保护畜群，
只能在庄院里躲藏，丢下乱作一团的羊儿，
一个紧挨着一个，成堆地胡乱挤压，
兽狮依旧怒气冲冲，跳出高围的栅栏。
就像这样，强健的狄俄墨得斯狂怒，近战特洛伊英壮。

他杀了阿斯图努斯和呼培荣，民众的牧者，
一个死在青铜的枪尖下，捣在奶头的上方，
另一个死于硕大的铜剑，砍在肩边的
颈骨上，肩臂垂离，与脖子和背脊分家。
他丢下二者，扑向阿巴斯和波鲁伊多斯，
年迈的释梦者欧鲁达马斯的一对儿郎。
然而，当二位出征离家，老人却没有替儿子
把他们的梦景释讲，强有力的狄俄墨得斯杀了他俩。

---

① 一位骁勇的斗士应该防守(反击)莽如野猪，进攻猛如狮子。狮子扑食的形象多次出现在《伊利亚特》里，是诗人用得娴熟自如的“动物比喻”之一(参考第三卷第23行和第二十卷第164行等处)。比较第十二卷第219行注和第十六卷第157行注。不过，狮子亦可喻指站守的勇士，如本卷第297—302行中的埃内阿斯一样。

他又盯上法伊诺普斯至爱的两个儿子，珊索斯
和索昂——老人已步入凄惨的暮年，
不能再生育子嗣，把留下的遗产管掌。
狄俄墨得斯夺走亲爱的生命，杀了
他俩，撇下年迈的父亲，悲痛交加，
老人再也见不到自己的儿子，活着从
战场还家；亲属们将瓜分他的财产。

接着，他又杀了达耳达尼亚人普里阿摩斯的
两个儿男，厄开蒙和克罗米俄斯，同在一辆车上。
像一头狮子在牛群中扑打，咬住一条食草
林中的牧牛或小母牛，拧断它的脖项，
图丢斯之子把他们撂下战车，不管他俩的
意愿，凶狠异常，剥去他们的铠甲，
将驭马交给伙伴，赶回自己的船舫。

埃内阿斯眼见此人在勇士的队阵里横闯，
于是穿越战斗的人群，冒着纷飞的投枪，
试图寻觅潘达罗斯，此人像神明一样。
他找到鲁卡昂的儿子，豪勇、长得强壮，
站在潘达罗斯的头脸面前，对他开口说话：
"潘达罗斯，你的弯弓呢，哪里是你飞驰的羽箭？
若论声名，特洛伊无人在你之上，鲁基亚亦然，
谁也不能声称比你豪强——你的威名现在何方？
来吧，对着宙斯举起你的臂膀，发箭那个
强健的汉子，不管是谁，他已酥软许多
剽勇壮士的膝腿，给特洛伊人带来深重的祸殃。
他该不是某位神祇，震怒于特洛伊人，由于

祭事不畅；神的愤怒我等着实难以承当。”

其时，鲁卡昂光荣的儿子对他答话，说诉：
“埃内阿斯，身披铜甲的特洛伊人的导护[①]，
从一切方面来看，此人都像是图丢斯的儿男勇武，
瞧那面战盾，那顶帽盔上的眼孔，还有
那对驭马——他也可能是一位神祇，我不敢定估。
倘若他是一介凡人，果如我的想悟，图丢斯
骁勇的儿子如此泼泻狂怒当非孤勇无助，
定有某位神明站佑身边，双肩罩着迷雾，
拨偏飞箭的落点，使之失去预期的精度。
我曾发射一支箭矢，打在图丢斯之子
的右肩，深深地咬进胸甲的虚处，
以为已经将他射倒，送他去了哀多纽斯的冥府。
然而我却没有把他干掉；他是某位神明，震怒。
现在，我既无驭马，又无可供登驾的战车，
虽说在鲁卡昂的房院有十一辆
马车停驻，甫出工房，覆顶织毯，簇新的
用物，每辆车旁有一对驭马，成双
站立，咀嚼着雪白的大麦和小麦的精熟。
年迈的枪手鲁卡昂再三叮嘱，当我
离开精工建造的房府，嘱咐我
带上驭马，登临我的战车，率领这里的
特洛伊兵勇，在激烈的战斗中拼屠。
可惜我没有听从，否则该有多少好处[②]。

① 第 180 行同第十七卷第 485 行。

② 第 201 行同第二十二卷第 103 行。

我留下驭马——它们早已习惯于饱食槽头——
使其不致困挤在兵群簇拥的营地,忍受饥苦。
我留下它们,赴战特洛伊,全凭徒步,
寄望于手中的兵器,使我一无所获的弓弩。
我曾放箭敌酋,他们中最好的战勇,
图丢斯之子和阿特柔斯之子,两箭都未虚空,
放出血流,但却只是催激了他们的愤怒。
看来,那天我真是倒运,从挂钉上取下
弯翘的射弓,来到美丽的伊利昂,带着我的
特洛伊兵勇,使卓越的赫克托耳欢欣鼓舞。
假如我还能生还故里,亲眼重见乡土,
重见我的妻子和宽敞、顶面高耸的房屋,
那么让某个陌生人当即从我的肩上砍下头颅[①],
倘若我不亲手拧断此弓,丢进熊熊燃烧的
柴火;我把它带来,像清风一样空无。"

其时,特洛伊人的首领埃内阿斯答话,道说:
"不要说了,这里的局面不会改过,
在你我驾起驭马和战车之前,拿着
武器,面对面地和那个人比试打斗。
来吧,登上我的轮车,看看特洛伊的
马种,训练有素,能在平原上熟练自如地
来回奔跑,无论是追击,还是往后避躲[②]。
这对驭马会把我们平安带回城里,倘若宙斯
将再次把荣誉交在图丢斯之子狄俄墨得斯手中。

---

① 第 214 行同《奥德赛》第十六卷第 102 行。
② 第 221—223 行同第八卷第 105—107 行。

赶快,抓起马鞭,攥紧闪亮的缰绳,
我将跳下马车,投入战斗;不然,
由我掌驾车马,你去对付那个壮勇。"

　其时,鲁卡昂光荣的儿子对他答话,出声:
"还是你来执缰,埃内阿斯,使唤你的马儿,
它们会把弯翘的战车拉得更稳,受制于
熟人,万一我们溃败于图丢斯的男儿逃奔。
我担心它们惊恐撒野,不愿把我们
拉出战场,在听不到你指令的时分,
担心心胸豪壮的图丢斯之子发起进攻,
杀了我俩,赶走坚蹄的[1] 驭马得逞。
所以还是由你自己来赶,赶动你的驭马车身。
用这犀利的投枪,我会对付冲跑的来人。"

　言罢,两人登上精工制作的轮车,
驱赶快马,挟着狂烈,朝着图丢斯之子猛冲。
塞奈洛斯,卡帕纽斯英武的儿了,看见他们,
当即用长了翅膀的话语,对图丢斯的男儿报通:
"图丢斯之子狄俄墨得斯,你愉悦我的心胸,
我看见两位强健的勇士心急火燎,要与你拼争。
他们力大无穷,一位是弓艺娴熟的
潘达罗斯,以鲁卡昂之子炫耀,另一位
是埃内阿斯,自称乃豪勇的安基塞斯的
男根,有母亲阿芙罗底忒作为后盾。
来吧,让我们赶着马车撤离,不要在
前排的壮勇里打斗冲撞,免得把你的性命葬送。"

① 或"单蹄的",即蹄上不分趾的,非偶蹄的。

强健的狄俄墨得斯恶狠狠地盯着他，答道：
“不要谈论退却，我不会听从你的劝告！
这绝非我的家传，畏缩不前，在战斗中
避躲，我的战力犹在，依旧固牢。
我不想登车，不要，我将徒步行走
迎战，帕拉斯·雅典娜不会让我逃跑。
至于这两个人，快捷的驭马绝不会把他们
双双带走，虽说有一个会从我们这里生逃。
我还有一事嘱告，你要记在心中。
倘若擅能谋略的雅典娜让我争得光荣，
杀了他俩，你要勒住我们的快马，
把缰绳紧系于车杆上头；
然后，别忘了，冲向埃内阿斯的驭马，把它们
赶离特洛伊人，拢往胫甲坚固的阿开亚人的队阵。
沉雷远播的宙斯曾给特罗斯[①]，以这个马种相送，
作为带走他儿子伽努墨得斯的回酬[②]，
所以晨曦和阳光下，它们是最好的骏秀。
民众的王者安基塞斯偷偷接过马种，
将母马引入它们的胯下，瞒过劳墨冬，
由此为自个儿的家院增添了三对名优。
他自留四匹，喂养在厩中，而把这对
给了埃内阿斯，它俩能把战阵溃冲。
若能夺得这对灵驹，你我将争得殊荣。”

① 宙斯乃特洛伊的始祖达耳达诺斯的父亲，因此也是特罗斯的曾祖父。关于特罗斯的家谱，详见第二十卷第215—240行。

② 伽努墨得斯是伊洛斯（伊利昂乃“伊洛斯的城”）的兄弟，人间“最美的男童”，被诸神携往天上，“成为替宙斯司斟的侍从”（第二十卷第233—235行）。

就这样，他俩你来我往，一番说告，
另外两人则已驾着快马，咄咄逼迫，
鲁卡昂英武的儿子率先对狄俄墨得斯嚷道：
“骁勇犟悍的斗士，高傲的图丢斯的男儿，
既然我那凶狠的快箭没有把你结了，
现在我倒要看看，我的投枪是否能够奏效！”

言罢，他奋臂投掷，持平落影森长的枪矛，
劈入图丢斯之子的战盾，疾飞的枪尖
深扎进去，穿透盾面，将胸甲破挑。
鲁卡昂英武的儿子放开嗓门，高声喊叫：
“你已被击中，肚皮被我捅破；我想
你已撑不了多久，你给了我巨大的荣耀！”

强健的狄俄墨得斯毫不畏惧，对他答道：
“你打偏了，没有击中；我想你俩
不会罢手，直到其中的一个趴倒，
用鲜血喂饱阿瑞斯①，强健的他操使牛皮盾牌攻捣。”

言罢，他奋劈投掷，由帕拉斯·雅典娜制导，
枪矛击中鼻子，眼睛近旁，把雪白的牙齿拔撬，
坚硬的青铜顺势切入，将舌头连根铲掉，
矛尖夺路而出，从颌骨底下穿过。
此人翻身倒出战车，闪光、锃亮的甲衣
在身上震敲，两匹捷蹄的快马

① 《伊利亚特》中没有出现过战神（或阿瑞斯）真的饮用人血的情景。神饮用奈克塔耳（见第四卷第 3 行）。

避闪一旁，他的生命和勇力碎散荡飘。

埃内阿斯腾身落地，握举盾牌和粗长的枪矛，
唯恐阿开亚人把死者的遗体拖跑，
跨站尸躯，像一头狮子，坚信自己的勇力，
携着边圈溜圆的战盾，手里挺指枪矛，
渴望杀倒任何敢于近前拖尸的敌人，
发出粗野的号叫。图丢斯之子抓起一块
莽石，偌大的石头，当今之人就是两个
也莫奈它何，但他却能独自擎举，做得轻巧。
他奋力投掷，击中埃内阿斯的腿股，髋骨
由此内伸，和盆骨联锁，人称“杯子”的去处，
巨石砸碎髋骨，打断了两边的筋条，
粗粝的棱角把皮肤往后撕裂，英雄被迫
曲膝跪倒，坚忍，凭靠粗壮的大手着地
支撑，乌黑的夜雾把他的双眼蒙罩①。

民众的王者埃内阿斯或许会在现场死掉，
若非宙斯之女阿芙罗底忒眼快救保②，他的
母亲，把他孕怀给安基塞斯，其时正看护牛儿吃草。
她伸出雪白的臂膀，将亲爱的儿子轻轻挽抱，
用一个褶片遮护他的身躯，甩出闪亮的裙袍，
抵挡横飞的枪械，以免某个达奈人驾驭快马
追赶，将铜矛扎入他的胸膛，把性命夺掉。

① 参考第四卷第503行注。

② 阿芙罗底忒是《伊利亚特》中一位比较“活跃”的女神。在此之前，她还曾救过海伦的现任丈夫帕里斯(参见第三卷第374—382行)。

就这样，她把亲爱的儿子从战场抢出，
然而卡帕纽斯之子塞奈洛斯没有忘记
啸吼战场的狄俄墨得斯对他的命嘱，
在回避两军混战的地方勒住
坚蹄的驭马，把缰绳在车杆上系住，
然后疾奔埃内阿斯长鬃飘洒的骏马，把它们
赶离特洛伊人，拢回胫甲坚固的阿开亚人的队阵，
交给德伊普洛斯，他的挚友，同龄人中
最受他敬重，因为他俩心心相印，
由他赶往深旷的船舟。与此同时，勇士
跨上马车，抓起闪亮的缰绳，
驾着蹄腿强健的驭马，朝着图丢斯之子飞奔，
后者正追逐库普里斯[①]，手提无情的青铜，
心知此神胆小懦弱，不能战斗，不同于
那些替凡人编排战阵的女神，
既非雅典娜，也不是荡劫城堡的厄努娥。
心胸豪壮的图丢斯之子紧追不舍，穿行密集
的人群，将她赶过，猛扑上去，
直指女神柔软的纤手，捅出犀利的枪矛，
铜尖穿过典雅女神精心织制的衣物，
神用的永恒裙袍，毁裂皮肤，打在
掌上的腕口，放出女神仙纯的血流，
一种灵液，在幸福的神祇身上循绕——

① 即阿芙罗底忒，宙斯的女儿，在库普里斯（即塞浦路斯）享有祭坛（参考《奥德赛》第八卷第362—363行）。在荷马史诗里“库普里斯”仅出现在本卷，共五次。参考赫西俄德《神谱》第191—200行。在《奥德赛》里，阿芙罗底忒是赫法伊斯托斯的妻子（《奥德赛》第八卷第267—270行）。

他们不吃面包，也不喝闪亮的醇酒，
故而没有浆血，凡人称之为长生不老。
她丢下臂中的儿子，发出尖厉的惨叫，
被福伊波斯·阿波罗伸手接过，在臂中怀抱，
裹进黑色的雾团，以防某个达奈人驾驭快马追赶，
将铜矛扎入他的胸膛，把性命夺掉。
其时，啸吼战场的狄俄墨得斯冲着她嚷道：
“避开战争和厮杀，宙斯的女儿。
你把软弱的女子引入歧途，难道这还不够？
然而，倘若你还想介入战事，我想你会吓得发抖，
哪怕是在另一个地方，听闻提及战斗。”

他言罢，女神带伤离去，忍着怨愤疼痛，
快腿追风的伊里斯将她引出战场，牵着她的手行动，
后者经受伤痛的折磨，秀亮的皮肤变得乌红。
在战地的左边，她发现阿瑞斯，此君莽勇，
坐着，快马站候一旁，枪矛靠着云头。
她屈腿下跪，对着亲爱的胞兄，
打算借用系戴金笼辔的骏马，诚恳祈求：
“亲爱的兄弟，救救我，让我用你的驭马，
跑回长生者的家居，回到奥林波斯山峰。
我已受伤，难以忍受，被一位凡人捉弄，
被图丢斯之子，眼下他甚至敢和父亲宙斯打斗！”

她言罢，阿瑞斯让出系戴金笼辔的驭马，
女神登上马车，忍着钻心的疼痛，
伊里斯在她身边踏上车板，抓起缰绳，
扬鞭催马，神驹心甘情愿，向前飞奔。

她们回到峭峻的奥林波斯，神的居所，
腿脚迅捷追风的伊里斯勒住驭马，宽出
轭套，将食槽放在它们跟前，装着仙料。
闪亮的阿芙罗底忒在母亲狄娥奈的
膝腿上扑倒，后者把女儿搂进怀里，
轻轻抚摸，呼唤，开口说道：
“是天神中的谁个，亲爱的孩子，胡作非为，
把你欺辱，仿佛你是个歹徒，被现场捉到？”

阿芙罗底忒说话，答道，她总是爱笑[1]：
“图丢斯之子狄俄墨得斯刺我，此人
心志高傲，当我救护爱子避离战场，
将埃内阿斯，人世间我最钟爱的凡生怀抱。
那里已不再是特洛伊人和阿开亚人的殊死拼搏：
达奈人已开始挑战神明，我们长生不老！”

其时，狄娥奈，天界秀美的女神，对她答言：
“耐心些，我的孩子，忍着点，虽说悲哀。
众多家住奥林波斯的神明，当我们以痛苦
互相侵扰，吃过凡人的苦头难挨。
阿瑞斯只得忍耐，当强健的厄菲阿尔忒斯与俄托斯[2]，
阿洛欧斯的两个儿男，用无情的链条将他捆绑，
使他在青铜的锅里憋了十三个整月，缠着长链。

---

① “爱笑的”是阿芙罗底忒的饰词（且又能贴合诗行的格律），故而在此仍被诗人沿用——尽管她现时显然已无心欢笑。

② 一对巨力男童，由波塞冬与阿洛欧斯之妻伊菲墨得娅所生，曾扬言要对战奥林波斯天神（详见《奥德赛》第十一卷第 305—320 行）。

嗜战不厌的阿瑞斯可能熬不过那次愁难，
若非美貌的厄里波娅，他俩的后母救援，
捎信赫耳墨斯，后者把阿瑞斯盗出铜锅，
已被粗蛮的链条勒绑得气息奄奄。
安菲特鲁昂强有力的儿子[①] 曾射中赫拉，
扎在右胸，用一支带着三枚倒钩的利箭，
伤痛钻心，难以弥散。和他者一样，
魁伟的哀地斯亦不得不忍受箭袭，
被这同一个凡人，带埃吉斯的宙斯的儿男，
在普洛斯的死人堆里放箭，使他遭受痛难[②]。
他跑上高耸的奥林波斯，宙斯的家院，
带着刺骨钻心的伤痛，感觉一片凄寒，
箭头深扎进宽厚的肩膀，心中充满悲哀。
然而，派厄昂为他敷上镇痛的药物，治愈
箭伤，只因他不是会死的凡胎。
那家伙残忍，出手凶狠，全然不顾闯下祸灾，
打开手中的硬弓，射伤拥掌奥林波斯的神仙。
受灰眼睛女神雅典娜驱使，他敢对你加害，
图丢斯之子，可怜的蠢材，全然不知
斗胆击打神明的凡人不会活得久远。
即使痛苦和凶蛮的残杀结束，生返家园，

---

① 此处指力士赫拉克勒斯，宙斯之子。安菲特鲁昂是提仑斯国王阿尔开俄斯之子，阿尔克墨奈的丈夫，赫拉克勒斯的凡人父亲。

② 参考品达《奥林匹亚颂》颂九第 33 行，包桑尼阿斯《描述希腊》第六卷 25.2。普洛斯是奈斯托耳的城国，伯罗奔尼撒半岛上的重镇，赫拉克勒斯曾领兵攻打该城（参见本书第十一卷第 689—690 行）。普洛斯（Pulos）亦可作“门”“大门”解——如此，此处可作“冥府的门边”释解。哀地斯被认为是地府的强有力的门卫（参见第十三卷第 415 行）。

孩子们也不会把他迎进家门，围聚膝前。
所以，我要劝他小心，尽管图丢斯之子十分强健，
恐怕会有某个比他强壮的战勇，前来会战，
免得埃吉阿蕾娅，阿德拉斯托斯聪慧的女儿，
嘤嘤哭泣，惊醒家中睡梦里所有亲近的伙伴，
泣念婚合的夫婿，驯马的狄俄墨得斯，她，
一位壮实的妻子，般配阿开亚人中最勇的军男。”

　言罢，她用双手抹去女儿臂上的灵液，
平愈了腕口上的伤害，剧痛烟消云散。
赫拉和雅典娜在一旁看得真切，开始
用嬉刺的话语调笑克罗诺斯的儿男，
灰眼睛女神雅典娜首先说话，开言：
“父亲宙斯，倘若我斗胆猜测，你可会生气见怪？
肯定是我们的库普里斯挑起某个阿开亚女子的
情爱，追求女神热切钟爱的特洛伊凡胎，
于是她抓起阿开亚女子漂亮的裙衫，
被金针的尖头划破了鲜嫩的手腕[1]。”

　她言罢，神和人的父亲喜笑颜开，
对她说话，让金色的阿芙罗底忒过来：
“我的孩子，征战沙场于你无关。
你还是操持自个儿的事务，婚娶姻合的蜜甜，
把这一切战事留给雅典娜和迅捷的阿瑞斯操办。”

---

① 古希腊女子的裙衫用饰针别拢，所以可能在拉扯中刺破手腕。雅典娜显然是在开阿芙罗底忒的玩笑(参见第431行)。参考第一卷第600行注。

神们互相逗笑,如此这般。地面上,
啸吼战场的狄俄墨得斯正朝着埃内阿斯冲来,
虽然明知阿波罗亲自用双手把他的对手护盖,
壮士毫不退却,哪怕迎对大神的强健,决心
杀了埃内阿斯,抢剥光荣的铠甲,勇往直前。
一连三次,他发疯似的冲闯,意欲杀击,
一连三次,阿波罗将闪亮的盾牌打到一边,
但是,当他像一位神仙,第四次进逼,
远射手阿波罗对他发话,用可怕的吼声威胁:
"小心,图丢斯之子,给我回去,不要
痴心妄想,试图与神明攀比心计!神和人
不属同一个族类,神灵永生,凡人脚踩泥地。"

他言罢,图丢斯之子只是略做退却,
以避开远射手阿波罗的怒气,后者
将埃内阿斯带出鏖战的人群,停放在
裴耳伽摩斯的一个圣地,那里有他的庙宇。
莱托和泼洒箭矢的阿耳忒弥斯治愈他的痛疾,
在一个巨大而神秘的房间,使他恢复神奕。
其时,阿波罗,银弓之神,幻变真形,
变取埃内阿斯的相貌,身穿一样的甲衣,
围绕这个形象,特洛伊人和卓越的阿开亚人
互相杀击,劈打溜圆和护胸的牛皮
盾面,击打遮身的皮张,穗带飘逸。
其时,福伊波斯·阿波罗对勇莽的阿瑞斯叫喊,说及:
"阿瑞斯,阿瑞斯,沾血的杀人狂,城垣的克星!
难道你不能投入战斗,把图丢斯的儿子,
这个眼下甚至敢和父亲宙斯打斗的家伙逼赶回去?

刚才，他还近战库普里斯，刺伤她臂上的手腕，
然后，像一位仙神，甚至对我扑袭！”

言罢，他独自坐到裴耳伽摩斯的顶面，
粗莽的阿瑞斯则激励特洛伊人继续苦战，
以斯拉凯王者的模样，捷足的阿卡马斯，
敦促宙斯哺育的普里阿摩斯的儿子们奋勇向前：
“你们，宙斯哺育的王者普里阿摩斯的儿男，
阿开亚人在屠宰你们的部众，你们还愿多久忍耐？
等他们打到坚固的城门，对吗？那位
壮士已经倒下，我们敬他如同对卓越的赫克托耳
一般，埃内阿斯，心志豪莽的安基塞斯的儿男。
来吧，让我们杀入喧闹的战场，搭救骁勇的伙伴！”

他的话使大家鼓起勇气，增添了力量。
其时，萨耳裴冬[1] 指责赫克托耳，开口说话：
“你过去的勇气，赫克托耳，如今何在？
你曾夸口，说是没有众人，没有友军，你就
可以守住城市，仅凭你的兄弟和姐妹夫们的帮赞。
我看不见他们中任何一个，不知他们在哪里出现。
像围着狮子的猎狗，他们全都畏缩不前，
而我们，你的盟军，却在舍命拼战。
作为你的盟友，我从老远的地方赶来，
从远方的鲁基亚[2]，打着漩涡的珊索斯河畔，

① 宙斯之子，特洛伊的盟军将领中最卓著者，后被帕特罗克洛斯击杀。

② 位于小亚细亚西南部，不同于潘达罗斯的故乡，即伊达山下的鲁基亚（参见第105行注）。

撇下我的娇妻和尚是婴儿的男孩，
撇下丰广的家产，穷人为之垂涎的富源。
即便如此，我带来了鲁基亚的汉子，自己
亦精神抖擞，与敌手对战，虽说此地没有
我的什么，阿开亚人可以抢夺，或是驱赶。
但是，你却总是站着，连一声命令都不下——
为何不让部属站稳脚跟，为保卫他们的妻子拼战！
小心，不要掉入苦斗的灾坑，广收一切的网袋，
被你的敌人兜走，成为他们的俘获和礼件——
用不了多久，这帮人将荡毁你人丁兴旺的城园。
所以，无论白天黑夜，你要把这些记在心间，
恳求声名遐迩的盟军，恳求盟军的首领，
求他们苦战坚守，以抵消人们对你的责难。”

萨耳裴冬言罢，一番话刺捣着赫克托耳的心田，
他当即跳下马车，双脚着地，全副武装，
穿巡全军每一支队伍，挥舞一对锋快的枪械，
鼓励将士们拼杀，催激起酷战的嚣喧。
兵勇们聚集起来，站稳脚跟，面对阿开亚军男，
但阿耳吉维人一步不让，以密匝的编队接战。
犹如季风扫过神圣的麦场，吹散农人
簸扬而起的谷皮碎片，而秀发金黄的黛墨忒耳
正借助吹刮的风势将颗粒和糠壳分开，
皮秣堆积，漂白了地面[①]；就像这样，马蹄卷起
纷扬的泥尘，把阿开亚人扑撒得全身灰白，

① 明喻是诗人连接和糅合战争与日常生活的纽带。明喻的作用由此超出了修辞的范围。参考第二十卷第 497 行注。

飘漫上铜色的天穹，抹过兵勇的双肩脸面：
驭手们转回车轮，两军再度逼近开战。
他们使出双臂的力量，勇莽的阿瑞斯
助佑特洛伊人，在战场上布起浓黑的雾障[①]，
活跃在每一个角落，执行福伊波斯·
阿波罗的命令，金剑之王，后者
眼见达奈人的护神帕拉斯·雅典娜
离开战场，命他催发特洛伊人的凶狂。
从那间库藏丰盈的龛房，阿波罗送回
埃内阿斯，把勇力注入兵士牧者的胸膛。
埃内阿斯站立伙伴中间，后者高兴地
看着他回还，未被伤残，英姿勃发，
安然无恙。不过，他们没有发问，将临的
战斗不允许他们从容说话，银弓之神催励他们，
还有屠人的阿瑞斯，加上争斗，她的愤怒不会息罢。

　两位埃阿斯、奥德修斯和狄俄墨得斯
督励达奈人迎战，全然不怕特洛伊
兵勇强劲的攻势，不怕他们的力量，
坚守自己的阵地，像似被克罗诺斯之子滞阻的
雾霭，在那无风的日子，纹丝不动，凝留在
高山之巅——强有力的北风和那些粗鲁的伙伴，
他们呼啸着从高空冲扫，以强悍的风力
将乌黑的云层散乱，其时都已进入梦乡；

① 不用说，神和人的父亲宙斯自然也有这种“功夫”（参见第十七卷第268—269行），只是他之“布起迷雾浓厚”似乎是为了帮助阿开亚人。

就像这样，达奈人硬顶特洛伊人的进攻，毫不退让[①]。
阿特柔斯之子不停地号令，在队伍里穿插：
“拿出男子汉的勇气，我的朋友们，抖擞精神，
不要让伙伴们耻笑，这是你死我活的拼杀！
大家要以此相诫，使更多的人避离死亡；
逃跑者既不能保命，也不能争得荣光！”

言罢，他迅速投枪，击倒前排的雄杰
代科昂，心胸豪壮的埃内阿斯的伙伴，
裴耳伽索斯之子，特洛伊人敬他像对普里阿摩斯的
儿郎，因他行动敏捷，总在前排作战。
强有力的阿伽门农击中他的盾牌，出手投枪，
铜尖冲破战盾的阻力，把面里一起透穿，
切入进去，捅开腰带，扎捣肚下的腹腔；
此人轰然倒下，铠甲在身上铿锵震响。

埃内阿斯杀了达奈人的两位英杰，
狄俄克勒斯之子俄耳西洛科斯和克瑞松，
其父家居菲莱，一座构筑坚固的城防，
资产丰足，阿尔菲俄斯河的后代，
宽阔的水面流经普利亚人的故乡，
生子俄耳提洛科斯，作为众多族民的国王。
俄耳提洛科斯有子狄俄克勒斯，心胸豪壮；
狄俄克勒斯有子两位，孪生成双，
俄耳西洛科斯和克瑞松，精通各种战式的壮汉。
二位长大成人，随同阿耳吉维人出战，

① 第 527 行同第十五卷第 622 行。

乘坐乌黑的海船来到伊利昂,骏马的故乡,
为阿伽门农和墨奈劳斯争回荣誉,为阿特柔斯的
两个儿郎。现在,他俩已被死的命运埋藏。
像山脊上的两头狮子,尚未成年,
母狮把它们在昏黑的深山老林里养大,
二兽扑杀牛群和滚肥的绵羊,
肆意涂炭农人的庄院,直至翻倒地上,
死在牧人手下,葬身锐利的铜枪;
就像这样,二位瘫倒在埃内阿斯手下,
宛如两棵被伐的巨松,撞倒在地上。

二位倒下后,嗜战的墨奈劳斯心生怜悯,
从前排首领中大步赶出,头顶锃亮的头盔,
挥舞枪矛,阿瑞斯催发他的勇力,
企望让他倒死于埃内阿斯的手击。
心胸豪壮的奈斯托耳之子安提洛科斯见他进逼,
大步穿行前排的首领,替这位兵士的牧者担心,
唯恐此人受损,使众人的苦战半途而废。
所以,当埃内阿斯和墨奈劳斯举起投枪利犀,
面对面地摆开架势,一心只想攻击,
安提洛科斯[1] 赶至兵士牧者的身边,站在一起。
埃内阿斯开始退却,尽管行动迅捷,
眼见他俩联手攻他,肩并肩地站立。

① 奈斯托耳之子,在这关键时刻救护了墨奈劳斯。在第二十三卷里,他俩就赛事发生争执,但墨奈劳斯最后原谅了安提洛科斯的鲁莽。请读者记住这一细节。毕竟,安提洛科斯响应阿伽门农的召唤,含辛茹苦,前来特洛伊赴战,在千钧一发之际和墨奈劳斯并肩战斗,“站在一起”。

两人趁机拖起尸体，回到阿开亚人的队营，
把倒霉的兄弟俩交给己方的伙伴，
转身返回，重新介入前排的战列。

他们杀了普莱墨奈斯，阿瑞斯一样的杰英，
心胸豪壮的帕夫拉戈尼亚盾牌兵的首领。
阿特柔斯之子墨奈劳斯，著名的枪手，
出击刺捅，打在锁骨上，当他站在那里。
其时，安提洛科斯击倒慕冬，他的驭手和随从，
阿屯尼俄斯骁勇的儿子，正将坚蹄的马儿绕回，
用一块石头，砸在手肘上，打落指间
嵌着雪白象牙的缰绳，掉落泥地。
安提洛科斯猛扑过去，将铜剑送进太阳穴里，
慕冬喘着粗气，从制作精固的战车上栽倒，
头脸朝下，脖子和双肩扎进多尘的泥地，
只因沙层松软，坚挺了好长时机，
直到他的驭马出蹄踢踏，使他翻身入泥，
安提洛科斯挥鞭，把它们赶往阿开亚人的队列。

眼见他们，隔着队列，赫克托耳高声呼喊，
冲跑近逼，身后跟着一队队特洛伊人强健的
士兵。阿瑞斯率领他们，还有女神厄努娥，
带来凶残的混战，仇杀的酷戾无情。
阿瑞斯挥舞枪矛，大得出奇，奔走在
赫克托耳身边，时而居前，时而殿后料理。

啸吼战场的狄俄墨得斯吓得浑身发抖，眼见他的
出现，像一个穿越大平原的路人，孤身无援，

停立在一条奔腾入海、水流湍急的河边，
望着咆哮的洪水，翻滚的白浪，吓得怯步后退。
就像这样，图丢斯之子对着人群呼喊，移步退却：
“朋友们，我们常常惊慕光荣的赫克托耳，
以为他是一名上好的枪手，一位豪勇的壮汉，
却不知他的身边总有某位神明，替他挡开死难；
现在，阿瑞斯正和他一起，以凡人的形貌出现。
后撤吧，但要对着特洛伊人的脸面，倒退
着回走；不要心血来潮，与神明较劲争战！”

言罢，特洛伊人已冲逼到他们眼前。
赫克托耳放倒两位壮勇，双双精于攻战，
安基阿洛斯和墨奈塞斯，同乘一辆车辕。
二者倒地，使忒拉蒙之子，魁伟的埃阿斯心生悯怜，
跨步近逼，站立，奋臂投出闪亮的枪矛，
击中安菲俄斯，塞拉戈斯之子，来自派索斯
地面，家产丰厚，谷地广袤，但命运使他
成为普里阿摩斯和他的儿子们的盟援。
现在，忒拉蒙之子埃阿斯投枪捅穿他的腰带，
落影森长的枪矛在小肚子上钻眼，
他随即倒地，一声轰然。闪光的埃阿斯赶上前去，
抢剥铠甲，特洛伊人投出枪矛，密如雨点，
犀利的铜尖烁烁闪光，硕大的盾牌吃受众多的投械。
他用脚跟蹬住死者的胸膛，拔出自己的
铜枪，却无法抢剥璀璨的铠甲，从对手的
肩膀，投枪迎面扑来，打得他难以招架应对，
害怕高傲的特洛伊人已经形成的强有力的圈围，
他们人多势众，刚勇暴烈，手握粗长的枪矛，

把他捅离遗体，尽管他雄伟高豪，强劲
有力，逼迫他步履踉跄，节节后退。

就这样，他们在你死我活的战场上熬煎。
其时，赫拉克勒斯之子，高大强健的特勒波勒摩斯，
在强有力的命运驱使下，向神一样的萨耳裴冬冲击，
两人迎面而行，咄咄逼近，一位是
汇集云层的宙斯之子，另一位是他的孙辈。
二人中特勒波勒摩斯首先开口，说及：
“萨耳裴冬，鲁基亚人的训导，为何
缩手缩脚，像一个不谙战事的新兵？
他们都是骗子，说你是带埃吉斯的
宙斯之子；你简直算不得什么，与宙斯
的其他孩子，和我们的前辈相比。
人们夸耀赫拉克勒斯，何等强劲有力，
骁勇刚健，我的父亲，有着狮子般的雄心。
他曾来过此地，为了讨得劳墨冬的马匹[①]，
只带六条海船，少量的精英；
然而，他们荡劫了伊利昂城堡，把街道打成废墟。
而你，你的心灵懦弱，而且正在失损军兵。
虽说来了，从鲁基亚，但我想你
帮不了特洛伊人，尽管你也算得强劲。
你将穿走通往哀地斯的大门，死于我的手击！”

① 本卷第265—270行已对劳墨冬的名驹做过描述。应劳墨冬的请求并答应以名马作为回报，赫拉克勒斯从海怪那里救回劳墨冬的女儿赫西娥奈（参阅第二十卷第145—148行，比较第十四卷第250—256行和第十五卷第25—30行），但劳墨冬食言不给骏马，赫拉克勒斯于是挟怒攻城，捣毁了伊利昂。可见，早在阿伽门农引兵远征之前，力士赫拉克勒斯已破袭过劳墨冬的居城。

其时,鲁基亚人的王者萨耳裴冬对他答接:
“乃父,特勒波勒摩斯,确曾把神圣的伊利昂荡劫,
由于劳墨冬的愚蠢,一个高傲的汉子,
口吐恶言,回偿赫拉克勒斯的善意,
拒不让他带走骏马,为此他打老远赶来取回。
告诉你,你只能得到死亡,从我的手里,
得获乌黑的毁灭!你将瘫死在我的枪下,给我
致送光荣,把灵魂交付驾驭名驹的哀地斯神祇[①]!”

萨耳裴冬言罢,特勒波勒摩斯举起
梣木杆的枪械,两人出手粗长的飞矛,
在同一个瞬间。萨耳裴冬击中对手的
脖子,投枪挟着苦痛深钻,切断喉管;
黑沉沉的夜雾飘临,蒙住了他的双眼。
然而,特勒波勒摩斯的长枪亦击中萨耳裴冬,
打在左腿上,往里狠咬,发疯一样,
擦刮腿骨,但其父替他挡开了死亡。

卓著的伙伴们架着神一样的萨耳裴冬
撤出战场,后者痛得直不起腰背,拖着
修长的铜枪,紧急中谁也没有注意,
亦没有想到拔出枪矛,让他站立,从他的
腿上。伙伴们护持着他行走,举步艰难。

① 投枪前,特勒波勒摩斯和萨耳裴冬照例要按照“模式”唇枪舌剑一番(参考第二十卷第199行注)。有趣的是,两人同时击中对手,造成了一死一伤的结局。

胫甲坚固的阿开亚人抬着特勒波勒摩斯退出战斗，
在战场的另一方。卓越的奥德修斯意志坚强，
心中升起搏战的激情，目睹此番景状，
心里魂里权衡斟酌两个念头，
是先去追赶爆炸响雷的宙斯之子，
还是杀戮更多的鲁基亚兵壮。
然而，由于心志豪莽的奥德修斯注定
不该杀死宙斯强健的儿子，用犀利的铜枪，
所以雅典娜将他的怒气引往鲁基亚人一方。
他杀了科伊拉诺斯、克罗米俄斯、阿拉斯托耳、
哈利俄斯、阿尔康得罗斯和普鲁塔尼斯，将诺厄蒙击杀。
卓越的奥德修斯还会杀死更多的鲁基亚人，
若非高大的赫克托耳，头盔闪光，很快发现他的去向，
大步穿行前排战勇的队列，铜光闪亮，
给达奈人带来恐慌。但宙斯之子萨耳裴冬
却高兴地看着他的到来，用凄楚的语调求他：
“别把我丢下，普里阿摩斯之子，别让我躺在这里，成为
达奈人的猎享。护卫，帮我一把。将来，我的生命
会终止在你们的城邦，须知我已不能
回返家园，回到我的故乡，带去回归的
喜悦，给我钟爱的妻子和尚是婴孩的儿郎。”

他言罢，但头盔闪亮的赫克托耳没有回答，
而是急速前行，大步闯过他的身旁，一心
想着打退阿耳吉维兵壮，把成群的对手战杀。
卓越的伙伴们将神样的萨耳裴冬放躺在
带埃吉斯的宙斯的一棵遒劲的橡树下，
强有力的裴拉工，他的亲密伙伴，

从他腿上的伤口,用力顶出梣木杆的矛枪,
精魂[①] 离他而去,迷雾蒙罩在他的眼上。
但他复又开始呼吸,强劲的北风吹回
他喘吐出去的生命,其时剧痛难当。

然而,面对阿瑞斯和身披铜甲的赫克托耳的攻势,
阿耳吉维人没有掉转身子,跑回乌黑的海船,
但也没有进行强势的对抗,而是眼见阿瑞斯
领着特洛伊人猛冲,一步步地撤退回让。

谁个最先死在普里阿摩斯之子赫克托耳
和披裹青铜的阿瑞斯手里,谁个最后惨遭砍杀[②]?
神样的丢斯拉斯率先,接着是俄瑞斯忒斯,擅使驭马,
还有来自埃托利亚的枪手特瑞科斯、俄伊诺毛斯、
俄伊诺普斯之子赫勒诺斯,以及家居呼莱的
俄瑞斯比俄斯,老是惦记着他的财产,腰带闪亮,
土地延伸在开菲西亚湖畔,连同他的波伊俄提亚
同胞,占据那片丰沃的平原,栖居在他家的邻旁。

其时,白臂女神赫拉发现他们,正在
激烈的搏战中痛杀阿耳吉维英壮[③],
当即喊出长了翅膀的话语,指令雅典娜:
"耻辱啊,阿特鲁托奈,带埃吉斯的宙斯的姑娘!

① psuche,"心魂""精魂",比较第698行中的"生命"(thumon)。参考第四卷第524行注。

② 相似的表述见第十一卷第299—300行和第十六卷第692—693行。比较第二卷第484行注。

③ 第712行同第七卷第18行。"阿耳吉维英壮"即阿开亚军兵(或希腊人)。

我们讲过的话全部白搭，答应让墨奈劳斯
荡劫墙垣精固的伊利昂，然后启程还乡，
倘若容忍狠毒的阿瑞斯如此肆虐疯狂。
来吧，让你我忖想自己勇莽的力量！”

她言罢，灰眼睛女神雅典娜不予违抗。
赫拉，强有力的克罗诺斯的女儿，神界的
女王，前往整套系戴金笼辔的驭马，
而赫蓓则迅速备车，将溜圆的轮子接装，
铜轮有八根条辐支撑，一边一个，安在铁轴上。
轮缘取料永不败坏的黄金，外沿镶着
青铜，一道坚实的滚圈，看了让人惊诧，
银质的轮毂在车的两边围转，
车身由黄金和白银的条片紧紧
箍贴，安着两根环绕整车的拱围，
车辕闪着纯银的亮光；赫蓓在它的
尽头系牢华丽的黄金轭架，襻上
璀璨的金胸带，赫拉牵过捷蹄的骏马，
套入轭架①，渴望恶战，冲入嚣闹的疆场。

其时，雅典娜，带埃吉斯的宙斯的女郎，
脱去舒适的裙袍，傍临父亲的门槛，
织工精巧，由她亲手缝制的衣裳，
穿上汇集云层的宙斯的套衫，
扣上她的铠甲，准备迎接惨烈的鏖战。

① 比较套备骡车（或货车）的程序（见第二十四卷第 266—280 行）。

她把埃吉斯[1] 挎上肩头，挟着恐怖，穗带
飘扬，周围停驻着溃乱，像一个花环，
里面是争斗、勇力和冷冻心血的攻战，
中间显现出魔怪戈耳工的头颅，凶险、
极其可怕，兆示带埃吉斯的宙斯致送的不祥。
雅典娜戴上金铸的盔盖，顶着两支硬角，
四根脊条，一百座城镇的武士在盔面上亮相。
女神踏上烈焰熊熊的战车，抓起一杆长枪，
粗重、厚实、硕大，用以荡扫战斗的勇士群伍，
他们使强力大神的女儿怒满胸膛。
赫拉迅速起鞭策马，时点看守的
天门自行移动开启[2]，隆隆作响，
她们把守奥林波斯和辽阔的天空，
负责拨开滚密的云雾，负责关上。
穿过天门，她俩一路疾驰，加鞭快马，
发现克罗诺斯的儿子正离着众神，
独自坐在山脊耸叠的奥林波斯最高的峰峦。
女神，白臂膀的赫拉勒住骏马，
对克罗诺斯之子，至高无上的宙斯问话：
“父亲宙斯，难道你不愤怒于阿瑞斯的暴行，
杀死这么多如此剽健的阿开亚英壮，
毫无理由，不顾体统，让我悲伤？

① 关于埃吉斯，参考第一卷第202行注。临战(或临阵)的雅典娜经常携带这面特殊的“盾牌”(另参考第二卷第446—452行、第十八卷第203—206行和第二十一卷第400—401行)。在第四卷里，阿伽门农预言宙斯将“亲自挥动浑黑的埃吉斯”，给特洛伊人致送败亡(第166—167行)。

② 天门由云朵构成(第751行)。关于“自动”，参考并比较第十八卷第468—473行和该卷第420行注。第745—752行同第八卷第389—396行。

此外,库普里斯和银弓手阿波罗现时幸灾乐祸,
业已放纵这个疯子行凶,他可不知何谓规法。
父亲宙斯,你可会生发怒火,倘若
我去狠狠地揍他,把阿瑞斯赶出战场?”

其时,汇集云层的宙斯对她道说,答话:
“干去吧,交由赐赏战礼的雅典娜;惩治
阿瑞斯,让他饱受痛苦,她比谁都更有办法。”

他言罢,白臂女神赫拉不予抗阻,
举鞭策马,后者心甘情愿,飞奔跑出,
穿行在大地和群星荟萃的天路。
你可注视酒蓝色的大海,坐上高处,
极目远眺地平线上蒙蒙的水雾,跨越如此
遥远的距离,高声嘶喊的神马只须一个猛扑。
它们来到特洛伊平原,两条奔腾的河流,
西摩埃斯和斯卡曼德罗斯在此汇晤,
赫拉,白臂膀的女神收住缰绳,
让神马走出轭架,四周里洒下浓密的气雾,
西摩埃斯催长满地的仙草①,供它们果腹。

女神迈着轻快的碎步,像两只晃动的鸽子,
急不可待地试图帮助阿耳戈斯战勇,
来到聚人最多的地方,最猛的斗士在那儿
集中,拥站在强有力的驯马者狄俄墨得斯

① 或仙食(原文作 ambrosien)。参看第十四卷第 170 行注。参读《奥德赛》第五卷第 93 行及该行注释。

身旁，像一群狮子，生吞活剥，
像一群野猪，抑或，蛮力无穷。
女神，白臂膀的赫拉站在那里，开口疾呼，
变取心志高昂的斯腾托耳的形象，他的嗓音有如
青铜，喊叫起来抵得上五十个人的喉咙：
“可耻啊，阿耳吉维人！看来抢眼，其实无能！
以前，卓越的阿基琉斯在这里战斗，
特洛伊人从来不敢越过达耳达尼亚
墙门，惧怕他那杆枪矛的粗重，
可如今他们已逼战在深旷的船边，远离居城。”

一番话使大家鼓起勇气，增添了力量。
灰眼睛女神雅典娜直奔图丢斯的儿男，
发现这位王者正站在他的车马旁，
凉缓潘达罗斯的箭矢射出的痛伤①。
宽厚的背带承受圆盾的重压，紧勒在肩上，
刺激皮肉，使他感觉酸辣，臂膀已经疲乏；
他提起盾带，抹去上面的黑血斑斑。
女神手握驭马的轭架，对他说话：
“图丢斯生养一子，与他大不一样，
图丢斯身材矮小，却是一位英壮。
即使在那个时候，我不让他战斗，不让他
表现豪强，其时他独自一人，没有阿开亚人随伴，
作为使者，置身大群卡德墨亚人中，来到忒拜地方。
我要他安静平和，用餐在他们的厅堂，

① 潘达罗斯曾箭击狄俄墨得斯的“右肩膀上”(第 98 行)。

而他却挑战卡德墨亚人中的小伙子们[1]，
凭恃那个时代的雄心与刚强，击败所有的
对手，轻而易举，全靠我的帮忙。
现在，我也保护着你，站在你的身旁，
催励你充满自信，与特洛伊人拼打。
而你，反复的冲杀已疲软了你的肢腿，要不就是
窒灭生气的恐惧已经把你压垮。如果真是这样，
你就不是聪明的俄伊纽斯之子图丢斯的儿郎。”

其时，强有力的狄俄墨得斯答道，对她说话：
“我知道你，女神，带埃吉斯的宙斯的女儿，
所以我将放心地对你述说一切，不予隐瞒。
不是窒灭生气的恐惧将我缠缚，也不是懈怠，
而是遵从你亲口对我发布的命令，
不让我面对面地与幸福的神明开打，
只有一个例外，假如宙斯之女阿芙罗底忒
前来助战，我便可动手出击，用锋快的铜枪。
所以，我现在主动撤离，并命令其他
阿开亚人，要所有的他们集聚在我的身旁，
因为我已认出阿瑞斯，眼下正王霸战场。”

其时，灰眼睛女神雅典娜对他答话，说讲：
“图丢斯之子，悦我心房的狄俄墨得斯，
不要害怕阿瑞斯，也不必畏惧其他任何
仙家，有我帮你，有我站在你的身旁。
来吧，赶起坚蹄的驭马，先向阿瑞斯冲打，

① 参阅第四卷第 387—390 行。

逼近后搏杀。不要害怕勇莽的战神，
一个恶棍，两面派，瞧他的疯狂[1]，
刚才还对着赫拉和我有话，说是要
站在阿耳吉维人一边，打击特洛伊兵壮，
然而他已把诺言忘记，站到了特洛伊人身旁！”

言罢，她一把撂开塞奈洛斯，把他
从车后拖下，后者赶紧从马车跳到地上，
她，一位女神，怒不可遏，举步登车，站临
卓著的狄俄墨得斯身边，橡木的车轴承受重压，发出
沉闷的声响，载着可怕的女神和一位豪勇的英壮。
帕拉斯·雅典娜抓起鞭子和缰绳，
首先对着阿瑞斯冲击，策动坚蹄的驭马，
战神正弯腰剥夺硕大的裴里法斯的铠甲，
俄开西俄斯高贵的儿子，埃托利亚人中最好的精壮。
血迹斑斑的阿瑞斯正忙着剥卸铠甲，而雅典娜则
戴上哀地斯的帽盖[2]，以便避过粗莽战神的目光。

屠人的阿瑞斯眼见卓著的狄俄墨得斯扑袭，
于是丢下硕大的裴里法斯，让他躺在原地，
战神在那里将他放倒，夺走他的性命，
直奔狄俄墨得斯，驯马的精英。
他俩面对面地冲来，相互间咄咄逼近，
阿瑞斯率先投出铜枪，只有一个用心，
让它飞越轭架和驭马的缰绳，把对手杀击。

---

① 阿瑞斯虽是战神，却没有超一流的战力，在《伊利亚特》中形象不佳。
② 即（古代神话中）“黑暗的帽子”，据说戴上可以隐形。

但女神，灰眼睛雅典娜伸手抓住
矛枪，将它拨离马车，使其白捅一场。
接着，啸吼战场的狄俄墨得斯奋臂投出
铜枪，帕拉斯·雅典娜加剧它的冲莽，
将它深扎进阿瑞斯的肚腹，系绑腰带的地方。
她选中这个部位，把枪矛推入深厚的肉层，
然后动手绞拔。披裹铜甲的阿瑞斯痛得大叫，
像九千或一万个兵勇一齐呼喊① ——
战斗中两军相遇，挟着战神的烈狂。
阿开亚人和特洛伊人全都吓得索索发抖，
嗜战不厌的阿瑞斯的啸吼使他们惊怕。

像一股黑色的雾气，随着疾风升腾，
从因受温热蒸逼而形成的一片蕴育风暴的云层，
在图丢斯之子狄俄墨得斯眼里，披裹青铜的
阿瑞斯就是这个势头，袅驾游云，升向广阔的天空。
他迅速抵达神的家园，在险峻的奥林波斯落脚，
在克罗诺斯之子身边下坐，心绪颓败，
当着宙斯的脸面，亮出淌着灵液的伤口，
满怀自怜之情，用长了翅膀的话语说告：
“父亲宙斯，难道你不生气，眼见此般凶暴？
我等神祇总在无休止地争斗，尝吃
最狠毒的苦头，为了帮助凡人。
我们都想与你争个明白，是你生养了这个闯祸的
女儿，心中只想作恶行凶——她已发疯！

① 在第十四卷里，波塞冬亦发出“像九千或一万个兵勇一齐呼喊”（第148行）的啸吼，但目的在于激励军士，而非像此间的阿瑞斯那样，“痛得大叫”（本卷第859行）。

所有其他神明，奥林波斯山上的每一位天神，
都对你恭敬不违，我们都愿意俯首听从。
然而，对这个姑娘，你却不用言行阻斥，
任她我行我素，随意惹祸，只因是你所生。
现在，她已怂恿图丢斯之子，傲莽的
狄俄墨得斯卷着狂怒，冲向不死的仙尊。
先前他近战刺伤库普里斯臂上的手腕，
刚才甚至又对着我猛冲，仿佛已是一位仙神！
多亏我腿快，得以脱身，否则就只好
忍着伤痛，长时间地躺在僵硬的死人堆里，
或是因为受难于铜矛的击打，屈守缥缈的余生。”

汇集云层的宙斯恶狠狠地盯着他，道说训言：
“不要坐在我的身边呜咽，你小子一脸两面，
所有拥掌奥林波斯的神明中，你最让我讨厌。
争吵、战争和搏杀永远是你心驰神往的事件。
你承继了娘亲赫拉不知缓息和难以容忍的
怒气，不管我说些什么，都难以使她服帖。
由于她的挑唆，我想，才使你遭受如此磨虐。
不过，我不能再无动于衷，看你忍受痛疾，
因为你是我的儿子，你的母亲为我生育。
如果是其他神明的儿男，加之如此暴戾，
你便早已置身深渊，在天空之子[①] 的下面。”

言罢，宙斯命嘱派厄昂为他治医，
医者随即敷上镇痛的药剂，治愈

① 即泰坦诸神，已被宙斯打入深渊塔耳塔罗斯。

伤疾,此君不是凡人,不会死去[①]。
犹如把无花果汁挤入雪白的牛奶,使之稠聚,
只要动手搅拌,液体便会迅速浓结固凝,
派厄昂以此般神速将勇莽的阿瑞斯治愈。
赫蓓替他擦洗干净,穿上精美的袍衣,
后者坐在宙斯身边,享领光荣,扬扬得意。

　其时,二位回返大神宙斯的府居,
阿耳戈斯的赫拉和阿拉尔科墨奈的雅典娜一起[②],
阻止了屠夫的凶残,阿瑞斯的杀人害命。

① 神可以受伤,但流出的却不是鲜血(见第 340—342 行)。此外,哪怕伤势再重,他(她)们不会死亡。"永生的"(即"不死的")是修饰神的常见用语。另见第 401—402 行。

② 第 908 行同第四卷第 8 行。参考该行注。

第 六 卷

如此，惨烈的战事留给了阿开亚人和特洛伊人
自行裁断，激战的人潮此起彼伏，
在平原上滚翻，双方瞄掷青铜的投枪，
在珊索斯和西摩埃斯的水流之间混战。

忒拉蒙之子，阿开亚人的壁垒，率先
打破特洛伊人的队阵，给伙伴们带来希望的光线，
击倒斯拉凯人中最好的战勇，
高大雄健的阿卡马斯，欧索罗斯的儿男。
他抢先投掷，击中嵌缀马鬃的头盔上的突角，
青铜的枪尖扎入前额，往里深咬，
捣碎头骨，双眼被一团黑雾蒙罩[①]。

啸吼战场的狄俄墨得斯击倒阿克苏洛斯，
丢斯拉斯之子，家住构筑坚固的阿里斯贝地方，
家资丰足，认定每一个人都是朋帮，
敞开路边的房居接待所有的过客，迎来送往。
然而，他们中现时却无人站助他的身旁，替他
挡开可悲的死亡，狄俄墨得斯杀了他俩，
杀了阿克苏洛斯和伴从卡勒西俄斯，为他
驱赶车辆，如今双双去了泥尘底下。

① 参考第四卷第 503 行注。

欧鲁阿洛斯杀了德瑞索斯和俄菲尔提俄斯，
继而追击埃塞波斯和裴达索斯，溪泉女神
阿芭耳芭拉的生养，生给了勇武的布科利昂，
布科利昂，高傲的劳墨冬的儿郎，长出，
虽然母亲与男人秘密媾合，将他怀上。
其时，他正在牧羊，与女仙欢爱睡躺，
怀孕后生下一对儿男。现在，墨基斯提俄斯
之子打散他们的力量，酥软他俩的肢腿，
欧鲁阿洛斯剥夺了他们肩上的铠甲。

作战犟勇的波鲁波伊忒斯杀了阿斯图阿洛斯，
奥德修斯杀了来自裴耳科忒的皮杜忒斯，
用他的铜枪；丢克罗斯结果了高贵的阿瑞塔昂。
奈斯托耳之子安提洛科斯杀了阿伯勒罗斯，
用闪亮的投枪；阿伽门农，全军的统帅，杀了厄拉托斯，
其人在流水悠长的萨特尼俄埃斯河畔，陡峭的
裴达索斯安家。英雄雷托斯追杀了逃跑中的
夫拉科斯，欧鲁普洛斯将墨朗西俄斯击杀。

啸吼战场的墨奈劳斯将阿德瑞斯托斯擒拿，
因为两匹驭马受惊，在平野上奔狂，
缠绊在一处柽柳枝丛，崩裂了弯翘的车辆，
断在车杆的根端，挣脱羁绊，直奔城墙，
惊散了那一带的驭马，带着慌恐蹦跶。
阿德瑞斯托斯被甩出马车，倒在轮子边旁，
嘴啃泥尘，头脸朝下；阿特柔斯之子
墨奈劳斯耸立在他身边，手提投影森长的矛枪。

阿德瑞斯托斯抱住他的膝盖[①],恳切说讲:
“活捉我,阿特柔斯之子,收取足份的赎偿。
家父殷实富有,财宝堆积在他的居家,
有青铜、黄金和艰工冶铸的灰铁,
他会用难以计数的赎礼欢悦你的心房,
假如听说我还活着,在阿开亚人的船旁[②]。”

一番话说动了墨奈劳斯胸中的心肠。
正当他准备把求者交给随从,由他
带回阿开亚人的快船,阿伽门农
跑步赶来,斥责他的行为不当:
“墨奈劳斯,兄弟,为何如此关照我们的
敌方？是因为特洛伊人给过你巨大的恩惠,
在你的居家？不,不能让一个特洛伊人躲过暴死
和我们双手的击打,哪怕是娘肚里的男孩,
连他也没有两样！让特洛伊人彻底灭亡,
死个精光,无人哀悼,全然不留迹象!”

英雄[③] 言罢,改变了兄弟的心想,
因他说得理直气壮。墨奈劳斯一把推开
英雄阿德瑞斯托斯,强有力的阿伽门农出枪

---

① 壮士们有时似乎更愿“苟活”,而不想“宁死不屈”(另见第十卷第377行)。荷马似乎并不认为“乞活”是件丢脸的事情。祈求时,当事人可用单手或双手抱住对方的膝盖。参考第一卷第501行注。

② 第46—50行亦为程式化表达,多隆和安提马科斯的儿子都曾以这一程式乞求饶命(参见第十卷第378—381行和第十一卷第131—135行)。

③ 或“壮士”“勇士”。在《伊利亚特》里,heros并不具备太多高、大、全的“超人”色彩——他是一位壮士,一个有身份、地位,并在战场上拼搏或拼搏过的男子。

刺进他的胁旁，后者向后翻仰，阿特柔斯之子
一脚踹住他的胸口，拧拔出梣木杆的长枪。

奈斯托耳放开嗓门，对着阿耳吉维人呼喊：
“朋友们，达奈勇士们，哦，阿瑞斯的随员！
谁也不许置后磨蹭，心里想着劫抢，
打算把尽可能多的东西拖回海船。
现在，我们要击杀敌人；战后，在休闲的时候，
你等可卸剥尸身上的属物，卧躺在这片平原不妨。”

一番话使大家鼓起勇气，增添了力量[①]。
其时，特洛伊人会再次溜进城墙，逃回
伊利昂，被嗜战的阿开亚人赶得跌跌撞撞，
若非普里阿摩斯之子赫勒诺斯，最灵验的卜者，
站到埃内阿斯和赫克托耳身旁，对他们说话：
“埃内阿斯，赫克托耳，你俩是引导特洛伊人
和鲁基亚人战斗的主将，因为在一切方面，你们
都是军中出类拔萃的好汉，无论是战力，还是谋划。
所以，你们要站稳脚跟，四处巡访，
把部众聚合在城门之前——不要让他们
投入女人的怀抱，成为敌人的笑谈。
只要你们把各支部队鼓动起来，
我们就能牢牢站稳阵脚，与达奈人拼战，
尽管将士们已极其疲惫，但我等受制于必然。
然而你，赫克托耳，你要赶快回城，
告诉我们的母亲，要她召聚所有高贵的妇人，

① 第 72 行同第五卷第 470 和 792 行等处。

在卫城的高处，灰眼睛雅典娜的庙前，
用钥匙打开神圣的房室，由她择选，
提取一件在她看来厅屋里最大、
最美的织袍，最受她的珍爱，
将它铺展在长发秀美的雅典娜的膝盖。
让她答应祭献十二头小母牛，在神庙里面，
从未挨过责笞，但求女神怜悯我们的
城邑，怜悯特洛伊妇女和弱小无助的童孩，
能把图丢斯之子[①] 赶开，赶离神圣的伊利昂，
这个野蛮的枪手、壮士，能使兵群溃散胆寒，
眼下，告诉你，他已是阿开亚人中最强健的军汉。
我们从未如此怕过阿基琉斯，军队的镇管，
人说他是女神的儿男。此人如此狂暴，
非同一般，谁也无法与他较劲、对战。”

　他言罢，赫克托耳听从兄弟的规劝，
当即跳下马车，双脚着地，全副武装，
穿巡全军的每一支队伍，挥舞一对锋快的投枪，
鼓励将士们拼杀，催激起酷战的喧响。
兵勇们重新集聚，站稳脚跟，迎战阿开亚军男，
阿耳吉维人开始退却，转过身子，停止砍杀，
以为来了某位神灵，从多星的天空临降，
帮助特洛伊人，使他们集聚，竟能这样。
赫克托耳亮开嗓门，对着特洛伊人呼喊：
“心志高昂的特洛伊人，名声遐迩的盟军伙伴！
拿出男子汉的勇气，朋友们，念想战力的凶狂，

① 指狄俄墨得斯。

待我赶回伊利昂，告诉年长的参事，
善于谋划，还有我们的妻房，
要他们对神祈祷，许以丰盛的宴享。”

言罢，头盔闪亮的赫克托耳动身回返，
乌黑的牛皮磕碰脚踝和脖子，那是
盾的边沿[①]，将中心突鼓的巨盾绕环。

其时，希波洛科斯之子格劳科斯[②] 和图丢斯
之子来到两军之间的空地，急于厮杀。
他俩相对而行，迎面逼近对方，
啸吼战场的狄俄墨得斯首先开口，发话：
“你是凡人中的哪一位，对面的壮汉？
我从未见过你，是的，在人们争获荣耀的
战场，然而现在，你远离众人，大步冲上前来，
如此倔犟，胆敢站对我的枪矛，投影森长。
不幸的父亲，你们的儿子要和我对阵拼打！
但是，假如你是某位永生的神明，来自天空晴亮，
那么，告诉你，我将不会与任何天神开战。
即便是德鲁阿斯之子，强有力的鲁库耳戈斯，
由于试图交手天神，也落得个短命的下场。
此人曾将众位女仙，放荡的狄俄尼索斯的
保姆赶下努萨神圣的山岗，她们丢弃手中的
枝杖，遭受杀人害命的鲁库耳戈斯责打，

① 由此可见，赫克托耳携用的盾牌可以遮掩全身，属于那种“墙面似的”巨盾（见第七卷第 219 行注）。

② 萨耳裴冬的助手和朋友，亦是鲁基亚人的首领（参见第二卷第 876—877 行）。

用赶牛的棍棒。狄俄尼索斯吓得只顾奔忙，
一头扎进海浪，在塞提斯的怀里躲藏，
怕得直打哆嗦，惊恐万状，慑于此君的追骂。
无忧无虑的神明震怒于鲁库耳戈斯的暴行，
克罗诺斯之子将他的眼睛打瞎，其后此人的
日子不长，只因所有永生的神明恨他[①]。
所以，我无意与幸福的神祇对抗。
不过，倘若你是一介凡胎，吃食泥土的催长，
那就走近些，以便尽快及达既定的败亡！”

　其时，希波洛科斯高贵的儿子对他答讲：
“为何询问我的家世，图丢斯心胸豪壮的儿郎？
凡人的生活啊，就像代生的树叶一样，
当秋风吹扫，把枯叶刮落地上[②]，然而当
春的季节回临，新叶又会重绿树干生长。
人同此理，新的一代崛起，老的一代死亡。
不过，倘若你想了解我的宗谱，知晓得不遗
不误，那就听我道说，虽然许多人明白，都很清楚[③]。
马草丰肥的阿耳戈斯的边端有一座
城镇，名厄芙拉[④]，埃俄洛斯之子西绪福斯在那里居住，

① 鲁库耳戈斯以一介凡人的身份毒打神明，受到宙斯的惩罚，其后“日子不长”，“只因所有永生的神明恨他”(另见第200行中类似的表述)。

② 凡人的一生“轻渺如同树叶”，只有短暂的“生机盎然”，随后便是“一死了结”(第二十一卷第464—466行)。人的悲哀在于不可能摆脱死亡，这就决定了他们的生存不可能“壮”而不“悲”。

③ 第150—151行同第二十卷第213—214行。

④ 即科林斯，或西绪福斯和伯勒罗丰忒斯的故乡。参阅品达《奥林匹亚颂》颂十三第63行以下。

西绪福斯[1],世间最精明的凡人,得子格劳科斯,
后者又是英武的伯勒罗丰忒斯的亲父。
神明给了伯勒罗丰忒斯俊美的容貌和
男子汉的气度,但普罗伊托斯却刻意害毒,
只因他远为强悍,把对方赶出阿耳吉维人的
地界,宙斯早已使人们对他的权杖听服。
普罗伊托斯的妻子,美丽的安忒娅爱上了
伯勒罗丰忒斯,意欲睡躺偷情,痴迷冲动,
但刚勇的壮士意志坚强,正气在胸。
于是,她来到国王普罗伊托斯身边,谎讼:
'是你自己去死,普罗伊托斯,还是把他杀屠,
伯勒罗丰忒斯试图与我同床共枕,违拗我的心衷。'
她言罢,国王听后顿觉怒气冲冲,
不过还是没有杀他,为了不使心魂惊恐,
而是让他去了鲁基亚[2],给他一篇记符,
刻在一块折起的板片上[3],足以把他的性命断送,
要他转交安忒娅的父亲,使他在那里结终。
承蒙神的安全护送,伯勒罗丰忒斯来到鲁基亚,
一路顺风,抵达珊索斯[4] 河边,水流奔腾,
统领辽阔疆土的鲁基亚国王热情接待,

① 在《伊利亚特》里,西绪福斯的"出现"仅在此两行之中。《奥德赛》也只在一处提及这位"最精明的凡人",通过奥德修斯之口描述了他在冥府受难的情景(详见《奥德赛》第十一卷第593—600行)。

② 指小亚细亚西南部的鲁基亚(参考第五卷第479行注)。

③ 此乃荷马史诗中提及书写或文字的绝无仅有的一例。一般认为,荷马此处指的是慕凯奈(或迈锡尼)文字,即所谓的Linear B,但似不能排除另做他解的可能。在荷马生活的年代,新的字母体系已从腓尼基引入希腊。比较第七卷第175—176行。

④ 鲁基亚和特洛伊各有一条珊索斯河(见第4行)。

一连九天宴请不断,杀了九头肥牛。
当第十个黎明显现,玫瑰色的手指嫣红,
国王对他发问,要他出示所带之物,
普罗伊托斯,他的女婿让其捎来的信符。
当他得获女婿歹毒的示意,便对来者
发出命嘱,要他把狂暴的基迈拉①
杀除。此兽非由人生,出自神族,
长着蛇的尾巴,山羊的身段,狮子的额颅,
喷吐可怕的光焰,燃烧的烈火。伯勒罗丰忒斯
杀了基迈拉,遵从神致的兆示行动。
其后,他与光荣的索鲁摩伊人拼战,
那是他所经历过的,他说,人间最艰烈的战斗;
接着,他屠杀了亚马宗女郎,敢和男子对攻。
凯旋后,国王又定设一套歹毒的计谋,
选出宽广的鲁基亚地面最勇敢的汉子,
命他们拦路伏击——这帮人无一活着回还,
被英勇无畏的伯勒罗丰忒斯杀得一个不留。
其后,国王得知他乃神的后裔,生来勇猛,
于是有心挽留,嫁出女儿,招为婿翁,
分给他一半的权益,属于王者的额份。
鲁基亚人划出一片好地,它者无法比胜,
那是肥熟的耕地和果园,由他作为主人。
妻侣为刚勇的伯勒罗丰忒斯生养三个孩子,
伊桑德罗斯、希波洛科斯和劳达墨娅的女身,
后者曾与精擅谋略的宙斯同床共枕,
为他生下头戴铜盔的萨耳裴冬,犹如仙神。

① 传说中的东方怪兽。参阅赫西俄德《神谱》第 319—324 行。

以后，伯勒罗丰忒斯遭到所有神明的憎恨[①]，
飘零浪迹在阿雷俄斯平原，孑然一身，
耗糜自己的心灵，避离了人生的路程。
至于他的儿子伊桑德罗斯，已经死于嗜战不厌的
阿瑞斯之手，当前者与光荣的索鲁摩伊人拼争；
操用金缰的阿耳忒弥斯杀了劳达墨娅，出于怒憎。
然而希波洛科斯生我——他是我的父亲，我要声称。
他让我来到特洛伊，反复叮嘱，
要我永远追循杰卓，超胜所有的军勇，
不致辱没我的前辈，生长在厄芙拉
和辽阔鲁基亚的最出众的杰雄。
这便是我的宗谱，我的可以称告的血统。”

他言罢，啸吼战场的狄俄墨得斯好不快活。
他把投枪插进丰腴的土地，
讲诉温和的言辞，对这位兵士的牧者道说：
“嘿，你是我世交的朋友，友谊上溯到祖辈的生活。
卓著的俄伊纽斯曾热情接待豪勇的
伯勒罗丰忒斯，留住二十天，在他的厅屋，
作为友谊的象征，他俩还互赠精美的礼物。
俄伊纽斯客送一条闪亮的皮带，颜色深红，
伯勒罗丰忒斯回赠一只双把的金杯，
在我动身之时，此物被我留在家中。

---

① 荷马没有说明伯勒罗丰忒斯遭受神明愤恨的原因。有心探究此事的读者可以参阅抒情诗人品达的《奥林匹亚颂》颂十三和《奈弥亚颂》颂七。凡人不能超越自己的属性，忘记自己的(凡俗)身份，不能因为在某个或某些方面出类拔萃而变得不知天高地厚，忘乎所以——否则，他就会受到神的惩罚，为自己的骄横付出惨重的代价(参阅本书第二卷第594—600行和本卷第130—140行)。

关于图丢斯，我的记忆淡薄，当他离家出征，我
还是个孩童，那时，他们死在忒拜，阿开亚人的壮勇。
所以，在阿耳戈斯的腹地，我是你的主人和朋友，
而在鲁基亚则反之亦然，当我踏上你的国土。
让我们避开各自的枪矛，即便在鏖战之中。供我
杀戮的特洛伊人太多，还有他们著名的盟友，
无论是神祗拢来，还是我快步追上的敌手。
同样，供你杀屠的阿开亚人很多，只要你能够。
现在，让我们互换铠甲，以便使众人知晓，
从祖辈开始，我们声称，我们已是客人和朋友[①]。”

两人言罢，双双从马后跃下战车，
互致表示友好的誓词，紧紧握手。然而，
克罗诺斯之子宙斯将格劳科斯的心智取走，
使他用金甲换回图丢斯之子狄俄墨得斯的铜衣，
前者值得一百头牛，而后者的换价只有九头。

当赫克托耳来到斯凯亚门和橡树耸立的地方，
特洛伊人的妻子和女儿们蜂拥而来，一路颠跑，
围着他，询问起她们的儿子、兄弟、丈夫和
朋友。赫克托耳告嘱所有的女子，要她们挨个
对神祈祷；然而等待许多女眷的，却是哀愁。

其后，赫克托耳来到普里阿摩斯雄伟的宫殿，
有着光洁的石筑柱廊，内有

① 这就是所谓的“客谊”，即造访人和被访人之间建立的友谊。这种友谊甚至可以传代，如格劳科斯和狄俄墨得斯在这里所示的那样。参考《奥德赛》里的相关注释。

五十间睡房，取料石块，磨得溜光，
一间连着一间，里面睡憩普里阿摩斯的
儿男①，躺在各自婚娶的妻侣旁。
在内庭的另一边，对着这些居室，是他
女儿们的睡房，总数十二②，取料石块，溜光，
一间连着一间，里面睡憩普里阿摩斯的
女婿，躺在各自温柔的妻侣旁。
赫克托耳的母亲，就在那边，遇见了儿郎，
一位慷宏的妇人，带着劳迪凯，女儿中她最漂亮。
她紧紧攥住儿子的手，称唤，对他说讲：
"为何来此，我的孩子，离开酷战的沙场？
阿开亚人该死的儿子们一定在对你施压，
让你难堪，他们战逼我们的城防；你的心灵
驱使你回返，站临卫城的顶端，高举双手，
祈愿宙斯帮忙。不过，等一等，待我取来
蜜甜的酒浆，先祭父亲宙斯和列位神仙，
而后倘若愿喝，你亦可借酒增添力量。
对于疲惫之人，酒会给他添力，大大增强，
你累了，眼下，为了保卫你的城民打仗。"

高大的赫克托耳，头顶闪亮的铜盔对她答话：
"不要给我端来香甜的浆酒，光荣的妈妈，
你会使我脚步蹒跚，忘却战斗的力量。

① 《伊利亚特》提到普里阿摩斯二十二个儿子和两位女婿的名字。在荷马心目中，普里阿摩斯是一位生活在东方的多妻多子的君主。

② 十二是诗人喜用的数字（参见第 93、274 和 308 行；另参考第一卷第 493 行、第十一卷第 691 行和第二十四卷第 31 行等处），此外还有"九"、"十"和"二十"等。

我亦耻于用不干净的双手,祭洒献给宙斯的奠酒,
晶亮的佳酿——一个满身沾着血污和脏秽的人,
绝不能对克罗诺斯之子,乌云之神宙斯祈讲。
你可去赐赏战礼的雅典娜的庙前,
召集上了年纪的妇人,带上祭神的牲献,
提取一件在你看来厅屋里最大、
最美的织袍,最受你的珍爱,
将它铺展在长发秀美的雅典娜的膝盖,
答应祭献十二头小母牛,在神庙里面,
从未挨过责答,但求女神怜悯我们的
城邑,怜悯特洛伊妇女和弱小无助的童孩,
能把图丢斯之子赶开,赶离神圣的伊利昂,
这个野蛮的枪手、壮士,能使兵群溃散胆寒。
所以,你可去赐赏战礼的雅典娜的庙殿,
而我则去寻找帕里斯,把他召唤,倘若他
还愿听从我的训言。但愿大地裂口把他吞噬,就在
现在!奥林波斯神主让他存活,成为巨大的祸害,
对特洛伊,对心志豪莽的普里阿摩斯和他的儿男。
但愿我能眼见他坠入死神的宫殿,
如此,我便可以说,我的内心已挣脱痛苦的磨缠!"

他言罢,母亲走入厅堂,命嘱侍女们
遍走全城,召来上了年纪的妇人同往,
她自己则走下拱顶的藏室,里面
贮存织纺精致的袍衫,出自西冬女子①

① 或西冬尼亚女子,即腓尼基妇女。西冬是腓尼基的主要城市之一。参考第二十三卷第743和744行注。比较《奥德赛》第十五卷第105行。

的手工,神一样的亚历克山德罗斯亲自把她们
从那里带回,穿越浩渺的大洋,在那次远航,
当他载回出生高贵的海伦,一起还家。
赫卡贝提起一件织袍,作为礼物,献给
雅典娜,纹饰最为精美,体积最大,
像星星一样闪光,在裙袍的最底层收藏。
然后,她迈步前行,成群年长的妇人紧紧跟上。

　她们来到卫城雅典娜的庙堂,
塞阿诺开门迎候,脸颊漂亮,基修斯的
女儿,驯马者安忒诺耳的妻房,
被特洛伊人推作雅典娜祭事的司掌。
伴随尖厉的哭叫,女人们对雅典娜双臂高扬,
美颊的塞阿诺托起织袍,展放在
长发秀美的雅典娜的膝上,面对强有力
的宙斯的女儿,用恳切的言辞祈讲:
"夫人,雅典娜,我们城市的护卫,在女神中闪光!
求你折断狄俄墨得斯的枪矛,答应
让他栽倒在斯凯亚门前,头脸朝下!
我们将当即献出十二头小母牛,在你的庙堂,
从未挨过责笞,但求你怜悯我们的城防,
对特洛伊妇女和弱小无助的孩童怜帮。"
女人如此祈祷,但帕拉斯·雅典娜不会理她。

　就这样,她们对强有力的宙斯的女儿祈祷,
而赫克托耳则前往亚历克山德罗斯的住房,

一处豪华的居所[①],由主人亲自筹划建造,汇同
当时最出色的工匠,在肥沃的特洛阿德[②] 手艺最好。
他们盖了一间睡房、一个厅堂和一处院落,
傍邻赫克托耳和普里阿摩斯的居所,在护城的高堡。
宙斯钟爱的赫克托耳走进房居,手持枪矛,
伸挺出十一个肘尺的长度,杆顶闪耀着
青铜的矛尖,由一个金铸的圈环箍牢。
他在睡房里将帕里斯找到,后者正忙着整备甲械,
摆弄他的盾牌胸甲,将弯翘的弓弩调好;
阿耳戈斯的海伦正和她的侍女们同坐,
安排绚美的活计,对她们进行指导。

赫克托耳见他,其时,用讥辱的语言说叫[③]:
"怪人,胡闹!现在可不是潜心生气的时候!
军勇们正在成片地死去,在围城边和陡峭的
墙垣下苦战,被人了结,为了你,城下杀声四起,
响彻恶战的喧嚣。你本该怒对退逃的兵勇,
避离可恨的搏杀,不管在哪儿,让你见到。
振作起来,不要让无情的烈火焚毁我们的城堡!"

其时,神一样的亚历克山德罗斯对他答话,说道:
"赫克托耳,你的指责适度,不算过火,

---

① 从上下文来看,赫克托耳和亚历克山德罗斯都有自己的住房,而非居住在普里阿摩斯的宫内(其中有他为儿子们建造的五十个房间,见第244行)。

② 参见专名索引。

③ 第325行同第三卷第38行。赫克托耳接着对帕里斯又是一顿怒斥(比较本卷第521—525行和第三卷第39—57行),引出后者态度平静、相对低调的解释。言辞展现人物的性格,诗人无疑深谙此道。

既如此，我这里有话要讲，你可耐心倾听解说。
我之滞留房居，并非出于对特洛伊人的愤恨
和气恼，而是想让自己沉浸在悲痛的怀抱。
刚才，妻子已用温柔的话语把我说服，
她劝我返回战场，我也觉得应该这么
去做。胜无定家，在人们之间穿梭。
好吧，等我一下，让我把迎战的甲胄披好；
要不，你先行一步，我会随后跟踪，我想可以赶超。”

　　他言罢，头盔闪亮的赫克托耳没有说道，
但海伦对他答话，讲说恳切温和的辞藻：
“我是条母狗，婚联的兄弟，构设恶难，让人恨恼①。
我真想，是的，在娘亲生我的当天，
一股凶邪的强风把我带跑，卷入深山
峡谷，抑或投入奔腾呼啸的大海，
被风浪吞没，先于这一切事情缠我！
然而，既然神明已预设这些个恶祸，
我希愿跟随一个男人，比他要好，
知晓别人的愤怒，他们的羞辱责讨。
但是，此人没有稳笃的见识，今后也
不会看好；所以，我敢说，将来他会尝吃苦果。
进来吧，我的兄弟，在这把椅子上下坐，
你的心灵承受战乱的挤压，比谁都多，
为了不顾廉耻的我和亚历克山德罗斯的莽错。

① 海伦在此进行了刻薄的自我批评(另见第二十四卷第 762—764 行)。海伦客居他乡，亲戚中能够一以贯之地善待她的人或许不多。赫克托耳死后，她“泪水涟涟”，悲诉在特洛伊大地“再不会有人对我亲好、友善”(详见同上第 760—775 行)。

宙斯给我俩注定悲苦的命运，使我们的行为，
在今后的岁月，成为后人诗唱的歌谣。”

头顶闪亮的帽盔，高大的赫克托耳对她答道：“不要
让我，海伦，在你身边下坐，你喜欢我，却不能说服。
我的内心催我快跑，前往帮助特洛伊兵勇，
自我离开以后，他们就在急切地盼我。
倒是该给此人鼓劲，让他尽快行动，
以便在我离城之前，将我赶过。
我将先回自己的家居，看看我的亲人，
看望我的爱妻和儿郎，出生不久，
因我不知是否还能回家团聚，不知
神祇是否会让我倒死在阿开亚人手中。”

言罢，头盔闪亮的赫克托耳动身离去①，
匆匆忙忙，赶至精工建造的家府，
却不见白臂膀的安德罗玛刻，在他的厅屋，
她已带着婴儿和一位穿着漂亮裙袍的侍女，
出现在城楼之上，声泪俱下，号啕大哭。
在家里找不到贤惠的妻子，赫克托耳走回门口，
站临槛条之上，对女仆们询问她的去处：
“过来，对我讲说真话，你等女仆，
白臂膀的安德罗玛刻现在何处？去了我姐妹的
家府，还是会见我兄弟的穿着漂亮裙袍的媳妇？
是不是去了雅典娜的神庙——特洛伊长发
秀美的贵妇们正在对冷酷的女神慰抚？”

① 第369行同第116行。

其时，有人答话，一位勤勉的家仆：
“听着，赫克托耳，既然你要我等如实告诉。
夫人并没有去找你的姐妹或你兄弟的媳妇，
也没有去雅典娜的神庙——特洛伊长发
秀美的贵妇们正在对冷酷的女神慰抚，
而是去了伊利昂宽厚的城楼，因她听说
特洛伊人正在苦撑，而阿开亚人则勇气益足。
所以，她已快步跑向墙头，像一个疯婆，
由一位保姆抱着婴儿，跟随照顾。”

女仆言罢，赫克托耳即刻离开家门，
沿着来时走过的平整的街道往回赶路，
跑过宽敞的城区，来到斯凯亚
大门，打算一鼓作气，奔向平原之中。
其时，他的嫁资丰足的妻子跑来，与他聚首，
安德罗玛刻，心志豪莽的厄提昂的女儿，
厄提昂，家住林木森茂的普拉科斯山脚，
普拉科斯峰峦下的忒拜[①]，统治着基利基亚民众；
正是他的女儿，被头顶铜盔的赫克托耳娶过。
其时，她与丈夫别后重逢，同行的还有一位
女仆，抱着一个男孩，尚是婴儿，贴着胸口，
赫克托耳宠爱的儿子，像一颗明星闪烁，
赫克托耳唤他斯卡曼德里俄斯，而旁人都以

① 厄提昂的城国，不同于卡德墨亚人的忒拜，临近特洛伊，后者(即卡德墨亚人的忒拜)在波伊俄提亚。

阿斯图阿纳克斯[1] 称呼,因为其父独自保卫着城国。
凝望着爱子,勇士开颜喜笑,静静地站着,
安德罗玛刻贴靠他的身躯,泪水涌注,
紧握他的手,对他说话称呼:
“你的骁勇会把身家性命葬送,我的丈夫,你既不
可怜幼小的儿子,也不怜悯我的命苦,即将成为寡妇。
阿开亚人雄兵麇集,马上就会对你进扑,
把你杀除。要是你死了,我还有什么
活头,倒不如埋下泥土,生活将不再
给我留下慰藉,只有痛苦,假如你奔向自己的
命数,因我没有父亲,也没了高贵的生母。
卓越的阿基琉斯杀死家父厄提昂,荡劫了
基利基亚人丁兴旺的城堡,高门的
忒拜城府,杀了厄提昂,却没有
抢剥他的铠甲,心里对死者存留敬慕,
火焚了尸体,连同那套精工制作的甲护,
在灰堆上垒起一座坟墓,山林女仙,
带埃吉斯的宙斯之女,在四周种下榆树。
我的七个兄弟,在家院里同住,
就在一天之内,全都去了哀地斯的冥府[2],
捷足和卓越的阿基琉斯全数杀了他们,后者正
牧放着毛色雪白的羊群,牛儿迈着蹒跚的腿步。
他掳走林木繁茂的普拉科斯山下的女王,我的亲母,
带到此地,连同其他所获,以后又将她

① “阿斯图阿纳克斯”意为“城邦的主宰”(参考第二十二卷第 506—507 行)。

② 生活绚美,战争无情:七个兄弟死于一天之内。另见第十九卷第 291—294 行。诗人用寥寥数语道出了战争的酷烈。

释放，收取了难以计数的财物，但泼洒箭矢的
阿耳忒弥斯杀她，在她父亲的房府。所以，
赫克托耳，你既是我的父亲，又是我尊贵的亲母，
你是我的兄弟，又是我强壮的丈夫。
可怜可怜我吧，求你留在护墙之内不出，
不要让你的孩子成为孤儿，你的妻子沦为寡妇①。
可把你的人马带向无花果树，
那是城市最弱的防区，墙垣易被攻破。
敌方最猛的勇士三度在那里战斗进迫，
跟随着两位埃阿斯、著名的伊多墨纽斯
以及阿特柔斯的两个儿子和图丢斯之子猛扑，
若非某个精通卜术的高手怂恿，
便是他们自己的激情，催励他们拼搏。”

其时，高大、头盔闪亮的赫克托耳对她答道：
“我也在考虑这些事情，夫人。但是，我将
感到羞辱，在特洛伊人和裙袍垂曳的特洛伊妇女
面前无地自容，假如像个懦夫似的躲避战斗。
我的心灵亦不会同意，我知道壮士的作为，
永远和前排的特洛伊战勇一起拼搏，
替自己，也为我的父亲争得巨大的光荣。
我心里明白，是的，我的灵魂知道，
这一天必将来到，神圣的伊利昂将被荡扫，

① 比较第二十二卷第477—507行。

连同普里阿摩斯和他的兵勇，手握粗长的梣木杆枪矛[1]。
然而，特洛伊人将来的结局还不至使我太过伤恼，
即便是赫卡贝或国王普里阿摩斯的不幸，
即便是兄弟们的结局，他们人数众多，莽豪，
将死在敌人手里，在泥尘里躺倒。使我
难以忍受的，是想到你的痛苦，被某个身披铜甲的
阿开亚人拽跑，夺走你的自由，任你哭叫。
在阿耳戈斯[2]，你得在别人的织机前辛劳，
汲水墨塞斯或呼裴瑞亚的泉旁，
违心背意，必然的重压会迫使你弯腰。
将来，看着你泪水横流，有人会如此说道：
'这是赫克托耳的妻子，在人们鏖战伊利昂的
年月，他是驯马的特洛伊人中最勇的英豪。'
有人会这样说道；于你，这将招致新的哀恼，
因为失去丈夫，一个可以为你挡开奴绑的男胞。
但愿我一死了事，在垒起的土堆下睡觉，
不致知悉你被人拖拉，听闻你的号啕。"

　言罢，光荣的赫克托耳伸手孩男，
后者缩回保姆，一位束腰秀美的妇女的
怀抱，惊恐于亲爹的装束，放声哭叫，
害怕他身上的铜甲，还有冠脊上的马鬃，
眼见它在盔冠顶部可怕地颠摇。

---

① "我心里明白，……手握粗长的梣木杆枪矛。"在第四卷第163—165行里，阿伽门农做过同样的预测。两军在（各自的首领们）预知结局的情况下打了一场空前激烈的战争。

② 泛指希腊（参见第一卷第2行注；比较第一卷第79行和第二卷第684行等处）。

慈爱的父亲和尊贵的母亲咧嘴欢笑，
光荣的赫克托耳当即从头顶摘下冠冕，
放在地上，闪射出耀眼的光芒。
他抱起亲爱的儿子，俯首亲吻，荡臂摇晃[①]，
放开嗓门，对宙斯和列位神明祈讲：
"宙斯，各位神灵，答应让这个孩子，我的儿郎，
以后出落得像我一样，在特洛伊人中出类拔萃，
如我一样刚健，强有力地统治伊利昂。
将来，人们会说：'此君远比他父亲高强。'
当他从战场凯旋，让他带着沾血的战礼，
掠自被他杀倒的敌人，欢悦母亲的心房！"

言罢，他把儿子递还爱妻的臂膀，
后者双手接过，紧贴着她的胸膛，
笑眼中闪出晶莹的泪花。丈夫见后心生
怜悯，伸手抚摸，对她呼唤说讲：
"可怜的夫人啊，我劝你宽心，不要如此悲伤，
除非命里注定，谁也不能把我抛下哀地斯的居家。
至于命运，无人可以挣脱躲避，我想，
无论是勇士，还是懦夫，在出生的一刻定下。
回去吧，回家，操持自个儿的活计，
你的织机纱杆，还要催督侍女们干活，
做好分内的事项。然而男人必须打仗，所有居家
伊利昂的男子一样，但首先是我，是我的行当。"

① 这是大战前的宁静，显现出家庭生活的温馨。诗人仅用三言两语即描绘出一个感人的场景，给人留下的印象至深。

言罢，赫克托耳提起嵌缀马鬃顶冠的
头盔，而他亲爱的妻子则举步自己的宫房，
泪珠滴淌，一路频频回首张望。
她快步回到屠人的赫克托耳精固的
厅房，眼见众多的侍女正聚集一堂，
看到主妇回归，全都出声哭响。就这样，
她们在赫克托耳的家里举哀，当他还活在世上，
以为他再也不能活着回还，离开战场，
躲过阿开亚人的双手，避过他们的粗莽。

其时，帕里斯亦不敢在高大的家居里留徜，
披上光荣的战衣，精工制作的铜甲，
迅速跑过城区，坚信自己腿步的快畅。
如同一匹棚厩里的骏马，在食槽上吃得甜香，
挣脱缰绳，蹄声隆隆，飞跑在平原之上，
直奔常去的澡池，一条水流清澈的长河边旁，
神气活现地高昂着马头，颈背上长鬃
飘扬，陶醉于自己的勇力，迅捷的腿步
载着他扑向草场，马儿爱去的地方①。
就像这样，普里阿摩斯之子帕里斯从高高的
裴耳伽摩斯跑下，盔甲铮亮，像闪光的太阳，
笑声朗朗，快腿载着他的步伐，转瞬间便
赶上了卓越的赫克托耳，他的兄长，
正准备转身回返，离开与妻子交谈的地方。
神样的亚历克山德罗斯率先开口，对他说讲：
“我来迟了，兄长，迟误了你的匆忙，

① 本卷第506—511行同第十五卷第263—268行。

未能及时赶来，按你的要求抵达。”

顶着闪亮的头盔，赫克托耳对他说话，答诵：
“怪人！一位公正的人士不会低估你的作用，
在拼搏之中，只因你是一位强健的壮勇。
然而，你却自动退出战场，不愿击冲。我的内心
深感绞痛，听闻特洛伊人背后对你议论，
出言羞辱，他们为了你的缘故殊死拼斗。
好了，让我们一起行走，这些事情日后可以
补救，如果宙斯同意，让我们汇聚厅堂，敬奉
上天永生的诸神，端举自由的酒杯，在我们赶走
胫甲坚固的阿开亚人，把他们打离特洛伊之后！”

第七卷

言罢，光荣的赫克托耳快步跑出城门，
带着兄弟亚历克山德罗斯，双双渴望
投入战斗，在他们心中，渴望开始拼争。
像神祇送来的和风，给急切盼求它的水手
解愁，正挣扎着摆动溜滑的桨杆，忍着
双臂的疲乏酸痛，拍打海里的浪峰；对急切
盼望的特洛伊人，他俩的回归恰似这股顺风。

二人中帕里斯杀了王者阿雷苏斯之子
墨奈西俄斯，家住阿耳奈，挥舞棒槌的
阿雷苏斯和牛眼睛的[①] 芙洛墨杜莎的子嗣；
而赫克托耳，用犀利的长矛击中埃俄纽斯，
打在铜盔的边沿下，扎入脖子，酥软了他的腿肢。
激战中，格劳科斯，鲁基亚人的首领，
希波洛科斯之子，一枪撂倒了伊菲努斯，
德克西俄斯之子，正从快马的后头跃上战车，
投枪打在肩膀上，将他捅翻在地，酥软了他的腿肢。

女神雅典娜，睁着灰蓝色的眼睛，
目睹他俩在激战中痛杀阿耳吉维军兵，
急速出发，冲下奥林波斯峰脊，朝着

---

① 关于“牛眼睛的”，参见第一卷第 551 行注。

神圣的伊利昂扑去。阿波罗见状急忙拦截，从他
坐镇的裴耳伽摩斯出发，谋划着特洛伊人的胜利。
二位神明在橡树的边沿会面相遇，
王者阿波罗首先发话，宙斯的儿子说及：
“大神宙斯的女儿，这回又有什么心意，
从奥林波斯山上下来，受狂傲的激情驱励？
莫非是想扭转局面，让达奈人获取胜利？
对正在死去的特洛伊人，你全无半点怜悯。
不过，倘若你愿听取我的意见——它要远为可行——
让我们停战一天，暂时中止拼搏和为敌，
然后双方可继续格斗，一直打到伊利昂的
末日来临，既然这将使你欢欣，
你们，长生不老的女神，希望这座城市毁灭。”

其时，灰眼睛女神雅典娜对他答话，开言：
“远射手，按你说的办。我从奥林波斯下来，
来到特洛伊人和阿开亚人中间，亦存这份心念。
告诉我，你打算如何停止眼前的这场争战？”

接着，宙斯之子，王者阿波罗对她答话，开言：
“让我们在驯马者赫克托耳心里唤起战意强烈①，
设法使他激挑出某个达奈人来，对打会战，
一对一的较量，在惨烈的搏杀中拼开。

① 此乃神祇惯用的手法，即先在某个战勇的心里激起从事某项“活动”的愿望，然后让其按神的意愿行事，在神意的掌控下争决事情的成败。参考并比较第十六卷第849行注和第二十四卷第199行注等处。

面对激挑，胫甲青铜[①] 的阿开亚人会感到气愤，
推出一位勇士，与卓越的赫克托耳决战。”

　　他言罢，灰眼睛的雅典娜不表异议。
其时，赫勒诺斯，普里阿摩斯钟爱的儿子心悟到
他们的意念——神明从规划中体会到愉悦。
他拔腿来到赫克托耳身边，开口说劝：
“普里阿摩斯之子赫克托耳，像宙斯一样多谋善断，
我是你的兄弟，你可愿意听从我的规劝？
让所有的特洛伊人坐下，阿开亚人亦然，
由你激挑阿开亚全军最勇敢的壮士出战，
一对一的较量，在惨烈的搏杀中拼开。
现在还不是你走向末日、屈服于命运的时间，
我已听悉，听见永生神明的议言。”

　　他言罢，赫克托耳听闻兴高采烈，
随即步入两军之间的空地，手握枪矛的中端，
逼迫特洛伊营伍后退，直到将士们屈腿坐定；
阿伽门农则命嘱部属坐下，他的胫甲坚固的阿开亚
兵丁。雅典娜和银弓之神阿波罗
变取兀鹫的身形，在他们的父亲，带埃吉斯[②] 的
宙斯的橡树，在它的枝顶站栖，
兴致勃勃地俯视底下的人群，熙熙攘攘的队列，
密密麻麻的盾牌、盔盖，枪矛簇指竖立。
像突起的西风，掠过海面，荡散

① 参考第三卷第 330 行注。
② 关于“埃吉斯”，参见第一卷第 202 行注和第五卷第 738 行注。

层层波澜，长浪下的水势深黑，
阿开亚人和特洛伊人的队阵乌黑一片，
在平原上坐列。其时赫克托耳呼喊，在两军之间：
“听我说，特洛伊人和胫甲坚固的阿开亚军汉！
我的话出自真情，受胸腔里的心灵催赶，
克罗诺斯之子，高坐云端的宙斯不会兑现我们的誓约。
他用心凶险，要我们互相残害，
直到你们攻下城垣坚固的特洛伊，
或是被我们杀翻，毁灭在你们破浪远洋的船边。
眼下，你们中有阿开亚人里最勇敢的壮汉，
让其中的一位，受激情驱使，出来与我拼战，
让他迎对卓越的赫克托耳，站在众人面前。
我要先提几个条件，让宙斯证见。
倘若迎战者夺走我的性命，用长锋的铜械，
让他剥走我的铠甲，带回深旷的海船，
但要交还遗体，让人带回家院，以便让特洛伊人
和他们的妻爱，在我死后，使我得享焚仪的款待。
但是，倘若我夺走他的性命，阿波罗给我荣誉，
我将剥掉他的铠甲，带回神圣的伊利昂地面，
挂在远射的弓神阿波罗的庙前；至于尸体，
我会把它送回你们凳板坚固的海船，
让长发的阿开亚人为他举行体面的葬礼，
堆筑坟茔，在宽阔的赫勒斯庞特的岸沿。
将来，后人中有谁路经该地，驾乘凳板众多的航船，
破开酒蓝色的海水，眺见土丘便会出言感叹：
‘这是一位古人的坟堆，战死在很久以前，
曾经是那样勇武，被光荣的赫克托耳杀翻。’

将来有人会如此评说，而我的荣耀将不朽常在[①]。”

　　他言罢，全场静默，众人悚然无言[②]，
既羞于拒绝，又没有勇气接受挑战。
终于，墨奈劳斯从人群里站挺出来，
讥刺众人，骂骂咧咧，心里着实伤悲：“哦，
天哪，大话连篇！女人，你们不是阿开亚的男子汉！
这将是何等的浊秽，耻辱与耻辱堆连，
如果达奈人中无人应战赫克托耳，无人出面。
不！但愿你们统统烂成水和泥土，无一例外，
你们，干坐此地，心灰意懒，脸面丢到了极点！
我这就动手武装，去和此人拼战，
永生的神明高高在上，握紧胜利的机缘。”

　　言罢，他把精美的铠甲披挂上肩。
哦，墨奈劳斯[③]，若非阿开亚人的王者们
跳将起来抓攥，你的性命恐怕已经了结，
死在赫克托耳手下，因他远比你强健。
阿特柔斯之子，统治辽阔地域的阿伽门农

① 英雄们十分介意别人(包括后人)的评价(另参考第六卷第523—525行等处)。他们珍视荣誉，重视自己将给后人留下(什么样)的口碑。在返家和“赢得永久的荣誉”(第九卷第412—416行)之间，阿基琉斯选择了(也是命运既定的)后者。诗是“长了翅膀的话语”，是人们得以千古流芳的媒介。

② 第92行同第398行。

③ 诗人转而直接对墨奈劳斯讲话，显然是注入了个人的情感。参考第四卷第127行注。

亲自抓住你的右手[①],叫着你的名字,说话阻劝:
“疯啦,宙斯哺育的墨奈劳斯!不要失态,
切莫蛮干,克制自己,尽管伤怀,
不要心血来潮,与一个比你出色的人决战,对打
赫克托耳,普里阿摩斯的儿男,害怕此君的还有人在。
在人们争得荣誉的战场,就连阿基琉斯
也见之震颤,此人远比你强健。
回去吧,坐在你的营伍和伙伴中间,
阿开亚人自会推出另一位勇士,与他对战。
尽管挑战者勇敢无畏,对战事从不厌倦,
我想他会乐于屈腿休息,倘若能够
生避可怕的厮杀,生避拼搏的惨烈。”

　英雄言罢,改变了兄弟的心境;
墨奈劳斯听从他的劝导,随从们
乐不可支,从他的肩头卸下甲衣。
奈斯托耳开口说话,在阿耳吉维人中站起:
“够了!哦,巨大的悲痛正降临阿开亚大地!
眼见此般情景,年迈的车战者[②] 一定会放声哭泣,
裴琉斯,慕耳弥冬人杰卓的训导,有雄辩的本领。

① 比较:“强有力的阿伽门农握着他的手说话”(第四卷第153行;比较第二十四卷第361行注)。握着手讲话,足显阿伽门农对兄弟的情谊。为了劝阻他出战,阿伽门农甚至不惜夸大赫克托耳的战力,说是就连阿基琉斯见了他也会震颤(本卷第113—114行)。

② “车战者”通常用于对老一辈英雄的称谓。奈斯托耳本人亦是一位车战者,即“格瑞尼亚(的)车战者”(第170行)。

从前，他对我发问，在他家里①，当听知所有
阿耳吉维人的家世和血统，他是何等的高兴。
眼下，要是得悉你等全都在赫克托耳面前退缩，
他会一次次地举起双手，对着神明求乞，
让魂息飘入哀地斯的府居，离开肢体。
哦，父亲宙斯，雅典娜，阿波罗！但愿我能
减免年龄，像当年普洛斯人聚战阿耳卡底亚
枪手时一样年轻，傍临凯拉冬的疾水，
傍临亚耳达诺斯河的滩沿，斐亚的垣壁。
他们的首领站出人群，厄柔萨利昂，像似神明，
肩披王者阿雷苏斯的甲衣，
卓越的阿雷苏斯，人称棒槌斗士，
曾被当时的男人和束腰秀美的女子，
因他打仗时既不使弓，也不摆弄长枪，
而是用铁制的棒槌打烂敌方的阵营。
鲁库耳戈斯杀他，凭靠谋诈，而非勇力，
相遇在一条狭窄的走道，铁棒无法将死难挡避，
鲁库耳戈斯出枪袭击，趁他不备，
捅穿他的中腹，将其仰面打翻在地，
剥去铜甲，阿瑞斯给他的赠礼②，
以后一直穿着，在殊死的拼搏中效力。
当鲁库耳戈斯在自家的厅堂里熬到老迈，
他把甲衣交给随从厄柔萨利昂，受他钟爱。

① 为征集攻剿特洛伊的军伍，奈斯托耳曾偕奥德修斯前往弗西亚裴琉斯的宫居（参见第十一卷第 766—770 行）。

② 能够得到神的赠物，说明受者身份不凡；作为力士（或勇士），神的馈赠将提高他的战力。在第十八卷里，匠神赫法伊斯托斯为阿基琉斯打了一副甲胄。另参见第二卷第 827 行和第十一卷第 353 行。

穿着这身甲衣，此人挑战最勇的人们拼命，
但他们全都不敢与他交手，吓得战战兢兢，
只有我，磨炼出来的雄心催我变得刚强，
和他一拼，虽说若论年龄，我最年轻。
我与他拼打，帕拉斯·雅典娜赐我荣誉；
在被我宰杀的人中，他是最高、最强健的一名，
硕莽的尸躯伸躺这里那边，占去偌大一块地皮。
但愿我依旧年轻，浑身都是力气①，
让头盔闪亮的赫克托耳即刻找到劲敌。
然而你们，阿开亚人中最勇猛的首领，
却不敢迎战赫克托耳，无有此番决心。”

　老人出言呵责，人群中站出九位精英。
阿伽门农率先挺身，民众的王者，
接着是图丢斯之子，强有力的狄俄墨得斯，
继而是两位埃阿斯，挟裹凶暴的狂烈，
随后是伊多墨纽斯和伊多墨纽斯的伙伴
墨里俄奈斯，杀人狂阿瑞斯一样的斗士，
以及欧鲁普洛斯，欧埃蒙光荣的儿子，接踵
而起的还有安德莱蒙之子索阿斯和卓越的奥德修斯。
他们全都愿意与卓越的赫克托耳对打，战拼。其时，
人群中再次响起格瑞尼亚车战者奈斯托耳的声音：
“让我们拈阄择定，依次提取，看看谁有运气。

① 年轻是力量的象征，是令人羡慕的朝气蓬勃。在第十一卷第669行里，奈斯托耳重复了这句话。老年人四肢……弯曲，早先的勇力已不附身体（第十一卷第668行）。凡人和神的一个重要区别——在古希腊人看来——便是人是会死的，而神是“长生者”，是“永生的”。

此人将使胫甲坚固的阿开亚人受益，
同时也将进益自己的内心，倘若
他能生避可怕的厮杀，生避拼搏的惨烈。”

　　他言罢，每人都在自己的阄块上刻下印记，
扔入阿特柔斯之子阿伽门农的头盔。
将士们举起双手，对着神明求祈，
有人开口作诵，举目辽阔的天际：
“父亲宙斯，让埃阿斯中阄，或让图丢斯之子
狄俄墨得斯，或让他本人，藏金丰足的慕凯奈王君①。”

　　他们言罢，格瑞尼亚的车战者奈斯托耳摇动头盔，
一块阄片跳将出来，吻合众人的企望，
刻着埃阿斯的手迹。拿着它，信使穿过人群
济济，从左至右，出示给所有阿开亚人的豪杰，
后者全都不识刻纹，不予认领。
然而，当他穿行济济的人群，将阄块出示给
那位刻记并将它投入帽盔的首领，光荣的埃阿斯
伸出手来，信使停立他的身边，将阄拈放入手心，
后者观看上面的刻纹，认出归属，心里一阵高兴。
他把阄块扔甩在脚边的泥地，对众人说及：
“瞧，朋友们，阄拈在我手里，我的内心充满
喜庆！我能战胜卓越的赫克托耳，我相信。
来吧，此举可行。我将披挂赴战的甲衣，
而你们则向克罗诺斯之子，王者宙斯求祈，
不要出声，个人自做，别让特洛伊人听清——

① 指阿伽门农。慕凯奈以藏金丰足闻名（另见第十一卷第 46 行）。

或者这样吧，干脆高声挑白，我们无畏，怕谁?!
谁也不能仅凭他的意愿，逼我违心后退，
凭靠他的力气，或是谲诡。在萨拉弥斯
出生长大，我想，我不是笨拙的新兵从随!”

他言罢，人们向克罗诺斯之子，王者宙斯求祈；
有人开口作诵，举目辽阔的天际：
“父亲宙斯，你从伊达山上督视，至尊、至伟，
答应让埃阿斯获得光荣，让他获取胜利!
倘若你确实钟爱赫克托耳，对他关心，
也得让双方打成平手，分享荣誉!”

他们如此诵祈，而埃阿斯则扣上锃亮的铜衣。
当披挂整齐，护身，穿戴完毕，
他大步迎上前去，恰似战神阿瑞斯步入
凡人的激战，摇动魁伟的身躯——克罗诺斯
之子驱使他们疯狂拼杀，带着撕心的仇疾。
就像这样，魁伟的埃阿斯阔步走去，阿开亚人的
壁垒，浓眉下挤出狞笑，摆开双腿，
迈开坚实的步子，挥舞投影森长的枪矛。
眼见此般雄姿，阿耳吉维人喜不自禁，
而特洛伊人则腿脚颤抖，无不胆战心惊。
赫克托耳自己的心房亦在怦怦乱跳，
尽管此刻绝对不能逃离，退回己方的
人群——是他出面挑战，寻人对拼。

其时，埃阿斯举步逼近，荷着墙面似的盾牌[①]，
铜面下压着七层牛皮，图基俄斯艰工锤制的精品，
在家乡呼莱，图基俄斯，皮匠中的俊杰，
精制了这块闪亮的盾牌，用割自强健公牛的
七层牛皮，顶着第八层青铜，锤打得服服帖帖。
挺着这面战盾，遮护自己的胸围，忒拉蒙
之子埃阿斯近逼赫克托耳，开口恫胁：
"赫克托耳，通过一对一的硬拼，你肯定
将会知晓我们的手段，达奈人中最勇的精英，
即使撇开狮心的阿基琉斯，他能冲垮成群的兵丁。
现在，他正离着众人，在弯翘的远洋船边躺息，
盛怒难平，对阿伽门农，此人牧管士兵。
但是，这里还有我们，如此众多的人才，足以
与你匹敌。开打吧，你可以开始拼击！"

高大的赫克托耳对他答话，顶着闪亮的头盔：
"埃阿斯，忒拉蒙之子，宙斯的后裔，军队的首领：
不要你来考验，以为我是个无知的孩子，
或是一个妇女，对战事不知一点一滴。
我谙熟格斗的门道和杀人的机宜；
我知晓如何右挡，知晓如何左抵，用我的战盾，
铺着坚韧的牛皮，此乃战时护身的要艺；
我知晓如何出击，搅翻快马拉拽的车群；

① 较之《伊利亚特》中经常提及的圆盾更为古老(据信"墙面似的"遮掩全身的盾牌是典型的慕凯奈时代的兵器)。参见第十一卷第485行和第十七卷第128行；另参考第六卷第117—118行和第八卷第267—334行。在荷马生活的年代，实战中常用的当是"边圈溜圆"的圆盾。在本卷第267行里，埃阿斯操使的似乎已不是这里提及的巨盾，而是荷马所更为熟悉的、比较轻便的圆盾。

我知晓如何踏走节拍,跟随战神的狂烈。
然而,虽说你长得魁伟,我却不会趁你不备,
暗枪偷袭。我要打得公公开开,看看是否能够伤你!”

言罢,他平持落影森长的枪矛投掷①,
击中埃阿斯可怕的战盾,垫着七层牛皮,
切入外层的铜面,挑破第八层覆盖,
不倦的铜枪长驱直入,捅开六个盖层,
却被第七层牛皮挡还。接着,宙斯的
后裔埃阿斯挥手投出落影森长的枪矛,
击中普里阿摩斯之子边圈溜圆的盾牌,
沉重的枪尖深扎进去,穿透闪光的盾面,
长驱直入,捅开精工制作的胸甲,
冲着肋腹刺捣,挑烂贴身的衣衫,
但对方及时侧避,躲过了乌黑的死难②。
其时,两人都出手抓住修长的矛杆,把枪矛
拔出盾牌,迎面扑去,像生吞活剥的狮子
或蛮力无穷的野猪一般③。普里阿摩斯之子
将枪矛刺入对手的护盾,扎在中间,
但铜枪没有穿透盾牌,盾面顶弯了枪尖。
埃阿斯猛冲上去,击捅盾牌,穿透
层面,把狂莽的赫克托耳打得脚步趔趄,
枪尖擦过脖子,放出黑红的血液。
即便如此,头盔闪亮的赫克托耳没有停战,

① 第 244 行同第三卷第 355 行和第二十二卷第 273 行等处。
② 第 250—254 行同第三卷第 356—360 行。
③ 比较第五卷第 782—783 行。

而是后退几步，伸出粗壮的手来，抱起一方
横躺平野的石块，硕大、粗皱、乌黑，
对着埃阿斯砸砍，击中垫着七层牛皮的可怕
盾牌，捣在铜面突起的部位，响声轰然。
然而，埃阿斯搬起一方更大的石块，转了
几圈，抛打出去，压上重力，难以估算，
磨盘似的巨石砸烂盾面，往里捣开，
震得赫克托耳仰面倒地，双膝酥软，
身上压着盾牌，幸得阿波罗即刻将他扶直还原。
其时，他俩会近身搏杀，手持劈剑，
若非两位使者干预，宙斯和凡人的信使，一位来自
特洛伊人，另一位来自身披铜甲的阿开亚人方面，
伊代俄斯和塔尔苏比俄斯，全都谨慎善辩。
他们用节杖隔开二位，信使伊代俄斯
开口说话，知晓如何用机警的言语规劝：
“住手吧，亲爱的孩子们，停止争端，
二位都是云层的汇聚者宙斯钟爱的凡胎，
都是出色的枪手，这些我们全都明白。
但夜色已经降临，我们应宜服从黑夜的安排。”

其时，忒拉蒙之子埃阿斯对他答话，开言：
“让赫克托耳回复，伊代俄斯，是他雄心
勃勃，对我们中最好的人提出挑战。
让他首先表态，我会听从，按他的要求去办。”

高大的赫克托耳对他答话，顶着闪亮的盔盖：
“埃阿斯，既然神明给了你勇力、体魄和智慧，
你还是最好的枪手，在阿开亚人中，除此以外，

让我们停止今天的恶斗,休止眼下的敌对。
但日后我们将重开战端,直到天意在两军
之间做出选择,把胜利向这方或那方赐归。
夜色已经降临,我们应宜服从黑夜的安排。
所以,你将给船边的阿开亚人带去愉悦,
尤其是给你的亲朋和友伴,而我,
在普里阿摩斯王宏伟的城里,也将给我的同胞
带回欢快,给特洛伊男子和妇女,裙袍曳摆,
他们将步入神圣的会场,感谢神灵让我们生还。
来吧,我俩可互赠光荣的礼件,
以便让阿开亚人和特洛伊人议论,如此这般:
'二位勇士先以撕心裂肺的仇恨扑杀,
继而在友好的气氛中分开,握手言欢。'"

言罢,他拿出一把缀嵌银钉的劈剑,
交给对方,连同剑鞘和切磨齐整的背带,
而埃阿斯则以一条甲带回赠,闪着紫红的光彩。
两人分手而去,埃阿斯走向阿开亚人的群队,
赫克托耳则回到特洛伊人中间,后者高兴,
看着他生返,未被战争伤残,无恙安然,
躲过了埃阿斯的狂力和双手,难以挡还。
众人簇拥着他回城,几乎不敢相信他能安返。
在战场的另一端,胫甲坚固的阿开亚人引着
埃阿斯,带着胜利的喜悦,与卓著的阿伽门农会面。

当他们来到阿特柔斯之子的营棚,
民众的王者阿伽门农祭奉了一头五年的
公牛,给宙斯,克罗诺斯之子,力大无穷。

他们剥去祭畜的皮张，收拾停当，肢解了
大身，把牛肉切成小块，动作精巧，
挑上叉头，仔细炙烤后，脱叉备用。
当一切整治完毕，盛宴已经摆妥，
他们开始食餐，人人都有足份的佳肴[1]。
阿特柔斯之子阿伽门农，统治辽阔疆域的英雄，
将一长条脊肉递给埃阿斯，以示对他的尊褒。
当众人满足了吃喝的欲望，
奈斯托耳首先发话，精心网编他的思考，
在此之前，老人的劝议总是最为佳妙。
怀着对众人的善意，他在人群中说道[2]：
“阿特柔斯之子，列位阿开亚人的首脑[3]！
鉴于成群长发的阿开亚人已经死去，
凶蛮的战神已把他们的黑血遍洒在水流清澈的
斯卡曼德罗斯，他们的灵魂已在哀地斯的冥府报到，
所以明天拂晓，你要传令阿开亚人停止战斗，
召集他们用牛和骡子拉套，
运回尸体，在离船不远的地方点火
焚烧。这样，当我们返航世代居住的故乡，
每位战士都能带上一份尸骨，向死者的孩子转交。
让我们铲土成堆，在柴枝上垒起一座共用的坟冢，
为所有的死者，在平原上建造，然后尽快在坟边
筑起高耸的墙楼，作为保卫海船和我们自身的障堡。
让我们修造大门，与护墙紧密联合，

① 比较第一卷第 458—468 行。
② 第 323—326 行同第九卷第 92—95 行。
③ 第 327 行同第 385 行和第二十三卷第 236 行。

使车马畅行无阻,可为运兵的通道。
紧贴墙的外沿根基,我们要挖出一条宽深的沟壕,
阻挡敌方步兵和战车的进攻,
使高傲的特洛伊人不能把我们的军伍荡扫。”

　　他言罢,王者们全都赞同他的言告。
其时,特洛伊人亦围聚在伊利昂的高岗,
惊惶不安,拥挤在普里阿摩斯的门前,喧哗骚闹。
人群中,头脑冷静的安忒诺耳[①] 率先对他们道说:
“特洛伊人,达耳达尼亚人和盟军伙伴们,听着!
我的话出自真情,受胸腔里的心灵催促。
行动起来,让我们把阿耳戈斯的海伦还给
阿特柔斯之子,连同她的全部财物。我们破毁
停战誓约,像一群无赖似的战斗。我不知道我们
最终可以得到什么,除非按我的意思来做。”

　　安忒诺耳言毕下坐,人群中站起了
卓越的亚历克山德罗斯,美发海伦的丈夫,
对他说话,用长了翅膀的话语答道:
“安忒诺耳,你的话难以,不再使我乐陶,
你知道应该怎样说话,胜似此番唠叨。
但是,倘若这些确是你的想法,出于思考,
那么一定是神明,是他们弄坏了你的心窍。
我要痛痛快快地告诉特洛伊人,驯马的
好手,我不会把那个女人还交。

① 当墨奈劳斯和奥德修斯战前出使特洛伊并要求带回海伦时,安忒诺耳曾“热情地款待他俩,在自家的厅堂”(第三卷第207行)。

不过，我倒愿意如数交还从阿耳戈斯[①]船运
回家的所有，并且添加一份自存的财宝。”

他言毕下坐，人群中站起了普里阿摩斯，
达耳达诺斯之子，和神明一样精擅略韬。
怀着对众人的善意，他在人群中说道：
“特洛伊人，达耳达尼亚人和盟军伙伴们，听着！
我的话出自真情，受胸腔里的心灵催促。
现在，大家可像往常一样吃用晚餐，在城里的各处，
人人都要保持警惕，可别忘了布置岗哨。
让伊代俄斯前往深旷的海船，明晨拂晓，
向阿特柔斯之子阿伽门农和墨奈劳斯转告
亚历克山德罗斯的条件，为了他，我们经受着这场拼吵。
也让他捎去我的合理建议，问问他们是否愿意，
为了掩埋死难的兵勇，辍止这场痛苦的
杀绞。我们将重开战端，其后，直到天意在两军
之间做出择选，把胜利向这方或那方赐交。”

他言罢，众人认真听完，服从他的安排。
其后，全军以编队为股，吃用晚饭。
天刚拂晓，伊代俄斯来到深旷的海船，
发现达奈人，阿瑞斯的随从们，正聚会
在阿伽门农的船尾边。信使在人群中站立，
以洪亮的声音对他们喊道：
“阿特柔斯之子，列位阿开亚人的首脑！

① 确切地说，应为从斯巴达（即墨奈劳斯的王国）。在这里，阿耳戈斯泛指伯罗奔尼撒半岛。另参考第一卷第 79 行注和第六卷第 456 行注等处。

普里阿摩斯和其他高贵的特洛伊人命我向各位转告——
假如这也是你们的心想,使你们欢快——亚历克山德罗斯的
条件,为了他,我们经受着这场拼吵。
亚历克山德罗斯愿意交还用深旷的海船运回
特洛伊的全部所有——我恨不得他在此之前
已经死掉——并且添加一份自存的财宝。
但是,他说不会交还光荣的墨奈劳斯
婚配的妻子,虽然特洛伊人主张要他还交。
他们还让我向各位转告,如果你等愿意,
为了掩埋死难的兵勇,辍停这场痛苦的
杀绞。我们将重新开战,其后,直到天意在两军
之间做出择选,把胜利向这方或那方赐交。”

他言罢,众人无言悚然,全场静默。
终于,啸吼战场的狄俄墨得斯开口,对众人嚷道:
“谁也不许接受亚历克山德罗斯的财物,
也不许接回海伦!眼下,即便是傻瓜也可以看出,
特洛伊人的脖子上已经勒围死的绳套!”

他言罢,阿开亚人的儿子们全都对
驯马手狄俄墨得斯的讲话表示赞同,放声呼叫①。
其时,强有力的阿伽门农对伊代俄斯说道:
“伊代俄斯,阿开亚人的心声你已亲耳听到,
这也是我所乐意的取择,是他们的回告。
不过,关于休战焚尸,我无有半点意见
要说。阵亡者的遗体绝对不宜耽搁,

① 第403—404行同第九卷第50—51行。

战士倒下后，理应尽快得到烈火的慰烤。
让炸响雷的宙斯，赫拉的夫婿，为我们的誓诺证保。”

言罢，他对着全体神明举起权杖；
伊代俄斯起程，返回神圣的伊利昂。
特洛伊人和达耳达尼亚人正在集会，
全都拥聚在一个地方，等待伊代俄斯
回返；他来了，带回讯息，站在
人群里说讲。众人即刻动手准备，
分作两帮，一队搜罗尸体，另一队负责集薪砍伐。
在他们对面，阿耳吉维人赶紧走离凳板坚固的海船，
一队搜罗尸体，另一队负责集薪砍伐。

翌晨的太阳照射农人的田野，
从微波荡漾、水流深渺的俄刻阿诺斯升起，
登临天上；双方人员相会清场。
尸体很难辨认，不易逐一看察，
他们用清水洗去上面的血污，
淌着热泪，将死者搬上车辆。
了不起的普里阿摩斯不许部属哭号，后者
只得默默地将尸躯垒上柴堆，心里悲伤，
点火焚烧完毕，返回神圣的伊利昂。
同样，在另一边，胫甲坚固的阿开亚人
也把他们的死者垒上柴堆，心里悲伤，
点火焚烧完毕，折回深旷的船舫。

其时，黎明尚未来临[1]，夜色只是隐显晨兆，
一队精选的阿开亚人在柴堆边站绕，铲土成堆，
在灰烬上垒起一座共用的坟冢，为所有的
死者，在平原上建造，在坟边营建堡垒，
筑起高耸的墙楼，作为保卫海船和他们自身的障堡。
他们修建大门，与护墙紧密联合，
使车马畅行无阻，可为运兵的通道。
紧贴墙的外沿根基，他们挖出一条宽深的沟壕，
挖得既深且广，将尖桩埋牢。

就这样，长发的阿开亚人正在辛劳，
而众神则聚集在闪电之神宙斯身旁，
看视身披铜甲的阿开亚人的巨大工程，盯瞧。
裂地之神波塞冬在他们中首先开口，说道：
"父亲宙斯，在偌大的人间，如今到底
还有谁会向长生者禀报他的想法目标？
你没看见这帮长发的阿开亚人已在
船边筑起一道护墙，并在墙外挖出
一条沟壕，不给神明以丰盛的祭肴？
墙垣的盛名会像黎明的曙光一样远照，
而人们将会忘记另一堵围墙，由我和福伊波斯·
阿波罗历经艰辛，为英雄劳墨冬建造[2]。"

带着极大的烦恼，汇集云层的宙斯对他答讲：

① 这已是停战后的第二天。

② 波塞冬曾以服役的形式为劳墨冬建造城墙（参见第二十一卷第443—447行）。在第二十一卷里，阿波罗的工作是替劳墨冬牧牛（见该卷第448—449行）。

“你在胡诌些什么，裂地之神，你力镇远方！
对这种把戏，另一位神明或许会感到害怕，
他远比你懦弱，远不及你的双臂强壮；
你的盛名远照，会像黎明的曙光一样。
等着吧，等到长发的阿开亚人
驾坐海船，回返他们热爱的故乡，
你便可捣烂他们的护墙，扔进水浪，
铺出厚厚的泥沙，垫平宽阔的海滩，
如此这般，荡毁阿开亚人高耸的垣墙！”

　就这样，他俩你来我往，一番说讲；
其时太阳落沉，阿开亚人的活计已经忙完。
他们在营棚边宰牛，吃过晚饭。
来自莱姆诺斯的商船给他们送来酒浆，
一支庞大的船队，受伊阿宋之子欧纽斯遣差，
为民众的牧者伊阿宋，呼浦西普莱将他生养。
给阿特柔斯之子阿伽门农和墨奈劳斯，
伊阿宋之子赠送酒汤[①]，一千个度量，
但其他长发的阿开亚人须用兑换得酒，
有的拿出青铜，有的拿出铸铁闪光，
有的用皮张，有的用一条条活牛，还有的
用奴隶换取酒浆[②]。他们备下丰美的佳宴，
长发的阿开亚人吃喝了一个晚上，
特洛伊人和他们的盟友则在城里聚餐。

---

① methu，酒、甜酒（另见第九卷第 469 行）。

② 荷马史诗里没有出现过钱（即货币），贸易一般通过诸如此类的“交换”进行（参考第二卷第 449 行注）。另参考第二十一卷第 80 行注等处。

整整一夜,精擅谋略的宙斯给他们谋划愁殃,
沉雷炸响恐怖,众人吓得脸色青灰,被惊恐捕抓。
他们倾杯泼洒,把酒浇在地上,谁也不敢
先饮,先于让克罗诺斯力大无比的儿子用享。
做毕,他们平身躺息,接受睡眠的赐赏。

第八卷

其时，黎明遍洒大地，抖开金红色的裙袍，
喜好炸雷的宙斯召集所有的神明，
在山脊耸叠的奥林波斯的顶峰聚首。
他面对众神训话，后者认真聆听说告：
“你等神和女神，你们全都听着，
我要说话，它受胸腔里的心灵催促。
全体神明，无论男的女的，我的话谁也
不许反驳；相反，你们都要表示赞同，
如此我就能尽快了结，把这些事情结终。
要是让我发现有谁背着众神，前去
帮助特洛伊人或达奈兵众，当他返回
奥林波斯，违心背意的遭打会使他失去自尊。
抑或，我会把他拎起来扔下塔耳塔罗斯的
黑昏，远在地层深处，地表下最低的深坑，
安着青铜的条槛，装着铁门，
它与冥府的距离之远，有如天地之间的距程。
他会因此知晓我要远为强健，比之所有的仙神。
来吧，众神，不妨一试，你等全会知晓此事当真。
让我们从天上放下金绳一根，由你们
抓住底端，所有的神和女神——然而即便
如此，你等也休想把至高无上的谋略者宙斯
从天上拽到地下，哪怕把身子累得酸疼。
但是，只要我决意拉升，就可把你们

一股脑儿提溜，连同海洋和地层，
挂上奥林波斯的犄角，用这条金绳，
系紧环结，让你们在半空中游荡踢蹬！
我就有此般强健，远胜过众神和凡人。”

他言罢，全场静默，众神悚然无声，
惊诧于他的言辞，确实说得强悍凶狠。
终于，雅典娜对他答话，灰眼睛的女神：
“克罗诺斯之子，我们的父亲，王者中的至尊，
我们知道你的神力，岂敢与你比争，
尽管如此，我们仍为达奈枪手心疼，
他们将实践凄惨的命运，战死丧生。
是的，遵照你的嘱咐，我们不会介入拼争，
只想对阿耳吉维人做些劝导，或许有用，
使他们不致全军覆灭，因为你的憎恨[①]。”

其时，汇集云层的宙斯微笑，对她答话出声：
“不要泄气，特里托格内娅，我亲爱的女儿。
我的话并非完全当真，对你我的内心慈恩[②]。”

言罢，他把铜蹄的骏马套入战车，
飘洒修长的黄金鬃毛，细腿追风，
穿起黄金的衣裳，在自己的躯身，
提抓编工密匝的黄金马鞭，举步登上行车[③]，

① 比较第 360—363 行里雅典娜的抱怨。
② 在第二十二卷第 183—184 行里宙斯重复了他对雅典娜的“慈恩”。
③ 第 41—44 行大致同第十三卷第 23—26 行。

扬鞭催马，神驹心甘情愿，朝前飞奔，
穿行在大地和星群繁密的天空之中，
来到多泉的伊达，野兽的亲母，来到他的
圣地和香烟缭绕的祭坛，抵达伽耳伽荣。
神和凡人的父亲勒住奔马，把它们
宽出轭架，在周围洒出浓浓的迷雾；
随后，宙斯端坐山头，陶醉于自己的光荣，
俯视着特洛伊人的城邑，还有阿开亚人的船舟。

其时，营棚里，长发的阿开亚人
进食匆匆，用毕起身武装，披挂甲胄。
在另一边的城里，特洛伊人亦在
穿戴，人数虽少，但斗志旺盛，
受制于必然的逼迫，为了妻子儿女抗争。
他们蜂拥着往外挤冲，冲出所有被打开的大门，
成队的步兵，熙攘的马车，激战的嚣响腾升。

其时，两军近逼，在同一个地点会交，
枪矛碰击，盾牌撞敲，身披铜甲的
武士竞相搏杀，中心突鼓的战盾
挤来压去，战斗的喧响腾起升高。
痛苦的哀号伴和胜利的喊叫，那是
杀人者和被杀者的呼声，泥地上滚动着血膏。

伴随清晨的中移和渐增的神圣日光，
双方的投械频频中的，打得尸滚人亡。
但是，当太阳爬升，及至中天的时光，

父亲拿起金质的天平①,压上两个表示
命运的秤码,让凡人愁凄的死亡,称估
驯马的特洛伊人和身披铜甲的阿开亚人的前程,
提起中端衡量,阿开亚人的死日沉重,往下垂压。
阿开亚人的命运朝向丰腴的泥尘坠去,
而特洛伊人的命运腾升,指向天穹的宽广。
宙斯挥甩一个炸雷,从伊达爆响,闪现
在阿开亚军伍之上;目睹此般情景,
众人吓得张口结舌,脸色青灰,全都被惊恐捕抓。

伊多墨纽斯无心恋战,阿伽门农和
两位埃阿斯,阿瑞斯的随从,也都一样,
只有格瑞尼亚的奈斯托耳,阿开亚人的监护留下,
不是心想,而是因为驭马中箭,被美发
海伦的夫婿,卓越的亚历克山德罗斯射伤,
扎在马的头部上端,天灵盖上鬃毛
下垂的部位,一个最为致命的地方。
箭支切入脑髓,马儿活蹦乱跳,疼痛难当,
带着铜镞翻滚,搅乱了旁邻的驭马。
老人跳扑向前,手起剑落,将套绳砍断,
与此同时,赫克托耳的快马赶来,

① 关于宙斯的天平,另见第十六卷第658行、第十九卷第223行和第二十二卷第209行。看来,宙斯的天平(象征性地)具有决导生死和成败的神力;此外,称衡的结果似乎也是他处事决断的依据。

从混战中跑出，载着它们的驭手，赫克托耳[1]，
何其豪莽。若非啸吼战场的狄俄墨得斯
眼快，其时，老人恐怕已经人倒身亡。
狄俄墨得斯叫住奥德修斯，喊声可怕：
“莱耳忒斯之子，宙斯的后裔，多谋善断的奥德修斯，
你往哪里撒腿？想要临阵逃脱，像个懦夫一样？
别在逃跑中伤穿你的脊背，被敌人的投枪！
站住，让我们救出长者，打退此人的凶狂。”

他言罢，但卓著和历经磨难的奥德修斯没有听见，
撒腿跑过，奔向阿开亚人深旷的海船。
图丢斯之子，此时孑然一人，在前排战勇中立站，
傍临奈琉斯的儿男，在老人的驭马边旁，
对他大声呼喊，吐送的话语长了翅膀：
“老人家，这帮年轻的战勇确已把你整垮，使你难堪，
你已气力耗散，痛苦的老年对你挤压[2]。
你的伴从无用，你的驭马已腿步迟缓。
来吧，登上我的轮车，看看特洛伊的
良马，训练有素，能在平原上熟练自如地
来回奔跑，无论是追击，还是往后躲闪[3]，
得之于埃内阿斯手中，此人能把战阵冲垮。

---

① 此处不能照字面理解。赫克托耳是乘车的武士，他的驭手是厄尼俄裴乌斯——后者死后，他让阿耳开普托勒摩斯从马后上车，手接缰绳（第128—129行），而当第二位驭手中箭“倒出战车”后，他又招呼兄弟开勃里俄奈斯，“要他驭马提缰”（第318—319行）。

② 比较第四卷第315行。奈斯托耳承认“我的膝腿已不再坚实……”（详见第二十三卷第627—628行）。

③ 比较第五卷第221—223行里埃内阿斯对潘达罗斯的“劝说”。

把你的车马交由随从，和我一起，驱驾这对
驭马，迎战驯马的特洛伊人，也好让赫克托耳
知晓，我手中的枪矛也会怒狂！”

他言罢，格瑞尼亚的车战者奈斯托耳不予违抗，
塞奈洛斯和刚烈的欧鲁墨冬，奈斯托耳的
两位随从，看管起他的驭马，而他本人
则与狄俄墨得斯一起踏上后者的车辆。
奈斯托耳抓起缰绳闪亮，挥鞭
策马，很快驰向赫克托耳近旁，
其时正冲着他们扑上。图丢斯之子掷出投枪，
不曾击中赫克托耳，却将他的伴从打翻，
厄尼俄裴乌斯，驭手，塞拜俄斯的儿男，
打在胸脯上的奶头旁，当他手握长缰。
他翻身倒出战车，捷蹄的快马向一边
闪晃，此君生命碎散，连同他的力量。
剧烈的悲痛，为驭手之死，阴罩赫克托耳的心房，
然而尽管伤心，他撇下朋友的尸体，任其卧躺，
驱车前进，再觅一位勇敢的搭档。驭马
并非久无驭手，他很快便得如愿以偿，
找见阿耳开普托勒摩斯，伊菲托斯勇敢的儿郎，
让他从捷蹄快马的后面登车，手接马缰。

其时，毁败将至，不可挽回的事情将要做下，
他们会被圈入伊利昂城里，像绵羊一样，
若不是神和人的父亲眼快，目击景况。
他炸开可怕的响雷，扔出闪电的明光，
打在狄俄墨得斯马前的泥地，击撞出

挟卷恐怖的硫火，腾翻着上扬[①]，
两匹驭马惊恐万状，将战车往后推搡。
奈斯托耳松手闪亮的绳缰，
心里害怕，对着狄俄墨得斯喊话：
“快跑，图丢斯之子，调转坚蹄的驭马，
没看见吗，宙斯赐送的胜利已不再与你同往？
眼下，至少在今天，宙斯，克罗诺斯的儿男，已使此人
获得荣光；日后，他也会使我们，假如他有这个
愿望。宙斯的意志谁也不能违抗，
哪怕他十分刚健——此神远为强壮。”

其时，啸吼战场的狄俄墨得斯对他答话：
“是的，老人家，你的话在理，一点不差。
但是，此事会给我的心灵魂魄带来剧烈的痛伤，
须知赫克托耳，将来，会当着集聚的特洛伊人吹喊：
‘图丢斯之子在我面前败退，被我赶回海船！’
他会如此吹擂；哦，让广袤的大地裂开，把我吞藏[②]！”

格瑞尼亚的车战者奈斯托耳对他答话：
“天哪，勇敢的图丢斯的儿男，听听你的说讲！
赫克托耳可以说你是个懦夫，是个弱汉，
但特洛伊人和达耳达尼亚人绝不会相信，
心胸豪壮和持盾作战的特洛伊军勇的妻子们也不会——
你把她们的丈夫打翻在地，暴死在青春的年华。”

---

① “大神宙斯的霹雳狠毒”(第十四卷第 417 行)。比较宙斯雷劈橡树的情景(同上第 414—416 行)。

② 正所谓士可杀，不可辱。比较第四卷第 178—182 行。

言罢，他掉转坚蹄的驭马逃亡，
在纷乱中穿插；特洛伊人和赫克托耳
发出粗蛮怪诞的呼喊，投出悲吼的矛枪。
顶着闪亮的头盔，高大的赫克托耳放开嗓门叫响：
“图丢斯之子，驾驭快马的达奈人敬你胜过别家，
让你享坐尊位，食用鲜美的肉块和满杯的酒浆，
但现在，他们会耻笑你，一个女人般的弱汉。
去你的吧，可怜的娃娃！我将一步不让，
不让你爬上我们的城墙，船载我们的女人
回家——在此之前，我要让你和命运接洽！”

他言罢，图丢斯之子心里忐忑：
是否该调转马头，与赫克托耳对阵拼打。
在心魂里面，他三次考虑回转，但
三次受阻于精擅谋略的宙斯，从伊达山上炸开雷响，
示意特洛伊人战事与胜算的转向。
赫克托耳亮开嗓门，对着特洛伊人叫喊：
“特洛伊人，鲁基亚人，近战杀敌的达耳达尼亚兵壮！
要做男子汉，亲爱的朋友们，念想你们狂蛮的力量！
我知道，克罗诺斯之子已经点头，让我
获胜，争得巨大的荣光，让达奈人遭受
苦难。这群傻瓜，精心构筑这些个墙坝，
脆弱的小玩意，根本不值得思量，挡不住我的力量，
我们的驭马可以轻松跃过深挖的沟堑。
不过，待我逼近他们深旷的海船，你们，
别忘了，要给我递个烈焰熊熊的火把，
让我把木船点燃，砍杀船边的英壮，
那些个阿开亚人，被烟火熏得迷迷惘惘。”

言罢，他转而喊对自己的驭马，对它们说讲：
“珊索斯，还有你，波达耳戈斯，埃松和闪亮的朗波斯①，
报效我的供养，现在已是时光。安德罗玛刻，
心志豪莽的厄提昂的女儿，给你们
极其丰盛的美餐，有蜜一样香甜的麦粒，
拌匀浆酒，让你们饮喝，当她的内心愿想，
甚至先于为我整备，我，她的丈夫，身强力壮。
快跑，盯住敌人不放，如此我们便可缴获
奈斯托耳的盾牌，眼下它的名声响到了天上，
清一色黄金铸就，包括盾身和里面的手把，
亦可抢剥驯马的狄俄墨得斯的肩头，扒下
精制的胸甲，赫法伊斯托斯曾为此辛苦一场。
若能把这两件东西抢下，我想，阿开亚人
便会登挤迅捷的船舟，就在今天晚上！”

他如此一番吹擂，激怒了天后赫拉，
摇动自己的宝座，震撼着高耸的奥林波斯山岗，
对着强有力的神明波塞冬喊话：
“可耻呀，裂地之神，你力镇远方！你的
心中无有半点怜悯，对达奈人的死亡，
他们给过你众多表示诚敬的祭礼，在赫利开
和埃伽伊排放，而你也曾为他们的取胜谋划。
假如我等助佑达奈人的神明全都有意决断，

① 此处赫克托耳一气喊出四匹马的名字，颇为蹊跷，因为史诗中的战车，通常不用四匹马拉拽。常规的情况是用两匹，也可外加一匹，作为拉边套的第三者。比较第十一卷第698行注。参考第十六卷第149行等处。

赶回特洛伊兵众，梗阻沉雷远播的宙斯，
他就只能心绪烦恼，独自坐在伊达山上。”

带着极大的愤烦，强健的裂地之神对她接答：
“你出言鲁莽，赫拉，说了些什么痴话！
我无意联合所有的神明，与克罗诺斯
之子宙斯开打，此君，远比我们强壮。”

就这样，他俩一番说答，你来我往。
与此同时，在拱卫海船的沟墙外，武装的
兵丁和车马拥挤在一块儿，在那一整片地带，
受普里阿摩斯之子赫克托耳逼挤，一介凡人——
宙斯正赐他荣誉——却像迅捷的战神一般。
其时，他会放火海船，使之腾升烈焰，
若非天后赫拉在阿伽门农心里唤起战斗激情，
催他快步跑去，督励他的阿开亚军男。
他迈开腿步，沿着阿开亚人的营棚海船，
粗壮的手中提携一领绛紫色的大披篷，
站临奥德修斯乌黑、宽大、深旷的船边，
停驻在船队中间，以便让呼声向两翼传开，
既可及达忒拉蒙之子埃阿斯的军营，亦可
传至阿基琉斯的棚地——他俩把船队停驻
两端，坚信自己的刚勇，坚信手臂的豪蛮。
他对着达奈人呼喊，提高嗓门，用尖亮的声音：
“可耻啊，阿耳吉维人！看来抢眼，其实不行！
那些个吹擂呢？你们不是声称自己最为刚烈，
趾高气扬，在莱姆诺斯岛上吹嘘，
当你们用长角壮牛的鲜肉撑破肚皮，

大口喝酒,缸碗盈溢,全都大言不惭,
声称战斗中一人可以对打一百,甚至二百个
特洛伊军兵! 可现在,我们却拼不过一个人,
拼不过赫克托耳,此人即会烧船,使烈焰腾飞!
父亲宙斯,过去,你可曾如此凶狠地蒙击[1] 过
我们强有力的王者,夺走他崇高的威名?
说实话,当乘坐凳板众多的海船,开始那次倒霉的航程,
进兵此地,我从未忽略,每逢路过你的祭坛,铸工精细,
每次都给你焚烧公牛的油脂和腿肉,
祈望着能够荡平墙垣坚固的特洛伊。
求你了,宙斯,至少允诺我的此番愿祈,
让我的阿开亚兵群死里逃生,脱离险境,
不要让他们倒下,死于特洛伊人的手心!”

　他言罢悲声哭泣,父亲见状生发怜悯,
点头答应,让他们活着,不会死去。他
随即遣下飞禽中示兆最准的羽鸟,一只苍鹰[2],
爪掐一只小鹿,善跑的母鹿的幼仔,
扔放在宙斯精美的祭坛边落停——
阿开亚人敬祭示兆的宙斯,就在那里。
其时,知晓此乃宙斯差来的飞鸟,他们
重新念想战斗的激情,对着特洛伊人冲击。

---

① 参考第一卷第 412 行。阿伽门农的 ate 在于不明智地与阿基琉斯冲撞,错待了一位最骁勇的战将。当然,阿伽门农也依照史诗英雄们的行为规范,把自己的过失部分地归咎于神的误导(包括捉弄)。关于 ate,另见第九卷第 504 行注。

② 鹰乃宙斯的“羽鸟”。第 247 行同第二十四卷第 315 行。

其时，达奈兵勇人数众多，但谁也不敢
声称他的快马已赶过图丢斯之子的战车，
冲过壕沟，进入手对手的硬拼。
狄俄墨得斯率先杀死一位特洛伊首领，
夫拉得蒙之子阿格劳斯，其时正转车逃逸；
他投枪击中脊背，在后者转身之际，
扎在双胛之间，长驱直入，穿透胸肌。
此人翻身倒出战车，铠甲在身上铿锵震击。

在狄俄墨得斯身后，冲杀着阿特柔斯之子阿伽门农和墨奈劳斯，
还有两位埃阿斯，挟裹凶蛮的战斗激情，
另有伊多墨纽斯和伊多墨纽斯的伙伴，
屠人的厄努阿利俄斯一般勇莽的墨里俄奈斯，
连同欧鲁普洛斯，欧埃蒙光荣的男丁。
丢克罗斯来了，第九位首领，正把回弹的弯弓拉紧，
蹲藏在忒拉蒙之子埃阿斯的盾后[1]，
后者挺着盾牌，挡护他的躯体。英雄注目
盯视，每当射中兵群中的一个敌手，
使其倒死在中箭之地，他就跑回
埃阿斯身边，犹如孩子跑回母亲怀里，
后者送过锃亮的盾牌，遮护他的身体。

谁是豪勇的丢克罗斯第一个射倒的特洛伊首领？
俄耳西洛科斯首先倒地，然后是俄耳墨诺斯、俄菲勒斯忒斯、

① 埃阿斯的盾牌硕大，墙面一般(参见第七卷第219行)，故而可以稳妥地保护弓手丢克罗斯(他的同父异母兄弟)的安全。

代托耳、克罗米俄斯、神一样的鲁科丰忒斯
和阿莫帕昂,波鲁埃蒙之子,连同墨拉尼波斯一起。
他放倒这些战勇,一个接着一个,在丰腴的土地。
民众的王者阿伽门农心里高兴,目睹他用
那把强有力的射弓,搅烂了特洛伊人的阵营,
于是对他说话,走去在他身边站定:
“丢克罗斯,忒拉蒙钟爱的儿子,军队的首领,
继续射击,给达奈人送来拯救的光明,
为你的父亲忒拉蒙争得荣誉,在你幼小之时,
尽管出自私生,他关心爱护,在自己家里把你养育。
为他增添光荣吧,虽然他远离此地。
这里,我有一事相告,它会成为实际[①],
如果带埃吉斯的宙斯和雅典娜答应,
让我攻破伊利昂构筑坚固的高堡,
继我之后,我将在你的手中填放荣誉,
一个三脚鼎[②],或两匹骏马,连带战车一起,
或是一名女子,和你同床,与你共寝。”

其时,豪勇的丢克罗斯对他答话,说接:
“阿特柔斯之子,最尊贵的王者,何须催我,
一个渴望厮杀的人出击?只要勇力尚在,我就一直
战斗不止,从我们驱赶特洛伊人回城的时候开启。
自那时起,我就一直带着弓,箭击壮勇,在此潜行。
我已发出八支倒钩尖长的利箭,
全都扎进出手迅捷的年轻人的躯体;

① 程式化用语,多次出现。

② 或三脚锅,可用于烧煮和温水,亦可作为厅堂里的饰物和比赛中的奖品。

只有这条疯狗，我却无法杀击。”

言罢，他又开弓放出一支利箭，
朝对赫克托耳奔发，一心盼望击中目标，
但却未能如愿以偿，放倒普里阿摩斯另一个
强壮的儿子，雍贵的戈耳古西昂，打在胸脯上。
普里阿摩斯曾婚娶戈耳古西昂的亲娘，美丽的
卡斯提娅内拉，埃苏墨人，身段像女神一样。
他脑袋一晃，斜倒在肩上，犹如花圃里的罂粟，
垂着头，受累于果实和春雨的重压；
就像这样，他的头颅耷拉一边，吃不住盔盖的分量。

丢克罗斯再次开弓，射出一支矢箭，
朝对赫克托耳奔发，一心盼望击中目标，
但又未能如愿以偿，被阿波罗拨至一旁，
击中阿耳开普托勒摩斯，赫克托耳的驭手，
其时正放马冲刺，扎在奶头边的胸脯上。
他翻身倒出战车，捷蹄的快马向一边
闪晃，此君生命碎散，连同他的力量。
剧烈的悲痛，为驭手之死，阴罩赫克托耳的心房，
然而尽管伤心，他撇下朋友的尸体，任其卧躺，
招呼站立近旁的兄弟开勃里俄奈斯，
要他驭马提缰，后者不予违抗。
赫克托耳自己跳立地上，从他的战车闪亮，
大吼一声，极其可怕，搬起一块石头，硕大[1]，

① 石头也是拼砸的“武器”，亦能展示英雄的豪力(参考第五卷第302—304行和第二十卷第285—287行)。

直扑丢克罗斯,恨不能即刻把他烂砸。
丢克罗斯从长筒里抽出一支致命的箭矢,
搭上弓弦,齐对胸肩开拉。就在此时,
对着锁骨一带,脖子和大胸在那里相连,
一个最为致命的落点,头盔闪亮的赫克托耳
挟着凶暴的狂怒,砸甩棱角粗莽的顽石,
捣烂筋腱,击中臂膀,麻木了他的手腕;
他单腿支地,长弓掉落,全身瘫软。
埃阿斯没有扔下倒地的兄弟,而是
冲跑过去,跨站身边,用巨盾挡护他的躯干。
厄基俄斯之子墨基斯丢斯和卓越的阿拉斯托耳,
他的两位亲密朋伴,在盾后弯身,架起丢克罗斯,
抬起伤者,踏着他的厉声吟叹,走回深旷的海船。

其时,奥林波斯神主再次催发特洛伊人的狂蛮,
使他们把阿开亚军伍逼回宽深的沟堑。
陶醉于自己的勇力,赫克托耳在前排里杀开。
像一条猎狗,撒开快腿,穷追一头
野猪或狮子,赶上后咬住它的腿股
或肋腹,同时对猛兽的扭身反扑予以防备;
同样,赫克托耳贴着长发阿开亚人的脚跟追赶,
杀死逃在最后的敌人,把他们赶得惊惶不堪。
但是,当乱军夺路溃逃,越过壕沟,绕过
尖桩,许多人死在特洛伊人手下,
退临海船,他们收住腿步,站稳脚跟,
相互间大声叫唤,人人高扬双手,
放开嗓门,对所有的神明祈祷呼喊。

赫克托耳睁着戈耳工[1] 或杀人狂阿瑞斯的大眼，
驱赶长鬃飘洒的驭马，来回奔跑在壕沟边沿。

白臂女神赫拉心生怜悯，目睹此般情景，
当即话对帕拉斯·雅典娜，用长了翅膀的语言：
“可耻啊，带埃吉斯的宙斯的女儿！在这
达奈人遭毁的紧要关头，难道我俩将撒手不管？
他们将实践自己险厄的命运，被一个人的
疯狂攻击毁败，谁也难以挡还，赫克托耳，
普里阿摩斯的儿子，已创下这许多恶难！”

其时，女神雅典娜答话，她的眼睛灰蓝：
“不过，此人必将丧命，勇力碎散，
死在阿耳吉维人手里，倒在自己的家园。
可恨父亲[2] 的心肠正被狂怒填满，
他残忍，以邪恶为怀，挫阻我的意愿，
从来不曾想过，是我多次营救他的儿男，
赫拉克勒斯，欧鲁修斯的苦役整得他全身疲软。
那时，他一次次地对着苍天高声呼喊，
而宙斯总是差我下去，急急忙忙，赶去帮赞。
如果心灵的智慧能使我料知这些，那么，
当赫拉克勒斯受命前往哀地斯看守的大门，
从黑暗的王国拖出它来，那是可怕死神的獒犬，

① 参见专名索引。

② 指宙斯。雅典娜从宙斯的头颅生出。宙斯是“神和人的父亲”。

他就休想冲出斯图克斯河急水泼泻的水潭[①]。
然而,现在宙斯恨我,顺从塞提斯的意愿,
后者托抚他的下颌,亲吻他的膝盖,
恳求赐誉阿基琉斯,此人能把城堡荡翻。
不过,日后他会重新叫我,叫我灰眼睛的心爱。
现在,你可去套备坚蹄的骏马,
而我将折回带埃吉斯的宙斯的家院,
武装自己临战。我倒想要看看,
普里阿摩斯的儿男,头盔闪亮的赫克托耳,
眼见我俩巡视战争的间道,是否会喜笑颜开。
毫无疑问,特洛伊兵勇们会用脂肪和血肉
满足狗和兀鸟的食欲,倒死在阿开亚人的船边!”

她言罢,白臂女神赫拉不予违抗。
其时,赫拉,强有力的克罗诺斯的女儿,
神界的女王,前往整套系戴金笼辔的驭马。
这时,雅典娜,带埃吉斯的宙斯的女郎,
脱去舒适的裙袍,傍临父亲的门槛,
织工精巧,由她亲手缝制的衣裳,
穿上汇集云层的宙斯的套衫,
扣上她的铠甲,准备迎接惨烈的鏖战。
女神踏上烈焰熊熊的战车,抓起一杆长枪,
粗重、厚实、硕大,用以荡扫战斗的勇士群伍,

① 在《伊利亚特》里荷马多次提及赫拉克勒斯的经历(包括出生)。参见第五卷第392—404 和 640—642 行、第十一卷第 689—690 行、第十四卷第 250—256 和 323—324 行、第十五卷第 25—30 和 639—640 行、第十八卷第 117—119 行、第十九卷第 97—133 行、第二十卷第 144—148 行以及本卷第 362—369 行。

他们使强力大神的女儿怒满胸膛。
赫拉迅速起鞭策马，时点看守的
天门自行移动开启[①]，隆隆作响，
她们把守奥林波斯和辽阔的天空，
负责拨开浓密的云雾，负责关上。
穿过天门，她俩一路疾驰，加鞭快马。

然而，父亲宙斯勃然大怒，当他从伊达山上看察，
命催金翅膀的伊里斯带着口信，动身前往[②]：
"快去，迅捷的伊里斯，将她们挡回，但别来我的
身旁，因为此事不妥，若让我们卷入斗打。
我要直言相告，此事会成为现状：
我将打残轭架下捷蹄的快马，
把她们扔出行车，碎烂车辆，
她们将熬过轮转的十年时光，
愈合我用闪电豁裂的创伤，
以便让灰眼睛姑娘知道，她在与父亲开打。
不过，对赫拉，我却不会如此气恼愤烦，
挫阻我的命令，她已做得习以为常。"

他言罢，驾踩风暴的伊里斯带着口信，随即出发，
从伊达山脉直奔高耸的奥林波斯，
在峰脊耸立的奥林波斯的外门
遇阻她俩，将宙斯的令嘱传达：
"为何匆忙？你俩胸中的心灵为何如此疯狂？

① 参考第五卷第 749 行注。
② 第 398 行同第十一卷第 185 行。

克罗诺斯之子不会让你们对阿耳吉维人帮忙。
宙斯已发出警告,他会把这变为现状。
他将打残你们轭架下捷蹄的快马,
把你们扔出行车,碎烂车辆,
你们将熬过轮转的十年时光,
愈合他用闪电豁裂的创伤,
以便让你知道,灰眼睛姑娘,你在与父亲开打。
不过,对赫拉,他却不会如此气恼愤烦,
挫阻宙斯的命令,她已做得习以为常。
所以,你可要小心,你这鲁莽而又不顾廉耻的
东西,假如你真敢对父亲动手,挥起粗重的长枪。”

　　捷足的伊里斯于是离去,当她言罢。
其时,赫拉发话,对帕拉斯·雅典娜:
“算了,带埃吉斯的宙斯的姑娘,我不想
再让你我与宙斯开战,为了凡胎。
让他们一个死去,另一个存活,听由
命运安排;让他随心所欲,他有这个权威,
在特洛伊人和达奈兵勇之间做出决断。”

　　言罢,赫拉掉转坚蹄的骏马。
时点将长鬃飘洒的驭马宽出轭架,
将它们拴系在填满仙料的食槽旁,
将马车停靠于闪亮的内墙。
两位女神靠息黄金铸就的座椅,
置身众神之中,强忍剧烈的忧伤。

　　其时,父亲宙斯驾着骏马和轮缘精固的战车

从伊达回返，来到奥林波斯，和众神议事一堂。
光荣的裂地之神为他宽松驭马的绳套[①]，
将马车搁置车架，用遮罩的篷布盖上。
沉雷远播的宙斯弯身黄金铸就的
宝座，巍峨的奥林波斯在他脚下摇荡。
只有赫拉和雅典娜远离着他就座，
既不讲说，也不对他问话。
然而宙斯心里明白，对她们说讲：
“为何如此忧伤，雅典娜和赫拉？
看来，你俩没有忙得精疲力竭，在凡人争获荣耀的
战场，摧毁你们切齿痛恨的特洛伊兵壮。
瞧瞧我的一切，不可抵御的双手，我的力量；
奥林波斯山上所有的神明不能把我推翻[②]。
你俩会吓得索索发抖，抖开白亮的躯干，
先于目睹战争和搏击带来的愁伤。
我要直言相告，此事现在大可已成现状，
倘若你们的车辆遭受闪电击打，你们将
回不了奥林波斯山岗，神明居住的地方。”

宙斯言罢，但二神小声嘀咕，雅典娜和赫拉，
坐得很近，谋划着如何使特洛伊人遭殃。
雅典娜静坐不语，恼恨父亲宙斯的

---

① 波塞冬此举显然包含对宙斯的尊敬。此外，他亦是传说中的“马神”或驭马之神。

② 尽管宙斯足智多谋，知晓一切（虽然仍可被欺骗），但他主要还是依靠无可匹敌的力量坐稳交椅，统治众神和宇宙。这是一个突出强调“力”的世界：在天上是宙斯，在人间是各位强健的执行神意的英雄（如阿基琉斯，他的出战与否决定了阿开亚人在《伊利亚特》里的成败）。

做法，狂野的暴怒业已把她逮抓。
然而，赫拉却开口说话，不能把盛怒填在胸腔：
“你说了些什么，克罗诺斯最可怕的儿男？
我们清楚知晓你的神力，决然非同小可——不过，
尽管如此，我们仍为达奈枪手心疼，
他们将实践凄惨的命运，战死丧生。
是的，遵照你的嘱咐，我们不会介入拼争，
只想对阿耳吉维人做些劝导，或许有用，
使他们不致全军覆灭，因为你的憎恨。”

其时，汇集云层的宙斯答道，对她说话：
“明天拂晓，牛眼睛的王后赫拉，
你会看到，若有兴致，克罗诺斯最强健的儿子
将给大群阿耳吉维枪手致送更悲苦的劫杀。
强壮的赫克托耳将不会撤离战斗，
直到裴琉斯捷足的儿子[①]奋起船旁——
那一天，他们将麇聚船尾的边沿，
为帕特罗克洛斯的倒地拼死苦战。
此事注定将会生发。至于你和你的愤怒，
我却不想心烦，哪怕你下到大地和海洋的
深底，亚裴托斯[②]和克罗诺斯在那里居家，
既没有太阳神徐佩里昂的日光，也没有沁人的
和风吹爽，只有低陷的塔耳塔罗斯围箍身旁。
我不会在乎你的恨怨，哪怕你在游荡中去了
那个地方；世上找不出比你更不要脸的冤家！”

---

① 即阿基琉斯。

② 泰坦之一，普罗米修斯的父亲。

他言罢，白臂膀的赫拉默不答言。
其时，俄刻阿诺斯河尽收太阳的余晖，
黑色的夜晚笼罩盛产谷物的田野。对
特洛伊人，日光的消逝事与愿违，而对阿开亚人，
黑夜的降临是三遍祈求得来的香甜。

光荣的赫克托耳召集全体特洛伊军兵，
把他们带离海船，挨着水流湍急的长河[①]，
在一片干净的泥地扎寨，没有尸首堆连。
他们从马后步下战车，聆听宙斯钟爱的
赫克托耳开口训言。他手持枪矛，
伸挺出十一个肘尺的长度，杆顶由一个
金铸的圈环箍围，闪耀着青铜的矛尖。
倚握这支枪矛，他对着特洛伊人呼喊：
“听我说，特洛伊人，达耳达尼亚人和盟军伙伴！
我原以为，这时我们已荡灭阿开亚人，捣毁了海船，
可以回兵，回返多风的伊利昂地面。
然而，黑夜来得如此之快，拯救了阿耳吉维人
和他们的舟船，比什么都灵，在大海的滩沿。
好吧，让我们接受乌黑夜晚的规劝，
整备食餐，将你们长鬃飘洒的驭马
宽出轭架，把食槽放在它们腿前。
让我们从城里，要快，牵出肥羊和牛，
从家里搬来食物和醇香蜜甜的
酒；我们要垒起柴堆座座，

① 指斯卡曼德罗斯，又名珊索斯，特洛伊平原上的主要河流。

让营火整夜长明不灭，直到晨曦初露的时候。
让众多的火堆熊熊燃烧，映红夜空，
使长发的阿开亚人不至趁借夜色掩护，
启程返航，跨越大海宽阔的脊背逃出。
不！不能让他们踏上船板，轻轻松松，不做苦斗，
而要让他们返家之后，仍需治疗带去的伤口，
那是箭矢和锋快的投枪给出的馈赠，在他们跳上
航船的时候！如此，今后，其他人就不敢再次
带来凄楚的战争，给特洛伊人，驯马的好手。
让宙斯钟爱的信使们传令全城，安排
甫及成人的男孩和鬓发灰白的老人驻守
神明兴造的堞墙，它能环卫城国，
让我们的女人，在自家的厅堂燃起
一堆大火；要保持警戒监视，
以防敌人趁我军离出之际，袭城得手。
这是我的部署，心志豪莽的特洛伊人，按我
说的去做。此番言论在理，眼下够用；
明早我还有话要说，对特洛伊人，驯马的好手。
我满怀希望，对宙斯和众神祈求，
让我们赶走阿开亚人，毁灭他们，这群犬狗，
死的命运把他们带到这里，用乌黑的船舟！
今晚，我们要小心防范，明天一早，
我们将全副武装，当着拂晓，
在他们深旷的船边挑发战神的凶猛。
我倒要看看，是图丢斯之子，强健的狄俄墨得斯
把我打离海船，逼回城墙，还是我用
铜枪把他宰掉，抢回浸染鲜血的获酬。
明天，他会知晓自己的蛮力，能否顶得住

我的枪矛进攻——在此之前，我想，
他将被击倒在前排里，由众多死去的伙伴簇拥，
明天，当着太阳升起的时分。哦，但愿
我能永存不灭，长生不老，一生中
如同雅典娜和阿波罗那样受到敬待，就像
坚信明天将给阿耳吉维人带来凶灾一样由衷！”

赫克托耳言毕，特洛伊人报之以赞同的呼吼。
他们把热汗涔涔的驭马宽出轭架，
拴好缰绳，每个人都在各自的轮车边静候。
很快，他们从城里牵出肥羊和牛，
从家里搬来食物和醇香蜜甜的
酒，垒起了柴堆座座。他们
敬奉全盛的祀祭，给永生的众神，
晚风托着喷香的青烟，袅摇着从平原
升向天空；但幸福的神明没有享用，
他们不愿，只因切齿痛恨神圣的伊利昂，痛恨
普里阿摩斯和他的手握粗重梣木杆枪矛的兵众。

就这样，他们心志高昂，整夜围坐在
进兵的空道，伴随着千百堆燃烧的营火。
宛如天空中的星宿，在皎皎明月的周边
熠熠闪烁，其时空气静滞、凝固，
所有高挺的山峰、突兀的崖壁和幽深的沟壑展现
清晰的容貌，透亮的大气，其量无限，从高空泻泼，
所有的星座均可看见，使牧羊人乐在心窝；
就像这样众多，特洛伊人点亮警示的营火，

在伊利昂城前,两边是珊索斯[1] 的水流和船舶。
平原上燃烧着一千堆篝火,每堆火边
坐息五十名兵勇[2],迎对火焰的光灼。
驭马站临各自的轮车,咀嚼着燕麦和
雪白的大麦 ,等待黎明登上绚丽的宝座[3]。

① 参考第490行注。

② 换言之,特洛伊联军的兵力至少有五万之众。此数当包括盟军在内。

③ “等待黎明登上绚丽的宝座”(或等待享用宝座的黎明)——说得何其简朴,然而又何其多姿多彩。此类佳句在荷马史诗中层出不穷(诗人用得熨帖自如,仿佛信手拈来),给人既显得“贴近”而又实则十分渺远的诗意美的享受。注意诗人在这段话中对火,尤其是光的提及和描写。

第九卷

就这样，特洛伊人彻夜守望，而阿开亚人
则被冷酷骚乱的伙伴逮着，被神奇的恐慌，
难以忍受的悲痛挫绞着他们中所有最出色的战将。
宛如在鱼群游聚的大海，两股劲风卷起水浪，
波瑞阿斯和泽夫罗斯，从斯拉凯横扫吹刮，
突降奔袭，集聚水头，挽起浑黑的
浪花，逐波洋面，搅得水草沉浮漂荡；
就像这样，烦躁揪揉着阿开亚人胸腔里的心房。

其时，阿特柔斯的儿子[①] 强忍心窝里巨大的悲伤，
穿巡营伍，令嘱嗓音清亮的信使召集众人
到场，命他们对每个人直呼其名，但不要
高声叫嚷，而他自己则将和领头的信使奔忙。
他们在会场坐下，垂头丧气；阿伽门农
站起身子，泪水涌注，像一股幽黑的溪泉
泼送暗淡的水流，顺着不可爬攀的绝壁泻淌。
阿伽门农重叹一声，对着阿耳吉维人开讲：
“朋友们，阿耳吉维人的首领和统治者们[②]，
神主宙斯，克罗诺斯之子，使我陷身可悲的愚狂，

---

① 指阿伽门农。阿特柔斯的另一个儿子是墨奈劳斯，斯巴达国王，海伦的前夫。参考第 63 行注。

② 第 17 行同第二卷第 79 行。

此神凶残！他曾点头答应，先前，答应
让我在荡劫墙垣坚固的伊利昂后启程还乡。
但现在，他却谋设邪毒的骗局，要我
不光不彩地返回阿耳戈斯，折损了许多兵将。
此乃他的心意，能使力大无穷的宙斯欢畅；
在此之前，他已打烂许多城市的顶冠，
今后还会继续砸捣，他的神力谁能抵挡。
干起来吧，按我说的办！让我们顺从屈服，
登船上路，逃返我们热爱的故乡。
我们已无法攻占伊利昂，它的路面宽广。”

他言罢，全体静默，众人无言悚然，
悲愤使阿开亚人的儿子们半晌说不出话来。
终于，啸吼战场的狄俄墨得斯开口，对他们说讲[①]：
“阿特柔斯之子，我要率先对你的愚蠢开战，
别发火，大王，因为此乃我的权利，在这集会之上。
达奈人中，我的勇气总被你第一个小看，
你诬我懦弱，上不了战场。阿耳吉维军中的
年轻人知道所有这些，还有老年的兵壮。
工于心计的克罗诺斯之子给你礼物，循走两个方向：
给你这根王杖，别人不可企及的荣光，
却没有给你勇气，一种最强健的力量。
怪人啊，你岂能真的以为，阿开亚人的儿子们
就如你所说的那样懦弱，经不起摔打？
不过，如果你真的要走，真存这分心想，
那就去吧！归途就在眼前，你的航船靠着

① 比较第430—432、693—696行。

海滩，偌大的一片，跟随你从慕凯奈奔赴战场。
但是，其他长发的阿开亚人将留在这边，
直到把特洛伊劫荡。即使这些人
也想驾着海船，跑回他们热爱的故乡，
我们二人，塞奈洛斯[①] 和我，也要留下，直到把
伊利昂断抢——别忘了，我们登临此地，有神灵帮忙！”

　他言罢，阿开亚人的儿子们全都放声呼喊，
赞同驯马手狄俄墨得斯的答话。
其时，人群里站起了车战者[②] 奈斯托耳，对众人说白：
“图丢斯之子，论战斗，你比谁都强健，
你是同龄人中的佼杰，若论谋辩，
阿开亚人中谁也不能出言反驳，抑或
轻视你的意见。不过，刚才你却没有把话说到结点；
你还年轻，年龄上甚至可做我的儿子，做我
最小的儿男。尽管如此，你谨慎规劝，
面对阿耳吉维人的王者，说得在理妥帖。
现在，让我也说上几句，因我自谓比你年高，
能够兼顾问题的各个方面。谁也不能
蔑视我的话语，包括强有力的阿伽门农在内。
此人将与他的部族、家庭和祖传的习规绝缘[③]，

---

① 塞奈洛斯是阿耳戈斯军伍的第二号人物，亦是主将狄俄墨得斯的驭手和朋友。

② 通常用以修饰老一辈的斗士，如奈斯托耳、福伊尼克斯（第 432 行）、裴琉斯（第 438 行）和俄伊纽斯（第 581 行）等。在《伊利亚特》里，车战已不多见。

③ 古希腊人注重出身、血统和家庭，强调族民要维护本部族的利益。了解这一点将有助于我们理解史诗中的英雄们为什么习惯于用“某某人的儿子”称呼别人（比如称阿伽门农为阿特柔斯之子，称阿基琉斯为裴琉斯之子，称帕特罗克洛斯为墨诺伊提俄斯之子，等等）。个人的存在只有在“传统”的氛围里才能体现其意义；一个失去家庭（即炉塘）及律法习规庇护的人会受到全社会的鄙弃。

谁个热衷于可怕的争斗，对自己人开战。
眼下，让我们接受黑夜的规劝，
整备晚餐；让哨兵三五成群，守望
在墙外，我们挖出的壕沟边。
这些是我对年轻人的说劝。接着，应由你，
阿特柔斯之子，作为最高贵的王者，行使职权。
招待各位首领，摆开佳宴，此举合宜，与你的身份般配。
你的营棚里有的是浆酒，阿开亚人的航船
每日漂洋过海，从斯拉凯运来。
此乃你的分内之事，盛情款待，你是众多子民的王权。
当许多人聚首集会，我们要听从提议最佳者的
见解。眼下，全体阿开亚军兵亟须听到
中肯、合用的主张，敌人已逼近我们的海船，
千百堆篝火烧燃。此情此景，谁能看后欣欢？
成败在于今晚，要么全军溃败，要么得救安然。”

他言罢。众人认真听过，服从他的安排。
武装的哨兵迅速出动，由民众的
牧者，奈斯托耳之子斯拉苏墨得斯，
阿瑞斯之子阿斯卡拉福斯和亚耳墨诺斯，
以及墨里俄奈斯、阿法柔斯、德伊普洛斯
和克雷昂之子，卓越的鲁科墨得斯管带。
头领一共七位，各带年轻军兵一百，
跟随他们，人人手握粗长的枪杆。
他们在壕沟和墙垣之间就位，
点起营火，动手整备各自的晚餐。

阿特柔斯之子领着列位阿开亚人的首脑，来到

他的营棚，排下丰盛的宴席，让他们的心灵乐陶；
众人伸出手来，抓起面前佳美的餐肴。
当他们满足了吃喝的欲望，
奈斯托耳首先发话，精心网编他的思考，
在此之前，老人的劝议总是最为佳妙。
怀着对众人的善意，他在人群中说道[1]：
“阿特柔斯最尊贵的儿子阿伽门农，民众的王导！
我的话从你说起，也将以你结束，因你
统治众多生民，宙斯给你权杖，
让你手握，使你有权决断，训诫民众乡胞。
所以比之别人，你不仅要说，也要听好，
兑现别人的建议，当他利于全军进言，
受心魂催导。无论他说些什么，都是你的功劳。
现在，我将告诉你我以为最合宜的举措，
谁也提不出想法，比我心里的这个更妙，
此念早已有之，在我心里蕴磨，
萌生于那天，神育的王者，你夺抢愤怒的
阿基琉斯的营棚，将布里塞伊斯姑娘带跑，
不顾我等众人的意愿，不听我的忠告，
着力劝你别做，而你却被高傲的心魂激恼，
屈辱了一位英豪，一位连神祇都敬重的
凡人，霸为己有，夺走他的战获。眼下，
虽说迟些，让我们思量如何补过，劝他
回心转意，用恳切的言辞和表示友好的礼犒。”

其时，民众的王者阿伽门农对他答话，说道：

---

① 第92—95行同第七卷第323—326行。

“老人家,你的话一分不假,对我的愚狂做出评述。
我是疯了,连我自己也不否认①。阿基琉斯
抵得上成群结队的军勇,宙斯心里爱慕,
眼下,为了给此人增光,他正灭毁阿开亚兵众。
但是,既然我当时愚盲,放纵恶怒,
现在,我愿拿出难以估价的偿礼,弥补过错。
当着你的脸面,我要点数这些璀璨的礼物:
七个从未过火的铜鼎,十塔兰同黄金②,
二十口闪亮的大锅,十二匹强健的骏马,
车赛中赢夺奖品,用飞快的蹄足。有了
它们为我争来的所有,一个人就不会短缺财物,
也不会稀少黄金的贵重,倘若
拥有这些坚蹄的骏马为我争得的酬获。
我要给他七名莱斯波斯女子,手巧,女工
精熟,当他攻破构筑坚固的莱斯波斯,被我
选出,貌美,女流中无人可以比过。
我要给他这些,连同从他那里带走的姑娘,
布里修斯的女娩。我要庄严起誓,
我从未和她同床,从未和她睡觉,
虽说此乃人之常情,男女欢交。

① 阿伽门农承认,他受了“愚狂”(ate)的驱纵,但稍后又说宙斯“正灭毁阿开亚兵众”,为了给阿基琉斯争光(第118行)。阿伽门农不止一次地抱怨宙斯(参考第二卷第375—378行和第十九卷第87—89行),认为在与阿基琉斯争吵一事上“我并没有过错”(第十九卷第86行)。

② 塔兰同为黄金计量单位,所指重量不明。在第二十三卷里,阿基琉斯给车赛中获得第四名的驭手的奖品是两塔兰同黄金,而给第三名的赏酬是一口有四个衡度容量的大锅(见该卷第267—269行)。有专家认为,在荷马史诗里,一塔兰同黄金约合一头牛的换价。

这一切马上即可归他所获。此外，倘若
神祇允许我们荡毁普里阿摩斯宏伟的城堡，
让他尽情装载，填满他的船舟，用黄金，
还有青铜，当阿开亚人分配战争的礼获，
让他亲自挑选二十名特洛伊女子，
色相超群，仅次于阿耳戈斯海伦的容貌。
再者，倘若回返阿开亚的阿耳戈斯[①]，土地最为肥沃，
他可做我的女婿，像奥瑞斯忒斯[②] 一样受我尊褒，
我儿现已成年，在舒奢的环境里长大生活。
我有三个女儿，在我营造精固的宫堡，
克鲁索塞弥斯、劳迪凯和伊菲阿娜莎[③]，
由他挑选一位带走，凭他的喜好，不要聘礼，
成为裴琉斯房居中的家小。我还要陪送
一份嫁妆，分量之巨，为父者从未超过。
我将给他七座人丁兴旺的城堡[④]，
卡耳达慕勒、厄诺培和希瑞，遍长芳草，
连同神圣的菲莱、草泽丰肥的安塞亚、
美丽的埃培亚和裴达索斯，盛产葡萄[⑤]。

① 指伯罗奔尼撒。参考第一卷第79行注、第六卷第456行注和第七卷第363行注等处。

② 荷马熟知奥瑞斯忒斯为父复仇之事(《奥德赛》中六次提及他的名字)。

③ 荷马没有提及后世悲剧诗人和观众们极为熟悉的伊菲格妮娅和厄勒克特拉。据说赫西俄德提到过阿伽门农的两个女儿的名字，即伊菲墨得和厄勒克特拉。一般认为，荷马所称的伊菲阿娜莎可能是伊菲格妮娅的别称，但此事已难确切考证。

④ 比较墨奈劳斯对奥德修斯的许诺(《奥德赛》第四卷第174—180行)。

⑤ 有趣的是，阿伽门农许下的七座城镇均不在他的“直辖”王国慕凯奈(地处伯罗奔尼撒半岛的东北部，参考第二卷第569—576行)境内——它们位于半岛南海岸中端的墨塞尼亚，大致上属于普洛斯国王奈斯托耳的领地。史诗不是历史，常常无须十分精确。荷马的用意大概是为了显示阿伽门农这位联军统帅所统疆域的广大。事实上，在史诗里，“统治辽阔疆域的”是阿伽门农的一个饰词。

这些城镇去海不远，在多沙的普洛斯的端梢，
那里的人民富有牧牛，羊群极多，
会像敬神似的敬他，给他成堆的礼物，顺仰王杖的
权威，接受他的督令，享过美满的生活。
我会把这一切变为现实，只要他怒气平消。
让他让步——哀地斯不肯，难以慰抚，
所以凡人恨他，超过对所有别的神护。
让他对我顺服，我乃地位更高的君主；
此外，我以为比他年长，若论岁数。”

其时，格瑞尼亚的车战者奈斯托耳对他答诉：
“阿特柔斯最尊贵的儿子，民众的王者阿伽门农，
谁也不能小看你给王者阿基琉斯的礼物。
来吧，让我们挑出人选，就此上路，
前往裴琉斯之子阿基琉斯的棚屋；
抑或，由他们执行使命，谁个被我看中。
我要先挑宙斯钟爱的福伊尼克斯，由他引路，
让魁伟的埃阿斯和卓著的奥德修斯随同；
至于跟行的信使，俄底俄斯和欧鲁巴忒斯可以胜任。
端过水来，让我们净洗双手，务必保持神圣的静默，
使我们能对克罗诺斯之子宙斯祈祷，求他怜悯我们。”

他言罢，所说的话语大家都爱听闻。
信使们端来净水，淋浇他们的双手，
年轻人将酒满注缸碗，先在众人的饮具里略倒，
用作祭酒，然后添满各位的杯盅。
酒过祭酒，他们开怀畅饮，喝得心满意足，
举步走离阿特柔斯之子阿伽门农的营棚。

奈斯托耳，格瑞尼亚的车战者，对他们谆谆嘱咐，
热切地盯视着每一个人，尤其是奥德修斯，
要他们好生劝解，把裴琉斯无敌的儿子说服。

于是，他俩[①] 迈步走去，沿着涛声震响的滩头，
再三祈祷，对环绕和震撼大地的尊神，
希望能轻松说服埃阿科斯的孙子[②]，他那豪壮的心胸。
他们行至慕耳弥冬人的海船，傍临营棚，
发现阿基琉斯正拨弄竖琴，愉悦自己的心魂，
此物做工精致美观，安着白银的弦桥，发出脆亮的乐声，
得之于掳来的战礼，当他攻破厄提昂的居城。
其时，他以此琴愉悦心魂，唱颂当事的英雄，
帕特罗克洛斯独自坐在对面，静默，
等待埃阿科斯的孙子唱完他的段落[③]。
他俩走上前去，由奥德修斯领着，
在歌者面前站住。阿基琉斯惊喜过望，跳将

① “使团”一行五人，但荷马却只说“他俩”，此举使评论家们好生纳闷。一种观点认为，除去两位按身份来说或许应该殿后的信使，福伊尼克斯已“引路”先行（参考第168行），因此，“他俩”当指奥德修斯和埃阿斯。另一种观点亦认为“他俩”应为奥、埃二氏，理由是他俩是联军中统兵的主将，而福伊尼克斯年迈，只是军中的一个非战斗人员，没有资格作为使团的主要或首席成员。除上述两论外，还有别的解释和推测。本行中的这一“问题”，也是一些学者认定《伊利亚特》非荷马一人所作的一条理由。有一点似乎可以肯定，即“他俩”中应包括奥德修斯，理由是(1) 他是奈斯托耳选定的关键人物（见第180行）；(2) 他是率先和阿基琉斯正式接洽的人物（见第192行）。《伊利亚特》在数字和其他细节方面“弄错”远非仅此一处（比如，另见第十五卷第515行注和本卷第152行注）。我们应该记住的是，对一位生活在两千八百年前的史诗诗人及其作品，我们似乎不宜用现代意义上的“实事求是”、“科学性”、“准确性”和立论应该“自圆其说”等概念或观点来衡量和评估“得失”。

② 即阿基琉斯，裴琉斯之子。埃阿科斯是裴琉斯的父亲。

③ 阿基琉斯唱完一个段落后，帕特罗克洛斯将接着唱诵。

起来，手握竖琴，离开方才的坐处；
同样，帕特罗克洛斯亦起身相迎，眼见他们走过。
捷足的阿基琉斯开口招呼，对来者道说：
“欢迎，朋友们，你们来了，在这亟须的当口，
你们是我最亲爱的阿开亚人，即使在生气的时候。”

　卓越的阿基琉斯言罢，引着他们行走，
让他们坐上铺着紫色垫毯的椅子，
随即对站在近旁的帕特罗克洛斯嘱咐：
“墨诺伊提俄斯之子，准备一只硕大的兑缸，
调匀浓烈的酒浆①，弄些杯子，人手一个；
他们来到营棚，是我最尊爱的朋友。”

　他言罢，帕特罗克洛斯遵从亲爱的伴友，
搬移一大块剁木，借光燃烧的柴火，
铺上一只绵羊和滚肥山羊的脊背，
外搭一头肥猪的脊肉，挂着厚厚的油膘。
奥托墨冬抓拿畜肉，卓越的阿基琉斯肢解动刀，
仔细切成小块，用叉尖刺挑，
墨诺伊提俄斯之子，神样的凡人，燃起熊熊的
柴火。当木段烬竭，熄灭火苗，
他把炭块铺开，将肉叉送出炙烤，
置于悬架之上，细撒神圣的盐末咸调②。
他把所有的肉块烤熟，在盘里装好；

① 参考第一卷第 470 行注。
② 盐为何“神圣”？许是它有净物和有助于食物贮存的功能。一说因为食盐乃祭仪中的常用之物，且能表示对客人的友善之意。

帕特罗克洛斯拿出精美的条篮，放于食桌，
装着面包，由阿基琉斯分放肉烧。
随后，他在神样的奥德修斯对面下坐，
靠着另一边的墙角，吩咐伙伴帕特罗克洛斯
祀祭神明，后者把割下的熟肉投进柴火。
众人伸出手来，抓起面前佳美的餐肴。
当他们满足了吃喝的欲望，
埃阿斯对福伊尼克斯点头，卓著的奥德修斯见状，
满斟一杯，对着阿基琉斯举杯说道：
“祝你健康，阿基琉斯！我们不缺分享的美味，
无论是在阿特柔斯之子阿伽门农的营棚，
还是眼下置身于你的棚屋，我们有成堆的
佳肴。然而，此刻我们心里想的不是可口的美餐，
我说宙斯哺育的王者，而是惧怕灭顶的灾祸，
已经看到。我们怀疑能否保住凳板坚固的
海船，使它们不被摧毁，除非你用战力救保。
特洛伊人雄心勃勃，会同名声遐迩的盟友，
正贴着护墙和海船驻兵，沿着营地
燃起一堆堆篝火，不再以为受到
遏阻，而是准备冲上乌黑的船舟杀剿。
克罗诺斯之子宙斯电闪他们的右边前方，
显送吉祥的示兆，而赫克托耳挟着巨大的勇力，
凭借宙斯的助佑，以不可抵御的狂怒横扫，谁也
不让，无论是神是人，已被狂烈的暴怒抓获。
眼下，他祈盼神圣的黎明尽快来到，
扬言要砍掉我们船尾最高的耸角，
用凶莽的烈火焚烧海船，杀死被驱赶的
阿开亚军汉，在烟火中奔逃。

我打心眼里害怕，对这一切，担心神灵
会实现他们的恫告，担心我等命里注定要
死在特洛伊，远离阿耳戈斯，长着肥美的马草。
振作起来，如果你还想要，尽管迟了，把遭受
重创的阿开亚人的儿子们救出特洛伊人的屠捣。
日后，你会感到痛楚，难以救药，
祸害一旦铸下，就无法治疗。不，在此之前，
想想如何为达奈人避挡，不使邪恶的日子来到！
亲爱的朋友，临行前乃父一定这样对你嘱告，
那一天，裴琉斯把你送出弗西亚，与阿伽门农聚交：
‘要力气，儿啊，雅典娜与赫拉，如果愿意，
自会送到，但你要克制胸腔里的怒气，
你的高傲，以心境平和为妙。
不要卷入纠纷，害人的争吵；如此，阿耳吉维人
会更加敬你，无论年轻，还是已经年老。’
此乃老人的嘱咐，你已忘了。不过，时至今日，
你仍可打住，甩掉损害身心的怒暴。阿伽门农
愿给贵重的厚礼，只要你把怒气平消。
注意，听好，我将数说所有给你的礼物，
堆放在阿伽门农的营棚，他已允诺付交：
七个从未过火的铜鼎，十塔兰同黄金，
二十口闪亮的大锅，十二匹强健的骏马，
车赛中赢夺奖品，用飞快的蹄足。有了
它们为他争来的所有，一个人就不会短缺财物，
也不会稀少黄金的贵重，倘若
拥有这些快腿的骏马为阿伽门农争得的酬获。
他要给你七名莱斯波斯女子，手巧，女工
精熟，当你攻破构筑坚固的莱斯波斯，被他

选出,貌美,女流中无人可以比过。
他要给你这些,连同从你这里带走的姑娘,
布里修斯的女姣。他要庄严起誓,
他从未和姑娘同床,从未和她睡觉,
虽说我的王爷啊,此乃人之常情,男女欢交。
这一切马上即可归你所获。此外,倘若
神祇允许我们荡毁普里阿摩斯丰足的城堡,
你可尽情装载,填满你的船舟,用黄金,
还有青铜,当阿开亚人分配战争的礼获,
让你亲自挑选二十名特洛伊女子,
色相超群,仅次于阿耳戈斯海伦的容貌。
再者,倘若回返阿开亚的阿耳戈斯,土地最为肥沃,
你可做他的女婿,像奥瑞斯忒斯一样受他尊褒,
此儿现已成年,在舒奢的环境里长大生活。
他有三个女儿,在他营造精固的宫堡,
克鲁索塞弥斯、劳迪凯和伊菲阿娜莎,
由你挑选一位带走,凭你的喜好,不要聘礼,
成为裴琉斯房居中的家小。他还要陪送
一份嫁妆,分量之巨,为父者从未超过。
他将给你七座人丁兴旺的城堡,
卡耳达慕勒、厄诺培和希瑞,遍长芳草,
连同神圣的菲莱、草泽丰肥的安塞亚、
美丽的埃培亚和裴达索斯,盛产葡萄。
这些城镇去海不远,在多沙的普洛斯的端梢,
那里的人民富有牧牛,羊群极多,
会像敬神似的敬你,给你成堆的礼物,顺仰王杖的
权威,接受你的督令,享过美满的生活。
他会把这一切变为现实,只要你怒气平消。

但是，如果你心里记恨阿特柔斯之子，
恨他的为人和礼物，至少也该怜悯其他
阿开亚人，正在军阵中煎熬——他们会像敬神
似的敬你，在他们眼里，你将赢获巨大的荣耀。
现在，你或许可以杀除赫克托耳，因为他会近逼
你的面前，挟卷凶狠的狂暴，以为达奈人
中没有对手，乘坐海船来到。”

其时，捷足的阿基琉斯对他答话，说道：
“莱耳忒斯之子，宙斯的后裔，多谋善断的奥德修斯，
我只有直抒己见，讲说我的想法，
将会成真的现状，使你们不致
轮番前来，坐在我的身边，唠唠叨叨。
我痛恨死神的家门，也痛恨那个家伙，
他心口不一，想的和说的不是一套。
现在，我要把自以为最合宜的话语说告。
阿特柔斯之子阿伽门农不能把我说服，
其他达奈人也难以奏效，既然此间没有
谢意，壮士搏战强敌，无有片刻息逍。
命运以同样方式对待，谁个拼战，谁个退缩；
同样的荣誉等待着勇士，对待懦夫。
无论游手好闲，还是出力干活，死亡照降不误。
我一无所获，心灵备受折磨，
总在冒险，在酷战中出入苦度。
像一只鸟母，只要能找到什么，口衔食物，
哺喂待长羽翅的幼雏，自己却总在含辛茹苦；
就像这样，我熬过一个个不眠之夜，
挨过了一天天喋血的杀屠，

为争敌方壮士的妻女赴战,为了夺掳。
驾着海船,我荡劫过十二座凡人的城镇,
经由陆路,在肥沃的特洛阿德[1] 荡扫了十一座。
我从那儿掠得大量佳好的财宝,
拖拽回来,交给阿特柔斯之子阿伽门农,
而此人却总在后面的快船边蹭守,
收下战礼,一点一点分人,自己独占大头。
他分出一些战礼,给王者首领,
至今保留,唯独从我这里,在所有的阿开亚人中,
他夺走并强占我的床伴,心爱的女人。让他睡躺此女
身旁,享受欢乐!然而,阿耳吉维人为何开战
特洛伊人?阿特柔斯之子又为何招兵募马,把军队
带来战斗?还不是为了夺回长发秀美的海伦?
凡人中,难道只有阿特柔斯的儿子才知道钟爱
妻从?不,任何体面、懂事的男子都
喜欢和钟爱自己的女人,像我一样,把她
爱在心窝,虽然是我用枪矛掳来的女俘。
现在,他已从我手中夺走战礼,欺骗了我,
让他别再劝说!我了解他,他不能把我说服。
让他和你商讨,奥德修斯,会同其他王者,
如何将凶莽的烈火挡离他的船舟。
诚然,没有我,他也完成了一项重大的工程,
筑起一堵护墙,围着它挖出一条壕沟,
让人挖得既深且广,将尖桩埋铺。
然而,即便如此,他挡不住屠人的赫克托耳的
勇武。当我和阿开亚人一起战斗,

① 普里阿摩斯的特洛伊位于特洛阿德地区(另参见第六卷第315行)。

赫克托耳从来不敢远离城墙进攻，
最多只能及达斯凯亚门和橡树一带行动。
有一次，他与我单独交手，险些没躲过我的击冲。
但现在，我却无意与卓越的赫克托耳打斗；
明天，我将祭祀宙斯和各位神灵，
装满我的海船，驶向大海之中。
看看吧，倘若你乐意，有心看瞅，曙光里，
我的船队行进在赫勒斯庞特水面，鱼群聚游，
我的船员稳坐凳板，兴致勃勃地桨驱船舟。
如果著名的裂地之神赐送一条安全的水路，
在第三天上，我们即可脚踏弗西亚的沃土。
家乡有我丰足的财富，全被撇在身后，为来此地，开始
倒霉的征途。从这里，我要带回的东西更多，有黄金、灰铁、
束腰秀美的女子和绛红的青铜，
全都得之于配获。但我已失去战礼，此人把它给我，
阿特柔斯之子阿伽门农，复又蛮横地
夺走。回去吧，把我说的一切公开对他
宣告，以便让阿开亚人群起，怒而攻之，
倘若他寄望再次蒙骗另一个达奈壮勇；
此人一向被羞耻包裹。然而，尽管
像狗一样勇莽，他不敢对我的脸面盯瞧。
我再也不会和他一起行动，一起谈讨。
他骗我，伤害了我，别让他再用花言
巧语迷惑——做下的已经够多。让他在舒怡
中败毁，他的心智已被精擅谋略的宙斯抢夺[①]。

① 换言之，他已陷入了破毁理智和正常判断力的“愚狂”(ate)。关于阿伽门农的ate，参考第八卷第236行注和第一卷第412行注。

我厌恨他的礼物；在我眼里，这些就像屑末。
不，哪怕他给我十倍、二十倍的东西，
像他现在拥有的这些，哪怕他增添别的更多，
无论是倾囊俄耳科墨诺斯的库藏，还是敛聚在忒拜[①] 的
珍宝，那里有最多的财富，堆积居所，
埃及的塞拜[②]，拥有一百座大门，从每门冲出
二百名武士，驱赶驭马，驾乘战车。
不，哪怕他给出礼物，多似沙粒尘土，
即便如此，阿伽门农也休想说动我的心魂，
直到他偿付揪我心灵的屈辱，彻底偿报！
我也不会与阿特柔斯之子阿伽门农的女儿婚好，
哪怕她姿色胜过金色的阿芙罗底忒，
女红胜似灰眼睛的雅典娜——即便如此，
我也不要！让他另外挑个阿开亚女婿，
找个他喜欢的，比我更具王者的英豪。
倘若神祇让我活命，让我生还家园，
裴琉斯会亲自张罗，为我选定妻房。
众多的阿开亚姑娘等候在赫拉斯和弗西亚，
各处首领的女儿，他们镇守各自的城防，
我可任意挑选一位，做我心爱的妻房。
我那高傲的心魂再三催促，催我在

---

① 俄耳科墨诺斯和忒拜为慕凯奈时期波伊俄提亚的两个重镇；俄耳科墨诺斯以富庶闻名。拥有七座城门的忒拜已被七勇的后代们攻破（见第四卷第 406 行），阿基琉斯（或荷马）应该知晓此事。

② 阿基琉斯突然“转折”，从波伊俄提亚的忒拜转到了埃及的塞拜（或忒拜）。古埃及重镇塞拜位于尼罗河边，在公元前十五世纪进入发展的巅峰时期，于公元前 663 年遭亚述人攻袭，被部分破毁。埃及以富有和医术（或医药之术）而蜚声于古代希腊（参见《奥德赛》第三卷第 301 行和第四卷第 229—230 行）。

家乡挑一位婚合的妻子，称心如意的侣伴，
共享年迈的裴琉斯的争聚，他的家当。
我以为生命比财富可贵，即便是按照传议，在过去的
日子，阿开亚人的儿子们尚未到来的和平时期，
伊利昂，这座人丁兴旺的城堡拥有的全部金银，
即便是弓箭之神用大理石门槛封挡的全部珍稀，
福伊波斯·阿波罗在山石嶙峋的普索[①] 藏起。
牛和肥羊可以通过掠夺获取，
三脚铜鼎和栗黄的高头大马可以获赢，
但人的魂息，一旦滑出齿隙，便无法
再用暴力追回，也不能通过争赢复归。
银脚的塞提斯对我说过，我的母亲，
我将带着双重的命运走向死的降临。
如果战斗在特洛伊人的城边，待留这里，
我将返家无望，却可赢得永久的荣誉；
如果返回家园，回到我所热爱的故地，
我的显赫荣誉将不复存在，却可
活得长久，死的终期将不会匆匆来临。
此外，我还要规劝大家返航回去，
因为破城无望，你们攻不下伊利昂
陡峭的墙基，沉雷远播的宙斯出手
挡在上面，它的士兵浑身注满勇气。

“所以，你等回去复见阿开亚人的首领，
捎带我的口信，此乃统兵者的权益，

① 普索为阿波罗的示谕地德尔斐的旧称，收藏各地及各界人士的求谕贡品，故而敛财颇丰(另见《奥德赛》第八卷第 80 行)。比较本书第十六卷第 233 行注。

让他们好好想想，想出比这更好的妙计，
救护自己的海船，拯救深旷的船边
阿开亚人的军兵。眼下的办法，他们
设计的方案，不会改变战局，因我盛怒未息。
不过，可让福伊尼克斯留下，过夜此地，
以便明晨随我登船，返回我们热爱的故乡，
倘若他愿意。我无意强迫，逼他成行。”

　阿基琉斯言罢，全场静默，众人愫然无言，
惊诧于他的话语，确实说得凶狠厉害。
终于，年迈的车战者福伊尼克斯[1] 开口打破沉寂，
泪水涌注，担心阿开亚人的海船：
“倘若你一心想着回去，光荣的阿基琉斯，
真的不愿把这猖獗的烈火挡离我们
迅捷的海船，既然恶怒已主掌你的心态，
我又怎能，亲爱的孩子，独自滞留此地，孤孤
单单？年迈的车战者裴琉斯要我与你同行，
那一天，他把你送出弗西亚，会同阿伽门农征战，
你，还是一个男孩，既不知战事的险恶，
又不晓出类拔萃的门道——会场上的雄辩。
所以，他派我与你同行，教你掌握这些能耐，
成为一名辩者，能说会道，一位做者，行动果敢[2]。
为此，我不愿离开你，亲爱的孩子，不愿被撇留

① 福伊尼克斯是阿基琉斯的老师和朋友。关于“车战者”，参见第 52 行注。

② 在荷马看来，典型的希腊英雄不仅应该会“做”，而且还要会“说”。比较：“君子欲讷于言而敏于行。”(《论语·里仁篇第四》)“君子食无求饱，居无求安，敏于事而慎于言。”(《论语·学而篇第一》)

后面，即使神明亲口对我许愿，帮我
刮去年龄的皱层，使我强壮，重做青年，
一如昔时，我首次离开赫拉斯①，出美女的地界，
逃避我的父亲，俄耳墨诺斯之子阿门托耳的纠缠。
那时，他大发雷霆，为了秀发的情妇生出事端，
他对此女泼情，冷辱了我的母亲，原配的
妻爱，后者一次次恳求，抱住我的膝盖，
求我和他的情人睡觉，让她讨厌老人的无奈。
我接受恳求操办，父亲听察后对我酷咒
为难，祈求可怕的复仇女神②应验，
让我此生不得有子，嬉闹在他的
膝盖。神祇兑现了他的祈求，统管
地府的宙斯③，连同尊贵的女神裴耳塞丰奈。
于是，我产生杀他的念头，用锋快的铜械，
但一位神明弱阻我的怒气，要我当心
纷纷扬扬的谣传，记住人言可畏，
别让阿开亚人数落，说我把亲爹杀害。
其时，我心绪纷乱，在胸腔里面，
对着父亲的盛怒，已无法在宫居里行迈。

---

① 根据第二卷第 683 行的描述，赫拉斯乃阿基琉斯（亦即裴琉斯）的属地——福伊尼克斯何以能逃离一个赫拉斯，又落脚另一个赫拉斯？或许，这里的赫拉斯被用作广义，指塞萨利亚地区。但这样解释也还是不妥，因为在第十卷第 266—267 行里荷马称阿门托耳的家乡在厄勒昂，而据第二卷第 500 行介绍，厄勒昂位于塞萨利亚以南的波伊俄提亚。

② 即厄里努斯姐妹，誓咒的监护者（见赫西俄德《农作与日子》第 803 行），既与命运（moira）联手（第十九卷第 87 行），又和哀地斯及裴耳塞丰奈合作，因为双方都居住在地下。她们聆听人间的怨诉，惩罚违反亲情和血亲规则的行为（参阅本卷第 569—572 行）。

③ 指哀地斯，宙斯的兄弟。哀地斯和其妻裴耳塞丰奈兼司仇惩之责（参见注②）。

然而,一群同族亲友和堂表兄弟围着我,
再三恳求,还是把我留在家院,
宰杀众多肥羊和腿步蹒跚的弯角
壮牛,外加成群的肉猪,油膘晶亮,在
赫法伊斯托斯的柴火上烧燎畜毛,就着叉尖,
喝去大量浆酒,老人贮藏的坛坛罐罐。
一连九个晚上,他们轮番守候,伴随在
我的身旁,柴火熊熊,从未断档,
一堆点在墙篱坚固的庭院,门边的柱廊,
另一堆燃烧在我睡房外面的廊厢。
及至第十个夜晚,漆黑的晚上,
我捅破睡房制合坚固的门扇,
溜之大吉,纵身跃过院墙,做得
轻而易举,瞒过了看守和女仆的目光。
随后,我远走高飞,在辽阔的赫拉斯流浪,
最后来到土地肥沃的弗西亚,羊群的亲娘,
找到裴琉斯,国王,热情地把我留下,
给我他的钟爱,犹如父亲对待儿子,
疼爱继承丰广家产的独苗一样。
他使我成为富人,给我众多族民,
统治多洛裴斯人,坐镇在弗西亚的最边端。
我培育了你,神样的阿基琉斯,使你有了现在。
我爱你,爱在心坎。儿时,你不愿跟
别人赴宴,或在自家的厅堂用餐,
除非让你坐上我的膝盖,先割下碎肉小块,
让你吃个痛快,再把酒杯贴近你的嘴边。
你常常吐出酒来,浸湿我的衣衫,

小孩子随心所欲,弄得我狼狈不堪[①]。
就这样,我为你一遍遍受罪,多少劳烦,
心里老是嘀咕,神明不让我有亲生的
儿男。所以,神一样的阿基琉斯,我把你当作
亲子看待,指望有朝一日,为我挡开可耻的毁败。
可以吗,阿基琉斯,压下你狂盛的怒怨;
你的心灵不该与怜悯无缘。就连神明也会转弯,
他们的佳杰、荣誉和力量都使我们难攀,
然而动用牲祭和甜心的许愿,动用
祭酒和浓熟的香烟,人们对神祇恳求,
使其息怒,当做下错事,僭越规限。
知道吗,祈求[②] 是强有力的宙斯的女儿,
瘸腿,皱皮包裹,眼睛斜视,
总是留心跟在毁灭[③] 的后面,走得艰难:
须知毁灭迅捷,腿脚强健,远远地跑在
祈求前面,抢先行至各地,使凡人
遇难;祈求跟在后头,医治铸下的伤怨。
当宙斯的女儿走来,有人若予敬待,
她们便会给其带来莫大的好处,聆听他的祈愿;
但是,倘若有人回拒她们,顽固拒绝,

① 比较第二十二卷第 500—504 行。参考该卷第 504 行注。

② 诗人对祈求(Litai)和毁灭(Ate)做了拟人化处理。“祈求”即祈求宽恕(或赔礼道歉),代表肇事或受制于 ate 伤害他人的一方。被伤害者理应或有必要依循通行的道德准则接受对方的请求,否则即会引来跟在后面的新一轮的毁灭(ate)。参考第 632—636 行。福伊尼克斯劝说阿基琉斯接受阿伽门农的“致歉”,以避免 ate 的惩击(参考第 505—512 行)。

③ 即 ate,它能使人激情冲动,头脑发昏,做出在正常情况下不会做的蠢事,造成严重和于己不利的后果,包括导致毁灭。另参考第八卷第 236 行注。

她们便走向宙斯，克罗诺斯的儿男，
求他嘱令毁灭追拿此人，施加惩罚，使其受害。
所以，息怒吧，阿基琉斯，尊敬宙斯的女儿
你不应例外；尊敬能使所有正直的人改变心态。
倘若阿特柔斯之子不曾表示给你这些礼件，
并且列数了更多的承诺，倘若他还暴怒不息，
我便决然不会劝你罢止怒气，前往助保
阿耳吉维军兵，尽管他们盼得急切。但现在，
他给你这许多财礼，答应日后还有更多的兑现，
指派最好的人来求你，从阿开亚全军
挑选出来，阿耳吉维人中，他们最受
你尊爱。别让他们白走一趟，劝说
一番，虽然不能怪你发怒，在此之前。
过去也有此类事件，我们听人说传，
英雄们的事迹，与狂烈的暴怒相关，
但他们会接受礼物，是的，听从规劝。
我记得这段旧事，一桩不是新近发生的事件，
记得它的来龙去脉。你们都是朋友，我会道来。

“卡鲁冬城下，库瑞忒斯人曾和壮实的
埃托利亚人[①] 大打出手，你杀我砍，
埃托利亚人保卫秀丽的卡鲁冬，
而库瑞忒斯人则意欲捣毁，急不可待。
享用金座的阿耳忒弥斯降送虐灾，
恼恨于俄伊纽斯未给头遍摘取的
供奉，而别的神祇均得合宜的敬献，

① 此处指卡鲁冬人。

唯独把大神宙斯的这个女儿漏算。
他忘了,或许疏忽了——着实糊涂了一番。
愤怒的司箭女神,宙斯的孩儿,将一头
龇着白亮獠牙的凶猛野猪赶来,
横冲直撞,肆意蹂躏俄伊纽斯的林园,
撞翻一棵棵果树,横七竖八地躺成一片,
根须暴露,花果落地,园圃毁于一旦。
俄伊纽斯之子杀屠这头野猪,墨勒阿格罗斯[①]
召聚一批猎手,来自众多城堡,带着猎狗
围赶,须知人少了不行,除不掉这头畜害,
长得如此粗大,把许多活人送上悲苦的干柴。
女神随之挑起一场争端,剧烈的嘈声和嘶喊,
为了抢夺猪头和粗糙的皮革,
库瑞忒斯人和心胸豪壮的埃托利亚人开战。
只要嗜喜战斗的墨勒阿格罗斯不停止击杀,
库瑞忒斯人便只有节节败退,尽管人多
势众,甚至难以在自己的城墙前脚跟稳站[②]。
然而,当暴怒揪住墨勒阿格罗斯——同样的
怒气也会,尽管较能克制,升腾在其他人心间——
他,心怀对娘亲阿尔莎娅的怒怨[③],

① 卡鲁冬王子,由俄伊纽斯和阿尔莎娅所生。据传墨勒阿格罗斯出生时,命运告知其母,当火塘里的一段木块燃尽时,她儿子的性命便会终结;阿尔莎娅于是抢出木块,妥善藏起。猎杀野猪后,墨勒阿格罗斯杀了争抢猪皮的舅舅(即母亲的兄弟),阿尔莎娅闻讯痛不欲生,遂取木块,投入火中,由此结果了儿子的性命。阿基琉斯拒绝出战的理由和墨勒阿格罗斯的不同,但二者有一个共同点,即他俩都是可以决定战事成败的头号英雄。墨勒阿格罗斯是狄俄墨得斯之父图丢斯的兄弟。

② 比较阿基琉斯的自我评估(第 352—353 行)。

③ 墨勒阿格罗斯“怒怨”的理由见第 566—572 行。

躺倒床上，婚娶的妻子身边，克勒娥帕特拉，貌美，
欧厄诺斯的千金，脚型秀美的玛耳裴莎
和伊达斯的女儿，其父乃当时大地上最强健的凡胎，
曾经对战王者福伊波斯·阿波罗，
为了脚型秀美的少女，对他端起弓杆。
在自家厅堂，此女的父亲和尊贵的母亲
叫她阿尔库娥奈[1]，作为别名，因为她的娘亲，
悲念她的不幸，曾像海鸟似的鸣哀，
哭号发箭远方的福伊波斯·阿波罗夺走女孩[2]。
墨勒阿格罗斯躺在妻子身边，冥思痛心的恨怨，
痛恨母亲的诅咒，出于对兄弟之死的
悼哀，她祈求神明责惩自己的儿男，
再三击拍滋养万物的大地，对着
哀地斯和庄重的裴耳塞丰奈叫唤[3]，
蹲跪下来，泪湿胸前的褶片，
求神杀死她的儿子，被厄里努斯在幽晦的
府居听见[4]，她穿走黑暗，心里不带恤怜。
突然，门外响起敌人的嚣闹喧喊，
围攻城墙的声音开始传来，埃托利亚人的长老们
对他苦苦求劝，派来敬奉神明的最高贵的祭司，
请他出战，保卫他们的安全。他们许下厚礼，
让他挑选一块上好的属地，在美丽的
卡鲁冬，土质最丰腴的地段，

① Alkuone，意为“翠鸟”（一种食鱼鸟）。

② 神和凡女的性爱以及与凡人中的英雄们的诸如此类的纠葛，构成了古希腊神话里的一个引人注目的部分。另参阅《奥德赛》第十一卷第235—327行。

③ 参考第457行注。

④ 参考第454行注。

五十公顷之多，一半栽种葡萄，
另一半为平整的耕地，从原野上划开。
年迈的车战者俄伊纽斯一遍遍地求他，
站临顶面高耸的睡房的门槛，
摇动紧闩的房门，恳求自己的儿男，
尊贵的母亲和姐妹们也来再三求劝，
遭到更为严厉的拒绝断然。前来求说的
还有他最亲密和喜爱的人们，他的朋伴，
然而，就连他们也不能使他心还，
直到石块猛击他的睡房，库瑞忒斯人
火焚雄伟的城堡，贴着墙边爬攀。
终于，他的束腰秀美的妻子也开始求劝，
对着墨勒阿格罗斯，泪流满面，
诉说破城后市民们将要遭受的种种苦难：
他们杀死男人，把城区烧成灰炭，
陌生的兵丁掳走儿童，把束腰紧深的妇女带还。
耳听这些恶害，他的心里豪情腾翻，
起身扣上铿亮的铠甲，冲出房间。
就这样，他顺从心灵的驱赶，使埃托利亚人
避免了末日的临来。以后，他们并没有给出丰足、
珍贵的礼件；尽管如此，他为国民挡开了一场祸灾。

“不过，你可别把这种念头埋在心间，可别让精灵，
我的朋友，把你往那边驱赶；事情将会更难，
及至木船着火，再去救援。接过到手的
礼物，前往赴战，阿开亚人敬你会像对神祇一般。
要是日后投入屠人的战斗，无有礼件，

你的荣誉① 就不会同样显赫,尽管已把激战挡开。”

其时,捷足的阿基琉斯对他答话,说接:
“我无须这份荣誉,宙斯养育的福伊尼克斯,
我年迈的父亲。我以为,我已受誉宙斯的谕令,
它将伴随我,在这弯翘的船边,只要生命的
魂息驻留胸膛,只要我的双膝还能站立。
我还有一事奉告,你要牢记在心。
不要哭哭啼啼,用悲伤烦扰我的心灵,
讨取英雄阿伽门农的欢欣。为他争光,
于你无益——小心引发我的愤恨,虽说爱你。
如此对你有利,伤害我的敌人,和我一起;
与我一道为王,平分我的荣誉。
他们会捎回劝答的结果,你就留在这里,
在松软的床上憩息。明晨拂晓,我们将
决定是返航回家,还是继续滞留此地。”

言罢,他对着帕特罗克洛斯默拧双眉,
要他为福伊尼克斯准备厚实的睡床,也好让来者
即刻思量回去,离开棚营。其时,忒拉蒙之子,
神一样的埃阿斯见后,在他们中说议:
“我们走吧,莱耳忒斯之子,宙斯的后裔,多谋善断的
奥德修斯。我想,恳切的劝说,这趟出使,
不会达到目的,倒不如赶快回去,
把此番讯息,虽然不好,转告达奈军兵,

① 即 time。荣誉是勇士的第二生命(有时甚至比生命还要可贵)。参阅第十八卷第 90—93 行等处。比较《奥德赛》第十三卷第 128—129 行。

他们正坐等我们回归。阿基琉斯
已把胸中高傲的心志推向狂暴，
此人酷戾！他漠视朋友的情谊，
我们在船边敬他，远甚于对待别人——
此人无有怜悯！换个人，谁都会接受偿礼，
杀亲的血债，兄弟的，孩子的，而杀人者，
只要付足赔偿，仍可在国度里居栖；
受害者的亲属会克制心魂，当他接受偿物，
抑制高傲的感情①。但是，神明在你胸间
注入粗蛮和不可平息的怒怨，你，仅仅为了一个
姑娘呕气！然而，我们答应给你七位绝色的女子，
外加许多财礼。给你的心灵平添善意，
尊重你的房居；瞧，我们都在你的棚顶下，
代表达奈全军。所有阿开亚人中，我们比谁都
更加切望，做你最尊爱的朋友，最为亲近。”

其时，捷足的阿基琉斯对他答话，说接：
“忒拉蒙之子，民众的首领埃阿斯，宙斯的后裔，
你说的都对，几乎道出我的真情。
然而我的心里膨胀怒气，每当想起
他的侮辱，当着阿耳吉维人的脸面，
阿特柔斯之子辱我，仿佛我是个浪汉，无有荣誉。
你们这就回去，给他捎去我的口信，
我不会考虑，再想战争的血腥，
直到卓越的赫克托耳，普里阿摩斯之子
一路杀来，冲至慕耳弥冬人的海船棚营，

① 参考第十三卷第 659 行和第十八卷第 497—505 行。另参考本卷第 502 行注。

放火烧黑我们的舟船，涂炭阿耳吉维兵丁。
在我的营棚旁边，傍临我的海船乌黑，
赫克托耳将被阻止，我想，尽管他嗜盼杀拼。”

言罢，他们人手一个，拿起双把的酒杯，
洒过祭酒，由奥德修斯领头，沿着海船回行。
其时，帕特罗克洛斯吩咐伙伴和女仆
赶紧为福伊尼克斯准备厚实的床铺，
下手们闻讯备床，执行他的命令，
铺下羊皮，一条毛毯和松软的亚麻布床单，
老人卧躺床上，等待神圣的黎明。
阿基琉斯睡息坚固的营棚，棚屋的内里，
身边躺着一个女人，得之于莱斯波斯的战礼，
福耳巴斯的女儿，狄娥墨得，脸颊俊美。
帕特罗克洛斯睡在对面，身边亦有一位女子，
束腰秀美的伊菲斯，卓越的阿基琉斯的送礼，
当他攻破陡峭的斯库罗斯，厄努欧斯的城邑。

当一行人回到阿伽门农的营棚，
阿开亚人的儿子们[①] 起身相迎，举起金铸的
酒杯，一个接着一个发问，站在他们周围。
民众的王者阿伽门农首先开口，对来者提出问题：
“告诉我，备受称颂的奥德修斯，阿开亚人的光荣伟烈，
阿基琉斯可愿挡开船边凶莽的火焰，
还是予以拒绝，仍被愤怒缠弥高傲的心灵？”

---

① “阿开亚人的儿子们”在此指议事会的成员们(即联军的首领们)。

其时，卓著和历经磨难的奥德修斯对他说话，答接：
“阿伽门农，民众的王者，阿特柔斯最尊贵的男丁，
阿基琉斯不打算息怒，比以往更添
火气。他拒绝与你和好，拒绝你的赔礼。
他要你自个儿去和阿耳吉维人商议，
如何拯救你的海船，救护阿开亚军兵。
他出言威胁，说是明天一早，他将
把弯耸、凳板坚固的航船拖入海里。
此外，他还说要规劝大家返航归去，
因为破城无望，你们攻不下伊利昂
陡峭的墙基，沉雷远播的宙斯出手
挡在上面，它的士兵浑身注满勇气。
这是他的回答，同行者可以证明，
埃阿斯和两位使者，思路清晰。
年迈的福伊尼克斯已留下过夜，按阿基琉斯的
劝令，以便明晨随同登船，返回他们热爱的故乡，
倘若他愿意。阿基琉斯无意强迫，逼他成行。”

他言罢，全体静默，众人无言悚然，
惊诧于他的言辞，确实说得凶狠强悍，
悲愤使阿开亚人的儿子们半晌讲不出话来。
终于，啸吼战场的狄俄墨得斯开口，对他们说喊：
“阿伽门农，民众的王者，阿特柔斯最尊贵的儿男，
但愿你没有恳求骁勇的阿基琉斯，
答应给他无数的礼件！此人生性骄豪，
而你的作为使他越发不羁傲慢。
我们不要再去理他，愿去愿留由他
自便。他会重上战场，待等时候临来，

当胸腔里的心灵催他，受到某位神明驱赶。
来吧，让我们顺从，按我说的办。
现在，大家可去睡觉，心里喜欢，
揣着满肚子酒肉，战士的勇气，那是刚健。
但是，当绚美的黎明垂着玫瑰红的手指显现，
阿特柔斯之子，你要迅速在船前排开战车兵勇，
激励人们冲击，而你本人要战斗在军阵的最前面。”

　他言罢，王者们全都表示赞同[①]，
赞赏驯马手狄俄墨得斯的说讲[②]。
他们洒过祭酒，返回各自的棚房，
在里面平身躺息，接受睡眠的赐赏[③]。

① 第 710 行同第七卷第 344 行。
② 第 711 行同第 51 行。
③ 第 713 行大致同第七卷第 482 行。

第十卷

这时，海船边其他阿开亚首领均已
息躺整夜，被温柔的酣睡缠绵[1]，
但阿特柔斯之子阿伽门农，兵士的牧者，
却心事重重，难以进入梦境的香甜。
犹如美发赫拉的夫婿甩出闪电，
浇泼滂沱的骤雨，落降冰雹或是
一场风雪，纷纷扬扬地飘洒田间，
或在人世的某地，战争的血盆大口张开，
其时阿伽门农的心灵阵阵颠颤，从深处
发出声声哀叹，胸中纷烦，一片紊乱。
当他把目光扫向特洛伊平原，
遍地的火堆使他惊诧，燃烧在伊利昂城前，
伴随管箫与排箫的尖啸和士兵的呐喊。
随后，当移目阿开亚人的军队海船，
他伸手撕抓绞拔头发的根端[2]，仰望高高
在上的宙斯，豪贵的心灵经受悲痛的熬煎。
他冥思心魂，觉得此举合适，最为，
先去寻觅奈斯托耳，奈琉斯的儿男，
寄望于此君能和他一起，筹划合用的谋算，
帮助所有的达奈兵勇，为之挡避凶灾。

① 比较第二卷第 1—4 行和第二十四卷第 677—681 行。

② 参见并比较第二十二卷第 77—78 行。

他站起身子,穿上遮掩胸背的衣衫,
系紧舒适的条鞋,在闪亮的脚面,
披上一领毛色黄褐的狮皮,硕大,
油光滑亮,垂悬在脚边,抓起枪杆。

同样的焦虑也使墨奈劳斯纷烦,香甜的
睡眠也没有合拢他的眼睑,担心阿耳吉维人
遭受损失,为了他远渡汪洋,
一心奔赴苦战,来到特洛伊地面[①]。
他在宽厚的肩膀上铺下一领带斑点的
豹皮,首先,然后拎起铜盔,
戴上头顶,伸出粗壮的大手,抓紧枪杆,
迈开大步,前往唤醒兄长,强有力地统治整个
阿耳戈斯的王者,国民敬他,像似敬神一般[②]。
他找到兄长,在后者的船尾,见他
正把璀璨的胸甲披上肩膀,欢迎兄弟的到来。
啸吼战场的墨奈劳斯首先开口,对他说讲:
“为何现时披挂,我的兄长?是否打算催励
某个伙伴,把特洛伊人的军情探访?但是,
我却由衷地担心,怀疑谁会愿意承当,
逼近敌方的军勇,侦探军情,单枪匹马,
在这神赐的晚上;此人必有超乎寻常的胆量。”

其时,强有力的阿伽门农对他答话,说讲:

① 比较《奥德赛》第四卷第 146 行。

② 这一表述在《伊利亚特》里出现多例,其中两例用于祭司,其余的均用于王者或首领。

“眼下，高贵的墨奈劳斯，你我需要
一种机巧的方案，以便保卫和拯救阿耳吉维人
和他们的船舫，因为宙斯已改变主意，
赫克托耳的祭祀比我们的更能使他心情顺畅。
我从未见过，也不曾听闻任何人说过，一个人，
在一天之内，能像宙斯钟爱的赫克托耳
摧捣阿开亚人的儿子们那样，造成如此严重的
损伤：他既非男神，也不是女神亲爱的儿郎[①]。
他所做下的事情，我想，阿耳吉维人将长存
记忆，带着悲伤，记取他对阿开亚人的重创。
去吧，快跑，沿着我们的海船，去把
埃阿斯和伊多墨纽斯召来，我这就去寻会
卓越的奈斯托耳，唤他起来，问他是否愿意
前往我们执行神圣使命的哨队，训诫一番。
他们会听从他的令言，他的儿子是
哨兵的统领，由伊多墨纽斯的助手
墨里俄奈斯帮办，警戒的任务主要由他们承担。”

啸吼战场的墨奈劳斯对他答话，其时：
“执行你的命令，我将如何行事？
待我及时传达你的指示，你要我在那儿等着，
和他们一起等你过来，还是跑去找你才是？”

其时，民众的王者阿伽门农对他说接：
“还是在那儿等我，以防来回奔跑，失去

① 在古希腊人（如荷马史诗里的英雄们）看来，巨大的成功离不开神的助佑帮忙；如果父母中有一位是神祇，那就更好——像阿基琉斯那样（他的母亲是女神塞提斯）。

碰头的机会;军营里小路很多,竖八横七。
不管到了哪里,你要放声喊叫,把他们唤醒,
呼唤时,要用体现传衍和父名的称谓[①]。
要尊重他们,不要心存傲气,此事
由你我自己张罗,抓紧,须知从我俩出生的
时候,宙斯已把这痛苦的包袱压在腰背。"

就这样,他以内容明确的嘱令送走兄弟,
自己亦前往寻会奈斯托耳,老人放牧士兵,
眼见他傍临自己的营棚,在乌黑的船边,
息躺松软的睡床,身边放着精美的甲械,
一面盾牌、两支枪矛、一顶闪光的帽盔。
身旁还有他的腰带,闪出晶莹,迎战时老人
用它束紧腹围,冲杀在人死人亡的疆场,
率领兵丁——他可没有向痛苦的老年屈膝。
他支起臂肘,昂着头,撑起上身,
对着阿特柔斯之子说话,对他发问:
"你是谁,走过海船军营,独自一人,
在这漆黑的夜晚,其他凡人已经睡下的时分[②]?
你在寻找一头丢失的骡子,还是某个伴朋?
说,你想干什么?不要靠近,默然无闻。"

其时,民众的王者阿伽门农对他答接:
"奈斯托耳,阿开亚人巨大的光荣,奈琉斯的男丁!

---

① 用体现父名的名字相称,以表示对对方及其家族的尊重。参考第九卷第 63 行注。另见本卷第 87、144 和 159 行。

② 第 83 行同第二十四卷第 363 行。

我是阿伽门农，你会知道，阿特柔斯之子——宙斯
让我苦熬，比谁都长久、剧烈，只要生命的
气息驻留胸膛，只要我的双膝还能站立。
我夜出漫走，只因睡眠的舒适难以合拢眼睛。
我担心战争，焦烦阿开亚人的痛凄，
万分担忧达奈人的前景，头脑紊乱，
思绪纷飞，胸膛里的心儿乱跳，
闪亮的肢腿在身下颤悸。
但是，如果你想行动，睡眠亦不会光临，
那就让我们前往岗哨，看看那里的哨兵，
使他们不致屈从于疲倦，昏昏欲睡，
把警戒的任务忘得一干二净。
敌人就在我们眼皮底下扎营，我们何以
知道他们不会趁着夜色，摸黑进兵。"

其时，格瑞尼亚的车战者奈斯托耳对他答诉：
"阿特柔斯最尊贵的儿子，民众的王者阿伽门农，
我料多谋善断的宙斯不会让赫克托耳实现
全部设想，每一个企图。相反，我以为
他将拼搏更多的险阻，倘若阿基琉斯
改变心境，平息里头悲楚的愤怒。
我将随你同去，不带含糊；让我们唤醒
图丢斯之子[①]，著名的枪手，唤醒奥德修斯、
快腿的埃阿斯[②] 以及夫琉斯之子，生性勇武。
但愿有人前往，把另一些首领招呼：

① 即狄俄墨得斯。
② 指俄伊琉斯之子，即小埃阿斯。另一位埃阿斯乃忒拉蒙之子，即大埃阿斯。

高大的埃阿斯,神样的战勇,连同王者伊多墨纽斯,
因为他俩停船舰队的边沿,不在近处。
不过,我要责备墨奈劳斯——是的,他受人敬爱、
尊重——哪怕这会激起你的恼怒,我不想瞒住:
此人居然还在睡觉,让你一人含辛茹苦。
现在,他本该埋头干活,前往,对所有的首领
恳求;情势危急,已到他们不能等忍的地步。”

其时,民众的王者阿伽门农对他答话,说道:
“换个时间,老人家,我甚至会请你骂他;
他经常缩在后面,不愿出力干活,
并非因为寻思躲避,亦非有意愉懒或心不在焉,
而是想着依赖于我,等我挑头。
但是,这一次他却抢在前面,跑来叫我;
我已嘱他前往,把你想要找的人们唤召。
所以,走吧;我们将在墙门前遇见他们,
在我指定的聚会地点,和哨守一道。”

其时,格瑞尼亚的车战者奈斯托耳对他答说:
“如此,阿耳吉维人中不会有人违抗
抱怨,当他发布命令,对人催促。”

言罢,他穿上遮掩胸背的衣衫,
系紧舒适的条鞋,在闪亮的脚面,
别上一领宽大的披篷,紫红的色彩,
双层,长泻,镶缀着绵羊厚实的毛卷。
然后,他操起一杆粗重的枪矛,顶着锋快的铜尖,
迈开大步,沿着身披铜甲的阿开亚人的海船。

他来到奥德修斯的住处，首先，奈斯托耳，
格瑞尼亚的车战者，叫醒睡者，他的谋略和
宙斯一般，大声呼唤，声音震响着钻入
奥德修斯的心田。他走出营棚，对来者呼喊：
“为何独自蹑行，穿走在海船和营棚之间，
在这神赐的夜晚？有何样巨大的需愿？”

其时，格瑞尼亚的车战者奈斯托耳对他答诉：
“莱耳忒斯之子，宙斯的后裔，多谋善断的奥德修斯，
不要发怒；巨大的悲痛正降临阿开亚军伍。
和我们一起走吧，前往唤醒另一位朋友，
一位有资格议事的首领，谋划逃离还是战斗。”

他言罢，足智多谋的奥德修斯返回营棚，
将做工精致的盾牌背上肩膀，和他们一起行走，
来到图丢斯之子狄俄墨得斯的驻地，发现
后者正睡在营棚外面，周围躺着他的伴友，
人人头枕盾牌，身傍竖指的枪杆，尾端
扎入泥土，铜尖闪出远射的光熠，像一道
闪电，由父亲宙斯扔投。勇士沉睡不醒，
身下压着一领皮张粗厚，取自漫步草场的壮牛，
颈底铺展一条毛毯，亮丽，作为枕头。
奈斯托耳，格瑞尼亚的车战者，行至他身边，
催他离开睡梦，抬脚碰拨躯体，当面呵责出声：
“快起来，图丢斯之子！为何熟睡整夜，如此昏沉？
没听说特洛伊人逼近海船，在
平滩的高处坐等，敌我之间仅有片土隔分？”

他言罢，后者蓦然惊醒，跳将起来，
吐送长了翅膀的话语，开口说称：
“严厉了，老人家，你向来勤谨，无有罢息的
时候。难道没有阿开亚人的儿子，比你年轻，
可以叫醒各位王贵，各处奔走，要他们
起身？你呀，老人家，做事委实过分。”

其时，格瑞尼亚的车战者奈斯托耳对他答道：
“说得好，我的朋友，你的话在理，一点没错。
我有英武的儿子，也有大队的随从，
他们中谁都可以出面，前往召聚王尊。
然而，阿开亚人眼下面临的险情非同小可，
我们的事情正横卧在剃刀的锋口——
阿开亚人将走向痛苦的毁灭，还是绝路逢生。
去吧，前往唤醒迅捷的埃阿斯，还有夫琉斯
之子；你比我年轻，可怜我这老头。”

他言罢，对方抓起一领狮皮，搭上肩头，
油亮、硕大，垂悬在脚后，提起枪矛一根。
英雄[1]大步走去，唤醒其他壮士，引着他们行走。

当他们与哨守汇聚，在一起集中，
发现哨队的头目中无人昏睡打盹，
全都醒着，带着兵器，席地坐等。
像护卫羊群的牧狗，在栏边苦苦看守，

① 指狄俄墨得斯。他前往叫醒营棚里的壮士，带队前行。参考第六卷第 61 行注。

听闻野兽的走动，胆大妄为，从山林
里扑冲，周围响起一片杂乱的喧声，
人的喊叫，狗的吠啸，使睡意荡然无存；
就像这样，哨兵警惕的眼睛拒挡馨软的睡眠，
苦熬深涩的长夜，不敢懈松，始终
朝对平原，听察特洛伊人进攻的前奏。
老人心里高兴，眼见这帮哨守，出言鼓励，
送去长了翅膀的话语，对他们开口：
“保持这个势头，亲爱的孩子们，小心看守，
别让睡意逮住一人，使我们成为敌人欢乐的理由。”

言罢，他举步跨过壕沟，后面跟着阿耳吉维人的
王者，那些被召来议事的军头，
另有墨里俄奈斯和奈斯托耳光荣的
儿子，应王者们传唤，参与他们的辩论。
他们走过壕沟宽深，在一片干净的
泥地上坐稳，那里没有堆连的尸首，
亦是强壮的赫克托耳回撤的地点，
因为夜色裹缠，停止杀毁阿开亚人的战斗。
他们屈腿下坐，相互间交换谈吐，
格瑞尼亚的车战者在人群中率先说话，开口：
“哦，我的朋友，难道我们中无有谁人，
敢于胆气如虹，前往心胸豪壮的特洛伊人之中？
如此，他或许可以抓获个把掉队的敌人，
或许碰巧听闻特洛伊人的议论纷纷，
他们在一起做出的打算，是计划滞留
原地，紧逼我们的海船，还是觉得已经
重创阿开亚人，故而可以撤兵回城。

倘若有人探知此事，然后安返，不带
伤损——哦，他将得到何等的殊荣，普天之下，
苍生之中！他还可得获一份礼物丰厚：
统率海船的首领，所有的他们，
每人都将给他母羊一头，纯黑的毛色，
腹哺一只羊羔——极品，在赠礼之中，
他将光临我们的欢宴、酒会，享受终身。”

他言罢，众人悚然无言，全场静默，
然而啸吼战场的狄俄墨得斯发话[①]，在人群之中：
“我的心灵，奈斯托耳，和傲莽的激情催我
冲向可恨的敌人，这些个特洛伊军兵，
紧挨着我们。但是，如果有人愿意和我同走，
如此便可多一些慰藉，自信也会添增。
两人同行，二者中总有一人会先见
更好的机遇，而独自一人，尽管小心谨慎，
总不如两人的心计，谋算不会精深。”

他言罢，许多人愿意和狄俄墨得斯偕同，
两位埃阿斯愿意，阿瑞斯的伴从，
墨里俄奈斯亦然，而奈斯托耳之子更甚；
阿特柔斯之子，著名的枪手墨奈劳斯愿去，
还有坚忍的奥德修斯，决意潜入特洛伊
兵群，胸中的心灵总是豪气腾升。
其时，全军的统帅在人群中发话，阿伽门农：

① 狄俄墨得斯年轻，作战勇敢，对自己比较自信，所以能在“全体沉默”之际发话（另见第九卷第 31 行）。此外，他的饰词是“啸吼战场的”，这也颇能反映他的个性。

"狄俄墨得斯,图丢斯之子,你使我喜在心中,
你可按自己的意愿,挑选伴从,择选
最佳的一位,从愿去的人等,许多人对此热衷。
你可不要因为心里敬崇,选用劣才,
忽略高人,屈从于敬畏,注重
出身——不,哪怕他更具王者的威风。"

他道说此论,实因怕他选中金发的墨奈劳斯[①]。
然而啸吼战场的这位答话,狄俄墨得斯:
"倘若你确实要我挑选伙伴,如此,
我怎能忘记神一样的奥德修斯,
别人难比他的心灵,难比他傲莽的激情,比谁都
擅对各种艰难的场境,雅典娜爱他,帕拉斯。
倘若由他和我同行,我俩便均可穿过烈焰,
平安回营到此;他的心智聪达,最擅谋思。"

其时,卓著和历经磨难的奥德修斯对他答接:
"不要过分夸我,图丢斯之子,也不要责备;
你在对阿耳吉维人讲话,他们全知这些。
我们去吧,出击。黑夜涉过长途,黎明已在近逼,
星辰正在远去,黑夜的大部已经逝离,
去了三分之二,只留仅剩的三分之一。"

---

① 看来,阿伽门农多少有点私心,害怕狄俄墨得斯选中他的兄弟(另见第七卷第107—112行)。另一方面,这也说明他对兄弟的了解,知道他不是军中最好的战将,所以让他担当此任恐怕要冒更多的风险。在荷马看来,墨奈劳斯显然不如赫克托耳,后者远比前者强健(参见第七卷第106行)。另参考第七卷第107—116行和该卷第108行注。

言罢，他俩整装披挂，穿拿起令人畏惧的甲械，
作战犟勇的斯拉苏墨得斯给图丢斯之子
一柄双刃的劈剑，他自己的被留在海船，
给他一面盾牌，在他头上戴好一顶帽盔，
牛皮做就，无角，亦没有盔冠，人称
便盔，用以保护年轻壮士的脑袋。
墨里俄奈斯给奥德修斯一张弓、一个箭筒
和一柄佩剑，拿出一顶帽盔，扣紧他的头圈，
用料牛皮，里层是坚实和纵横交错的
皮条，外面是一排排雪白的薄片，
取自一头獠牙闪亮的野猪，衔接整齐，
做工巧妙、精致，中间垫着一层绒毡[①]。
奥托鲁科斯曾闯入俄耳墨诺斯之子阿门托耳
建造精固的房居，把头盔偷出厄勒昂[②]，
给了库塞拉人安菲达马斯，在斯康得亚[③]，
后者将其转送摩洛斯，作为赠客的礼件，
而摩洛斯又把它传交儿子，由墨里俄奈斯头戴，
现在皮盔出现在奥德修斯头上，护着脑袋。

二位整装披挂，穿拿起令人畏惧的甲械，
于是登程上路，离别所有的权贵。
在他们右边，前方，帕拉斯·雅典娜
遣下一只苍鹭，二位虽然不能目睹，

① 考古发现证明，荷马在此描述的猪牙帽盔大致属实。这种帽盖乃到目前为止在希腊本土发现的最古老的战盔，可能在慕凯奈王朝的末期被逐步淘汰。另参考第十一卷第634行注。

② 厄勒昂在波伊俄提亚。参阅第九卷第447行注。

③ 参见专名索引。

只因夜色迷茫，却可以听闻叫唤。
奥德修斯庆幸这一兆现，对雅典娜祈愿：
“听我说，带埃吉斯的宙斯的女儿，每当我
历经艰辛，你总是站临身边，无论我活动在哪里，
都不会被你忘怀。求你给我最诚的挚爱，雅典娜，
答应让我们带着荣誉，返回凳板坚固的海船，
做成一件大事，给特洛伊人送去愁难！”

接着，啸吼战场的狄俄墨得斯开口诵愿：
“也请听听我的祈祷，阿特鲁托奈，宙斯的女儿。
求你来到我身边，一如你伴随图丢斯，我的父亲
进入忒拜，当他作为使者，送去阿开亚人的信言。
他离开身披铜甲的阿开亚人，在阿索波斯的河滩，
给那里的卡德墨亚人捎话，表示友善。
然而，在回返的路上，他却做下狠毒的事来[①]，
凭靠你的帮助，贤明的女神，你心怀善意，站在他身边[②]。
来吧，也请站到我的身边，保护我的安全，
我将献上一头一岁的小牛，有着宽阔的额面，
未经驯使，从未被人塞入轭架，
我将用金片包裹牛角，敬奉在你的祭坛前[③]！”

他俩如此祈诵，帕拉斯·雅典娜随之听闻话音。
他们做过祷告，对大神宙斯的女儿求祈，
一头扎进漆黑的夜色，像两头雄狮，跨越

---

① 参阅第四卷第391—398行。

② 参见第四卷第390行和第五卷第808行。

③ 关于“包金”的描述，参见《奥德赛》第三卷第432—438行。

尸横遍野的战场，穿走堆堆甲械，污血满地。

　其时，赫克托耳不准勇莽的特洛伊人
入睡，召来所有的头领聚会、议事，
召来特洛伊人的统治者，他们的首领。
他把这些人召到一块儿，道出的谋划包藏诡谲[①]：
“你们中谁愿接受这项使命？——做好了
可得重赏，财礼丰厚，足以偿付他的劳力。
我将给他一辆战车和两匹骏马，阿开亚人的
快船边最好的良驹，高耸粗壮的脖颈。
谁有这分胆量，也为自己争得荣誉，
贴近迅捷的海船，探明那里的实情，
快船是像以往那样警备森严，还是，
由于遭受我们双手重击，阿开亚人正
聚在一起，谋划逃离，不再用心夜设
岗哨护卫，既然已被折磨得筋疲力尽。”

　他言罢，众人无言悚然，全场默静。
特洛伊人里有个多隆，神样的信使
欧墨得斯之子，其父拥有大量的青铜黄金。
此人长相丑陋[②]，但腿脚轻捷，
独子，有五个姐妹。其时，他开口讲话，
对特洛伊人和赫克托耳说及：
“我的心灵和豪莽的激情催我

① 第302行同第二卷第55行。

② 《伊利亚特》中有两个(被点名的)丑人，一个是希腊联军中的塞耳西忒斯(见第二卷第216—219行)，另一个便是特洛伊方面的多隆。

贴近迅捷的海船，刺探他们的军情。
来吧，当着我的脸面举起你的权杖，对它
起誓你将给我骏马，还有铜光闪烁的
战车，能把裴琉斯豪勇的儿子载起。
我不会是个无用的探子，也不会让你灰心。
我将直奔他们的军营，直至找到
阿伽门农的海船，那该是首领聚会
之地，谋划是继续战斗，还是逃离。”

　他说罢，赫克托耳握紧权杖，口出誓议：
“让宙斯，赫拉炸响雷的夫婿亲自为我
证明，这辆马车其他特洛伊人谁也不许登临，
它是你的，我说，是你永久的荣誉。”

　他言罢，空说一番誓言，催励多隆跑开。
他迅速背起弯翘的弓杆，背挎在肩，
披起一领灰狼的皮件，拿过一顶
鼬皮小帽，盖住脑袋，操起一杆锋快的枪械，
冲出营区，奔向海船——此人再也没有回来，
从敌方的船边，给赫克托耳效力，带回讯言。
就这样，他离开熙攘的驭马和人群，
匆匆上路，急不可待。卓越的奥德修斯
发话狄俄墨得斯，其时发现此人前来：
“有情况，狄俄墨得斯，有人正从敌营过来！
我不知他是来探视我们的海船，
还是想尸剥死者的甲件，但我们必须
先放他过去，让他稍走一段，在这平原，
然后奋起扑击，将他逮获，紧追后面。

但是，倘若他跑得比我们更快，
那就把他逼向海船，以防他撒腿回营，
用你的投枪截拦，别让他回城，归返。”

言罢，他俩闪到一边，伏身尸堆，
而多隆则木知木觉，傻乎乎地快步跑越。
当他跑出一段距离，约像骡子犁出的一条
地垄长短——牵着联合的犁具深耕熟地，
它们做得比牛更快——他俩开始追赶。
听闻噔噔的脚步声，多隆原地站住，木然，
心想来人是他的特洛伊伙伴，
传他回去——赫克托耳已准备撤兵回返。
但是，当他俩进入投枪一掷的距离，抑或更近，
他才看清来者不善，随即撒开双腿，
拼命跑开；他俩蹽开腿步，紧紧追赶。
如同两条尖牙利齿的犬狗，受过训练，
盯上一头小鹿或一只野兔，穷追在
树林里面，猎物嘶叫着撒腿逃难[①]；
就像这样，图丢斯之子和荡劫城堡的奥德修斯
切断他回营的归路，紧追在脚跟后面。
当他接近阿开亚人的哨兵——他在
跑向海船，雅典娜给出巨大的勇力，
给图丢斯的儿男，从而不使其他身披铜甲的
阿开亚人吹擂先掷的头功，使其屈居第二。

① 荷马极擅明喻，常能用得恰到好处，画龙点睛般地烘托出人物的行为特点，给人栩栩如生的感觉。另参考第十二卷第 421—423 和 433—435 行、第十三卷第 754 行等处及相关注释。

强有力的狄俄墨得斯持枪冲击，对他叫喊：
“再不停步，我就投枪把你捅穿。我想你
最终逃不出我的手心，躲不过暴突的死难！”

言罢，他甩手出枪，却故意打偏一点，
锋快的枪尖掠过多隆的右肩，
往泥地里深钻。此人惊慌失措，站立木然，
结结巴巴，脸色青白，牙齿磕响的声音
从嘴里传来。两人追至他的身边，气喘吁吁，
压住他的双臂，后者泪水暴涌，请求宥宽：
“活捉我，我会支付赎偿。我家有
青铜、黄金和艰工冶铸的灰铁堆藏，
家父会用难以计数的赎礼，欢悦你们的心房，
假如听说我还活着，在阿开亚人的船旁[①]。”

其时，足智多谋的奥德修斯答道，对他说话：
“不要怕，别以为死亡已经落降。
来吧，告诉我此事，要准确地开讲，
为何离开军营，独自一人跑向海船，
在这漆黑的夜晚，其他凡人已经睡下？
是打算尸剥死者的甲件，还是受
赫克托耳指派，前来详探军情，在我们
深旷的船旁？要不，是受你自个儿心境的驱赶？”

其时，双腿在身下颤抖，多隆对他答接：
“赫克托耳误导我的心智，诱以众多奢望侈冀，

① 关于类似的请求，另见第六卷第46—50行和第十一卷第131—135行。

许我裴琉斯之子，高傲的阿基琉斯坚蹄的
驭马，连同他的战车，铜光闪熠，
命我穿过迅捷[①]、乌黑的夜晚，
贴近敌人，探明那里的实情，
快船是像以往那样戒备森严，还是，
由于遭受我们双手重击，阿开亚人正
聚在一起，谋划逃离，不再用心夜设
岗哨护卫，既然已被折磨得筋疲力尽。”

　　其时，足智多谋的奥德修斯笑着对他答还：
“不用说，这些是你想要的厚礼，心里迷恋。
不过，埃阿科斯骁勇孙子[②] 的骏马凡人无法
控制，或在马后驾驭，很难，只有他行，
阿基琉斯，因为他是女神的儿男。
好了，告诉我此事，要准确地讲来，
你在何处登程，离开兵士的牧者赫克托耳过来刺探？
他把甲械置放何处？他的驭马又在哪边？
其他特洛伊人的位置在哪，哨兵和入睡的军男？
他们在一起做出什么打算，是计划滞留
原地，紧逼我们的海船，还是觉得已经
重创阿开亚人，故而可以回城归返？”

　　其时，欧墨得斯之子多隆对他答讲：
“好的，我会说全，让你明白，准确回答。

---

① 可能指夜幕降临的迅速；一说指睡梦中时光（即夜晚）的流逝不为人所觉察——所以显得“快捷”。

② 即阿基琉斯。

眼下，赫克托耳正和众位首领议商，
避离营区的芜杂，傍临神祥的伊洛斯[①]的坟岗。
至于你所问及的哨兵，我的英雄，
守卫和保护军营，我们没有挑选设防。
不过，特洛伊人，出于需要，守候在营火旁，
一个个顺次提醒警惕，对身边的伙伴，
而来自多片地界的盟友，其时都已
入睡，把警戒的任务交由特洛伊人，
因为他们的妻子儿女不在那里息躺。"

其时，足智多谋的奥德修斯对他答话，问及：
"他们睡在哪里？和驯马手特洛伊人混在
一起，还是分开宿营？告诉我，我要知晓这些。"

其时，欧墨得斯之子多隆对他答话：
"好的，我会说全，准确回答，让你明白。
卡里亚人和派俄尼亚人驻扎海边，携带弓杆，
还有莱勒格斯人、考科尼亚人和卓越的裴拉斯吉亚军汉。
鲁基亚人和高傲的慕西亚人驻扎苏姆伯瑞一带，
连同驱车搏战的弗鲁吉亚人和迈俄尼亚人，惯于车战。
不过，你为何问我所有这些，细到一桩一件？
如果你有意混入特洛伊人里面，那么，
这里是斯拉凯人[②]，刚来，离着友军，独自扎寨，

① 特洛伊"名义"上的创建者。关于伊洛斯的家谱，参见第二十卷第215—241行。

② 特洛伊的盟军中有来自斯拉凯的部队（参见第二卷第844行），来自相距不远的赫勒斯庞特以北地区。雷索斯的人马来自欧洲靠近马其顿的沿海地带。

由王者雷索斯统领,埃俄纽斯的儿男。
他的驭马是我见过的最好、最高大的良驹,
比雪花还白,跑起来快似旋风一般;
他的战车装饰精美,动用黄金和银片,
铠甲宽敞硕大,纯金铸就,看了让人惊诧,
随身带来。此甲不像是凡人的
用品,倒该是长生不老的神祇的穿戴。
现在,你们可以把我带到迅捷的船边,
或把我扔在这里,用无情的绳索捆圈,
直到你们办完事情,用实情查证
我的说告,到底是真话,还是谎言。”

强有力的狄俄墨得斯恶狠狠地盯着他,说接:
“不要痴心妄想,多隆,妄想逃命,
你已被我们捏在手里,尽管送来绝妙的讯息。
假如我们让你逃跑,或者放你,
今后你又会重来,逼近阿开亚人的海船迅捷,
不是与我们公开打斗,便是再来刺探军情。
但是,倘若我现时下手打击,结果你的性命,
日后你就再也不会烦扰,使阿耳吉维人伤心。”

他言罢,多隆伸出大手,试图托住他的
下颌①,同时祈求饶命,但他手起一剑,
砍在脖子的中段,劈断了两边的筋腱;
多隆的脑袋滚落泥尘,嘴里还在胡言。
他们扒下鼬皮的帽子,从他的头顶,

① 显然,多隆试图取用祈求者的姿势(参考第一卷第501行注),祈求饶命。

剥走狼皮，拿起回弹的弯弓和修长的枪械。
卓越的奥德修斯高举礼件，对着雅典娜，
战礼的赐者，对她说话，求祈：
“欢笑吧，女神，给你这些！所有奥林波斯
永生的神中，我们要首先对你告祭。求你
指引我们，杀奔斯拉凯人入睡和息驻驭马的营地！”

　　言罢，他把战礼高高举起，放置于
一棵柽柳的枝丛，做下醒目的标记，
抓过繁茂的柽柳枝条和大把的芦苇，以免
在回来的路上，在匆逝、漆黑的夜暮中难以寻觅。
两人向前行进，穿走甲械和黑红的污血，
很快来到要找的斯拉凯人的营地。
这帮人正在鼾睡，出于困倦疲惫，精良
的甲械堆放在身边的泥地，整整齐齐，
分作三排，驭马在各自主人的身边站立。
雷索斯睡在中间，身旁是他迅捷的马匹，
拴系在战车高层的杆围。
奥德修斯先见此人，并给狄俄墨得斯指明方位：
“嘿，狄俄墨得斯，此人就在这里。这是他的马匹，
多隆，那个被我们砍杀的人，讲过这些。
来吧，使出你巨大的勇力，没有理由站着，
闲置你的武器。解开缰绳——不然，
让我来照看驭马，由你动手杀敌。”

　　他言罢，灰眼睛雅典娜把勇力吹入另一位的身体，
后者动手砍杀，这边那里，挥剑劈宰他们，

引出被劈者凄厉的号叫，鲜血染红了泥地[①]。
像一头狮子，逼近一群无人牧守的
绵羊或山羊，带着邪恶的念头，迅猛扑击，
图丢斯之子连劈带砍，一气杀死十二个
斯拉凯男丁。足智多谋的奥德修斯，
每当图丢斯之子在睡者身前站立，挥剑砍击，
他便从后面出手，拉住死者的脚跟拖离，
心想这样，长鬃飘洒的驭马
即可顺利通行，不致因为踩着死人而
惊乱恐慌；它们还没有见惯尸体。
其时，图丢斯之子来到那位王者身边，
这是他手下的第十三个死鬼，夺走他香甜的生命，
正当他躺着吁喘粗气——夜色里，一个噩梦萦绕在他的
头顶——不是梦，是俄伊纽斯的孩子[②]，出于雅典娜的心计。
与此同时，刚忍的奥德修斯解下坚蹄的骏马，
用缰绳把它们连在一起，赶离嘈乱，
挥举弓杆打击，未曾想到手提
闪亮的马鞭，其时正躺在精致的车里。
他口哨一声，给卓越的狄俄墨得斯，作为号记。

然而，同伴磨蹭原地，心里想着何事最好当先，
是夺取战车，里面放着璀璨的甲衣，
抓住车杆拖行，或者把它抬走，高高举起，
还是抢夺更多斯拉凯人的性命。
当他在心里思考权衡之际，雅典娜赶来站立

① 参考并比较第二十一卷第 20—21 行。
② 指狄俄墨得斯，俄伊纽斯之子图丢斯的儿子。

他的身边,话对卓越的狄俄墨得斯说起:
“现在,心胸豪壮的图丢斯之子,已是考虑
返回深旷海船的时机。否则,你会受到追兵逼迫,
万一某位神祇唤醒沉睡的特洛伊军兵。”

她言罢,听者知晓此乃女神的声音,
赶紧从马后登车①,轻捷,奥德修斯用弓背
抽打驭马,朝着阿开亚人的快船疾驰而去。

然而,银弓之神阿波罗亦没有闭上眼睛,
瞧见雅典娜关照图丢斯之子,发了脾气,
一头扎入人群庞杂的特洛伊军阵,
唤醒一位斯拉凯头领,希波科昂,
雷索斯高贵的堂表兄弟。他一惊而起,
发现快马站立之处空空如也,
人们暴死血潭,吐出生命的余息,
不由得连声哀号,呼叫亲爱伴友的唤名。
特洛伊人喧声大作,噪声四起,
人们乱作一团,惊望着两位壮士
在返回深旷的海船前创下的浩劫。

当他俩回至杀死赫克托耳侦探的地方,
宙斯钟爱的奥德修斯勒住飞奔的快马,

① 在《伊利亚特》里,“马”的复数 hippoi(如本行中所用)可统指轮车和拉车的驭马(复数,参见第十一卷第 94、109 和 143 等行)。有学者认为,本行中的 hippoi 只能仅作“马”解,即不包括战车。如此,狄俄墨得斯便不是跃上战车,而是飞身上(其中的一匹)马。然而,在史诗里,勇士们通常乘车(当然也可徒步)赴战,无可争议的“骑马”的例子只出现在明喻里(参阅第十五卷第 679—684 行)。

图丢斯之子跳到地上，拿起沾血的战礼，
递交奥德修斯手接，然后重新跃上马车，
举鞭抽击；骏马撒腿跑去，心甘情愿，
朝着深旷的海船，它们心驰神往的营地。
其时，奈斯托耳发话，最先听到蹄声：
“朋友们，阿耳吉维人的首领和统治者们，
不知是我听错，还是说话当真？心灵要我说称①，
此时轰响在我耳畔的是捷蹄快马踏出的响声。
但愿奥德修斯和强健的狄俄墨得斯
正迅速跑离阿开亚人，赶着坚蹄的快马回奔。
我心里出奇地害怕，担心阿开亚人最猛的斗士，
会在特洛伊人的杀喊中祸及自身。”

　然而，话音未落，人已来到营中②。
二位步下轮车，伙伴们兴高采烈，
紧握他们的双手，热情祝贺，
奈斯托耳，格瑞尼亚的车战者，首先发问：
“告诉我，备受称颂的奥德修斯，阿开亚人巨大的光荣，
你俩如何得获这对驭马？是夺之于集聚的
特洛伊军兵，还是因为路遇某神，得之于馈赠？
它们的毛色犹如太阳闪光，像似奇迹发生。
我曾和特洛伊人频频相遇，但却敢说，我从未
在船边躲缩，虽然作为斗士，我已是个老人——
然而，我从未见过这样的好马，连想都没有想过，不曾。
我想，一定是某位神祇路遇二位，以此相赠，

① 第534行同《奥德赛》第四卷第140行。
② 比较《奥德赛》第十六卷第11行。

须知你俩都受到汇集云层的宙斯钟爱①,都是
雅典娜,带埃吉斯的宙斯之女喜爱的凡人。"

其时,足智多谋的奥德修斯对他说话,答道:
"奈斯托耳,奈琉斯之子,阿开亚人巨大的荣耀,
如果愿意,神祇可以牵出骏马,易如反掌,
比这更好;神比我们强壮,强胜许多。
你问及的这对驭马,老人家,来自斯拉凯,
新近来到,勇敢的狄俄墨得斯杀了它们的主人,
连同躺在他身边的十二名伙伴,全都是英豪。
我们还把一个侦探干掉,第十三个死者,
在海船附近,此人受赫克托耳和其他高傲的
特洛伊人派遣,潜入军营,刺探情报。"

言罢,他把坚蹄的骏马赶过沟壕,
放声欢笑,其他阿开亚人跟随同行,兴致很高。
他们来到狄俄墨得斯坚固的营棚,
用切割齐整的缰绳,在食槽边把驭马
拴牢,狄俄墨得斯的驭马已站在那里,
蹄腿迅捷,咀嚼着可口的麦肴。
在船尾的边旁,奥德修斯放下夺自多隆的
带血的战礼,准备献给雅典娜的祭犒。
然后,他们蹚进海水,洗去胫边、
脖圈和大腿上浸渍的汗膏;

① 比较第七卷第280行。有趣的是,奈斯托耳似乎忘了他们此行的目的,而奥德修斯等也没有汇报他们是否探得需要的情报——事实上,有关特洛伊人在天亮后的行动,他们几乎一无所知。

当海浪冲卷，刷去皮肤上积淌的汗水，
一阵凉爽的感觉滋润着他们的心窝。
他们随之跨入光滑的澡盆，净洗舒服[1]，
浴毕，倒出橄榄油，全身擦抹后[2]
坐下就餐，从盈满的兑缸里
舀出蜜甜的浆酒，对雅典娜奠浇。

① 第576行同《奥德赛》第四卷第48行和第十七卷第87行。
② 第577行同《奥德赛》第六卷第96行。

第十一卷

其时，黎明[1] 起身离床，从高贵的提索诺斯
身边洒出晨光，给众神，也给凡胎。
宙斯命嘱可怕的女神争斗，手握战争兆示[2]，
急速前往阿开亚人迅捷的海船。
她站临奥德修斯乌黑、宽大、深旷的船边，
停驻在船队中间，以便让呼声向两翼传开，
既可及达忒拉蒙之子埃阿斯的军营，亦可
传至阿基琉斯的棚地——他俩坚信自己的刚勇，
坚信手臂的豪力，把船队停驻两端。
女神站定船上，发出一声尖厉、可怕的
嘶喊，在所有阿开亚人的心里催发巨大的
力量，激起拼搏和持续作战的刚健。
其时，对于他们，比之驾坐深旷的海船回家，
返回亲爱的故乡，战斗要来得更加诱人香甜[3]。

阿特柔斯之子大声叫喊，命令阿开亚人
穿戴武装，自己亦动起手来，将锃亮的铜甲披挂。
首先，他裹住小腿，戴上精美的胫甲，

① 换言之，黎明女神及其丈夫提索诺斯(参见专名索引)居住在东方，伴随太阳的冉升“起床”。

② “兆示”为何物不明。或许只是一种诗化的象征表述，不注重表明其究为有形与否。

③ 第12—14行同第二卷第452—454行。

焊着银质的搭扣，在脚踝处箍扎，
然后掩起胸背，系上他的胸甲，
基努拉斯的赠物，作为表示客谊的馈赏：
当时，一则轰动的消息传到塞浦路斯岛上，
阿开亚人即将驾船，对特洛伊人征伐，
他以这件胸甲馈赠，欣悦王者的心房。
胸甲上满缀箍带，十条深蓝色的珐琅，
十二条黄金，二十条白锡[①]，及至
咽喉以下，有珐琅勾出的青蛇[②] 贴爬，
每边三条，像长虹[③] 一样，克罗诺斯之子[④]
把它们划上云朵，作为对凡人的示象。
他挎起铜剑，甩上肩膀，柄上缀着
金钉，闪闪发光，剑鞘取料白银，
由一条镏金的背带连上。接着，
他拿起一面掩罩全身的盾牌，精工铸打，
浑沉、辉煌，盾面上圈绕十个铜环，
嵌夹二十个圆形锡块，白光闪亮，
中间颜色深蓝，是一片凸起的珐琅，
像个拱冠，突显戈耳工的脸谱，狰狞，
闪射出凶残的眼光，与惊惧和溃乱临傍。

---

① 纯锡，被当作一种稀有和贵重的金属，在此像黄金一样象征财富和豪贵。锡也被用于冶铸阿基琉斯的甲械（参见第十八卷第474、564、574和612行）。“二十”和“十二”均为诗人喜用的数字。

② 可能在此象征阿伽门农的权威，此外自然亦具装饰的功用。人们会望蛇却步（参见第三卷第33—35行里的明喻）。

③ 作为神送的兆示。另参考第二卷第324行、第十五卷第379行和《奥德赛》第三卷第173行。

④ 即宙斯。

盾牌的背带镏镀白银，缠绕着一条
黑蓝色的盘蛇，长着三个脑袋，
由一根脖子挑着，东张西望。
他戴上盔盖，顶着两支硬角，四根脊条，
嵌着马鬃的饰演，示威冠顶，令人生畏地摇晃。
然后，他抓起两支粗长的枪矛，挑着锋快的
铜尖，铜辉远射蓝天，闪出寒光。
赫拉和雅典娜滚动响雷[①]，见此景状，
嘉赏来自金宝之地慕凯奈的君王。

其时，头领们命嘱各自的驭手
勒马，停驻沟沿，排成整齐的队列，
自己则下车徒步，全副武装，迅速
拥向沟旁，经久不息的吼声在晨空里回荡。
他们排开战斗队列，远超驭手，向壕沟进发，
后者驾着马车，随后近离跟上。克罗诺斯之子
驱下邪恶的骚乱，在兵群中滥觞，从高处
降下融合血珠的细雨[②]，落自天上，决心
要把众多强壮的头颅甩入哀地斯的宫房。

在壕沟的另一边，平原的高处，特洛伊人
拱围着高大的赫克托耳、壮实的普鲁达马斯、
埃内阿斯——当地的特洛伊人敬他，像敬神一样——

① 投掷炸雷通常是宙斯的特权，但其他神明似乎亦可司雷。同样，雅典娜可穿着宙斯的套衫并操用他的埃吉斯。

② 在第十六卷里，宙斯亦泼降血雨，但那一次是为了悲悼爱子萨耳裴冬的死亡（见该卷第459—461行）。

以及安忒诺耳的三个儿子,波鲁波斯、卓越的阿格诺耳
和年轻的阿卡马斯,出落得像似神祇一般。
挺举边圈溜圆的战盾,赫克托耳临战前排。
犹如一颗不祥的星宿[①],在夜空的云朵里露出头脸,
明光闪烁,复又隐入云层的幽暗;
就像这样,赫克托耳时而活跃在队伍的前列,
时而又敦促后面的兵勇向前,铜盔铜甲,
灼灼生光,像带埃吉斯的父亲宙斯甩出的闪电。

军勇们,像两队割手在地里开镰,
相对而行,收获大麦或是小麦,在一位
富人的农田,手脚麻利,割断一把把茎秆[②];
就像这样,特洛伊人和阿开亚人逼近扑击,
双方你杀我砍,谁也不想后退,不愿毁败,
头颅顶贴相对,凶狂得犹如灰狼一般,
使乐闻哀号悲叹的争斗眼见欣欢,
长生者中唯有她参与此番争战,
其他神灵均不在场[③],而是安闲地
坐在远方的家居,在奥林波斯起伏的岭峦,
每位神明都有一座瑰美的宫殿。眼下,
他们都在抱怨乌云之主,克罗诺斯的儿男,
怪他不该决意把光荣赐给特洛伊军汉。

① 指天狼星。oulios,“不祥的”,亦可作“凶残的”“凶逆的”“有害的”解(比较第二十二卷第30行)。有关星的明喻另见第五卷第5—8行、第十九卷第382行和第二十二卷第26—31行等处。

② 荷马(或他的前辈诗人们)熟悉农人开镰收割的情景,另见第十八卷第550—556行。

③ 受宙斯严令的约束(参考第八卷第7—17和397—406行)。

然而,父亲并不在意众神的抱怨,离开
他们,独自稳坐,陶醉于他的荣烈,
俯视着特洛伊人的城邑和阿开亚人的海船,
遥望闪闪的铜光,人杀人和人被人杀的场面。

伴随清晨的中移和渐增的神圣日光,
双方的投械频频中的,打得尸滚人翻。
然而,及至樵夫备好食餐[①],在林木繁茂的
谷地山间——他已砍倒一棵棵大树,
感觉手臂酥软,心中已生厌倦,
渴望用香甜的食物满足自己的心念;
就在其时,达奈人振奋斗志,打散了敌方的军阵,
在队列里互相呼喊。阿伽门农率先
冲击,杀了比厄诺耳本人,兵士的牧者,
接着撂倒俄伊琉斯,鞭赶战车的勇士,他的伙伴,
当他从马后跳下,面向对手攻战,
凶莽扑来,阿伽门农挺举锋快的铜枪,
捅开他的脸面,青铜的盔缘挡不住矛尖,
透穿坚硬的边层和颊骨,捣出颅内的
脑浆喷溅。就这样,民众的王者阿伽门农
杀了怒气冲冲的俄伊琉斯,让他们在原地躺翻,
袒露鲜亮的胸脯,他已剥去二者的衣衫。
接着,他又扑向伊索斯和安提福斯,杀剥了
普里阿摩斯的两个儿男,一个私生,另一个婚出,
二人同乘一辆战车,由私生的伊索斯执缰,
光荣的安提福斯站随他的身边。阿基琉斯曾活捉

① 樵夫从清晨开始干活,此时大约在半晌午或稍迟一些。

牧放羊群的他们,在此之前,用坚韧的柳枝捆绑,
在伊达的山面,以后收取赎礼,放人生还。
这一次,阿特柔斯之子,统治辽阔疆域的阿伽门农
击倒伊索斯,投枪扎进胸脯,奶头的上面,
剑劈安提福斯,砍在耳朵上,把他撂下车来。
他急不可待,剥取了两套绚丽的铠甲,
他所熟悉的精品,以前见过他俩,在迅捷的船边,
捷足的阿基琉斯曾把他们从伊达掳回带还。
像一头狮子[1],逮住奔鹿弱小的幼仔,
咬动尖牙利齿,把它们的皮肉撕开,
当它捣进窝巢,挖出鲜嫩的心尖,
尽管母鹿就在近旁,但却无能为力,
救援不得,已被吓得浑身剧烈颤颠,
迅速跑动,蹿行在树丛林间,急出
一身热汗,逃避猛兽的扑击,它的强健;
就像这样,特洛伊人谁也无法替他俩挡开
毁败,惧怕阿开亚人的进攻,吓得惶惶逃难。

接着,他逮获了裴桑德罗斯和犟勇的希波洛科斯,
聪明的安提马科斯的儿男,受益最多,别人不可
比攀,接受亚历克山德罗斯的黄金,闪光的礼件,
故而反对把阿耳戈斯的海伦向金发的墨奈劳斯交还。
强有力的阿伽门农擒住他的两个儿郎,
在同一辆车里,全都试图驾控奔跑的快马,

① 在第二十卷里,诗人把阿基琉斯比作狮子,"猛冲上前"(第 164 行)。阿伽门农也一样,他奋勇杀敌,"狮子一样"(本卷第 129 行;另见第 239 行)。参考第十六卷第 752 行注等处。

只因闪亮的缰绳脱手，一对驭马乱跑恐慌；
阿特柔斯之子冲上前来，狮子一样。
两人祈求饶命，恳求在战车之上：
“活捉我们，阿特柔斯之子，收取足份的赎偿，
安提马科斯富有，财宝堆积在他的居家，
有青铜、黄金和艰工冶铸的灰铁，
家父会用难以计数的赎礼欢悦你的心房，
假如听说我俩活着，在阿开亚人的船旁。”

就这样，他俩对着王者说讲，话语柔和，
哭得悲伤，但听到的却是一番无情的回答：
“倘若你俩真是聪明的安提马科斯的儿郎，
那家伙曾在特洛伊人的集会中主张就地
杀除墨奈劳斯——作为使者，他和神样的奥德修斯
曾前往谈商[①] ——不让他回到阿开亚人身旁。
现在，你们将付出死的代价，为乃父的恶狂！”

言罢，他把裴桑德罗斯从车里扔到地上，
一枪捅进他的胸膛，后者仰面，对着泥土碰撞。
希波洛科斯跃向一旁，被他杀倒在地上，
挥剑截断双臂，砍下他的脑袋，
像一根旋转的木头，倒在战场。
他丢下死者，奔向乱军最密的地方，
其他胫甲坚固的阿开亚人跟随左右：
步战者杀死被逼逃亡的步战者，
车手杀死车手，驭马刨起泥尘，在他们

① 参阅第三卷第 205—224 行。

身下滚翻,在平原上纷起,蹄声隆隆作响。
他们用青铜劈砍,而强有力的阿伽门农
总在冲锋击杀,催励阿耳吉维兵壮。
像一团凶莽的烈火[①],闯入林带的密匝,
席卷的风势将它引向各方,强劲的
火势焚烧灌木,把它们连根拔光;
就像这样,面对阿特柔斯之子阿伽门农的冲杀,
逃跑中,特洛伊人的脑袋一个接一个掉下,一群群
颈脖粗壮的驭马拖着空车,颠簸在战场的车道上,
思盼高傲的驭者,而他们却已躺倒在地,
成为兀鹫,而不是他们的妻子喜爱的对象。

　但是,宙斯已把赫克托耳拉出投械和泥尘,
拉出人死人亡的地方,避离血泊和喧杂,
而阿特柔斯之子则步步进逼,催督达奈人凶狠冲杀。
特洛伊人全线崩溃,逃过老伊洛斯,
达耳达诺斯之子的坟茔,撤兵平原中部和无花果树
一带,夺路城防;阿特柔斯之子啸喊,到处
追杀,克敌制胜的双手涂满飞溅的浊血泥浆。
然而,当特洛伊人退至斯凯亚门和橡树一带,
他们收住脚步,等待落后的伙伴。
其时,平原中部仍有大队逃兵,宛如牛群,
被一头兽狮惊散,在昏黑的夜晚,搅乱整个
群队,但突至的死亡降临在一头牛身之上。
猛兽先用利齿咬住喉管,将其截断,
然后大口吞咽血液,生食牛肚里的内脏,

① 比较赫克托耳的狂烈——像狂飙(第 297—298 行),似风暴(第 305—307 行)。

就像这样,阿特柔斯之子,强有力的阿伽门农紧追不放,
杀死逃在最后的敌人,把他们赶得不堪惊惶。
许多人从车上滚翻,有的仰面,有的头脸朝下,
承受阿特柔斯之子出手击打,挺着枪矛在前面凶杀。
但是,当他打算冲向城邑,杀向
陡峭的围墙,神和人的父亲从天上
下来,身临泉流众多的伊达,端坐
山峦脊梁,手里紧握他的雷响。
他命催金翅膀的伊里斯带着口信,动身前往:
"去吧,迅捷的伊里斯,替我对赫克托耳传话:
只要眼见阿伽门农,兵士的牧者,
和前排的首领们一起凶杀,放倒成队的兵壮,
他就应回避不前,但要催督部属
对战敌人,展开艰烈的搏杀。
但是,一旦此人挂彩,被投枪或射箭击伤,
从马后跳上车辆,我就会赐力赫克托耳,
让他杀人,一直杀到凳板坚固的海船,
直到太阳落沉,神圣的夜晚临降。"

　他言罢,腿脚迅捷追风的伊里斯不予违抗,
冲下伊达的山脊,直奔神圣的伊利昂,
找到卓越的赫克托耳,聪颖的普里阿摩斯的儿郎,
其时站临他制合坚固的战车和驭马。
捷足的伊里斯临近他的身旁,开口说话:
"普里阿摩斯之子赫克托耳,像宙斯一样多谋善断,
家父宙斯差我,要我给你传话。
只要你眼见阿伽门农,兵士的牧者,
和前排的首领们一起凶杀,放倒成队的兵壮,

你就应回避击打，但要催督部属
对战敌人，展开艰烈的搏杀。
但是，一旦此人挂彩，被投枪或射箭击伤，
从马后跳上车辆，他就会赐力于你，
让你杀人，一直杀到凳板坚固的海船，
直到太阳落沉，神圣的夜晚临降。”

言罢，捷足的伊里斯离他而去。
赫克托耳跳下马车，双脚着地，全副武装，
穿巡全军每一支队伍，挥舞一对锋快的投枪，
鼓励将士们拼杀，催激起酷战的喧响。
兵勇们聚集起来，站稳脚跟，面对阿开亚兵壮，
而阿耳吉维人则针锋相对，聚拢队伍接战。
两军摆开，面对面地站罢，阿伽门农
率先进逼，试图远远地冲在别人前头，开打。

告诉我，缪斯，你们居家奥林波斯山峰，
特洛伊人，或他们著名的盟友中，
谁个最先站出，迎战阿伽门农①。

伊菲达马斯，安忒诺耳之子，壮实魁梧，
生长在土地肥沃的斯拉凯，羊群的亲母；
基修斯把他养大，在自己家里，当他年幼，

① 诗人显然想要让听众知道，他的叙述得知于缪斯的点拨。这么做既体现了行业的规范（参考赫西俄德《神谱》第114—116和965—968行），也为叙述的权威性做了必要的“注释”。另参考第十四卷第508—510行等处。

他母亲的父亲,生女美颊的塞阿诺[①]。
不过,当他成年,长得风华正茂,
基修斯有心留他,嫁出女儿,招为婿翁。
婚后,他离开新房,受传闻激诱,说是阿开亚人
起兵征战,于是统兵前来,率领十二条弯翘的船舟。
他把匀称的海船驻留裴耳科忒,
赴战伊利昂,徒步行走;眼下,
他在此迎战阿特柔斯的儿子阿伽门农。
他俩相对而行,咄咄逼近,
阿特柔斯之子出手未中,投枪擦过他的躯身,
但伊菲达马斯枪挑他胸甲下的腰带,
坚信粗壮的大手,压上全身的刚勇,
然而却不能捅穿闪亮的腰带,因为
枪尖弯曲,一经扎抵白银,像松软的铅头。
他抓住枪矛,统治辽阔地域的阿伽门农,
用力拖攥,狂烈得像一头狮兽,把枪杆拽出
对手的手心,然后剑劈脖项,酥软了他的肢肘。
就这样,伊菲达马斯倒地,睡得像青铜一样长久,
可怜的人,前来助战同胞,撇下妻房,
新成鸾俦,还不曾体验温馨,却已付出财礼丰厚[②]。
他先给了一百头牛,又答应下一千只
山羊或绵羊——他的羊群多得难以计筹。

① 塞阿诺是安忒诺耳的妻子,特洛伊雅典娜的女祭司(参见第六卷第 298—300 行)。

② 新郎伊菲达马斯战死疆场;像西摩埃西俄斯一样,此君无疑也“死得太早”(或曰“此一生短暂”,参看第四卷第 477—478 行)。战场是年轻人争得荣誉的地方,也是吞噬他们生命的去处。诗人没做过多的铺张,用近似就事论事的口吻压抑着情感的奔发,平静地讲述了战争带来的凄苦。

现在,阿特柔斯之子阿伽门农抢剥了他的所有,
提溜璀璨的铠甲,穿行阿开亚人的群伍。

　科昂,在战勇中出众,安忒诺耳的
长子,目睹此景,望着倒下的
弟兄,强烈的悲痛模糊了他的眼神。
他从侧面出击,卓越的阿伽门农没有见人,
一枪扎中他的前臂,手肘的下面,
闪亮的枪尖深扎进去,透穿肉层。
全军的统帅阿伽门农吓得发抖,
但尽管如此,他也没有停止进攻,
而是扑向科昂,手握枪矛,取料疾风吹打的树身。
其时,科昂拖起父亲的儿子伊菲达马斯,他的弟兄,
抓住双脚,对着所有最勇敢的人呼吼。
然而,当他拖着尸体穿走人群,阿伽门农出枪刺捅,
藏身突鼓的盾牌后面,滑亮的铜尖酥软了他的肢肘,
于是迈步上前,就着伊菲达马斯的躯体,割下他的人头。
战地上,在王者阿特柔斯之子手下,安忒诺耳的
两个儿子实践了命运的安排,坠入死神的房宫。

　但是,阿伽门农仍然穿巡在其他战勇的队伍,
继续奋战,用铜枪、劈剑和大块的石头,
只要热血仍在不停地冒涌,从枪矛扎出的伤口。
然而,当血流止住,创口已经干涸,
剧烈的疼痛开始弱减阿特柔斯之子的英武。
像强烈的阵痛袭扰临产的孕妇,
掌管生产的精灵带来难忍的苦楚,
那是赫拉的女儿们,主导生育的痛苦;

就像这样，剧烈的疼痛弱减阿特柔斯之子的英武。
他跳上战车，招呼驾车的驭手，
把他送回深旷的海船，强忍心里的剧痛[①]。
他用尖亮的声音对达奈人叫喊，提高嗓门：
"朋友们，阿耳吉维人的首领和统治者们[②]，
你们必须继续保卫我们破浪远洋的船舟，
顶住嚣响的酷斗；精擅谋略的宙斯已不让我
击打特洛伊人，打到日光消隐的时候！"

他言罢，驭手鞭赶长鬃飘洒的骏马，
朝着深旷的船艘，驭马心甘情愿，撒腿奔走，
白沫溅满胸脯，肚下纷飞的泥尘滚滚，
它们拉着负伤的王者，撤离战斗。

眼见阿伽门农撤出，赫克托耳对着
特洛伊人和鲁基亚人大叫，放开嗓门：
"特洛伊人，鲁基亚人，近战杀敌的达耳达尼亚兵勇！
要做男子汉，念想你们狂蛮的力量，亲爱的朋友们！
他们中最好的战勇已经离去，宙斯，克罗诺斯
之子已答应给我巨大的光荣！驾驭坚蹄的骏马，
直扑强健的达奈人，获取胜利，争得光荣！"

他的话使大家鼓起勇气，增添了力量。
犹如一位猎人，驱赶犬牙闪亮的群狗，
扑向一头野兽，一头狮子，或是野猪，

① 比较第 399—400 行。
② 第 275—276 行同第 585—586 行。

普里阿摩斯之子赫克托耳激战阿开亚兵众，
催赶心胸豪壮的特洛伊人，像杀人的战神，
自己则雄心勃勃，迈步在前排之中，
投入拼搏，宛如一场突起的疾雨暴风，
从高处扑袭，在紫蓝色的洋面掀起浪波翻腾。

谁个最先死在普里阿摩斯之子赫克托耳手里，
既然宙斯赐他荣誉，谁个最后惨遭杀击[①]？
阿赛俄斯最先，接着是奥托努斯、俄丕忒斯、
克鲁提俄斯之子多洛普斯、俄菲尔提俄斯、阿格劳斯、
埃苏姆诺斯，俄洛斯和作战犟勇的希波努斯一起。
此君杀了他们，达奈人的首领，随后扑向
人马麇集之地，像西风卷起飞旋的
狂飙，碎荡南风吹来白亮的云翳，
掀起汹涌的波浪，借助强劲的风力，
高耸的涛峰扑下，撞泼飞溅的水滴[②]；
就像这样，赫克托耳砍落成片人头，纷纷落地。
其时，不可挽回的事情将要做下，败毁将临，
奔跑中的阿开亚人会跌跌撞撞地跑回船里，
若非奥德修斯一声喊叫，对狄俄墨得斯，图丢斯的男丁：
“发生了什么事情，图丢斯之子，使我们忘却战斗的
勇气？过来吧，朋友，和我站在一起，须知这是
我们的耻辱，倘若海船被头盔铿亮的赫克托耳夺去！”

① 诗人显然在使用程式创作（参见第五卷第703—704行和第十六卷第692—693行）。

② 风的声势大如雷鸣，气吞山河（比较第二卷第144—148和394—397行），比作单个的勇士可以（如在此处），喻指众人的呼吼和千军万马的冲锋厮杀，似乎更妙。

其时，强健的狄俄墨得斯对他答话，说接：
“放心吧，我会和你站在一起，承受这些，但恐怕
用处不大，因为汇集云层的宙斯已决意
让特洛伊人，而非我们，获取胜利。”

言罢，他撂倒苏姆勃莱俄斯，举手出枪，
把他从车里打到地下，扎在左胸上；奥德修斯
杀了王者的助手，神一样的莫利昂。
二位撇下他们，死者已无力再战，
接着扑入人群，屠宰一场，像两头野猪，
心胸豪莽，扑向追赶他们的狗群开打；
就像这样，他们转身杀戮特洛伊人，使遑跑中的
阿开亚人喜得喘息机会，迫于卓越的赫克托耳的追杀。

接着，他们得手战车一辆，连同该地最好的英壮，
两位，裴耳科忒的墨罗普斯的儿男，此人谙晓
卜术，他者不可比攀，曾劝阻儿子，
不要蹈赴人死人亡的阵战，无奈后者
不听，任随幽黑的死亡和命运驱赶[①]。
图丢斯之子，著名的枪手狄俄墨得斯夺走
他们的灵魂和生命，剥夺了绚丽的铠甲；
奥德修斯将呼培罗科斯和希波达摩斯击杀。

其时，克罗诺斯之子从伊达山上俯察，
均匀地收紧战绳，使双方互相残杀。
图丢斯之子出枪捅翻勇士阿伽斯特罗福斯，

---

① 诗人已对此事做过介绍（参见第二卷第 831—834 行）。参考本卷第 243 行注。

派昂的儿男，打在髋骨上，其时不能撤离，
因为驭马不在近旁——着实糊涂到家。
他让副手带开驭马，自己则下车步战，
直到断送宝贵的性命，在前排将领中冲杀。
赫克托耳眼快，隔着队列看见他俩，挺身进逼，
高声吼响，一队队特洛伊士兵跟随在后面攻打。
啸吼战场的狄俄墨得斯吓得浑身发抖，双眼见他，
赶紧对奥德修斯发话，其时已在近旁：
“赫克托耳正碾滚我们，这个祸害，长得强壮。
打吧，站稳脚跟，把他打离我们，坚守不让！”

言罢，他平持落影森长的枪矛，奋臂投掷，
瞄准头颅，击中目标，没有误失方向，
精中盔盖的顶端，铜尖被铜盔抵回，
不曾擦着皮肤的鲜亮；头盔顶住了矛枪，
里外三层，带着孔眼，福伊波斯·阿波罗的馈赏①。
赫克托耳惊跳，跑出老远，隐入队阵，退回己方，
屈膝跪倒，坚忍，凭靠粗壮的大手着地
支撑，乌黑的夜雾把他的双眼蒙上。
然而，当图丢斯之子远循投枪的轨迹，
穿走前排的壮勇，前往枪尖入泥的地方，
赫克托耳苏缓过来，跳上他的战车，
赶回大军麇集之地，躲过了乌黑的死亡。
强健的狄俄墨得斯对他嚷道，挥舞投枪：
“这回，你这条犬狗，又让你逃离死亡，尽管

① 阿波罗乃特洛伊人的助神，自然对赫克托耳宠爱有加。有关神对勇士的馈赠，另见第七卷第 146 行注。

灾难几乎贴上——福伊波斯·阿波罗再次救你，
这位神仙，你在投身枪矛的撞击前必定对之祈讲！
但是，我会胜你，倘若今后还会相遇再战，
要是我的身边也有一位神明帮忙。
眼下，我要去追杀别人，只要能够赶上①。”

言罢，他动手解剥派昂以投枪闻名的儿男。
其时，亚历克山德罗斯，美发海伦的夫婿，
对着图丢斯之子，兵士的牧者，拉开弓杆，
靠着石柱，人工筑建，耸立在伊洛斯的坟岗，
伊洛斯，古时统领民众的长者，达耳达诺斯的儿郎。
狄俄墨得斯正抢剥粗壮的阿伽斯特罗福斯的
铠甲，从他的肩头卸下铿亮的盾牌，
摘取沉重的头盔——其时，帕里斯紧推弓背的夹口
射发，出手的箭支没有空飞白跑，
击中右足的脚面，深扎进去，透过脚背，
啃咬地表。亚历克山德罗斯放声大笑，
从藏身之地跳出，带着胜利的喜悦喊道：
“你已被击中，我的箭支没有空飞白跑！
我愿它扎进你的肚腹，抢夺性命，那才叫好！
如此，特洛伊人，他们在你面前发抖，像山羊面对狮子
一般唤叫，便可稍事喘息，在受到重创之后息消。”

其时，强健的狄俄墨得斯毫不畏惧，对他答道：

① 第362—367行同第二十卷第449—454行。第366行中的“神明”指雅典娜。

"你这个弓手[1],胡乱辱骂,发绺秀美,只把女人盯牢!
倘若你敢拿起武器,与我在激战中过招,
你的射弓就不能帮忙,连同你的箭雨飞飘。
眼下,你只是擦破我的脚面,却敢如此炫耀。
我不介意你的击打,如同被一个妇人或儿童,缺少心窍;
懦弱者的箭头钝拙,只因他窝囊胆小。但是,
倘若有人被我击中,哪怕只是擦着,情况可就不妙,
枪尖锋快,会即刻把他放倒。
他的妻子会在悲哭中抓破脸面,
他的孩子将变成无父的孤儿,而他自己只能血染
大地,腐蚀霉烂,围聚的妇女将少于鹫鸟!"

他言罢,著名的枪手奥德修斯赶至近旁,
在面前站好;他在奥德修斯身后坐下,从脚上
拔出锋快的箭镞,剧烈的疼痛将皮肉撕咬。
狄俄墨得斯跳上战车,招呼驾车的驭手
把他送往深旷的海船,强忍心里的痛绞。

这样,那里只剩著名的枪手奥德修斯一人,
身边无有阿耳吉维将士,恐惧已将所有的他们掌导。
焦窘中,他对自己豪莽的心魂说道:
"哦,好苦!我将面临何样境况?那将是一场
恶难,倘若惧怕敌群,撒腿回跑;但若只身被抓,
后果将会更糟;克罗诺斯之子已驱使达奈人奔逃。

① 勇士间互相对骂是史诗中常见的情景。弓手避离面对面的硬战,从远处用"暗器"伤人,似乎少一点英雄气概,所以受壮士们嗤之以鼻当是情理之中的事情(另参考第四卷第242行注)。

然而，为何与我争辩，我的心魂？
不战而退是懦夫的行径，我知道。
谁要想在战斗中成为杰佼，就必须站稳脚跟，
勇敢顽强，无论是击打别人，或被别人击倒。”

　正当他权衡斟酌，在他的心里魂魄，
特洛伊人武装的编队已在逼拢，
把他团团围住——围出自己的凄楚，
像一群猎狗和精力充沛的年轻人围剿一头野猪，
猛扑上去，而后者则冲出茂密的灌木，
磨快雪白的尖牙利齿，在弯翘的颚骨，
当着狗和猎人从两面冲杀，獠牙的响声咔咔
碾磨——然而尽管野猪凶狠，他们决不退出①。
就像这样，特洛伊人围逼宙斯钟爱的奥德修斯，
对他猛扑。他首先击倒高贵的代俄丕忒斯，
锋快的枪矛扎在肩膀上，落自高处。
接着，他杀了索昂和英诺摩斯，
然后又杀了开耳西达马斯，正从车上跳落，
枪尖捣在肚脐上，从鼓起的盾牌下
穿入，被击者随之倒地，手抓泥土。
奥德修斯丢下死者，枪捅希帕索斯之子
卡罗普斯，富豪索科斯的弟兄。索科斯
快步跑来，神一样的凡人，前来守护兄弟，
行至奥德修斯近旁站定，对他讲诉：
“备受赞扬的奥德修斯，喜诈、贪战不知满足，

---

①　在诗人心目中，野猪是防守反击和后发制人的高手(另见第 324—325 行)，常能先守后攻，以少胜多。另参考第十七卷第 726 行注。

今天，你要么杀了希帕索斯的两个儿子，两个
像我们这样的人，剥走铠甲，炫耀吹鼓，
要么倒死在我的枪下，把你的性命送出！”

言罢，他出枪刺中奥德修斯边圈溜圆的盾牌，
沉重的枪尖深扎进去，穿透闪光的盾面，
长驱直入，把精工制作的胸甲挑开，
剖下肋骨边的整片皮肉，但帕拉斯·
雅典娜不让枪尖触及腹脏伤害。
奥德修斯知晓此伤不会致命，
退后几步，对着索科斯说开：
“呵，可怜虫，突至的毁灭确在向你逼来。
不错，你阻止了我对特洛伊人的攻战，
但是，告诉你，你的死亡将至，就在今天，
连同乌黑的毁败。你将瘫死在我的枪下，给我
致送光荣，把灵魂交付驾驭名驹的哀地斯神仙！”

他言罢，索科斯转过身子，撒腿跑开。
然而，就在转身之际，枪矛击中脊背，
双胛之间，长驱直入，把胸脯透穿；受者
随即倒地，一声轰然。卓越的奥德修斯傲临擂喊：
“索科斯，聪明的驯马手希帕索斯的儿男，
死亡赶上并放倒了你，你躲不过它的追赶！
可怜的人，你的父亲和尊贵的母亲
将不能为死去的你合眼，利爪的兀鸟
会扒开你的皮肉，强劲的翅膀拍击你的尸边。
假如我死了，卓越的阿开亚人会礼待掩埋。”

言罢，他从身上拔出聪颖的索科斯
沉甸甸的枪杆，拔出中心突鼓的盾牌，
枪尖离身，鲜血涌注，使他感觉心寒。
然而，心胸豪壮的特洛伊人，眼见奥德修斯
出血，在激战中大声呼喊，全都向他扑来；
后者稍事退却，开始呼唤他的伙伴。
他连叫三次，声音大到头脑可以承受的极限，
嗜战的墨奈劳斯三次听见他的叫喊，
当即对埃阿斯说道，此人近在身边：
“忒拉蒙之子，宙斯的后裔，兵士的牧者埃阿斯，
我的耳边震响着心志坚忍的奥德修斯的呼喊，
他好像已陷入重围，孤身无援，特洛伊人
正对他强攻，那里有一场激战。
所以，让我们穿过人群，最好能对他帮援。
我担心他孤身一人，会被特洛伊人击伤，
虽然他很勇敢；对达奈兵众，这将是莫大的损害。”

言罢，他领头先行，另 位跟着，神一样的凡胎。
他们找见奥德修斯，受宙斯钟爱，特洛伊人
围挤他的身边，如同一群黄褐色的豺狗，在山上
围杀一头带角的受伤公鹿，已被猎人的
射箭离弦击中，生逃出来，撒蹄
疾跑，其时伤口涌冒热血，膝腿尚且灵便。
但是，当飞快的箭矢最终把它击败，
贪婪的豺狗立即将它撕碎，在山里，
幽隐的林间。然而，当某位神灵导来一头
凶猛的狮子，豺狗便吓得遑遑跑开，让兽狮食餐。
就像这样，勇莽的特洛伊人围住聪颖、心智

机巧的奥德修斯，蜂拥而上，但英雄
挥舞枪矛，挡开末日，打开无情的死难。
其时，埃阿斯举步逼近，荷着墙面似的盾牌，
站临他的身边，特洛伊人害怕，四散逃开。
嗜战的墨奈劳斯抓住奥德修斯的手，领着他
冲出人群，而他的驭手则把轮车赶至跟前。

随后，埃阿斯扑向特洛伊人，击倒多鲁克洛斯，
普里阿摩斯的私生子，接着又击杀潘多科斯、
鲁桑德罗斯、普拉索斯和普拉耳忒斯。
像一条泛滥的大河，盛满洪水如注，
从山上泻入平野，推涌宙斯倾泼的雨珠，
冲走众多枯干的橡树和成片的松林，
直到激流奔腾入海，卷着大堆浮物[①]；
就像这样，闪光的埃阿斯激荡平原，尽情追逐，
杀死活人，把马诛屠。赫克托耳不知这边的
战况，因他在战场左侧杀搏，在
斯卡曼德罗斯的岸处，人头成片落地，
别地不能比过，无休止的喧嚣腾起，
将高大的奈斯托耳和嗜战的伊多墨纽斯裹住。
赫克托耳正和这些人打斗，创下恶果，
以他的枪矛和御车之术，败毁年轻人的军伍。
尽管如此，卓越的阿开亚人不予后退让出，
若非亚历克山德罗斯，美发海伦的夫婿，

① 河水浩浩荡荡，飞泻沟底，像战士拼搏、呼啸，隆隆的巨响传到远处山坡上牧人的耳际（详见第四卷第 452—455 行；另比较第十六卷第 389—392 行和第十七卷第 263—265 行）。

击伤兵士的牧者，阻止马卡昂的勇武，
射发携带三枚倒钩的箭矢，击中右边的肩部。
怒气冲冲的阿开亚人其时为他揪心，
担心随着战局的逆转，敌人会把他抓俘。
对卓越的奈斯托耳，伊多墨纽斯随即喊呼：
“奈斯托耳，奈琉斯之子，阿开亚人巨大的光荣，
登上马车，赶快行动，让马卡昂在你身边
上车，驾驭你坚蹄的骏马回返船舟，全速。
一位医者抵得上一队士兵，他能
敷设愈治伤痛的药剂，挖出箭镞。”

他言罢，格瑞尼亚的车战者奈斯托耳不予违抗，
立即登上战车，而马卡昂，无瑕的医者
阿斯克勒丕俄斯[①] 的儿郎，登车他的身旁。
他举鞭抽击，驭马撒腿跑去，心甘情愿，
朝着深旷的海船，它们心驰神往的地方。

其时，开勃里俄奈斯眼见特洛伊人溃败，
站在轮车里，赫克托耳的身边，对他说喊：
“赫克托耳，你我拼战达奈人，置身这场
悲苦搏战的边沿，别地的特洛伊人
已被打乱，人马拥挤，乱作一团。
忒拉蒙之子追杀他们，我已看准，认出他来：
瞧他肩头那面硕大的盾牌。所以，让我们
驾着马车赶去，跻身战斗最烈的地点，
驭手和步兵正在那儿互掷恶恨，

① 据传为阿波罗的儿子，大医士。

互相拼击，你杀我砍，不停地嘶喊。”

言罢，他催赶长鬃飘洒的驭马向前，
举起脆响的皮鞭，马儿受到挞击，迅速启动
飞快的战车，奔驰在特洛伊人和阿开亚人
之间，踏过死人和盾牌，车下的轮轴[①]
沾满喷洒的血点，围绕车身的条杆亦然，
带着驭马的蹄腿和飞旋的轮缘
溅起的迹斑。赫克托耳急于捣入人群，
冲垮他们，打乱他们，给达奈人
致送七零八落的灾难，使枪矛只有刹那
闲息的时间，用铜枪、劈剑和大块的石头
击杀，穿巡在其他战勇的队伍里面，
但却避开忒拉蒙之子埃阿斯，不予接战[②]。

其时，坐镇高处的父亲宙斯使埃阿斯慌乱。
他木然站立，将七层牛皮的战盾甩至后背，
开始回退，目光扫视人群，有如野兽一般，
转过身子，一步一步地往后少许挪还。
像一头毛色黄褐的狮子，被狗和
村夫从拦着牛群的庄院赶开，
不让撕食畜牛的肥膘守卫，
整夜以待，饿狮贪恋美食，逼近

① 第534—537行大致等同第二十卷第499—502行。

② 亚里士多德和普鲁塔克在第542行后提及过另一行可能系由后人增补的诗句：“要是迎战一位更莽的斗士，宙斯会对他怒怨。”（参见亚里士多德《修辞学》第二卷9.1387a 35）

前来，但却一无所获，不得如愿——粗壮的
大手甩出枪矛，成堆连片，另有
腾腾燃烧的火把，吓得它，尽管凶狂，退缩不前，
随着晨光的降临怏怏离去，心绪颓败；
就像这样，埃阿斯在特洛伊人面前回撤，心绪
颓败，着实不愿[①]，担心阿开亚人的海船。
像一头难以拖拉的犟驴，闯进农田，不顾
男孩们阻拦，把一根根枝棍打断，
但它照旧往里行进，吞食穗头簇拥的谷粒，
男孩们挥枝抽打，无奈童力有限，
最后总算把它撵出，但驴子已吃得肚饱溜圆；
就像这样，心志高昂的特洛伊人和来自遥远地带的
盟友们紧追神勇的埃阿斯，忒拉蒙的儿男，
枪械不时打在中心，那面巨大的盾牌。
埃阿斯时而想起狂烈的战斗激情，
回身迎战，打退驯马的好手，特洛伊人
成队的军男，时而又掉转身了跑开。
然而，他挡住追兵，不让他们逼近快船，
孑身挺立，拼杀在特洛伊人和阿开亚人
之间。飞来的枪矛，由斗士粗壮的大手抛甩，
有的直接中的，稳扎在他的巨盾，
另有许多落在两军之间，不曾擦破皮肉雪白，
捣在泥地里，空怀撕咬人肉的欲念。

---

① 尽管凶猛如狮子，勇士也会有“心绪颓败”的无奈。接着，荷马话锋一转，引出另一个明喻，把听众从庄院带到田野，巧妙地驾驭时空的变化，刻画出儿童赶驴的场面，在激烈的战斗中掺入了取自农家生活的情景。另参考第二十卷第 497 行注等处。

其时，欧鲁普洛斯，欧埃蒙光荣的儿男，
眼见埃阿斯正受到枪械迫胁，劈头盖脸，
投出闪亮的枪矛，跑去站在他身边，
击中兵士的牧者阿丕萨昂，法乌西阿斯的儿男，
打在肝脏上，横膈膜下，当即酥软了他的膝盖；
欧鲁普洛斯跳上前去，抢剥铠甲，从他的臂肩。
然而，当神一样的亚历克山德罗斯见他
剥卸阿丕萨昂的铠甲，马上拉紧弓弦，
射发欧鲁普洛斯，箭镞扎入右腿里面，
崩断了箭杆，使他顿觉大腿痛酸①。
为了躲避死亡，他退回已方群聚的伙伴。
他提高嗓门，用尖亮的声音对达奈人叫喊：
“朋友们，阿耳吉维人的首领和统治者们，
转过身去，站稳脚跟，替埃阿斯把无情的
死亡之日挡开，他正遭受枪矛的逼挤，我想他
逃不出这场悲苦的激战。所以，让我们站稳
脚跟，面对忒拉蒙之子，大埃阿斯周围的军男！”

带伤的欧鲁普洛斯言罢，伙伴们拥来
站立他的身边，将盾牌斜靠他的双肩，
挡住枪械。埃阿斯跑来和他们聚会，
转身，站住，他已回身已方群聚的伙伴。

就这样，他们奋力拼杀，烈火一样猖莽；
奈琉斯的驭马汗水滴淌，拉着奈斯托耳

① 亚历克山德罗斯(即帕里斯)是一位不错的弓手。日后，也正是他(在阿波罗的帮助下)在斯凯亚门前射杀了阿基琉斯。

撤出战斗，连同兵士的牧者马卡昂。
其时，捷足和卓越的阿基琉斯眼见，看出
是他，站在那条巨大、深旷海船的尾部，
瞭望着这场殊死的拼搏，悲苦的追杀。
他当即发话，招呼伙伴帕特罗克洛斯，
从他站立的船上，后者闻讯跑出营棚，
战神一样——这便是他的凶险，由此开场。
墨诺伊提俄斯之子先说，对他问话：
“为何叫我，阿基琉斯，何事要我帮忙？

　其时，捷足的阿基琉斯对他说话，回答：
“墨诺伊提俄斯卓越的儿子，你使我心欢，
现在，我想，阿开亚人会来祈援，站立
我的膝旁：情势危急，他们已忍受不下。
去吧，宙斯钟爱的帕特罗克洛斯，找到奈斯托耳，
问他谁个受伤，那位壮勇，由他带出战场，
从背后望去，真的，此人极像马卡昂，
阿斯克勒丕俄斯之子，全身都像，但我未睹脸面，
只因驭马疾驰，飞快，在我眼前一晃。”

　他言罢，帕特罗克洛斯遵从亲爱的伙伴，
撒腿跑去，沿着阿开亚人的营棚和海船。

　其时，乘车者来到奈琉斯之子的棚营，
跳下马车，踏上丰肥的土地，
助手欧鲁墨冬从车下宽出老人的
驭马，他们吹晾衣衫上的汗水，
站在海岸上，扑面的清风里，

然后走进营棚，入坐便椅。
发辫秀美的赫卡墨得为他们调制一份饮料，
来自忒奈多斯，老人的所得，心志豪莽的
阿耳西努斯的女儿，当阿基琉斯攻入该地。阿开亚人
挑出此女，送给奈斯托耳，因他比谁都更善谋略。
首先，她摆下桌子，在他们面前，一张
漂亮的餐桌，平整光滑，安着珐琅的支腿，然后
放上一只铜篮，装着蒜头，下酒的佳品，
还有用神圣大麦① 做成的面食和淡黄色的
蜂蜜，连同一只做工精美的杯子，老人
从家里带来，嵌缀黄金的铆钉，
有四个把手，分置两边，每个上面停栖两只啄食的鸽子，
黄金铸就，杯下有两个垫底的座基②。
满斟时，别人要竭尽全力，方能从桌面把它端起，
但奈斯托耳，虽然上了年纪，却能做得轻而易举。
女神般的妇人用它允调饮料，舀出
普拉姆内亚酒液，擦和山羊奶做就的乳酪，
贴着青铜的锉板，然后撒上大麦的白晰③；
调制停当，她便告嘱等候的二位喝饮。
正当两人喝罢，消除了喉头的焦渴，
开始享受谈话的愉悦，你来我往地说议，

---

① 麦子乃宙斯的姐妹黛墨忒耳催产的食物。

② 此类杯子乃慕凯奈时代的用物（或“古董”），和猪牙帽盔（参见第十卷第 261—265 行）及埃阿斯的巨盾（见第七卷第 219 行）一样，同为在荷马生活的年代已基本绝迹的东西。史诗源远流长。荷马可能认同并照搬了前辈诗人的描述。

③ 基耳刻亦给奥德修斯的伙伴们调和过此种“酒酪麦片粥”（参见《奥德赛》第十卷第 234—235 行）。普拉姆内亚（或普拉姆内俄斯）酒用葡萄酿制，呈红色。普拉姆内亚位居何地不明。

帕特罗克洛斯行来，神一样的凡人，在门前站立。
老人眼见，从闪亮的座椅上立起，
握住他的手，引他进来，嘱他坐定，
但帕特罗克洛斯进言对面，谢绝敦请：
“不坐了，宙斯哺育的老人家，你不能让我听你。
此人可敬，但易发怒气，他差我弄清，
那位由你带回的伤者是谁。现在，我已
见明，他是马卡昂，放牧士兵。
我要即刻赶回，向阿基琉斯报告信息。
你深知他的为人，宙斯哺育的老人家，
那是个可怕的人呀，甚至会对无辜者突发脾气[①]。”

其时，格瑞尼亚的车战者奈斯托耳对他答接：
“阿基琉斯为何伤心——为众多阿开亚人的儿子们
被枪矛捅出的伤情？他不知军营里
滋生蔓延的悲戚，最勇敢的斗士都已
卧躺船边，带着箭伤，或被枪矛破剔。
图丢斯之子，强健的狄俄墨得斯已被射伤，
奥德修斯和著名的枪手阿伽门农亦遭枪袭，
欧鲁普洛斯大腿中箭，现在，我又
带着马卡昂离战，增添一位，
遭受离弦的箭击。但阿基琉斯，
虽然骁勇，却既不关心，对达奈人，也不怜悯。
难道他要等到猖獗的烈火烧毁海边的

① 连好友帕特罗克洛斯都怕他三分，可见阿基琉斯的脾气确实不小。阿波罗会抱怨阿基琉斯的酷劣；在第二十四卷里，赫耳墨斯（以变取的阿基琉斯随从的身份）证实了这位头号英雄的严厉（详见该卷第 434—436 行）。

快船，违背阿耳吉维人的意愿，等到
我们全都被杀，一个接着一个死去？我的
肢腿弯曲，已失去早先的勇力[①]。
但愿我依旧年轻，浑身都是力气[②]，
那时，我们和厄利斯人争斗纷起[③]，
为了抢夺牛群，我亲手杀了伊图摩纽斯，
呼培罗科斯勇敢的儿子，家住厄利斯地皮。
出于报复，我正抢赶他的牛群，而他却为保卫
畜群而战，被我出手投枪破击，倒在前排的
壮勇里，吓坏了他的村民，在他身边逃逸。
平野上，我们夺得并赶走极为壮观的战礼，
五十群牛，等量的绵羊，等量的
猪群，等量的山羊，散放在牧地，
连同一百五十匹棕黄色的马，全是雌的，
许多还带着驹崽，在腰下吮吸。
夜色下，我们把畜群赶进普洛斯[④]，
哄进奈琉斯的城里，后者心里高兴，
见我掠得这许多战礼，经历拼搏，小小年纪。
翌日拂晓，使者扯开清亮的嗓音，召呼
所有对闪亮的厄利斯握有债权的胞民。

① 比较《奥德赛》第十一卷第394行和第二十一卷第283行。

② 第669行同第七卷第157行、第二十三卷第629行和《奥德赛》第十四卷第468行。

③ 老英雄奈斯托耳的回顾长达九十多行（第670—761行），是他在《伊利亚特》中做此类描述的最长的段子（另见第一卷第260—273行、第七卷第132—156行和第二十三卷第629—642行）。厄利斯人（即厄培亚人）居住在普洛斯以北。

④ 关于普洛斯的具体位置学界尚有争论，一般倾向于以下两种“划定”：(1) 特里夫里亚的卡考瓦托斯，(2) 墨塞尼亚的阿诺·恩格里阿诺斯（赞同此观点者多一些）。特里夫里亚和墨塞尼亚均在伯罗奔尼撒。

普洛斯人的首领们聚在一起，分发
战礼，需要厄培亚人偿还所失者人数众多，
因为普洛斯人少，故而长期遭受他们凌欺。
强有力的赫拉克勒斯来过[①]，错待我们，
多年前，打死我们中最勇的精英。
高贵的奈琉斯共有十二个儿子，
如今只剩下我，其余的都已死去；
身披铜甲的厄培亚人由此倍增傲虐，
对我们骄横跋扈，胡作非为。
这时，老人从战礼中挑出一群牛和一大群羊，
留选一批，总数三百，连同牧人一起：
富足的厄利斯欠他一笔冤债，
一辆马车，四匹赛马[②]，能争奖品。
马儿拉着轮车，为争三脚鼎[③] 参加竞比，
不料奥格亚斯，民众的王者，扣占车辆马匹，
遣走驭者，让他回去，带着思马的愁悒。
所以，年迈的奈琉斯愤恨这些言行，
择取一份丰厚的赔礼，把余下的交由国民，
在他们中分配，人人都获得礼份公平。
就这样，他们一边处理虏获，一边在全城
敬祭神明。第三天，厄利斯大军倾巢
出动，众多坚蹄的驭马，大队的兵丁，
全速前进，卷来两位披甲的战勇，摩利俄奈斯

① 赫拉克勒斯能征惯战。另见第五卷第 392—402 行等处。

② 一般认为，四马轮车（即由四匹快马拉一辆轮车）多用于车赛。战车一般由两匹马牵拉。另参考第八卷第 185 行注。

③ 三脚鼎或鼎锅（称之为“三脚锅”或许更贴切一些；参考第八卷第 290 行注）是比赛中常见的奖品（另见第二十三卷第 264 和 702 行）。

兄弟[①],尚不精熟狂烈的搏杀,还是男孩的年纪。
那里有一座城堡,斯罗厄萨[②],耸立在峭壁,
遥远,傍临阿尔菲俄斯河,在多沙的普洛斯边际;
他们围住这座城镇,急于荡平破袭。
然而,当他们扫过整片平原,雅典娜冲破
夜色,跑向我们,从奥林波斯带来信息,要我们
武装迎敌。在普洛斯,她所召聚的不是一伙勉为其难的
人群,而是成队求战心切的军兵。奈琉斯
不让我披挂上阵,藏起我的马匹,
以为我尚不精熟斗打的技艺。
然而,我仍在车战者中出人头地,
尽管全靠步行;雅典娜定导着战情。
那里有一条河流,米努埃俄斯,在阿瑞奈
附近倒入海里。河岸边,我们等待神圣的黎明,
我们,普洛斯人的车战者和大群蜂拥的步兵。
我们以最快的速度前行,披挂完毕,
及至中午时分,抵达神圣的阿尔菲俄斯河滨。
在那里,我们用丰美的牲品敬奠宙斯,力大无比,
给阿尔菲俄斯和波塞冬各献了一头公牛作祭,另外
还供奉一头畜群中的母牛,给雅典娜,她有灰蓝的眼睛。
然后,我们吃过晚饭,以编队为股
躺下睡觉,傍临湍急的河水,穿着各自的
甲衣。其时,心胸豪壮的厄培亚人已在
城围聚集,风风火火,急于将它荡平。

① 指克忒阿托斯和欧鲁托斯(见第二卷第621行)。另见本卷第749行和第二十三卷第638行。

② 即第二卷中的斯鲁昂(见该卷第592行)。

但是，先于破城，战神已展现杰作妙奇。
当太阳探露头脸，向地表送光闪熠，
我们投入战斗，对宙斯和雅典娜做罢祷祈。
其时，普洛斯人和厄培亚人迎面战斗，
而我首开杀戒，夺下死者坚蹄的马匹，
杀了手提枪矛的慕利俄斯，奥格亚斯的女婿，
迎娶他的长女，秀发的阿伽墨得，
此女识晓每一种药草，生长在广袤的大地。
我投掷带着铜尖的枪矛，当他发起冲击，
将他击倒在泥尘里，然后跳上他的战车，
和前排的勇士一起。心胸豪壮的厄培亚人
四散逃命，这里那里，眼见此人倒地，
此君乃他们中最好的战勇，车战者的首领。
我扑向他们，像一股黑色的旋风强劲，
抢得五十辆战车，每车乘载二人，
嘴啃泥尘，在我枪下丧命。其时，
我会杀了年轻的摩利俄奈斯兄弟，阿克托耳的
后代，若非力大无穷的裂地之神，他俩的父亲[①]，
把他们抢出战场，裹在浓密的雾团里。
宙斯给普洛斯人的双手增添巨大的勇力，
我们紧追敌人，穿越空旷的平地，
屠戮他们的军兵，捡剥精美的甲械，
车轮滚滚，远抵盛产麦粮的布普拉西昂和
俄勒尼亚石壁，那里有一座山丘，人称
阿勒西俄斯丘陵——其时，雅典娜方才让我们收兵。

---

① 阿克托耳是摩利俄奈斯兄弟的凡人（或名义上的）父亲，而波塞冬则是他俩的生父（即亲爹）。

我在那儿杀倒最后一名男丁，弃尸而行。阿开亚人
赶着迅捷的驭马凯旋，从布普拉西昂回兵普洛斯；神祇中，
他们交口赞颂宙斯，而凡人中，则是奈斯托耳得此殊誉。

“这便是我，凡人中的勇士，确曾如此。但阿基琉斯
却要独自享受勇力带来的进益，尽管我想他会
痛哭不止，晚了，当着军兵折损殆尽之时。
孩子啊，墨诺伊提俄斯一定这样对你叮咛，
那天，他把你送出弗西亚，与阿伽门农会聚起兵。
我俩，卓著的奥德修斯和我，其时正在厅里，
细听了所说的一切，耳闻他对你的教训。
我们曾前往裴琉斯建造精固的房居，
为招募壮勇遍走肥沃的阿开亚大地。
我们来到那里，找见英雄墨诺伊提俄斯，还有你
和阿基琉斯都在府邸。裴琉斯，年迈的车战者，
正熟烤公牛的肥腿，祭奉给喜好炸雷的宙斯，
在墙内的院里。他手握金杯，
把闪亮的醇酒洒向经受火焚的祭品，
而你俩正忙着整治牛肉，其时我们行至
门前站停。阿基琉斯跳将起来，惊喜不已，
握住我们的手，引着进去，请我们坐定，
摆出丰足的食品，使客人得享一切应有的待礼。
稍后，当我们满足了吃喝的欲望，
我就张嘴说话，邀请你俩随我们同行，
二位满口答应，聆听了两位父亲的嘱令。
年迈的裴琉斯告诫阿基琉斯，他的男丁，

要他永远追循杰卓，超胜所有的军英①，
而阿克托耳之子墨诺伊提俄斯亦有话说，对你叮咛：
'儿啊，论血统，阿基琉斯远比你高贵，但你
比他年长，若就年龄，虽说他比你强健，远为强劲。
你要恳切说告，给他明智的劝议，
为他指明方向；他会听从，对自己有益。'
此乃老人的嘱咐，你已忘记。然而，即便是
现在，你仍可进言聪明的阿基琉斯，或许他会听你。
谁知道呢，倘若神灵助济，你可用恳劝
唤起他的激情；朋友的劝说自有它的功益。
但是，假如他心知的某个预言拉了他的后腿，
尊贵的母亲已告诉他得之于宙斯的信息，
那就让他至少派你出战，率领慕耳弥冬士兵；
对达奈军伍，你的出现可能会带来拯救的光曦。
让他给你那套璀璨的铠甲，他的，穿着拼击，
特洛伊人或许会把你当成是他，避离战斗，
使苦战中的阿开亚人的儿子们得获喘息的时机，
他们已精疲力竭；战场上只有极短的间息。
你们，不疲的精兵，面对久战疲惫的敌人，或许
可以轻而易举地把他们打离海船营棚，赶回城去。"

　他的话在帕特罗克洛斯胸中催起激情，
他沿着海船跑去，回见阿基琉斯，埃阿科斯的后裔。
当帕特罗克洛斯跑至神样的奥德修斯的
船队，阿开亚人集会和监掌成规习俗的
聚地，竖着祭坛，敬祀神明——就在那里，

① 希波洛科斯亦对儿子格劳科斯做过同样的叮嘱(第六卷第 208 行)。

股腿中箭的欧鲁普洛斯和他相遇,
欧埃蒙神明养育的儿子,正拖瘸着伤腿,
刚从战场撤离,冒涌的汗珠滚下他的
脸面双肩,酸痛的伤口血流不止,乌红,
持续淌滴。然而,他的意志不碎,仍然坚毅。
望着他,墨诺伊提俄斯强壮的儿子生发怜悯,
为他难过,对他说话,用长了翅膀的话语说诉:
“可怜的人,你们,达奈人的统治者,首领,
难道这是你们的命运,如此凄苦,用闪亮的油脂
饱喂特洛伊奔走的犬狗,远离亲友故土?
告诉我,欧鲁普洛斯,宙斯哺育的英雄,
阿开亚人是否还能勉强挡住魁伟的赫克托耳,
抑或,他们必将倒死他的枪下,只有死路?”

其时,带伤的欧鲁普洛斯对他答诉:
“阿开亚人,宙斯养育的帕特罗克洛斯,已无力
自卫,继续挡住;他们将被撵回海船黑乌,
因为所有以往作战最勇的壮士都已
卧躺船边,带着箭矢或枪矛捅开的伤苦,
被特洛伊人手创,他们的勇力一直都在腾浮。
过来吧,至少也得救救我,扶我回返乌黑的船舟,
替我挖出腿肉里的箭镞,用温水洗去
黑红的血污,敷上镇痛和疗效显著的
药物——人说你从阿基琉斯那里学得,
而喀戎[1],马人中最通情理的智者,教他这些招数。

---

① 马人中的智者,也是传说中的几代希腊精英[包括阿斯克勒丕俄斯(参见第四卷第219行注)、伊阿宋和阿基琉斯]的老师。

至于马卡昂和波达雷里俄斯,我们的医者,
我想马卡昂已经负伤,眼下息躺营棚,
本身亦需要高明的医护,而另一位
仍在平原,顶着特洛伊人凶猛的进扑。"

其时,墨诺伊提俄斯强壮的儿子对他说道:
"此事将如何结果,英雄欧鲁普洛斯,我们将如何去做?
我正赶着回去,捎带口信,让聪明的阿基琉斯听晓,
秉承格瑞尼亚的奈斯托耳告嘱,阿开亚人的护导。
然而,即便如此,我也不能撇下你,让你苦熬。"

言罢,他扶起兵士的牧者走向营棚,
架着腋窝,一位伴从见状,把几张牛皮垫铺,
帕特罗克洛斯放下欧鲁普洛斯,动刀剜出
腿肉中锋快犀利的箭镞,用温水洗去
黑红的血污,把一块苦涩的根茎放在
双手里研磨,贴敷伤处,止住他的疼患,此物
平镇各种痛楚。伤口随之干涸,鲜血不再涌出。

第十二卷

就这样，营棚里，墨诺伊提俄斯剽勇的儿子
对受伤的欧鲁普洛斯护理。与此同时，阿耳吉维人
和特洛伊人正进行大规模的战击，达奈人的
壕沟已挡不住对手，沟上的那道宽墙亦已无能
为力。为了保卫海船，他们把它筑起，挖出深沟，
沿着墙基，却不曾给神明以丰盛的祀祭，
祈求保护墙内快捷的海船和成堆的战礼。
他们修造围墙，无视永生神明的
意志，故而垒垣不能经久，不能长期耸立。
只要赫克托耳仍然活着，阿基琉斯吐喘怒气，
只要王者普里阿摩斯的城防不被攻破，
阿开亚人的高墙就能稳稳屹立。
然而，当所有最勇莽的特洛伊人战死疆场，
众多阿耳吉维人倒死在地，剩者离去，
普里阿摩斯的城国在第十个年头里遭毁，
阿耳吉维人乘船返回他们热爱的故地，
那时，波塞冬和阿波罗就会商议，
冲毁护墙，引来汹涌的河水，
汇同所有的长河，从伊达山上泻入海里，
雷索斯和赫普塔波罗斯，卡瑞索斯和罗底俄斯，
格瑞尼科斯、埃塞波斯、神圣的斯卡曼德罗斯
以及西摩埃斯，翻搅大堆头盔和牛皮战盾，

在河边的污泥,连同一个半是神明的种族[1],众多的生灵,
福伊波斯·阿波罗把河流的出口聚在一起,
驱赶滔滔的洪水,一连九天,猛冲墙壁;宙斯
不停地泼降大雨,加快进程,把墙垣推入海底。
裂地之神[2] 手握三叉长戟,亲自开路引水,
将围墙的支撑,树料和那些石块,统统扔进
水里——为把它们置放到位,阿开亚人曾付出艰辛——
把一切冲刷干净,沿着赫勒斯庞特的水流,
用厚厚的沙层铺平宽阔的滩地,既然护墙
已被扫去;他把河流引回原来的渠道,
以前一直在那里奔腾,翻涌着水波晶莹。

　就这样,波塞冬和阿波罗会把一切规划
治理;但眼下,修筑坚固的护墙外喧嘈,
战斗正烈,支垫的墙柱遭受击打,发出隆隆的
响音。承受宙斯的鞭赶[3],阿耳吉维人全线
崩溃,聚退深旷的海船,挣扎着逼挤,
惧怕强健的赫克托耳,催人联想惊惶的逃离。
赫克托耳奋勇冲杀,如前一样,像旋风刮起,
犹如遭受狗群和猎人的合力追打,
一头野猪或狮子转动身躯[4],显示勇莽的力气,

① 许多英雄都有“通神”的宗谱,也就是说,都是神的后裔。英雄们是“神样的”“神育的”。

② 波塞冬既是控掌海洋的主神,也兼司催发地震之职(另参考第七卷第445和455行)。

③ 关于宙斯的鞭击,另见第十三卷第812行。

④ 野猪、狮子和狗频频出现在史诗的明喻里(参考第十一卷第414—418行等处)。

猎者合拢圈围，像似一堵墙基，
站对野兽，挥动手臂，甩出投枪迅捷、
密集。尽管如此，心志高傲的猎物毫不
惧怕，亦不转身逃离——它死于自己的勇气——
只是一次次地试图冲出重围，对猎者扑袭，
而无论它突向哪里，都能迫使人群退避。
就像这样，赫克托耳冲撞战场，招聚伙伴，
驱赶他们冲过沟底。然而，他自己的捷蹄
快马却高声嘶叫，蹶蹄堑沿，不敢
过去，壕堑太宽，使它们怕悸，
既不能轻易跳越，也无法穿行，
因为这里，那里，两边的壕岸全线
挺拔陡立，上端边沿布满
尖桩，由阿开亚人的儿子们嵌设，杆条
巨大、密排，用以挫阻强敌。
拖着轮盘坚固的战车，驭马很难进去，
但步战的兵勇却跃跃欲试，试图逾越。
其时，普鲁达马斯站临勇猛的赫克托耳，说劝：
“赫克托耳，各位特洛伊首领和盟军伙伴！
此举愚盲，试图把捷蹄的快马赶过壕堑，
边沿尖桩密布，车马难能穿越，
何况前面还有阿开亚人筑起的墙垣。
驭者无法下车，也难以开战，只因
地域狭窄；我敢说，他们将在那里挨宰。
倘若宙斯，他炸雷高天，心怀恨怨，
决意把他们彻底除铲，帮助特洛伊军汉，
实现我的心愿，哦，愿这一时刻马上到来：
阿开亚人灭毁此地，销声匿迹，远离阿耳戈斯

地面！但是，如果他们扭身向我们扑转，
把我们赶离海船，挤入宽深的沟堑，
那时，我想，我们中谁也不能回城生还，
面对他们的攻势，连报信都难。
干起来吧，让我们服从，按我说的办[1]。
让我们的伴从勒紧马缰，立马沟边，
我等自己要步下马车，武装起来，
人多势众，跟着赫克托耳，阿开亚人
挡不住我们，死亡已勒紧他们的喉咽！”

　普鲁达马斯言罢，明智的话语使赫克托耳欣欢，
后者当即跳下马车，双脚落地，全副武装[2]，
其他特洛伊人亦无心立守战车，挤作一团，
而是跳到地上，眼见卓越的赫克托耳已经下来。
其时，他们分嘱各自的驭手，要他们
勒马沟沿，排成整齐的队列等待，
军勇们分而聚之，临阵编排，
分作五支队伍，齐刷刷地服从首领管带。

　赫克托耳和心志豪勇的普鲁达马斯辖领一队，
人数最多，最勇，也比他人狂烈，
急于捣毁护墙，杀向深旷的海船，
开勃里俄奈斯同往，作为第三名管带；至于驭手，
赫克托耳已让另一位担任，不如开勃里俄奈斯强健。
帕里斯统领另一支队伍，由阿尔卡苏斯和阿格诺耳帮办；

---

① 本行为程式化用语，在两部史诗中出现达十次之多。

② 第 80—81 行同第十三卷第 748—749 行。

赫勒诺斯和神样的德伊福波斯制统第三支队伍，
普里阿摩斯的两个儿男，辅之以英雄阿西俄斯，排位第三，
阿西俄斯，呼耳塔科斯的儿男，闪亮的高头大马
载他前来，从阿里斯贝，塞雷斯河畔[1]。
率领第四支队伍的是骁勇的埃内阿斯，安基塞斯
之子，由安忒诺耳的两个儿子，精熟各种
战式的阿开洛科斯和阿卡马斯协管。
萨耳裴冬统率声名远扬的盟军赴战，
挑选格劳科斯和嗜战的阿斯忒罗派俄斯帮办，
二位刚勇过人，在他看来——当然，
在他之后：他在全体军男中拔尖。
这时，他们连成密集的队形，挺举精固的牛皮盾牌，
对着达奈人猛冲，急不可待，不再忖想受阻的
可能，而是一个劲地扑向乌黑的海船。

　其他特洛伊人和声名遐迩的盟军伙伴
都愿听从豪勇的普鲁达马斯规劝，
唯有阿西俄斯，呼耳塔科斯之子，民众的首领，
不愿驻马沟沿，留给驭手看管，
而是放马驱纵，奔向迅捷的海船，
好一个笨蛋！海船边，他醉心于奔驰的
车马，注定逃不脱死之精灵的捕杀，
再也不能回返，回到多风的伊利昂地面。
在此之前，以凶邪著称的命运已把他罩盖，
借助伊多墨纽斯的枪矛，丢卡利昂高贵的儿男。
他把车马驱往船队的左边，正是阿开亚人

① 第96—97行同第二卷第838—839行。

从平川回拥的地点，赶着车马退还。
他催动马车，朝着这个方向，发现墙门
没有合闭，粗长的门闩没有插关，
阿开亚人洞开门户，以便能侥幸搭救
一些撤离战场、回兵海船的伙伴。
他驱马直奔该地，一心只想，后面跟随兵丁，
高声呼喊，以为阿开亚人已无力
抵挡防卫，将被赶回乌黑的海船。
蠢货！他们在门前发现两位最勇的斗士，
善使枪矛的拉丕赛人的儿男，一位是
裴里苏斯之子，强健的波鲁波伊忒斯，
另一位是勒昂丢斯，杀人狂阿瑞斯一般的凡胎。
其时，二位稳稳站立高大的门前，
像两棵橡树[1]，在山脊高耸顶冠，
日复一日地经受风雨淋栉，
只因根须粗壮，将深处的泥层抓攥。
就像这样，二位凭恃勇力和强健的臂膀，
站临高大的阿西俄斯，正来冲撞，不予退让。
进攻者猛冲修筑坚固的护墙，
高举盾牌，顶着坚韧的皮张，吼声震荡，
围拥在王者阿西俄斯、亚墨诺斯、俄瑞斯忒斯、
阿西俄斯之子阿达马斯，以及俄伊诺毛斯和索昂
身旁。其时，墙内的拉丕赛人正极力

① 橡树高大挺拔，枝叶繁茂，象征坚毅、刚强。比较第十三卷第180行注。当围攻者开始逃亡，“二位冲将出去”，又成了转守为攻的野猪，“胡乱冲撞”（本卷第145—148行）。在这两个明喻中，橡树喻“稳”，野猪则在“稳健”之上复加了进攻的凶狠，故而能巧妙地配合情节的展开，用“形象”推动故事的进程。比较第十一卷第556行注。

催促胫甲坚固的阿开亚人保卫船舫，
然而达奈兵勇，当他们目睹特洛伊人
聚攻围墙，乱叫一气，群起逃亡。
二位冲将出去，在门前拼战，
像两头野猪，在那山岭之上，
站等骚嚷的人群和犬狗成帮，
胡乱冲撞，连根掀拔大树，撕甩
碎片，使劲磨动獠牙，吱嘎之声
啸响，直到被人投枪击中，把性命抢下。
就像这样，挡护他们胸肩锃亮的铜甲承受枪矛
重击，响声铿锵；他们正进行艰烈的拼杀，
坚信自己，还有墙上伙伴们的力量。
上面的人们臂甩石块，从建筑精固的
楼塔，为了保卫自己和营棚，也为保卫
迅捷的海船而战，横飞的顽石狠砸下去，
恰似暴落的雪片飞扬：凛冽的疾风吹弄乌云，
铺盖丰腴的大地，洒下密密匝匝的雪花。
就像这样，石块从阿开亚人和特洛伊人手中
抛甩，密密麻麻，头盔和突鼓的盾面
遭受巨石击打，发出沉闷的声响。
其时，呼耳塔科斯之子阿西俄斯长叹一声，
手击腿股两旁，痛苦中发出呼喊：
“父亲宙斯，现在，连你也彻头彻尾，
酷爱说谎！我从未想过，善战的阿开亚壮士们
能够挡住我们的勇力和无坚不摧的臂膀。
瞧他们，犹如腰肢细巧的黄蜂或
筑巢山岩小路边的蜜蜂，
不会放弃自搭的空心蜂房，勇敢地面对

破毁者的进逼，为保卫自己和后代战斗飞翔①。
他们，就像这样，尽管只有两人，却不愿
撤离门墙，除非杀了我们，或被我们击杀。”

他言罢，此番话语没有说动宙斯的心房，
后者已属意让赫克托耳得享荣光。

其时，在各处门前，其他兵勇均在厮杀，
但我却无法做到，像神明那样，把这一切说讲。
沿着整面石墙，暴虐的烈火熊熊燃烧，
阿耳吉维人情绪低落，但只有继续战斗，
为了保卫船舫。助战达奈人的神明，
所有的他们，全都感觉心情沮丧。
然而，两个拉丕赛人仍在鏖战，殊死拼杀。

裴里苏斯之子，强健的波鲁波伊忒斯
投枪击中达马索斯，破开帽盔，缀带铜片，
铜盔抵挡不住，青铜的枪尖长驱
直入，碎烂头骨，溅捣出内里
喷飞的脑浆；就这样，壮士杀了怒气冲冲的他。
接着，他又杀了普隆和俄耳墨诺斯，
而勒昂丢斯，阿瑞斯的后裔，击倒安提马科斯
之子希波马科斯，捅进他的腰带，出手投枪。

① 蜂群的扑击是出于生存的愿望。为了保卫自己和后代，蜜蜂虽小(犹如拉丕赛勇士，“尽管只有两人”，第 171 行)，却能抱成一团，敢于和强敌开战。在第十六卷里，诗人用蜂群喻指帕特罗克洛斯和跟随他进击的慕耳弥冬将士(详见该卷第 257—267 行)。

然后，他从鞘壳内拔出锋快的劈剑，
冲过熙攘的人群，先是逼近刺击
安提法忒斯，把他仰面打翻，随后
又一气杀了墨农、俄瑞斯忒斯和亚墨诺斯，
一个接着一个，挺尸在丰腴的土地上。

　当他俩动手抢剥死者铿亮的铠甲，
而普鲁达马斯和赫克托耳手下的兵壮，
人数最多，最勇，也比他人烈狂，
急于捣毁护墙，放火烧船，
此时却仍然犹豫不决，站立在壕沟边旁。原来，
正当他们急于过沟，眼前出现飞鸟送来的兆头，
一只苍鹰，搏击长空，翱翔在人群左边，
上方，爪掐一条巨蛇，浑身血红，
仍然活着，还在抗争，不忘搏斗，
弯翘起身，突袭捕者的胸脯，贴着
颈口，飞鹰松爪，让它掉落，出于
伤痛，将它坠入地上的兵群之中，
自己则尖叫一声，飞旋而下，顺着疾风。
特洛伊人吓得浑身发抖，望着盘蜷的蛇虫，
躺在他们中间，兆物，由带埃吉斯的宙斯致送。
其时，普鲁达马斯站临勇猛的赫克托耳，说告：
“集会上，赫克托耳，你总爱驳斥我的意见，
尽管我说得头头是道。一个普通之人确实
不宜和你对唱反调，无论是在会上，还是
战场之中，我们只能替你增添威豪。
但现在，我要再说，此议我以为最妙，
让我们不要战临船边，要停止攻扫。

我认为，战事将会如同兆示结果，倘若鸟迹
将会成真，当特洛伊人准备通过沟壕，
一只苍鹰[①]，翱翔在人群左边，上方，
搏击长空，爪掐一条巨蛇，浑身血红，
仍然存活，丢却猎物，不及逮回窝巢，
撇下未竟的所做，未及饲哺雏小。
同样，即使凭借强大的军力，把阿开亚人的
大门护墙冲破，迫使阿开亚人回跑，
我们也无法从船边原路撤回，保持队形良好。
我们会丢下成群的特洛伊军兵，让阿开亚人，
为保卫海船而战，用青铜砍倒。
这，便是一位通神者的释告，
他心里确知兆示的真意，人们都愿听晓。”

头盔闪亮的赫克托耳恶狠狠地盯着他，说道：
“普鲁达马斯，你的话难以，不再使我乐陶，
你知道应该怎样说话，胜似此番唠叨。
但是，倘若这些确是你的想法，出于思考，
那么一定是神明，是他们弄坏了你的心窍。
你要我忘却炸响雷的宙斯的
嘱告，他曾亲自对我点头，对我允诺[②]。
然而你却要我相信飞鸟，它们把长长的

① 鹰乃大神宙斯的属鸟(参见第二十四卷第314—315行和第八卷第251行)，正如隼(或游隼、鹞鹰)可以是阿波罗的“使者”(参考《奥德赛》第十五卷第526行)。

② 宙斯表示要“赐力赫克托耳，让他杀人，一直杀到凳板坚固的海船”(详见第十一卷第191—194行)。由此，我们可以看出赫克托耳的豪情和作为首领的责任感，但同时也会隐约地感悟到某种潜在的悲剧“情结”——在古希腊人看来，不理会乃至抗违神送的兆示意味着(招致)灾难和毁灭。

翅膀振摇；我不在乎这些，不会搭理这套，
不管它们飞向右边，迎着黎明和日出闪耀，
还是飞向左边，对着昏暗，黑夜难瞧[①]。
不！让我们坚信大神宙斯的示告，
他是统治所有凡人和神明的王豪。
只有一种鸟迹最好：战斗，保家卫国！
你，为何如此惧怕战争和杀戮？
即使我们，是的，即使我们全被击杀，在
阿耳吉维人的船边躺倒，你也不会冒险死掉；
你的心啊缺少豪勇，经不起苦战煎熬。
但是，倘若你在酷战中畏缩，或唆使
他人逃避战斗，用话语诱惑，
那么你会即刻送掉性命，死于我的枪矛！”

言罢，他带头冲扫，将士们随后跟进，
喊出粗野的吼叫；喜好炸雷的宙斯
从伊达山上刮来疾吹的风暴，
卷起漫漫泥沙，直扑船舟，以此迷惑阿开亚人的
心智，使特洛伊人和赫克托耳获得荣耀。
相信兆事当真，还有自身的刚勇，他们
迅猛冲击，试图捣毁阿开亚人的墙垣厚高。
他们捣烂护墙外沿的设置，破碎雉堞，
用杠杆将墙边的突桩撬松，阿开亚人
把它们打入泥地，增固防御垣垒的外层。
他们碎捣设施，期望进而拱倒阿开亚人的

① 在古希腊，鸟踪卜释者通常面对北方，所以日出和日落分别在他的右边和左边。另参考《奥德赛》第九卷第26行。

墙根。但是，达奈人此时无意退却不争，
而是铺裹牛皮，遮挡雉堞，居高
临下，用石块狠砸跑至墙边的敌人。

两位埃阿斯，来回巡行在墙内各处，
敦促兵勇们前冲，催发阿开亚人的骁勇，
时而赞褒某人，时而又对另一个人
斥诉，只要看见有人退出战斗：
“朋友们，你们中有的是阿耳吉维人的杰雄，
有的位居中游，还有的可算平庸——战场上
我们的作用不同。但眼下，我们面临共同的拼斗，
这一点，你们自己可以看出。现在，谁也
不许回身船舟，听闻敌人呼吼，
而要勇往直前，互相呐喊鼓动，
寄望于奥林波斯的宙斯，雷电之神，
让我们兵临城下，打退敌人的进攻！”

他俩一番呼喊，催激阿开亚人战斗。
犹如一场大雪，密匝，在冬日里
落地飞纷，精擅谋略的宙斯挥洒
飘舞的箭矢，他的，耀示凡人，
催眠风力，让雪片猛冲，覆盖
山岳里叠起的峰峦和岩壁突峥，
覆盖多草的低地和农人肥丰的田野，
遍洒港湾和滩沿，飘落在灰蓝色的海中，
只有汹涌的长浪冲破封围，其余的一切

均被白帐罩蒙，顶着宙斯卷来的飞雪密沉①。
就像这样，双方扔砸的石块既密且多，
有的飞向特洛伊人，还有的劈向阿开亚人，
由特洛伊人手投，整道墙上发出隆隆的响声。

然而即便如此，特洛伊人和光荣的赫克托耳
还是不能攻破墙门，碎断粗长的门闩，
若非精擅谋略的宙斯催励亲子，他的萨耳裴冬，
像弯角牛群里的一头狮兽，冲向阿耳吉维人。
他迅速移过溜圆的战盾，挡护前身，
此物精致，面上是锤打的熟铜，一位铜匠的
手工，里面牛皮垫缝，密密的
张数，用金钉严严实实地压在圈层。
挺着这面战盾护身，挥舞枪矛两根，
他大步走去，像一头山地哺育的狮子，
受高傲的心魂驱纵，久不食肉，试图
闯入围合坚固的圈栏，杀屠在羊群里头。
尽管发现牧人就在那里看守，守护
羊群，带着投枪，还有牧狗，它却
根本不曾想过被逐羊圈，先于进扑，
不是一跃而起，抓逮一头，便是自己
先被枪矛击中，由一条快捷的臂膀出投；
就像这样，豪情催使神样的
萨耳裴冬冲向护墙，在雉堞上捣开缺口。

① 好一幅玉尘飞舞、银装素裹的雪景图。雪片虽轻，却是宙斯的 kela(本卷第278—280 行)，暗藏杀机，故而颇似杀人害命的石块，加之落雪的密度，亦能不无夸张地突出战斗的激烈和交战双方投石的密匝。另参考本卷第 156—158 行。

其时,他对格劳科斯,希波洛科斯之子道说:
“在鲁基亚,格劳科斯,你我为何受人敬重,比谁
都多,享坐尊位,吃用鲜美的肉块和满杯的浆酒,
人们都像仰视神明似的看着你我,
在珊索斯[①] 河畔,我们拥有大块沃土,
盛产小麦的良田,成片的葡萄园,丰熟?
所以,我们负有责任,眼下要站在
鲁基亚人的前列,迎受战争的烈火。
这样,某个身披重甲的鲁基亚军勇会如此告说:
‘他们确非等闲之人,这些鲁基亚统治者,
我们的王者们,没有白吃肥嫩的羊肉,
白喝醇香、蜜甜的美酒,他们确实有过人的
豪勇,奋战在鲁基亚人的前排之中。’
哦,朋友,倘若你我能生还这场战斗,
得以长存、永在,不死无终,
我就不会在这前排里苦斗,也不会
要你冲闯战场,人们在那里争得光荣。
但现在,死的精灵站临我们,贴身,
数量之众,谁也无法开脱,不能苟生——
让我们冲锋,要么为自己争光,要么将其拱手他人!”

他言罢,格劳科斯既不违抗,也不避走,
而是和他一起,率领大群鲁基亚人径直前冲,
裴忒俄斯之子墨奈修斯见状,吓得浑身颤抖,
因为来者正扑向他的墙堞,卷来灾愁。

---

① 此河位于萨耳裴冬和格劳科斯的故乡鲁基亚(在小亚细亚南端),不是特洛伊平原上的珊索斯(即斯卡曼德罗斯)。

他举目扫视阿开亚人的墙垣，希望能
看到某位首领，将痛苦打离他的伴从，
眼见两位埃阿斯，嗜战不厌，站临
墙头，而丢克罗斯亦置身近旁，刚刚
走出营棚，但他无法招引注意，通过喊声，
四周噪音轰鸣，啸响冲上天空，
盾牌遭受击打，还有缀顶马鬃的头盔和
早已紧闭的大门；特洛伊人站临门外，
试图裂毁它们，强行入内杀争。
他当即派人，派出苏忒斯，信报埃阿斯听闻：
“快去，卓越的苏忒斯，去把埃阿斯传呼，
最好招得两位埃阿斯，是的，那将再好
不过，须知我们将面临灭顶的毁破。
鲁基亚人的首领们对我们大举逼迫，
激烈的拼争中他们向来如此狠毒。
但是，倘若艰苦的搏杀和恶斗也在那里发生，
至少也得让忒拉蒙强健的儿子一人过来，
让丢克罗斯随从：他有技艺，开得强弓。”

他言罢，信使不予违抗，执令听从，
快步跑去，沿着身披铜甲的阿开亚人的墙根，
来到两位埃阿斯身边站定，对他们直言相告：
“二位埃阿斯，身披铜甲的阿开亚人的率导，
裴忒俄斯的爱子，宙斯哺育的墨奈修斯
求你们前往他的防地，平缓危急，哪怕只有分毫，
最好两位都去，是的，那将再好
不过，因为他正面临灭顶的毁破。
鲁基亚人的首领们对他大举逼迫，

激烈的拼争中他们向来如此狠毒。
但是，倘若艰苦的搏杀和恶斗也在这里发生，
至少也得让忒拉蒙强健的儿子一人过去，
让丢克罗斯跟从：他有技艺，开得强弓。”

　他言罢，忒拉蒙之子，硕大的埃阿斯不予抗违，当即吐送
长了翅膀的话语，对俄伊琉斯之子埃阿斯说谓：
“你们二位，埃阿斯，由你和强健的鲁科墨得斯
坚守此地，督促达奈人奋勇拼击励催，
我要赶往那边，前去迎敌，
一俟帮助他们脱险，我会马上赶回。”

　言罢，忒拉蒙之子埃阿斯大步离去，
丢克罗斯与其同行，他的同父异母兄弟，
后面跟着潘迪昂，背携丢克罗斯弯翘的弓械。
他们沿着墙垣的内侧行进，来到心胸豪壮的
墨奈修斯守护的壁垒，眼见他们遭受对手逼挤，
鲁基亚人强健的首领和统治者们正攻上
雉堞，像一股黑色的风飙吹袭。
他们扑上前去，接战对手，杀声轰起。

　忒拉蒙之子埃阿斯首先杀敌，
击倒萨耳裴冬的伙伴，心胸豪壮的厄丕克勒斯，
甩出粗莽的石块，平躺墙垣的内里[1]，
硕大，在雉堞的高顶。一人难以轻易举起，
即使十分强健，动用双手的力气，

① 阿开亚人已事先备下莽石，以便战时砸击进攻的特洛伊人。

当今之人不行，但埃阿斯却将它高擎，投击[①]，
砸捣四支硬角的冠盔，把头颅和脑骨
捶得烂稀——厄丕克勒斯随之倒地，
像个潜水者，从高垒跌落，命息离骨而去。
丢克罗斯箭中格劳科斯，希波洛科斯
强健的儿子，正在冲击，置身高墙，
瞄准裸露的臂膀，息止了他的战力。
他从墙上跳下，做得诡秘，唯恐阿开亚人
看出他被击伤，口出豪言，大肆擂吹。
萨耳裴冬发现格劳科斯撤回，
顿觉伤心，然而没有因此忘却战事，
枪击阿尔克马昂，塞斯托耳之子，
继而拧拔出去，后者跟随枪矛倒下，
头脸朝地，精制的铜甲在身上铿锵震击。
萨耳裴冬抓住雉堞，凭借强劲的手力，
猛地一拉，扳去整面墙壁，使垣垒的
顶部破废，撕开缺口，为众人的挺进。

　埃阿斯和丢克罗斯一齐瞄准，对他，
丢克罗斯箭中闪亮的皮带，勒在胸肩，系连
遮护全身的盾牌，但宙斯替儿子挡开死的
精灵，不愿让他被杀在船的后尾边。
埃阿斯对他冲击，捣捅盾牌，但枪尖不曾
透穿，却也把他顶得腿步趔趄，挟着狂烈。

① 今人不如过去的英雄，所谓今不如昔。荷马不止一次地表述过这一程式化的观点(参考第五卷第302—304行和第二十卷第285—287行)。关于“当今之人”，另参考并比较《奥德赛》第八卷第222行。

他回挪几步，从雉堞后面，但没有全然
放弃，心中渴望争得光荣仍然。
他转动身子，对神一样的鲁基亚人嘶喊：
“为何丢却你们的战斗激情，我的鲁基亚军男？
此事艰难，于我，虽说十分强健，靠我孤身[①]
破毁墙垣，开辟通途，直逼海船。
来吧，跟着我干，人越多事情就越加好办！”

他言罢，兵勇们畏于首领的责斥，
更加紧密地围聚在王者和统领身边。
护墙内，阿耳吉维人针锋相对，聚拢营伍
接战，一场酷烈的绞杀在两军之间展开。
壮实的鲁基亚人捣不破达奈人的
护墙，打出通道，逼抵海船，
而达奈枪手亦无有豪力，把鲁基亚人
从墙根挡开，他们已战至近前。
像两个农人，站临公地，手持量杆，
大吵翻脸，为决定界标的位置，在一处
田域狭窄，争夺一块属地，要求等量齐观[②]；
就像这样，垒墙把两军隔开，但双方互相杀砍，
横越堞垣，击打护胸的牛皮盾面，
溜圆，击打遮身的皮张，穗条飘摆[③]。
许多人被无情的青铜破毁皮肉，

① 第 410 行同第二十卷第 356 行。

② 史诗讲诵英雄们的业绩，但在其中的明喻里，我们有时可以窥见（在荷马生活的年代）普通人的生活景观。另参阅下文第 433—435 行。

③ 第 425—426 行同第五卷第 452—453 行。译文对词序做了调整。

只要有谁掉转身子,亮出脊背,
更多的则因遭受枪击,透穿盾牌。
堞墙和壁垒上到处溅满鲜血,特洛伊人的
和阿开亚人的,两边的军兵一起洒挥。
尽管如此,他们无法把阿开亚人击溃,
双方势均力敌,像一位细心的妇人手持
天平,捏紧提杆,均衡羊毛的分量,
在秤具两端,挣取可怜的酬获,养活童孩[①]。
就像这样,双方进退相持,打得难以分开,
直到宙斯把更大的光荣赐给赫克托耳,
普里阿摩斯的儿男,最先捣入阿开亚人的墙垣。
他放开嗓门,用尖亮的声音对特洛伊人呼喊:
“鼓足干劲,驯马的特洛伊人,冲破阿耳吉维人的
墙垒,把暴虐的烈火扔上他们的海船!”

言罢,他催励人们前进,后者全都听清,
扑向护墙,以密集的队形,抓握锋快
的枪矛,一拥而上,争攀围墙的垒壁。
其时,赫克托耳从墙门前抓起一块顽石,
举着向前,巨石底部粗钝硕大,但上部
却棱角尖利,即便是两位壮士,本地最为强健,
也难以轻易举动,把它从平地放置车面——
当今之人莫奈它何,但他却独自擎举,搬抬石头,
工于心计的克罗诺斯之子将顽石的分量减轻。

---

① 参考第423行注。诗人对“孤儿寡母”的同情跃然纸上,流露在字里行间。有关女子的工作,另参考第四卷第141—142行(漆染象牙)和第二十三卷第760—762行(纺线)等处。

像一个牧人,轻松提溜一头公羊的毛卷,
一手拎着,不会有什么吃重的感觉,
赫克托耳搬举石头,直对墙门走去,
后者紧堵门框,硬朗、坚实、连成一片,
门面高大、双扇,里头安着两条横闩,
互相交叠,由一根闩杆固系插连。
他行至门前,紧逼,叉腿稳稳站定,
石砸门的中段,压上全身力气,增强
它的冲力,破毁了两边的铰链。石块猛然
捣开门面,大门发出深长的哀叹,横闩
力不能支,板条吃不住石块的重击,
裂成纷飞的碎片。光荣的赫克托耳直冲进去,
脸色像突至的夜晚[①],铜甲贴护肌肤,一道道
可怕的寒光闪现,提着两支枪矛,握在
手间。其时,谁也甭想与他对战,予以阻碍,
除了神明,当他破门而入,双目喷闪光焰。
他转动身子,招呼人群,督励特洛伊人
爬过墙垣,后者服从,听从他的催喊。
他们动作迅捷,有的翻过护墙,还有的
冲过坚实的门关,达奈人惊慌失措,
奔命在深旷的海船间;嚣声四起,经久不息。

---

① 比较阿波罗的来临:“宛如黑夜降落”(第一卷第 47 行)。另参见《奥德赛》第十一卷第 606 行。

第十三卷

宙斯把特洛伊人和赫克托耳驱向海船，
让他们打斗，忍受了无穷尽的苦难
与艰辛，自己则移目远方，睁着闪亮的眼睛，
扫视斯拉凯车战者的土地和近战
杀敌的慕西亚兵丁[①]，观望高贵的希波摩尔戈伊人[②]，
喝马奶的勇士，和人中最刚直的阿比俄伊军兵[③]。
他已不再把闪亮的目光投向特洛伊，
心知长生者中谁也不敢造次，
助佑达奈人或特洛伊人，敢于站临。

然而，强有力的裂地之神亦没有闭上眼睛，
其时叹赏战斗和搏击，移坐
斯拉凯，萨摩斯的峰巅，茂密的
树林，从那可以尽收伊达的全景，
普里阿摩斯的城和阿开亚人的船，一览无余。
他从水中出来，坐临，目睹阿开亚人惨遭
特洛伊人痛打，生发怜悯，愤恨宙斯的行径。

① 来自今天的保加利亚一带。慕西亚人的一支已先行东移，从斯拉凯进入亚洲。参阅希罗多德《历史》第七卷 20。另参考专名索引。

② 游牧部族，居住在黑海北岸，可能为斯库西亚人的一支。

③ 参见专名索引。

他当即起程，从岩壁嶙峋的山脊，
迈开迅捷的步伐，高山为之颤动，连同
森林，承受神腿的重压，波塞冬的行进。
他跨出三个大步，第四步便及达要去之地：
埃伽伊[①] 拥有他光荣的宫居，坐落在深深的水底，
闪出永久的光芒，来自筑用的黄金。
他行至那里，把骏马套入战车，长着铜蹄，
飘洒修长的黄金鬃毛，站挺追风的细腿，
然后穿起黄金的衣裳，在自己的躯体，
提抓编工密匝的黄金马鞭，举步登临车里，
驾着它逐浪驶去。水中的怪兽从各处冒出洋面，
从栖身的海底，嬉耍在他的身边，知晓主子来临，
大海为他分开水路，兴高采烈；骏马飞扑
向前，车身下的青铜轮轴不沾水星，
朝着阿开亚人的海船，快马载着主人，跑得迅捷。

那里有一个深广的岩洞，在海水的深底，位于
二者之间，居中在忒奈多斯和英勃罗斯粗皱的石壁。
裂地之神波塞冬将驭马赶入洞里，
宽出轭架，取过仙食，置放蹄前，
让它们嚼起，套上黄金的绳栓，圈住小腿，
挣不断，滑不脱，使它们等候主人回归[②]，
稳站原地。波塞冬朝着阿开亚人的群队行进。

① 埃伽伊乃波塞冬接受供祭的中心之一(参见第八卷第 204 行和《奥德赛》第五卷第 381 行)，位于伯罗奔尼撒北部的阿开亚。

② 比较《奥德赛》第八卷第 275 行。

其时，特洛伊人雄兵麇集，像烈火，似风飙吹袭，
跟着赫克托耳，普里阿摩斯之子，疯疯烈烈，
狂吼怒号，满怀信心，试图抢下阿开亚人的
海船，杀死船边所有最勇的精英。
然而，环绕和震撼大地的波塞冬
从深海里出来，催励阿耳吉维军兵，
变取卡尔卡斯的形象，模仿他不倦的声音，
先对两位埃阿斯① 发话，后者急于求战，早存心意：
“二位埃阿斯，你俩要用战斗拯救阿开亚军队，
记取你们的战斗激情；莫慌，不要惊退。
别地的防御我不担心，特洛伊人无敌的双手
并不可怕，尽管他们已爬过我们厚实的高墙，成群结队，
因为胫甲坚固的阿开亚人会把来者挡回。
我最不放心的是这里，唯恐在此发生险情，
赫克托耳正领着他们冲杀，火一样猛烈，
叫嚷他乃宙斯之子②，此神力大无比。
但愿某位神祇送来信息，让你俩心记，
要你们站稳脚跟，并要别人稳住，予以督励。
这样，尽管冲得凶猛，你们仍可把他阻离迅捷的
海船，哪怕奥林波斯神主亲自催他进击。”

言罢，环绕和震撼大地的波塞冬举杖

① 早先可能指埃阿斯兄弟(比较“摩利俄奈斯兄弟”，第十一卷第 708—709 行)，即大埃阿斯和丢克罗斯，同为忒拉蒙之子，但后世诗人(可能是荷马?)理解出错，做了删补，加上了俄伊琉斯之子埃阿斯，从而将“两位埃阿斯”解作两位名叫埃阿斯的勇士。

② 赫克托耳是普里阿摩斯之子。不过，按古希腊神话为他划定的宗谱，他也是宙斯的后裔(详见第二十卷第 215—240 行)。赫克托耳确实希望他乃宙斯之子(见本卷第 825—826 行；另参考第八卷第 538—541 行)。

拍打，给他俩注入巨大的勇力，
轻舒他们的臂膀，他们的腿脚和双手，
然后急速离去，像一只展翅疾飞的游隼[①]，
从一峰难以爬攀的绝壁腾空而起，
俯冲别的雀鸟，在平野上追击；就像
这样，裂地之神波塞冬离开二位，骤然离去。
二者中，俄伊琉斯之子，迅捷的小埃阿斯首先
看出来者是谁，于是对忒拉蒙之子埃阿斯说话，随即：
"埃阿斯，我想这是某位神明，在奥林波斯居栖，
以卜者的模样显现，要我们战斗在船边——
他不是卡尔卡斯，卜者，善辨鸟的踪迹。
我一眼便已认出，在他离去之际，从他的
腿脚步态——神明自有特点，辨别容易[②]。
所以现在，胸中的勇气正催我
赴战、打斗，催得远为强烈，
身下的腿脚和上面的双手都在等待，急切。"

忒拉蒙之子埃阿斯对他答话，说及：
"我也一样，这双克敌制胜的大手疯烈，
把矛杆握紧。力气已在增长，身下的双脚
正催我前进——我甚至期盼着与普里阿摩斯
之子赫克托耳一对一地打斗，此人总在渴望战击！"

---

① 比较第十八卷第 615 行、第二十一卷第 252—254 行和第二十二卷第 139—141 行。

② 参考第十七卷第 322—341 行和第十五卷第 488—493 行。当然，如果神祇不想让凡人知晓其活动的行迹，他（她）们也完全可以做到（参考《奥德赛》第十三卷第 299—301 和 312—313 行）。

就这样，二位互相激励，甚是欢畅，
欣享着神明在他们心中激起的嗜战欢悦。
与此同时，环地之神催励后面的阿开亚军兵，
后者正退临海船，息凉滚烫的内心，
只因肢腿疲软，历经苦斗的艰辛，
心中感觉悲痛，眼睁睁地看着
特洛伊人越过厚实的高墙，成群结队进逼。
目睹对方的攻势，他们泪水淌滴，
心想已逃不脱眼前的祸劫。其时，裂地之神
穿行队伍，走得轻捷，催促他们前行。
他首先前往督励丢克罗斯和雷托斯，继而
又催令英雄裴奈琉斯、德伊普洛斯、索阿斯、
墨里俄奈斯和安提洛科斯，两位啸吼战场的将领。
他高声呼喊，用长了翅膀的话语策励他们前进：
“可耻啊，你们这些阿耳吉维人，一群新兵！
我相信，只要肯打，你们可以保住船队，使其免遭毁灭。
然而，如果你等回避痛苦的战击，
那么，今天就是你们的末日，被特洛伊人扫平！
哦，可耻至极！我的眼前出现了古怪的奇迹，
一件可怕、我以为绝不会发生的事情，
特洛伊人居然逼至停驻的船边，这些以往
在我们面前奔逃的散兵，像懦鹿一样①，被豺狗、
狼和花豹当作猎捕的美味，在林中
四散逃命，魂飞胆裂，绝无丝毫战意。

① 鹿常常是猛兽尖牙利齿下的牺牲品（参考第十一卷第 474—481 行和《奥德赛》第四卷第 335—339 行）。由于生性懦弱，鹿还是“胆怯”、“乏力”和“孬种”的象征（参考本书第四卷第 243 行、第二十一卷第 29 行和第一卷第 225 行等处）。

以前，特洛伊人可没有这分胆量，抵挡
阿开亚人的双手和勇力，连一会儿都不行。
但现在，他们逼战在深旷的船边，远离城居，
得益于我们统帅的错失和兵士的怠懈，
后者与他争执，不愿挺身保卫
迅捷的海船，反倒招致戮杀，在船边送掉性命。
然而，即便阿特柔斯之子，统治辽阔
疆域的英雄阿伽门农确实做了错事，
只因他羞辱了裴琉斯捷足的儿子，
我们也不能为此避战退离。
不，让我们赶紧弥合，豪杰的心灵接受慰藉。
你们可不能这样下去，窒息战斗的豪情，
你们，作为全军的精英。至于我，
我不会指责别人从战场退却，因为他们
懦弱、可怜，但对你们，我却怀怒在心。
朋友们呢，由于退却不前，你们马上即会
承受更大的愁凄。振作起来，你们，每一个人，
记住羞辱，不要丢脸；一场激战已经展开！
啸吼战场的赫克托耳正搏击在我们的船边，
展示他的勇力，已经捣毁粗长的门闩，破毁门面！”

　　就这样，环地之神催励阿开亚人向前。
队伍重新集聚，气势豪壮，围绕在两位埃阿斯身边，
雄赳赳的战斗队列，阿瑞斯来了蔑视不得，
军队的催励者雅典娜亦不能小看。精选出来的最勇的
斗士收聚成排，站对特洛伊人和卓越的赫克托耳，
枪矛接依枪矛，盾牌搭连盾牌，
圆盾挨着圆盾，头盔贴着头盔，人群连成一片，

闪亮的盔面上，硬角边的鬃冠抵来擦去，
随着人头的晃摆，队形密集，一个个紧挨，
粗壮的大手摇曳着枪矛，组成杆头竖指的长排。
军勇们意志坚定，一心向往莽烈的鏖战。

　特洛伊人队形密集，猛冲，赫克托耳引兵
在先，像石壁上崩下的一块滚动的巨岩，
被泛涌着冬雨的长河从峰面上冲开，
凶猛的巨浪击散岩岸牢固的抓力，
坠石狂蹦乱跳，山下的森林随之呼响起来，
一路拼砸滚撞，其势豪迈，一气冲到
平原，方才阻止不动，只好收起凶焰。
就像这样，赫克托耳一度扬言要全程
冲杀，轻松扫过阿开亚人的营棚海船，
直插海边；但是，当激战对方人群密集的阵营，
他的攻势受阻，被硬顶回来。阿开亚人的儿子们
群起攻之，用剑和双刃的枪矛刺砍，
逼迫他步履跄踉，节节后退。
他放开嗓门，用尖亮的声音对特洛伊人呼喊：
“特洛伊人，鲁基亚人，近战杀敌的达耳达尼亚人——
站临我的身边！阿开亚人不能长时间挡住我的进攻，
尽管队形密集，像一堵墙似的横在前面。
不，我知道他们会在我的枪下退败，倘若我真的受到
一位最伟大的尊神驱使，赫拉的夫婿，能炸响雷！”

　他的话使大家鼓起勇气，增添了力量。
人群中阔步走出雄心勃勃的德伊福波斯，
普里阿摩斯之子，携举边圈溜圆的盾牌，

凭借它的庇护，他出脚迅捷，移步向前。
墨里俄奈斯举起闪亮的枪矛，瞄准投击，
不偏不倚，击中盾面，扎入边圈溜圆的
牛皮，但枪尖不曾透穿，修长的
枪杆从端头掉落下来。德伊福波斯
移开皮面的盾牌，惧怕聪颖的
墨里俄奈斯的枪械；英雄退回
己方的群伴，深感震怒于两件
事情：胜利的丢失和枪矛的损坏。
他回身阿开亚人的营棚海船
提取粗长的枪矛，置留在营棚里面。

众人继续苦战，啸喊之声骤起，经久不断。
忒拉蒙之子丢克罗斯首先杀敌，击倒枪手
英勃里俄斯，富有马群的门托耳的儿男，
居家裴代昂，在阿开亚人的儿子们到来之前，
迎娶普里阿摩斯的私生女墨得芾卡斯忒，作为妻伴。
然而，当达奈人乘坐翘耸的海船到来，
他回赴伊利昂，成为特洛伊人中的翘楚壮汉，
和普里阿摩斯同住，后者爱他，像对自己的儿男。
现在，忒拉蒙之子用粗长的枪矛破击，打在
耳朵下面，随后拧拔出来，此人翻身倒地，梣树一般，
耸立山巅，从远处便可眺见它的风采，
被铜斧砍倒，纷撒鲜嫩的叶片①；

① 一个极富感染力的比喻(明喻)。荷马爱把勇士的死亡比作大树的倾倒[另参考第四卷第 482—487 行、第五卷第 560 行、本卷第 389—391 行(同第十六卷第 482—484 行)以及第十四卷第 414—417 行]。

就像这样，死者猝倒，精工制作的铜甲响声锵然。
丢克罗斯快步跑去，急于抢剥甲片。
就在冲跑的当口，赫克托耳投掷闪亮的枪械，
但丢克罗斯盯视他的举动，躲过铜枪，只差
那么一点——赫克托耳击中安菲马科斯，克忒阿托斯之子，
阿克托耳的后代，枪尖破入胸膛，在他冲锋的瞬间。
他随即倒地，一声轰响，铠甲在身上铿然。
赫克托耳当即冲扑上前，夺抢心志豪莽的安菲马科斯的
盔盖，顶在他的头上，边圈压着眉沿，但埃阿斯
出手闪亮的枪矛，当他冲扑向前，
无奈不能伤损皮肉，只因全身被坚硬的
铜甲裹遍。然而，枪手击中盾牌鼓起的层面，
强劲的冲力迫使赫克托耳趄步后退，从两具尸首
旁避开；阿开亚人于是拖回倒地的伙伴。
雅典人的首领，斯提基俄斯和卓越的墨奈修斯，
抬着安菲马科斯返回阿开亚人的群伴。
其时，两位埃阿斯，挟着勇力和狂烈的战斗情怀，
抓起英勃里俄斯，像两头狮子，从牧狗尖牙利齿的
看守下把一只山羊抢来，叼咬在粗蛮的双颚之间，
跑进浓密的灌木丛，将猎物悬离地面；
就像这样，两位埃阿斯高举起英勃里俄斯，
剥去他的甲衣——俄伊琉斯之子，出于对杀死
安菲马科斯的恨怨，从松软的脖子上砍下他的脑袋，
投掷，使它滚过人群，像一只圆球旋转，
直至停住，贴着赫克托耳脚边的泥尘表面。

其时，波塞冬怒起心怀，为了孙子[①]
在酷烈鏖战中的死难，他迈步走去，
前往阿开亚人的营棚和海船，
催励达奈军士，却给特洛伊人倍送灾难。
这时，以投枪闻名的伊多墨纽斯与他会面，
正从一位伙伴那里过来，后者刚刚撤离
战斗，被锋快的青铜打伤膝盖。
伙伴们抬走伤员，伊多墨纽斯对医者
做过告诫，走回自己的营棚，豪情不减，
期待着赴战。强有力的裂地之神对他发话，
模仿安德莱蒙之子索阿斯的声音，
埃托利亚人的王者，统治整个普琉荣和陡峭的
卡鲁冬，受到国民崇仰，像敬神一般：
“伊多墨纽斯，克里特人的训导，阿开亚人的
儿子们对特洛伊人发出的威胁，如今安在[②]？”

其时，克里特人的首领伊多墨纽斯对他答道：
“索阿斯，就我所知，这可不是任何人的
过错，因为我们全都知晓如何战斗。
并非无情的恐惧把谁个逮住，也不是
有人害怕，逃避拼斗的邪恶，原因在于
如此能让克罗诺斯之子愉悦，使这位巨力的天尊：

---

① 指安菲马科斯，克忒阿托斯之子。阿克托耳是克忒阿托斯名义上的父亲，其生身父亲为波塞冬。

② 有道是“劝将不如激将”。果然，伊多墨纽斯在做过一番解释后反而激励索阿斯“要督励所有的人战斗”(第230行)。另参考并比较第八卷第228—235行、第十六卷第200—209行和第二十卷第83—85行。会讲豪言壮语(即会吹擂，当然还有讥刺)或许也是勇士需要通过学习和实践掌握的一项本领——这也是能说会道的一种体现。

阿开亚人必须死在此地，远离阿耳戈斯，销匿名声。
然而你，索阿斯，作战向来不会屈服，
并且总是催促向前，当你看见有人回走，
现在，你也不应气馁，而要督励所有的人战斗。”

其时，裂地之神波塞冬答话，说告：
“今天，伊多墨纽斯，谁要是自动逃离战斗，
就让他永世不得离开特洛伊，回返故土，
让他待留此地，成为犬狗嬉食的佳肴。
来吧，和我一起出发，操起你的家伙。我们必须
联合行动，此举或许有助，尽管只有你我一道。
合伙产生力量，即便当事者懦弱，
而你我谙熟格战的套路，哪怕对打杰豪。”

他言罢离去，一位神灵，介入凡人的争捣①。
伊多墨纽斯返回营棚，构作坚牢，
披挂璀璨的铠甲，遮住躯身，操起两支枪矛，
转身上路，像一个雷爆，由克罗诺斯之子
手握，从晶亮的奥林波斯山上晃摇，
给凡人送来一道闪亮的弧光，一个示兆；
就像这样，铜甲在他胸前闪耀，伴随双腿的奔跑。
墨里俄奈斯，他的刚勇的助手，与他照面，
傍临营棚，正急着赶回营地，提取一杆
铜矛。强健的伊多墨纽斯对他说道：

① 第 239 行同第十六卷第 726 行和第十七卷第 82 行。

"捷足的墨里俄奈斯[①],摩洛斯之子,我最亲爱的
伴友,为何回返,离开战斗杀绞?
负伤了吗?忍着枪尖致送的痛恼?
可是带着口信,捎来给我?若就
本意,我愿战斗,而非干坐营棚息消。"

头脑聪颖的墨里俄奈斯,对他答话,说道:
"伊多墨纽斯,身披铜甲的克里特人的训导,
我赶来提取一支投枪,不知是否可从你的
营棚获找。刚才,我打断了自己的枪矛,
撞毁在德伊福波斯的盾面,此人高傲。"

其时,克里特人的首领伊多墨纽斯对他答道:
"若要枪矛,你可以找到,无论是一支,还是二十条,
在我的营棚,贴着滑亮的内墙停靠,
全是我的战礼,特洛伊人的枪矛,被我杀倒。
我不会站在远处拼战敌人,这不是我的嗜好。
所以,此地有这些枪矛,连同中心突鼓的
盾牌、头盔、胸甲,锃亮,明光闪耀。"

头脑聪颖的墨里俄奈斯对他答话,说道:
"我也一样,营棚和乌黑的海船边堆放着许多得之于
特洛伊人的战获,只是不在近处,一时提取不到。
告诉你,我亦没有忘却自己的强豪,
战时和前排的壮士一起拼搏,人们从中争获荣耀,

① 墨里俄奈斯是克里特主帅伊多墨纽斯的副手和"最亲爱的伙伴",其地位大致与帕特罗克洛斯和塞奈洛斯在各自的军伍里的相似。

我站挺疆场，无论战事在哪里唤召。
其他身披铜甲的阿开亚人或许会忘记
我的拼杀，但你，我想，一定会把这些记牢。”

其时，克里特人的首领伊多墨纽斯对他答道：
“我知晓你的刚强、豪勇，何须你来诉说？
倘若让我们中所有最好的战勇在船边集中，
搞一次埋伏，此乃验证勇气的最佳举措，
懦夫和勇士都会从中显出原貌，
贪生者的脸色会不断改变色调，
无法控制心绪，不能安然稳坐，
把重心压在这条然后是那条腿上，
最后在两条腿上蹲落，胸中的心脏剧烈跳动，
想到死的精灵将至，牙齿咯咯碰敲。
与之相比，勇士面不改色，不会过分
慌恐，当他进入伏点备妥，而是
潜心祈祷，但愿即刻临敌，拼个死活：
其时，谁能小看你的勇力和双手的强豪？
即便你被投枪击中或被枪矛捅破，
落点也不会在脖后或者胸背，
而是击捣在你的前胸或肚腹上头——
你正向前冲打，潇洒在前排壮勇之中①。
干起来吧，别再站着，像孩子似的诉说，

---

① meta promachon oaristun. oaristus（比较 oar，“妻子”）原意为“追求”“亲近”“爱抚”（此处且译作“潇洒”），喻指“近战”“战斗”。战斗就似性爱一样，是一种临近或贴身进行的行为（另参考第十七卷第 228 行）。战斗就是“亲近”，犹如情侣的调情做爱，但前者在仇敌之间进行，而后者则能使当事的双方在贴身爱抚中享受愉悦。诗人老到和娴熟的修辞功夫已达炉火纯青的境界。

免得有人生气，出言数落。
去吧，前往我的营棚，选取一支粗重的枪矛。”

　　他言罢，墨里俄奈斯，可与迅捷的战神比过，
快步跑进营棚，抓起一杆铜矛，
跟着伊多墨纽斯，急切地企望战斗。
他大步疾走，像屠人的阿瑞斯闯入战斗，
由溃乱伴同，他的爱子，无所畏惧、
莽豪，即便是心志刚强的勇士，遇之也会落魄：
二位全副武装，从斯拉凯[①] 冲出，寻战厄夫罗伊人
或心志豪莽的夫勒古厄斯人[②]，不愿听纳
双方的祈祷，只对其中的这方或那方致送荣耀。
就像这样，墨里俄奈斯和伊多墨纽斯，军队的统领，
迈步战场，身上铜光闪烁。
墨里俄奈斯首先发话，对伊多墨纽斯道说：
“丢卡利昂之子，你打算在哪里介入战斗？
从战阵的右翼、中路，还是从它的左翼
切入？我想，我们找不到比那儿更吃紧的
去处——长发的阿开亚人正受到最凶猛的逼迫。”

　　伊多墨纽斯，克里特人的首领，对他答道：
“中路有其他首领，防卫那里的船艘，
两位埃阿斯，连同丢克罗斯，阿开亚全军最好的

---

① 阿瑞斯的斯拉凯（即色雷斯）“背景”在《奥德赛》里再次得到证实（参见该诗第八卷第361行）。

② 夫勒古厄斯人实际上即为拉丕赛人；他们的首领夫勒古埃乃阿瑞斯之子，生子（拉丕赛人）伊克西翁（参见专名索引）。

弓手，亦是一位善于近战的壮勇，
他们会让普里阿摩斯之子赫克托耳吃够苦头，
尽管他十分强悍，急冲冲地赴战拼斗。
然而，尽管战意狂凶，他却极难取胜，
击散他们的勇力，制服难以抵御的双手，
放火烧船，除非克罗诺斯的儿子亲自
将爆燃的木块投入我们快捷的船舟。
忒拉蒙之子，高大的埃阿斯不会对谁个让步，
只要他是凡人，吃食黛墨忒耳的谷物，
能被青铜豁开，能被横飞的巨石砸破。
若论近战打斗，他的武功甚至不让横扫军阵的
阿基琉斯，虽说后者的快腿无人比过。
咱们走吧，前往军阵的左翼，按你所说。我们马上
即会看到光荣的归属，是自己，还是让别人拥获。”

　　他言罢，墨里俄奈斯，可与迅捷的战神比过，
引路先行，来到伊多墨纽斯提及的去处。

　　当特洛伊人眼见剽烈的伊多墨纽斯，像团烈火，
带着他的副手，穿着做工精美的甲胄，
开始在混战中大声呼喊，向他冲扑，
一场凶莽的酷战在船尾边突起拼夺。
犹如狂风呼啸，迅猛，急速扫落，
在尘土堆满路面的日子，淤积最厚，
疾风卷起灰泥，形成一片巨大的云涡；
就像这样，双方投入殊死的搏斗，心志狂烈，
决意杀个你死我活，在混战的队列，用锋快的青铜。
人死人亡的战场上指立撕咬皮肉的枪矛，

柄杆修长，紧握在兵勇们手中，人们杀得眼花缭乱，
迎对铜光的移流，折闪自锃亮的头盔、
新近擦拭的胸甲和明光闪烁的战盾，
人群在混乱中杀斗。此人必得心肠冷酷，
方能感觉愉悦，目睹这场恶屠，不致悲痛。

　克罗诺斯的两个强有力的儿子勾心斗角，
使战场上拼搏的勇士尽受痛苦的煎熬。
宙斯意欲让特洛伊人和赫克托耳获胜，
使捷足的阿基琉斯领享荣耀；但他并不
希愿阿开亚全军在伊利昂城前覆灭，
而是只想让塞提斯和她心志莽烈的儿子争得光荣。
其时，波塞冬从灰蓝色的海浪里悄然冒出，
穿行在阿耳吉维人之中，督励他们，怒气冲冲，
只因己方遭受特洛伊人痛打，愤恨宙斯的所作。
确实，二位共有一个父亲，来自同一个家族，
但宙斯先出，并且所知更多。所以
波塞冬明里不敢助佑，却用隐晦的方式，
变取凡人的模样，一直在阿开亚人的营伍里煽动。
就这样，二位在双方捆绞系牢了一根敌对和
凶蛮争斗的绳索，拉紧两头，挣不断，
解不脱，已把许多人的膝盖酥松。

　伊多墨纽斯召呼达奈兵众，尽管头上白发生出，
对着特洛伊人猛冲，在对手中引起慌恐，
因他杀倒俄斯罗纽斯，后者在卡北索斯居住，
初来乍到，受战争的音讯驱纵，

曾对普里阿摩斯提出，婚娶卡桑德拉[①]，王家
最美的女姣，不送聘礼，答应以一次伟烈的战事抵付，
把阿开亚人倔犟的儿子们赶出特洛伊疆土。
年迈的普里阿摩斯答应嫁出女儿，点头
允诺，俄斯罗纽斯寄望于此，参加战斗。
伊多墨纽斯举起闪亮的枪矛，瞄准投出，
击中健步杀来的俄斯罗纽斯，青铜的
胸甲抵挡不住，枪尖深深地扎进肚腹，他随即
倒下，轰然一声。伊多墨纽斯傲临炫耀，道说：
“所有的凡人中，俄斯罗纽斯，我要向你祝贺，
假如你打算在此实践对达耳达尼亚的
普里阿摩斯的承诺，他的诺言是嫁出女儿。
听着，我们将使之成真，也对你许诺，
给你阿特柔斯之子的千金中最漂亮的女儿，把她
从阿耳戈斯带来，做你的妻从，如果你愿意合作，
帮助我们荡平人丁兴旺的伊利昂城国。
来呀，跟我走，前往我们破浪远洋的船舟，将婚事
谈妥——放心吧，关于聘礼，我们不会敲诈勒索！”

　英雄伊多墨纽斯言罢，抓起他的腿脚，拖着他
走过激战的人流；阿西俄斯赶来救助，
迈步在一对驭马前头，后者由助手驱赶，跟着行走，
吐出的粗气喷向他的肩头。此君疯烈，
亟想击打伊多墨纽斯，但后者抢先出手，
投枪捣入颌下的喉管，铜尖直接穿透。

① 卡桑德拉貌美（参考第二十四卷第 699 行），荷马知晓其被阿伽门农之妻克鲁泰奈斯特拉谋杀一事（参见《奥德赛》第十一卷第 422 行）。

他随即倒下，似一棵橡树或白杨倾倒，
或像一株参天的巨松，耸立山坳，被工匠
砍落，用锋快的斧斤，备作造船的木料；
就像这样，他躺倒在地，驭马和战车前头，
呻吼，双手抓掐血染的泥膏。
其时，后面的驭者惊恐万状，业已不能思考，
不敢掉转马头，躲避敌人的出手
重敲。剽勇犟悍的安提洛科斯
出枪捅穿他的中腹，青铜的胸甲
抵挡不住，枪尖在腹腔深处扎牢；
他大口喘着粗气，从精固的战车里栽倒。
安提洛科斯，心胸豪壮的奈斯托耳之子，将他的驭马
从特洛伊人一边，赶向胫甲坚固的阿开亚人的一方归靠。

德伊福波斯，怀着对阿西俄斯之死的悲悼，
逼近伊多墨纽斯，掷出闪亮的枪矛，
但伊多墨纽斯盯视他的举动，躲过铜镖，
在溜圆的战盾后面蹲躲，此盾是他的常用
之物，牛皮贴着闪光的青铜，做工精致，
安着套把两道。他蜷藏在圆盾
后头，铜枪从他身上飞过，
擦着盾面，发出粗蛮的嘶叫。
然而，德伊福波斯粗壮的大手没有白投，
击中兵士的牧者呼普塞诺耳，希帕索斯的儿男，
打在肝脏上，横膈膜下，当即酥软了他的膝头。
德伊福波斯欣喜若狂，傲临，高声炫耀：
“阿西俄斯死了，但此仇已报！当他走向哀地斯，
强健的门户守卫者，我想，他的心儿会

乐得欢闹，因为我已出手，给他送去一位同行的护保！”

听他言罢，一番吹擂使阿耳吉维人悲伤，
而聪颖的安提洛科斯更是心潮激荡；
不过尽管伤心，他却没有不顾自己的伙伴，而是
冲跑过去，跨站身旁，用盾牌挡护他的躯干。
厄基俄斯之子墨基斯丢斯和卓越的阿拉斯托耳，
他的两位亲密朋伴，在盾后弯身，架起呼普塞诺耳，
抬着伤者，踏着他的厉声吟叹，走回深旷的船舫。

伊多墨纽斯丝毫不减巨莽的烈狂，总在闯荡，
要么把一些特洛伊人罩进深沉的黑夜[1]，
要么死去，倒下，为了给阿开亚人避挡愁殃。
战场上有个汉子，卓著的埃苏厄忒斯钟爱的儿男，
英雄阿尔卡苏斯，安基塞斯的婿郎，
婚娶他的长女，希波达墨娅，
父亲和高贵的母亲真心爱她，
在深广的家里，因她赶超所有同龄的姑娘，
无论是相貌、女红，还是心智的聪达。所以，
她被此人迎娶，辽阔的特洛伊地面最出色的英壮。
然而，借用伊多墨纽斯的双手，波塞冬杀他，
迷蒙他的眼睛，原本明亮，使他光荣的肢腿变僵，
让他既不能回跑，也不能躲闪，
站着，像一根柱子或一棵多叶、高耸的大树[2]
无法动弹——英雄伊多墨纽斯刺他，

① 即把特洛伊人杀死。参考第 575 和 580 行及第四卷第 503 行注。
② 参考第 180 行注。

当胸一枪，破开护身的铜甲，在此
之前，此甲一直替他挡避死亡：
青铜嘎响崩裂，顶不住枪矛的冲撞。
他随即倒地，一声轰然，心脏夹着投枪，
却仍在跳动，起伏颤摇着枪矛的尾端，
很快，硕壮的阿瑞斯消解了它的力量。
伊多墨纽斯高声炫耀，傲临，欣喜若狂：
“德伊福波斯，我们能说交易公平，以三
换一，没有赢家？刚才，可是你在吹响。
过来吧，可怜的东西，站在我的近旁，
看看我是何样人儿：我，宙斯的后裔，和你对打。
早先，宙斯得子米诺斯[1]，把克里特民众看养，
米诺斯得子丢卡利昂，一位无瑕的英壮，
而丢卡利昂生我，统领众多族民，
在广阔的克里特为王。现在，海船载我来此，
让你和你的父亲，以及所有的特洛伊人遭殃！”

　听他言罢，德伊福波斯心里忑忐，
权衡着是先退回去，另找一位心胸豪壮的
特洛伊人做伴，还是独自和他较量。
斟酌比较，他觉得此举最为妥当：
寻求埃内阿斯帮忙。他找到此人，在战场的边沿
挺站，始终怀着对卓越的普里阿摩斯的恨怨，只因
后者，尽管他作战勇敢，不让他在特洛伊英壮中享领荣光。
德伊福波斯走去站在他身旁，讲出的话语长了翅膀：

---

① 参考第十四卷第 322 行和《奥德赛》第十一卷第 568 行。家谱（或讲述英雄们的身世）乃构组史诗的“基础”之一。

"埃内阿斯,特洛伊人的训导,我们需要你相帮,
保护你姐姐的丈夫,倘若你会为亲人之死悲伤。
快走,为保护阿尔卡苏斯,你的姐夫,
在你幼小之时,曾把你育养在他的居家。
现在,著名的枪手伊多墨纽斯已将他战杀。"

　一番话激起了埃内阿斯的情感,在他的胸腔,
于是寻战伊多墨纽斯,急切地企望开打。
然而,伊多墨纽斯把他当作孩童,一点不怕,
稳稳站立,像山上的一头野猪,坚信自己的力量,
站候近逼的人群,骚嚷,偌大的一帮,
在一个荒僻的地方,竖起背上的鬃毛,
双眼喷闪火光,咔咔地磨响獠牙,
狂烈,等盼着迎对狗和猎人绞杀①。
就像这样,著名的枪手伊多墨纽斯迎对冲扫而来的
埃内阿斯,一步不让,大声招呼己方的群伴,
眼望着阿斯卡拉福斯、阿法柔斯、德伊普罗斯以及
墨里俄奈斯和安提洛科斯,两位啸吼战场的英壮,
高声呼喊,策励他们前进,送出的话语长了翅膀:
"过来吧,朋友们,帮我一把!我只身一人,非常害怕,
惧怕捷足的埃内阿斯,正对我冲撞,
如此豪强,足以杀倒战斗中的兵壮。

① 有关围杀野猪的明喻,另见第十一卷第 414—418 行和第十二卷第 146—150 行。诗人喜用野猪比喻站等进攻的勇士:"就像这样,……伊多墨纽斯迎对冲扫而来的埃内阿斯"(本卷第 476—477 行)。野猪粗蛮、强悍、异常凶猛,胸腔里的野性甚至超过狮子(参考第十七卷第 20—22 行),杀伤力很强。此外,困兽犹斗——遭受狗和猎人围攻的野猪不缺背水一战的决心。奥德修斯曾遭此兽(即野猪)伤害(参阅《奥德赛》第十九卷第 393 行以下)。

此人年轻，正是人生最富勇力的年华。
假如我们同龄，正如眼下具有同等的激情一样，
那么，不是他获全胜，即刻，便是我做赢家。”

他言罢，众人共怀一种热情，怀在胸腔，
拥来站立他的身边，将盾牌斜靠在各自的肩膀。
埃内阿斯在另一边招呼他的伙伴，
眼望着德伊福波斯、帕里斯和卓越的阿格诺耳，
都是特洛伊人的首领，和他一样。兵勇们
蜂拥在他们身后，宛如羊群跟着带队的公羊，
离开草地，前往喝饮，使牧人心里欢畅；
就像这样，埃内阿斯心里喜欢，
看着大群的兵丁，跟随他进发。

两军拥逼到阿尔卡苏斯身边，近战开打，
动用长枪，互相投射，撞打在贴扣
胸前的铜甲，发出可怕的声响。
人群中活跃着两位壮勇，谁也不可比攀，
埃内阿斯和伊多墨纽斯，都像战神一样，
渴望用无情的青铜撕毁对方。
埃内阿斯首先投枪，但伊多墨纽斯
盯视他的举动，躲过铜枪；埃内阿斯
的枪矛扎入泥地，枪杆颤抖摇晃，
粗壮的大手徒劳无益地丢抛了一场。
然而，伊多墨纽斯枪击俄伊诺毛斯，打在腹腔，
捅穿胸甲的虚处，铜衣里挤出
内脏；后者翻身倒地，将泥尘抓在指掌。
伊多墨纽斯从尸身上绞拔出落影森长的投枪，

却无法抢剥璀璨的铠甲,从对手的
肩膀,投枪扑面而来,打得他连连退还,
感觉双腿疲软,过去的撑力已不在身上,
既不能掷枪后扑进,也无法躲避对手的投枪。
就这样,近战中他挡离无情的死亡之日,
但腿脚已不能快跑,驮着他离开战场。
当他举步慢慢回撤,德伊福波斯带着
难解的仇恨,甩出闪亮的投枪,
然而又未击中,但却撂倒了阿斯卡拉福斯,
战神的儿郎,粗重的枪矛透穿
肩膀;他翻身倒地,将泥尘抓在指掌。
但是,硕壮和啸吼的阿瑞斯其时
全然不知儿子已在激战中倒下,
坐息奥林波斯最高的峰岗,金色的
云朵下,受制于宙斯的意志,已被
禁止介入战斗,和其他神明一样。

其时,两军进逼到阿斯卡拉福斯身边,近战搏杀。
德伊福波斯从阿斯卡拉福斯身上抢走头盔闪亮,
但墨里俄奈斯,可与迅捷的阿瑞斯比攀,
猛扑上去,出枪击伤他的臂膀,带孔眼的
帽盔从手里掉下,在泥地上哐啷。
墨里俄奈斯再次冲扑,似鹫鸟飞翔,
从德伊福波斯的肩部夺过粗重的枪矛,
退躲回己方的群伴。其时,波利忒斯伸出
双手,拦腰抱起德伊福波斯,他的兄弟,
走离战斗的悲伤,来到捷蹄的驭马旁,
它们站等后面,避离战斗和搏杀,

载着驭手,荷着精工制作的车辆。
驭马拉着他回城,伤者发出深重的吟叹[①],
忍着疼痛,鲜血涌出新开的豁口,顺着臂膀流淌。

其他人仍在苦战,嚣杂之声不停地轰响。
埃内阿斯扑向阿法柔斯,卡勒托耳的儿郎,
捣出锋快的枪矛,扎在喉管上,当他转身对着投枪。
他脑袋撇倒一边,盾牌和盔盖
落砸,身躯沦于裹缠,被杀毁命脉的死亡。
安提洛科斯,双眼盯着索昂,见他转身,
直扑而上,出枪击打,捅出整条静脉,
此管沿着脊背,直通颈项。他捣出
一整条脉管,被击者仰面倒落泥尘,四肢
摊展,伸出双手,对着亲爱的伙伴。
安提洛科斯冲上,试图剥甲他的肩膀,
警惕,左右张望。特洛伊人从四面围困,
捅扎硕大的盾牌闪亮,但却
不能穿透,破开安提洛科斯鲜亮的肌体,
用无情的投枪——裂地之神波塞冬挡护着
奈斯托耳的儿郎[②],甚至在这密集的枪林中帮忙。
安提洛科斯不曾避离敌群,而是持续
与之斗打;也不曾静握枪矛,而是不停地
挥舞、捅扎,一心想着投枪
放倒对手,或在近战中将其刺杀。

---

① 第536—538行同第十四卷第430—432行。

② 波塞冬乃奈琉斯的父亲(《奥德赛》第十一卷第239—254行),因而也是奈斯托耳之子安提洛科斯的曾祖父。另参考第二十三卷第306—307行。

阿达马斯，阿西俄斯的儿郎，见他在混战
中用枪瞄打，冲扑近前，捅出犀利的铜枪，
扎在盾牌中央，但黑发的波塞冬折毁
枪矛，不让他把安提洛科斯的性命夺杀，
枪矛一半插入安提洛科斯的盾牌，
像一截烤黑了的木桩，另一半躺在地上。
为了保命，阿达马斯退回己方的群伴，
而就在回跑之际，墨里俄奈斯跟进投枪，
打在生殖器和肚脐之间——对可怜的
凡人，这里最能体验阿瑞斯的凶莽。
枪矛深扎进去，他佝偻枪杆，喘着
粗气，像一头公牛，在那山上，被牧人
用编绞的绳索捆绑，强行拖拉。
就像这样，他气喘吁吁，折腾了一会儿，时间不长，
英雄墨里俄奈斯迈步走去，从他的躯身
拔出矛枪；黑雾把他的双眼蒙上。

近战中，赫勒诺斯劈中德伊普罗斯的太阳穴，
用一柄粗大的斯拉凯铜剑，把盔盖捣得支离破碎，
脱出头颅，砸落地面，沿着兵勇们的
脚边翻滚，被一位阿开亚人提捡。
黑沉沉的夜雾飘临，蒙住了他的双眼。

悲痛揪住了啸吼战场的墨奈劳斯，阿特柔斯的
儿郎，他耀武扬威，挥舞锋快的投枪，对着赫勒诺斯，
王者、斗士，其时正握住弓背的中段开拉。
两人同时投射，一个掷出锋快的
镖枪，另一个松放弦线击发，

普里阿摩斯之子一箭射中对手的胸腔，
但甲衣的弯片挡住，将凶狠的箭镞回弹。
宛如在一个偌大的打谷场上，黑皮的
豆粒和鹰嘴豆儿跳出宽面的锹铲，
迎对呼吹的劲风，随着劳作者的抛扬；
就像这样，凶狠的箭矢弹离光荣的墨奈劳斯的胸甲，
蹦出老远，硬是被顶向一旁。
然而，阿特柔斯之子，啸吼战场的墨奈劳斯击中
赫勒诺斯的拳手，握着弓杆油亮，铜矛
透穿弓条，继而捣烂握杆的手掌。
为了保命，他退回己方的群伴，
垂悬着伤手，拖着梣木的投枪。
心胸豪壮的阿格诺耳从他手里接过枪矛，
用细密编织的羊毛裹住创伤，那是助手携带的
投石器具①，以便让兵士的牧者派上用场。

其时，裴桑德罗斯对着光荣的墨奈劳斯
扑进，邪恶的命运把他引向死的终极，
他将死在你墨奈劳斯的手里，进行可怕的拚击。
他俩相对而行，咄咄逼近。
阿特柔斯之子出手未中，投枪掠过他的躯体，
而裴桑德罗斯则出枪击中光荣的墨奈劳斯，
打在盾牌上，但铜枪未能将它穿劈，
宽阔的盾面挡住枪尖冲刺，枪头折断在木杆的
端顶；然而他心里喜欢，企望赢得胜利。
阿特柔斯之子拔出铜剑，嵌缀银钉，

① 一种用羊毛编织而成的带子，可用于发射石块（参见第716行）。

扑向裴桑德罗斯，后者藏身盾牌下面，紧握
精工锻打的斧斤①，铜刃锋利，安着橄榄木的
手柄，修长、亮丽。他俩同时杀击，
裴桑德罗斯一斧砍中插缀马鬃的盔冠，
顶面的角脊，而墨奈劳斯，在他冲来之际，
一剑劈入额头，鼻梁上面，将额骨敲碎，
眼珠双双掉落，鲜血淋淋，沾贴脚边的尘泥。
他佝偻起身子，扑倒在地；墨奈劳斯一脚踩住胸口，
抢剥甲衣，傲临炫耀，扬扬得意：
“如此，你们总可离开达奈人的海船，他们驾驭快跑的马匹，
你们，高傲的特洛伊人，从不腻烦战场上可怕的噪音，
也不欠缺别的本领，羞辱、脏浊，
把这些泼在我的头顶。该死的恶狗，心中全然
不怕炸响雷的宙斯的雷霆，大神监护主客的
友谊——将来，他会捣毁你们陡峭的城堡，彻底！
你们胡作非为，拐走我婚娶的妻子和财宝成堆，
而她还款待过你们，付出盛情。
现在，你们又疯烈在我们远洋的船边，
试图用狂蛮的烈火烧毁，宰杀阿开亚精英。
不，你们，尽管嗜战、凶野，将会受到阻击。
父亲宙斯，人们说你有绝高的智慧，所有的
凡人和神祇不可比及，然而你却使这一切实现，
让这帮凶傲的人们得宠受益，
特洛伊人的蛮力一直都在腾升，永不

① 斧子既可用于作战（另见第十五卷第711行），亦可作为比赛中的奖品（参见第二十三卷第850行以下和《奥德赛》第十九卷第572行以下）。此外，斧子也是伐木者和木匠手中的利器。

满足于邪毒的战争和死打硬拼。
人总有满足的时候,对任何事情:爱欲、
睡眠、舒展的舞蹈和歌唱的甜蜜,
所有这些,都比战争更能欢娱人的兴情。
然而,特洛伊人的嗜战之壑却永难填平!”

雍贵的墨奈劳斯言罢,从他身上卸剥
带血的甲衣,交由他的伙伴收领,
转身,复又投入前排的雄杰。

其时,哈耳帕利昂从人群里出来,王者
普莱墨奈斯的男丁,跟随父亲临抵特洛伊
参战,再也没有回去,回返故地。
他朝对阿特柔斯之子逼近,出枪捅在
盾牌中心,但枪尖未能透穿层里,
为了躲避死亡,他退回己方的伴群,
四下里张望,唯恐有人伤害,用青铜的兵器。
然而,在他回退之际,墨奈劳斯用铜头的
箭支射击,打在右臀边沿,镞尖
从盆骨下穿过,向膀胱里扎进。
他佝偻起身子,在亲爱的伙伴们怀里
喘吐命息,滑倒在地,像一条
爬虫似的伸躺,黑血涌注,泥尘染尽。
心志豪莽的帕夫拉戈尼亚人在他身边忙碌,
将他抬入马车,运回神圣的伊利昂城里,
满怀悲戚。死者的父亲① 泪水浇滴,走在他身边,

① 哈耳帕利昂的父亲普莱墨奈斯已在第五卷第 576 行里被杀,现在又在此“复出”,大概是出于诗人的疏忽。

谁也不会支付血酬，赔偿儿男的性命。

其时，此人的被杀引发帕里斯的愤恨强烈，
哈耳帕利昂乃他的客主，在众多帕夫拉戈尼亚人里；
他射出一支铜头的飞箭，挟带怒气。
战场上有个欧开诺耳，先知波鲁伊多斯的
儿子，高贵、富裕，在科林斯居栖，
知晓死的命运，当他踏上船板，清楚知悉。
善良的老人波鲁伊多斯曾多次提及，
说他会死于一场难忍的病痛，在自己家里，
或随同阿开亚人的海船出征，被特洛伊人杀击。
所以，他选择免付阿开亚人索要的大笔惩金[①]，
此外还可躲过可恨的病痛，使心灵免受楚凄。
帕里斯箭击他的耳朵和颌骨根底，魂息当即
飘离肢腿，可恨的黑暗蒙住他的躯体。

就这样，他们奋力拼杀，烈火一样凶莽，
但宙斯钟爱的赫克托耳却对此一无所闻，
不知在海船左边，他的兵勇们正痛遭
阿耳吉维人宰杀。阿开亚人即将争获
荣光，环绕和震撼大地的波塞冬正起劲
催励阿耳吉维人战斗，并以自己的力量帮忙。
但是，赫克托耳却一直战斗在先前攻破大门
护墙、荡扫密集的队阵和达奈兵勇的地方，

---

① 科林斯是个富庶的城邦(参考第二卷第570行)。比较安基塞斯之子厄开波洛斯曾赠马阿伽门农，作为礼物，使其免于跟他进兵多风的伊利昂(第二十三卷第296—297行)。

那里停靠着埃阿斯和普罗忒西劳斯的船队，
停搁在灰蓝色大海的滩旁，前面是一段
防区内最低矮的护墙，一个最薄弱的
环节，承受着特洛伊人和驭马的冲搡。

　波伊俄提亚人、衫衣长垂的伊俄尼亚人、
洛克里亚人、弗西亚人[①] 和声名卓著的厄培亚人，
正试图挡住赫克托耳的冲撞，后者正拼命杀向海船，
却不能打退这位卓越和一串火焰似的战将。
那里有精选的雅典兵壮，由
裴忒俄斯之子墨奈修斯统管；菲达斯、
斯提基俄斯和刚勇的比阿斯跟随帮忙。厄培亚人的首领
是墨格斯，夫琉斯的儿郎，以及德拉基俄斯和安菲昂，
墨冬站在弗西亚人的前排，连同波达耳开斯，凶猛顽强。
二者中，墨冬是神一样的俄伊琉斯的
私生子，埃阿斯的兄弟，但他居家
夫拉凯，远离故乡——他曾杀死厄里娥不斯的
兄弟，前者是他的继母，俄伊琉斯的妻房；
另一位是夫拉科斯之子伊菲克洛斯的儿郎。
他俩全副武装，置身心胸豪壮的弗西亚人的前排，
为了保卫海船，拼战在波伊俄提亚人近旁。

　迅捷的埃阿斯，俄伊琉斯的儿男，
现时一步不离另一位埃阿斯，忒拉蒙的儿郎，
时时跟上，像两头酒褐色的健牛，合成

① 在荷马史诗里，"弗西亚人"和上行中的"伊俄尼亚人"仅见于本卷。弗西亚是阿基琉斯的属地，但他的军兵通常被叫作慕耳弥冬人、阿开亚人和赫勒奈斯人。

一股力量，拉着复合的犁具在休耕的农地上
劳作，涔涔的汗水在两对硬角底部流淌，
中间仅隔一点距离，被油滑的轭架分挡，
沿着垄沟，举步艰难，直至犁头切碰端疆；
就像这样，他俩并肩作战，挺立战场。
忒拉蒙之子身后跟着许多勇敢的兵壮，
他的伙伴们，随时准备接过那面战盾硕大，
每当他热汗淋漓，肢腿疲乏。然而，
洛克里亚人却未跟随心胸豪莽的埃阿斯，俄伊琉斯的
儿郎，他们心志不坚，无意进行紧逼的近战，
既没有青铜的盔盖，缀顶马鬃挺拔，
也没有边圈溜圆的盾牌和梣木杆的矛枪，
而是信赖于弓弩和羊毛编织的投石器的威力，
跟着首领来到伊利昂，射打出
密集的箭矢石块，摧捣特洛伊人的队伍成行。
就这样，身披重甲的兵勇在前面斗打，
拼战特洛伊人和头戴铜盔的赫克托耳，
另一部分人则从后面的掩体里射发；特洛伊人
已记不起战斗的愉悦，慌乱于箭石的投砸。

其时，特洛伊人或许已凄凄惨惨地退离营棚
海船，回兵多风的伊利昂，若非普鲁达马斯
前来对他说话，站临赫克托耳身旁：
“赫克托耳，你太顽固，听不得劝讲。
不要以为神明给了你战斗的技能，
你就以为亦比别人高明，善于谋划；
事实上，你不可能把一切好事包揽①。

① 比较第二十四卷第 528 和 533 行注。

神祇让一个人善能斗打，使另一个人
在舞蹈上在行[1]，又让第三者擅弹竖琴歌唱，
沉雷远播的宙斯栽入智慧，在另一个
人的胸腔，获者使许多人受益，
亦使许多人得救，但他自己的知晓最佳。
现在，我要告诉你我以为最合宜的做法。
看看吧，战斗像一个火圈在你四周烧燃，
而我等心胸豪壮的特洛伊人，在越墙后
有的拿着武器站避后面，有的正在搏杀，
以少拼多，分散在海船边旁。
撤兵吧，召聚所有最勇的英壮，
集思广益，制订周全的计划，
能否冲上凳板众多的海船，倘若
神明愿让我们成为赢家，或其后，我们
能否撤离船边，不受损伤。我担心
阿开亚人要我们偿付昨天的伤亡，
须知他们的船边还蛰伏着一位嗜战不厌的
男人——我们将不能，我想，再把此人挡离战场。”

普鲁达马斯言罢，明智的话语使赫克托耳欣欢，
后者当即跳下马车，双脚落地，全副武装[2]，
道出长了翅膀的话语，对他说讲：
“你可把所有最勇的斗士召聚过来，普鲁达马斯，
我要赶往那边，迎战开打，

---

① 诗人在本卷中又一次并列提及战争和舞蹈（另见第 637—639 行）。参考第十五卷第 508 行注等处。不过，文武双全的人还是有的，譬如奥德修斯。

② 第 748—749 行同第十二卷第 80—81 行。

详述我的命令，然后马上回返。”

言罢，他迈步离去，似一座积雪的山岗[1]，
穿过特洛伊人和盟军伙伴，大声呼喊。
听罢赫克托耳的指令，其他人迅速围聚，
在潘苏斯之子，温雅的普鲁达马斯身旁。
赫克托耳在前排壮勇里穿插，寻觅
德伊福波斯、骁勇的王子赫勒诺斯、阿西俄斯
之子阿达马斯和阿西俄斯，呼耳塔科斯的儿郎——
假如他能碰上。他找到了他们，并非安然，不带痕伤，
有的躺倒在阿开亚海船的后尾边，
被阿耳吉维人手杀，还有的伤卧
在城墙内，受过箭镞或投枪的击打。
他当即看见一人，在充满悲苦的战场的左侧，
眼见卓越的亚历克山德罗斯，美发海伦的婿郎，
正催励伙伴，敦促他们冲杀，于是
走去站在他近旁，用羞辱的语言咒骂：
“可恶的帕里斯，俊公子，女人迷，诱骗狂！
告诉我，德伊福波斯在哪？强健的王子赫勒诺斯、
阿西俄斯之子阿达马斯和呼耳塔科斯之子阿西俄斯
又在何方？
俄斯罗纽斯在哪？说呀。陡峭的伊利昂完了，
彻底完蛋！至于你，你的前程必定是暴虐的败亡！”

其时，神一样的亚历克山德罗斯对他答话：

---

① 一个生动、颇富想象力的比喻。赫克托耳身材高大，全身甲胄熠熠生光。比较第十九卷第356—359行。

“你在指责，赫克托耳，不该受责的无辜者，你爱这样。
我会撤离战斗，在别的时候，但不是眼下；
母亲生下我来，并非一个十足的懦汉。
自从你在船边鼓动起伙伴们的战斗情怀，
我们就一直拼搏在此，面对达奈兵壮，
从未息缓。你所问及的朋伴均已殉亡，
只有德伊福波斯和强健的王子赫勒诺斯
生还，全都伤在手上，被粗长的
枪矛击打，但克罗诺斯之子替他们挡开死亡。
现在，你就领头干吧，听凭你的心灵和情感，
大家伙将心甘情愿，跟着你上。我们不会缺少
勇力，我想，只要还有可用的力量，
尽管谁也不能超出这个范围战斗，虽然心里向往。”

英雄言罢，改变了兄长的心想。
他们一起出发，前往嚣声最酣、战斗最烈的地方，
合力开勃里俄奈斯、豪勇的普鲁达马斯、
法尔开斯、俄耳赛俄斯、神样的波鲁菲忒斯、帕耳慕斯、
阿斯卡尼俄斯和莫鲁斯，希波提昂的一对儿郎，
来自肥沃的阿斯卡尼亚，率领增援的替换部队，
昨晨抵达——现在，父亲宙斯将他们驱上战场。
他们迈步行进，像狂猛的风暴吹刮，
受父亲宙斯的闪电驱纵，往下冲赶，
袭扫海洋，发出隆隆的巨响，激起
排排长浪，推涌咆哮的水势，
白沫翻滚，前呼后拥，浩浩荡荡；
就像这样，特洛伊人队形密集，有的领头，
有的在后面跟上，跟随首领，铜甲闪闪发光。

赫克托耳带领他们，普里阿摩斯的儿郎，像屠人的
战神，挺着边圈溜圆的盾牌，由多层
厚实的牛皮垫底，顶面是一大片青铜锤压，
头戴锃亮的战盔，摇晃在两边的太阳穴上。
他迈开腿步，试着从各处攻打阿开亚军队的设防，
行进在盾牌后面，探察对方是否会予以退让，
但此招未能搅乱阿开亚人的心灵，在他们的胸腔。
埃阿斯迈开大步，第一个上前，对他挑战：
“走近些，我说你，疯子，为何玩弄这个，
吓唬阿耳吉维兵壮？我们可不是战争的门外汉——
由于宙斯狠毒的鞭打①，才使我们需要挣扎。
我猜想你的心里此刻满怀希望，准备捣毁我们的
海船，但我们也有双手，足以护防。
在此之前，别忘，你们人丁兴旺的城堡
将被我们的双手劫洗，被我们攻抢！
至于你，我说，这一天已在近旁：奔跑中
你会向父亲宙斯和其他长生者祈讲，
求他们使你的长鬃驭马赛比鹰鸟飞翔，
拉着你穿走泥尘弥漫的平原，窜回城防！”

一只飞鸟出现在右边上空，当他如此说讲，
一只雄鹰在高天翱翔，阿开亚兵众欢欣鼓舞，放声
呼喊，见此景状。然而，光荣的赫克托耳其时回答：

① 另见第十二卷第 37 行和第十五卷第 17 行。在希腊神话里，宙斯经常以雷电“鞭打”。宙斯曾用炸雷劈击图福欧斯——“人们都说”（第二卷第 781—783 行）。悲剧诗人埃斯库罗斯在许多方面沿用了荷马的表述方式，包括广泛采用了（宙斯的）鞭子的比喻（参阅《阿伽门农》第 642 行和《被缚的普罗米修斯》第 682 行）。

"埃阿斯，你这胡言乱语的公牛，说了些什么昏话？
但愿今生今世，人们真的把我当作
带埃吉斯的宙斯之子，而天后赫拉是我的亲妈，
受到敬重，如同雅典娜和阿波罗那样，
就像坚信今天是阿耳吉维人面临凶灾的日子，
你们，包括你，全都将被杀光，倘若你有这个胆量，
面对我粗长的投枪——它会撕裂你的肌肤
白亮！然后，你将用你的脂肪和血肉饲悦
特洛伊的狗和兀鸟[①]，倒死在阿开亚人的船旁！"

言罢，他带头冲击，军勇们随后跟上，
发出粗野的吼声，所有的人都在后面喊响。
然而，阿耳吉维人报之以啸吼，没有忘却
他们的烈刚，严阵以待最勇敢的特洛伊精壮，
喧嚣之声冲指宙斯闪亮的气空，从两军中腾扬。

① 参考第二卷第 393 行注。

第十四卷

其时，奈斯托耳听闻嚣喊之声，正在饮酒，于是
吐送长了翅膀的话语，对阿斯克勒丕俄斯之子道说：
“想一想吧，卓越的马卡昂，事情将如何结束；
强壮的年轻人正越喊越烈，傍着船艘。
眼下，你可在此坐守，呷饮闪亮的浆酒，
等待美发的赫卡墨得为你把热腾腾的
澡水备妥，洗去身上斑结的血垢，
我这就出去，找个瞭望的高点看察事由。”

言罢，他拿起儿子，驯马手斯拉苏墨得斯的
战盾，精工制作，在营棚里放着，
铜光闪烁，斯拉苏墨得斯则把父亲的盾牌手握。
他操起一杆粗蛮的枪矛，顶着锋快的青铜，
走出营棚，当即目睹了一个场面，羞人：
军队正在溃败，军勇们被心志高昂的特洛伊人
赶得仓皇奔逃，阿开亚人的护墙已经倒崩。
恰似辽阔的洋面上涌起一股巨大的漩流，
无声无息，预示着一场啸吼的暴风，
没有汹涌的激浪，朝着这里或那边奔腾，
等候宙斯卷来狂飙，打破虚静的无争；
就像这样，老人思考斟酌，仔细权衡，
是介入驾驭快马的达奈人的队伍，
还是去找阿特柔斯之子，兵士的牧者阿伽门农。

斟酌比较，他觉得此举最为妥帖：
去找阿特柔斯之子谈论。与此同时，兵勇们仍在
浴血拼争，互相残杀，周围是不倦的青铜，撞碰，
锵然有声，互用战剑劈砍，动用枪矛双刃。

奈斯托耳与王者们相遇，宙斯哺育他们成人，
已被青铜的枪械击伤，其时离着海船行走，
图丢斯之子、奥德修斯和阿特柔斯之子阿伽门农[①]。
他们的船远离战场，早被拖拽上岸，
在灰蓝色大海的边沿停留；这些船只被第一批
拖上平原，沿着它们的后尾阿开亚人筑起墙头，
因为尽管滩面开阔，却仍不足以停栖
所有的船舟，加之岸边人群挤簇，他们
只好往里拖船，一排一排地停驻，塞满
两处海岬之间的滩地，停挤在整片伸展的滩口。
王者们结队而行，倚拄着各自的枪矛，
眺望嚣闹的战场，胸膛里的心灵平添
忧愁，眼下又与老人奈斯托耳聚首，
使阿开亚人的心情更加悲苦低沉。
强有力的阿伽门农对他说话，提高嗓门：
"奈斯托耳，奈琉斯之子，阿开亚人巨大的光荣，
为何离开人死人亡的战场，往回行走？
我担心强壮的赫克托耳会兑现他的话语，
他曾当着汇聚的特洛伊人威胁我们：
他绝不会撤离船边，回返伊利昂城楼，

① 三人均已受伤（分别参见第十一卷第252、377和437行）。图丢斯之子即狄俄墨得斯。第29行同第380行。

直至杀人害命，放火烧毁船舟。
这便是他的言论，所有的一切如今都在成真[①]。
哦，耻辱！眼下，其他胫甲坚固的阿开亚人
也像阿基琉斯一样，对我心怀愤怒，
不愿在停驻的海船边战斗。”

其时，格瑞尼亚的车战者奈斯托耳对他答称：
“是啊，所有的一切都在成真，即便是
炸雷高天的宙斯自己也无法变更。
护墙已经倒塌，虽然我们抱过希望，
把它当作一道攻不破的屏障，保卫海船人生。
敌人一刻不停，正在快船边猛攻，
仍无结终，即使睁大眼睛，你也说不清楚，
阿开亚人在哪里被他们搅乱队阵，
全都被杀得稀里糊涂，惨叫之声直冲天穹。
所以，让我们考虑事情发展的结局，
倘若智谋还有它的作用。不过，我想我们
不应投入战斗，带伤之人不能拼争。”

其时，民众的王者阿伽门农对他说称：
“现在，奈斯托耳，他们已战临停驻的船舟，
而我们修筑的护墙毫无用处，连同壕沟，
尽管达奈人为之付出艰辛的劳动，满以为
它是一道攻不破的屏障，保卫海船人生。
此乃力大无穷的宙斯的心意，能够愉悦他的心胸，
让阿开亚人必死此地，远离阿耳戈斯，销匿名声。

① 第48行同第二卷第330行和《奥德赛》第十八卷第271行。

我过去知晓,即便在他全心全意助佑达奈人的时候,
今天依旧清楚,当他增彩我们的敌人,
仿佛他们是幸福的神明,同时弱化我们的战力双手。
干起来吧,按我说的做！让我们屈服顺从,
把靠海第一排的停船,把它们全都
往下拖拽,荡划在闪亮的深水之中,
泊停海上,用锚石将船体稳住,
及至神赐的夜晚临落,倘若特洛伊人会碍于夜色
停止战斗,我们便可拖下所有的船舟。
为了避灾,出逃并不可耻,即使在夜色之中;
与其被灾祸逮住,不如逃离它的追踪。”

其时,足智多谋的奥德修斯恶狠狠地盯着他,说称:
“这是什么话,阿特柔斯之子,出自了你的齿缝?
你这招灾之人！但愿你统领的是另一支军队,
无足轻重,但愿你不是王统我们——我们,按着
宙斯的意志,从青壮打到老年,历经残酷的
战争,无有幸免,只有全部献身。
难道你真的急于撤离特洛伊人这座路面开阔的
城邑,为了攻占,我们忍受了这许多凄苦愁闷?
别说了,以免让其他阿开亚人听闻,
这种话不会出自一个心知如何
得体言谈者的口唇,一位拥握
权杖的国王,受到全体将士敬重,率领浩荡的
大军,有如我们阿耳吉维部众,由你率统。
现在,我由衷蔑视你的心智,鄙视你的谈论,
在这两军激战的关头,你却要我们
把凳板坚固的航船拖入水路,让特洛伊人

得手更大的光荣,他们已获胜战场,
彻底的毁灭在等待我们。阿开亚人将
不会继续拼争,倘若船艘已被拖下海中,
而将左顾右盼,把战斗的热情抛送。
其时,你的计划会毁了我们——哦,你统领部众!”

其时,民众的王者阿伽门农对他答称:
“好一顿呵责,奥德修斯,你的话刺得我
心痛。不过,我并没有要求阿开亚人的儿子们
违心背意,将凳板坚固的船艘拖入海中。
现在,谁若有更好的计划,即可说出,
不管是年轻,还是年老的壮勇,我将乐于听闻。”

人群中,啸吼战场的狄俄墨得斯说道:
“此人就在这儿,何须远处寻找,
只要你等听我说告,不生烦恼,
因为大伙中我年龄最小。我亦有
家世可资炫耀,父亲是了不起的
图丢斯,忒拜隆起的坟冢将他埋裹。
波耳修斯生养三子,全是英豪,
在普琉荣居家,有卡鲁冬的陡峭,
阿格里俄斯长出,老二墨拉斯,老三俄伊纽斯,
战车上的杰佼,我父亲的父亲,他们中他最勇骁。
俄伊纽斯在老家居守,而家父却他乡浪逐,
按照宙斯和其他神祇的意愿,在阿耳戈斯落脚,
婚娶阿德瑞斯托斯的女儿,居住在
资产丰足的家院,拥有麦地偌大不小,
连同一片片果林,四下里围绕,

还有那一群群羊儿——他技超所有的阿开亚人,
以他的枪矛。这些都是真事,你们一定已经听晓。
所以,你们不能笑我出身低贱,缺少战气英豪,
以此讥斥我的建议,倘若我能把话说好。
让我们重返战场,尽管带着伤痛,此乃出于需要。
但一经抵达,我们必须避离战斗,让枪械
不能打着,以免旧痛之上再添新伤的痛绞。
不过,我们要督励兵勇进击,须知在此之前
他们已热衷于愤恼,站在后面,不愿战斗效劳。”

他言罢,首领们认真听过他的安排,服从;
他们迈步离去,由民众的王者阿伽门农领着。

著名的裂地之神对此看得真切,
行至他们中间,变取老翁的形貌①,
抓住阿特柔斯之子阿伽门农的右手②,
吐送长了翅膀的话语,对他说道:“我想,
阿特柔斯之子,阿基琉斯胸腔里的那颗有害的心
此刻正在欢跳,当他眼见阿开亚人溃败,
惨遭杀戮,此人无有同情理解,没有丝毫。

① 在第十三卷里,裂地之神波塞冬曾变取卜者卡尔卡斯的形貌(第45行)。阿芙罗底忒曾以老妪的模样出现(第三卷第386行),雅典娜也将在第十七卷里变取长者福伊尼克斯的身形面貌(第555行)。上了年纪的人说话办事比较稳重,也比年轻人更具瞻前顾后的睿智(参考第十八卷第250行注),因而更能博取听者(或对方)的信任感。神祇常取凡人的形貌与之交往(另参考第十三卷第216行、第二十四卷第347行和《奥德赛》第八卷第194行等处)。

② 握住对方的右手是一种友善之举,可以表示欢迎(参见《奥德赛》第一卷第121行),亦可表示对悲难者的宽慰之情(参考本书第七卷第108行及第二十四卷第361和671行等处)。

即便如此，让他死去烂掉，让某位神明把他击倒。
但对你，幸福的诸神并无全然的愤恼，
这一天将会来到，特洛伊人的统治者和首领们
会踢起平原上的泥尘滚滚，你将亲眼看着
他们逃离营棚海船，朝着城区窜跑。”

言罢，他冲扫平原，发出巨烈的嘶吼，
像九千或一万个兵勇一齐呼喊①，
战斗中两军相遇，挟着阿瑞斯的狂勇；
就像这样，强有力的裂地之神爆发一声啸吼，
出自肺叶深处，在所有阿开亚人心里催发
巨大的力量，激起拼搏和持续作战的刚勇。

其时，享用金座的赫拉，站立奥林波斯的
峰峦，极目远眺，当即看见兄弟波塞冬，
亦是她夫婿的兄弟，正在人们争获
荣光的战场上奔走，不由得高兴，喜上心头。
不过，她又眼见宙斯坐在多泉伊达的
巅峰，复又感到愤恨，此情此景
使牛眼睛天后赫拉心绪烦纷，不知
如何能使带埃吉斯的宙斯心里发蒙。
她冥思心魂，觉得最好的办法是
亮丽自己，然后下到伊达的山坡，
兴许能挑起他的情欲，做爱贴着她的

① 高声呼喊可以激励将士，雄壮军威，震慑敌人（另参考第十一卷第 10—12 行、第十八卷第 217—221 行和第二十卷第 48—50 行）。本卷第 148—149 行同第五卷第 860—861 行。

肉身，如此便可用温柔、香熟的睡眠
合拢他的双眸，使他狡黠的心智昏沉。
她走进自己的房间，爱子赫法伊斯托斯
亲手为她建筑，坚固的门扇贴紧框沿，
安着一条秘密的门闩，其他神明休想开动。
她步入居室，关上溜光滑亮的房门，
先用神界的脂膏[①] 洗去玉体上
所有的污尘，然后涂上神界
舒软溜滑的清油，芳香阵阵，
只要略一摇晃，在宙斯青铜铺地的房宫，
香气便会由此飘袅，溢满人间天穹。
她用此物抹毕娇嫩的肌肤，
将长发梳顺，编织闪亮的发辫，动用双手，
神奇、绚美，垂傍她的头颅。
接着，她穿上神用的裙袍，由雅典娜
精工制作，平展，绣织着图纹众多，
拿一根饰针别在前胸，然后
扎上腰带，飘摇着一百条流苏，
挂起坠饰，在钻孔规整的耳边垂落，
三串沉悬的熟桑，闪着魂美的光灼。
随后，她，女神中的杰姣，披上簇新、
闪亮的头巾，白得宛如太阳的光照，
足蹬舒适的条鞋，在闪亮的脚面系牢。

① 即安伯罗西亚，可指神用的仙食、仙物等，抹在身上不仅芳香四溢（见第172行），而且能使皮肤亮丽，灼闪光泽。在《奥德赛》里，雅典娜曾用安伯罗西亚或神用的仙液涂抹裴奈罗佩的脸面，女神阿芙罗底忒亦以此物美容化妆（详见该史诗第十八卷第192—196行）。仙液或仙膏还有防腐的功用，阿芙罗底忒曾用它遍抹赫克托耳的遗体，使其免于毁坏（本书第二十三卷第185—187行）。参读《奥德赛》第五卷第93行注。

她把全身装点完毕，打扮清楚，
于是走出房门，召唤阿芙罗底忒，
要她从众神那边过来，对她说述：
“能帮我吗，亲爱的孩子，如果我有事求助？
抑或，你会予以拒绝说不？你总在恨我，对吗，
因我保护达奈人，而你却对特洛伊人佑护？”

其时，阿芙罗底忒，宙斯的女儿，对她答称：
“赫拉，强健的克罗诺斯的女儿，尊贵的女神，
说吧，道出你的心声。我的心灵会催我去做，
只要能够，只要事情可以做成。”

其时，带着欺骗的动机，天后赫拉对她答诉：
“给我性爱和欲盼，你用它们把所有
会死的凡人和长生者征服。
我打算前往丰腴大地的边土，拜访
育神的俄刻阿诺斯，还有忒苏斯，我们的亲母，
他们把我从蕾娅那里带走，在自己家里养护，
关怀备至，当沉雷远播的宙斯
将克罗诺斯打下荒漠的大海和地层深处。
我要去晤访二位，排解没完没了的争仇，
他俩已长期分居，不在一处，
自从怨恨撕裂情感，分离了夫妻情爱的床铺。
倘若能使他俩回心转意，通过劝述，
引回睡床的缠绵，爱的融洽相互，我就能
享领他俩的美誉，受到他们永久的敬重和爱慕。”

其时，爱笑的阿芙罗底忒对她答诉：

"我不会,也不能不明智地回绝你的要求,
你能躺在宙斯怀里,而他是最强健的神主。"

言罢,她从胸前解下一个编工精致、
织着花纹的彩条,上面是各种各样的诱惑,
编织着情爱和性欲的冲动,编织着多情者的
窃窃私语,甚至足以使一个明智者丧魂落魄。
她把此物放入赫拉手中,对她呼唤,说道:
"拿着这根带条,贴着你的胸口放好,
此物复杂奇特,所有的一切都在上面编绞。
无论你心想什么,我以为,你不会不达目标。"

她言罢,牛眼睛天后赫拉咧嘴微笑,
高兴,笑着将条带在胸前放好。

其后,阿芙罗底忒,宙斯的女儿,返回房宫,
而赫拉则直冲而下,疾离奥林波斯的岩峰,
穿过皮厄里亚山峦和秀丽的厄马西亚[①],
飞越斯拉凯车手白雪覆盖的山峦和
最高的峰仞,双脚不曾贴擦泥层。
随后,从阿索斯出发,她跨越波涛汹涌,
抵达莱姆诺斯,神一样的索阿斯的垣城,
遇见睡眠,死亡的弟兄,紧握
他的手,叫着他的名字,说道:
"睡眠,所有神祇和凡人的王统,
如果说从前你曾听我,现在我亦要你按我

① 参考专名索引。

说的去做；我将永远铭记你的恩劳。
我要你让宙斯合上浓眉下闪亮的双眸睡觉，
一俟我卧躺他的身边，与之欢好。
我会给你礼物，一个宝座，永不败坏，
黄金铸造。赫法伊斯托斯，我的儿子，会动手
制铸，用工艺的纯熟，外搭一张足凳，
让你在享受畅饮时搁置闪亮的双脚。"

　其时，甜雅的睡眠对她答话，说道：
"赫拉，尊贵的女神，强健的克罗诺斯的女儿，
假如是其他某位永生的神祇，无论谁个，
我都能使其即刻入睡，哪怕是水流湍急的
俄刻阿诺斯，养育所有神祇的长河。
然而，对克罗诺斯之子宙斯，我却不敢置身近侧，
亦不敢把他弄睡，除非他亲口对我吩咐做这。
从前，我帮你做过，给我教训深刻：
那一天，宙斯之子，心志高昂的赫拉克勒斯
坐船离开，在彻底荡平特洛伊之后回撤[①]。
其时，我把带埃吉斯的宙斯的心智迷糊，
洒出松软的睡眠香熟，让你用心谋划凶险，
在洋面上卷起呼啸的狂风，
把他裹走，刮到人丁兴旺的科斯，
远离所有的亲友。其后，宙斯醒来，大怒，

① 在特洛伊战争之前，赫拉克勒斯已来过劳墨冬的城堡，荡劫过特洛伊（参阅第五卷第 640—642 行）。另参考品达《奈弥亚颂》颂四第 24—27 行和《伊斯弥亚颂》颂六第 31—35 行。有关赫拉克勒斯的出生和经历，参考本卷第 323—324 行、第十一卷第 689—690 行、第十五卷第 25—30 行以及第八卷第 369 行注等处。

在宫里拎起众神，四下里甩出，首先要找的自然
是我，定会把我从气空扔到海底，落个无影无踪，
若非镇束神和凡人的黑夜救助。
我惊跑至她的身边，宙斯方肯罢休，虽说愤怒，
出于惊畏，为了使黑夜快活，她来去迅速。
现在，你又要我将此类不可能之事操做。”

　其时，牛眼睛天后赫拉对他答道：
“为何如此多虑，睡眠，磨磨蹭蹭？
何以为沉雷远播的宙斯，眼下帮助特洛伊人，
会为此动怒，一如为了赫拉克勒斯，他的男儿？
来吧，就此去做，我将给你一位年轻的典雅，
让你娶过，让她叫作你的妻从，
帕西塞娅，此女你每日思念，一直都在恋着。”

　她言罢，睡眠听了高兴，对她开口答说：
“好吧，我做。不过你要对我起誓，以斯图克斯不可
侵渎的水流①，一手抓握丰腴的土地，
另一手掬起闪光的海波，以便让所有
地下的神祇为咱俩做证，他们在克罗诺斯身边生活。
发誓吧，你将给我一位年轻的典雅，
帕西塞娅，此女我每日思念，一直都在恋着。”

---

① 斯图克斯乃绕地长河俄刻阿诺斯的女儿，曾偕同孩子胜利和力量帮助宙斯击败老一辈的泰坦诸神，将其打入深渊塔耳塔罗斯。作为回报，宙斯给了她监证神誓的horkos（誓证、誓凭），使其拥有了极高的权威。斯图克斯从流经地下的俄刻阿诺斯发轫，泼向地表，因此是通连地下和人世的“中介”（参考并比较第二卷第754—755行）。参阅《神谱》中的有关节段。荷马大概熟知上述有关斯图克斯的传说。斯图克斯蕴含极大的威慑力（第十五卷第38行），是一条“可怕的长河”（第二卷第755行）。

白臂女神赫拉不予违抗,听罢言说,
按他的要求誓咒,叫着那些神祇的名字,
统称泰坦[①],在深陷的塔耳塔罗斯下面生活。
她发罢誓咒,从头至尾说过,
便和睡眠一起,从莱姆诺斯和英勃罗斯城上路,
裹在云雾里行进,以快捷的速度,
来到多泉的伊达,野兽的亲母,
抵达莱克托斯,方才离开水路,循着干实的
陆野疾走,森林的枝端随着脚步颤抖。
睡眠在那里停步,趁着宙斯的眼睛不曾见着,
爬上一棵挺拔的松树,栖留它的枝头,在当时的
伊达此树最高,穿过低处的雾霭,冲直气空。
他在树上下蹲,遮掩在浓密的枝丛,
变作歌鸟的模样,栖居山峦之中,
神祇叫它卡尔基斯,而凡人则以库鸣迪斯[②] 相称。

赫拉迅速来到伽耳伽罗斯山顶,伊达的
巅峰,汇集云层的宙斯发现了她的行程。
一经见着,他那聪慧的心里即刻欲念腾蒸,
一如当年他俩首次一起走向床笫,
躺倒欢爱,使亲爱的父母一无所闻。
宙斯站在她面前,叫着她的名字,说称:

① 天空和大地的孩子们,包括克罗诺斯(宙斯的父亲),曾用暴力推翻父亲的统治,后被以宙斯为首的奥林波斯诸神击败,打入“大地和海洋的深底”(参见第八卷第478—479行)。

② 一种生活在伊俄尼亚的猫头鹰,毛色灰黑,大如鹰隼,白天睡眠,晚间外出捕食。另参考亚里士多德《动物史》第九卷615b和阿里斯托芬《鸟》第261行。

"赫拉,你从奥林波斯山上来此,为何?
怎么不见出门登驾的乘具,你的驭马轮车?"

其时,带着欺骗的动机,天后赫拉对他答诉:
"我打算前往丰腴大地的边土,拜访
育神的俄刻阿诺斯,还有忒苏斯,我们的亲母,
对我关怀备至,在自己家里养护。
我要去晤访二位,排解没完没了的争仇,
他俩已长期分居,不在一处,
自从怨恨撕裂情感,分离了夫妻情爱的床铺。
我的驭马站等伊达的山脚,泉溪众多,
将要载我越过坚实的陆地,越过洋流水路。
眼下,我从奥林波斯下来,对你告说一声,
以免你日后对我动怒,倘若我悄然
离去,前往水势深渺的俄刻阿诺斯的房府。"

其时,汇集云层的宙斯对她答诉:
"急什么,赫拉,那地方以后再去;
现在,让我们同床做爱,享受欢乐。
对女神或女人的性爱,从未像现时
这样掌控我的心胸,使它屈服,
即便在我欢爱伊克西翁之妻①的时候,
她为我生子裴里苏斯,和神明一样多谋;或当
我欢爱阿克里西俄斯的女儿,脚型秀美的达娜娥,

① 即狄娅。伊克西翁是裴里苏斯名义上的父亲。据传伊克西翁日后曾试图诱奸宙斯之妻赫拉(许是出于对宙斯的报复),被宙斯打入地下,受绑在一只旋转的火轮上。

为我生子裴耳修斯[①],卓绝在凡人之中;
或当我欢爱声名遐迩的福伊尼克斯的女儿[②],
生子米诺斯和拉达门苏斯,像似仙神;
或当我欢爱塞墨勒[③],和忒拜的阿尔克墨奈[④] 睡觉,
后者生子赫拉克勒斯,心志强豪,
塞墨勒生子狄俄尼索斯,给凡人带去欢乐[⑤];
或当我欢爱黛墨忒耳[⑥],发辫秀美的神后,
或当我欢爱光荣的莱托[⑦],连同你——这一切全都
赶不上现时对你的冲动:甜蜜的情欲已把我逮住。”

其时,带着欺骗的动机,天后赫拉对他答道:
“克罗诺斯最可怕的儿子,你说了些什么?
如果你现时亟想和我欢爱,在这伊达的
岭峰,那么,所有的一切都能被见着。
要是让某位永生的神明窥见咱俩睡觉,
跑去讲说,告知所有的神祇,这该如何是好?
我不能从这边的睡床爬起,随后溜进
你的房宫,承受这种羞恼。

① 阿克里西俄斯乃阿耳戈斯先王。据传宙斯化作金雨,骗过阿克里西俄斯,进入紧锁的铜屋,使其女达娜娥受孕,生子裴耳修斯。荷马无疑知晓这一典故。

② 指欧罗巴,腓尼基国王福伊尼克斯的女儿。宙斯化作公牛,接近欧罗巴,诱骗她跨上牛背,将其驮载至克里特岛上。

③ 忒拜国王卡德摩斯的女儿。

④ 参见专名索引。

⑤ 狄俄尼索斯司掌欢庆,故而能给凡人带来快乐。

⑥ 黛墨忒耳生女裴耳塞丰奈(赫西俄德《神谱》第912—913行)。和赫拉一样,黛墨忒耳是宙斯的姐妹。

⑦ 莱托得子阿波罗,得女阿耳忒弥斯,是少数在公元前七世纪以后仍然得享希腊人崇祭的泰坦之一。

不，如果你心生欲火，现时想要，
那里有你的睡房，爱子赫法伊斯托斯为你
建造，坚固的门扇紧贴着框角。
我们可去那里躺下，既然床笫能使你乐陶。”

　其时，汇集云层的宙斯对她答道：
“赫拉，怕什么，此事神和凡人都不会
见着，我会布起金雾，密密匝匝地
蒙罩，连赫利俄斯亦休想看瞧，
虽说他的视力最强，谁也不能比超。”

　言罢，克罗诺斯之子展臂抱起妻娇，
神圣的泥土在身下催发一片鲜嫩的绿茵繁茂，
有藏红花、风信子和挂着露珠的三叶草，
厚实松软，将神体隔离硬地，托得高高。
他俩在上面躺倒，扯来黄金的雾罩，
滴洒晶亮的露珠，神奇、美妙。

　就这样，父亲在伽耳伽罗斯峰巅安详地睡着，
被睡眠和情欲折服，拥着他的妻娇。
其时，甜雅的睡眠急速跑至阿开亚人的船舟，
带着信息一条，告诉环绕和震撼大地的波塞冬，
站在他身边，用长了翅膀的话语说道：
“波塞冬，现在你可一心一意助佑达奈兵勇，
给他们光荣，虽说只有一会儿，趁着宙斯
还在睡觉。我已用舒甜的酣眠将他蒙罩，
赫拉已诱使他入睡，与之欢交。”

言罢，睡眠动身前往凡人著名的部族，
业已进一步催励起波塞冬，为达奈人提供助佑。
他大步跃至前排，用洪亮的声音喊道：
“难道我们要再次把胜利拱手赫克托耳，我说阿耳吉维人，
让给普里阿摩斯之子，让他夺取船舟，争得光荣？
此乃赫克托耳的企望，他的祷告，只因阿基琉斯
心怀怒怨，仍在深旷的海船边滞留。
但是，倘若大家都能振奋斗志，互为依托，
我们便无须那样热切地盼他回头。
干起来吧，按我说的做，让我们顺从！
让我们携握全军最好最大的盾牌，
挡住躯身，用铜光闪烁的头盔盖住
脑门，操起最长的枪矛，发起冲锋。
我将亲自带队；我想，尽管狂凶，
赫克托耳，普里阿摩斯之子，将顶不住反攻。
骠健犟悍的战勇要把肩上的小盾
换给懦弱的战士，挺举遮身的大盾，改用！”

他言罢，众人认真听过，予以服从。
几位王者，带着伤痛之躯，亲自指挥调度，
图丢斯之子、奥德修斯和阿特柔斯之子阿伽门农。
他们穿巡全军，督令军勇们把铠甲换过，
勇敢善战者穿戴上好的甲衣，把次劣的换给弱者
遮身。披挂完毕，全身铜光闪烁，
众人迈步向前，由裂地之神波塞冬率统，
后者厚实的手中握拿可怕的利剑，修长的锋口

闪照寒光,像闪电打出[①]:痛苦的仇杀中,人们
谁也不敢近前,出于恐惧,全都退缩在后头。

对面,光荣的赫克托耳正催命特洛伊兵勇。
其时,黑发的波塞冬和光荣的赫克托耳
将战斗紧收至最酷烈的拼争,后者
为特洛伊人添力,前者则替阿耳吉维人加油。
大海卷起汹涌的浪峰,冲扫阿耳吉维人的
海船营棚,两军扑击碰撞,喊出巨烈的杀声。
这不是劈击陆岸的激浪发出的啸吼,
滔天的水势经受北风吹怂,自深海滚涌;
也不是大火荡扫山林谷地时
迸出的怒号,烈焰将林海尽情蚀吞;
亦不是狂风撕出的尖啸,吹打枝叶茂密的
橡树,以最狂烈的势头横冲——
这些都比不上阿开亚人和特洛伊人的啸吼,
嘶叫可怕的杀声,两军扭扑在一起互攻。

光荣的赫克托耳首先掷矛埃阿斯,
后者正转身对他冲扫,投枪击中目标,
打在胸前,两条背带在那里叉交,
一条扣连战盾,另一条系着缀嵌银钉的剑鞘,
两带叠连,把鲜嫩的皮肉护保。赫克托耳怒恼,
只因出手无获,徒劳扔甩一支枪矛,
于是退回己方的伴群,为了躲避死亡,只好。
但是,当他回退之际,忒拉蒙之子,高大的埃阿斯

① 比较第十一卷第184行、第十三卷第242—245行和第十九卷第363行等处。

抓起一块石头——系固快船的石块很多，
在战勇们的脚边滚动。他举起其中的一块砸出，
捣在胸腔上，擦过盾沿，紧挨着喉咙，
打得他扭转身子，像一只挨打的陀螺，
一圈圈转动。有如一棵橡树，被父亲宙斯
击倒，连根端出，散发硫黄的
恶臭，谁也不敢观看，临近
站着，须知大神宙斯的霹雳狠毒；
就像这样，强有力的赫克托耳猝倒泥尘，
枪矛脱手，盾牌压身，还有那顶
头盔，精制的铜甲在身上锵然有声。
阿开亚人的儿子们大叫着冲上前去，
试图抢出他的躯身，掷出密集的
枪矛，但谁也没有刺中或投中这位兵士的牧人。
特洛伊最勇的斗士们赶来，围着他站稳，
埃内阿斯、普鲁达马斯、卓越的阿格诺耳以及
萨耳裴冬，鲁基亚人的首领，连同格劳科斯，勇猛。
其他战勇亦不甘落后，倾斜边圈溜圆的
盾牌，挡护他的躯身，伙伴们把他
抬架起来，撤离战斗，来到捷蹄的驭马边停住，
它们站等后面，避离拼杀搏斗，
载着驭手，荷着精工制作的车身。
伤者发出深重的吟叹，驭马拉着他回城[①]。

然而，当来到那条水流清澈的长河，
打着漩涡的珊索斯的渡口，其父宙斯永生，

① 第 430—432 行同第十三卷第 536—538 行。

他们将他抬出马车，放躺在地，用凉水遍淋
全身。伤者喘过气来，有了明亮的眼神，
撑起身子，单腿跪地，吐出一摊
黑红的血流，复又倒下，漆黑的夜晚
把他的双眼罩蒙；石块的重击仍在镇迫心魂。

　其时，眼见赫克托耳撤离，阿耳吉维人
更加勇猛地扑向特洛伊人，振奋战斗精神。
俄伊琉斯之子，迅捷的埃阿斯远远地冲在前头，
猛扑上去，捅出锋快的枪矛，击中萨特尼俄斯[①]，
厄诺普斯之子，由一位娇美的水仙孕妊，
当厄诺普斯放牧，傍临萨特尼俄埃斯河畔的时分。
俄伊琉斯之子，著名的枪手，逼近此人，
刺扎他的肋腹，将他仰面击倒，特洛伊人
和达奈人展开激战，围绕他的躯身。
普鲁达马斯挥舞枪矛，向前冲锋，在他身边
站稳，潘苏斯的儿子，枪击阿雷鲁科斯之子
普罗梭诺耳的右肩，粗重的枪矛
透穿肩胸；他翻身倒地，指掌抓起泥尘。
普鲁达马斯欣喜若狂，傲临，炫耀高声：
“哈，我，潘苏斯心胸豪壮的儿子，这双强健的
大手没有白投枪矛一根！不是吗，一个
阿耳吉维人将它没收，用自己的肉身。我想，
此人打算把它用作枝棍，步入哀地斯的宫门。”

---

① 像西摩埃西俄斯（第四卷第 474—475 行）和斯卡曼德里俄斯（第五卷第 50 行）一样，萨特尼俄斯取名出生地的河流（参见本卷第 445 行；另参考第六卷第 33—35 行）。

他言罢，一番吹擂使阿耳吉维人愁满心胸，
忒拉蒙之子，聪颖的埃阿斯比谁都烈，更是怒气
横生——只因此人倒在离他最近的去处——
当即掷出闪亮的枪矛，对着普鲁达马斯射出，
但后者迅速跳闪一边，躲过了
幽黑的死神，安忒诺耳之子阿耳开洛科斯
挨了枪矛，神祇注定他必将败毁此生。
枪矛扎在头颈的交接之处，脊椎的最后
一个节骨，将两面的筋腱切剖——
所以，倒下时，他的头、嘴和鼻子
抢先跌落，远较他的双腿膝肘。
埃阿斯见状呼叫，回报悍勇的普鲁达马斯的喊声：
“想想这个，普鲁达马斯，认真回答我的提问，
难道这不是一次公平的交易，以此人的死亡换取
　普罗梭诺耳的
丧生？我想此人不是怕死的贱种，也非懦夫的后人，
不，他是驯马手安忒诺耳的兄弟，或是他的
男儿，从长相上可以看出二者一脉相承！”

他言罢，知晓它意指什么；悲愁逮住了特洛伊人。
阿卡马斯，跨站兄弟的腰身，出枪击倒
波伊俄提亚的普罗马科斯，后者正试图拖抓尸身。
阿卡马斯欣喜若狂，傲临，炫耀高声：
“阿耳吉维人，把玩弓箭的射手，吓唬起人来没有尽头！
别忘了，辛劳和痛苦并非仅为我们
所有；你们亦会被杀，跟在此人身后。
想想普罗马科斯如何睡躺在你们的脚跟，被我用
枪矛刺捅——为兄弟复仇，我无须久等！

所以,征战之人都会祈祷,希望家中能有
一位亲男生存,以便死后替他报仇雪恨。”

他言罢,一番吹擂使阿耳吉维人愁满心胸,
聪灵的裴奈琉斯比谁都烈,更是怒气横生,
扑向阿卡马斯,后者挡不住王者裴奈琉斯的
进攻。随后,他出枪击中伊利俄纽斯,
其父福耳巴斯,拥有羊群众多,在特洛伊人
中最受赫耳墨斯宠爱,给了他丰足的财富。
伊利俄纽斯是母亲生给福耳巴斯的独苗,
被裴奈琉斯出枪打在眉沿下方,
深扎进眼窝,捅捣出眼球,枪尖
刺穿眼眶,切断脖子上的筋条。他瘫倒
在地,双臂伸出,裴奈琉斯挥拔利剑,
劈砍颈脖正中,人头连着
帽盔掉落,粗长的木杆仍然深扎在
眼窝。他高挑起人头,像一枝罂粟,
展示给特洛伊人看视,开口炫耀,道说:
“嘿,特洛伊人,代我转告高傲的伊利俄纽斯
亲爱的父母,让他们举哀,在自家厅堂里痛哭,
既然阿勒格诺耳之子普罗马科斯的妻房
亦不会再有喜悦,眼见亲爱的丈夫,还家,在我等
阿开亚人的儿子们坐船,从特洛伊归返的时分!”

他言罢,特洛伊人的双腿全都开始哆嗦,
一个个东张西望,寻觅躲避惨死的出路①。

① 第507行同第十六卷第283行。

告诉我，缪斯，你们居家奥林波斯山高，
阿开亚人中，谁个最先把勇士带血的战礼
抢夺，当著名的裂地之神将战局扭过？
忒拉蒙之子埃阿斯最先击倒呼耳提俄斯，
古耳提俄斯之子，心志刚强的慕西亚人的率导。
安提洛科斯杀了法尔开斯和墨耳墨罗斯，
墨里俄奈斯杀了莫鲁斯和希波提昂，
丢克罗斯将裴里菲忒斯和普罗索昂放倒。接着，
阿特柔斯之子墨奈劳斯把兵士的牧者呼裴瑞诺耳
干掉，捣在肋腹，青铜的枪尖挑开内脏，
放倒出来，魂魄赶紧从捅开的口子里
滑出；浓黑的迷雾把他的双眼蒙罩。
但俄伊琉斯之子，快腿的埃阿斯杀人最多，
因他腿脚特快，无人比超，当他
追赶逃敌，一旦宙斯驱使他们溃败，奔逃。

第十五卷

其时，特洛伊人越过壕沟，绕过尖桩，
夺路奔忙，许多人死在达奈壮勇手下，
及至跑到马车边旁方才打住，站稳脚跟，
惊恐，脸色吓得青黄。这时，宙斯一觉
醒来，在伊达山上，享用金座的赫拉身旁，
猛地站起，眼见阿开亚人和特洛伊兵壮，
一方正在溃败，另一方把他们赶得仓皇逃窜，
阿耳吉维人追在后面，王者波塞冬与他们同往。
他看到赫克托耳在平野倒躺，伙伴们围坐在
身旁，痛苦地喘着粗气，口吐鲜血，精神
惚恍——此人可不是阿开亚人中的至懦，把他击伤。
见此情景，神和人的父亲心生怜想，
对着赫拉说话，眼中射出凶狠的目光：
“难以驾驭的赫拉，诡设毒计，用凶险的计划，
阻止卓越的赫克托耳战斗，驱散他的兵壮。
我不知为这次引来悲苦的谋算，你是否会
第一个受惩，忍受我鞭子的击打。
还记得吗，那一次我把你挂在半空，在你脚上
吊绑两个砧铁，用挣不断的金链将你
双手捆绑？你被悬搁云层，在晴亮的气空
里摇晃。诸神虽然愤怒，在高耸的奥林波斯山岗，
却只能站着，不能为你松绑。如果让我
逮着一个，我会抓住他，甩出门槛，让他摔在

地上[①]，呆着发傻。然而即便如此，也难去我心头
不止的愤恨，为了赫拉克勒斯，神祇一样。
你用心凶险，借助北风帮忙，
唆使风暴刮起，把他搡过荒脊的大洋，
其后弄到人丁兴旺的科斯地方。
我把他从那里救出，带回马草
丰肥的阿耳戈斯，其时他已历经愁殃。
我要你记取这些别忘，以便打消骗我的念头，
知晓床笫间的欢悦可会给你带来好处，
和我睡在一起，从众神那边过来欺诈！"

　他言罢，牛眼睛天后赫拉感到害怕，
对他解释，说出的话语长了翅膀[②]：
"让大地和上面辽阔的天空为我见证，
还有斯图克斯的泻流水长，幸福的神祇誓约
以此最为庄重，最具威慑的力量[③]。
我还要以你神圣的头颅做证，以我们的婚姻
和睡床，对此，至少是我，不敢凭空说话。
并非秉承我的意志，裂地之神波塞冬加害
特洛伊人和赫克托耳，助佑他们的敌方，
而是受他自己的激情驱使，干出此番勾当；
他心生怜悯，目睹阿开亚人被紧逼在船旁。
我没有，真的；相反，我亦想劝他跟着你走，

---

① 宙斯曾把赫法伊斯托斯从天上扔下，使其"跌撞在莱姆诺斯岛上"（参阅第一卷第590—594行）。若非黑夜相助，睡眠亦有被宙斯摔到海底的危险（参见第十四卷第256—261行）。另参考第十九卷第125—131行。

② 第35行同第89行。

③ 关于斯图克斯河，参考第十四卷第272行注。

你，乌云之神，我要他沿循你走的方向。”

　她言罢，神和人的父亲笑着回答，
对她发话，说出的话语长了翅膀：
“好极了，我的牛眼睛王后赫拉。
今后，要是你能和我所见略同，在神的议事会上，
那么尽管事与愿违，波塞冬
必须马上改变主意，顺从你我的心想。
倘若你刚才说的句句都是实话，不掺虚假，
那就前往神的部族，现在，给我召来
伊里斯，还有著名的弓手阿波罗，
以便让她前往身披铜甲的
阿开亚人的群队，给王者波塞冬捎话，
让他离开战场，回返自己的居家。
我要福伊波斯·阿波罗催励赫克托耳
再战，使他忘却恍迷神志的痛苦，重新
给他吹入力量。要他把阿开亚人
赶得惊慌失措，无力反抗，再次回逃，
跌跌撞撞地窜回裴琉斯之子阿基琉斯
凳板众多的船旁；后者会派遣伙伴帕特罗克洛斯
出战，而光荣的赫克托耳会投枪把他击杀，
在伊利昂城前，在他杀死许多年轻军勇，
包括我的儿子，在英武的萨耳裴冬死后倒下。
出于对帕特罗克洛斯之死的愤恨，卓越的阿基琉斯
　将把赫克托耳除杀。
从那以后，我将扭转战争的势头，从船边回折转向，
不再梗阻，使其发展，直到阿开亚人，
依从雅典娜的计划，攻下陡峭的伊利昂。

不过，在此之前，我不会压消怒气，
也不会让任何一位长生者站临达奈人边旁，
直到实现裴琉斯之子的愿望，
如我早先点头答应，予以允诺的那样——
那一天，永生的塞提斯抱住我的膝盖，
求我让荡劫城堡的阿基琉斯获得荣光。”

他言罢，白臂女神赫拉不予违抗，
从伊达山脉直奔高耸的奥林波斯，
快得似同闪念，掠过一个人的心房，
此人走南闯北，以聪颖的心智构思愿望：
“但愿去这，但愿去那”，产生许多遐想。
就以此般速度，天后赫拉心急火燎，一路赶往，
来到陡峭的奥林波斯，与永生的神明
聚首，在宙斯的殿堂。众神见她前来，
全都起身离座，举杯相迎，围拥在她的身旁。
然而，赫拉走过诸神，却接过美貌的
塞弥斯的杯盏，因她第一个跑来迎候，
对她说话，讲出的话语长了翅膀：
“为何归返，赫拉？你看来神情沮丧。
一定是克罗诺斯之子，你的丈夫，把你吓成这样。”

其时，白臂膀的女神赫拉对她答话：
“不要问我这些，女神塞弥斯；你也
知晓他的性情，该有多么固执傲慢。
继续主持份额公平的餐会，在神的宫房，
你将听闻我的叙述，你和所有的神明一起，
听知宙斯披露的凶邪勾当。我不以为

此事会愉悦所有的心房，无论是人
是神，尽管眼下有人仍可欣享宴食的欢畅。”

　言罢，天后赫拉坐下，宙斯房居里的
众神全都心绪纷烦。赫拉嘴角带笑，
但黑眉上的额头紧蹙，难以舒展。
带着盛怒，她对所有的神明说讲：
“好傻，缺少心计的我们试图与他对抗！
我们仍在忖想，接近他，阻止他，
用话语，强力也罢，但他却坐离此地，既不关心，
也不把我们放在心上，声称永生的神祇中
他出类拔萃，威势最猛，力量最大。
所以，你等各位必须纳受他送的邪恶，不管何样。
现在，我想，阿瑞斯已在忍受悲伤，
他的儿子已战死疆场，那是他最钟爱的凡人
阿斯卡拉福斯，硕壮的阿瑞斯声称此乃他的儿郎。”

　她言罢，阿瑞斯抡起手掌，击打
粗壮的股腿，嚷道，悲愤交加：
“现在，居家奥林波斯的神仙，你们谁也不要责难，
倘若我前往阿开亚人的海船，为死去的儿子报仇，
即使我命该遭受宙斯击打，被那
炸顶的霹雳，仰躺在血和泥里，死人的边旁！”

　言罢，他命嘱惊惧和溃乱牵马
套车，自己则穿上闪亮的铠甲。
其时，此事可能引出一场新的暴怒，更悲，
更烈，在宙斯和其他长生者之间爆发，

若非雅典娜，为所有的神祇担惊受怕，
离开息身的座椅，迅速穿走门廊，
从他头上摘下帽盔，从他肩上取下盾牌，
从他粗壮的手中夺过铜枪，在一边
妥放，责备勇莽的阿瑞斯，对他说话：
“疯了，傻了，你在自取灭亡！你有耳朵，
却派不上用场，你的心智和感悟力已不在身上。
没听清白臂女神赫拉对我们的说讲？
她可是刚从奥林波斯神主宙斯那边抵达。
难道你想在吃够各式苦头之后，
被迫回到奥林波斯山岗，尽管违背心想，
为我等众神播下种子，种下巨烈的悲伤？
宙斯会当即撇下阿开亚人和心志高昂的
特洛伊人，返回奥林波斯，对我们出手狠打，
依次惩罚，错者挨揍，无辜者也都一样。
为此，我要你平息得之于丧子的愤烦。
战场上，比他力气更大、手劲更足的
壮勇都已或即将被人宰杀。此举不易，
想要拯救所有的凡人，使家族代传。”

言罢，她把勇莽的阿瑞斯送回座椅。
其时，赫拉把阿波罗和伊里斯
叫到殿外，后者乃永生神祇的信使，
对二位说讲，用长了翅膀的言辞：
“宙斯命你二位去往伊达，火速行止。
你俩到了那里，完成礼见宙斯的事宜后，
要立即按他的要求和命嘱行事。”

神后赫拉言罢，回到殿堂，
息身座椅。他俩纵身腾飞，一路疾行，
来到多泉的伊达，野兽的母亲，
发现沉雷远播的克罗诺斯之子坐在伽耳伽罗斯的
峰巅，一朵芬芳的浮云拢成圈环，将他围起。
二位来到汇集云层的宙斯面前静候
站定，后者看着他们，心里绝无怨气：
二位服从他亲爱的夫人，来得如此快捷。
他先对伊里斯发话，用长了翅膀的言语：
“上路吧，快捷的伊里斯，找见王者波塞冬，
捎去我的口信，不得误贻。
告诉他即刻脱离战斗和杀击，
回返神的部族，亦可潜入闪亮的海里。
倘若他置若罔闻，不听我的谕令，
那就让他好好想想，在他的心里魂里①，
尽管强健，他可顶不住我的攻击，
须知我远比他强大，我说，若就气力，此外
亦有比他长出的年龄。然而，他以为可与我平起
平坐，在他的内心，尽管其他神明无不对我畏敬。”

他言罢，腿脚迅捷追风的伊里斯不予抗拒，
前往神圣的伊利昂，冲下伊达的峰脊。
犹如泻自云层的雪片或冷峻的冰雹，
裹挟高天哺育的北风吹送的寒气，
以同样的速度，迅捷的伊里斯急不可待，飞速前行，
来到著名的裂地之神身边说话，站定：

① 第163行同《奥德赛》第一卷第294行。

"黑发的环地之神,我给你捎来口信,
受带埃吉斯的宙斯嘱托,转告于你。
他命你即刻脱离战斗和杀击,
回返神的部族,亦可潜入闪亮的海里。
如果你对此置若罔闻,不遵他的谕令,
他将亲来与你斗打,这是他的威胁,
战力对抗战力。不过,他警告你躲避
他的双手,声称他远比你强大,若就力气,此外
亦有比你长出的年龄。然而,你却以为可与他平起
平坐,在你的内心,尽管其他神明无不对他畏敬。"

著名的裂地之神怒不可遏,对她说起:
"不,不行!尽管强健,他的话骄恣得可以!
他打算压制我,动用武力——我,地位和他等立。
我们弟兄三个,克罗诺斯之子,蕾娅是我们的母亲:
宙斯,我,还有老三哀地斯,死人的王君。
世界一分为三,我们三个各得其一。
当摇动阄块,我拈得灰蓝色的大海,作为永久的
居地,哀地斯拈得浑浊的冥府,幽黑,
而宙斯分获广阔的天空,连同云朵、大气,
但大地和高耸的奥林波斯,则由我们共同掌理。
所以,我没有理由唯宙斯的心志从听。让他
静享和满足于自己的份子,虽然他强健有力。
让他不要,是的,不要再来唬我,仿佛我是个懦夫,
对我炫耀手劲。让他把这些恫吓和暴虐的
言辞留给自己的儿女,由他所生,
因为不管他说些什么,他们必须聆听。"

腿脚迅捷追风的伊里斯对他答话，其时：
“你真的要我，黑发的环地之神，
将此番严厉、顶撞的话语回捎宙斯？
想不想略做修改？所有高贵的心灵均可变易。
你知道复仇女神，她们总是助佑长出的兄弟。”

其时，裂地之神波塞冬对她说接：
“你的话，女神伊里斯，说得合乎情理。
信使知晓掌握分寸，这可是件佳好的事情。
但此事给我的心灵魂魄带来剧烈的痛凄，[①]
当宙斯用横蛮的言辞责骂一位地位
和他等同、命运相似的神祇。
尽管如此，这一回我就让他，强压我的怒气。
但是，我要告诉你，我是在愤怒中威胁：
倘若他打算撇开我和赐送战礼的雅典娜，
撇开赫拉、赫耳墨斯和王者赫法伊斯托斯，
救下陡峭的伊利昂，不愿让它遭袭、
被劫，不让阿开亚人夺取辉煌的胜利，
那就让他牢记，我们之间的愤怒将不可平息！”

裂地之神言罢，离开阿开亚军男，
前行潜入大海，给阿开亚英雄们留下深切的盼念。
其时，汇集云层的宙斯对阿波罗开言：
“去吧，亲爱的阿波罗，前往头戴铜盔的赫克托耳
身边，环绕和震撼大地的波塞冬已经
潜入闪亮的大海，避离我们的怒焰。要是

① 第208行同第八卷第147行、第十六卷第52行和《奥德赛》第十八卷第274行。

我等动起手来，轰响之声其他神明就会听见，
他们集居在下面，克罗诺斯的身边。
如此处理甚好，于我，于他亦然，
他避让我的双手，尽管带着愤烦。
否则，办妥此事，我们会忙出一身热汗。
你可拿着流苏飘荡的埃吉斯[1]，现在，
吓退阿开亚壮勇，奋力摇开。
然后，我的远射手，你要对光荣的赫克托耳关怀，
给他注入巨大的勇力，直到阿开亚人撒腿跑还，
及至赫勒斯庞特水流，他们的海船。
从那以后，我会谋划，用话语、行动，
使阿开亚人在遭受重创之后，缓过劲来。”

他言罢，阿波罗不违父亲的令言，
从伊达的山脊上下来，变作一只疾冲的
游隼，鸽子的杀手，羽鸟中数它最快。
他发现卓越的赫克托耳，聪颖的普里阿摩斯的儿男，
已经坐立起来，不再摊仰，新近将心力收还，
认出了身边的伙伴，汗水停流，粗气
不喘，带埃吉斯的宙斯的意愿使他清醒过来。
远射手阿波罗于是说话，站立他的身边：
“赫克托耳，普里阿摩斯的儿男，为何离开众人，
坐在此地，虚弱不堪？遇到了什么麻烦？”

① 换言之，宙斯命嘱阿波罗举握他的（即宙斯的，见第308—311行）埃吉斯（aigis，字面意思似为“山羊皮”，一说与“暴风云”相关），奋力摇动，吓退阿开亚兵勇。埃吉斯神奇、“可怕”（第308行），边圈的穗条“粗蛮”（第309行，比较第二十四卷第20行）。另参考第一卷第202行注。

虚弱的赫克托耳对他答话，顶着闪亮的盔盖：
"你是，哦，最强健者，神祇中的哪一位，话对我的脸面？
不知道吗，在阿开亚人停驻的船边，
当我奋力砍杀他的伙伴，啸吼战场的埃阿斯
搬起一方石块，砸捣我的胸口，刹住了我的狂烈？
我原以为，一旦命息离我而去，就在今天，
我就该奔入哀地斯的冥府，和死人做伴。"

其时，王者，远射手阿波罗对他说接：
"鼓起勇气；克罗诺斯之子已送来如此强大的帮援，
从伊达山上，派我站在你身边，保护你的安全！
我乃提金剑的福伊波斯·阿波罗，过去曾经
站护过你和你的陡峭的城垣。
干起来吧，命令你众多的驭手，
驱赶战马，杀向深旷的海船。
我将冲在你们前头，为车马清道，平整
所有的路面，逼退战斗的阿开亚壮汉！"

言罢，他给兵士的牧者吹入巨大的力量。
如同一匹棚厩里的骏马，在食槽上吃得甜香，
挣脱缰绳，蹄声隆隆，飞跑在平原之上，
直奔常去的澡池，一条水流清澈的长河边旁，
神气活现地高昂着马头，颈背上长鬃
飘扬，陶醉于自己的勇力，迅捷的腿步
载着他扑向草场，马儿爱去的地方①。
就像这样，赫克托耳飞快地摆动双脚膝盖，

① 第263—268行同第六卷第506—511行。

催督驭手们向前，当他听闻神的令言说响。
犹如山野中的村夫带着猎狗追赶，
追捕一头带角的公鹿或野山羊，
却因猎物被峻挺的岩壁或投影的树林遮挡，
使猎人意识到命该不能将其逮下；
此外，他们的嘈喊引来一头挡道的狮子，硕大，
虬须满面，吓得他们突起奔逃，尽管还想捕抓。
就像这样，达奈人队形密集，穷追不放，
在此之前，用劈剑和双刃的枪矛砍杀，
然而，当他们眼见赫克托耳复又在人群里巡往，
全都吓得惊慌失措，勇力无存，腿脚软塌。

其时，索阿斯[①] 在人群中说话，安德莱蒙的儿男，
埃托利亚人中最好的英壮，投枪的技术出色，
近战中亦很勇敢。集会上，年轻人雄争
漫辩，但阿开亚人中很少有人赶超他的口才。
怀着善好的意愿，他对众人说话：
“这可能吗？一个惊人的奇迹在我眼前出现！
赫克托耳居然又站立起来，躲过死的
精灵发难。我们每一个人都在心里企盼，
希望他倒在忒拉蒙之子埃阿斯手下，已被杀害。
现在，某位神明前往帮援，救活
赫克托耳，此人已把许多达奈人的膝腿酥软。
眼下，我想，他会再来一遍。倘若没有雷声

① 索阿斯是一位二流战将，却像奈斯托耳和奥德修斯一样口才不凡，能说会道。我们记得，在第十三卷里，波塞冬曾变取他的形貌，激励伊多墨纽斯统兵奋战（参阅该卷第 216 行以下）。

轰鸣的宙斯扶持，他断然不能如此疯烈，临战前排。
干起来吧，让我们顺从，按我说的办！
让我们命嘱大队兵勇回撤，退防海船，
而我们自己，我等自称为全军最拔尖的英男，
要站守此地，以便率先和他接战，用我们的
枪矛将他捅还。我以为，尽管凶狠狂暴，
他会感到心虚胆怯，不敢闯入达奈人的队阵中间。”

他言罢，众人予以服从，认真听完。
兵勇们围聚在埃阿斯、王者伊多墨纽斯、
丢克罗斯、墨里俄奈斯和战神般的墨格斯身边，
编成密集的队形，准备激战，召唤最莽烈的战勇，
迎对赫克托耳和特洛伊军男。在他们身后，
大队的兵勇开始后撤，退回阿开亚人的海船。

特洛伊人队形密集，猛冲，赫克托耳迈开大步，
带领兵男，福伊波斯·阿波罗走在队伍前面，
肩头云雾笼罩，携挺可怕的埃吉斯走来，
凶莽、寒光闪烁，边圈的穗条粗蛮，由匠神
赫法伊斯托斯手铸，供宙斯携带，惊骇凡胎。
双手举握这面盾牌，阿波罗率导特洛伊人向前。

阿耳吉维人以密集的队形接战，尖啸的
杀声从两军中腾起，箭矢跳出弓弦，
枪矛冲离强健的大手，成片飞开，
有的扎入迅捷的年轻人，扎入他们的躯干，
另有许多落在两军之间，不曾擦碰皮肉雪白，
捣在泥地里，空怀撕咬人肉的欲念。

只要福伊波斯·阿波罗紧握埃吉斯,不予摇摆,
双方的投械便能频频中的,把人打翻。
然而,当阿波罗盯视驾驭快马的达奈人的脸面,
摇动埃吉斯,放声豪喊,他们的心儿
便会惊怵,在胸腔里面,忘却狂烈的情怀。
像两头猛兽,在那乌黑的夜色之中发难,
惊赶一群牛或一大片羊群,
猛然扑上,趁着牧人不在;就像这样,
阿开亚人丧失斗志,逃跑,惊惶不堪——阿波罗
给他们驱来恐惧,将光荣致送赫克托耳和特洛伊军汉。

　战场上乱作一团,到处人杀人砍。
赫克托耳先杀斯提基俄斯和阿耳开西劳斯,
一位是身披铜甲的波伊俄提亚人的首领,
另一位是心胸豪壮的墨奈修斯信赖的伙伴;
而埃内阿斯则将墨冬和亚索斯杀翻。
二者中,墨冬乃神一样的俄伊琉斯的
私生子,埃阿斯的兄弟,但他居家
夫拉凯,远离故园——他曾杀死厄里娥丕斯的
兄弟,前者是他的继母,俄伊琉斯的妻爱。
亚索斯乃雅典人的首领,
人称布科洛斯之子斯菲洛斯的儿男。
普鲁达马斯杀了墨基斯丢斯,波利忒斯杀了厄基俄斯,
在军阵的前排;卓越的阿格诺耳将克洛尼俄斯掀翻。
帕里斯击中代俄科斯,打在肩座上,铜枪
从后面切入,当他逃离前排,从落点透穿。

　他们动手抢剥铠甲;与此同时,阿开亚人

跌撞在深挖的壕沟和桩阻之间，
东奔西跑，惊恐万状，拥攘着退入墙垣。
赫克托耳亮开嗓门，对着特洛伊人叫喊：
“竭尽全力，冲向海船，撇下带血的礼件！
要是让我发现有人避战不前，远离海船，
我将就地安排他的死难，并将不让他的
亲属，无论男女，用烈火礼焚他的躯干。
让他曝躺在我们城前，任凭犬狗把他撕开！”

言罢，他手起一鞭，驱马向前，
张嘴叫喊，震响在特洛伊人的队列，后者
群起呼应，策赶拉车的驭马，响声
粗野狂蛮。福伊波斯·阿波罗领队走在前面，
抬腿轻而易举地踢塌深沟的壁沿，
用以垫平堑底，铺出一条通道，既长
且宽，横面约等于枪矛的一次投摔——
投者挥手抛掷，意在察试自己的臂力。
队伍浩浩荡荡，一拨一拨地拥来，由阿波罗率领，
握着那面了不得的埃吉斯，轻松破毁阿开亚人的
墙垣。犹如一个嬉玩海边的小男孩，
聚拢沙粒，以此雏儿勾当自我娱慰，
然后手忙脚乱，继续游戏，败毁自垒的沙堆；
就像这样，哦，射手福伊波斯，你稀捣阿耳吉维人的艰辛，
那份掺糅悲苦的劳作，将恐慌送至他们中间。

就这样，他们退临海船，收住腿步，站稳脚跟，
相互间大声叫唤，人人高扬起双手，
放开嗓门，对所有的神明祈祷呼喊，

阿开亚人的监护，格瑞尼亚的奈斯托耳更是
祷声连连，高举双臂，冲指多星的云天[①]：
“哦，父亲宙斯，倘若在麦浪滚滚的阿耳戈斯，
我们中有人给你烧祭过牛羊的腿件，多脂的块片，
祈盼能够重返家园，而你曾点头答应兑现，那么，
奥林波斯神主，愿你记住这些，把我们救出这无情的一天！
不要让特洛伊人打趴阿开亚人，像如此这般！”

老人诵毕，多谋善断的宙斯听到了奈琉斯
之子的声音，炸开一声动地的响雷。

然而，特洛伊人听闻带埃吉斯的宙斯的炸雷，
振奋战斗热情，更加凶猛地扑向阿耳吉维兵丁。
像汹涌的巨浪，在浩瀚的大洋里掀起，
受疾风推送，此君尤擅将巨浪
卷向峰顶，把海船的舷墙冲洗；
就像这样，特洛伊人高声呼喊，冲过墙基，
赶着马车，战斗在停驻的船尾，挥动
双刃的枪矛，有的从车上作战，有的近战杀击。
阿开亚人爬上乌黑的海船，从上面拒敌，
投掷海战用的长杆标枪[②]，堆放在舱里，
杆段相连，用青铜的矛尖作顶。

① 古希腊人对神祈祷(或祈求)时常高扬双臂。第 371 行同《奥德赛》第九卷第 527 行。

② 比一般的枪矛更长，枪杆分段连接钉合(参见第 678 行)，适用于海战，亦可从远距离实施刺捅。

帕特罗克洛斯，当阿开亚人和特洛伊兵勇
激战在护墙两边，远离快船，在此期间，
他一直坐谈雍贵的欧鲁普洛斯的营棚，
用话语欢悦，为他敷抹枪药，
在红肿的伤口，减缓黑沉沉的痛难。
但是，当眼见特洛伊人聚攻围墙，
而达奈人则乱叫一气，群起逃亡，
帕特罗克洛斯长叹一声，抡起手掌，
击打股腿两旁，话语中透出悲伤：
“尽管你很需要，欧鲁普洛斯，我却不能继续
陪留在你的身旁。那边有事，一场恶战爆发！
现在，让你的随从负责照料，我要
即刻赶回营地，催劝阿基琉斯参战。
谁知道呢，或许我可唤起他的激情，若凭
神灵帮忙；朋友的劝说是一种美佳。”

言罢，腿脚载他离去。与此同时，
阿开亚人仍在顽强抵御特洛伊人的攻击，
但尽管后者人少，他们却不能将其打离船队；
而特洛伊人亦无力冲垮达奈人的
队列，将其逼向海船和棚营。
像一条紧绷的粉线，划过造船的木块，
捏在一位有经验的木工手里，得益于
雅典娜的启示，此人精熟行道的细微；
就像这样，接战的双方进退相持，势均力敌。
其时，沿着船边，他们拼搏在不同的地域，
但赫克托耳却对着光荣的埃阿斯冲击，
为了争夺一条海船，两人都在苦战玩命，

前者不能打退对手,放火烧船,
后者亦无法击退前者,因为他有神明助励。
英武的埃阿斯出枪击倒卡勒托耳,克鲁提俄斯
之子,扎在胸脯上,当他携火冲船之际,
其人随之倒下,轰然一声,火把脱手落地。
眼见堂兄弟躺倒乌黑海船前面的
尘泥,赫克托耳放开嗓门呼叫,
对着特洛伊人和鲁基亚人喊出声音:
“特洛伊人,鲁基亚人,近战杀敌的达耳达尼亚军兵!
狭路相逢,你等不得回撤后退,
拯救克鲁提俄斯之子,不要让阿开亚人
抢剥他的甲衣;他已倒身海船搁聚之地!”

言罢,他出手闪亮的枪矛,对着埃阿斯,
但枪尖偏离,击中马斯托耳之子鲁科弗荣,
埃阿斯的伴友,神圣的库塞拉是他的居地,
因在那里欠下一条人命,一直和他住在一起。
赫克托耳锋快的青铜劈入头骨,耳朵上面,
其时他在埃阿斯身边站临。鲁科弗荣从船尾
仰面倒下,后背落地,肢腿酥软丧命。
埃阿斯见状浑身颤抖,喊对他的兄弟:
“看哪,亲爱的丢克罗斯,我们真诚的伙伴已被杀死,
马斯托耳之子,从库塞拉来此,
你我敬他就像敬对亲爱的父母,在我们家里。现在,
心胸豪壮的赫克托耳已将他杀死。你的见血封喉的
箭支在哪,还有那把硬弓,福伊波斯·阿波罗的送礼?”

他言罢,丢克罗斯跑来站定他的身边,

手持回弹的弯弓和装插箭矢的
长筒，动作极为迅捷，对着特洛伊人放箭。
他射倒克雷托斯，裴塞诺耳光荣的儿男，
潘苏斯之子，高贵的普鲁达马斯的伙伴，
其时正手握缰绳，忙着调驭战马①，
将其赶向队群最多、军兵惊逃的地点，
以便让赫克托耳和特洛伊人欣欢。然而，
突至的横祸临来，尽管真的想做，却谁也不能帮援，
致命的利箭从后面扎入脖子，
他翻身倒出战车，驭马闪向一边，
空车响声哐然。普鲁达马斯，驭马的
主人，当即发现，第一个跑来站立马头前面。
他把驭马交给阿斯图努斯，普罗提昂的儿男，
再三命嘱他关注情势，将马车靠近
停放，然后回返首领们战斗的前排。

　丢克罗斯复又抽出一支飞箭，瞄准头顶铜盔的
赫克托耳，将可中止他的战击，在阿开亚人的船边，
倘若趁他起劲搏杀之际，抢夺他的命脉。
然而，他躲不过宙斯的谋划计算，后者正
护着赫克托耳，把光荣夺离忒拉蒙的儿男。
当着丢克罗斯发箭，他扯断紧拧的弓弦，
安在漂亮的弓杆，使负荷青铜的箭矢
斜飞出去，弯弓脱手掉落下来。
图丢斯之子见状浑身颤抖，话对他的兄弟开言：

① 相似的情况出现在第八卷里：丢克罗斯射翻赫克托耳的驭手阿耳开普托勒摩斯，“扎在奶头边的胸脯上”（参阅并比较该卷第309—329行和本卷第445—465行）。

“看见了吧，神灵挫阻我们整个
作战计划，打落我手中的弓弩，
扯断新近拧编的弦线，今晨方才安上
弓杆，以便承受连续绷放的射箭。”

其时，忒拉蒙之子，高大的埃阿斯对他答言：
“算了，我的兄弟，放下射弓和泼洒的快箭，
既然某位神灵怨懑达奈人，把它们搅乱。
去吧，去拿一支粗长的矛杆，背起一面盾牌，
逼近特洛伊兵众，催励你的部属向前。
别让他们，虽然已打散我们的阵线，轻而易举地
抢获凳板坚固的海船。让我们记取战斗的狂烈！”

他言罢，丢克罗斯将弓杆放回营棚，
挎起一面战盾，垫着四层牛皮，
在硕大的脑袋上戴好制作精美的头盔，
顶着马鬃的盔冠，摇曳出镇人的威严。
然后，他操起一杆粗蛮的枪矛，顶着锋快的铜尖，
抬腿上路，快步跑回，站临埃阿斯身边。

目睹丢克罗斯的箭矢遭挫歪飞，赫克托耳放开
嗓门呼叫，对着特洛伊人和鲁基亚人喊出声音：
“特洛伊人，鲁基亚人，近战杀敌的达耳达尼亚军兵！
要做男子汉，亲爱的朋友们，这在深旷的船边念想
你们狂蛮的豪力！我已亲眼看见宙斯
挫阻他们中最好的弓手，歪撇他射出的飞箭。
宙斯给凡人的助佑显而易见，
要么把胜利的光荣致送一边，

要么削弱另一方的攻击,不予护卫,
就像现在,他助佑我们,弱减阿耳吉维人的战力。
继续战斗吧,拼杀在船边!若是有人被
死和命运逮着,被投来或捅来的枪矛砸击,
那就让他死去——他死得光荣,为保卫
国土捐躯。他的妻儿将因此得救,他的家居
和田产将免于废毁刀兵,只要阿开亚人
离去,回返他们热爱的故乡,驾坐海船!"

他的话使大家鼓起勇气,增添了力量。
埃阿斯亦在叫喊,在迎面的那边,对着伙伴:
"可耻,你等阿耳吉维军汉!成败在此一搏,
要么死去,要么存活,将毁灭打离船边!
想一想吧,若让头盔锃亮的赫克托耳夺走海船,
你们难道能徒步归去,回返故园?
你们难道没有听见,赫克托耳在对全体属下
嘶喊,疯疯烈烈,意欲放火烧船?
他在邀请你们,不是去跳舞,而是拼战一番①。
我们没有更好的办法,更佳的谋算,
只有逼上前去,用我们的力量和双手近战。
不是死,便是活,一举决定成败,

① 舞蹈和阵战构成了群体活动的两极,前者展示生活的甜美与和谐,后者则显示战争的严酷和无情。荷马不止一次地连用二者,有意识地把包含共性而又代表对立势态的二者(即舞蹈和战争)"连"在一起。阿芙罗底忒称墨奈劳斯不是刚从"决斗归来",而是"想去跳舞"(第三卷第393—394行);赫克托耳宣称自己知晓"如何踏走节拍",展示战争的烈狂(第七卷第241行)。然而,跳舞的高手并不一定都会打仗——这显然是埃内阿斯对墨里俄奈斯的嘲讽(第十六卷第616—618行;另参考第二十四卷第261行)。比较第十三卷第291行注。

这也比眼下的处境强些，置身酷斗的战场，
被比我们低劣的战勇逼挤，困缩在自己的船边！”

他的话使大家鼓起勇气，增添了战力。
其时，赫克托耳杀了裴里墨得斯之子斯凯底俄斯[①]，
福基斯人的首领，而埃阿斯则杀了劳达马斯，
安忒诺耳英武的儿子，步卒的头领。
普鲁达马斯放倒库勒奈人俄托斯，夫琉斯
之子墨格斯的伙伴，心胸豪壮的厄培亚人的领兵。
墨格斯见状猛扑过去，但普鲁达马斯
弯身躲避，使墨格斯空扑一气——阿波罗不会
让潘苏斯之子倒下，在前排的壮勇里。
墨格斯出枪，刺中克罗伊斯摩斯的胸肌，
他随即倒地，轰然一声；墨格斯动手，
从他的肩头卸剥甲衣。其时，多洛普斯朝他扑袭，
朗波斯之子，精熟枪技，劳墨冬之子朗波斯的
儿子中最强健的一位，掌握打恶仗的技艺。
他贴近出枪，捅扎夫琉斯之子的盾心，
但胸甲使他得以保命：此甲坚固，
弯曲的金属块片搭连紧密，昔日夫琉斯
从厄芙拉和塞雷斯河畔把它带回家里，
得之于一位友好的客主，民众的王者欧菲忒斯，

① 赫克托耳杀过两个斯凯底俄斯，一位是这里的裴里墨得斯之子，另一位是伊菲托斯之子(参见第二卷第517—518行和第十七卷第306—307行)。两位斯凯底俄斯同为福基斯人，又都是统兵的首领——是巧合，还是诗人的疏忽？荷马没有就此做过说明。评论家们倾向于认为这是《伊利亚特》中的又一“矛盾”之处，根源可能在于诗人的错记——荷马忘了斯凯底俄斯已经被杀，故而让这同一个人死了两次。另参见第十三卷第658行注。

让他披挂此甲，临阵出战，抵挡敌人的进击；
现在，胸甲救了他的儿子，使其免于毁灭。
接着，墨格斯出枪击中多洛普斯铜盔的
冠顶，厚实的马鬃上，将整条
鬃饰捣离头盔，打落下来，卧躺
泥地，熠闪着刚染的紫红，簇新。
然而，多洛普斯继续战斗，仍然抱着获胜的希冀。
其时，嗜战的墨奈劳斯赶来，在墨格斯身边站定，
从一个不为察觉的角度出手，从后面投击，
枪头扎入多洛普斯的肩背，往里狠咬，挟着狂烈，
受者转摇身子，猝然倒下，头脸朝地。
他俩猛扑上去，从死者的肩头抢剥
青铜的甲衣。赫克托耳高声呼喊，其时，
对所有的亲戚，首先是对希开塔昂之子，强健的
墨拉尼波斯抨击。他曾牧守腿步蹒跚的牛群，
在裴耳科忒故里，那是很久以前，敌人仍在遥远的邦地。
然而，当达奈人乘坐翘耸的海船临抵，
他回赴伊利昂，成为特洛伊人中的杰英，
和普里阿摩斯同住，后者爱他，像对自己的子弟。
现在，赫克托耳对他出言责备，叫着他的唤名：
“难道我们就这样自暴自弃，墨拉尼波斯？
对你的堂表兄弟被杀，你能毫不动心？
没看见吗，他们正忙着卸剥多洛普斯的甲衣？
来吧，随我出击！我们已不能再像这样远战
阿耳吉维军兵。不是我们宰掉他们，要快，
否则，便是他们荡毁陡峭的伊利昂，尽杀城民！”

他领头先行，言罢，另一位跟着，凡人，却似神明一样。

其时,高大的忒拉蒙之子埃阿斯亦在催励阿耳吉维人奋发:
“拿出男子汉的勇气,朋友们,将耻辱记在心上①,
不要让伙伴们耻笑,这是你死我活的拼杀。
大家要以此相诫,使更多的人避离死亡;
逃跑者既不能保命,也不能争得荣光②!”

他言罢,众人也都心怀狂烈,准备抵打,
把他的话语记在心房,围着海船筑起一道
青铜的护墙;宙斯催励特洛伊人向他们扑杀。
其时,啸吼战场的墨奈劳斯呼激安提洛科斯冲上:
“安提洛科斯,阿开亚人中你是最年轻的英壮,
腿脚最快,谁也不如你作战勇莽,
何不冲上前去,撂倒个把特洛伊军汉!”

言罢,他匆匆回返,却激使安提洛科斯斗志昂扬,
跳出前排的壮勇,挥掷闪亮的投枪,
双眼扫描四方;特洛伊人畏缩退却,
面对投出的矛枪。他没有白掷一场③,
击中心志高昂的墨拉尼波斯,希开塔昂的儿男,
打在胸脯上,奶头旁,在他冲扑上来的刹那。
他随即倒地,一声轰然,黑暗把他的眼睛合上。
安提洛科斯跳将过去,像一条猎狗对
一只受伤的小鹿捕杀,后者从窝巢出来,
被猎人投枪击扎,酥软了膝腿的力量;

① 第561行同第661行。

② 第562—564行同第五卷第530—532行。

③ 第574—575行同第四卷第497—498行。

就像这样，犟悍的安提洛科斯扑向你，墨拉尼波斯，
意欲抢剥铠甲。然而，卓越的赫克托耳
目睹此景，迎对此人，穿跑战场，
而后者，尽管腿脚敏捷，却难以抵挡，
只有逃亡，像一头做了坏事的野兽，
咬死一条猎狗或一个放牛的牧管，
趁着人群尚未聚合围攻，撒腿逃亡。
就像这样，奈斯托耳之子逃离，而特洛伊人和赫克托耳则紧追不放，
发出粗野的号叫，投泼悲吼的枪械，密密麻麻；
他转过身子，站稳脚跟，当他跑回己方的群伴。

其时，特洛伊人拥向海船，像
生食的狮子，试图实现宙斯的安排，后者
一直在催发他们豪勇的战力，瓦解阿耳吉维人的
刚强，不让他们争得荣誉，催励另一方的兵壮。
此乃宙斯的意向，把光荣送交普里阿摩斯之子
赫克托耳，让他把猖獗、暴虐的烈火投放
弯翘的海船，从而彻底兑现塞提斯的
祈望。所以，多谋善断的宙斯等待
火光照映眼前，来自第一艘被焚的海船。
从那以后，他将让特洛伊人溃退，
离开船舫，把光荣送给达奈军男。
揣带这个意图，他驱励普里阿摩斯之子
冲向深旷的海船，尽管赫克托耳自己已经疯烈，
像阿瑞斯挥舞枪杆，或像肆虐无情的山火，
腾烧岭背，在浓密的林带深处疯卷。
他唾沫横流，低蹙的眉毛下双眼

射出光彩，头盔在太阳穴上晃动摇摆，
可怕的响声轰鸣，伴随赫克托耳冲战。
透亮的天宇下，宙斯亲自助赞，
簇挤的人群里，大神只对他垂青，
为他增彩，只因赫克托耳此生短暂，
已经受到死亡迫胁，帕拉斯·雅典娜
会借助阿基琉斯的力量，将末日驱抵催赶。
但现在，他正试图溃散敌阵，试探着攻战，
找那人数最多、壮勇们披挂最好的地段。
然而，尽管狂烈，他却无法破毁阵线，
他们站成严密的人墙抵挡，像一峰
高耸的巉壁[①]，挺立在灰蓝色的海边，
迎对呼啸的劲风，兀起的狂飙折变，
面对翻腾的骇浪，惊涛拍岸。就像
这样，达奈人硬顶特洛伊人的进攻，毫不退让。
但是，赫克托耳通身射闪熠熠的火光，冲撞在人群
　密匝的地方，
猛扑上去，像飞起的长浪，劈落在快船之上，
载着泻自云层的疾风推搡，浪沫掩罩
整条船舟，凶险的旋风挟着呼响的
怒号扑向船帆，吓坏了水手，心脏
跳颤，眼下已被带到死的边旁；
就像这样，阿开亚人的心灵碎散在自己的胸膛。

---

① 荷马既擅用明喻表示一方对另一方的猛烈冲击（比较第二卷第394—397行、第十一卷第305—308行和第十三卷第795—799行），也喜用同样的修辞手段表现被攻击的一方对另一方的抵抗。阿开亚人不惧特洛伊人的攻势，坚守阵地，宛如纹丝不动的雾霭（第五卷第522—523行）；勇士们稳站门前，“像两棵橡树”（第十二卷第131—132行）；两位埃阿斯堵击追兵，像林木繁茂的山岗（第十七卷第747—748行）。

赫克托耳逼攻，像一头嗜屠的狮子对着牛群扑杀，
在一片凹陷的洼地，宽阔的草场，
数百之众，由一位缺少经验的牧人看养，不知如何
驱赶猛兽，当它把弯角壮牛生宰拿下，
只是一个劲地跟着最前或最后的畜牛
奔跑，让那兽狮在中段得手逞强，
生食一头，其余的全都吓得惊散逃窜。同此，阿开亚人
吓得六神无主，被宙斯和赫克托耳赶得
全军溃散，但他只杀倒一个，慕凯奈的裴里菲忒斯，
科普柔斯钟爱的儿男——科普柔斯曾多次送传，
替欧鲁修斯，向强有力的赫拉克勒斯传话。
这位次劣的父亲却生养了一个卓绝的儿男，
在一切方面拥有才干，无论是奔跑的速度，还是战场
上的表现；若论智力，他是慕凯奈首选的人才。
然而，这一切眼下都在为赫克托耳增添光彩。
其时，裴里菲忒斯转身回撤，却受绊自己携带的盾牌，
被它的边圈，此盾为他挡避枪矛，长及脚面。
他受绊盾沿，泥尘贴背，紧压头穴的帽盔
撞出可怕的声响，随着躯身的倒翻。
赫克托耳看得真切，跑来站立他的身边，
一枪扎进胸膛，当即杀死，在他亲爱的朋友们
眼前，后者尽管伤心，却救不了这位
伙伴，因为他们自己也十分惧怕卓越的赫克托耳。

　现在，阿开亚人已退至海船，身临最先
拖上滩岸的首排，特洛伊人集队冲来。
迫于强力，阿耳吉维人从第一排船边
撤退，但随之收拢队伍，在营棚

一线，不再散跑在营区内。耻辱揪住他们，
连同惧畏。他们不停地互相召唤，
而阿开亚人的监护，格瑞尼亚的奈斯托耳更是
苦苦地请求每一位，要他们看顾双亲的脸面：
“拿出男子汉的勇气，朋友们，将耻辱记在心田，
不要让同伴耻笑，人人都要
记着孩子、妻子，记着双亲和你的财产，
无论你的爹娘是死了，还是活在人间。
我恳求你们，现在，为了那些不在此地的人们，
求你们顶住，坚强，不要掉转身子逃窜！”

他的话使大家鼓起勇气，增添了力量。
其时，雅典娜从他们眼前除去弥漫的雾障，
神为的昏暗，强光照射进来，从两个方向，
从他们的海船边，从酷虐的战地上。
他们看见啸吼战场的赫克托耳，看见他的伙伴，
无论是待在后面，不曾接战，
还是傍临快捷的海船，效命战场。

其时，此举已不能愉悦心志豪莽的埃阿斯的心房，
待在后面，其他阿开亚人回撤的地方。
他跨出大步前行，来回巡走在船的舱板之上，
挥舞一条海战用的长杆标枪，
用硬钉衔接，二十二个肘尺的总长①。
宛如一位马术高明的专家，
从队群里挑出四匹良马，轭连成行，

① 参考第 388—389 行及第 388 行注。

冲向平原,沿路奔跑,朝着一座
宏伟的城邦,众人夹道,沿途观望,
有男子,亦有妇女羡赏;他腿脚稳健,
不滑,挨个从一匹跳到另一匹奔马的背项。
就像这样,埃阿斯穿行快船的舱板,
大步跃跨,声音冲指气空透亮,
发出粗蛮的啸吼,催励达奈人保卫
营棚船舫。在战场的另一边,赫克托耳亦不愿
滞留后面,与身披重甲的特洛伊人一块儿,
他冲将出去,像一只褐黄的鹰鸟冲闪,
扑向别的飞禽,啄食在河边,无论是
野鹅、鹳鹤或脖子修长的天鹅成群结队;
就像这样,赫克托耳径直冲去,认准一条
头首乌黑的海船,宙斯伸出巨手,极其有力,
推送在后面,催督他身边的兵勇们向前。

海船边,双方展开了一场凶蛮的拼击,
你或许会说他们一点不累,无有伤迹,
从激烈的程度断定:他们互相夺杀,狂烈至极。
战斗中,他们这样想在心里:阿开亚人
以为己方无法逃避邪恶,必死无疑;
而特洛伊人则怀抱希望,个个心里以为,
能够放火烧船,杀死阿开亚精英。
带着此般心绪,两军对阵,互相搏击。
赫克托耳抓住船尾,造形美观、迅捷,
破浪远洋的航器,曾把普罗忒西劳斯
载至特洛伊,却没有把他送还故里。
围着他的海船,阿开亚人和特洛伊人打得

激烈，你杀我砍，出手就近，双方已不再
满足于投射枪矛箭矢，拉开距离，
而是面对面地近战，心里热切，
用板斧和锋快的短柄小斧挥砍，用沉重的
利剑和双刃的枪矛破裂，铜剑掉满一地，
铸工精煌，握柄粗重，绑条漆黑，
有的落自手中，有的坠自战斗中
勇士的肩臂，地上黑红的流血滚滴。
赫克托耳攥住船尾，他已抓住的基点，
双臂抱紧尾柱，号令特洛伊军兵：
“拿火来，全军一致，喊出战斗的豪情！
现在，宙斯给我今天，足抵所有的一切，
逮住这些海船，它们闯来这里，违背神的心意，
给我们带来经年的痛凄——都怪他们胆小，那些个
参议，每当我试图求战搁岸的船边，
他们就出面劝阻，阻止我军进击。
然而，尽管沉雷远播的宙斯曾经愚钝我们的心智，
今天，他亲自出马，督令我们，给予鼓励！”

　　他言罢，战勇们冲逼阿耳吉维军兵，更加奋力。
他们的枪械纷至沓来，使埃阿斯无法稳立，
只好略做退却，以为死难将临，撤离
线条匀称的海船的舱板，退至中部七尺高的
船桥站立，持枪以待，挑落每一个试图
焚船的特洛伊男丁，当他举着火把，腾烧不息。
埃阿斯不停地啸吼，激励达奈人，用粗蛮的声音：
“朋友们，阿瑞斯的随从们，哦，达奈人的群英！
拿出男子汉的勇气，朋友们，念想狂烈的激情！

我们能以为后面还有部队,有救助的援兵?
我们可有一道更坚实的护墙,避挡毁灭?
不!我们周围无有带塔楼的城堡
得以退守防卫,驻存足以拒敌的兵力。
我们置身平原,面临身披重甲的特洛伊军兵,
背后是汪洋,远离我们的故地。所以,
救助的光线是我们强壮的手臂,而非酷战的怜悯!"

言罢,他用锋快的枪矛拒敌,冲杀不止,狂烈。
只要有特洛伊人扑向深旷的海船,举着
火把烈焰腾起,试图让赫克托耳欢欣,
埃阿斯捅之以长杆的枪矛,总在站等他的来临。
近战中,海船前,他刺伤了十二个军兵[①]。

① 埃阿斯占据有利位置,死守海船。十二是诗人常用的数字(参见第六卷第248行注)。

第十六卷

就这样，他们围绕那条海船奋战，凳板坚固，
而帕特罗克洛斯走近兵士的牧者阿基琉斯，
站着，热泪涌注，像一泓幽黑的泉溪，
顺着不可爬攀的绝壁，泻淌暗淡的水股[①]。
捷足和卓越的阿基琉斯看着他心生怜悯[②]，
送出长了翅膀的话语，对他说诉：
“为何，帕特罗克洛斯，像个娇小的丫头片子泪水
涌注，跑在母亲后面，哀求着要她提起抱住，
抓攥她的裙衫，不让她前行，予以碍阻，
睁着泪眼仰视，直到被娘亲抱护[③]？
像她一样，帕特罗克洛斯，你抛淌滚圆的泪珠。
有什么消息吗，要对慕耳弥冬人，或是我本人谈吐？
抑或有来自弗西亚的讯息，仅你知晓它的内容？
然而，阿克托耳之子墨诺伊提俄斯仍然健在，人们对我告诉，
埃阿科斯之子裴琉斯依旧在慕耳弥冬人中居住，
我们确有理由悲痛，倘若他俩中有人病故。
或许，你在为阿耳吉维人恸哭，不忍心看着

① 第3—4行同第九卷第14—15行。

② 第5行同第二十三卷第534行。

③ 阿基琉斯在此又一次比较贴切地使用了明喻。在《伊利亚特》里，阿基琉斯是使用明喻最多的壮勇。荷马或许想借此展现他性格中敏捷、聪灵的一面（他的母亲是一位女神，参见第34行），因为——诚如亚里士多德所指出的——擅用比喻是天分高的表现（《诗学》第二十二章1459a7）。

他们死去，傍着深旷的船舟，由于自己的骄横跋扈？
告诉我，让你我都能知道，不要在心里藏固[①]。”

其时，车手帕特罗克洛斯，你长叹一声，答接：
“哦，阿基琉斯，裴琉斯之子，阿开亚人中你远为勇烈，
不要发怒，巨大的悲痛正降临阿开亚军兵！
须知所有以往作战最勇的壮士都已
卧躺船边，带着箭伤，或被枪矛破击。
图丢斯之子，强健的狄俄墨得斯已被射伤，
奥德修斯和著名的枪手阿伽门农亦遭枪袭，
还有欧鲁普洛斯，大腿中箭；
眼下，熟知药性的医者们正在救治，为他们
除痛去疾。然而你，阿基琉斯，谁能使你平息？
但愿这种让你沉湎的暴怒不会把我逮去！
祸害啊，你的勇气！你能给子孙后代什么进益，
倘若不为阿耳吉维人挡开可耻的毁灭？
你无有怜悯。车战者裴琉斯不是你的父亲，
塞提斯也不是你的母亲，灰蓝色的大海生你，
还有那高耸的岩壁[②] ——你不会回心转意。
不过，倘若你心知的某个预言拉了你的后腿，
尊贵的母亲已告诉你某个得之于宙斯的信息，
那就至少也应派我出战，率领慕耳弥冬兵丁，
或许，我能给达奈人送去光明。
让我肩披你的铠甲战斗，如此，

① 第 19 行同第一卷第 363 行。

② 诗人大概熟悉一种古老的传说，即认为最早的凡人来自大树或石头（参考《奥德赛》第十九卷第 163 行及赫西俄德《神谱》第 35、187 和 563 行等处）。

特洛伊人或许会把我误当是你，避离战斗，
使苦战中的阿开亚人的儿子们得获喘息的时机，
他们已精疲力竭；战场上可供喘息的，只有极短的间隙。
我们，不疲的精兵，面对久战疲惫的敌人，或许
可以轻而易举地把他们打离海船营棚，赶回城去。”

他如此一番说讲求祈，天真得出奇，
不知祈求的正是自己的死亡和邪毒的终结。
带着极大的烦愤，捷足的阿基琉斯对他说及：
“不，卓越的帕特罗克洛斯，瞧你说的这些！
我并不知晓或听闻过预言，我那尊贵的
母亲并没有告我得之于宙斯的信息，
但此事给我的心灵魂魄带来剧烈的伤悲，
有人想要羞辱一个和他平等的人杰，
夺走他的战礼，凭借更高的权威。
此事使我心情沉痛，极其伤悲。
阿开亚人的儿子们挑出那位姑娘，作为给我的战礼，
是我攻破那座坚固的城邑，用枪矛将她掠归，
但阿特柔斯之子，强有力的阿伽门农从我手中
夺她，仿佛我是个流浪汉，和荣誉相背。
算了，过去的事就让它过去吧，我的心里
不会永远盛怒不息。但是，我已说过，
我不会罢息怒气，直到杀声
和战斗紧逼至我的停船之地。
好吧，拿取我光荣的铠甲，披上你的肩臂，
带领慕耳弥冬人赴战，他们嗜喜战击，
倘若特洛伊人的乌云确已黑沉沉地
阴罩船舶，而另一边的阿耳吉维人

已被逼至海滩，挤在一小片狭长之地，
全城的特洛伊人都向他们压去，无所畏忌，
只因他们未见我的头盔，在近处闪熠。
他们会拔腿逃窜，尸体堵住出海的水域，
如果阿伽门农能善待于我，此人强健有力。
然而，现在，阿耳吉维人已退战在自己的营区。
枪矛已不再横飞，带着图丢斯之子
狄俄墨得斯的手劲，替达奈人挡开毁灭；
我亦听不见阿特柔斯之子的呼喊，出自那颗
让人厌恨的头颅，只有屠人的赫克托耳对
特洛伊人的号叫，震响在我的耳际；他们杀声
阵阵，占据整个平原，对阿开亚人实施打击。
即便如此，帕特罗克洛斯，你要解除船边的危急，
全力以赴，奋勇近敌，不要让他们用熊熊
燃烧的火把焚船，夺走我们回家的希冀。
但是，你要听我的话，切记，
如此方能为我争得光荣和巨大的荣誉，
在所有的达奈人眼里，送回那位
漂亮的姑娘，辅之以闪光的偿礼。
你要从船边回返，当你把他们打离，尽管赫拉
炸响雷的夫婿会让你争得光荣，
你不能，没有我的参与，留恋与嗜战的
特洛伊人硬拼——否则你会削减我的荣誉。
切不要放纵搏战的激狂，追杀
伊利昂军兵，领头冲向特洛伊，
以免惹急奥林波斯山上某位永生的神明，
出面干预。远射手阿波罗钟爱他们，爱得
深切。你必须回来，一旦给海船送去得救的

光曦，让其他人继续战斗，在那片平地。
哦，父亲宙斯，雅典娜，阿波罗！但愿
特洛伊人全都死尽，阿耳吉维人亦无一
脱逃毁灭，只有你我余生，你和我，
仅此而已[①]，捣碎特洛伊神圣的冠基！”

就这样，他俩你来我往，一番说议。
其时，面对纷至沓来的枪矛，埃阿斯已无法稳立，
宙斯的意志迫使他后退，还有特洛伊人的
枪械，使闪亮的头盔承受泼倒的砸击，
在太阳穴两边撞打出可怕的声音，制作坚固的
颊片时时遭受敲打，左肩已疲乏无力，
只因扛顶那面硕大、锃亮的盾牌，无有缓息；
但是，他们不能把他打离，尽管投出枪矛飞逼。
他呼吸困难、窘急，汗如雨下，
顺着四肢洒滴，不能缓息
喘气，凶邪压连凶邪，到处都是险情。

告诉我，缪斯，你们居家奥林波斯，

① 帕特罗克洛斯比阿基琉斯年长(可能略长几岁)，不仅是后者的副手和亲密伙伴，而且负有“给他明智的劝议，为他指明方向”的责任(详阅第十一卷第785—789行)。两人的关系十分密切(或许超过了一般的主将与副手之间的情谊)，有人据此推测他们是一对同性恋伙伴，尽管荷马从未就此做过明确的告示(或暗示)。战斗是一种“亲密”的行为(参考第十三卷第291行注)，但这种比喻式的“贴身”仅指在敌对或近战的双方之间。强调阿基琉斯和帕特罗克洛斯的亲密关系，或许主要是出于情节发展的需要，因为唯有强调他俩关系的密切才能为决意不战，甚至打算返航回家的阿基琉斯的复出战斗，做出可信或顺理成章的铺垫。另参考第十八卷第82行注。

告诉我第一个火把烧燃阿开亚人海船的情景[①]。

　　赫克托耳站临埃阿斯近旁，挥起战剑重粗，
猛砍他的枪矛，安着梣木的杆柱，劈向杆头的插端，
将枪尖齐刷刷地切撸，忒拉蒙之子埃阿斯
挥舞秃头的长杆，青铜的
枪尖嘣响在老远的泥土。
埃阿斯浑身哆嗦，高贵的心里知晓它的缘故：
此乃神灵所为，雷鸣高天的宙斯意欲让
特洛伊人获胜，彻底挫阻了他的作战意图。
他退离枪矛的射程；特洛伊人掷投狂虐的烈火，
对着快船的舟身，难以扑灭的烈焰刹时升腾。

　　就这样，大火把船尾侵吞。阿基琉斯抡起巴掌，
击打两条腿股，对着帕特罗克洛斯说话，喊呼：
"高贵的帕特罗克洛斯，车手，赶快出动！
我已望见凶莽的烈火在船上腾出，
绝不能让他们毁掉舟船，断了我们的退路！
快去，穿上我的甲胄；我会让兵勇们集中。"

　　他言罢，帕特罗克洛斯随即披挂，全身耀闪铜辉。
首先，他戴上精美的胫甲，裹住小腿，
焊着银质的搭扣，在腿踝处箍紧，

① 缪斯姐妹乃记忆的女儿，因此知晓一切（另参考第一卷第1行注）。从构思的角度来分析，诗人在此处向缪斯祈求似亦可起到承上启下，使"转折"显得更为自然和更加井然有序的作用。类似的例子参见第十一卷第218—220行和第十四卷第508—510行。

随之系上护甲，遮掩起他的胸背，
捷足的阿基琉斯的铠甲，群星潢饰，工艺精美。
然后，斜垂肩头，他挎上嵌缀银钉的劈剑，
青铜铸就，背起巨大、沉重的盾牌。
在硕大的头颅，他戴上做工精致的战盔，
马鬃的顶冠作为盔饰，摇曳出镇人的威严，
操起两支抓握顺手的枪矛，凶莽的器械，
只是没拿埃阿科斯英武孙子的枪矛，
硕大、粗长、沉重，阿开亚人中谁也提拿不起，
只有阿基琉斯自己用得自如，熟练舞挥。
此枪以裴利昂梣木作杆，喀戎送他亲爹的礼件，
采自裴利昂的顶峰，作为杀夺英雄的利械。
帕特罗克洛斯命嘱奥托墨冬套车，赶快，
此人最受他的尊爱，除了荡扫军阵的阿基琉斯以外，
激战中比谁都坚强，最可信赖。
奥托墨冬把迅捷的快马牵到轭下，
珊索斯和巴利俄斯[1]，可与疾风赛跑比肩，
由闪电般的波达耳格[2] 生养孕怀，得之于西风吹恋，
当她牧食草场，俄刻阿诺斯的漩流旁边。
他让迅猛的裴达索斯牵拉边套，
阿基琉斯的战礼——他曾劫扫厄提昂的城垣。
虽说出自凡胎，此马奔走在神驹边沿。

　　阿基琉斯穿巡慕耳弥冬人的营盘，让他们

① Xanthos 和 Balios 分别意为“栗色马”和“花斑马”。关于 Xanthos，另见第八卷第 185 行和第十九卷第 405 行。

② Podarge 可能意为“捷蹄”，一说可作“白蹄”解。

全都傍临营棚列队，全副武装排开。像一群生吞
活剥的饿狼[1]，心中装填不带消偃的狂烈，
在山脊上扑倒一头硕大的长角公鹿，
争抢撕食，颚下滴淌殷红的鲜血，
然后结队跑去，啜饮泉流，颜色昏黑，
伸出溜尖的狼舌，汲舐浊暗的水面，
翻嗝带血的肉块，心中仍在念想
捕食的贪婪，虽然早已足饱，肚皮溜圆。
就像这样，慕耳弥冬人的首领和军头们
拥聚在捷足的阿基琉斯骁勇的助手
周围，嗜战的阿基琉斯挺立人群，
催励兵勇，他们随同战车，携带盾牌。

　乘坐五十条海船，宙斯钟爱的阿基琉斯
率领部众抵达特洛伊参战，每船坐载
五十名兵勇，在落桨的船位，是为他的伙伴。
他任命了五位头领，各带一支分队，
而他自己，以他的强健，是部队的统帅。
率领第一支分队的是胸甲闪亮的墨奈西俄斯，
斯裴耳开俄斯河的儿男，宙斯倾注的水浪滚翻，
裴琉斯的女儿，美丽的波鲁多拉把他生给
奔腾不息的斯裴耳开俄斯，凡女与神河欢爱，
但名义上，他是裴里厄瑞斯之子波罗斯的儿男，
波罗斯婚娶波鲁多拉，给了难以计数的财礼聘来。
嗜战的欧多罗斯率领另一支分队，一位未婚少女的
儿男，母亲波鲁墨莱，夫拉斯的女儿，

① 比较："像路边的黄蜂"(第 259 行)。另参考第 265 行注。

舞姿翩翩。强有力的阿耳吉丰忒斯[①]
爱她貌美,眼睛将舞女中的她盯看,
她们唱颂追喊的阿耳忒弥斯,操用黄金的线杆。
医者赫耳墨斯上行进入她的睡房,悄然,
与她共寝,后者为他生下一个儿男,
英武的欧多罗斯,快捷,作战勇敢。
然而,当分娩女神埃蕾苏娅把孩子
带入白天,眼见太阳的光闪,
阿克托耳之子,坚实、强壮的厄开克勒斯
将她带回家院,给了难以清数的礼件,
年迈的夫拉斯抚养男孩,关怀备至,
对他,疼爱得像对自己的儿男。
第三支分队的首领是嗜战的裴桑德罗斯,
迈马洛斯之子,超群所有的慕耳弥冬兵汉,
使枪作战的本领,仅次于裴琉斯之子伴从的手段。
第四支分队由年迈的车战者福伊尼克斯统管;
阿尔基墨冬带领第五支分队,莱耳开斯豪勇的儿男。
阿基琉斯将队伍聚合完毕,整齐地
站候首领们身边,对他们下达严厉的令言:
"你们谁也不会忘记,我说慕耳弥冬军男,
在快船边对特洛伊人发出的威胁[②],
当着我盛怒的日日夜夜,你们还对我抱怨:
'裴琉斯残忍的儿男,你的母亲用胆汁把你养育!
你无有怜悯,将伙伴们困留船边,违背心愿。

① 即赫耳墨斯。参见第二卷第 103 行注。

② 比较第七卷第 96—98 行、第十三卷第 219—220 行、第十四卷第 478—479 行和第二十卷第 83—85 行。

真不如让我们归返家园，乘坐破浪远洋的海船，
既然该死的恶怒，它已临落你的心怀。'
你们经常私语我的不是，聚作一团；现在，眼前
有一场艰烈的搏斗，你们已长久期盼。
让每一个人以豪勇的雄心临战，对打特洛伊军男！"

他的话使大家鼓起勇气，增添了豪力，
听罢王者的饬令，队群靠得更加紧密，
像泥水匠构筑墙基，把石块堆聚一起，
建造高耸的房居，抵挡劲风的吹袭。
就像这样，战场上头盔磕连，还有突鼓的盾牌，
圆盾挤着圆盾，头盔贴着头盔，人群轧成一片，
闪亮的盔面上，硬角边的鬃冠抵来擦去，
随着人头的晃摇，队形密集，一个个紧挨。
两位勇士全副武装，站在队伍前面，
帕特罗克洛斯和奥托墨冬，狂烈，同仇敌忾，
在慕耳弥冬人的前排接战。其时，阿基琉斯
走进自己的营棚，打开一只漂亮、精工
制作的箱子的顶盖，银脚的塞提斯
把它放入海船运载，满装着衣衫，
连同挡御寒风的披篷和厚实的毛毯①。
箱子里躺着一只酒杯，精美，其他人
不用此杯啜饮闪亮的酒液，阿基琉斯自己
亦不用它祭献别的神明，只有父亲宙斯例外。
他取杯出箱，先用硫黄净涤一遍，

① 出征的首领们似乎都应有自己的箱子，用以收装衣服和贵重物品。另参考第二十四卷第228行以下和《奥德赛》第十三卷第10—12行。

然后用清亮的溪水漂淋一番，
洗过双手，把闪亮的浆液注入酒杯，
站立庭院中间，对神祈祷，洒出醇酒，
仰望青天，喜好炸雷的宙斯即时眼见：
“王者宙斯，裴拉斯吉亚神主，多多那[①] 的主宰，
雄踞远处，统治寒冷的多多那地面，你的先知
随你生存，塞洛伊们从不洗脚，睡躺在那边。
一如那次你听应我的祈祷，一如从前，
给我荣誉，摧捣他们，狠治了阿开亚军汉，
这一回，请你再次满足我所祈求的希愿。
我本人仍将留在海船停聚的滩岸，
但已派遣我的伙伴，带领众多慕耳弥冬人
参战。让光荣，沉雷远播的宙斯，随他同在。
让他胸腔里的心灵勇敢，以便使赫克托耳，
即便是他，亦能知晓帕特罗克洛斯可有独立
作战的能耐——抑或，他的臂膀能够无坚
不摧，只有当我也在战神的磨绞中受难。
不过，当他打退船边对方的攻喧，
让他回来，回返快船，不受伤害，
带着甲械整套，连同战随身边的伙伴。”

言罢，精擅谋略的宙斯听闻他的祈祷。
父亲允诺他一项，同时拒绝另一项祈盼，

① 在古希腊，多多那和德尔斐(古称普索，见第九卷第 405 行注)一样，同为最著名的神谕发示地(参考希罗多德《历史》第二卷 52)。多多那位于品多斯山脉的托马罗斯山脚，距阿基琉斯的故乡弗西亚甚远。有评论家认为，荷马此处指的是塞萨利亚的多多那，但似乎论据不够充足。比较第二卷第 749—751 行。

答应让帕特罗克洛斯打退船边的
攻势，但拒绝让他从战斗中生还。
阿基琉斯洒毕奠酒，做罢祈祷，
回到营棚，还杯箱内，复出，
伫立门前，心里仍在急切盼想
眺望阿开亚人和特洛伊人惨烈的鏖战。

身披铠甲的军勇们随同心志豪莽的帕特罗克洛斯
一起前进，精神抖擞，直到接战特洛伊人。
他们集群奋起，冲扑，像路边的黄蜂[1]，
男孩们养成习惯，常去惹发它们生怒，
总在道旁的蜂窝边挑逗它们，
愚蠢的孩子，由此伤害了许多路人：
要是有人碰巧赶路，途经群蜂，
无意中激惹它们，后者倾巢出动，
怒气横生，全体为保卫后代拼争[2]。
其时，慕耳弥冬人的心情和激狂像似黄蜂，
从海船边拥出，爆喊经久不息的杀声。
帕特罗克洛斯放开嗓门呼叫，对他的兵朋：
“慕耳弥冬人，裴琉斯之子阿基琉斯的伙伴们！
拿出男子汉的勇气，记取狂烈的战斗激情，朋友们！
我们要为裴琉斯之子争光——海船边，他是阿耳吉维人中

① 成队的兵勇像似成群的蜜蜂或苍蝇等——诗人抓住了二者间“成群结队”的共性（另参考本卷第 641—643 行、第二卷第 87—90 行和第十七卷第 570—572 行等处）。比较本卷第 157 行。

② 比较第十二卷第 167—170 行中相似的描述。在荷马看来，如果说动物尚有保护后代的意识并做出实际行动（参考第十七卷第 4—5 和 133 行等处），那么疆场上并肩作战的壮勇就更应该互相帮助，保护倒地死去的战友。

远为出色的壮勇,我们是他的部属,跟随他近战拼争,
以便让阿特柔斯之子,统治辽阔疆域的阿伽门农
认识自己的骄狂,不该屈辱阿开亚全军最好的杰雄!"

　　他的话使大家鼓起勇气,增添了力量。
他们成群结队地扑向特洛伊兵壮,身边的船艘
荡送着阿开亚人的呼吼,回扬出可怕的轰响。
眼见墨诺伊提俄斯强有力的儿子,
他和他的驭手伙伴,身披光彩夺目的铠甲,
特洛伊人无不心绪错乱,队阵开始松垮,
以为裴琉斯捷足的儿子已在船边
选择了友谊,将愤怒抛弃一旁,
人人都在寻觅躲避惨死的出路,东张西望。

　　帕特罗克洛斯率先投出闪亮的矛枪,
飞扑战阵的中央,人群麇挤最多的地方,
拥塞在心胸豪壮的普罗忒西劳斯的船尾旁,
击中普莱克墨斯,首领,派俄尼亚车战者的主管,
从阿慕冬来临,从宽阔的阿克西俄斯河畔。
他右肩中枪,倒落泥尘,呻叫着
肩背朝下,派俄尼亚伙伴们四散逃亡:
帕特罗克洛斯吓坏了所有的他们,
当他放倒统兵的首领,战斗中最勇的骁将。
他把对手们赶离海船,扑灭大火熊熊烧燃,
半焦不黑的舟船仍在滩上。特洛伊人四散奔逃,
发出歇斯底里的嘈响,达奈人蜂拥而至,
杀回深旷的海船,嚣声四起,经久回荡。
犹如在那大山之巅,峰顶之上,

汇聚闪电的宙斯驱散浓密的云层遮罩,
使所有高挺的山峰、突兀的崖壁和幽深的沟壑展现
清晰的容貌,透亮的大气,其量无限,从高空泻倒。
就像这样,达奈人将猖蛮燃烧的烈火驱离海船,
略微舒松片刻,但战斗的息止不会来到,
因为尽管遭受嗜战的阿开亚人猛攻,
特洛伊人没有转身,离开乌黑的海船逃跑;
他们仍在顽强抵抗,退离船舟,迫于强力的逼捣。

　战场上乱作一团,到处人杀人砍,
在首领之间开战,墨诺伊提俄斯强壮的儿子
首先投枪,打在阿雷鲁科斯的腿上,
当他转身之际,犀利的铜枪透穿肌肉,
将骨头碎砸,后者倒向泥尘,头脸
朝下。与此同时,嗜战的墨奈劳斯对索阿斯出枪,
酥软了他的肢腿,捅在胸胁上,战盾不及遮护的地方。
眼见安菲克洛斯扑来,夫琉斯之子墨格斯
抢先出手,枪扎躯腿相连的部位,人体中
肌肉最实的地方,枪尖挑断
筋腱,黑雾把他的双眼蒙上。
至于奈斯托耳的儿子们,安提洛科斯刺中
阿屯尼俄斯,捅出锋快的矛枪,铜尖透穿肋腹,
后者随即前扑倒下。马里斯大步进逼提枪,
猛冲安提洛科斯,站挺尸身前面,
激怒于兄弟的死亡,但神一样的斯拉苏墨得斯
抢先出手,举枪刺他,快枪没有偏离,
捅入肩膀,枪尖切断臂膀的根基,
撕毁肌肉,使之与骨头彻底分家。

他随即倒下,一声轰响,黑暗将他的双眼蒙上。
就这样,他俩倒死在另外两个兄弟手下,
坠入乌黑的地方,萨耳裴冬高贵的伙伴们,
阿米索达罗斯一对投枪的儿郎,其父养育过
狂暴的基迈拉,后者曾使许多人遭殃。
俄伊琉斯之子埃阿斯其时冲上,
生擒克勒俄布洛斯,当他在人群里混杂,
夺放他的力量,用带柄的战剑劈砍脖项,
热血将整条剑刃浇得滚烫,强有力的
命运合拢他的双眼,连同殷红的死亡。
其时,裴奈琉斯和鲁孔迎面扑杀,已互相
投过一支矛枪,偏离,全都白掷一场,
眼下他俩握剑对扑,厮杀。鲁孔起剑
砍砸脊角,在嵌缀马鬃冠条的盔上,剑刃
脱裂,断在手柄以下①。裴奈琉斯挥剑
耳朵下面的脖项,切砍至深,使其仅剩
薄皮沾挂,脑袋耷拉在一旁,肢腿酥软。
墨里俄奈斯腿脚轻快,追上阿卡马斯,
出枪捅入右边的肩膀,当他从马后登乘车辆;
迷雾蒙罩他的眼睛——他从车上摔下。
伊多墨纽斯刺中厄鲁马斯,无情的铜枪
插入他的嘴巴,铜尖深捅进去,
从脑下往里挤扎,捣烂白骨,
震落牙齿,使他双眼浸溢血浆,
大口喘着粗气,倒出血流,从嘴
和鼻孔喷洒,死的黑雾将他裹上。

① 墨奈劳斯的战剑也曾被震得七零八落(第三卷第 362—363 行)。

就这样,这些达奈人的首领们将各自的对手夺杀。
像饿狼扑搅羊羔或小山羊[①],横冲直撞,
在羊群中咬住不放,趁着牧人粗心大意,
将群羊在山坡上散放,灰狼们逮住空子,
突然扑上,叼抢它们,后者的心里不知反抗;
就像这样,达奈人荡扫特洛伊人,后者
回想起恐怖的窜逃之声,将狂烈的豪勇遗忘。

然而高大魁伟的埃阿斯总想击捣,掷枪
头顶铜盔的赫克托耳,但后者有丰富的经验凭靠,
把宽阔的肩膀缩掩在牛皮战盾后面,
睁大眼睛,盯视呼啸的飞箭和轰响的枪矛。
战局已发生不利的变化,他清楚地知道,
但为保护可以信赖的伙伴们,他要坚守,站牢。

像云朵,从奥林波斯山头向天上升袅,
穿越透亮的气空,当宙斯卷来风暴;
同样,他们在船边啸叫,群起奔逃,
惶惶后撤,乱七八糟。捷蹄的快马拉着
全副武装的赫克托耳回跑,撇下特洛伊部众,
后者违心背意,陷滞在宽深的沟壕。
堑壁间,一对对拖拉战车的快马挣脱,
崩断车杆的终端,丢弃主人的车辆惊跑。

---

① 达奈人(即阿开亚人)猛攻特洛伊人,像狼扑羊羔(另参考第八卷第131行和第二十二卷第263行)。恶战中的将士像狼一样凶狠强悍(参考第四卷第471行、第十一卷第72行和第十三卷第103行以及本卷第156—163行)。

帕特罗克洛斯紧追不舍，对着达奈人严厉吼啸，
带着凶险的企图，对特洛伊人，后者高声呼叫，
队伍乱作一团，塞满了所有通道，腿脚下泥尘滚滚，
聚汇成片的灰团在云层下翻搅，坚蹄的驭马
挣扎着急欲逃离海船和营棚，跑回城堡。
哪里集聚的乱军最多，帕特罗克洛斯见后
便向哪里驱车，呼叫，战勇们扑出马车，
头脸朝下，在车轴下摔倒，撇下空车吱嘎颠跑。
迅捷的神马冲过沟壕，只需一跃，
那是神赐的礼物，给裴琉斯的荣耀，
其时猛扑向前——帕特罗克洛斯冲向赫克托耳，
受怒气激挑，意欲击捣，但后者的快马载他出逃。
犹如乌黑的大地承受风暴，受它的挤迫，
在一个收获的秋日，宙斯用最猛的雨水
泼浇，痛恨凡人的作为，泻发怒火，
只因在肆无忌惮的集会，他们通过歪逆的举措，
摈弃公理，不思神明的惩报[1]，
因此所有的河流其时洪水滔滔，
峡沟里浪涛汹涌，冲毁山坡道道，
泻入黑蓝的大海，发出巨响轰隆，
从山上飞流直下，荡毁凡人的劳作[2]。
就像这样，特洛伊驭马响声轰隆，撒蹄疾跑。

① 在荷马看来，宙斯尽管我行我素，感情用事，加之品德远非高尚，但他仍在一定意义上代表最高的准则，并非全然不顾正义，无视公道。

② 荷马是描写洪水(及其引发的声响)的高手，他的明喻常能贴紧主题，与上下文密切配合，表现鲜明的文体色彩，诗化作品的叙事风格。有关大水的明喻，另参阅第四卷第452—455行、第五卷第597—599行、第十一卷第492—495行和第十三卷第137—142行等处。

然而，帕特罗克洛斯截离最前面的营伍，
转身将他们逼向船舶，不让急于
回返的对手溜进城内，冲闯在
海船、河流之间，傍临墙高，
杀敌甚众，为许多死去的伙伴仇报。
他先杀普罗努斯，用闪亮的枪矛，扎在
胸口上，此处未被战盾护保，酥软了他的肢腿，
轰然倾倒。帕特罗克洛斯复又扑向
塞斯托耳，厄诺普斯之子，缩蜷在战车里，
避躲，吓得迷迷糊糊，缰绳从手上脱落。
帕特罗克洛斯逼近出枪，捅入
下颌的右边，在齿行之间穿过，
然后将他挑勾起来，提过马车的杆道，像个渔人，
在突兀的岩壁上稳坐，用渔线和闪亮的
铜钩出水钓起神圣的海鱼一条[①]；就像
这样，他把对手拉出战车——嘴里衔咬闪亮的枪矛——
甩手一抛，头脸朝下扑倒，命息随之离飘。
接着，他出手厄鲁劳斯，在他前冲的时候，用一块
巨石对着脑门正中砸捣，将头颅劈成两半，
留在粗重的盔帽里，其人头脸贴着泥尘，
扑倒，破毁勇力的死亡将他的躯体蒙罩。
其后，他杀了厄鲁马斯、安福忒罗斯、厄帕尔忒斯、

① 有关钓鱼的明喻，另见第二十四卷第 80—82 行和《奥德赛》第十二卷第 251—254 行。《伊利亚特》中无有食鱼的见例——能够体现英雄气概的饮食是酒和烤肉。诗人为何称鱼为“神圣的”（hieros），评论家们自古便有种种猜测，但众说纷纭，向无定论。鱼的 hieros 或许得之于它的凡人难以栖居的生存环境，也可能得之于古时形成的某种禁忌。此外，古希腊人相信，有的鱼类能为海船“导航”，因而是船员的帮手。

达马斯托耳之子特勒波勒摩斯、厄基俄斯、普里斯、
伊菲乌斯、欧伊波斯和阿耳格阿斯之子波鲁墨洛斯，
任其挺尸在丰腴的土地上，一个接着一个放倒。

其时，眼见他的穿衣不系腰带的伙伴们
倒死在墨诺伊提俄斯之子帕特罗克洛斯手下，
萨耳裴冬放声呵责，对神样的鲁基亚人说喊：
“可耻呀，你等鲁基亚兵壮！往哪里跑？还不奋力
拼打！我，是的，我将会战此人，看看他是谁个，
那个强健的汉子，他已酥软许多剽勇壮士的
膝盖，给特洛伊人带来深重的祸殃。”

言罢，他跳下战车，双脚着地，全副武装；
对面，帕特罗克洛斯亦跃下车辆，当他见状。
像两只秃鹫[①]，尖嘴弯勾，硬爪曲卷，
厉声嘶叫，在一块高耸的岩壁上搏杀；
同此，二位高声呼喊，互相扑打。
工于心计的克罗诺斯的儿子生发怜悯，
见此景状，当即对他的妻子和姐妹赫拉发话：
“唉，痛哉！萨耳裴冬，世间我最钟爱的凡人，
将注定要被墨诺伊提俄斯之子帕特罗克洛斯击杀！
我斟酌思考，心灵的选择平分两半，
到底是动手把他抢出悲苦的战斗，
活着送回富足的国邦鲁基亚，
还是把他击倒，死在墨诺伊提俄斯之子的手下。”

① 比较第十三卷第 531 行等处。

其时，牛眼睛天后赫拉对他答诉：
“克罗诺斯最可怕的儿子，你说了些什么①？
你打算救出一个会死的凡人，早就注定
不能存活，把他救出可悲的死路？
做去吧，但我等众神绝不会一致赞同。
我还有一事说告，你要记在心中，
如果你将萨耳裴冬送回家园，让他活着，
那么，想想吧，其他神明亦可存怀希望，
将自己亲爱的儿子带出酷烈的拼搏，
须知许多长生者的儿男都在围绕普里阿摩斯
宏伟的城堡战斗；你的作为将引起极大的愤恨。
不，虽说你很爱他，心里为他悲痛，
也得让他待在那里，倒死在激烈的拼战中，
在墨诺伊提俄斯之子帕特罗克洛斯的手下丧生。
不过，当灵魂和生命离出，你可
差遣死亡，连同不带疼痛的睡眠带人，
送往辽阔的鲁基亚，他的故土，
由他的兄弟和乡亲举行葬礼隆重，
竖碑筑坟，使他接受死者应享的仪荣。”

她言罢，人和神的父亲不予违驳，
但他痛降血雨，洒入泥土，
尊褒亲爱的儿子，将被帕特罗克洛斯

① 第440行同第四卷第25行、第八卷第462行和第十四卷第330行。

杀诛，在特洛伊的沃野，远离乡土[①]。

　　其时，他俩相对而行，咄咄近迫，
帕特罗克洛斯先投，击中光荣的斯拉苏墨洛斯，
王者萨耳裴冬强健的驭手，
打在肚下的小腹上，酥软了他的腿肘。
萨耳裴冬接着掷投，闪亮的枪矛
偏离，击中驭马裴达索斯的肩头，
后者惊叫着喘出命息，在
尖厉的嘶声中躺倒泥尘，魂息飘离躯身。
另两匹驭马惊撇一边，轭架嘎嘎有声，
缰绳混绞叠错，套马躺死在旁边的泥尘。
见此情景，以投枪闻名的奥托墨冬急中智生，
从壮实的股腿边抽出利剑长锋，
冲上前去，手起剑落，斩断套马的索绳，
另两匹驭马绷紧皮缰，将位置调正，
两位壮士打到一起，重开撕心裂肺的杀争。

　　萨耳裴冬再次甩偏闪亮的枪矛，
枪尖擦越帕特罗克洛斯的左肩，
没有击中目标。帕特罗克洛斯接着回敬，
投掷铜枪，出手的兵器没有空飞白跑，

① 看来，就连宙斯也有无可奈何的时候，不得不眼睁睁地看着心爱的儿子"将被帕特罗克洛斯杀诛"。荷马史诗里的宙斯几乎可以为所欲为，但也要尽可能在限定和符合其身份的范围内行事，也应在一定程度上听取众神的意见，维护天体及宇宙运作的和谐。处理凡界的事情，他有时要参考天平的指向，尊重命限或命运（moira, aisa）的规定，使自己的意志与命运合一。关于"天平"，参考第八卷第 69 行注。关于"血雨"，另见第十一卷第 54 行。

扎捣贴卷的横膈膜，缠托心脏的动跳。
他随即倒下，似一棵橡树或白杨倾倒，
或像一棵挺拔的巨松，耸立山坳，被工匠
砍落，用锋快的斧斤，备作造船的木料[①]；
就像这样，他躺倒在地，驭马和战车前头，
呻吼，双手抓起血染的泥膏。
又似一头公牛，挤在腿步蹒跚的群队，毛色
火黄，心志高傲，被一头冲闯进来的狮子扑倒，
挣扎在弯蜷的狮爪里，临死前发出声声吼叫[②]；
就像这样，鲁基亚盾战者的首领在帕特罗克洛斯
面前狂烈，抗拒死亡，叫着亲爱伙伴的名字说道：
“亲爱的格劳科斯，凡人中的英豪，眼下，最需要你的
时机已经来到，要你做一位犟勇的斗士，一位枪手。
现在，倘若你行动迅速，就该让恶战甜美你的心窝。
首先，你要遍跑各处，催励鲁基亚人的首领，
为保卫萨耳裴冬战斗；而你自己
亦应为我奋战，用青铜的枪矛。
我的境况将成为你的羞辱，对你的责怒，
将来，在你的余生之中，倘若阿开亚人
剥走我的铠甲，在我战死的海船云聚之处。
不！催励己方所有的人们，你要坚决顶住！”

---

① 橡树粗壮，白杨挺拔，青松高大、傲指天穹，它们是可以产生独特功效的景物，其倾倒喻指英雄倒死疆场。参考第十三卷第180行及该行注释。

② 荷马爱把勇士的死亡比作公牛的翻倒，以此平添场景雄浑和壮烈的诗文色彩。无论从气质和形象上来看，公牛都具备可与壮士喻比的“特点”，因此使此类明喻能在“相似”（指与被比一方的相似）的前提下得到听众和读者的理解，震撼他们的心灵。公牛临死前会像勇士一样吼叫（或悲吼），用它作比，确实能够衬托英雄阵亡时声情并茂的悲壮。

他言罢,死的终极封住了眼睛鼻孔,
帕特罗克洛斯一脚蹬住他的前胸,
将枪矛拔出躯身,带出体内的横膈膜,
枪尖拽出生命,息止了萨耳裴冬。
近处的慕耳弥冬人稳住喘着粗气的驭马,
它们正试图跑开,已经挣脱主人的车身。

然而,听闻伙伴的呼叫,格劳科斯倍感楚痛,
虽说心里激奋,却帮不了萨耳裴冬。
他抬手紧压臂膀,只因难忍疼痛,
丢克罗斯伤他,用一支箭矢击中,
当他冲入高墙,为伙伴们挡开毁破。
他对阿波罗祈祷,神的箭支从远方射出:
“王者阿波罗,听我说诉!无论你在丰足的鲁基亚,
还是在特洛伊驻足,你能听见,无论置身何处,
听见伤者,像我一样的伤痛之人的诉苦。
看看我这揪心的伤口,手臂两边
剧痛难忍,血流不止,不会
干涸,我的肩膀沉重酸楚。
我既不能稳抓枪矛,也不能战打敌人,
向前迈步。最出色的战勇已经死去,
宙斯之子萨耳裴冬——对亲生的儿子,他没有帮助。
但求你,王者阿波罗,为我治愈剧烈的伤痛,
解除我的苦楚,给我力量,使我能
号召鲁基亚伙伴,激励他们战斗,
使我自己也能参战,保卫死去的萨耳裴冬!”

祷毕，福伊波斯·阿波罗听闻他的祈诵[①]。
当即，此神为他止痛，在重伤的创口上
封住流血黑红，送出勇力，注入他的心中。
格劳科斯感到高兴，心知此事发生，
他的祷告已被强有力的神明听闻。
首先，他遍跑各处，催励鲁基亚人的
首领为保卫萨耳裴冬战斗，
然后迈开大步，穿行在特洛伊人的营伍，
走近潘苏斯之子普鲁达马斯和卓越的阿格诺耳，
继而又靠拢埃内阿斯和头顶铜盔的赫克托耳，
站在他们近旁，用长了翅膀的话语喊呼：
“赫克托耳，你已彻底忘却你的盟友部众，
他们打老远赶来，为了你，离开朋友乡土，
在此耗糜生命，而你却不愿帮助他们！
萨耳裴冬已经倒下，鲁基亚盾战者的首领，
曾以勇力卫护鲁基亚，连同律令的公正。
现在，披裹铜甲的阿瑞斯放倒了他，借助帕特罗克洛斯的枪捅。
来吧，朋友们，站临我的身旁，心记这是耻辱，
若让他们抢剥铠甲，蹂躏他的躯身，这些
慕耳弥冬战勇怀着愤恨，为了所有被杀的达奈人，
被枪矛诛杀在快船边，被我们鲁基亚兵勇。”

他言罢，悲痛揪住了特洛伊人，狠凶，难以
消弭，无法忍受，因为死者是城国的
墙柱，始终，虽然来自外邦，身后跟着

① 第 527 行同第一卷第 43 和 457 行。

许多部众,但他出类拔萃,在战斗之中。
其时,他们挟裹狂烈,冲向达奈战勇,赫克托耳率领
他们,出于对萨耳裴冬之死的愤恨。阿开亚人亦受
帕特罗克洛斯驱纵,墨诺伊提俄斯之子心里粗野激愤。
他先对两位埃阿斯喊话,后者急于求战,早想拼争:
"打吧,两位埃阿斯,坚定意志,打退敌人,
像以前那样,搏杀在壮士之中;现在,要比以往更勇!
此人已经倒下,他率先扳倒阿开亚人的墙头,
那是萨耳裴冬。但愿我们能抢得尸体,加以凌辱,
剥掉铠甲,从他的肩头,用无情的
青铜击杀他的伙伴,那些敢于护尸的敌人!"

他言罢,听者早已揣怀狂烈,准备杀退敌手。
两军相逢,组织起强大的战斗阵容,
特洛伊人和鲁基亚人,慕耳弥冬人和阿开亚人,
双方扭到一起,围争萨耳裴冬的尸首,
发出粗蛮的号叫,将士的甲衣撞出响声,
宙斯降下可怕的黑夜,在激烈搏战的上空,
使壮勇们围绕他的爱子,展开艰烈的拼争。

起先,特洛伊人顶回了明眸的阿开亚人,
杀倒一位,绝非慕耳弥冬人中最次劣的战勇,
心胸豪壮的阿伽克勒斯之子,卓越的厄培勾斯,
王者,统领布代昂,人丁兴旺的居城,
因夺杀一位血统高贵的堂表弟兄,
跑离家乡,向裴琉斯和银脚的塞提斯恳求帮助,
他俩让他跟随横扫军阵的阿基琉斯,

赴战出骏马的伊利昂，与特洛伊人拼争[1]。
然而，当他手触尸首，光荣的赫克托耳
投石击捣，砸在脑门上，将头颅劈成两半，
留在粗重的盔帽里，其人头脸贴着泥尘
扑倒，破毁勇力的死亡将他的躯体蒙罩。
伙伴的倒地使帕特罗克洛斯悲痛，
他闯入前排的壮勇，快得像一只疾飞的
游隼，将成群的寒鸦和欧椋吓得扑翅飞逃；
就像这样，哦，帕特罗克洛斯，车马的主导，
你扑向鲁基亚人和特洛伊人，心里为伙伴之死恨恼。
他出手塞奈劳斯，伊赛墨奈斯的爱子，
砸在脖子上，捣出筋腱，用一块石头重敲。
特洛伊首领开始退却，包括光荣的赫克托耳。
当退出一次投射的距程，用长杆的枪标——
有人意欲察试臂力，在赛场出矛，
或在战斗中，面对仇敌撕心的进剿；
特洛伊人回撤的距离同此，迫于阿开亚人的攻扫。
格劳科斯，鲁基亚盾战者的首领，首先
转身，杀了巴苏克勒斯，心胸壮豪，
卡尔工的爱子，居家赫拉斯，
以财富和幸运在慕耳弥冬人中显耀。
格劳科斯突然回身，捅出枪矛，
当对方即将赶上之时，扎在胸脯正中，
此人随即倒下，一声轰隆。阿开亚人悲痛万分，
为一位豪勇斗士的牺牲，而特洛伊人则高度兴奋，
成群地拥向躯身，但阿开亚人没有

① 第 576 行同《奥德赛》第十四卷第 71 行。

消懈战斗的狂烈，奋力冲向他们。
墨里俄奈斯杀倒一位特洛伊首领，
劳格诺斯，俄奈托耳勇莽的男儿，伊达山的
宙斯的祭司，家乡的人民敬他，就像敬神。
墨里俄奈斯枪扎他的耳朵和颌骨下面，魂息
当即从肢腿飘出，可恨的黑暗蒙住他的躯身。
其时，埃内阿斯投出铜枪，对着墨里俄奈斯，
企望击中对手，向他冲来，在盾牌后面藏身，
但墨里俄奈斯盯视他的举动，躲过枪尖的青铜，
俯身向前，修长的枪矛飞过项背，
扎入泥层，杆端震颤摆动，
直到硕壮的阿瑞斯消解了它的力能。
[就这样，埃内阿斯的枪杆颤动，扎入
泥层，粗壮的大手白掷一回，徒劳无功。]
埃内阿斯对他叫喊，心里愤恨：
“虽然你是跳舞的高手，墨里俄奈斯，我的枪矛
若不走虚，便会一劳永逸地让你再跳不成!”

著名的枪手墨里俄奈斯对他答话，其时：
“虽说你是个刚勇的斗士，埃内阿斯，
你也难以夺杀每一位与你交手、借以
自卫的斗士；你也是一介凡人，据我所知。
如果我能击中你的肚腹，用青铜的锋利捅刺，
那么尽管身强力壮，自信你的手力，
你会把光荣给我，把灵魂交付驾驭名驹的哀地斯!”

他言罢，墨诺伊提俄斯骁勇的儿子开口斥回：
“墨里俄奈斯，作为一名勇敢的斗士，何须擂吹?

看着吧，亲爱的朋友，特洛伊人不会因为几句辱骂
从躯身边败退。在此之前，泥地上将尸首成堆！
我们依靠双手的力量战斗，而话语的作用在于商会。
现在不是喋喋不休的时候，我们需要战捶！”

　言罢，他领头先行，另一位跟着，凡人，却似神明。
宛如伐木者劳作在幽深的山谷，
斧斤砍出轰响的声音，老远即可听清，
战场上滚动沉闷的轰响，发自广袤的大地，
来自护身的革片、青铜的盾牌和厚实的牛皮，
承受战剑和双刃枪矛的捣击。
即便是认识他的熟人，其时也找不到神样的
萨耳裴冬，他已被从头至脚，压埋在
成堆的枪械下，掩卷在血污和泥尘里。
人群仍在对他的尸躯冲拥，像羊圈里的苍蝇，
围着溢满的提桶旋飞，发出嗡嗡的嘈音，
在那鲜奶漫出容器的春暖时节；
就像这样，他们塞拥在尸体周围。其时，宙斯
闪亮的目光一刻也不曾移开战斗的激烈，
始终注目拼搏的人群，思绪纷飞，
谋划多种方案，欲将帕特罗克洛斯置于死地，
是在现时，就着战斗的惨烈，让光荣的
赫克托耳出手，用铜枪把他杀死，傍临
神样的萨耳裴冬的遗体，然后从肩头抢剥甲衣，
还是增剧战斗的酷虐，让更多的人尝受艰辛？
斟酌比较，他觉得此举最为妥帖，
让裴琉斯之子阿基琉斯强健的助手，
把特洛伊人和头戴铜盔的赫克托耳

再次逼回城去，杀死众多军兵。
他先从赫克托耳下手，激挑溃散的动机，
后者蹿上战车，转身逃逸，招呼其他
特洛伊人回跑，知晓宙斯已低压神圣的天平①。
强健的鲁基亚人亦无力撑顶，四散
逃命，目睹他们的王者心头挨了枪矛，
躺在死人堆里②，许多人已倒毙在他身上，
自从克罗诺斯之子拧紧了酷战的绳结。
然而，阿开亚人抢剥萨耳裴冬的肩头，卸下
璀璨的青铜甲衣，墨诺伊提俄斯嗜战的儿子
把它交给自己的伙伴，送回深旷的海船收起。
其时，汇集云层的宙斯对阿波罗嘱令：
"去吧，亲爱的福伊波斯，赶紧，救出
萨耳裴冬，从枪械下面，洗去他身上乌黑的血迹，
当你将他带到远处，用畅流的河水净涤，
遍抹神界的脂膏，穿上永不败坏的仙衣，
把他交给迅捷的使者，两位同胞
兄弟，死亡和睡眠，二者会即刻
将他送往富足的乡区，在宽阔的鲁基亚，
他的兄弟和乡亲会举行隆重的葬礼，

---

① 换言之，宙斯已改变战场上的局势，使其朝着不利于特洛伊人的方向发展。看来，宙斯不仅"参考"天平，而且可以在必要时变动天平两边的升降。另参考并比较第八卷第69—74行和第十九卷第221—224行等处。

② 萨耳裴冬阵亡疆场，躺在死人堆里，许多人已倒毙他的身上；也就是说，他已被枪械（见第668和678行）和尸体埋没——然而，阿开亚人仍能抢剥他的铜甲，将其卸下他的肩头（第663—664行）。诗人经常忽略细节的连贯，给后人的想象留下了或许太多的余地。然而，这就是（古代的英雄）史诗，一种比较注重情节的大跨度和粗线条运作，而往往忽略或不予刻意重视微观协调和"精雕细琢"的艺术（即文学形式）。

筑坟竖碑，使他接受死者应享的尊仪。”

　他言罢，阿波罗不违父命，
从伊达的岭脊下来，进入凄苦的战地，
携抱卓越的萨耳裴冬，从枪械下救起，
带到远处，用畅流的河水净涤，
遍抹神界的脂膏[①]，穿上永不败坏的仙衣[②]，
把他交给迅捷的使者，两位同胞
兄弟，死亡和睡眠，二者即刻
将他送往宽阔的鲁基亚，富足的乡区。

　其时，帕特罗克洛斯对奥托墨冬及其驭马大喝一声，
随即杀向特洛伊军兵和鲁基亚人，挟卷致命的狂躁迷乱——
真够愚笨！假如听从裴琉斯之子的嘱令，
他便可逃避邪恶的命运，幽黑的死亡缠身。
然而，宙斯的心智总是强似凡人，
他能吓倒一个即便是嗜战的勇士，轻而易举地抢夺
他的取胜，虽然亦会亲自驱励某人激战，
一如现在，在帕特罗克洛斯的心里激起狂奋。

　谁个最先死在你的手里，帕特罗克洛斯，
当神明召唤你的死期，谁个最后被你杀击？
阿德瑞斯托斯最先送命，接着是奥托努斯和厄开克洛斯，

① 即安伯罗西亚。参看第一卷第 529 行、第五卷第 777 行、第十四卷第 170 行、第十六卷第 670 和 680 行及相关注释。

② 衣裳之所以“永不败坏”，是因为它是神赐或“神界”的——凡是神的用物都具“永恒”的性质(如阿基琉斯的铠甲，参见第十七卷第 194—195 行)，和凡界的事物不同。自然，这是诗人的观点，我们无须苟同。

墨伽斯之子裴里摩斯、厄丕斯托耳和墨拉尼波斯，
然后是厄拉索斯、慕利俄斯和普拉耳忒斯随接。
此人杀死他们，其余的全都吓得一心只想逃命。

　　其时，阿开亚人可能已经攻克城门高耸的特洛伊，
被帕特罗克洛斯的手力，他挺着枪矛，冲在前面，
若非福伊波斯·阿波罗在筑造坚固的墙楼站立，
盘算着助佑特洛伊人，将他置于死地。
一连三次，帕特罗克洛斯试图爬上高墙的
突角，一连三次，福伊波斯·阿波罗将他打回，
用蓄满神力的双手，击挡闪光的盾牌。当帕特罗克洛斯，
像一位神仙，发起第四次冲击，
他发出可怕的喊叫，讲说长了翅膀的话语：
“退回去，宙斯养育的帕特罗克洛斯！这不是命运的既定，
让高傲的特洛伊人的城堡毁于你的枪击，
亦不会被阿基琉斯破灭，此人远比你卓杰。”

　　他言罢，帕特罗克洛斯退出一大段距离，
以避开发箭远方的射手阿波罗的怒气。

　　其时，斯凯亚门边，赫克托耳勒住坚蹄的驭马，
思考着是驾车重返纷乱的战场，继续战斗，
还是招呼部众，聚集在墙内。就在他
权衡之际，福伊波斯·阿波罗前来站临他的身边，
变取凡人的模样，一位年轻人，强健，
阿西俄斯，驯马者赫克托耳的舅爷，
赫卡贝的兄弟，杜马斯的儿男，
居家弗鲁吉亚，奔流的桑伽里俄斯河畔。

以此人的模样，宙斯之子阿波罗对他开言：
“为何停战，赫克托耳？你不该这般。
但愿我比你强悍，程度就像实际上比你弱羸；
如此，你便会即刻知晓，退离战斗会给你造成的损害。
干吧，驾赶蹄腿强健的驭马，冲向帕特罗克洛斯身边。
或许，阿波罗会给你荣耀，让你把他杀灭！”

他言罢离去，一位神明，介入凡人的争战。
光荣的赫克托耳招呼聪颖的开勃里俄奈斯
投入战斗，催马扬鞭。其时，阿波罗
蹚入人群，把阿耳吉维人的队伍彻底弄乱
搅翻，将光荣致送赫克托耳和特洛伊军汉。
赫克托耳撇下其他达奈人，不予杀害，
却驱赶蹄腿强健的驭马，直奔帕特罗克洛斯而来。
在他对面，帕特罗克洛斯跃下战车，双脚着地，
左手握枪，右手抓起石头一块，
粗皱、闪亮，恰好攥在指掌中间，
侧动身子，猛地抛甩，不曾白投，
没有离偏，击中赫克托耳的驭手
开勃里俄奈斯，光荣的普里阿摩斯私生的儿男，
其时正攥着马缰驱赶。锋快的石头捣在前额上，
将两条眉毛捏挤在一块儿，额骨挡不住顽石的
力量，眼珠暴跌出来，落入泥尘，
他的脚前；他扑倒在地，像似跳水一般，
从精工制作的车上翻出，命息离骨碎散。
其时，车手帕特罗克洛斯，你谑言讥讽，说喊：
“瞧哇，此人有多巧的身段，跳得何其舒展！
倘若在那海上，在鱼群拥聚的洋面，

这家伙能潜水捕摸牡蛎,使许多人开怀饱餐,
他能从船上跳下,即使浪水滚翻,一如现在,
一个筋斗,轻巧地从车上落腾地面。
毫无疑问,特洛伊也有会潜水的人员!”

言罢,他大步冲向英雄开勃里俄奈斯的躯干,
像一头扑跳的狮子[①],在牛栏里撞开,
被人击中胸背,败毁于自己的勇蛮[②];就像
这样,帕特罗克洛斯,你扑向开勃里俄奈斯,挟卷狂烈。
对面,赫克托耳从车上跳到地下,
两人就着开勃里俄奈斯的尸躯开战,像两头狮子,
在山地的高坡上会面,全都饥肠辘辘,
十分凶悍,为争食一头被杀的鹿尸搏翻。
就像这样,为争夺开勃里俄奈斯,二位急于攻战,
墨诺伊提俄斯之子帕特罗克洛斯和赫克托耳,
渴望用无情的青铜将对方撕开。
赫克托耳紧攥不放,抓住死者的脑袋,
而帕特罗克洛斯则抓住腿脚,站在对面,
周围的特洛伊人和达奈人全都杀成一团。

犹如东风和南风互相对抗,较劲,
在幽深的谷底,摇撼茂密的森林,

① 诗人多次把勇士比作狮子(见本卷第487—489行和第五卷第554—555行等处)。此外,他也用“山岗”(第十三卷第754行)、“野猪”(第十二卷第42行)等喻指英雄。

② 狮子已经受伤,并且将“败毁于自己的勇蛮”,这一明喻预示着帕特罗克洛斯即将死亡。在第十二卷里,赫克托耳亦被(预示性地)比作“死于自己的勇气”的野猪或兽狮(第46行)。

有橡树、梣树和山茱萸,皮面光洁,
修长的枝丫相互抽击鞭打,发出
排山倒海般的声音,树枝噼啪作响,断裂;
就像这样,特洛伊人和阿开亚人相对扑击,
双方你杀我砍,谁也不想后退,不愿毁灭。
围绕开勃里俄奈斯的身躯,许多犀利的枪矛扎立,
许多疾驰的羽箭飞离弦线,
一块块巨石砸打盾牌,一场鏖战正在
展开,围伴倒地的躯体,卧躺飞旋的泥尘,
偌大、魁伟,已把车战之术忘得一干二净。

只要太阳爬升,仍在中天跨移,
双方的投械频频中的,打得尸滚人翻。
然而,当太阳行至替耕牛卸除轭具之时,
阿开亚人渐显强盛,居然超越命限,
从特洛伊人的枪械和喧嚣下拖出英雄
开勃里俄奈斯,剥下铠甲,从他的双肩。
帕特罗克洛斯扑向特洛伊人,怀揣凶险,
一连三次,他冲击对手,以迅捷的阿瑞斯的果敢,
发出粗野的号叫,三次都杀死九名军男。
其后,当他第四次荡击,像一位神仙——
生命的终结,帕特罗克洛斯,已在此对你显现:
激战中,福伊波斯行至你的身边,致送灾难。
帕特罗克洛斯不曾见着,当神在战阵里行穿,
冲着他走来,隐身在浓密的雾团,
站在他后面,掌拍宽阔的
肩膀脊背,使他的目力糊乱。
福伊波斯·阿波罗从他的头上捣落盔盖,

顶着冠脊，使其滚动在马蹄下面，
哐啷响开，污血和泥尘玷染了
鬃冠。在此之前，谁也不许脏秽
这顶铜盔，缀扎着马鬃的顶冠，
保护着神样的凡人阿基琉斯，保护他俊俏的
眉毛和脑袋。但现在，宙斯赠冠赫克托耳，
让他头戴；赫克托耳，他自己的死期亦已近在眼前。
那支枪矛在帕特罗克洛斯手中碎断，
硕大、铜尖闪亮、投影森长，盾牌脱落肩膀，
撞倒地上，连同护片和穗带飘扬，
王者阿波罗，宙斯之子，撕剥了他的衣甲①。
灾愁揪住他的心智，闪亮的肢腿松软摇晃，
他懵里懵懂地站着，被一个达耳达尼亚人
袭伤，打在双胛之间，用一支锋快的矛枪，
欧福耳波斯，潘苏斯的儿郎，同龄人中
驭术最好，腿脚最快，枪技最佳，
已经击倒二十个军男，从他们的车上，
虽然初次赴战，乘临战车，学习打仗。
他第一个对你投枪，哦，车手帕特罗克洛斯，
击中，却没有夺杀，复又回跑，汇入军中，
从你身上抢拔出梣木杆的矛枪，不敢近战
帕特罗克洛斯，尽管他已尽失甲装。

① 帕特罗克洛斯借穿阿基琉斯的胸甲，后者经久、“永恒”，乃神赐之物（参见第十七卷第194—197行）。阿波罗剥去帕特罗克洛斯的铠甲自然包含羞辱的意味，但更重要的是此举除去了保护勇士不可破毁的护挡，为他的被杀创造了条件。然而，有趣的是，在第十七卷里，相关的行句似乎明确不误地告诉我们，帕特罗克洛斯仍然穿着衣甲（见该卷之第13、125和205行）。这恐怕又是一个“自相矛盾”，是一个可以从不同角度认识、理解从而得出不同解释的“难题”。

其时，帕特罗克洛斯已被投枪和神的击掌打垮，
退向己方的伴群，以求躲避死亡。

　然而，眼见心胸豪壮的帕特罗克洛斯试图
回跑，见他已被锋快的铜枪击伤，赫克托耳
穿过队伍，逼近出枪，刺捅肚下的
小腹，将青铜往里透穿深扎，被击者随即
倒地，一声轰响，使所有的阿开亚人痛感悲伤。
像一头狮子，将不知疲倦的野猪打翻，
二者扭杀在山岭的峰脊，心胸豪莽，
为争一条细泉的水流，都想喝尝，
野猪气喘吁吁，但兽狮奋力出击，猛然扑上。
就像这样，普里阿摩斯之子赫克托耳就近出枪，
结果墨诺伊提俄斯骁勇的儿郎，其人已多有夺杀，
傲临他的身边，播喊出的话语长了翅膀：
“帕特罗克洛斯，你以为可以荡平我们的城邑，
抢夺特洛伊妇女自由的时光，
将她们塞进海船，带回你们热爱的故乡。
不，蠢货！在她们面前，奔跑着赫克托耳的快马，
阔步驰骋战场，而我，卓显在嗜战的
特洛伊人中央，会替他们打开毁败的时日，
用我的矛枪。至于你，这里的兀鹫会把你吃光！
可怜的东西，连阿基琉斯，以他的勇力，也救不了你的死亡。
当你出战，而他滞留后方，此人一定对你再三说讲：
‘帕特罗克洛斯，车战的行家，记住，切莫
返回深旷的海船，直至你放血殷红，

撕裂屠人的赫克托耳胸前的衣衫[①]!'
他一定给过类似的指令,说动了你蠢货的心房。"

这时,哦,车手帕特罗克洛斯,你对其作答,濒临死亡:
"现在,赫克托耳,你可尽情吹喊;克罗诺斯之子
宙斯和阿波罗给你胜利的荣光,他们轻而易举地
整倒了我,亲自从我的肩头剥去铠甲。
否则,就是有二十个赫克托耳跑来与我对打,
也会一个不剩地死掉,倒在我的枪下。
不,是邪毒的命运和莱托之子将我害杀[②],
若论凡人,则是欧福耳波斯,杀手中你只算第三。
我还有一事奉告,你要记在心上:
你自己亦已来日不长,死亡和
强有力的命运已站临你的身旁,将会
倒死在埃阿科斯的孙子,豪勇的阿基琉斯手下!"

他言罢,死的终极将他蒙罩,
心魂飘离肢腿,坠向哀地斯的居所,
悲悼她的命运,将青春和刚勇全抛。
其时,虽然已经死去,赫克托耳仍对他嚷道:
"帕特罗克洛斯,为何预言我的毁暴?

---

① 比较阿伽门农(针对赫克托耳)的同样粗野的誓言(见第二卷第416—418行)。

② 宙斯(或神)的意志(见第845行)和命运(moira)的安排在此达成了统一。二者之中的一员(即神意或命运)即可决定凡人的生死存亡,何况如今二者合一(或合力)? 参考并比较《奥德赛》里的相关注释。凡人有时或许可以暂时超越命限,但宙斯的决断具有最高的权威(参阅本书第十五卷第490—493行)。在荷马看来,神意决断生死,也最终决断战争的胜败。凡人的作用是有限的,并且通常不能在重大事件中发挥决定性的作用。这既是人生的悲剧,也是人生的英烈之所在。

谁知道阿基琉斯，美发的塞提斯之子
不会先行送断性命，挨上我的枪矛？”

言罢，他踩住尸体出脚，从伤口里拧拔出
青铜的投枪，让他仰面躺倒，蹬离枪矛。
然后，他手握枪杆，扑向奥托墨冬，
捷足的阿基琉斯的助手，神一样的壮勇，
急于杀戮，无奈迅捷的神马已把他载走，
那是神赐的礼件，给裴琉斯的光荣。

第十七卷

其时，阿特柔斯之子，嗜战的墨奈劳斯眼见
帕特罗克洛斯倒在特洛伊人面前，在艰烈的拼搏中，
于是穿行前排的壮勇，头顶闪亮的战盔，
横跨尸首，犹如一头母牛，曲腿保护
头生的牛犊，在此之前不曾有过孩童；
同样，金发的墨奈劳斯跨站帕特罗克洛斯，
手里挺指枪矛，携着边圈溜圆的战盾，
渴望杀倒任何敢于近前拖尸的敌人。

然而，潘苏斯之子欧福耳波斯，手握粗长的
梣木杆枪矛，也看见豪勇的帕特罗克洛斯倾倒，
迎上前去，对嗜战的墨奈劳斯喊叫："退回去，
阿特柔斯之子，宙斯的后裔墨奈劳斯，军队的率导！
撇下带血的战礼，退离尸躯，不要近靠，
须知在我之前，特洛伊人和著名的盟军伙伴中
无人将帕特罗克洛斯击倒，置身激战，动用枪矛。
所以，让我在特洛伊人中争获这份殊荣，
免得我夺走你甜美的生活，连你一起放倒！"

带着极大的愤恼，金发的墨奈劳斯对他答道：
"此事不妙，父亲宙斯，这家伙如此擂喊凶暴。
山豹的疯烈，还有兽狮的，均难比过，

就连凶悍的野猪，它的莽撞，胸腔里的
野性最为生傲，炫耀粗蛮的力量，也比不上
潘苏斯的两个儿子狂烈，操使粗长的梣木杆枪矛。
然而，即便是驯马的好手，强健的呼裴瑞诺耳，
青春的年华也没有给他带去欢乐，曾经与我对阵，
出言讥辱，诬称我在达奈人中最为懦弱[①]。
不过，我想，他不得归返家园，凭借
双脚，使亲爱的妻子和高贵的父母欢笑。
至于你，我说，我也会破毁你的刚勇，只要你
对我临靠。回去吧，告诉你，
退回你的伴群，不要站近与我拼斗，
免得自找灾恼。那是傻瓜，在事情做出以后知晓。”

他言罢，却没有说动欧福耳波斯，后者答说：
“如此看来，高贵的墨奈劳斯，你必须赔付
我的弟兄，你杀了他，炫称此乃你的所作，
使他的妻子落寡，幽居在新房深处，
给他的双亲带去难言的悲愁，带去痛苦。
不过，或许我可止阻悲痛，为这些不幸的人们，
如果我能带回你的铠甲，你的头颅，
放入潘苏斯和美貌的芙荣提斯手中。
好了，别再耗磨时辰，让我们即刻战斗，
交手，看看谁能获胜，谁会逃遁！”

言罢，他出手墨奈劳斯边圈溜圆的战盾，

---

① 墨奈劳斯曾夺杀呼裴瑞诺耳的性命（第十四卷第 516—519 行），但有关上下文并未提及呼裴瑞诺耳对墨奈劳斯的辱骂。

但铜枪不曾穿透，枪尖被坚实的盾面
硬顶回头。其时，阿特柔斯之子墨奈劳斯
做过祈祷，对父亲宙斯，提着铜枪狠冲[①]，
当他回撤之际，刺中他的脖根，
坚信粗壮的大手，压上全身的刚勇，
枪尖长驱直入，透穿颈肉的酥松。
他轰然倒下，铠甲在身上铿锵震动；
往日的发绺，美得如同典雅姑娘的秀束，其时
沾满血污，辫子用黄金和白银的线丝扎箍。
宛如农人种下的一棵枝干坚实的橄榄树苗[②]，
在一处荒僻的地表，灌浇足够的淡水，
使其茁壮成长，风华正茂，徐风吹自
各个方向，摇曳枝干，催发银灰色的花苞。
然而，天空突起一阵狂飙，将它连根
拔出坑凹，在泥地上躺倒；就像
这样，阿特柔斯之子墨奈劳斯杀了潘苏斯之子，
手握粗长梣木杆枪矛的欧福耳波斯，抢剥甲套。

　像一头山地哺育的狮子，坚信自己的力量，
从食草的牛群里将一头最肥的犊仔暴抢，
先用利齿咬住喉管，将其截断，
然后大口吞咽血液，生食牛肚里的内脏，
粗蛮，犬狗嗥吠，牧人的嘈声在它
四周嚷嚷，但却避离远处，不敢

---

① 第46行同第三卷第350行。

② 阿基琉斯、忒勒马科斯和娜乌茜卡也都曾像树苗一样成长(分别参见第十八卷第56行、《奥德赛》第十四卷第175行和第六卷第162—163行)。

近前对战,恐惧逮住他们,脸色吓得青黄;
就像这样,特洛伊人无有胆量,在他们的胸腔,
不敢上前与光荣的墨奈劳斯拼杀。
阿特柔斯之子本可轻松得手,从潘苏斯之子身上
剥下光荣的铠甲,若非福伊波斯·阿波罗吝惜勉强,
催励赫克托耳出击,战力与迅捷的阿瑞斯等量,
变取基科尼亚人的首领门忒斯的形象,
对他说讲,送去的话语长了翅膀:
“何苦追赶,赫克托耳,你无法赶上,
那是骁勇的埃阿科斯孙子的骏马,凡人无法
控掌,很难,或在马后驭驾,只有他行,
阿基琉斯,因为他是女神的儿郎。
与此同时,阿特柔斯嗜战的儿子墨奈劳斯
战护帕特罗克洛斯,杀倒特洛伊人中最好的军男,
欧福耳波斯,潘苏斯的儿郎,休止了他的激狂。”

　他言罢离去,一位神明,介入凡人的争斗。
剧烈的悲痛,黑沉,乌罩着赫克托耳的心胸。
他环望周围,扫视队伍,当即眼见两位壮勇,
一位正在抢剥铠甲光荣,另一位叉腿
躺在地上,鲜血从破开的口子汩流。
接着,他头顶闪亮的铜盔,阔步前排的战勇,
厉叫尖声,看来像似赫法伊斯托斯不可灭扑的
火红。阿特柔斯之子耳闻他的尖啸,
带着极大的烦愤,对自己豪莽的心魂说道:
“哦,痛苦! 倘若我丢下这精煌的甲套,
丢下帕特罗克洛斯,他为我的荣誉躺倒,
此事要让达奈人看见,我将难免要受责扰。

然而，要是继续对打特洛伊人和赫克托耳，为了
面子，孤身一人，他们岂不会围扑上来，以多打少？
头盔闪亮的赫克托耳是所有特洛伊人的率导。
然而，为何与我争辩，我的心魂？
当有人违背神意，和一个神明决意使其
得手光荣的人打斗，如此，灭顶之灾将会临头①。
所以，让达奈人不要怪罪于我，要是见我
退离赫克托耳，因为他凭神明助佑战斗。
但愿我能找见啸吼战场的埃阿斯，不过，
两人合力，鼓舞斗志，即使面对神灵
尚可一搏，指望能抢过遗体，为裴琉斯之子
阿基琉斯抢夺。面临的凶邪中，此乃最好的举措。”

正当他权衡斟酌，在他的心里魂魄，
特洛伊人的编队已在逼拢，由赫克托耳领统。
墨奈劳斯撇下死者，退离他们，
但不时转过身子，像一头虬须满面的狮兽，
被狗和人群从圈栏赶走，用投枪和
呐喊冰息骄狂的狮心，在胸腔
之中，使其不甘不愿，离开牧场回头。
就像这样，金发的墨奈劳斯离开帕特罗克洛斯，
回到己方的群伴，转过身子，站稳脚跟，
四处张望，寻找高大的埃阿斯，忒拉蒙的男儿其人，

① 英雄们知道，凡人即使在人间出类拔萃，也难能和神的意志抗拗。因此，倘若明确知悉神的意向，首领们便有“理由”自行并招呼伙伴们退却，暂避对手的锋芒——这绝非胆小的表现。英雄并非不会害怕。奈斯托耳曾鼓励图丢斯之子狄俄墨得斯快跑，因为“宙斯赐送的胜利已不再与你同往”（第八卷第 140 行；另参考第五卷第 601—606 行、第九卷第 17—28 行和第十四卷第 74—81 行）。

当即发现他的位置,在战场左侧,
正催励属下的伙伴,敦促他们冲锋,
只因福伊波斯·阿波罗丢甩绝顶的恐怖,丢给他们。
他快步跑去,即刻站临朋友身旁,对他说话:
“来吧,埃阿斯,救助帕特罗克洛斯,他已倒下,
看看能否把他的遗体,全无披挂,送交
阿基琉斯——头盔闪亮的赫克托耳已剥占他的铠甲。”

一番话使骁勇的埃阿斯激情勃发,
大步穿行首领的群伍,金发的墨奈劳斯与他同往。
那边,赫克托耳已剥去帕特罗克洛斯光荣的铠甲,
动手拖拉,意欲用锋快的铜剑割下头颅,从他的肩膀,
然后拽走尸躯,丢给特洛伊的犬狗饱尝。
埃阿斯举步逼近,荷着盾牌,墙面一样①,
赫克托耳见状退回己方的群伴,
跳上车辆,将精美的铠甲交给
特洛伊人送回城防,显示他的莫大荣光。
埃阿斯用巨盾挡护墨诺伊提俄斯的儿郎,
站着,像一头狮子保护它的幼娃,
正带着它们行路,被猎人在森林里
遇上,狮子狂傲,凭恃巨蛮的力量,
尽垂额顶的皮肉,罩掩眼睛上方;
就像这样,埃阿斯跨护英雄帕特罗克洛斯,
而阿特柔斯之子,嗜战的墨奈劳斯在他
身边站防,心里酝酿增聚的愁伤。

① 埃阿斯的巨盾可以遮护全身,但可能比较笨重。相似的描述见第七卷第219行和第十一卷第485行。

其时，格劳科斯，鲁基亚人的首领，希波洛科斯的儿郎，
盯视赫克托耳，紧皱眉头，对他出言斥喊：
“你外表堂皇，赫克托耳，打仗却让人大失所望！
你的荣耀看来显赫，却与一个逃兵相伴。
好好想一想吧，眼下，如何救护你的家园城邦，
凭你自己和出生本地的特洛伊人帮忙。
鲁基亚人中谁也不会再和达奈人战斗，
为了你的城防，既然我们得不到报慰，
和你的敌人杳无息止地苦苦打仗。
你将如何，哦，狠心的人啊，救援队伍里的
一般兵壮，当你撇下萨耳裴冬，你的客友和
伙伴，使之成为阿耳吉维人的战礼，他们的猎享，
生前立下过赫赫功劳，为你和你的城邦？
现在，你却没有勇气，将犬狗打离他的身旁。
所以，如果鲁基亚人中有谁听命于我，我们这就
动身回家，特洛伊的彻底毁败将昭然天下。
假如特洛伊人尚留勇气，无所畏惧的
力量，人们据此保护自己的国家，
含辛茹苦，不屈不挠，与敌人拼战，
那么，我们马上即可把帕特罗克洛斯抢进伊利昂。
倘若能把他，虽说死了，拖进王者普里阿摩斯
宏伟的城邦，倘若我们能把他拽出战场，
阿耳吉维人便会即刻交还萨耳裴冬精美的
铠甲，而我们亦可把他的遗体抬进伊利昂。
被杀者是他的伙伴，而他是海船边阿耳吉维人
中远为出色的战勇，他的部众都能近战拼杀。
然而，你没有这个勇气，接战心志豪莽的

埃阿斯，既不敢在喧嚣的兵群中眼对眼地看着他，
也不敢和他开打，他是个比你好得多的英壮！”

顶着闪亮的头盔，高大的赫克托耳恶狠狠地盯着他，答话：
“为何一个像你这样有身份的人，格劳科斯，居然也说话
傲慢？我本以为，我说伙计，你的智慧兵民中无人比攀，
住在土地肥沃的鲁基亚地方。
但现在，我由衷蔑视你的心智，鄙视你的谈话[①]，
当你说我不敢站对魁伟的埃阿斯，开打。
告诉你，我不怕冲杀，不畏马蹄的轰响，
但带埃吉斯的宙斯的心智总比凡人的高强，
他能吓倒一个即便是嗜战的勇士，轻而易举地抢夺
他的胜券，虽然亦会亲自驱励某人激战。
过来吧，朋友，站到我的身旁，看看我如何打仗[②]：
我是否整天都像个懦夫似的混着，如你说的那样——
抑或，我能息止某个达奈人，不管他有多么疯狂，
阻止他为保卫死去的帕特罗克洛斯战斗，奋力拼杀！”

言罢，他亮开嗓门，对着特洛伊人叫喊：
“特洛伊人，鲁基亚人，近战杀敌的达耳达尼亚兵壮！
要做男子汉，亲爱的朋友们，念想你们狂蛮的力量！
我将披挂豪勇的阿基琉斯煌丽的铠甲，
剥之于强健的帕特罗克洛斯的臂膀，我已将他宰杀！”

言罢，头盔闪亮的赫克托耳动身回返，

---

① 第 173 行同第十四卷第 95 行。

② 比较《奥德赛》第二十二卷第 233 行。

脱离惨烈的战斗，跑动，很快赶上离去的
伙伴，只因他脚步轻快，而他们亦没有走远，
朝着居城的方向，携带裴琉斯之子光荣的铠甲。
他站离悲苦的战斗，动手换穿衣甲，
把自己的那副交给恋战的特洛伊人，
带回神圣的伊利昂，换上裴琉斯之子阿基琉斯
永恒的甲装[①]，天神将其赐送，给受他
尊爱的父亲，后者年迈后将其传交
儿郎，然而儿子活不到老年，穿用父亲的铠甲。

当汇集云层的宙斯，当他从远处眺见
此人用神一样的阿基琉斯的甲具自我武装，
不禁摇动头颅，对自己的心魂说话：
"唉，可怜的人啊！你的心里不知死亡，
尽管当你穿上这副永不败坏的铠甲，死期已贴近身旁；
此物属于一位卓绝的勇士，其他人亦在他面前抖颤。
现在，你杀了他强健、敦厚的朋友，
剥抢他的盔甲，原本不该，从他的头颅肩膀。
然而，眼下我还是要给你巨大的力量，
作为补偿：你将不能活着离开战场回家，而
安德罗玛刻也不能从你手中接过阿基琉斯光荣的铠甲。"

言罢，克罗诺斯之子弯颈点动浓黑的眉毛，
使铠甲贴吻赫克托耳的胸背，恰好，凶狠的
战神阿瑞斯亦进入他的肢体，使之充满

---

① 阿基琉斯的铠甲得之于神赐，因此是永恒，即永不败坏的仙甲(ambrota teuchea)。参考第十六卷第680行注②。

勇力和狂暴。他行至著名的盟军队伍，
高声喊叫，出现在他们面前，浑身明光
闪耀，那是裴琉斯心胸豪壮的儿子的甲套。
他穿巡队伍，出言鼓励每一位首领，
墨斯勒斯、格劳科斯、墨冬、塞耳西洛科斯、
阿斯忒罗派俄斯、德伊塞诺耳、希波苏斯、
福耳库斯、克罗米俄斯和释卜鸟踪的恩诺摩斯，
催励他们向前，用长了翅膀的话语呼叫：
"听着，伙伴们，你们围居我们的疆界，数不清的部族！
并非出于集聚大队人马的愿望和需要，
我把你们召来，一个个请出城堡——
我要你们尽心出力，保护特洛伊妇女
和无助的儿童，使其免受阿开亚人摧捣。
为此目的，我榨干了我的人民，给你们
礼品食物，催鼓你们每一个人的凶豪。
所以，你等各位必须面对敌人，要么一死，
要么存活；此乃战争给出的娱犒。
谁能把帕特罗克洛斯，虽然已经躺倒，
拖回驯马手特洛伊人的队列，使埃阿斯回跑，
我将从战礼中分出一半给他，另一半
归我所有，他的荣光将和我的一样显耀。"

　他言罢，诸位全力以赴，扑向达奈人，
挺举枪矛，心里满怀希望，
从忒拉蒙之子埃阿斯那里抢过躯体——蠢货！
须知在尸体周围，他已把许多性命抢夺。
其时，埃阿斯对啸吼战场的墨奈劳斯说道：
"高贵的墨奈劳斯，我的朋友，我的希望已经泯没，

仅凭你我的刚勇，我们难以从战场撤出。
我担心帕特罗克洛斯的遗体，马上
将饱喂特洛伊的犬狗，让兀鸟吞啄，
也同样担心自己的脑袋，唯恐生命险遭不测，
担心你的头颅，这片战争的乌云已把一切蒙罩，
这个赫克托耳，彻底的毁灭在对我们显昭。
赶快，疾呼达奈人的首领，倘若有谁能够听到！”

他言罢，啸吼战场的墨奈劳斯听后服从，
提高嗓门，用尖亮的声音对达奈人喊叫：
“朋友们，阿耳吉维人的首领和统治者们，
你等陪傍阿伽门农和墨奈劳斯，阿特柔斯的儿子，
饮用公库里的醇酒，号令各自的
兵众，接受宙斯赐予的尊誉和荣耀——
眼下，我不可能一一区辨每一位
首领，战斗打得如此狂虐、酷暴。
让我们各自为战，无须督导，记住这是耻辱，
若让帕特罗克洛斯的尸体变成特洛伊犬狗的嬉肴！”

他言罢，俄伊琉斯之子，迅捷的埃阿斯听得清楚，
第一个跑过战阵，前来和他聚拢，
紧接着跑来伊多墨纽斯和墨里俄奈斯，
伊多墨纽斯的伴从，蛮力与屠人的战神等同。
然而，谁能凭借自己的心智，一一称数所有的来人，
跟继他们，激励阿开亚人奋起抗争？

特洛伊人队形密集，猛冲，赫克托耳引领他们。
犹如在那雨水暴涨的河口，

咆哮的海浪击打泻出的激流，突出的
滩岬发出轰响，回荡着惊滔拍岸的呼吼；
就像这样，冲锋的特洛伊人啸吼声声，但阿开亚人
稳稳站临墨诺伊提俄斯之子的躯身，抱定一个念头，
置身在盾面相连的铜墙后。克罗诺斯之子
掩罩他们闪亮的头盔，布起迷雾浓厚[①] ——
过去，他从未怒恨墨诺伊提俄斯之子，
当此人活着的时候，作为阿基琉斯的伴友。
所以，现在宙斯催励他的伙伴们保卫躯身，
不忍心让其嬉喂敌方特洛伊人的犬狗。

初始，特洛伊人顶回了明眸的阿开亚兵勇，
后者丢下遗体，撒腿惊跑，但心志高昂的
特洛伊人全力以赴，却不曾矛杀一个敌人，
倒是开始拽拉尸首。然而，阿开亚人不会将它
弃丢长久，埃阿斯召聚队伍，以极快的速度，
埃阿斯，他的健美和战力超越所有的
达奈军勇，只有雍贵的阿基琉斯出得其右。
他穿行前排的壮勇，凶蛮得像一头刚勇的
野猪，在山峦间轻轻松松，一举驱散
狗和年轻力壮的猎人，在峡谷里转身；
就像这样，高贵的忒拉蒙之子，光荣的埃阿斯
转身冲锋，轻而易举地击散特洛伊人的队阵，
后者战临帕特罗克洛斯的遗体，一心
希望拽尸入城，以此争得光荣。

---

① 关于战场上的黑雾或迷雾，另见本卷第 643—647 行、第五卷第 506—507 行、第十五卷第 668—669 行、第十六卷第 567 行和第二十一卷第 6—7 行。

其时,希波苏斯,裴拉斯吉亚人莱索斯光荣的
儿男,抓起盾牌的背带,绑住脚踝的筋腱,
试图拉着死者的双脚,将他拖出激烈的拼战,
使赫克托耳和特洛伊人欣欢。然而,突至的
邪恶夺命,虽然都很愿意,但谁也不能挡开,
忒拉蒙之子冲过熙攘的队列人群,
逼近攻击,破开帽盔,缀带护颊的铜片,
承载着粗大的枪矛和手的推力,
锋尖破裂嵌饰马鬃脊冠的盔盖,
顺着枪杆的插口,脑浆掺和浓血,从伤口
喷涌出来。此人勇力松散,脱手
心志高昂的帕特罗克洛斯的腿脚,任其
躺翻,自己亦一头撞去,在尸身上靠贴,
远离富足的拉里萨,不能回报
亲爱父母的养育,此生短暂①,
被心胸豪壮的埃阿斯出枪了断。

其时,赫克托耳对埃阿斯掷出投枪闪亮,
但埃阿斯盯视他的举动,躲过铜枪,只有
分毫之差,赫克托耳击中斯凯底俄斯,心胸豪壮的
伊菲托斯的儿郎,福基斯人中远为出色的英壮,
居家著名的帕诺裴乌斯,统治众多民众的国王。

---

① 鏖战疆场的壮士生命短暂,美好的东西似乎常常只能昙花一现。诗人感叹勇士"此生短暂",深知人生的艰难。另参考第一卷第 352 和 505—506 行、第四卷第 478 行和第二十一卷第 84—85 行等处。人生一世,来去匆匆;犹如春发秋落的树叶(参阅第六卷第 146—149 行和第二十一卷第 464—466 行。)

投枪捣在锁骨中部偏下，犀利的铜尖
深扎进去，从肩膀的基座探出，彻底穿畅。
此人轰然倾倒，铠甲在身上铿锵震响。

接着，埃阿斯杀倒福耳库斯，法伊诺普斯聪慧的
儿郎，其时正跨护希波苏斯，打在肚腹中央，
捅穿胸甲的虚处，铜衣里挤出
内脏；后者翻身倒地，将泥尘抓在指掌。
特洛伊人的壮勇们开始退却，连同光荣的赫克托耳，
阿耳吉维人高声吼叫，拖走希波苏斯
和福耳库斯的遗体，从他们的肩头剥下铠甲。

其时，特洛伊人会再次逃回伊利昂，
被嗜战的阿开亚人赶得跌跌撞撞，
而阿耳吉维人则会冲破宙斯定导的命限，
争得光荣，以自己的刚勇和力量，若非阿波罗亲自
催发埃内阿斯的战力，变取信使裴里法斯的形象，
厄普托斯之子，在埃内阿斯的老父身边
奉守该职，迈入暮年的苍黄，聪颖，心地忠良。
宙斯之子阿波罗对他开言，以此人的模样：
"埃内阿斯，你和你的部属何以能保卫陡峭的
伊利昂，违背神的意向——如同我曾见过别人设防，
坚信自己的刚勇和力量，凭借他们的
骠健和兵员，尽管用远为单薄的兵力保卫家乡？
但是，眼下，宙斯无疑更愿让我们，而非达奈人
获胜战场；只是你等自己退缩畏惧，不敢斗打。"

他言罢，埃内阿斯知晓此乃远射手阿波罗发话，

当他看视神的脸面，遂对赫克托耳说喊，声音洪亮：
“赫克托耳，各位特洛伊首领，盟军伙伴！
此乃我们的耻辱，倘若逃返伊利昂，
被嗜战的阿开亚人赶得跌跌撞撞。
没看见吗？一位神明站临我的身旁，告诉我
宙斯，至高无上的神主，在助佑我们打仗。
所以，让我们直冲达奈人，别让他们干得
轻轻松松，把帕特罗克洛斯的尸体抬回船舫！”

言罢，他大步跳出，远远地站在头排壮勇前面，
其他人重新聚集，站稳脚跟，迎对阿开亚兵壮。
其时，埃内阿斯刺倒雷俄克里托斯，出手矛枪，
那是鲁科墨得斯高贵的伴友，阿里斯巴斯的儿郎。
眼见此人倒地，嗜战的鲁科墨得斯怜悯生发，
跨步进逼，投出闪亮的矛枪，击中
阿丕萨昂，兵士的牧者希帕索斯的儿郎，
当即酥软了他的膝腿，打在横膈膜下的肝脏。
此人来自土地肥沃的派俄尼亚，
除了阿斯忒罗派俄斯，他是本部最出色的战将。

当着此人倒地，嗜战的阿斯忒罗派俄斯生发怜悯，
于是冲扑上去，急于寻战达奈人，
但却不能如意：他们站拥帕特罗克洛斯的躯体，
伸挺着枪矛，用盾牌将他围挡得十分严密。
埃阿斯穿巡在队伍里，再三嘱令，
既不让任何人退避尸体，也不让谁个
冲出队阵，远离其他阿开亚人，孤身临敌，
而是要他们稳稳站立，围战尸躯，就近杀击。

这便是魁伟的埃阿斯的命令。其时，鲜血
染红大地，人们一个接一个地倒下死去，
既从特洛伊人和豪壮的盟军，也从
达奈人的队列——这边也同样难免流血，
只是翻倒的人数远为稀少，因为他们始终牢记，
站成密集的队形，相互间将突暴的死亡打离。

就这样，双方拼搏，如同烈火燃起。
你或许会以为太阳和月亮已不在空中，
浓雾弥漫在整片战区，最勇的斗士均在那里，
围绕着帕特罗克洛斯，墨诺伊提俄斯的男丁。
这时，其他地方，特洛伊人和胫甲坚固的阿开亚人
仍在晴亮的日空下，在常态下拼击，到处
是一片光明，大地和山脊上无有一丝
游云；他们打一阵，息一阵，中间隔开
一大段距离，避闪对方的飞械，能够带来
苦痛的兵器。但是，那些搏战中军的人们
却在黑雾和酷战中熬砺，领受青铜的无情，
他们是战斗中最勇的精英。然而，两位著名的
勇士，斯拉苏墨得斯和安提洛科斯，其时还
不曾得知豪勇的帕特罗克洛斯已死的消息，
以为他还活着，奋战特洛伊人，在前排的队列。
为了察看伙伴们的阵亡情况，是否有人逃逸，
二位置身远处战斗，遵照奈斯托耳的叮咛，
当他催励他们从乌黑的海船边过来杀击。

整整一天，他们在殊死的激战中苦熬
杀拼，全身疲软，汗水淌滴，遍湿了

支撑他们的双脚、膝盖和小腿，
浇淋着双手和眼睛；两军相搏，
为争夺捷足的阿基琉斯骁勇的助手拼命。
宛如有人欲将一领大公牛的皮张拉扯，
透浸油脂，交给伙计们办理，
后者接过牛皮，站成圈围拉起，
当即挤出水分，让油脂渗入皮里，
人多手杂，将它扯得绷直溜平；就像
这样，双方挤在一块狭小的地方，争扯着尸体，
各朝己方拽紧：特洛伊人企望拖尸
伊利昂，心怀希冀，而阿开亚人则意欲
把它抬回深旷的船里。一场酷蛮的厮杀腾起，
围绕着尸体，就连催聚战斗群伍的阿瑞斯，就连雅典娜
也不会嘲讥，目睹这场战斗，哪怕在怒气勃发的时机。

这一天，宙斯加剧着凶邪恶战的强度，围绕着
帕特罗克洛斯，对人和对马如一。但是，卓越的
阿基琉斯却压根不知帕特罗克洛斯已死的消息，
因为两军在远离快船的地方，在特洛伊
城下搏拼。阿基琉斯不会心想帕特罗克洛斯
已经死去，以为他还活着，兵临城门，还会
返回营地。他不曾想过，帕特罗克洛斯会攻破
城邑，没有他的参与——没有想过，哪怕和他一起，
因他常听母亲私下里告嘱，
告知大神宙斯的旨意，但这次母亲
却没有通报，讲说发生了极为凶险的
事情：他最最亲爱的伙伴已经死去。

围绕帕特罗克洛斯的遗体，他们手握锋快的
枪矛，近战突击，互相屠杀砍倒。
其时，身披铜甲的阿开亚人中有人如此说道：
“倘若退回深旷的海船，朋友们，我们还有什么
荣耀——让乌黑的大地裂开一道豁口，此时此地，
将我们尽数吞咬！这样的结局要远为佳好，
比之把尸体交给驯马的特洛伊人，
让他们争得荣光，带回自己的城堡[1]。”

同样，其时心胸豪壮的特洛伊人中有人如此喊道：
“即便这是命运，朋友们，让我们在此人身边
全被杀倒——即便如此，也不许谁个怯战回跑！”

有人会这样说道，催发每一位伙伴的狂豪。
他们继续摧捣，灰铁的喧嚣冲指
铜色的天空，穿过明亮气空的广袤。
然而，埃阿科斯孙子的驭马站离搏斗，泪水
注浇，自从得知驭手的阵亡，卧躺
泥尘，被屠人的赫克托耳杀倒。
诚然，奥托墨冬，狄俄瑞斯强健的儿子
再三抽打，扬起舒展的皮条，抑或
诉诸说劝，时而低声恳求，时而恶语胁迫，
但它俩既不愿回返停船之地，赫勒斯庞特的
海岸宽阔，也不愿跟随阿开亚人，重回杀戮，

① 这是用直接引语的方式表达了“旁观者”的见解，在诗人以外开设了另一个表述观点的主体。此类例子在《伊利亚特》里颇多（参见第三卷第297—301和319—323行、第七卷第178—180和201—205行；比较第十五卷第699—703行）。

而是纹丝不动地站着，像一根石柱，
矗立在死人，一位已故男子或女人的坟冢。
就像这样，它们架着做工精美的战车，站住，
低垂的头脸贴着地面，热泪涌注，
夺眶而出，湿点尘土，悲悼
它们的驭者，闪亮的长鬃在轭垫
边沿泻铺，垂洒在轭架两边，沾满尘污。

克罗诺斯之子生发怜悯，眼见它们悲痛，
摇着头，对自己的心魂说称：
“唉，可怜的马儿，我们为何给出你等，让王者裴琉斯驭用，
他是一个凡人，而你们长生不老，无有结终？
是为了让你们伴随不幸的凡胎，忍受哀痛？
所有息喘和爬行地面的生灵里，
凡人，是的，悲苦最重[①]。不过，至少，
赫克托耳，普里阿摩斯之子，不会登临
你们精制的战车，我不会允许他这么做。他已
得获那副铠甲，穿着炫耀，这些难道还不算够？
现在，我要把力量注入你们的膝腿心魂，
让你们把奥托墨冬带出战场，
安返深旷的船舟，因我仍将赐送特洛伊人
杀屠的光荣，一直杀到海船，凳板坚固，
直到神圣的夜晚降临，太阳落沉。”

言罢，宙斯给驭马吹入巨大的勇力，

① 凡人比别的生灵更具自我意识，知道难以避免或改变死的终结。或许，正是这种体现人的智慧的意识，使他们比别的生灵更具悲怆的情感。另参考第 302 行注。

后者抖落鬃发上的泥灰，轻松拉起
飞快的战车，奔驰在特洛伊人和阿开亚人之间。
奥托墨冬在车上战斗，怀着对伙伴之死的愁哀，
赶着马车冲击，像兀鹫对着鹅群扑栽，
轻而易举地闪出特洛伊人的群队混乱，
继而又轻快地冲扑进去，穷赶大队的兵男，
然而尽管追得很紧，他却无法把谁个杀翻，
不可能孤身一人，在这神圣的战车上面，
既要投枪，又要顾及飞奔的骏马跑开。
终于，伙伴中有人眼见他的踪迹，
阿尔基墨冬，莱耳开斯之子，海蒙的后代，
站在车后，对着奥托墨冬叫喊：
“是哪位神祇，奥托墨冬，夺走你聪达的心智，
把这无有用益的主意塞进你的心间，
使你孤身对付特洛伊人，在这前排的军勇中
苦战？须知你的伙伴已被杀翻，而赫克托耳
正以埃阿科斯后裔的铠甲荣耀，披挂在肩。”

　其时，狄俄瑞斯之子奥托墨冬对他答话，出声：
“阿尔基墨冬，阿开亚人中还有谁比你更能
调驯这对长生不老的骏马，制驭它们的勇猛，
除了帕特罗克洛斯，神一样精擅谋略的凡人，
在他活着的时分？可惜死和命运已附临他的人生。
来吧，从我手中接过马鞭和闪亮的
缰绳，我将跳下马车，投入拼争。”

　他言罢，阿尔基墨冬跃上疾驰的马车，
迅速接过皮鞭和缰绳，而奥托墨冬则

跳下战车。光荣的赫克托耳立即说对
站临近旁的埃内阿斯，当他眼见他们：
“埃内阿斯，你训导身披铜甲的特洛伊人[1]，
我已看见捷足的阿基琉斯的骏马，
由懦弱的驭手驱驾杀奔。看来，
我们可望逮住它们，倘若你有心愿意
和我一起行动。如果我俩一起冲锋，
他们就不敢站挺抵挡，与我们拼争！”

他言罢，安基塞斯骁勇的儿子不予违抗。
他俩大步走去，携着干实、坚韧的牛皮盾牌，
护住肩膀，盾面用厚厚的青铜铺挡。
克罗米俄斯和神样的阿瑞托斯
跟随成双，心怀热切的企望，意欲
杀死阿开亚人，赶走颈脖粗壮的驭马——
蠢货——奥托墨冬会放洒他们的鲜血，
不会让其活着回还！他祷过宙斯，
黑心中充满勇气和力量，
对着他所信赖的伙伴阿尔基墨冬说话：
“阿尔基墨冬，别让驭马远离我的身旁，
让它们对着我的脊背呼喘。我不认为
我能挡住赫克托耳的勇力，普里阿摩斯的儿郎。
很快，我想，他会宰杀我俩，从阿基琉斯长鬃
飘洒的马后跃上车辆，横扫阿耳吉维人集队的
勇士——除非他自己在前排里被杀。”

① 第485行同第五卷第180行。

言罢，他又对两位埃阿斯和墨奈劳斯叫喊：
“二位埃阿斯，阿耳吉维人的首领，墨奈劳斯！
把死人留给最合适的人照管，
他们会站临遗体，击退成队的特洛伊军汉，
而你们则可过来，替我等活着的人挡开这要命的时光：
赫克托耳和埃内阿斯，特洛伊中最善战的英壮，
正在悲苦的战斗中冲杀，对我们施压！
然而，所有这些都在神的膝头卧躺；
我也将甩手投枪，其余的听凭宙斯考量。”

言罢，他平持投掷枪矛的落影森长，
击中阿瑞托斯的盾牌，边圈溜圆，
铜尖冲破战盾的阻力，把面里一起透穿，
切入进去，捅开腰带，扎捣肚下的腹腔。
像一个身强力壮的汉子，手提利斧劈砍，
劈向一头漫步草场的牧牛，从硬角后面切下，
砍穿厚实的筋肉，使其猛扑向前，倒塌；
就像这样，阿瑞托斯向前扑跃，然后仰面倒下，极其
锋快的枪矛扎进肚腹，酥软他的膝腿，杆端摇摇晃晃。
其时，赫克托耳投出闪亮的铜枪，对着奥托墨冬，
但后者盯视他的举动，躲过枪尖的青铜，
俯身向前，修长的枪矛飞过项背，
扎入泥层，杆端震颤摆动，
直到硕壮的阿瑞斯止住，消解了它的力能。
这时，他们会手持战剑，贴近杀搏，
若非两位埃阿斯隔开他们，怒气冲冲，
穿过战斗的人群，听闻伙伴的招呼；
赫克托耳和埃内阿斯，以及神样的

克罗米俄斯再次退却,出于惧恐,
撇下阿瑞托斯尸躺原地,被人杀身。
奥托墨冬,战力与迅捷的阿瑞斯等同,
剥去他的铠甲,得意扬扬地傲临炫称:
“这下,我略微轻减了心中由帕特罗克洛斯之死
引发的悲痛,虽说被杀的家伙远不及他豪勇!”

言罢,他拿起带血的战获,放在
车中,然后抬腿登上,手脚鲜血
淌流,像一头狮子,撕食了一头公牛。

围绕帕特罗克洛斯的遗体,双方再次激烈战斗,
场面酷虐,异常悲苦,雅典娜从天上降临,
挑发凶惨的拼搏,只因沉雷远播的宙斯
遣她催励达奈人,眼下他已改变初衷。
犹如宙斯兆示凡人,在天空划出一道
闪亮的长虹,预显战争或卷来阴寒的暴风,
消驱温热,辍止凡人在地上的
劳作,烦扰他们的畜群牲口;
就像这样,雅典娜行裹在闪亮的云朵,
进入拥聚的达奈人群,督励每一位战勇。
首先,她发话阿特柔斯之子,催励强健的
墨奈劳斯前冲——因他正就近站临女神——
变取福伊尼克斯的形象,模仿他不倦的话声:
“这将是你的耻辱,墨奈劳斯,成为指责你的
传闻,倘若在特洛伊城下,迅跑的犬狗
撕毁高傲的阿基琉斯忠实的伴朋。
不!你要坚决顶住,催励己方所有的人们!”

其时，啸吼战场的墨奈劳斯对她答道：
“福伊尼克斯，年迈的父亲，前辈的尊荣古老！
但愿雅典娜给我力量，替我挡开横飞的枪矛！
如此，我便能下定决心，在帕特罗克洛斯身边
护卫，站靠，他的死亡深深刺痛我的心窝。
但是，赫克托耳仍有烈火的蛮力凶暴，提着铜枪
冲扫，不肯罢息，宙斯正使他得享荣耀。”

他言罢，灰眼睛女神雅典娜乐陶，
因为此人在所有的神祇中挑她，先对她祈祷。
女神把力气输入他的肩膀膝脚，
又在他的胸腔注入马蝇的凶傲：
即便将它赶离人的皮肉，但此蝇
迷恋血浆的甜美，执意叮咬。
就像这样，女神用此般凶勇，饱注他那乌黑的心窝；
他站临帕特罗克洛斯的躯身，投出闪亮的枪矛。
人群中有一位波得斯，厄提昂之子，特洛伊人
中的英豪，富足、刚勇，在整片地域最得
赫克托耳尊褒，作为朋友，享领餐会上的食肴。
眼下，金发的墨奈劳斯枪击他的护腰，
当他抬腿奔逃，青铜长驱直入，往里逼挤，
使其轰然倾倒。阿特柔斯之子墨奈劳斯
拖尸己方的群伴，从特洛伊人那里抢到。

其时，阿波罗站临赫克托耳身边，出言催督，
变取阿西俄斯之子法伊诺普斯的形貌，
居家阿布多斯，全部客友中最受赫克托耳亲好。

以此人的模样，远射手阿波罗对他道说：
“赫克托耳，阿开亚人中有谁还会怕你什么？
瞧瞧你自己，居然在墨奈劳斯面前退缩，过去
此人可是个懦弱的枪手[①]。眼下，他竟然孤身一人，
从特洛伊人中拖走尸首，杀倒你所信赖的伙伴，
厄提昂之子波得斯，首领中的骁将，善斗！”

他言罢，悲痛的乌云罩住了赫克托耳[②]，
他头顶锃亮的头盔，穿行前排的壮勇。
其时，克罗诺斯之子抓起穗带飘摇的埃吉斯，
明光闪烁，将伊达蒙罩在云雾之中，
扔出一道闪电，一声霹雳轰隆，将埃吉斯摇动，
惊惶阿开亚人，使特洛伊人建功。

裴奈琉斯率先撒腿，一个波伊俄提亚人。
他总是面对敌人的进攻，其时被投枪擦破肩膀，
伤势不重，但因普鲁达马斯从极近
之处挥手出枪，枪尖已碰触骨头。
接着，赫克托耳扎伤雷托斯的手腕，
心胸豪壮的阿勒克特鲁昂之子，使其无法战斗，
后者往后退缩，左右盼顾，心知已不能
奢望手提枪矛，和特洛伊人打斗。
赫克托耳奋起追击，被伊多墨纽斯
出枪击中护胸的甲胄，贴近奶头，

---

① 参考第 26 行。

② 第 591 行同第十八卷第 22 行和《奥德赛》第二十四卷第 315 行[但译文中三处的人名(即被罩者)不同]。

但长杆在枪尖后折断,特洛伊人发出一阵
呼吼。赫克托耳投枪丢卡利昂之子伊多墨纽斯,
其时正站立车上,差离仅在毫末,
击中墨里俄奈斯的助手和驭者,
科伊拉诺斯,随他来自鲁克托斯,城垣坚固。
伊多墨纽斯先到,离开翘耸的海船,徒步,
眼下会让特洛伊人赢获巨大的胜利,
若非科伊拉诺斯赶来,驱动快马救助,
对被救者像似一道光束,挡开无情的末日,
而自己却因之丧生,性命被屠人的赫克托耳抢出,
打在颌下,上面是耳朵,枪矛
连根捣拔牙齿,拦腰截断舌头;
他翻身倒出战车,马缰在泥尘上散铺。
墨里俄奈斯弯身捡起缰绳,手握,
从平原的泥土,对伊多墨纽斯喊呼:
“扬鞭催马,返回迅捷的船舶!
阿开亚人已无有勇力,你已亲眼目睹。”

　他言罢,伊多墨纽斯扬鞭长鬃飘洒的
驭马,心怀恐惧,回返深旷的船艘。

　心志豪莽的埃阿斯和墨奈劳斯亦已看出,
宙斯已把胜利移交特洛伊战勇,
忒拉蒙之子,魁伟的埃阿斯首先开口:
“够了,耻辱!现在,任何人,即便稚如儿童,
也能看出父亲宙斯如何帮助特洛伊人!
他们的枪械全都中的,无论由谁掷投,
是勇敢的斗士,还是孬种——宙斯制导它们精中,

而我们的枪矛一并落地，全然无用。
所以，让我们想出个两全其美的计谋，
如何既能抢回遗体，又能保存自我，
给我们钟爱的伙伴带回欢乐，
他们在遥望翘首，为我们哀恼，以为我们止不住
屠人的赫克托耳，挡不住那双无敌的
大手，以为他会杀上乌黑的船舟。
但愿能有一位帮手，把信息尽快带给裴琉斯的
儿郎听闻，我相信他还不曾知悉
这悲苦的事由：此人死了，他所钟爱的伴友。
然而，我却看不到一个人选，在阿开亚人之中，
他们全被罩掩在浓雾里，所有的驭马和兵勇。
父亲宙斯，把阿开亚人的儿子们拉出黑雾，
让阳光普照，使我们眼见晴空！把我们杀死吧，
杀死在日光里，如果此举能欢悦你的心衷！”

他言罢悲声哭泣，父亲见状怜悯生出，
随即推走黑暗，驱散迷雾，使太阳重新
照射他们，战场上的一切全都看得清楚。
其时，埃阿斯对啸吼战场的墨奈劳斯说道：
“仔细寻找，高贵的墨奈劳斯，若能发现
安提洛科斯，心胸豪壮的奈斯托耳之子仍然活着，
要他面见聪颖的阿基琉斯，快步跑去，
传告后者最最钟爱的伙伴已战死疆场的噩耗。”

他言罢，啸吼战场的墨奈劳斯遵从
出发，像一头狮子，走离圈栏，
由于不断骚扰狗和牧人，业已感到疲倦，

对手不让撕食畜牛的肥膘，守卫，
整夜以待，饿狮贪恋美食，逼近
前来，但却一无收获，不得如愿——粗壮的
大手甩出枪矛，成堆连片，另有
腾腾燃烧的火把，吓得它，尽管凶狂，退缩不前，
随着晨光的降临怏怏离去，心绪颓败。
就像这样，啸吼战场的墨奈劳斯离开帕特罗克洛斯，
着实不愿，担心尸躯的安危，唯恐阿开亚人
受迫于惊怕，把它留给特洛伊人摧残。
所以，他有许多话语，要对墨里俄奈斯和两位埃阿斯告宣：
"二位埃阿斯，阿耳吉维人的统管，还有你墨里俄奈斯，
全都不要忘怀，莫忘不幸的帕特罗克洛斯，
此人敦厚，生前知晓，对所有的人善待，
如今死和命运附临，将其裹缠。"

言罢，金发的墨奈劳斯举步前行，
四处扫望，像一只雄鹰[①]，人说在
展翅天空的鸟类中，它有最亮的眼睛，
虽然飞翔高天，却能把快腿的野兔看清，
蜷体枝蔓虬生的树丛，在里面躲避，
鹰鸟猝然冲下，逮住野兔，碎毁它的生命。
就像这样，高贵的墨奈劳斯，你目光闪烁，
环视每一个角落，你的成群结队的军兵，
寄望于能觅得奈斯托耳之子，依旧存活在今，
当即发现此人的位置，在战场的左翼，

① 参考并比较第十五卷第 690 行、第二十一卷第 252 行和第二十二卷第 308 行等处。

正催励他的伙伴,敦促他们冲击。
金发的墨奈劳斯说道,在他身边站临:
"过来吧,宙斯哺育的安提洛科斯,听我传告
一则噩讯,一件但愿不曾发生的事情。
我想,是的,你自己亦已看清,
宙斯如何对达奈人滚动灾难,如何让
特洛伊人胜利。阿开亚人中最出色的战勇已经死去,
那是帕特罗克洛斯,达奈人的损失何其惨烈。
快去,跑向阿开亚人的海船,寻见阿基琉斯,
让他知悉。或许,他会立即行动,将尸躯夺运海船,
已经赤身裸体——头盔闪亮的赫克托耳已剥占他的甲衣!"

他言罢,安提洛科斯痛恨入耳的字句,
伫立许久,一言不发,眼里噙含
泪水,悲痛噎塞了畅流的嗓音①。
但即便如此,他也没有玩忽墨奈劳斯的嘱令,
快步跑离,留下甲械,给豪勇的伙伴
劳多科斯,后者已把坚蹄的驭马导至近处停立。

其时,腿脚载着他离开战斗,哭泣,
跑向裴琉斯之子阿基琉斯,带着噩讯。
这时,高贵的墨奈劳斯,你无有保护他
疲惫不堪的伙伴的心情;安提洛科斯走了,
离开他们,使普洛斯人痛失所依。
墨奈劳斯指派卓越的斯拉苏墨得斯助援,
自己则快步跑回,战护英雄帕特罗克洛斯的

① 第695—696行同《奥德赛》第四卷第704—705行。

遗体，对他们说话，在两位埃阿斯身边站定：
“我已送出你们提及的那位，让他会见
捷足的阿基琉斯，但我想他不会出战，
尽管对卓越的赫克托耳，他有强盛的怒气，
须知无有铠甲，他不能拼战特洛伊军兵。
我等必须想出个两全其美的妙计，
如何既能抢回遗体，又能保全我们自己，
顶着特洛伊人的喧嚣，躲避厄运和死期。”

其时，忒拉蒙之子，高大的埃阿斯对他答接：
“你的话一点没错，卓著的墨奈劳斯，说得在理。
来吧，你和墨里俄奈斯弯腰扛起遗体，
要快，撤出凄苦的战地。我俩殿后掩护，
为你们挡开卓越的赫克托耳和特洛伊追兵，
我们，享用同一个名字，怀着同样的激情，
过去经常面对凶狠的战神，并肩站在一起。”

他言罢，二位伸展双臂，运足力气，
抱稳地上的尸体，高高举起，特洛伊人
在后面放声呼喊，眼见阿开亚人举起遗体，
急起直追，像一群猎狗，对一头受伤的
野猪[1] 迅猛出击，跑在猎杀的年轻人前面，
撒腿狂追了一阵，恨不能把它撕碎，
直到野猪转过身子迎对，自信于它的勇力，
它们便悻悻败退，东跑西窜，四散逃命。

① 野猪的凶蛮甚至超过狮子，“野性最为生傲”（参考第 20—22 行）。另参考第十一卷第 324—325、414—418 行和第十三卷第 471—475 行。

就像这样,特洛伊人穷追不舍,队形密集,
在此之前,用劈剑和双刃的枪矛杀击,
但每当两位埃阿斯转身,面对他们
站立,他们就会皮肤变色,吓得不行,
不敢继续拼战冲杀,为了抢夺遗体。

　就这样,他们竭尽全力,撤离战斗,抬着死者,
回返深旷的船舟。酷战打得激烈,围绕着他们,
犹如火焰一般凶猛,突起腾发,吞噬凡人的
城楼,冲天的烈焰焚毁成片的房屋,
狂风扫过,火海里呼声隆隆;就像
这样,达奈人退兵回缩,喧杂之声不停地升腾,
车马的嚣嘈,伴随枪手的阵阵吼声。
像一对骡子,奋力向前行走,
沿着崎岖的山路下挪腿步,
拉拽一根梁材或是巨大的船木,
汗水掺和劳役的辛苦,疲搅着它们的心胸;
就像这样,他俩竭尽全力,抬着死者出走。在他们
身后,两位埃阿斯阻击追兵,像一面林木繁茂的
脊峰,横隔平原,截断水流,
顶阻大江大河的激浪汹涌,
使其破碎转向,浇注平野的泥土,
洪峰的巨力不能将岩面松动①。
就像这样,两位埃阿斯一直奋力截堵,打退
特洛伊人的进攻,而后者始终紧追,由两位壮士,

① 洪水具有极大的破坏力,但似仍会遇到克星,即巍峨的山石岩壁。参考第十六卷第 392 行注。

由安基塞斯之子埃内阿斯和光荣的赫克托耳领头。
似一群云朵般汇聚的寒鸦或欧椋惊叫声声，
眼见鹞鹰扑来袭奔，对于较小的
鸟类，它会把死亡致送；同样，
在埃内阿斯和赫克托耳面前，年轻的阿开亚人回跑，
尽忘战斗的喜悦，嘶喊出惊怕的叫声。
达奈人撒腿奔逃，丢下满地精美的器械甲胄，
遍傍着壕沟；战斗打得无有息止的时候。

第十八卷

就这样，他们奋力拼杀，烈火一样凶莽，
安提洛科斯腿脚迅捷，跑至阿基琉斯的营房，
发现他正坐在首尾翘耸的船前，
心里想着那些事情，已经成为现状。
他焦躁愤烦，对自己豪莽的心灵说讲：
“唉，为何这样？长发的阿开亚人再次
被逼赶平原，退兵海船，乱作一团惊惶？
但愿神祇不会把痛扰我心魂的愁事变成现状：
母亲曾对我说讲，说是在我存活
之际，慕耳弥冬人中最勇的斗士将
倒死在特洛伊人手下，别离明媚的阳光。
我确信，现在，墨诺伊提俄斯骁勇的儿子已经死亡。
唉，犟拗的人啊！然而，我曾对他说讲，要他扑灭
凶狂的烈火后当即回返海船，不要与赫克托耳拼杀。”

正当他思考此事，在他的魂里心房，
豪贵的奈斯托耳之子跑至他的近旁，
哭出滚烫的眼泪，将悲苦的噩耗对他传讲：
“哦，灾难！我不得不对你转述噩讯，骁勇的
裴琉斯的儿郎，一份但愿绝不会发生的愁伤。
帕特罗克洛斯已经倒躺，他们正聚围尸躯斗战，已被
剥得精光——头盔闪亮的赫克托耳已夺占他的铠甲！”

悲痛的乌云罩住了阿基琉斯，当他言罢。
他双手满抓污秽的尘土，撒抹自己的
头颅脸庞，脏浊了俊美的貌相，
灰黑的尘末纷落在洁净的衣衫。
他卧躺泥尘，摊展，身躯强壮、
硕大，抓绞和乱损自己的头发。
阿基琉斯和帕特罗克洛斯的女仆们
心痛、悲伤，哭叫着冲出棚房，
围绕在骁勇的阿基琉斯身旁，全都扬起双手，
击打自己的胸膛，腿脚酥软[1]。
对面，安提洛科斯和他一齐悲悼，泪水滴淌，
抓握阿基琉斯的手，高贵的心灵注满哀伤，
担心其人会用铁的锋刃割断脖项。
阿基琉斯发出可怕的吼叹，高贵的母亲听闻，
其时正坐在深深的海底，年迈的父亲身旁[2]。
她报之以尖厉的啸喊，女神们拥聚过来，
奈柔斯的女儿们，所有生活在海底的仙家，
有格劳凯、库莫多凯、莎勒娅、
奈赛娥、斯裴娥、索娥、牛眼睛的哈莉娅、
库摩索娥、阿克泰娅、莉诺蕾娅、
墨莉忒、伊埃拉、安菲索娥、阿伽维、
多托、普罗托、杜娜墨奈和菲鲁莎[3]、
德克莎墨奈、安菲诺墨和卡莉娅内拉、
多里斯、帕诺裴、光荣的伽拉苔娅、

① 比较《奥德赛》第十八卷第 341 行。

② 第 36 行同第一卷第 358 行。

③ 第 43 行同《神谱》第 248 行。

奈墨耳忒斯、阿普修得斯和卡莉娅娜莎，
还有克鲁墨奈、亚内拉、亚娜莎、
迈拉、俄蕾苏娅、长发秀美的阿玛塞娅，
以及其他生活在海底的奈柔斯的女娃。
她们挤满银光闪烁的洞府，一起击打
各自的胸膛，塞提斯领头，把悲惋的情绪表达：
"姐妹们，奈柔斯的女儿，全都听我说讲，
知晓我所有的悲苦，停驻在我的心房。
唉，痛伤，苦难，伴随孕怀一位最好的凡男：
我生养了一个骠健、完美无缺的儿郎，
英雄中的豪杰，像一棵树苗成长①，我把他
养大，似一株果树，在肥沃的园林里挺拔，
将他送上弯翘的海船，拼战特洛伊人，
前往伊利昂。然而，我再也等不到
他的回还，把他接进裴琉斯的居家。
只要活着，得见太阳的明光，他就
会有愁殃，即便我去，也帮不了他的忙。
但是，我还是要去，探视亲爱的儿郎，倾听
他的悲苦，在这段离战之时落临他的身上②。"

言罢，她离开洞府，女仙们含泪
随同前往，围着她们海浪开路涌向两旁。
当她们抵达富饶的特洛伊地方，
于是一个个鱼贯走上海滩，傍临已被拖上海岸的

① 比较第十七卷第 53—60 行。参考该卷第 53 行注。

② 比较赫卡贝对其子赫克托耳之死的哭悼（第二十二卷第 431—436 行和第二十四卷第 748—759 行）。

慕耳弥冬船舫,密匝,排列在迅捷的阿基琉斯身旁。
女神母亲站临身边,在他深沉长叹的时光,
高声尖叫,抱住儿子的头颅①,伸出臂膀,
哭诉,说出的话语长了翅膀:
“为何抽泣,我的儿郎?有什么忧愁,在你的心房?
说出来,不要匿藏。宙斯已兑现你的
盼想,按你扬臂祈求的那样,
阿开亚人的儿子们已被如数赶回停驻的
海船,由于你不在场,已经遭受惨重的击打。”

捷足的阿基琉斯长叹一声,对她答话:
“奥林波斯神主确已兑现我的祈愿,我的妈妈,
但这于我无有愉悦可言:我亲爱的伴友已经死难,
帕特罗克洛斯,我爱他胜过对其他所有的伙伴,
甚至超过对自己的性命身家②。我失去了他,
而杀他的赫克托耳已剥占那套硕大的铠甲,绚美,
看了让人诧叹,那是神明赠送裴琉斯的礼物,光荣,
那一天,他们把你推向婚配,与凡人同床。
但愿你当时继续生活,和海中的其他女仙,
而裴琉斯则婚娶一名女子,来自凡间。
现在,你的内心必定承受着无尽的痛哀,
为你儿子的死难,因你再也等不到他的
归家,回返乡园。心魂已不再催我

① 此乃古希腊人哭慰别人和哭悼死者时所用的常规方式(另参考第二十三卷第136行、第二十四卷第712和724行等处)。

② 阿基琉斯与帕特罗克洛斯的友谊(或情谊)确实非同寻常,超过了一般战友或主将与副手(如伊多墨纽斯和墨里俄奈斯)之间的关系。但诗人在此间的描述仍不足以使我们得出阿、帕两人之间存在同性恋关系的结论(另参考第十六卷第100行注)。

生存，在凡人中间，除非我先杀倒
赫克托耳，用我的枪尖，让他以生命偿付
剥卸墨诺伊提俄斯之子帕特罗克洛斯的行为！”

　　其时，塞提斯对他说话，泪水涟涟：
“你的死期将至，我的儿，从你的讲话判断，
须知赫克托耳去后，注定便是你的死难①。”

　　带着极大的愤烦，捷足的阿基琉斯对她答言：
“那就让我死去，赶快，既然在伙伴被杀之时，
我没有站临他的身边！眼下，他已死在远离故土的
异乡，需要我用战力防护卫捍。
现在，既然我已不打算回返亲爱的故园，
既然我已不是救援帕特罗克洛斯和其他伙伴的
光线，他们已成群地被光荣的赫克托耳杀翻，
只能以无用的重力压迫沃野，干坐自己的船边，
我，战场上身披铜甲的阿开亚人中谁也不可
比攀，虽然商议时有人比我会说，尽管。
如此，我但愿争斗从神和人的生活里消偃，
连同暴怒，它使最明智的人撒野，

① 苏格拉底曾摘引第 96 行(参见柏拉图《申辩篇》28C)。阿基琉斯注定只能有短暂的人生(参阅第一卷第 352 和 415—418 行)，但他仍有选择的权利，虽然这种选择——从“本质”上来讲——不能或不宜违背神意。自从帕特罗克洛斯死后，阿基琉斯即已抱定复仇和必死的决心，彻底放弃了回家和存活的希望(参考本卷第 98—101 和 330—332 行、第十九卷第 328—330 和 421—422 行、第二十一卷第 110—113 和 277—280 行以及第二十三卷第 150 行)。另参考阿波罗、赫法伊斯托斯、珊索斯、赫克托耳和帕特罗克洛斯之魂魄的预言(第十六卷第 707—709 行、本卷第 464—465 行、第十九卷第 416—417 行、第二十二卷第 359—360 行和第二十三卷第 80—81 行)。

这苦味的胆汁犹如烟云一样弥漫
心胸，比垂滴的蜂蜜还要香甜。
同此，如今，民众的王者阿伽门农激挑我的怒焰。
然而，过去的事就让它过去吧，尽管有这许多痛伤，
我们要强压胸中的怒气，只能这样。
现在，我要出战赫克托耳，他把一条我所珍爱的
生命夺抢，然后接受自己的死亡，
在宙斯和其他永生的神明限定的任何时光。
须知就连强健的赫拉克勒斯也不曾躲过死亡①，
虽然他是克罗诺斯之子，王者宙斯最钟爱的凡男，
命运将他击倒，连同赫拉不倦的暴狂。
我也一样，如果同样的命运已替我备下，一旦
死去，我将静躺。但现在，我必须争获显赫的荣光，
让那些特洛伊妇女或束腰紧深的达耳达尼亚
女子抬举双手，恸哭不止，擦抹
鲜嫩的脸颊上滚涌而下的泪花，
知晓我已久违，确实久违战场。所以，虽说
爱我，你不要阻拦我冲打，你的劝说不会使我变卦。”

其时，银脚女神塞提斯对他答话：

① 据传赫拉克勒斯在攻下俄卡利亚后抢得女子伊娥勒，其妻黛阿内拉于是听从马人奈索斯的说劝，送去一件沾过后者血液的衣袍（奈索斯的鲜血已被多头蛇怪呼得拉的血液毒染）。赫拉克勒斯穿袍后全身不适，痛苦异常，命人将他放上欧塔山顶上的柴堆，用他的硬弓换取菲洛克忒忒斯之父波伊阿斯的帮助，点燃柴堆，使其升天，婚娶了宙斯与赫拉之女赫蓓。荷马所知的赫拉克勒斯之死是否和我们所知的完全相似，现已无从稽考。阿基琉斯的意思是，凡人都难免一死；连赫拉克勒斯这样的英雄豪杰都走了，何况他人？比较他对鲁卡昂的“劝说”（第二十一卷第 106—113 行）。另参考第十五卷第 139—140 行等处。

“是的，我的儿，你的话不假，救护困境中的伙伴，
替其挡开突至的死亡，绝非胆小的做法。
然而，你那套璀璨的铜甲，明光闪亮，已落入
特洛伊人手中，头盔铿亮的赫克托耳已将它
披在肩膀，显耀荣光。但是，我想
他的风光不会久长，死亡已候临近旁。
所以，不要急于投身战神的压轧，
直到你亲眼见我归返抵达。
我将归返这里，明晨，太阳升起的时光，
带回王者赫法伊斯托斯铸打的精美铠甲。”

言罢，她转过身子，离开儿郎，
对着她的海神姐妹，对她们说话：
“你等即可返回水波浩渺的大洋，
谒见海之长老，造访我们父亲的宫房，
将一切禀告于他。我要去高耸的奥林波斯，
寻见赫法伊斯托斯，著名的神匠，但愿
他能给我儿一套上好的铠甲，闪闪发光。”

她言罢，众姐妹随即跃入追涌的波浪，
而她自己，银脚女神塞提斯，则动身
前往奥林波斯，为儿子求取光荣的铠甲。

就这样，腿脚载她行往奥林波斯峰峦。与此同时，
面对屠人的赫克托耳，阿开亚人发出怪诞的叫喊，
撒腿奔向赫勒斯庞特水域，他们的海船。
胫甲坚固的阿开亚人亦无法冒着纷飞的枪械，
拖回帕特罗克洛斯，阿基琉斯的朋伴，

只因人群和车马再次骚拥扑来，而
赫克托耳，普里阿摩斯之子，凶狂得像一团火焰。
一连三次，光荣的赫克托耳从后面抓住他的双脚，
试图拖拽，高声呼叫特洛伊军汉，
一连三次，两位骁勇狂烈的埃阿斯将他
从尸边打开，但他坚信自己的一身勇力，
时而杀入人群，时而站稳双腿，
放声叫喊，一步也不退缓。
犹如村野里的牧人，不能把一头毛色
黄褐的狮子赶开，使其丢下撕食的躯干，
同样，两位埃阿斯，统兵的首领，无法从
尸躯边吓跑赫克托耳，普里阿摩斯的儿男。
其时，他会把尸体拖走，争获无尽的光荣①，
若非腿脚迅捷追风的伊里斯从奥林波斯冲将下来，
捎送信息，要裴琉斯之子武装备战，
宙斯不知，其他神明亦然——是赫拉差她悄悄下凡。
她站停阿基琉斯身边，用长了翅膀的话语开言：
“起来吧，裴琉斯之子，凡人中最可怕的军男！
保卫帕特罗克洛斯的躯干，为了他，海船前
已打响一场可怕的恶战。双方互相残杀，
阿开亚人为保卫倒地的伙伴，
而特洛伊人则冲闯着要把尸躯拖入
多风的伊利昂城垣，尤以光荣的赫克托耳
为烈，极欲拖抢躯干，心魂催励他
割取松软脖子上的头颅，挑挂在墙头的桩尖。
起来，别再躺息，让羞辱进入你的心内，

① 第 165 行同第三卷第 373 行。

倘若特洛伊的犬狗把帕特罗克洛斯的遗体把玩，
这是你的耻辱，要是尸躯被夺，受到伤损污玷。”

其时，捷足和卓越的阿基琉斯开口，对她答接：
“女神伊里斯，是哪位神明差你送来信言？”

听罢，腿脚迅捷追风的伊里斯对他说话：
“是赫拉，宙斯尊贵的妻后，但高坐
云端的克罗诺斯之子不知此事，其他
居家白雪封盖的奥林波斯的众神亦然。”

其时，捷足的阿基琉斯答道，对她说话：
“特洛伊人夺走我的铠甲，我将如何斗战？
亲爱的母亲嘱我不要武装，
直到我亲眼见她回返；她答应
从赫法伊斯托斯那里带回一套精煌的铠甲。
我不知能用谁个光荣的甲械，除了忒拉蒙
之子埃阿斯硕大的盾牌，除那以外。
不过，我想他自己正在用携，战斗在勇士的前排，
操使枪矛，挡护帕特罗克洛斯的躯干。”

听罢，腿脚迅捷追风的伊里斯对他说话：
“是的，我等知悉他们已夺占你光荣的铠甲。
但是，你可前往沟堑，对特洛伊人亮相，
也许他们会产生惊怕，停止攻伐，
使苦战中的阿开亚人的儿子们得获喘息的机会，
他们已力尽疲乏；战场上可供喘息的间隙极其短暂。”

言罢，腿脚迅捷的伊里斯于是离开。
宙斯钟爱的阿基琉斯起身直立，雅典娜
将穗带飘摇的埃吉斯甩上他那宽厚的肩膀，
她，女神中的姣杰，布起一道金云，环绕
在他的头上，点燃火焰，光照四方。
仿佛烟火腾升，冲指气空，从远处
海岛上的城堡袅扬，该地遭受敌人围攻，
整整一天，护墙者在阿瑞斯可恨的搏斗中抵抗，
战护自己的城防，及至太阳落下，
点起一堆堆连接告急的柴火，光焰在
高处闪亮，以便让邻近岛屿上的人们看见，
或许会驾船前来，打退敌人的攻狂；
就像这样，阿基琉斯头顶烈焰熊熊，指向气空晴朗。
他走离墙边，站临沟堑，遵循母亲明智的
叮嘱，不曾与其他阿开亚人混杂。
他站立长啸，帕拉斯·雅典娜亦在
远处呼喊，使特洛伊人陷入不止的恐慌。
脆亮的声音犹如尖厉的号角鸣发，
在那围城之时，屠人的敌军猛打，
埃阿科斯孙子的号叫就似这般激越嘹亮。
特洛伊人无不心惊肉跳，听闻
埃阿科斯孙子的铜嗓，长鬃飘洒的驭马
心知灾祸临头，掉转身后的车辆。
驭手们被吓得目瞪口呆，眼见不知疲倦的
烈火在心胸豪壮的阿基琉斯头顶蹿烧，可怕，
由雅典娜点燃，女神，眼睛灰蓝。
一连三次，卓越的阿基琉斯隔着壕沟啸喊，
一连三次，特洛伊人和著名的盟军部众吓得惊散；

其间，他们中十二个最出色的战勇即刻毙命，
扑身自己的战车和矛尖。阿开亚人从飞舞的
枪械下拖出帕特罗克洛斯，兴高采烈，
将其放躺尸架，亲密的伙伴们围站他的
身边，哭得悲哀，捷足的阿基琉斯和他们
同在，热泪滚滚，看着他所信赖的伴友
尸躺架面，挺着被锋快的铜枪豁裂的躯干。
他曾把此人，连同驭马轮车，遣送
赴战，却不能迎他回来，生还。

其时，牛眼睛天后赫拉把尚无倦意、
不愿离息的太阳赶下俄刻阿诺斯水面；
红日落沉，卓越的阿开亚人
辍止酷烈的拼杀，中止恶战的凶险[①]。

对面，特洛伊人亦撤出战斗的激烈，
将善跑的驭马宽出战车的轭架憩息，
聚会商议，将做食晚餐之事忘却。
他们直立讨论，无有下坐的
闲情，无不心惊，只因阿基琉斯，
在长期避离悲苦的鏖战后，如今复又出击。
谨慎的普鲁达马斯首先在人群中发话，

① 这是赫克托耳生命中辉煌的一天。宙斯答应让他取胜，杀到“太阳落沉”(第十一卷第194行；另参考第十七卷第206行)。

潘苏斯之子，全军中唯他具备瞻前顾后的智慧[1]。
他是赫克托耳的战友，出生在同一个夜里，
比后者能言，但另一位更具使枪的功底。
他在人群中说话，怀着对各位的善意：
“斟酌思考吧，朋友们，我劝大家
返回城里，不要在平原上，傍临船边
等待神圣的黎明；我们已远离墙基。
只要此人仍在对了不起的阿伽门农生发怒气，
阿开亚人便是一支容易交战的军旅，
而其时我亦乐意睡在他们的船边，露营，
寄望于抓获翘耸的海船，兑现希冀。
但现在，我却极其惧怕裴琉斯捷足的儿子，
他有如此凶暴的勇力，绝不会满足于
待守平原，特洛伊人和阿开亚人
在此混战，均分战神的狂烈。
不，他要攻陷我们的城邑，抢走我们的女人！
让我们回城，相信我，此事将会发生。
眼下，神赐的夜晚止住了裴琉斯捷足的
儿子，但是，倘若他明天披甲持枪冲向我们，
而我等还在这里磨磨蹭蹭，其时各位就会
知晓此人：他会庆幸能够溜回，逃进神圣的伊利昂
余生；大群的特洛伊人会成为犬狗，还有兀鹫
吞食的肴珍。愿此事避离我的听闻！

---

① 普鲁达马斯与赫克托耳同年，却能多次对他进言，提出有分量的见解，实属难能可贵。通常，年轻人不甚可靠，智慧与老年或年长者同在(参阅第三卷第 108—110 行、第十九卷第 218—219 行和第二十三卷第 589—590 行等处)。有关普鲁达马斯对赫克托耳的明智劝解，另见第十二卷第 61—79 行和第十三卷第 726—747 行。

如果大家都做，按我的劝议，尽管违背心意，
那么，今晚我们将在会场蓄养力气，高大的城墙
和门户、宽厚的门面、平整巧合的木板和
紧插的门闩将护卫我们的城区。
然后，明天一早，拂晓之际，我们将全副武装，在墙头
各就各位。此人的结局会糟糕透顶，
假如他敢于离开海船，为攻破我们的墙垣搏击。
他会返回海船，必定，把颈脖粗壮的驭马累得气竭
精疲，在城下各处跑动，徒劳无益。
他的豪勇将不会助他冲闯城里，
也无法将它捣平；很快，奔跑的犬狗会把他吞尽！”

其时，头盔闪亮的赫克托耳恶狠狠地盯着他，斥评：
“普鲁达马斯，你的话难以使我欢欣，
你再次催我们回撤，要我们缩挤在城里。
在墙垣的樊笼，你难道还没有蹲够尽兴？
人们谈论普里阿摩斯的城国，从前，
说那里广藏青铜，富有黄金。
但现在，我们房居里丰盈的财富已经罄尽，
大量的财富变卖，流往弗鲁吉亚和
美丽的迈俄尼亚，只因大神宙斯生发怒气。
今天，工于心计的克罗诺斯的儿子让我争获
荣誉，傍临海船，把阿开亚人赶向滩地。
所以，你这蠢货，别再道说这些，对我们的军兵！
特洛伊人中谁也不会听你；我不会允许。
干起来吧，让我们服从，按我说的做去。
现在，大家可归队食用晚餐，沿着营地，
可别忘了布置岗哨，人人都要保持警惕。

要是特洛伊人中有谁过分担忧自己的财富，
那就让他尽数收聚，交给众人，大伙一起开心。
与其让阿开亚人享受，倒不如我们自己先行。
明天一早，拂晓之际，我们将全副武装，
在深旷的海船边挑发战神的凶气。
倘若卓越的阿基琉斯真的在船旁起身站立，
等待他的将是邪逆，如果他想试试自己，
因为我绝不会面对他逃离，置身悲苦的战击，
我会稳稳站立，看看是他，还是我赢获巨大的胜利！
战神公正，会杀倒试图杀人的军兵。”

　赫克托耳言毕，特洛伊人报之以赞同的吼声[1] ——
蠢货，已被帕拉斯·雅典娜夺走智谋，
喝彩赫克托耳的计划，凶险横生，
而普鲁达马斯说得在理，却无人赞成。
他们食用晚餐，沿着营地。与此同时，阿开亚人
彻夜悲悼哭泣，傍临帕特罗克洛斯的遗体。
裴琉斯之子领唱挽歌，曲调哀凄，
把杀人的双手在挚友的胸脯放贴，
发出声声悲号，不停。像一头虬须满面的狮子，
被一位打鹿的猎手偷盗幼仔，
在密密的树林，兽狮回来太迟，痛恼不已，
追过一道道山谷，沿着猎人的足迹，
寄望找见他在哪里，凶野的暴怒将它缠迷。
就像这样，阿基琉斯哀声长叹，对慕耳弥冬人说及：
“唉，可悲！那天，我空口白话，试图

① 第 310 行同第八卷第 542 行。

安慰英雄墨诺伊提俄斯，在他家里。
我说会把他的儿子带回俄波埃斯，携载荣誉，
当我们荡平伊利昂，带着他的份子，他的战礼。
然而，宙斯不会兑现凡人的全部希冀，
我俩注定要血染特洛伊的泥土，
这同一片土地：我将不能回返故乡，年迈的
车战者裴琉斯，我的父亲，再也不能把我迎进家里，
还有塞提斯，我的母亲——这里的泥土将把我掩起。
不过，帕特罗克洛斯，由于我将随你埋入泥地，
现在，我不打算葬你，直到夺回那套铠甲，
连同赫克托耳的脑袋一起；是他杀了心胸豪壮的你。
在火焚你的柴堆前，我将砍掉十二个军兵，
特洛伊人光荣的儿子，消泄我对杀你的怒气。
在此之前，你就躺在这里，与弯翘的海船傍临，
特洛伊妇女和束腰紧深的达耳达尼亚女子
将为你悲泣，无论白天黑夜，为你滴洒泪水，
这些你我苦战抢来的俘获，凭借长枪和勇力，
当我们夷平一座座富足的城镇，凡人的居地。”

　言罢，卓越的阿基琉斯命嘱伙伴们
架起一口大锅，就着柴火，以便尽快
洗去帕特罗克洛斯身上斑结的血污。
他们把容器架上炽烈的柴火，
添注澡水入锅，填塞木块，燃起火苗；
柴火煨舔锅底，使水温增高。
当热水沸滚，在闪亮的铜锅[①]，

① 第 349 行同《奥德赛》第十卷第 360 行。

他们清洗遗体，用滑软的橄榄油擦抹[①]，
平填创口，涂用陈年的油膏，
然后停尸殡床，用轻软的麻布盖好，
从头到脚，用一领白色的披篷遮罩。

整整一夜，他们将捷足的阿基琉斯围绕，
慕耳弥冬人悲声哭泣，为帕特罗克洛斯哀号。
其时，宙斯对赫拉，他的妻子和姐妹说道：
“看来，赫拉，我的牛眼睛王后，你已唤起
快腿的阿基琉斯，你已做到。他们都该是
你的孩子吧，这些阿开亚人，长发洒飘。”

其时，牛眼睛天后赫拉对他答道：
“克罗诺斯最可怕的儿子，你说了些什么？
即便是个凡人，亦会竭己所能，帮助朋胞，
尽管只是凡胎，不如我等智慧高超[②]。
至于我，我自诩为女神中最高贵的杰佼，
卓显在两个方面：我是你的伴侣，出生最早，
而你，你是镇统所有长生者的王导——
难道我就不能出于狠心，编织特洛伊人的愁恼？”

就这样，他俩你来我往，一番说告。
其时，银脚的塞提斯抵达赫法伊斯托斯的宫房，
固垂永久，星光闪烁，在众神的家居中显耀，

① 凡人用橄榄油擦抹身躯，神则用安伯罗西亚（参考第十六卷第680行，比较第十九卷第39行等处）。

② 神远比人聪明，这也是雅典娜的观点（见《奥德赛》第二十卷第46行）。

取料青铜，由瘸腿的匠神自己营造。
她找见匠神，正来回穿梭，在风箱边
忙忙碌碌，动手制作二十只三脚鼎锅，
沿着屋墙排放，在他的家居，精工建造。
他安置金轮，在每一张桌子的基座，
所以它们会自动滑入众神聚汇的堂屋，然后
自行回停他的居所，一批看后让人惊诧的杰作①。
这些都已铸就，只缺纹路精致的把手，
其时他正在制作，忙着铆接装妥。
正当他以自己的工艺和匠心干活，
银脚女神塞提斯在向他的位置拢靠。
头巾闪亮的卡里斯眼见访者来到，见瞧，
她，女神，著名的强臂神工的婚配②，美貌。
女神迎上前去，握住她的手，叫着她的名字说道：
"裙袍长垂的塞提斯，为何现时光临舍下，来到？
欢迎你，我们尊爱的客人，以前可不常访造。
进屋吧，随我，让我款待犒劳。"

　言罢，卡里斯引步前行，女神中的杰姣，
让塞提斯在做工精致的椅子上坐好，
美观、银钉嵌饰，前面有一只小凳搁脚。
她开口招呼著名的工匠赫法伊斯托斯，说道：

---

① 比较第五卷第 749 行(同第八卷第 393 行)中提及的自动开合的大门以及赫法伊斯托斯的"自动"风箱(本卷第 470—473 行)。

② 在《奥德赛》里，神匠赫法伊斯托斯的妻子是与阿瑞斯偷情的阿芙罗底忒(参见该诗第八卷第 267—270 行等处)。两部史诗里的这一不同，使后世评论家们伤透了脑筋，也为持荷马史诗(即《伊利亚特》和《奥德赛》)并非由一位诗人所作观点的学者，提供了一个立论的依据。

“来呀，赫法伊斯托斯，塞提斯要你效劳。”

　　听闻她的呼叫，著名的强臂工匠答道：
“啊，是我们敬重的女神光临家舍，受我们尊褒。
她曾救我，那一回，我吃够苦头，从高处摔落，
出于我那厚脸皮母亲的意志，因我腿瘸，
想把我藏牢。我的心灵会承受巨虐的煎熬，
若非欧鲁诺墨和塞提斯将我怀抱，
欧鲁诺墨，俄刻阿诺斯的女儿，他的水流回绕。
作为工匠，我在那里干了九年细活，制作许多
用品精巧，胸针、耳环、项链和螺旋形的手镯，
在深旷的洞穴，四周是俄刻阿诺斯的水滔，
泡沫翻涌，奔腾不息，发出沉闷的吼啸。此事其他
神祇和会死的凡人概不悉闻，
只有欧鲁诺墨和塞提斯知晓，因为她俩救我。
现在，塞提斯造访我们的家屋，我将竭己所能，
尽力去做，回报发辫秀美的女神救命的恩劳。
所以，你可赶快张罗，待之以美食佳肴，
我这就去收拾风箱，把各种械具收好。”

　　言罢，他在砧台上直起硕大的身腰，
喘着粗气，一瘸一拐，但干瘪的双腿迈得灵巧。
他移开风箱，使之脱离炉火，将所有
用过的工具收齐，在银箱里放妥，
然后拿起一块海绵，擦净额头、双手、
粗壮的脖子和多毛的胸口，穿上衫衣，
抓起粗重的拐杖，瘸拐着行走。
侍从们迅速上前扶持，帮助主人，

形同少女，栩栩如生，全用黄金铸就。
她们的心灵能思会懂，通说话语，自会
行动，已从永生的神祇那里学得做事的技巧[①]。
她们动作敏捷，扶持主人，后者
瘸腿走近端坐闪亮靠椅的塞提斯，
握住她的手，叫着她的名字，对她说道：
“裙袍长垂的塞提斯，为何现时光临舍下，来到？
欢迎你，我们尊爱的客人，以前可不常访造。
说吧，道出你的心衷。我的心灵会催我去做，
只要能够，只要事情可以做到。”

其时，塞提斯对他答话，滴淌泪花：
“奥林波斯的女神中，赫法伊斯托斯，
有谁心受过这许多痛凄的悲伤？
克罗诺斯之子宙斯使我哀愁，胜似对别的受家。
所有的海神姐妹中，他唯独让我屈尊凡胎，
下嫁裴琉斯，埃阿科斯的儿郎，忍受凡婚，
违背我的志向。如今，他被可悲的老年摧垮，
在自家的厅堂里卧躺；此外，我还有别的愁殃。
他让我孕怀一个男儿，养育我的儿郎，
英雄中的豪杰，像一棵树苗成长，我把他
养大，似一株果树，在肥沃的园林里挺拔，
将他送上弯翘的海船，拼战特洛伊人，
前往伊利昂。然而，我再也等不到

① 赫法伊斯托斯的侍女们颇似我们今天所说的机器人，只是她们无疑更为昂贵——全用黄金制成。参考并比较本卷第 377 行注及《奥德赛》第七卷第 91—94 和 100—102 行。柏拉图的《美诺篇》97D—98A 亦为我们提供了相关的资料。

他的回还，把他接进裴琉斯的居家。
只要活着，得见太阳的明光，他就
会有愁殃，即便我去，也帮不了他的忙。
阿开亚人的儿子们选送的那位姑娘，他的战礼，
已被强有力的阿伽门农从他手中夺抢。
为了她，我儿在悲苦中耗糜自己的心房，
而特洛伊人则趁机将阿开亚人逼回停驻的船旁，
不让他们杀出营盘。阿耳吉维首领们恳求
我的儿郎，列出许多礼物闪光，作为补偿。
其时，他拒绝出战，为他们挡开灾亡，
但却让出自己的铠甲，披上帕特罗克洛斯的肩膀，
让他带领大队兵勇，把他送上战场。
他们在斯凯亚门边奋战终日，
当天即可攻下城防，如果阿波罗不在
前排里杀倒墨诺伊提俄斯骁勇的儿郎——
他已给特洛伊人造成重创——使赫克托耳得获荣光。
所以，现在我置身于你的膝下，求你帮忙，
为我那短命的儿子铸制一面盾牌、一顶盔盖、
一副精美的胫甲，要带踝袢，另需一件甲衣，
遮护胸膛。他的那套已经被抢，当特洛伊人杀死
他所信赖的伙伴。眼下，我儿躺倒在地，心里悲伤。”

　听她言罢，著名的强臂工匠答话：
“别着急，别让这些事情忧扰你的心房。
但愿我能把他匿藏，使其避离痛苦和死亡，
当他那可怕的命运临降的时光，但愿此事确凿，
就像我会给他一套上好的盔甲，此物精美，
谁要是见了，世间的凡人中，保管都会惊讶。”

言罢，匠神离她而去，行往他的风箱，
使其对着炉火，指令它们干活匆忙。
所有的风箱，总数二十，一齐对着坩埚吹刮，
从不同的方向拨摇火光，炽烈，当忙碌的
匠神需要猛亢，有时又以别的力度催发，
迎合赫法伊斯托斯的心想[①]；事情做得按部就班。
他把坚韧的青铜丢进火里，连同锡块、白银
和贵重的黄金软化，然后将偌大的
砧块搬上操作的平台，一手抓起
沉重的锄锤，另一手拿稳钳铗。

他先铸盾牌，厚重，体积硕大，
精工饰制，盾边由三道圈围箍傍，
光闪熠熠，肩带启用白银铸打。
盾身五层，层层垫压，宽面上布满
绚美的图纹，以他的工艺和匠心铸上。

他铸刻出大地、天空和海洋，
连同盈满溜圆的月亮和不倦的太阳，
另有众多星座，像增色天穹的花环，

① 赫法伊斯托斯的风箱也是自动的，并且能迎合主人的“心想”进行内部调控，圆满完成催发炉火、熔化金属的工作。另参考第377和420行注。

有普雷阿德斯[1]、华德斯[2] 和强健的俄里昂[3]，
还有大熊座，人们亦称之为御夫座，
总在一个轴点旋转，注视着俄里昂——
唯有她从不沐浴，在大洋的水浪[4]。

盾面上，他还描铸出两座凡人精美绝伦的
城邦。一座表现婚娶的场面和节日的欢畅，
人们正把新娘们引出闺房，沿着城区行走，
借助火把的明光，婚歌的声音扬起，响亮。
小伙子们跳起舞蹈，身腿旋转，管箫和
竖琴送出不间断的声响，女人们
站在自家门口盯瞧，由衷赞赏。
此外，人群集聚在市场，观望
两位男子吵架，为了一笔血酬，
涉及一位亲人被杀。一方声称愿意足付血债，
对着众人宣讲，另一方则断然拒绝此类抵偿。
二位于是求助于仲裁，听凭他的判罚，
公众意见不一，双方都有人说话帮忙。
信使们挡回人群，使长老们得以评说会商，
端坐溜光的石凳，围成一个神圣的圆圈，

---

① Pleiades，阿特拉斯和海仙普蕾娥奈的七个女儿，变成星座后升起在五月中旬，标志着收获季节的开始，下沉（即不为目视所见）在十月底，标志着新一轮播种季节的到来。

② Huades，"降雨者"，阿特拉斯的五个女儿，据传被宙斯置于普雷阿德斯和俄里昂之间；华德斯在太阳升起前的"下沉"标志着雨季的来临（约在十一月初）。

③ 即猎户座。据古希腊神话，波伊俄提亚猎手俄里昂曾追赶普雷阿德斯姐妹，最终双方都变成了星座。第 486 行同赫西俄德《农作与日子》第 615 行。

④ "大洋"即俄刻阿诺斯。第 487—489 行同《奥德赛》第五卷第 273—275 行。

手握嗓音清亮的信使们交给的节杖。
两人急步上前，依次陈述案情的短长，
中间放着两塔兰同黄金，
准备支付给评议最公的判家。

在另一座城市的周边，聚集着两队英壮，
甲械闪闪发光，不同的意见把他们分作两帮，
是攻伐劫抢，还是双方均分所有的
财富，在这座美丽的城邑里堆藏。然而，
城民们没有屈服，而是武装起来，准备伏杀。
他们的爱妻和年幼的孩子们站守
墙上，连同上了年纪的老汉，其余的
出城迎战，由阿瑞斯和帕拉斯·雅典娜带队，
二者皆用黄金铸成，身着金衣，神威
赫赫，全副武装，显得俊美、高大，
在周围矮小的凡人中展示瞩目的形象。
他们来到理想的伏击地点，一处
河边的滩泽，所有牲畜饮水的地方，
屈腿蹲坐，裹着闪光的铜甲。
他们派出两名哨兵，离着众人坐地设岗，
等候探望，直至眼见步履蹒跚的牧牛和群羊。
很快，它们来了，后面跟走两个牧人，
吹着管笛逗乐，不曾想到前面的狡诈。
伏击者眼见他们，冲扑上去，迅猛砍杀，
活宰了两边成群的畜牛和毛色白亮、
净美的肥羊，杀了牧人不放。
围城的部众听闻牛群里传来喧嚣，
其时正坐着聚会议商，当即从蹄腿

轻捷的马后登车,急往救援,很快赶上。
双方站好阵势,在河岸边开打,
互相投掷,抛甩铜头的矛枪,
争斗和混乱介入人群,还有致命的死难,
后者抓住一个刚刚负伤的活人,然后是一个
未伤的兵壮,拎起一具尸体的腿脚,在屠杀中拖拉,
肩上的衣服猩红,透沾凡人的血浆。
她们拼搏斗打,鲜活的凡人一样,
互抢尸体,倒地的人们,被对方夺杀。

他还铸上一片深熟的田野,精耕的土地肥沃,
受过三遍犁耥,宽阔,众多的犁手正在劳作,
来回翻耕,赶着成对的牲口。
当他们掉转犁具,耕至地头,
有人会适时跑去,端上一杯
蜜甜的浆酒;犁者掉转身去,复入垄沟,
继续耕耘熟土,渴望再临地头。
破开的泥土呈现黑色,在他们身后,
尽管全用黄金铸打,体现工艺惊人的成就。

他还铸出一片国王的属地,劳作者
正在收获,手握锋快的镰刀,割下
麦子束束,有的落下和镰刀成行,
另一些则由捆秆者用草绳扎牢,
一共三位,在近旁站立,身后跟随
一帮孩子,收捡麦束,满抱胸前,
不停地给捆者输送。国王亦在现场之中,
静观,手握权杖,站临堆束,其乐融融。

那边，傍贴一棵橡树，信使们正准备宴用的食物，
杀倒一头硕大的肥牛，忙着切剥，妇女们在
肉上铺撒一把把雪白的大麦，让收割者们吃足。

他还铸出一片果园，挂满长垂的结实丰硕，
绚美，以黄金镌铸，葡萄呈现紫蓝色的深熟，
枝蔓顺爬，依附银质的杆柱。
他还描出一道沟渠，用幽暗的金属，以一条白锡
的篱栏圈围四周，只有一条小径通入园圃，
采撷者由此出入，摘取收获。
姑娘和小伙们提用柳条编织的篮筐，
带着孩子般的喜悦纯真，搬运甜美的熟果。
他们中有一年轻的乐手，弹拨声音清脆的竖琴，
曲调迷人，唱响利诺斯的行迹[①]，亮开
动听的歌喉，众人随声附和，号喊阵阵，
迈出轻快的舞步，踏出齐整的节奏。

他还铸出一群长角的壮牛，用黄金
和白锡做就，腿步迅捷，低声哞吼，
冲出农院，奔向草场，傍临一条水声

① 据赫西俄德介绍，利诺斯(Linos)是 Ouranie(乌拉尼厄)之子。另据后人记载，利诺斯乃古代诗人，曾以诗唱挑战阿波罗，被后者杀害(一说他因得罪或曾谴责赫拉克勒斯而遭后者杀戮)。利诺斯的行迹流传甚广，据称连埃及人也知晓并纪念这位古时的歌手英雄(参考希罗多德《历史》第二卷 79)。利诺斯歌可能起始于呼喊——ailinon，意为“唉，利诺斯！”。有学者认为，利诺斯可能起源于东方。作为一种悲歌，利诺斯通常被唱响在开镰和撷采葡萄的季节，也就是说在人们喜庆丰收的时候，不知何故。或许，人们是把 Linos 当作一位象征万物枯萎凋零和预示新一轮万象更新、生机复苏的神明，在收获时节唱悼他的行迹，以表崇敬和感激之情。

哗哗的河流，在那芦苇萋萋的滩头。
牧牛人一色金身，随同牛群行走，
一共四位，后面跟着九条快腿的犬狗。
突然，两头凶狠的狮子抢入牛群前头，
咬住一头悲吼的公牛，使其大声呼吼，
将它拖走，狗和年轻人快步追救。
然而，两头兽狮裂开硕大壮牛的皮层，
吞咽内脏和黑红的热血，大口，
牧人正试图催督快跑的狗群上前搏斗，
后者不敢和狮子对咬，往回退缩，
避闪，悻悻叫吠，只是贴近站临对手。

著名的强臂神工还铸出一片草场宽阔，
在山谷间躺卧，牧育白亮的羊群，水草肥沃，
连同牧羊人的房院、栅围和带顶的棚屋。

著名的强臂神工精心铸出舞场一座，
像似当年代达洛斯的杰作，在广袤的
克诺索斯，他为发辫秀美的阿里娅德奈建筑。
年轻的小伙子在场上跳舞，带着姑娘们，
她们的聘礼是众多的壮牛，互相牵着腕手。
姑娘们身穿细密的麻纱裙衫，小伙们穿着
精工织纺的短套，闪出橄榄油的光灼；
姑娘们头戴美丽的花环，小伙们佩挂
黄金的匕首，由垂悬的银带系住。
他们时而灵巧地转起圈子，摆开轻盈的腿步，
似一位陶工弯腰劳作，试转轮盘，
探估它的运作，贴握在掌中，

时而又跳排出行次，奔跑着穿插走动。
人群熙攘，拥站在舞队周围，嬉笑着
观注；舞者中活跃着两位杂耍的高手，
翻转腾跃，和导着歌的节奏[①]。

他还铸出俄刻阿诺斯[②] 磅礴的水流，
围绕战盾制作坚固的外圈，奔腾。

铸罢盾牌，体积硕大、厚重，
他又打出一副胸甲，比烈火更加明光闪烁，
随后制铸一顶头盔，偌大，紧贴两穴头颅，
绚美、工艺考究，铺带一条黄金的冠峰，
接着打出一副胫甲，用白锡的柔韧围箍。
完工后，著名的匠神抱起甲械，
放置她的脚前，阿基琉斯的亲母。
宛如一只鹰隼，她冲下白雪皑皑的奥林波斯，
带着闪光的甲械，赫法伊斯托斯赠送的礼物。

① 古希腊人能歌善舞，至今不变。歌（即诗）、舞、乐经常三位一体，互为补充，相得益彰。另参考第十五卷第 508 行等处并比较该行注。

② 俄刻阿诺斯“水流湍急”，乃“养育所有神祇的长河”（第十四卷第 245 行）。

第十九卷

其时，裙袍金红的黎明从俄刻阿诺斯河升攀，
洒出晨光，给神明，也给凡胎①。
塞提斯临抵海船，带着赫法伊斯托斯的礼件，
眼见亲爱的儿子搂着帕特罗克洛斯，
嘶声叫喊，身边站着众多伙伴，
举哀。她，闪光的女神，站在他身边，
握着他的手，对他说话，呼唤：
“现在，我的儿，我们必须让他这样躺翻，
他已被杀，是的，神的意志使然。
倒不如接受赫法伊斯托斯光荣的甲械，
如此绚丽多彩，从未出现在凡人的膀肩。”

言罢，女神将甲械放在阿基琉斯
身前，铿锵作响，精美璀璨。
恐惧逮住了所有慕耳弥冬军汉，谁也不敢
正视甲械，吓得惶然，只有阿基琉斯举目
视看，看着更觉盛怒炽蛮，双目
在睑盖下闪光，凶狠，火焰一般。
他高兴，手抱赫法伊斯托斯光灿灿的礼件。
当看够精煌的甲械，他心满意足，
对母亲开口，讲出长了翅膀的话言：

① 比较第八卷第1—2行和第十一卷第1—2行。

"我的母亲,匠神给我这些甲械,
嗬,真是长生者的手段,凡人谁也做不出来。
所以,现在我将武装赴战。然而,我由衷
担心墨诺伊提俄斯骁勇的儿男,在此期间,
唯恐飞蝇会钻入青铜开出的口子,
生虫孵蛆,烂毁躯干,只因
生命已被杀断,整个肉身会被蚀坏。"

其时,银脚女神塞提斯对他答言:
"别急,我的儿,别让此事忧扰你的心怀。
我会设法赶走这帮狠毒的东西,成群
结队的苍蝇,喜好蚀食阵亡者的躯干。
即使在此地躺上一年,一个整年,
他的遗体仍会完好如初,或比现在更为实坚。
所以,去吧,把阿开亚壮士招聚赴战,
消弃你对兵士的牧者阿伽门农的恨怨,
即刻武装战斗,披挂起你的刚勇强悍!"

言罢,女神给他注入无畏的强健,
然后在帕特罗克洛斯的鼻孔滴入
安伯罗西亚[1] 和鲜红的奈克塔耳[2],使肌肤不致毁败。

其时,卓越的阿基琉斯迈步海岸,

① 即第347、353行所示的"仙食"。关于安伯罗西亚(ambrosie),参见第十四卷第170行注等处。另参考并比较第十六卷第680行和第二十三卷第186—187行。参读第十八卷第350行注。

② 此处似可作"仙露""仙浆"解。参考第一卷第597行等处。

发出可怕的啸喊，催激阿开亚英男。
即便是以往留守海船的人员，
包括领航的和操纵舵把的船员，
以及分管食物的后勤，就连他们，
其时也集中到聚会地点，因为阿基琉斯，
在长期避离悲苦的鏖战后，如今复又出现。
人群里一瘸一拐地走来阿瑞斯的两个伙伴，
图丢斯犟勇的儿子和卓越的奥德修斯，
倚着枪矛，仍然带着伤痛的悲哀，
行来，坐下，在聚会者的前排。
民众的王者阿伽门农最后临来，
身带枪伤，科昂，安忒诺耳的儿男，
于激战中捅他，用青铜的矛尖。
这时，阿开亚全军聚在一块儿，
捷足的阿基琉斯起身喊道，站在众人面前：
“阿特柔斯之子，此事于你我究竟有
多少进益，双方心怀痛苦，为了
一个姑娘吵闹翻脸，泄表撕心的愤慨？
但愿阿耳忒弥斯一箭把她送断，死在船边，
在那一天，我荡扫鲁耳奈索斯，把她抢来。
这样，就不会有这许多阿开亚人嘴啃宽广的泥尘[①]，
被敌人的双手杀翻，当我出于愤恨不在。
如此对赫克托耳和特洛伊人有利；但我想，
阿开亚人会长久记住这场争吵，在你我之间。

① “嘴啃泥尘”即死亡，是“死”的形象说法。另参见第二卷第 418 行、第十一卷第 748 行、第二十二卷第 17 行和第二十四卷第 738 行等处。荷马是一位功底深厚的修辞大师。

算了,过去的事就让它过去吧,尽管已对你我伤害,
我们必须强压心胸中腾升的怒焰。
我将罢息愠怒,现在,无休止地
愤恨,与我的身份不配。干起来吧,赶快,
驱使长发的阿开亚人赴战,
使我能迎面冲向特洛伊人,看看
他们是否还打算露宿船边。不,我想
他们会乐于在别地曲腿休息,谁个
能够捡得性命,逃避战争的狂烈,我的枪尖!"

听他言罢,胫甲坚固的阿开亚将士感到高兴,
得知裴琉斯心胸豪壮的儿子已消弃怒怨。
其时,民众的王者阿伽门农在人群中开言,
从所坐之处起身,没有在人群中间站立:
"朋友们,达奈勇士们,哦,阿瑞斯的随员!
大家要聆听发言者讲话,不宜予以打断;
哪怕是能辩之士,也受不了如此捣乱。
当人群里嗡嗡杂谈,谁能静听,谁能
说辩?即便是嗓音清晰的言者,也会为难。
我将话对裴琉斯的儿男,但所有的
阿耳吉维人都要认真聆听,关注我的说谈。
阿开亚人常常以此话责难,
苛论我的不是,尽管我并没有过错,

而是因为宙斯、命运和穿走黑雾的复仇女神捣蛋[①],
在那天的集会上用粗蛮的痴狂[②] 抓揉我的
心田,使我,是的,是我把阿基琉斯的战礼夺断。
然而,我有什么办法? 神祇使这一切实现。
愚狂是宙斯的长女,招灾的她使我们
全都两眼抹黑,她的腿脚细纤,行走时
泥地不沾,而是穿走气流,在凡人头顶离悬,
将其误导迷缠,使这个,那个,在我之前。
知道吗,有一次就连宙斯也受过欺骗,虽然人说
他在神祇和凡人中高不可攀。然而,
赫拉,虽属女流,她的手段曾把宙斯蒙骗,
在高墙环护的忒拜,那天,阿尔克墨奈
即将临产,生养赫拉克勒斯,强健。
其时,宙斯发话,对所有的神明阔谈:
'你等神和女神,你们全都听言,
我要说话,它受胸腔里的心魂催赶。
今天,主管生养和阵痛的埃蕾苏娅将为凡间
增添一个男孩,在以我的血脉繁衍的种族里,
此人将王统全民,栖居在他的身边。'
其时,怀藏狡谲的用心,天后赫拉对他进言:

① 古希腊人认为,强烈和粗蛮的情感常常是"外来的",是神祇强加给凡人,因而是受神力控制的。神是第一动因(参考第三卷第 164—165 行和本卷第 409—410 行)。然而,在这件事上,阿伽门农是负有责任的,尽管这么说(即阿伽门农的辩解)或许可以(部分地)减轻他的过错。神意并非总能完全替代人的感情和意志;在荷马史诗里,二者(即神意和人意)经常是合二为一的动因。当事者至少应该承担作为"做者"所必须承担的责任——荷马大概会赞同埃斯库罗斯的这一观点,尽管他或许会更多地强调神意的主导作用和不可抗逆的权威。比较第八卷第 234—237 行。

② 即 ate(同下文中的愚狂)。参考第八卷第 236 行注和第九卷第 504 行注。

‘你将沦为骗子，倘若说话不予兑现。
来吧，奥林波斯的主宰，庄严起誓，在我面前，
此人将王统全民，栖居在他的身边，
将在今天问世，从一名女子的胯间，
出生在那个种族，以你的血统繁衍。’
赫拉言罢，宙斯丝毫没有察觉假意，
庄严起誓，整个儿中了她的诡计。
其时，赫拉直冲而下，疾离奥林波斯的峰顶，
即刻来到阿开亚的阿耳戈斯，知晓那地方
有一位妇女，裴耳修斯之子塞奈洛斯硕壮的
妻子正怀着一个男孩，在第七个月里。
赫拉让男孩出世，虽说早于产期，
同时推迟阿尔克墨奈的生育，阻止阵痛的降临，
然后亲自跑去，对克罗诺斯之子宙斯说起：
‘父亲宙斯，你把玩闪光的霹雳，我有一事要你听明。
一个了不起的凡人已经出世，他将王统阿耳吉维兵民，
欧鲁修斯，塞奈洛斯之子，裴耳修斯的后人，
你的后裔。让他王导阿耳吉维人，此事应该得体。’
她言罢，剧烈的苦痛刺扎宙斯的心灵，
一把揪住愚狂头上闪亮的发辫，
庄重起誓，心怀怒气，说是不许
误惘神人的愚狂再返奥林波斯
和多星的天际。言毕，他把女神
提溜起来旋转，扔出天穹，布满群星，
转瞬间坠到凡界，农人耕作的田地。但宙斯
永难忘却由她导致的痛凄，每当目睹爱子

忍辱负重，干着欧鲁修斯指派的苦役①。
我也一样，当高大的赫克托耳，头顶闪亮的战盔，
不停地涂炭阿耳吉维人，逼抵他们的船尾，
我亦难忘愚狂，在初始被蒙骗吃亏。
不过，既然我被愚惘，宙斯夺走我的理智，
我愿弥补过失，拿出难以估价的礼物偿赔。
奋发战斗吧，你，同时催励你的军兵，
我站立在此，自会给你赔礼，其数一如
昨天卓越的奥德修斯的许愿，在你的棚营。
抑或等等，若你愿意，尽管求战心切，
让我的随员从船里提取礼件，送来给你，
也好让你看看我所拿出的东西，犒慰你的心灵。”

其时，捷足的阿基琉斯对他说话，答接：
“阿特柔斯最尊贵的儿子，民众的王者阿伽门农，
礼物，你愿给则给，此举合宜，否则亦可
留给自己。但现在，我们要尽快记取战斗的
豪情。不宜浪费时间，待在这里，
不应迟疑。眼前还有一事待做，一件偌大的事情。
人们将会看到，阿基琉斯重返前排的精英，
操使铜枪，荡扫特洛伊人的队列。

① 据古希腊神话，欧鲁修斯乃塞奈洛斯和墨尼珮之子，提仑斯国王。当赫拉克勒斯于疯迷中误杀妻儿后，德尔斐神谕命他前往提仑斯惩服劳役，替欧鲁修斯效力，为期十二年。欧鲁修斯派给他许多苦活，即被后人称为“十二苦役”的险事，使赫拉克勒斯凄苦尝尽，历经艰险。另见第八卷第 363 行和第十五卷第 639—640 行。雅典娜曾多次下凡，减缓赫拉克勒斯的痛苦（第八卷第 362 行）。关于赫拉克勒斯，另参阅第十一卷第 689—690 行、第十五卷第 25—30 行、第十八卷第 117—119 行和第二十卷第 145—148 行。

所以，你们每个人都要牢记，对打各自的强敌！”

其时，足智多谋的奥德修斯答话，对他说讲：
“虽然你作战勇敢，神样的阿基琉斯，但别这样。
不要催促阿开亚人的儿子们，饿着肚皮斗打特洛伊人，
冲向伊利昂，因为这不是一场短暂的
搏斗，一旦大队人马交手，搅作
一团，神灵催发两军的烈狂。
不如让阿开亚人留在快捷的船边，
进食饮酒，那是战士的勇气和强刚。
一个人不会有那样的力量，整天斗打，
直到太阳沉落，饿着肚皮搏杀，
因为即便心里亟想，他的肢腿
会在不知不觉中变得沉重疲软，
饥渴会把他逮住，将他迈步的膝盖累垮。
但是，当有人吃得足饱，喝够酒浆，
然后接战敌人，一个整天斗打，
呵，其时他的心里注满欢乐，他的肢腿
不会累垮，直到两军息兵罢战的时光。
来吧，解散你的队伍，命令大伙造饭。
至于偿礼，让民众的王者阿伽门农派员
送到聚会者的中央，以便让所有的阿开亚人
亲眼目睹，亦能愉悦你的心房。
让他站在阿耳吉维人面前，对你誓发，
说他从未和姑娘同床，从未和她睡躺，
虽说男女欢交，我的王爷，乃人情之常。
如此，你亦应拿出宽诚，平舒胸怀。
日后，让他设宴自己的营棚，用丰足的佳肴

劳慰你的心肠，使你得获一切，理所应当。
至于你，从今后，你要更公平地待人，我说阿特柔斯的
儿郎。此举无可厚非，当王者首先
盛怒伤人，事发后出面抚慰报偿。”

其时，民众的王者阿伽门农对他答道：
“我感到高兴，莱耳忒斯之子，听了你的劝告。
你的话合乎情理，分析得面面俱到。
我愿按你说的起誓，我的内心催我去做，
在神灵面前，我不会假誓胡说。让阿基琉斯
等候片刻，尽管他恨不能马上战斗，
你等也都要留在此地，待我派人从营棚
取来礼物，同时许下誓言，用牲血封证。
你，奥德修斯，我给你这趟差事，此乃命嘱，
从阿开亚人中挑出身强力壮的小伙，
从我的船里搬出礼物，抬到这里摆好，所有的一切，
昨天你已对阿基琉斯许保；别忘了把女人带到。
让塔尔苏比俄斯替我准备一头公猪，在我们的
营盘开阔，作为献给宙斯和赫利俄斯的祭犒。”

其时，捷足的阿基琉斯对他说话，答道：
“阿特柔斯最尊贵的儿子，民众的王者阿伽门农！
操办此事，你最好另找别的时辰，
在那战斗的间隙，其时无有
凶暴的狂烈在我心中。但眼下，
我们的人卧躺地上，尸身模糊，被普里阿摩斯
之子赫克托耳杀落，宙斯给他光荣——
而你俩却要我们吃喝，不！现在我要

催督阿开亚人的儿子,要他们冲锋,
空着肚皮,忍饥挨饿,待到太阳落下,方才
整备佳肴足份,那时我们已仇报耻辱,雪恨。
在此之前,至少是我,不会把食物饮料
吞下喉咙,因为我的伴友已经死去,
躺在我的营棚,被锋快的青铜划得
体无完肤,双脚对着户门,身边是伙伴们的
悼声。饮食无用,多余,于我的心魂,
我贪恋热血、屠杀和恶战中将士的吟呻!”

其时,足智多谋的奥德修斯对他说话,答道:
“阿基琉斯,裴琉斯之子,阿开亚人中你远为英勇,
你比我出色,投掷枪矛,你的臂力绝非
小胜于我。然而,我或许比你多些智慧,
远为胜过,只因比你年长,所知更多。
所以,烦劳你的心魂,屈尊听我劝说。
人们会很快腻烦,在那战斗之中,
当铜镰割断茎秆,倒地极多,
但宙斯倾调天平,使其几无收获,
宙斯,决断者,凡人的战事由他定夺。
阿开亚人不能饿着肚皮悲悼死者,
这一天天的斗战,军勇们一个接着一个倾倒,人死得
太多——我们何时才能中止绝食的苦熬折磨?
不,我们必须狠下心来,埋葬阵亡者的尸骨,
举哀一天可也,应宜中止啼哭,
所有的军兵,从可恨的战屠中死里逃出,
都要念想吃饱喝足,以便不屈不挠,
更加勇猛地和敌人进行连续的拼斗,

身披铜甲坚固。谁也不许
踟蹰,等待别的什么令嘱。命令
是现成的:谁要是畏缩在阿耳吉维人的船边,
他将只有邪恶的死路!来吧,让我们一起冲扑,
催激起凶险的战神,临战驯马的特洛伊兵众!”

言罢,他带着光荣的奈斯托耳的两个儿子出走,
还有夫琉斯之子墨格斯、墨里俄奈斯、索阿斯、
克雷昂之子鲁科墨得斯和墨拉尼波斯,
行往阿特柔斯之子阿伽门农的营棚,
随即发出几道命令,很快把事情办成。他们
从营棚里搬出鼎锅七只,阿伽门农已经许诺,
连同十二匹骏马,二十口闪亮的大锅;
旋即带出七名女子,心巧,手工娴熟,
连同美颊的布里塞伊斯,八位总共。
奥德修斯称出十塔兰同黄金,带队回走,
年轻的阿开亚人携抬其他礼物随同。
他们把偿礼停放会场中央,阿伽门农
直立起身,话音有如神嗓的[①] 塔尔苏比俄斯
站立兵士牧者的身旁,抓着一头公猪。
阿特柔斯之子手握柄把,拔出匕首,
此物总是悬挂在硬鞘边,鞘身收掩铜剑的宽厚,
割下一绺猪鬃,作为首祭的用物,遥对宙斯
祈祷,高举双手,所有的阿耳吉维军兵
肃静,在各自的营伍端坐,聆听王者的诉诵。

① 比较诗人在《奥德赛》里对歌手菲弥俄斯和德摩道科斯的赞扬(见该诗第一卷第 371 行和第九卷第 4 行等处)。

他高声祈诵，举目辽阔的天空：
“首先让宙斯，最高、至尊的神主，做我的第一见证，
另有大地、太阳和复仇女神，她们行走
地下，报复，不管是谁，发伪誓的死人：
我从未动手碰触布里塞伊斯姑娘，
无论是为了让她与我同床，还是别的什么，
姑娘未受触犯，在我的营棚。倘若
誓言中有半点差错，那就让诸神给我众多苦痛，
就像用全部手段，严惩那些在他们面前发伪誓的恶人！”

言罢，他用无情的青铜割断猪的喉管，
塔尔苏比俄斯挥旋猪身，扔进深邃、灰蓝的
海湾，让鱼群食餐。其时，阿基琉斯
起身说话，站立嗜战的阿开亚人中间：
“父亲宙斯，你给凡人致送愚狂，如此强悍。
否则，阿特柔斯之子绝不会在我胸腔内的心里
激起暴怒此番，也不会夺走姑娘，
使我无能为力，违背我的意愿。也许，此乃宙斯的
用意，乐于让众多的阿开亚人死难。
好了，回去填饱肚子，以便临战！”

他言罢，匆匆中止集会，解散①。
人群离去，朝着各自的船舟回返，
心志高昂的慕耳弥冬人收好偿礼，
抬向神一样的阿基琉斯的海船。
他们把物品堆放在他的营棚，安置好妇女，

① 第 276 行同《奥德赛》第二卷第 257 行。

并马入群,由他高傲的伙伴驱赶。

其时,布里塞伊斯,金色的阿芙罗底忒一般,
眼见帕特罗克洛斯被锋快的铜枪破划,
尖声哭叫,将他搂抱在怀,双手撕抓
自己的胸脯、柔软的脖子和美丽的脸面。
女神一样的姑娘恸哭,对他诉说缅怀:
"帕特罗克洛斯,你是我悲苦心灵最大的愉欢!
我别离活着的你,走出营棚离开,
如今回返,军队的首领,见你撒手人寰:
于我,痛灾永在,接着痛灾!
父亲和尊贵的母亲曾给我一位婿男,
我眼见他躺死城前,被锋快的铜矛划开,
还有我的三个兄弟,一母所生的胞胎,
我的亲人尽数被毁,在那同一个白天!
然而,当迅捷的阿基琉斯杀倒我的夫男,
将神样的慕奈斯的城堡攻陷,你让我
不要哭泣,说是你将使我成为神样的
阿基琉斯合法迎娶的妻子,把我带回
弗西亚,在慕耳弥冬人中举行婚宴。
所以,我哭悼你的死亡,不停,你总是那么和善。"

就这样,她哭诉举哀,女人们也都跟着号开[①],
确为帕特罗克洛斯伤悲,也为自己的苦难。
阿开亚人的首领们围聚在阿基琉斯身边,
劝他用餐,但后者予以拒绝,一声长叹:

① 第 301 行同第二十二卷第 515 行和第二十四卷第 746 行。

“求求你们，如果亲密的伙伴中还有人听从我的
话言。别再劝我吃喝，劝我以此
娱悦心怀，只因剧烈的悲痛在向我逼来。
我将坚持下去，直到太阳沉斜，我会忍耐。”

言罢，他送走其他王贵，但阿特柔斯的
两个儿子随他同在，还有卓著的奥德修斯、
奈斯托耳、伊多墨纽斯和年迈的车战者福伊尼克斯，
恳切劝慰，安抚他的极度伤悲，无奈此人的
心灵宽慰不了，除非投身战争的血盆大嘴。
他念及往事，开口说话，发出深重的长叹：
“唉，苦命的朋友，我最亲密的伙伴，
从前，你会亲自动手，做得很快，在营棚里
为我调备可口的食餐，当阿开亚人急不可待，
给驯马的特洛伊人带去凄楚的争战①。
如今你躺在这里，身体已被划开，我无心
饮酒吃肉，虽说这些就在身边，出于
对你的思念。于我，不会有比这更烈的伤害，
即便是父亲的死讯，让我听见：眼下，
我想，在弗西亚，老人正滴淌松软的眼泪，
为了一个像我这样的儿男，失离，在异乡落难，
为争该死的海伦，和特洛伊人开战；
即便是他的死亡，我的爱子，有人在斯库罗斯替我照看——
倘若神样的尼俄普托勒摩斯还活在人间。
我胸腔里的心灵希望，在此之前，
以为仅我一人不归，死在特洛伊，远离马草

① 第318行同第八卷第516行。

丰肥的阿耳戈斯地面，而你却能生还弗西亚[1]，
然后乘坐快捷的黑船，把我儿从斯库罗斯
接回家园，让他看视我的全部所有，
我的财产、仆人和宽敞、顶面高耸的房宅[2]。
此刻，我想，裴琉斯不是死了，已经
离开人间，便是生命垂危，残守
老迈的悲哀，总在等候我的
噩耗——那时，他会听闻我已被人杀害。”

　他哭诉伤悲，众首领陪他举哀，
人人思念家里的东西，撇留在邸宅。
克罗诺斯之子生发怜悯，眼见他们哭喊，
当即吐送长了翅膀的话语，对雅典娜说开：
“我的孩子，难道你已彻底抛却你的斗士不管？
难道你已不再心想阿基琉斯，不再关爱？
他正下坐首尾翘耸的船边，现在，
哭悼钟爱的伙伴。其他人均已散去
吃喝，而他却不思炊火，拒绝进餐。
去吧，将奈克塔耳和佳美的仙食滴入
他的心坎，使难忍的饥饿不致附身，临来。”

　他的话催励早已迫不及待的雅典娜出发，
变取一只鹞鹰的形象，叫声尖厉，翅膀宽广，
扑下天际，穿过气空的透亮。军营里，
阿开亚人动作迅捷，开始武装。女神把

① 参阅第十七卷第 404—411 行。
② 第 333 行同《奥德赛》第七卷第 225 行和第十九卷第 526 行。

奈克塔耳和佳美的仙食滴入阿基琉斯的胸腔，
使令人悲伤的饥饿不致虚软他的膝盖，
然后返回强有力的父亲坚固的宫房，
而阿开亚人则从快捷的船边拥出，进发。
犹如宙斯撒下密匝的雪片纷扬，
挟着北风吹送的寒流，由晴亮的天空育养，
地面上眼下铜盔簇拥，射出灼灼的光芒，
人群拥出船边，装备中心突鼓的盾牌、
条片坚固的胸甲和梣木杆的矛枪。
明光冲刺天穹，整片大地笑声朗朗，
衬托青铜的闪熠，将士的腿脚踏出隆隆的
震响；人群中，卓越的阿基琉斯开始武装。
他狠咬牙齿咯咯唧唧，双目生辉，
似燃烧的火球闪光，心中满怀
难以抑制的悲伤。挟着对特洛伊人的酷怒，
他穿戴起神赐的礼物，由赫法伊斯托斯艰工铸打。
首先，他戴上精美的胫甲，裹住小腿，
焊着银质的搭扣，在脚踝处箍紧，
随之系上护甲，遮掩起胸背[①]，
然后斜垂肩头，挎上柄嵌银钉的劈剑，
青铜铸就，背起巨大、沉重的盾牌，
明光耀射远处，宛如月亮闪出的莹彩。
犹如一堆燃烧的火焰，被远处漂泊的
水手眺见，腾起在山野里一处荒僻的
羊圈，当他们违心背意，被风暴

① 第369—371行同第十一卷第17—19行和第十六卷第131—133行。另比较第三卷第330—335行。

卷至鱼群游聚的洋面,远离朋伴;
就像这样,流光射出阿基琉斯艳丽、铸工
精致的盾牌,冲指高天。他拿起硕大的战盔,
压护头颅,顶着缀饰马鬃的盔冠,
像星星一样光灿,黄金的冠饰摇曳,
赫法伊斯托斯将其嵌置上面,贴着硬角旁边。
卓越的阿基琉斯试着穿用铠甲,察其是否贴合
自己的身段,光荣的肢腿能否在甲内自由动弹;
甲衣合身,托升兵士的牧者,像鸟儿的翅膀一般。
接着,他从支架上抓取父亲的矛杆,
粗长、硕大、沉重,阿开亚人中谁也提拿
不起,只有阿基琉斯挥洒自如,用得熟练。
此枪以裴利昂梣木作杆,喀戎送他亲爹的礼件,
采自裴利昂的顶峰,作为夺杀英雄的利械。
奥托墨冬和阿尔基摩斯牵过驭马,套入
轭架,围上精美的肚带,塞进嚼口,
在两颚之间,勒紧绳缰,朝对制合坚固
的车辆。奥托墨冬抓起马鞭闪亮,
紧紧握在手里,跃至车上。
阿基琉斯从他身后登车,武装赴战,
铠甲闪闪发光,像似灼亮的太阳,
朝着父亲的驭马,用可怕的声音喊响:
"珊索斯、巴利俄斯,波达耳格著名的儿马!
这回可得小心,以另一种方式,将你们的驭手
载回达奈人的群伴,当我们战罢疆场——
别让他挺尸卧躺,像对帕特罗克洛斯那样!"

其时,蹄腿滑亮的骏马在轭架下对他答话,

珊索斯，低着头，满颈的鬃毛铺泻在
圈垫边旁，贴着轭架，扫落在地上，
白臂女神赫拉使它发音说话：
“这次，强健的阿基琉斯，我们会救你性命，
尽管你的末日已在逼近，但这不是我们的过错，
而是取决于一位了不起的神明和强有力的命运。
并非因为我们腿慢或是漫不经心，才使
特洛伊人剥得铠甲，从帕特罗克洛斯的肩头抢劫，
而是一位高伟无敌的神明，美发莱托的男丁，
让赫克托耳得获荣光，将他杀死在前排的壮勇里。
至于我们，我俩可与快捷的西风赛比，
人们说，所有的风中它最强劲。尽管如此，
你仍将注定要被强力，被一位神和一个凡人杀灭。”

　　至此，复仇女神堵住它的话音说告。
带着强烈的愤烦，捷足的阿基琉斯对它答道：
“珊索斯，为何预言我的死亡？你无须对我通报。
是的，我将注定死在这儿，我已清楚知晓，
远离母亲，远离亲爱的父亲躺倒。尽管如此，
我不会停止斗打特洛伊人，让他们饱尝杀绞[①]！”

　　言罢，他大喝一声，驱策坚蹄的驭马，在战阵的前列奔跑。

① 比较第十八卷第95—96行。明知死期将至，但仍决心抗争到底，不惜用生命换取个人意志的局部实现，这或许便是（被许多人认定为由荷马开创的）古希腊悲剧精神的核心，是一种以荣誉为支点的崇尚英雄主义，却往往会因此带来悲苦结局的极其执着的信念。

第二十卷

就这样,阿开亚人武装起来,在弯翘的船边,
围绕着你,阿基琉斯,裴琉斯的儿男嗜战不厌,
而特洛伊人迎战在平原的高处,对面。
宙斯命嘱塞弥斯召聚所有的神祇集会,
在山脊耸叠的奥林波斯的峰巅,女神四处
奔走传告,要各位前往宙斯的房殿。
除了俄刻阿诺斯[①],所有的河流都来到议事地点,
连同所有的女仙,无一例外——平时,她们活跃在
河流的溪源和多草的泽地[②],在婆娑的树边。
他们全都聚会在汇集云层的宙斯的宫殿,
在溜光的柱廊里坐排,赫法伊斯托斯的杰作,
为父亲宙斯,以他的工艺和匠心筑建[③]。

众神聚会在宙斯的宅邸,连裂地之神
亦不曾忽略女神传送的谕令,从海里出临,
介入他们之中,在神祇群中坐定,询问宙斯的用意:
"这是为何,主掌闪亮霹雳的王君,再次把我们召到这里?
你在为特洛伊人和阿开亚人的战事费心?

① 环绕大地的长河,大洋。俄刻阿诺斯不同于一般的河流或河神(参考第十四卷第 201 和 246 行)。

② 同样的描述见《奥德赛》第六卷第 124 行。

③ 赫法伊斯托斯是个多面手,不仅能制作甲械、胸针和各种饰件,而且还会盖房(另参考第十八卷第 371 行和第一卷第 608 行)。

战火即将燃起,战斗即将在两军间进行。”

其时,汇集云层的宙斯对他发话,答接:
“裂地之神,你已看出我的用心,为何
把你等召聚此地;我关注他们,虽说正在死去。
尽管如此,我仍将置身奥林波斯的山脊,
静坐赏析,愉悦我的心灵。但你们
可即时下山,介入特洛伊和阿开亚军兵,
分助交战中的双方,任随你们的心意。
须知如果让阿基琉斯独自杀冲,特洛伊人
便挡不住裴琉斯捷足的儿子,一刻也不行。
即便在此之前,他们见了此人也会抖悸,
眼下,他的内心悲愤,为死去的朋伴,充满怒气,
我担心他会冲破命运的制约,荡扫他们的墙基。”

克罗诺斯之子言罢,挑起不止的战击,
众神下山介入拼斗,带着相反的用意。
赫拉前往云聚的海船,和帕拉斯·雅典娜一起,
连同环绕大地的波塞冬和善喜助佑的
赫耳墨斯,怀揣聪灵的心计,
赫法伊斯托斯同行前往,凭恃自己的勇力,
轻巧地挪动干瘪的腿脚,瘸拐着走去。
但头盔闪亮的阿瑞斯行往特洛伊军兵,
偕同长发飘洒的阿波罗、射手阿耳忒弥斯、
莱托、珊索斯和爱笑的阿芙罗底忒一起。

只要神祇仍然远离会死的凡人,
阿开亚人便能争获巨大的荣誉,因为阿基琉斯,

在长期避离悲苦的鏖战后，如今复又出击。
特洛伊人腿脚颤抖，无不胆战心惊，
眼见裴琉斯捷足的儿子，全身的铠甲明光闪熠，
一介凡胎，却像杀人狂阿瑞斯一样的神明。
然而，当奥林波斯诸神汇入凡人的队列，
强健的争斗，士兵的驱怂，跃起发力，雅典娜
大吼出声，时而站立墙外，挖出的沟边，
时而又在海涛轰响的滩沿伫立，发出疾厉的啸音。
对面，阿瑞斯像乌黑的风暴咆哮，劲吹，
时而励声催促，从城堡的顶端督励特洛伊军兵，
时而又从西摩埃斯河畔，奔跑在卡利科洛奈的坡地。

就这样，幸福的神明催励敌对的双方
厮杀，也在他们自己中间展开艰烈的争拼。
高处，神和人的父亲炸开可怕的雷霆，
地下，波塞冬震摇陡峻的群山
险峰，摇撼着无边的陆基。
多泉的伊达，它的每一处座基都在颠悸，连同
所有的岭峰、阿开亚人的海船和特洛伊人的城区。
冥府的主宰埃多纽斯受惊，
从宝座上跃起，嘶声尖叫，唯恐撼地之神
波塞冬闯祸他的头顶，裂开大地，
在神和凡人面前袒露死人的房邸，
阴暗、霉烂，连神祇也会厌忌。
就这样，愤怒的众神对阵开战，碰撞出
轰然的响音。面对王者波塞冬，
福伊波斯·阿波罗手持飞驰的羽箭站立，
灰眼睛女神雅典娜对厄努阿利俄斯阵临。

对抗赫拉的是金线杆的操用者，是泼洒箭支、
啸猎山林的阿耳忒弥斯，远射手阿波罗的姐妹；
强壮且善喜助佑的赫耳墨斯站对莱托，
而对阵赫法伊斯托斯的，是那条水涡深卷的大河，
神祇叫它珊索斯，凡人则以斯卡曼德罗斯称谓。

　就这样，神祇对阵神祇。阿基琉斯
急欲投入战斗，杀讨赫克托耳，
普里阿摩斯的男丁，渴望先用他的，而非
别人的鲜血喂饱阿瑞斯，强健的他操使牛皮的盾牌攻击[1]。
但是，阿波罗，兵士的驱纵，却催使埃内阿斯
攻战裴琉斯之子，给他注入巨大的勇力[2]。
模仿普里阿摩斯之子鲁卡昂的声音，
变取他的身形，宙斯之子阿波罗对埃内阿斯说及：
“特洛伊人的训导，埃内阿斯，你的威胁今在哪里？
你曾就着浆酒，对特洛伊王者庄重申明，
说你将对战裴琉斯之子阿基琉斯，一个对一。”

　其时，埃内阿斯说话，对他答接：“鲁卡昂，
普里阿摩斯的儿男，为何催我，违背我的意愿，

① 第78行同第五卷第289行。当然，这是一种形象的说法（但不排除其中许有历史的“积淀”），不能完全按字面理解。战神并不饮血，也无须凡人用人血祭慰。

② 神明经常变取凡人的模样，鼓励并帮助暂时息战的壮勇继续战斗（参阅第79—111行）。类似的例子还见之于波塞冬对伊多墨纽斯的激励（详见第十三卷第206—239行）、阿波罗对赫克托耳的“批评”（详见第十五卷第243—270行）以及雅典娜对墨奈劳斯的激挑和帮助（详见第十七卷第553—573行）。口诵诗人的构组通常要沿用一些模式（包括叙事形式上的和内容铺排方面的），以便于自己的记忆和听众的理解，由此亦有助于形成口诵史诗特有的风格。

迎对他的心志狂烈，对打裴琉斯的儿男？
这已不是首次，我与捷足的阿基琉斯
对站——那次，他手持枪矛，将我赶下
伊达的岭峦，前来抢夺我们的牛群，
将鲁耳奈索斯和裴达索斯荡翻。幸好宙斯
救我，给我注入勇力，使我的膝腿飞快。
否则，我早已死在阿基琉斯手下，被雅典娜手断，
后者跑在他的前面，铺洒光线，激励他
用铜枪诛杀特洛伊和莱勒格斯军男。
所以，凡人中谁也无法与阿基琉斯对战，
他的身边总有一位神明，替他挡开死难。
即使无有神助，他的投枪飞得精准，不会息止，
直至咬入被击者的皮肉，将其透穿。不过，倘若神祇
愿意平拉战争的绳线，他就不能轻易
获胜，哪怕自诩拥有一身青铜铸打的躯干！”

其时，宙斯之子，王者阿波罗对他说接：
“如此，英雄[1]，你亦可对永生的神灵
求祈，人说你是宙斯之女阿芙罗底忒的
儿子，而阿基琉斯则出自一位地位低下的神明：
阿芙罗底忒乃宙斯之女，而海之长老是塞提斯的父亲。
挺着你不知疲倦的青铜，对他冲击，切莫
被他顶阻退回，被他的恫吓，放肆的吹擂！”

言罢，他给兵士的牧者注入巨大的勇力，

① heros，“壮士”“勇士”。另参考第十卷第 416 行和第十一卷第 837 行等处。和“王者”一样，“英雄”是人中的俊杰，因而也是“宙斯哺育的”（第十一卷第 818 行）。

后者头顶闪亮的铜盔,阔步穿行前排首领的队列。
白臂膀的赫拉发现安基塞斯之子的行迹,
当他穿走人群,寻会裴琉斯的儿子对拼,
于是召来己方的神明,对各位开口说起:
"波塞冬和雅典娜,二位好生商议,
忖想这堆事情将如何了结,在你们的心扉。
瞧,埃内阿斯在此,顶着闪亮的头盔,
受福伊波斯·阿波罗遣送,对着裴琉斯之子冲击。
来吧,让我们把他赶离,要快;
否则我们中有一位要站立阿基琉斯身边,
给他注入巨大的勇力,使他不致心虚,缺少
豪威。要让他知道,关爱他的来者乃地位最高的
神明,而那些眼下替特洛伊人挡开
战争和搏杀的他们,则是微如轻风的神辈。
我们合伙从奥林波斯下来,参与这场
争拼,使特洛伊人,今天,不致将他
伤毁。日后,他将经受命运铺线织纺的诸事,
在他出生之时,母亲把他带到人世。
倘若阿基琉斯未闻这些,听自神的声音告知,
他会害怕,当一位神明和他开打
斗撕。此事艰酷,当神祇以真貌显示。"

其时,裂地之神波塞冬对她答议:
"赫拉,不要发火无名。此举不妥,于你。
至少是我,不愿让我等众神
绞打在一起——我们远比他们强劲。
让我们离去,避离战地,在那瞭望
之处观析;让凡人自行处理他们的战击。

但是,如果阿瑞斯或福伊波斯·阿波罗参与,
或不让他冲杀,将阿基琉斯阻挡回去,
如此,我们会即刻介入,与他们
斗拼。很快,我想,他们会跑回
奥林波斯,和诸神聚在一起,
被我们的双手制服,不可抵御!”

言罢,黑发的波塞冬领头前行,来到
神样的赫拉克勒斯的城堡,两边用泥土堆起,
墙垣高耸,特洛伊人和帕拉斯·雅典娜替他建立,
作为躲离海怪追捕的避身之地,
当横冲的魔怪把他逼往平原,从海边赶离。
波塞冬和同行的神明在那里坐定,
拢来不可破毁的云朵,将肩膀拱围,
而另一拨神明下坐卡利科洛奈的悬壁,围着
你们二位,射手福伊波斯和荡劫城堡的阿瑞斯一起。

就这样,两边分开坐定,运思
良计,哪一方都不愿先开痛苦的
战击,尽管坐在高处的宙斯催励。

其时,平原上到处塞满人群,铜光闪熠,
人和马匹挤在一起,大地在脚下摇荡,
当双方进逼。两位远比他人杰出的壮勇
撞会在两军之间的空地,急于杀击,
安基塞斯之子埃内阿斯和卓越的阿基琉斯对立。
埃内阿斯首先跨出,摆出威胁的姿态,
沉重的帽盔摇摇晃晃,胸前挺着

酷莽的盾牌，挥舞枪杆。对面，
裴琉斯之子像一头雄狮①猛冲上前，
一头凶残的野兽，整片地域的居民集聚
猎杀，急欲除害。兽狮起先满不在乎，
自走它的道儿，但当一个迅捷的小伙子
投枪将其击打，它收拢全身，血盆大嘴张开，唾沫
漫出齿龈，胸腔里强健的心魂发出呻叹；
它扬起尾巴，拍打自己的肚肋和股腹两边，
鼓起厮杀的狂烈，瞪着闪光的眼睛，
径直扑向人群，决心要么撕裂他们中的
一个，要么，在首次扑击中，被他们放平。
就像这样，高傲的心灵和战斗的狂烈催激
阿基琉斯向前，对心志豪莽的埃内阿斯冲击。
他俩相对而行，咄咄逼近，
捷足和卓越的阿基琉斯首先发话，说及：
“埃内阿斯，为何远离众人，站出来
和我硬拼？可是心里的愿望驱你与我战斗，
企望主宰驯马的特洛伊兵民，承继
普里阿摩斯的荣誉？然而，即使你杀了我，
普里阿摩斯也不会因此把王权交到你的手里，
他有亲生的儿子，何况自己身板硬朗，思路敏捷。
抑或，特洛伊人已许下一片好地，他者无法比及，

① 帕特罗克洛斯亦曾像狮子一样猛冲(第十六卷第752行)，和对手赫克托耳就着开勃里俄奈斯的尸体开战，“像两头狮子”(同上第756行)。成群结队的兵勇横冲直撞，像生吞活剥的饿狼(同上第156—157行)，而被围攻或接受攻击的一方则会像野猪一样迎战并伺机反扑(参见第十一卷第324—325行和第十三卷第471—475行)。擅用明喻是荷马无可争议的强项，也是诗人借以构组和传送栩栩如生的鲜活景象的手段之一。

一处肥熟的耕地和果园,倘若你能杀我,
由你经营?不过,我想,杀我可不是件容易的事情。
记得吗,我说,从前的那一回:你曾在我的枪下逃命。
没忘吧,我曾把你赶离牛群,孤身伶仃,
把你追得撒开双腿,窜下伊达的脊岭,
其时你只顾奔跑,不敢回头瞥瞄你的眼睛。
你溜到鲁耳奈索斯,但我不放紧追,
毁了那个地方,承蒙雅典娜帮助,还有宙斯父亲,
抢夺了女人们享受自由的时机,
带走,作为战礼。然而,宙斯和诸神救你。
这一次,我想,神明不会把你救起,尽管你以为
他们还会。回去吧,我要催你,
退回你的伴群,不要站近与我拼击,
免得自找灾凄。那是傻瓜,在事情做出以后知悉。"

其时,埃内阿斯对他说话,答道[①]:
"不要妄想,裴琉斯之子,用话语把我吓倒,
仿佛我是个孩子,幼小。须知我也精通
羞辱,遣词用句,骂人亦有高招。
你我都知对方的门第,知晓生养我们的亲胞,
关于家族的声誉,我们已从会死的凡人嘴里听过,
只是你我都从未亲眼见过对方父母的容貌。

① 面对阿基琉斯的冷嘲热讽,埃内阿斯毫不示弱,予以回敬,声称"我也精通羞辱","骂人亦有高招"(第201—202行)。这是一种模式化(参考第80行注)或"例行公事"式的对骂,也是真刀真枪地开打前的舌战,颇能显示人物的豪情和口若悬河的辩才。此外,把这看作是一种战前的心理攻势似亦未尝不可,其效用在于鼓舞自己的斗志,搅乱对方的心态,伤损他的心理防线。类似的例子另见第五卷第632—654行、第六卷第122—143行和第二十二卷第249—272行等处。

人说你是豪勇的裴琉斯的儿子，
你的母亲是秀发的塞提斯，海洋的女姣。
而我，不瞒你说，我乃心志豪莽的安基塞斯
之子，母亲是阿芙罗底忒——你我的
双亲中会有一对，今天将为失去亲爱的儿子哀悼，
因为，我相信，我们不会仅用词语，像孩子争吵，
打骂一顿，然后分手，回家息了。
尽管如此，倘若你想了解我的宗谱，知晓得不遗
不误，那就听我道说，虽然许多人明白，都很清楚①。
最初，汇集云层的宙斯得子达耳达诺斯，
达耳达尼亚的宗祖，其时尚无神圣的伊利昂
世出，一座耸立平原的城市，作为凡人的庇护；
他们居住在伊达的斜面，多泉的山坡。
其后，达耳达诺斯生得一子，王者厄里克索尼俄斯，
会死的凡人中数他最富，拥有
三千匹牧马，放养在多草的泽地之中，
全系盛年的牝马，带着幼小的驹哺，
北风爱上食草的它们，于是化作一匹
黑鬃的儿马，爬上它们的腰身传种，
后者受孕，生下十二匹马驹得宠。
这些骏足，倘若嬉跳在精耕的农田，丰产粮谷，
掠过香熟的麦穗，不会踢断一根茎柱；
当嬉耍着跨过大海宽阔的脊背，
它们会贴着浪尖，闪过咸涩的水峰。

---

① 第 213—214 行同第六卷第 150—151 行。在荷马史诗里，讲述宗谱对于勇士来说很重要，因为这不仅是他们借以耀祖光宗，而且也是他们得以部分展示并在一定程度上“实践”自身价值的绝好时机。另参考第九卷第 63 行注等处。

厄里克索尼俄斯得子特罗斯，特洛伊的人主，
而特罗斯生养了三个儿郎豪勇，
伊洛斯、阿萨拉科斯和神样的伽努墨得斯，
人世间最美的男童——为此，诸神将其
带到天上，成为替宙斯司斟的侍从，
因为他的美貌，使其生活在长生者之中。
伊洛斯得子，无瑕的劳墨冬，
劳墨冬有子提索诺斯、普里阿摩斯、
朗波斯、克鲁提俄斯和希开塔昂，阿瑞斯的传种。
阿萨拉科斯得子卡普斯，后者得子安基塞斯，我乃
安基塞斯之子，而卓越的赫克托耳是普里阿摩斯的传人。
这便是我的宗源，我的可以称告的血统。
至于人的勇力，增添和弱减均由宙斯摆布，
由他随心所欲，因为他是最强健的仙神。
干起来吧，别再站着，像孩子似的诉说[①]，
在这两军之间，双方进逼的空处。
我们可以在此没完没了地咒骂讥辱，
一艘安装一百条坐板的海船也无法载出，
人的舌头油滑曲卷，各种各样的词汇
众多，涉面宽广，讲时这样那样均可。
说过什么，你就会听闻别人说你什么。
然而，你我无须在此争吵，互相
之间骂辱，仿佛是两个巷里的拙妇，
卷入撕心裂肺的争吵辩诬，
走上街头，大肆诽谤攻击，相互，其中
许多真话，许多谎言，暴怒使她们说话不顾。

① 第 244 行同第十三卷第 292 行。

你不能凭靠话语挡避，避开我的功夫，
直到我们用铜枪一对一地打出赢输。来吧，让我们
比试各自的战力，用带铜尖的枪矛动武。”

言罢，他对着森严可怕的盾面出手枪矛粗重，
硕大的战盾顶着枪尖，发出深沉的响声，
裴琉斯之子用粗壮的大手推出战盾，
感到害怕，以为心志豪莽的埃内阿斯，
他的投影森长的枪矛，会轻松地将其穿透——
愚蠢！他不知晓，在他的心里精魂，
神赐的礼物光荣，不会一捅即破，
被会死的凡人；它们不会甘拜下风。
这次，心智聪颖的埃内阿斯粗重的枪矛也同样
不能破捣，黄金的层面，神的礼物，挡住了疾冲。
事实上，他确实捅穿了两个层面，存留三个，
瘸腿的匠神铸了五层，总共，
垫之以两层白锡，表之以两层青铜，
其间是一个金层——就是它，挡住了梣木杆的枪捅。

接着，阿基琉斯奋臂投影森长的枪矛，
击中埃内阿斯边圈溜圆的战盾，
扎在盾围的边沿，铜层最为稀薄，
牛皮的铺垫亦在此最为薄弱。裴利昂的梣木杆
枪矛透穿入点，往里钻咬，盾牌挤出吼叫。
埃内阿斯吓得蜷身躲避，挡出盾牌
自保；枪尖飞越肩背，扎入泥尘，
呼啸，捣去两圈层面，擦着护身的
皮盾闯过。埃内阿斯躲过修长的枪条，

站立起身，眼里透出极度的悲恼，恐惧：
投枪在如此近身之点落捣。阿基琉斯
拔出锋快的劈剑，挟着狂烈冲扑，
发出粗野的号叫，埃内阿斯抓起一块
莽石，一次豪迈的举动，当今之人就是两个
也莫奈它何，但他却能独自擎举，做得轻松。
埃内阿斯可能已投石击中，在他前冲的时候，
砸在头盔或盾牌上，后者会替他挡开死的凄楚，
而裴琉斯之子则会逼近出剑，将他的性命抢夺，
若不是裂地之神波塞冬眼快，见着，
当即开口，对身边的诸神说道：
“哦，瞧！我真为心志豪莽的埃内阿斯难过，
即将坠入死神的冥府，被裴琉斯之子杀倒①，
只因他听信远射手阿波罗的挑唆——
蠢货！不知此神不会帮忙，替他挡开死的凄恼。
然而，此人无辜，为何要替别人的
不幸受苦，平白无故？他总在愉悦
神明，给我们礼物，我们拥掌天空的辽阔。
干吧，让我们亲往，把他从死里救出，
以免克罗诺斯之子动怒，倘若阿基琉斯
将此人杀除。他可以逃生，命里定注，

① 比较宙斯对是否拯救爱子萨耳裴冬（第十六卷第 431—461 行）和赫克托耳（第二十二卷第 167—176 行）的思考。不过，宙斯最终还是让二位死去，只因前者“早就注定不能存活”（第十六卷第 441—442 行），而后者也一样（参见如出一辙的回答，第二十二卷第 179—180 行），天平的称量表明他的“末日沉重，指向哀地斯，往下垂压”（同上第 212—213 行）。埃内阿斯不同，还不到死的时候——相反，“他可以逃生，命里定注”（本卷第 302 行）。换言之，他可以接受神的救援，脱离险境。参考第十六卷第 461 和 849 行注。

使达耳达诺斯的部族不致断种，彻底
消无，须知达耳达诺斯乃宙斯最喜爱的一位，
在凡女替他生养的儿郎之中，全部。
克罗诺斯之子现已憎恨普里阿摩斯的家族，
所以，埃内阿斯将以强力王统特洛伊民众，
传位他的儿子、孙子，不绝于子子孙孙代出。”

其时，牛眼睛天后赫拉对他答道：
“此事，裂地之神，由你自个儿的内心定导，
关于埃内阿斯，是把他救出，还是任其被
裴琉斯之子阿基琉斯打翻，连同他的一身勇骁。
我们两个，帕拉斯·雅典娜和我，
已多次发誓，当着所有神祇的脸面宣告，
决不为特洛伊人挡开末日的苦熬，
不，哪怕凶莽的烈火荡毁整座特洛伊，
那一天，阿开亚人嗜战的儿子们会将它焚烧。”

听罢这番话，裂地之神波塞冬
穿越战斗的人群和纷飞的枪矛，行至
埃内阿斯和光荣的阿基琉斯驻脚的地方，
当即布起迷雾，将裴琉斯之子
阿基琉斯的视力掩罩，从心志豪莽的
埃内阿斯的盾上拔出顶着铜尖的梣木杆枪条，
放在地上，挨着阿基琉斯的腿脚，
挽起埃内阿斯，朝向天空甩抛，
飞掠一支支战斗的队伍，一组组马车，
驾乘神的手力，埃内阿斯腾空越过，
落脚险恶战场最远的边端，

考科尼亚人正在那里披挂,准备战剿。
裂地之神波塞冬贴近他的身边站定,
吐送长了翅膀的话语,对他说道:
“埃内阿斯,是哪位神明癫迷你的心窍,
使你对打裴琉斯的儿男,迎对他的心志狂傲①,
虽然他比你强壮,也更受长生者的爱褒?
别打了,回撤,无论在哪里碰上这位英豪,
以免逾越你的命限,坠入哀地斯的家府报到。
但是,一旦阿基琉斯命归地府,此乃命运的定导,
你要鼓起勇气,在前排里战斗,
别的阿开亚人将无力把你杀倒。”

言罢,此神离他而去,一切都已说告,
同时驱散阿基琉斯眼前的迷雾,神奇的
雾障顿时释消。他睁大眼睛,凝目看瞧,
感觉愤烦,对自己豪莽的心魂说道:
“这可能吗?一个惊人的奇迹让我见着。
我的枪矛横躺在地,却不见了那个人的
影儿——我曾拼命冲扑,意欲把他宰掉。
看来,埃内阿斯同样受到神明钟爱,他们
长生不老,我还以为他在吹擂,胡说八道。
让他去吧!从今后他将不敢和我战斗,
即便感到高兴,今天,能够死里生逃。
眼下,我要催励嗜喜拼搏的达奈军勇
战对其他特洛伊兵众,一试他们的身手高招!”

① 第 333 行同第 88 行。

言罢，他跳回己方的军阵，催励每一位军勇：
“别再站着，离着特洛伊人——哦，勇敢的阿开亚兵众！
让我们迎面各自的对手，打出战斗的狂勇，
此事艰难，于我，虽说十分强健，靠我孤身①
对付如此众多的人数，和所有的他们拼搏。
即便是阿瑞斯，不死的神明，即便是雅典娜，
也不能杀过恶战的利齿，如此密集的营伍。
但是，我说，只要能凭力气和手脚做到，
我就会尽力去做；我不会退缩，哪怕分毫。
我将冲闯他们的营阵——特洛伊人中，我想，
谁也不会乐意进入投程，被我的投枪够着！”

言罢，他催励众人冲捣。光荣的赫克托耳
亮开嗓门，对特洛伊人大叫，意欲与阿基琉斯过招：
“不要惧怕裴琉斯之子，哦，心志高昂的特洛伊同胞！
我能和长生者一争，若用辞藻，却
不敢勉强，若用枪矛，他们远比我们强豪。
就连阿基琉斯，他也无法出言必果，
有的可以兑现，有的不能完全做到。
现在，我要前去与他战斗，尽管他的双手像似烈火，
是的，双手就像烈火，他的狂暴像似灰铁闪耀！”

言罢，他对特洛伊人催督，后者举起枪矛，准备
一搏，双方的狂烈撞在一处，战斗的呼声涨高。
福伊波斯·阿波罗站临赫克托耳，对他道说：
“赫克托耳，不要迎战阿基琉斯，单独；

① 第356行同第十二卷第410行。

留在兵群里等待，避离混战杀屠，
免得让他投枪击中，或挥剑劈你，出手近处。”

他言罢，赫克托耳一头扎进己方的
群伍，害怕，听闻神的话音告诉。
挟着酷斗的狂烈，阿基琉斯发出
粗蛮的呼吼，首先杀掉伊菲提昂，
俄特仑丢斯的儿子勇武，首领，率统大队兵辅，
由河湖女仙生出，给荡劫城堡的俄特仑丢斯，
在积雪的特摩洛斯山下，呼德的乡村富足。
卓越的阿基琉斯枪击冲来的对手，风风火火，
捣在脑门上，正中，将头颅两半劈破；后者随之
倒下，一声轰隆。骁勇的阿基琉斯开口炫耀，就着对手：
“躺着吧，俄特仑丢斯之子，人间最可怕的壮勇！
你在这里挺尸，出生之地却傍临古格
池湖，那里有你父亲的份地，故土，
伴随呼洛斯的鱼群出没，赫耳摩斯的漩涡！”

他言罢，炫耀，但黑雾已将另一位的眼睛蒙罩，
任由阿开亚人滚动的车轮轧碎，
在阵前碾破。接着，阿基琉斯战临德摩勒昂，
安忒诺耳之子，骁勇的防战能手，
枪捣太阳穴上，破开帽盔，缀带片条青铜，
铜盔抵挡不住，枪尖长驱
直入，捣出内里喷飞的脑浆，砸烂
头骨；就这样，阿基琉斯停阻了他的怒气咻咻。
然后，他又枪刺希波达马斯，扎在背后，

在后者跳下战车，从他面前窜跑的时候[①]。
其人喘出魂息，竭力呼吼，像一头公牛
吼声隆隆[②]，被一伙年轻人拉着，拖去敬祭
波塞冬，赫利开的王公[③] ——裂地之神对此喜见乐闻。
就像这样，此人大声啸吼，高傲的心魂飘离躯骨。
接着，他携枪扑向神一样的波鲁多罗斯，
普里阿摩斯之子，父亲不让他参加战斗，
只因年纪最小，在王者所有的男儿之中，
亦即最受宠爱，腿脚快过所有的长兄。
现在，鲁莽的年轻人展示他的腿步跑动，
直到断送宝贵的性命，在前排将领中横冲。
捷足和卓越的阿基琉斯投枪捣在
后背正中，那里有腰带的金扣，
胸甲的两个半片在该处接交叠重，
枪尖长驱直入，从肚脐里捅出，
受者一声吟叹，屈膝跪倒，黑雾
将他包裹，踉跄几步，双手捂住肠流。

　赫克托耳眼见波鲁多罗斯，他的弟兄，
跌撞倒地，双手抓堵外涌的肠流，
眼前雾气弥漫，再也不愿徜留，
远离拼搏，而是阔步迎对阿基琉斯，
挥舞锋快的枪矛，像一团烈火。眼见

---

① 在第484—489行里，阿基琉斯亦一气杀了主将里格摩斯和他的驭手阿雷苏斯。类似的例子另见第十一卷第122—147行。比较第五卷第56行。

② 公牛宜被用于敬祭男性神明（参考第三卷第103行注）。关于用被杀倒的公牛比作垂死挣扎的勇士，参考第十六卷第489行注。

③ 赫利开在伯罗奔尼撒北部的阿开亚沿岸，有波塞冬的神庙和祭坛。

他的临来，阿基琉斯跃上前去，开口叫嚣：
“此人来了，他比谁都更让我恨恼，
已将我亲爱的伙伴杀倒。让我们别再
互相躲避，沿着进兵的大道！”

言罢，他恶狠狠地盯着赫克托耳，喊叫：
“走近点，以便尽快及达命定的灭剿！”

头盔闪亮的赫克托耳并不惧怕，对他答道：
“不要妄想，裴琉斯之子，用话语把我吓倒，
仿佛我是个孩子，幼小。须知我也精通
羞辱，遣词用句，骂人亦有高招[1]。
我知道你很勇敢，而我远比你孱弱。
然而，这一切全都在神的膝头躺卧——
所以，尽管比你羸弱，我却可以投枪
把你结果；我的枪矛也一向尖锐利落。”

言罢，他平持投出枪矛，但雅典娜
轻轻一吹，将其拨离光荣的
阿基琉斯，折回卓越的赫克托耳身边，
掉在脚前的泥土。其时，阿基琉斯
凶猛冲击，狂烈，意欲将他杀除，
发出可怕的吼声，但阿波罗，他乃神明，
将赫克托耳轻轻松松抱住，裹入一团浓雾。

---

① 看来光会打仗不行，还得会“骂人”（也就是说，要会说话）。此乃荷马英雄的“两手”，亦即他们的文治武功（尽管在战场上，武力是第一位的）。第 431—433 行同第 200—202 行。参考第 199 行注。

一连三次,捷足和卓越的阿基琉斯向他冲杀,
手握铜枪,但一连三次,只是对着厚雾击打。
第四次,他像一位神仙冲攘,
发出可怕的呼喊,吐出的话语长了翅膀:
“这回,你这犬狗,又让你逃离死亡,尽管
灾难几乎贴上——福伊波斯·阿波罗再次救你,
这位神仙,你在投身枪矛的撞击前必定对之祈讲!
但是,我会胜你,倘若今后还会相遇再战,
要是我的身边也有一位神明帮忙。
眼下,我要去追杀别人,只要能够赶上。”

言罢,他一枪扎入德鲁俄普斯的脖项,
后者在他脚前倒躺。他丢下死者,
投枪止住德慕科斯的冲击,打在膝盖上,
一位强健、高大的战勇,菲勒托耳的儿郎,
随后猛扑上去,挥起粗大的劈剑,将他夺杀。
接着,阿基琉斯扑向达耳达诺斯和劳格诺斯,
比阿斯的一对儿郎,将其从马后撂到地上,
一个投枪击落,另一个逼近挥剑砍杀。
其时,特罗斯,阿拉斯托耳的儿郎,跌撞跟前,
抢抱他的膝盖,请求被俘,放生一码,
可怜求者的年轻,不予夺杀——
蠢货,根本不知对方不会听他说讲[1],
此人的心里无有柔情,无有温存的心想,
只有凶蛮的烈狂。特罗斯伸手欲抱膝盖,
躬身恳求,但对方出剑扎入他的肝脏,

① 第466行同《奥德赛》第三卷第146行。

将其捣出腹腔，黑血涌注，浸染
胸前的衣衫，随着魂息的离去，黑暗
蒙住他的眼眶。阿基琉斯逼近慕利俄斯，
出枪击中耳朵，铜尖深扎进去，从另一边
耳朵出抢。其后，他将阿格诺耳之子厄开克洛斯
击杀，用带柄的铜剑，砍在脑门中央，
热血将整条剑刃浇得滚烫，强有力的
命运合拢他的双眼，连同殷红的死亡。
丢卡利昂手臂被扎，在那膀肘上，筋脉
交接的地方，阿基琉斯的铜枪切开肘上的
筋腱，使他垂着残臂，等着，眼睁睁地
看着到来的死亡。阿基琉斯剑断他的脖项，
戴着帽盔的头颅滚出老远，颈骨里
喷出髓浆；此人随之倾倒，仰躺在地上。
其后，他扑向里格摩斯，裴瑞斯豪勇的
儿郎，来自斯拉凯，土地肥沃的地方，
枪击此人的肚子，枪尖在肚腹上深扎，
受者倒出车辆。副手阿雷苏斯调转
驭马，阿基琉斯捅出锋快的矛枪，捣入
脊背，将他挑于车下；驭马狂奔惊惶。

　宛如烈火凶莽，横扫山谷里焦燥的
树干，将茂密的森林成片烧燃，

疾风呼啸，席卷熊熊的火势延蔓[①]；就像
这样，此人到处冲撞，挺着矛枪，俨然已是一位仙家，
逼迫，对方人死人亡，鲜血滚动在乌黑的土壤。
像农人套起额面开阔的公牛强壮，
踏踩雪白的大麦，在铺压坚实的打谷场上，
麦粒很快脱出，在哞哞吼叫的健牛蹄下[②]；
就像这样，拉着心胸豪壮的阿基琉斯，
坚蹄的马匹践踏死人和盾牌，车下的轮轴
与围绕车身的条杆沾满喷洒的血汤，
带着驭马的蹄腿和飞旋的轮缘
溅起的迹斑。裴琉斯之子紧逼，争抢
荣光，克敌制胜的双手涂满泼洒的浊血泥浆。

---

① 我们知道，阿伽门农曾像“凶莽的烈火”一样冲杀（第十一卷第 155—157 行）。用烈焰喻指奋勇扑杀的勇士自然十分贴切，因为火的威势和猛烈的劲头甚至连狮子（像狮子）都难以比及。赫克托耳声称，他决心迎战阿基琉斯，尽管后者的“双手像似烈火”（本卷第 371—372 行）。这团烈火还将熊熊燃烧，在“呼吼的珊索斯”河里给特洛伊人致送苦痛（参见第二十一卷第 12—16 行）。山火抒表勇士的气概，渲染炽烈的激战氛围，展示战争的气吞山河（参考第二卷第 455—456 行、第十四卷第 396—397 行和第十五卷第 605—606 行）。

② 在《伊利亚特》中，取自日常生活的景观常常出现在明喻里（比较第十二卷第 423 行注）。诗人对生活深入和细致的观察，使宏伟的诗作在表现“浪漫”（如夸大了的英雄主义和神人交往的虚幻等）的同时，不缺时隐时现的现实主义（表述）的点缀。荷马用明喻沟通现实和既往，用想象连接战争和生活，用古朴然而却似山花烂漫般绚美的语言，编织英雄和诗篇的辉煌。关于明喻，另参考《奥德赛》里的相关注释。

第二十一卷

然而，当他们跑至一条水流清澈的长河，
打着漩涡的珊索斯的渡口，其父宙斯永生，
阿基琉斯截开人群，将其中的一部逼向平野，
溃向居城——一天前，阿开亚人亦在此地被
光荣的赫克托耳，被他的狂烈赶得惶惶逃奔。
他们在那片泥地上拥挤着逃生，但赫拉降下
一团浓雾，罩挡他们眼前，泄阻归程。另一半
兵勇被迫填卷银色的漩涡，陷入河水奔腾，
爬滚着掉进河里，喧号阵阵，泼泻的水势轰响，
两岸回荡着隆隆的吼声，伴随着入水者的嘶喊，
试图游向这里那边扎挣，在水涡里扭动躯身。
像一群蝗虫，迫于急火的烧烤升腾，
飞向河里逃生，暴虐的烈火
突发雄起，蝗虫蜷缩在水上栖身；
就像这样，迫于阿基琉斯的追踪，呼吼的
珊索斯，在它的水涡森深，马车陷卷，搅连征人。

其时，宙斯养育的阿基琉斯把枪矛搁置滩岸，
靠倚柽柳枝丛，跳进河里，像一位仙神，
仅用他的劈剑，心中充满杀机凶狠，
这边那里，砍杀周边的敌人，挥剑切宰
他们，鲜血染红大地，引出凄厉的号声。
犹如鱼群撞上一条大肚皮的海豚，

逿游至深水港的角落塞挤求生，
这家伙贪婪，逮着什么概吞不剩；
就像这样，特洛伊人拥填可怕的水浪，
在陡峭的河岸下落沉。当阿基琉斯杀累双手，
便从河里择擒了十二名青壮活人，作为
血酬，给墨诺伊提俄斯之子帕特罗克洛斯祭奉[①]。
他把这帮人带上河岸，像一群受到惊吓的仔鹿，
将他们反手捆绑，用切割齐整的皮绳——
他们自个儿的腰带，将松软的短衫扎住——
交给伙伴们看押，走向海船的旷深，
自己则转过身子，仍欲挟着狂烈杀人。

滩岸边，他撞上达耳达尼亚人普里阿摩斯的儿郎，
刚从河里逃生的鲁卡昂，从前他曾
亲手抓过此人，违背后者的愿望，带离其父的果园，
在一次夜袭的晚上。其时，他正手持锋快的铜刀，
从野无花果树上砍下鲜嫩的枝丫，充作战车的条杆，
却不料平地里冒出卓越的阿基琉斯，横祸落降，
将其船运到城垣坚固的莱姆诺斯，当作
奴隶出卖，被人买去，被伊阿宋的儿郎[②]。
在那里，一位客友，英勃罗斯的厄提昂[③]，

---

① 阿基琉斯曾发誓要用十二名特洛伊青壮奠祭帕特罗克洛斯(第十八卷第336—337行)。在第二十三卷里，他“心怀凶虐的歹意”，“杀了特洛伊人十二个高贵的儿子”(该卷第175—176行)。参考第十五卷第746行及该行注。

② 即欧纽斯。伊阿宋和呼浦茜普莱之子欧纽斯曾为攻打特洛伊的阿开亚人运送酒浆(第七卷第468—469行)。

③ 《伊利亚特》中有三位Eetion(参见专名索引)，这里提及的是英勃罗斯的厄提昂。

用重金将其赎释，送往阿里斯贝闪光，
他从该地生逃，回到父亲的居家。
一连十一天，他和亲朋好友一起欢悦自己的心房，
当他从莱姆诺斯还乡。但神明复又把他
投入阿基琉斯手中，到了第十二天上——这一回
将把他送入死神的家府，强违他的心想。
现在，捷足和卓越的阿基琉斯认出他来，
见他甲械全无，既没有头盔，也没有盾牌矛枪，
全都被他丢弃岸旁，其时汗水淋漓，感觉倦乏，
从河道里逃生，累得双膝疲塌。
带着愤烦，他对自己豪莽的心魂说讲：
“这可能吗？一个惊人的奇迹让我视看[①]！
心志豪莽的特洛伊人，即便已经被我戮杀，
会从阴霾、昏黑的去处起身回还，
瞧这家伙，居然逃避无情的末日归返，
虽然已被卖到神圣的莱姆诺斯[②]，灰蓝色的汪洋
不能阻他，尽管能够挡住许多别人，心存归想。
干吧，这一回我们要给出枪尖的滋味，让他
尝尝，以便使我确晓，心里不再疑徨，
此人是否还能从那里回来，生养万物的泥土
能否把他留下——土地能把即便是强健的凡人埋葬。”

就这样，阿基琉斯站着，思量，另一位跑来，
懵懂惊惶，意欲抱住他的膝盖，心想

① 第53—54行同第二十卷第343—344行。

② 莱姆诺斯是赫法伊斯托斯的“圣地”，故而是“神圣的”。该岛距特洛伊不远，有商船来往于两地之间(参考第七卷第467—476行)。

躲过乌黑的命运和邪恶的死亡。
然而,卓越的阿基琉斯高举起粗长的矛枪,
急欲击打,但对方躬身躲过,抓住
他的膝盖抱抢,枪矛掠过脊背,
扎在地上,带着撕咬人肉的欲望。
鲁卡昂一手抱住他的膝盖祈求,
一手抓住犀利的枪矛,紧抓不放,
对他求告,说出的话语长了翅膀:
“阿基琉斯,我在你的膝下,可怜我,尊重我的说讲。
作为祈求者,哦,宙斯哺育的英壮,我理应得到恕宽,
因为正是你最先,与我分享黛墨忒耳的食粮,
那一天,你把我逮获,从井然有序的果园,
带离我的父亲和朋友,卖往神圣的
莱姆诺斯,为你换得一百头牛的入账,
而我付出的赎金三倍于此[①],为获释放。今天,
这是第十二个早上,我历经磨难,回到
伊利昂。现在,倒霉的命运又把我送到
你的手下。我一定受到父亲宙斯憎恨,我想,
让我再次被你俘抓。母亲给我生命,
如此短暂,劳索娥,阿尔忒斯的女娃,
阿尔忒斯,莱勒格斯的国王,嗜喜战杀,
雄居陡峭的裴达索斯,占地萨特尼俄埃斯滩旁。
普里阿摩斯迎娶他的女儿,另有众多妻房,
我们是她的一对儿郎。你会杀屠我俩,
一个已被你在前面的步战者中夺杀,

① 参考第42—44行。厄提昂为赎释鲁卡昂付出一百头牛,而鲁卡昂以后大概又用重金偿还(厄提昂),付出了三倍的代价。参考第二卷第449行注。

神一样的波鲁多罗斯，被你锋快的投枪。
现在，邪恶又将对我扑闯，我不以为可以
逃出你的手掌，既然神灵驱我与你相撞。
然而，我另有一事相告，你要记在心上：
不要杀我，我和赫克托耳并非共有一个亲娘，
是他杀了你强壮的伴友善良。”

　就这样，普里阿摩斯光荣的儿男恳求，对他
说话，但听到的却是对方无情的回答：
“蠢货，别再谈论赎释，别再乱讲！
当帕特罗克洛斯尚未相遇末日，命定的死亡，
我的内心还更愿施显温存，宽待过一些
特洛伊军男，生俘过大群兵勇，在海外卖放。
现在，谁也别想逃生，别想，倘若神明送人
我的手中，在这伊利昂城防，特洛伊人
全无例外，尤其是普里阿摩斯的儿郎！
所以，朋友，你也只有死亡，何以如此痛伤？
帕特罗克洛斯已经死去，一位远比你出色的英壮。
没看见我吗，长得何其英武、高大，
有一位显赫的父亲，而一位女神是生我的亲娘[①]？
然而，就连我也逃不脱强有力的命运，我的死亡[②]，
将在某个拂晓，某个中午或者晚上，
被某人在战斗中放倒，夺抢我的性命，

① 阿基琉斯的母亲是女神塞提斯。

② 连我这样的人中豪杰也将死去，何况你这样的二、三流战将？——这或许便是阿基琉斯的潜台词（比较第十八卷第117行注）。

用离弦的箭镞或投掷的矛枪[①]。”

　他言罢，鲁卡昂心力消散，双膝酥软；
他放开枪矛，瘫坐在地，双臂
伸展。阿基琉斯拔出利剑，砍向颈边的
锁骨上，双刃的战剑直入，往里
深扎，对方随即翻倒，头脸朝下，
四肢摊开，黑血淌流，泥尘尽染。
阿基琉斯抓起他的一只脚，把他扔进河里流漂，
喊出长了翅膀的话语，对他高声炫耀：
“躺着吧，在鱼群中逍遥，它们会舔吮你
伤口上的血污，不会在乎你的需要。你的娘亲亦不必
把你放上尸床，举行哀悼，斯卡曼德罗斯的
漩涡会把你冲搡，卷入大海的水湾阔豪。
鲜鱼会从水下冲刺，荡开黑色的涟漪道道，
扑跃水面，啄食鲁卡昂闪亮的肥膘。
统统死去吧，你们，直到我们临抵神圣的伊利昂城堡，
我在后面杀剿，你们在前面窜逃！
就连你们水流清澈的河流，它那银光闪烁的漩波
也难以提供佑保，虽然你们献祭过众多公牛，
将坚蹄的马匹活生生地丢入它的涡涛。
尽管如此，你们都将死于命运的邪毒，直至
偿付帕特罗克洛斯的死亡和阿开亚人的生命，
被你们杀戮，当我不在迅捷的船边，为他们护保。”

---

① 然而，塞提斯似乎已告诉过阿基琉斯，他将死于“阿波罗飞驰的射箭”（见第276—278行）。关于对阿基琉斯之死的预告，另参阅第十八卷第96行、第十九卷第416—417行和第二十二卷第359—360行。

他言罢，河神的心里腾升愤恼，
谋划盘算，思图挫阻卓越的阿基琉斯的
苦劳，替特洛伊人挡开灭剿。
其时，裴琉斯之子手提投影森长的枪矛，
狂烈，朝着阿斯忒罗派俄斯扑跃，试图将其杀倒，
裴勒工之子，而裴勒工又是河面开阔的阿克西俄斯的
儿郎，由裴里波娅生养，阿开萨墨诺斯的
长女，曾经寻欢，卧躺水涡深卷的河流的怀抱。
阿基琉斯对着他冲扫，而后者跨出河床，迎对
他的逼捣，手提两支枪矛，珊索斯已在他的心里
注入勇力，愤恨阿基琉斯将年轻人
屠绞，沿着水流，无有怜悯恕饶。
他俩相对而行，咄咄近迫，
捷足和卓越的阿基琉斯首先发话，说道[①]：
"你是何人，来自何方，竟敢迎对我的进剿？
不幸的父亲，你们的儿子要和我对阵过招[②]！"

其时，裴勒工光荣的儿子对他答道：
"为何询问我的家世，裴琉斯心胸豪壮的儿男？
我从老远的派俄尼亚过来，那里的土地丰饶，
率领派俄尼亚兵勇，扛着长杆的枪矛，
今日是第十一个白天，自从在伊利昂落脚。
关于我的家世，得先从水流开阔的阿克西俄斯说告，
阿克西俄斯，流经大地，水势最为清澈美妙。

---

① 比较第六卷第121—122行。

② 第151行同第六卷第127行。出现白发人送黑发(或棕发、黄发)人的局面，自然是父亲的不幸。

他的儿子是著名的枪手裴勒工，而我是裴勒工之子，
人们都说。现在，光荣的阿基琉斯，让我们杀搅。”

他言罢，一番恫吓，卓越的阿基琉斯举起
裴利昂的梣木杆枪矛，但阿斯忒罗派俄斯，英豪，
双手使得投枪，同时掷出两支飞矛，
一支打在盾牌上，却不能透扎穿过，
黄金的层面，神赐的礼物，挡住了冲扫。
然而，他的另一支枪矛击中阿基琉斯右边的
臂肘，擦破皮肉，喷放出黑红的血流，投枪
飞驰而过，扎入泥层，亟欲饱餐人肉，尝够。
瞄对阿斯忒罗派俄斯，阿基琉斯接着出手，
挟着狂烈杀他，用直飞的梣木杆枪矛，
但却扎在隆起的岸沿，偏离目标，
深深地捣进河岸，钻进去半截梣木的杆条。
其时，裴琉斯之子从胯边抽出锋快的战剑
扑跃，挟卷烈疯，而对方则无法用粗壮的大手
从河岸上拔出阿基琉斯的梣木杆枪矛。
一连三次，他运足力气拔摇，一连三次，
他被迫放弃目标。他心急火燎，第四次，试图弯拧，
折断埃阿科斯孙子的梣木杆枪矛。
然而枪杆不曾崩断，阿基琉斯却已赶到，就近剑夺
他的性命，捅开肚子，脐眼的边旁，和盘捣出
腹肠，满地涂浇，此人张嘴喘出魂息，黑雾将
他的双眼蒙罩。阿基琉斯跃去踩住心口，

剥卸他的铠甲,得意扬扬地傲临炫耀[①]:
“躺着吧! 此事艰难,与克罗诺斯强健儿子的
子孙开战——连河神的后代亦不例外!
你声称是水流宽阔的江河的子孙,
而我,告诉你,我乃大神宙斯的后代。
生我的父亲是众多慕耳弥冬人的主宰,
裴琉斯,埃阿科斯之子,而埃阿科斯是宙斯的男孩。
正如宙斯胜似河流,泻入大海,
宙斯的后裔也比河流的后代强健。
这里便有一条大河[②],在你身边,想必要帮你
解难,但谁也无法敌战宙斯,克罗诺斯的儿男。
强健的阿开洛伊俄斯[③] 不能与宙斯对战,
水势磅礴、极具豪力的俄刻阿诺斯亦然,
俄刻阿诺斯,所有江河、大海,
所有溪流和深井的源泉。
然而,就连它也惧怕大神宙斯的闪电,
可怕的霹雳,在天空里爆响炸开。”

　言罢,他把铜枪拔出河岸,
抢夺他的性命,将他丢弃在那边,
仰面沙滩,浸没在河水的幽暗,
鳗鲡和鱼群忙得不可开交,

① 第 183 行同第十三卷第 619 行和第十七卷第 537 行。日后,阿基琉斯将阿斯忒罗派俄斯的甲械作为帕特罗克洛斯葬礼上的奖品悬赏(参见第二十三卷第 560—562 和 807—808 行)。

② 指斯卡曼德罗斯,而非阿克西俄斯。

③ 阿开洛伊俄斯河在希腊西北部,为全希腊最长的河流。弗鲁吉亚亦有一条与之同名的长河(第二十四卷第 616 行)。

享用他的躯身,啄食肾边的油脂片片。
阿基琉斯迫逼派俄尼亚人,头戴马鬃的盔冠,
其时四散奔逃,沿着转打涡漩的河湾,
眼见本部最出色的壮勇已经死于激战,
倒在裴琉斯之子手下,被他的利剑砍翻。
接着,他又将塞耳西洛科斯、慕冬、阿斯图普洛斯、
慕奈索斯、斯拉西俄斯、埃尼俄斯和俄菲勒斯忒斯杀断。
迅捷的阿基琉斯还会杀戮更多的派俄尼亚军男,
若非水涡深卷的河流愤恨,变取
凡人的模样,在湫涛深处发音说话:
“哦,阿基琉斯,凡人中谁也没有你劲大,
也不及你恶狂,因为总有神灵护保在你的身旁!
倘若克罗诺斯之子让你灭毁所有的特洛伊军汉,
至少,你也得把他们赶离河床,在平原上胡乱杀光。
清澈的水流聚挤尸首,我已
找不出一条水路,泻入闪光的海洋,
河道已被尸体塞满,而你还在行凶砍杀。
打住吧,军队的首领,我已深感恐慌。”

其时,捷足的阿基琉斯对他答话,说接:
“按你说的办,宙斯哺育的斯卡曼德罗斯,遵命。
然而,我要不停地砍杀高傲的特洛伊军兵,
直到把他们赶进城去。我要与赫克托耳比试力气,
一个对一;不是他把我杀了,便是我把他杀击!”

言罢,如同一位神仙,他向特洛伊人冲去,
水涡深卷的河流于是对阿波罗说及:
“可耻呀,银弓之王,宙斯之子!你没有

遵从克罗诺斯之子的主意,他曾严令你和特洛伊人
站在一起,救护他们,直到暮色
降临,黑夜笼罩丰产的耕地。"

他言罢,著名的枪手阿基琉斯从岸上
跃入中间的水里,河流掀起巨浪,朝他砸去,
翻涌起昂扬的水头,将阿基琉斯杀死的
众多战勇冲荡水面,成堆的尸体,
发出公牛一般的吼声①,将其推上干实的陆地,
同时荡开清亮的水波,救护活着的军兵,
将他们掩藏在漩流的底层,宽深的水里。
他推起一道凶险的激浪,在阿基琉斯身边,
来势酷猛,冲击他的盾牌,使他腿脚失衡,
站立不稳,伸手抱住一棵榆树的躯干,
坚实、高大,但仍被端起,连根拔翻,
剥离整块岩壁,虬乱蓬杂的枝条
断阻水流的清湛,横卧在河里,
跨水筑起一道堤岸。阿基琉斯跃出漩涡,
奋力冲向平原,蹽开快腿疾跑,害怕,
但强健的河神不让他出走,掀起一峰
巨浪,水头浑暗,试图阻止卓越的
阿基琉斯,替特洛伊人挡避毁难。
裴琉斯之子疾步逃离,跑出一次投枪的距离,
快得像那凶猛的猎者,乌黑的山鹰,
羽鸟中它最强健,飞得最为快捷。

① 指河流发出的巨大响声。比较第十六卷第 489 行注。

他撒腿疾跑，像似黑鹰[①]，胸前的铜甲
撞出可怕的响声，避过水头的扑追，奔跑
不息，但河流紧追不放，发出轰然的啸音。
像一个农夫，在昏黑的泉涌边挖筑沟渠，
引水流入，浇灌庄稼和他的果园，
挥动鹤嘴的锄头，刨去渠里的块团，
溪水奔腾，冲走沟底的石块，
先前的涓涓细流顿时汇争向前，
在一处下斜的坡地，急流很快赶至农人前面[②]。
就像这样，河水的锋头总在阿基琉斯身前，
尽管他跑得飞快，只因神比凡人强健。
捷足和卓越的阿基琉斯一次次转过身来，
试图站稳脚跟，对河流开战，并想看视，
是否所有拥掌辽阔天空的神明都追在后面，
但宙斯浇注的河流一次次卷起巨浪，
居高临下，击打他的臂肩，后者双脚高高跃起，
心里窘烦，无奈河流狠闯他的身下，
疲惫他的膝盖，冲走脚下的地面。
裴琉斯之子凝望广阔的天穹，悲声长叹：

① 雄鹰俯冲捕食的速度和英姿无疑给诗人留下过深刻的印象。战场上的斗士不仅要有鹰一样的“最亮的眼睛”（第十七卷第 675 行），而且要跑出鹰一样快捷的速度，以迅雷不及掩耳之势扑击敌兵。除了阿基琉斯，赫克托耳和奥德修斯也都曾像鹰一样冲刺（分别参见第十五卷第 690 行和《奥德赛》第二十四卷第 538 行）。

② 比较第十五卷第 362—364 行。参考本卷第 346—347 行及第十二卷第 423 行注和第二十卷第 497 行注等处。

“父亲宙斯，眼下竟无有一位神灵对我悯怜[①]，
挺身而出，把我救出河滩！我只有待受接踵的事端。
对于别的天神我不会过多责备，
是亲爱的母亲对我撒谎欺骗，
说我将倒在披甲的特洛伊人的城下，
死于阿波罗飞驰的射箭。但愿
赫克托耳已经杀我，他乃此地生养的最出色的英男——
杀者必得勇敢，因为被杀者是勇敢的军汉。
但现在，命运将让我死得如此凄惨[②]，
陷身一条大河，如同一个牧猪的男孩，
试图在暴风雨里过河，被汹涌的激流冲卷！”

他言罢，波塞冬和雅典娜急速赶来，
在他身边站定，变取凡人的貌形，
握着他的手，予以关切鼓劲。
裂地之神波塞冬首先发话，说起：
“不要怕，裴琉斯之子，不必恐惊，
有我等二位神明，我和帕拉斯·
雅典娜，带着宙斯的许可，前来助你。
这不是你的命运，死在河里，
你会亲眼目睹，它将马上停止冲击。
但我俩有一番明智的说劝，倘若你愿聆听。

① 比较：“父亲宙斯，你的残忍神祇中谁可比及！”（第三卷第365行）战场上的勇士常常以诸如此类的语句抱怨宙斯（另参考第八卷第236—237行、第十二卷第164—165行和第十三卷第631—635行等处）。“抱怨”通常发生在战事进展不顺之际，故而通过“劝将不如激将”的方式刺激宙斯，试图打动他的恻隐之心，求得他的帮助（参考第八卷第245—246行和第十七卷第645—650行）。

② 第281行同《奥德赛》第五卷第312行。

不要休闲你的双手,脱离战斗的酷劣,
直到把特洛伊人,那些从你这儿逃生的军兵,
逼进著名的伊利昂城里。一经抢夺赫克托耳的性命,
你要返回海船,我们答应让你争得荣誉。”

言罢,二位返回长生者的家族。
阿基琉斯冲向平原,神的嘱令使他备受
鼓舞,平野上水势滔滔,滥发喷涌,
精美的甲械在水上漂出,年轻人已经死去,
它们的属主,连同尸首沉浮。但他双脚高跳,
迎着水浪汹涌,宽阔的水面不能
将他挡阻,雅典娜给了他极大的刚勇。
然而,斯卡曼德罗斯不愿消偃暴烈,
而是加倍对裴琉斯之子泻怒,高扬水头,
啸聚洪峰,对着西摩埃斯喊呼:
“让我们合在一处,亲爱的弟兄,刹住
此人的刚勇,否则他会即刻攻破王者普里阿摩斯
宏伟的垣城!特洛伊人挡不住他,在战斗之中。
尽快,帮我打开此人,喷涌你的泉水,
溢满每一条河流,暴涨所有的洪峰,
掀起巨浪凶猛,推涌树干石头,
发出巨烈杂乱的响声,止阻这个狂人,
眼下正挟着勇力横冲,凶野得像似仙神。
他的刚勇,我说,连同他的俊美,全都无用,
那套精良的铠甲也不能救生:它将沉入水底,
掩入泥层。我将埋裹他的躯身,
用大量的泥沙,堆聚无数的石砾
压镇,阿开亚人将不知从哪里

搜寻尸骨，我将把他压埋至深。
这里便是他的墓冢，阿开亚人
无须葬他，无须为他另行筑坟！”

言罢，河流扑向阿基琉斯，跃起，水浪高耸，
汹涌翻腾，低吼着沫卷鲜血和尸体，
宙斯浇注的水流掀起青黑的峰浪，
拔扬水头，即将对着裴琉斯之子砸劈。
然而，赫拉由衷担心阿基琉斯，叫出高亢的声音，
唯恐他被强健的河流，被深陷的水涡卷汲，
当即对她的爱子，对赫法伊斯托斯[①] 说及：
“准备行动，瘸腿的孩子听清！转打漩涡的
珊索斯会是你斗打的对手，我们相信。
去吧，快去营救阿基琉斯，燃起熊熊的大火
不灭，我将从海上招聚狂猛的风飙劲吹，
驱使骠烈的西风和白亮的南风，挟裹凶蛮
的火焰，焚毁特洛伊人的铠甲，
将尸体扫净。你要沿着珊索斯河岸，
放火树木，把烈火扔进河里，千万不要
让他把你顶回，用怒骂或是话语动听。
不要平息你的狂烈，直到我对你提高
嗓门呼喊，方可打住你的烧煮消停。”

赫拉言罢，赫法伊斯托斯燃起火焰猖獗。

---

① 奥林波斯山上的神明分作两派，分别支持希腊人（或阿开亚联军）和特洛伊人。赫法伊斯托斯在特洛伊拥有祭司（第五卷第 9—10 行），但这似乎并不会影响他成为支持阿开亚人的众神中的一员（参见第十五卷第 213—214 行）。

他在平野上点发火苗，首先，焚烧成堆连片的
躯干，被阿基琉斯杀倒的军兵，在那里躺翻，
烈火炙烤整个平原，烧逼闪亮的河水收还。
像秋日的北风，迅速将刚刚浇过水的
林园刮干，使照管它的果农喜笑颜开①；
同此，整片平野板结，赫法伊斯托斯的
火焰焦烧死者的躯干。接着，他把透亮的烈火
引向河内，吞噬榆树、柳树、柽柳，
焚扫着三叶草、灯芯草和良姜成片，
繁茂，傍靠清澈的水流，聚生岸边。
水涡里，河鳗和鱼群挣扎受难，
四下里活蹦乱跳，沿着河水的清湛，苦受焦炙，
被心计灵巧的赫法伊斯托斯吹送的滚烫的烈焰。
火势消竭着河流的勇力，后者叫着他的名字呼喊：
"赫法伊斯托斯，神祇中谁也不能与你对战。
我可无法拼搏，对如此狂暴的火害！
停止攻战。至于我，我以为卓越的阿基琉斯
可以把他们从城边赶开——这场争斗与我何干？"

河流言罢，裹卷烈焰，清澈的水流沸跃。
犹如一口炊锅，悬架在一大堆柴火上煎烤，
容物沿着锅边沸腾，干柴在底下燃烧，
软化、榨熬一头肥猪的油膘；就像这样，
珊索斯清妙的水面上火势莽爆，河水沸煮，

① 诗人熟悉农人的生活（另见第257—262、362—365行和第二十卷第495—497行等处），善于把"日常生活"糅入史诗的气壮山河，给它的严酷增添些许温馨的"缓冲"（参考第二十卷第497行注）。

不再流漂,遭受滚烫的疾风吹扫,
来自赫法伊斯托斯,心智灵巧。河流对着
赫拉喊叫,用长了翅膀的话语,急切求告:
“众神之中,赫拉,你的儿子为何攻扰
我的水道?我并未做过什么,对你有错,
比之那帮神明,充作特洛伊人的佑保。
眼下,我将退出,倘若这是你的命令,
但也要让他离开才好。我将对你起誓保证,
决不为特洛伊人挡开末日的苦熬,
不,哪怕凶莽的烈火荡毁整座特洛伊,
那一天,阿开亚人嗜战的儿子们会把它焚烧!”

白臂女神赫拉听罢他的求告,
当即对赫法伊斯托斯,对她亲爱的儿子说道①:
“停住,赫法伊斯托斯,我光荣的儿郎,
犯不着为了一介凡人,痛打一位神灵长生不老。”

她言罢,赫法伊斯托斯收起狂虐的烈火,
河流荡着清波,返回自己的水道。

其时,平息了珊索斯的勇武,两位神灵
息手,因为赫拉,尽管依旧盛怒,予以止住。
然而,恶斗落临其他神明,狠重、悲苦,
营垒分明,胸中的狂烈挟卷疾风,
全都撞在一起,发出巨响轰隆,广袤的大地

① 第378行同第330行。赫拉与其子赫法伊斯托斯的关系相当融洽(参考第一卷第571—600行)。

回响着啸声，辽阔的长空呼鸣，像号角阵阵。
宙斯坐在奥林波斯山上，听闻，心里
喜悦欢快，当他观望众神绞在一起拼争。
双方不再分离，闲站不动。刺盾者阿瑞斯
起始，开战事生，扑向雅典娜动真，
手握青铜的枪矛，开口辱骂出声：
“为何再次挑起纷争，你这狗蝇[①]，神与神的撞碰，
以你的风风火火，你的狂疯，受怂于高傲的心魂？
还记得你曾怂恿狄俄墨得斯出枪刺我，图丢斯的
男儿，由你亲自制导，当着所有观望者的
脸面，枪捅我健美的肌肤，推入我的躯身？
所以，现在，我要你回偿对我的全部作为，要你回赠！”

　　言罢，他枪刺可怕的埃吉斯，穗带飘摇，
坚固，就连宙斯的炸雷也莫奈它何，
对着它，嗜血的阿瑞斯捅出粗长的枪矛。
然而，雅典娜回退，伸出壮实的双手，
抓起一块卧躺平野的顽石，硕大、乌黑、粗皱，
前人将它放在那里，作为界分田地的石头。
她石砸疯烈的阿瑞斯的脖子，松软了他的膝肘，
后者倾倒，占地七个佩勒斯隆[②]，摊展躯身，头发满沾尘污，
铠甲锵然有声。帕拉斯·雅典娜大笑，
喊出长了翅膀的话语，站临他的躯身炫耀：
“蠢货，时至今日你还不曾想过，我可以声称

① 狗蝇，kunamuia（另见第 421 行）。

② 原文作 hepta pelethra，译文依该词的单数，即 pelethron。参看《奥德赛》第十一卷第 577 行注。

比你强健，强健许多，当你要与我试比勇力低高！
所以，你在付出代价，为你母亲的咒恼，
须知她已发怒，希望你遭祸，只因你
撇弃阿开亚人，相帮，助长特洛伊人的狂傲。”

　　言罢，她移开闪亮的眼睛，看视他方。
其时，阿芙罗底忒，宙斯的女郎，牵着阿瑞斯的手①，
将他带离战场，后者一路哀叫，几乎不能回聚力量。
其时，白臂女神赫拉发现她的去向，
当即发话帕拉斯·雅典娜，送去的话语长了翅膀：
“瞧这家伙，阿特鲁托奈，带埃吉斯的宙斯的女娃！
这只狗蝇故技重演，又引着屠人的阿瑞斯
跑离战场，穿过人群的芜杂。赶快，追上！”

　　她言罢，雅典娜奋起追赶，心里喜欢，
扑去，伸出有力的大手，一拳捣入阿芙罗底忒的
胸膛，打得她双膝酥软，心力飘荡；
两位被追的神明在丰腴的大地上伸躺。
雅典娜站临他俩的躯身炫耀，喊出的话语长了翅膀：
“但愿所有助佑特洛伊人的神明，哈，全都
落得这个下场，当他们与披甲的阿开亚人争战，
如此鲁莽、强悍，像阿芙罗底忒一样，
前来救助阿瑞斯，迎对我的凶狂！
如此，我们早就可以闲息，结束斗打，
业已摧毁构筑坚固的城邑，荡平了伊利昂！”

---

① 比较第五卷第353行：“快腿追风的伊里斯将她引出战场，牵着她的手……”在《奥德赛》里，阿芙罗底忒是憨厚的赫法伊斯托斯的妻子。

她言罢，白臂女神赫拉报之以微笑。
其时，强有力的裂地之神对阿波罗说道：
“福伊波斯，你我为何还分离站着？此举不妥，
当其他神明已开始战剿。这将是极度的耻辱，
不经斗打，我们回返奥林波斯山上宙斯青铜铺地的房府[1]。
开始吧，你比我年轻，你先动手；反之则不
妥帖，因为我比你年长，所知更多[2]。
你的心灵全无睿智，蠢货！不记得了吗，
那一回，我俩在伊利昂遭受的种种折磨？
宙斯仅仅打发你我下凡，在众神之中，
充当一年的仆役，效力高傲的劳墨冬[3]，
争赚一笔定好的报酬，由他指派，我们听从。
于是，我为特洛伊人建造围城的护墙一堵，
宽厚、极其雄伟，使城池坚不可破，
而你，福伊波斯，为他放牧腿步蹒跚的弯角壮牛，
在伊达耸叠的山面，树木葱郁的岭坡。
然而，伴随季节的变化，我们的劳役
行将结束，狠毒的劳墨冬使坏，扣克
全部工酬，开口威胁，将我们赶出，
扬言，是的，要捆绑我们的腿脚双手，
把我们带到远方的岛屿卖掉，充作工奴。

① 波塞冬由不主战(第二十卷第 133—135 行)变为这里的挑战，理由或许是因为阿瑞斯已卷入战斗。

② 年长被看作是有知识(即所知更多)因而也更有“资格”的标志。参考第十三卷第 355 行、第十四卷第 112 行、第十五卷第 166 行、第十九卷第 218—219 行和第二十三卷第 587—588 行。

③ 关于波塞冬和阿波罗为英雄劳墨冬服役一事，另参阅第七卷第 452—453 行。

他还打算用铜斧砍去我俩的耳朵，更毒[①]！
其后，你我回返，心里充满愤怒，
恨他不给答应我们的工酬，不予支付。
但现在，对他的民众你却乐于开恩，
不愿和我一起行动，荡灭蛮横的特洛伊人，
彻底、凶狠，连同他们尊贵的妻子和孩童！”

其时，王者，远射手阿波罗对他说称[②]：
“你会以为我丧失了理智，裂地之神，
假如我与你开战，为了悲苦的凡人，
他们轻渺如同树叶，一时间生机盎然，
蓬勃，餐食大地的果实，而后
凋萎，一死了结终生。所以，我们
要即刻休战，让凡人自去拼争。”

言罢，他离去转身，愧于出手
斗打，逼近，和他父亲的弟兄。但他的
姐妹，野地里的阿耳忒弥斯，兽群中的女王，
对他呵责，用斥辱的言辞，骂得很凶：
“嘀，你在逃遁，我说远射的仙神，把胜利
彻底让给了波塞冬，使他不劳而获，吹擂光荣！
蠢货，为何携弓，像一阵清风，无用？
别让我再听你吹擂，在父亲的房宫，

① 诸如此类的威胁既从一个侧面反映了古代社会中的主仆关系（另参考《奥德赛》第十八卷第 84—87 行和第二十卷第 382—383 行等处），也在一定程度上（不无诙谐地）表述了荷马史诗所包蕴的“人神杂处”（当然还不是“天人合一”）的人文观。

② 第 461 行同第十五卷第 253 行。

如你以前所做,在永生的神明之中,
自诩你可与他比试,对战波塞冬。”

　她言罢,远射的阿波罗没有回答作声。
然而宙斯尊贵的妻侣怒气勃发,
呵责泼洒箭矢的仙尊,用辱骂的言辞斥惩:
“哪来的胆量,你这不要脸的东西,胆敢与我
作对拼争?和我较劲,此事难能,
尽管你带着弓械,宙斯使你成为女人中
的狮兽,让你随心所欲地杀生。
还是去那山上,追捕野兽的影踪,
猎杀鹿群,不要和比你强健的神灵较劲争纷。
但是,倘若你想知晓搏斗,那就不妨前蹭;你会知晓
我比你强健多少,当你与我试比豪力较真!”

　言罢,她伸出左手,将阿耳忒弥斯的双腕
抓住,右手夺过弓杆,从她的肩头抢撸,
劈打她的耳朵,笑着,用夺得的弓弩,
当她躲躲闪闪,迅捷的箭支纷落撒出①。
她从赫拉手下逃逸,挂着泪珠,像一只鸽子
展翅惊飞,逃避游隼的追捕,躲入一道岩壁的裂口,
空旷的洞府,因为命运并未注定它被飞隼抓住②;
就像这样,她撇弓在地,挂着眼泪夺路。

① “幸福的”神祇不会死亡,因而他(她)们的生活就常常显得缺少(或无须)凡人(生活)的严肃性。

② 这一明喻短小精悍,针对性颇强。有关鹰隼追捕鸽子的明喻,另见第二十二卷第139—142行。

与此同时，阿耳吉丰忒斯，导者，对莱托说诉：
“我不会和你战斗，莱托；此事不易，
与汇集云层的宙斯的妻配动武。
不，你马上即可随意吹鼓，对永生的神祇
吹诉，说你比我强健，已把我制服。”

他言罢，莱托捡起弯翘的射弓和箭镞，
后者横七竖八地在起伏的泥尘里躺着，
回返，当她收捡完女儿失落的箭矢弓弩。
姑娘来到奥林波斯，宙斯青铜铺地的房府，
坐临父亲的膝腿，恸哭，永不
败坏的裙袍在身上颤抖不住。克罗诺斯
之子，他的父亲，笑容可掬地问道，将她搂护：
“是天神中的谁个，亲爱的孩子，胡作非为，
把你欺侮，仿佛你被抓现场，是个歹徒？”

头戴花环、呼啸追捕的猎手对他答诉：
“是你的妻子，父亲，是白臂膀的赫拉打我，
是她挑起持续的争战苦斗，在长生者之中。”

正当他俩你来我往，一番说诉，
福伊波斯·阿波罗进入神圣的伊利昂，
放心不下构筑牢固的坚城，它的墙护，
唯恐达奈人先于命定的规限，当天即将它攻破。
其他神明全都回到奥林波斯，他们永久的家屋，
有的兴高采烈，有的怒气冲冲，
在掌控乌云的宙斯身边下坐。其时，阿基琉斯
正放手屠杀坚蹄的驭马和特洛伊军勇，

像腾升的烟云，冲上辽阔的天空，
从一座被烧的城堡，受到神的怒气催怂，
使城民们苦苦挣扎，许多人为之悲痛；就像
这样，阿基琉斯逼迫特洛伊人挣扎，愁满心胸。

年迈的普里阿摩斯站在神筑的城楼[①]，
瞭望，眼见魁伟的阿基琉斯和特洛伊人，
后者仓皇奔逃，溃败在他的前头，斗志尽丧，
全然无有。他长叹一声，落脚地面，走下城楼，
嘱令光荣的门卫行动，沿着墙头：
“大开城门，把住，用你们的双手，以便
让我们的人跑进城里，正在溃败之中，阿基琉斯
逼近，紧追在后面，戮杀兵勇，这里将有一场灾祸发生。
但是，当他们挤攘着进城，喘过气来之后，
你们要即刻关门，插紧门闩——
我担心这个祸虐会跃上我们的墙头！”

他言罢，兵勇们拉开门闩，打开城门，
启敞的大门为回跑者提供机会的光明求生。
阿波罗跳将出去，迎战来人，以便替特洛伊人
挡开毁灭，后者正朝着城防和高墙逃奔，
喉舌焦燥，席卷平原上翻滚的泥尘，
阿基琉斯提着枪矛追赶，凶猛，炽烈的
疯迷总在揪揉他的心胸，渴望争得光荣。

其时，阿开亚人会攻克伊利昂，城门高耸，

① 普里阿摩斯的城墙乃波塞冬（和阿波罗）为劳墨冬所筑（参阅第 442—457 行）。

若非福伊波斯·阿波罗派去卓越的阿格诺耳，
安忒诺耳之子，一位豪犷、强健的战勇。
阿波罗把勇力注入他的心胸，亲自站临
他的躯身，为他打开死亡强有力的大手，
倚靠一棵橡树，隐身在一团浓雾之中。
当阿格诺耳眼见阿基琉斯，荡劫城堡的壮勇，
止步，等着，芜杂的思绪在心里滚动，
对自己豪莽的心魂说话[①]，带着极大的烦愤：
“哦，苦衷！倘若我逃离阿基琉斯的冲杀，
像其他人那样被他赶着奔窜，带着惶恐，
他仍会追上前来，如同宰杀懦夫，砍断我的脖根。
但是，倘若丢下众人，让裴琉斯之子阿基琉斯
驱赶追踪，自个儿抬腿朝着另一个方向逃奔，
跑离墙垣，穿过伊利昂城前的平野，
驻足伊达的岭坡，在灌木丛中藏身，
如此，及至夜晚，我便可下河沐浴，
洗去身上的汗水，返回伊利昂居城。
然而，为何与我争辩，我的心魂[②]？
可别让他看见，当我跑离城防，去向平原，
然后奋起直追，仗着他的腿快，把我超赶。

① 荷马史诗里的人物常对自己的心魂说话，有如我们今天所说的自言自语或“独白”，展示思考的进程和内容。类似的例子另见第十一卷第403—410行、第十七卷第90—105行和第二十二卷第98—130行等处。“独白”包含人物的选择，因而必然体现人物的自主意识——除了神或神力的干涉和摆布外，诗人也经常给予机会，让当事人表明自己的立场和态度。“独白”亦是诗人借以表现人物心理活动的主要手段。英雄也有犹豫、彷徨和“气短”的时候。是退是进，还可反映人物的性格（比较奥德修斯和墨奈劳斯的不同抉择，见第十一卷第408—410行和第十七卷第100—105行）。

② 第562行同第十一卷第407行、第十七卷第97行和第二十二卷第122行。

那时，我将绝无可能逃避死亡，躲过死的灾难，
他的勇力超比所有的凡人，太过强健。不过，
此举如何，要是我跑至城垣前面，和他对阵作战？
他的肌肤，我想，也会被犀利的铜枪扎穿。
他只有一条性命，人说，也是一介凡胎，
只是宙斯给他光荣，克罗诺斯的儿男。”

言罢，他振作精神，等待阿基琉斯到来，
豪勇的心魂盼想杀斗，急于交战。
像一头花豹[①]，钻出枝丛的密繁，
面对捕杀它的猎人，听闻猎狗吠叫，
心里既无惊怕，也不打算跑开，
尽管来人出枪刺捅，手快，投矛抛甩，
尽管它已被枪矛击伤，却不愿罢息狂烈，
决意要么逼近扑倒此人，要么被对手杀砍。
就像这样，卓越的阿格诺耳，高傲的安忒诺耳之子，
拒绝逃窜，打算试试阿基琉斯的厉害，
携挺边圈溜圆的战盾，挡在胸前，
举枪对他瞄准，亮开嗓门呼喊：
“你一定在痴心妄想，哦，闪光的阿基琉斯，
企望建功今天，荡扫高傲的特洛伊人的城垣！
蠢货！达此目的，必以众多的苦痛交换，
须知我们的城里人多，全都骁勇善战，
自会保卫伊利昂，在我们敬爱的双亲和
妻儿面前。相反，你将在此找见命运的安排，
虽然你是个暴莽的斗士，犟悍！”

① 关于豹的明喻（或提及），另见第十三卷第 102—104 行和第十七卷第 20 行。

　言罢，他挥动粗壮的大手，投出锋快的枪矛，
击中膝下的小腿，不曾完全空捣，
撞上新近锻制的白锡胫甲，发出
可怕的响啸，青铜的枪尖反弹回来，
不得穿过，神赐的礼物挡住了它的冲扫。
接着，裴琉斯之子朝着神样的阿格诺耳冲撞，
但阿波罗不想让他争抢这份荣光，
带走阿格诺耳，裹在浓雾里躲藏，
悄然送他上路，出走，安全离开战场。
其后，阿波罗将裴琉斯之子引离众人，蒙骗，
远射手模仿得惟妙惟肖，变取阿格诺耳的形态，
站立他的脚前，阿基琉斯奋起，
撒腿追赶，穿越丰产麦子的平原，
将他逼转，跑向斯卡曼德罗斯的水涡深漩，
总是领先一点——阿波罗以此诱骗，
使他总想快跑，寄望于超前。
特洛伊人集群跑回城里，兴高采烈，
利用这段时间，城区里麇挤着兵群成片。
他们再也不敢留在城防和墙垣之外，
互相等待，弄清哪些人得以生还，
哪些人死于战乱，逃得如此匆忙不堪，
拥进城内，只要腿脚救得他们，连同膝盖。

第二十二卷

就这样,特洛伊城里,曾像小鹿一般窜跑的
军勇们晾干身上的汗水,舒缓焦渴,痛饮,
倚着宽厚的雉墙休息;与此同时,阿开亚人
逼近护墙,将盾牌斜靠肩臂。
然而,邪毒的命运把赫克托耳钉在原地,
让他在伊利昂和斯凯亚门[①] 前站立。
福伊波斯·阿波罗对裴琉斯之子说及:
"为何追我,裴琉斯的儿子,蹽开你的快腿,
你,一介凡人,而我乃永生的神祇?你还未知
我是一位神明,故而紧追不放,疯烈。
眼下,你已不在乎和特洛伊人苦斗,那些被你击溃的
军兵,他们正在城里挤着,而你却跑来此地。
你杀不了我,绝对不行,我无有命定的死期。"

带着极大的愤恼,捷足的阿基琉斯对他说接:
"你挫阻了我,远射手,最狠毒的神明,
把我诱离城墙,弄到这里——否则,成群的
特洛伊人,先于溜进伊利昂,已经嘴啃尘泥。
现在,你夺走我巨大的荣誉,轻轻松松地救下
特洛伊军兵,因你无须担心日后遭受惩击。

① 参考第三卷第 145 行及该行注。

我一定会仇报此事，假如拥有那分勇力[①]！”

言罢，他大步朝着城垣行进，心志豪迈，
快速疾行，像拉着车辆的赛马扬蹄，
轻轻松松，奔驰在舒坦的平地；
就像这样，阿基琉斯驱动迅捷的腿脚双膝。

年迈的普里阿摩斯第一个眼见他的行迹，
当他穿跑平原，浑身闪闪发光，像一颗明星[②]，
升起在收获的季节[③]，烁亮的光彩绰约，
远比幽黑的夜空里众多的星宿光明，
人们称其为俄里昂的狗，星族中
最亮的一位，然而却是恶难的象征，
给不幸的凡人送来凶险的热病。
就像这样，伴随双腿的奔跑，铜甲在他胸前闪熠[④]。
老人长叹一声，双手高高举起，
击打头脑，复又叹息，说话，
对他钟爱的儿子求祈，后者仍在门前
站着，决心挟着狂烈，与阿基琉斯一拼。
老人伸出双手，对他喊叫，着实可怜：
“赫克托耳，亲爱的孩子，不要等搏此人，
孑然一身，脱离其他军兵，以免被裴琉斯之子

① 柏拉图曾引用本段第15、20两行(《国家篇》第三卷391A)，用以批评阿基琉斯对阿波罗的顶撞。比较狄俄墨得斯和帕特罗克洛斯对阿波罗的态度(第五卷第443—444行和第十六卷第710—711行)。

② 指天狼星。另见第十一卷第62行。

③ 大约始于七月中旬。七月中旬至九月中旬是希腊和小亚细亚最热的时节。

④ 第32行同第十三卷第245行。

击倒，遭遇你的命运——他比你强健，远比。
此人酷戾；但愿神祇爱他，如同我对他的
爱意！如此，他很快即会躺倒，死去，狗和兀鹫会
吞食他的遗体，化解我心头深重的愁凄。
是他夺杀我众多骁勇的儿子，
活宰，或是卖到远方的岛屿。
即便是现在，我仍有两个失踪的男丁，
迫挤城内的兵群中，我不见鲁卡昂和波鲁多罗斯的
踪影，劳索娥的生养，她，女人中的王贵。
但是，如果他俩还活着，活在敌营里，
我可将其赎释，用珍藏宫内的青铜和黄金，
年迈的阿尔忒斯，声名远扬，给我许多陪嫁的财礼。
倘若他俩已经死去，坠入哀地斯的府邸，
那将使生养他的我们伤心，我和他们的母亲，
然而对于其他人等，这只是一次短暂的愁凄，
比之他们的悲痛，对你，如果你被阿基琉斯杀击。
回来吧，我的孩子，退入城里，如此方能挽救特洛伊人
和他们的妇女，不致把巨大的光荣送交
裴琉斯的儿子，垫上你珍爱的性命。
哦，可怜我的悲惨，活着，仍可感觉，却遭受
如此的不幸。克罗诺斯之子，父亲，让我傍临老年的
门槛，会用严酷的命运捣摧，在我目睹灾邪之后，
眼见我的儿子被杀，女儿全被拖着掳去，
聚宝的房室被劫抢一空，无辜的儿童
被抓，在可恨的战争中被碎掷在地；
儿子的媳妇会被人拉走，被阿开亚人的双手作孽！
最后，我将接继，家门前的狗群将把我生吞
连皮，待及有人用锋快的铜枪刺捅，

或投枪中的，从躯壳里夺抢我的性命——
那些个犬狗，我把它们喂养在厅里桌边，
看护门第，会痛饮我的血流，心里昏迷，
然后在院里躺息。一个战死疆场的年轻人，
他的一切都是装点，尽管被锋快的青铜划开，
躺倒，死了，但周身上下却仍然足显俊美。
然而，当一个老人死去，躺息，任由狗群
撕剥亵毁，脏损他灰白的发须和私处的隐秘，
哦，悲苦的人生中，还有什么比这楚凄！①”

老人说诉，手抓头发的灰白，
将其拔出头皮，但却不能使赫克托耳回心。
他的母亲站临老人身边，流着眼泪悲泣，
一手托起一边的乳房，敞开胸前的衣襟，
对他喊出长了翅膀的话语，痛哭流涕：
“赫克托耳，亲爱的孩子，看视这个，可怜
你的母亲，倘若我曾用它平慰你的躁急！
记住这些事情，亲爱的孩子，在墙内击退
这个可怕的军兵，切莫冲上前去，作为首领，
此人暴戾。须知如果让他杀你，我便不能哭临
尸床，为你悼泣，哦，我的小树②，我的生养嫡亲，
还有你慷慨的妻子，她也无法参与——傍着阿耳吉维人的
海船，远离此地，迅跑的犬狗将把你吞尽！”

① 年轻是活力和美的象征。老年人富有智慧（比较第十八卷第 250 行注），但毕竟“夕阳无限好，只是近黄昏”。参考第七卷第 157 行注。

② 塞提斯亦称儿子阿基琉斯“像一棵树苗”（第十八卷第 56 行）。参考第十七卷第 53 行注。另参考并比较第十三卷第 180 行注。

　　就这样，他俩流着泪水，对亲爱的孩子说话，
再三求祈，却不能使赫克托耳回心，
后者站等魁伟的阿基琉斯，已在逼近。
犹如山上的一条盘蛇，候人在栖居的洞里，
吃够带毒的叶草，仇疾聚生在躯体，
盘蜷洞穴的边沿，眼里透出寒气①；就像
这样，赫克托耳毫不退让，体内腾升不灭的狂烈，
将闪亮的盾牌斜靠突出的墙基。
带着极大的愤烦，他对自己豪莽的心魂说起②：
"唉，苦极！如果我现在避进城门墙里，
普鲁达马斯会率先对我骂讥，
他曾劝我带领特洛伊人回城，在那个
该死的晚上，卓越的阿基琉斯重新奋起，
然而我却没有听他，否则该有多好——可惜③。
现在，我以自己的愚莽，毁了我的兵民。
我感到羞愧，在特洛伊人和裙袍垂曳的特洛伊妇女
面前，会让某个比我低劣的男子如此说及：
'赫克托耳盲信自己的勇力，毁了他的军民。'
他们会这样说评。既如此，于我，此举当远为有利，
要么冲向阿基琉斯，将他杀除，然后回营，
要么被他杀击，却也光荣，在城前死去。
或许，我是否可放下中心突鼓的盾牌，
放下沉重的头盔，倚墙贴靠枪矛，

① 蛇可以把赶路的行人"吓得浑身发抖"(第三卷第 34 行)，甚至能突袭飞鹰的胸脯，猛咬它的颈口，"让它掉落"(第十二卷第 205 行)。

② 参考第二十一卷第 552 行注。

③ 第 103 行同第五卷第 201 行。

徒手迎见豪勇的阿基琉斯,答应
交还海伦和所有属于她的财物东西,
交还亚历克山德罗斯用深旷的海船
运回特洛伊的全部所有——此乃纷争的起因——
交付阿特柔斯的儿子们带回,另与阿开亚人
均分城里的藏物,所有的物品,
我会让特洛伊人盟发誓咒,日后,举行会议,
保证丁点不予隐匿,均分所有的财富,
在这座美丽的城市里藏堆。
然而,为何与我争辩,我的心灵?
我不能走上前去,近临,他不会尊重我,
也不会可怜,而会把我杀了,冲着无有防备的
身体,仿佛我是个女人,当我除去甲衣①。
眼下绝不是那种时机,和他从橡树或石头②
喃喃谈起,像一位年轻的小伙调情姑娘,
是的,像小伙和姑娘聚在一块儿,喃喃细语。
不,还是和他战拼,越快越好,
让我们看看,奥林波斯神主会把光荣给谁。"

　就这样,他权衡斟酌,就地等着,但阿基琉斯
咄咄逼近,战神一样,斗士,头盔晃摇,
肩头颤动着可怕的裴利昂梣木杆枪矛,
全身的铜甲闪出熠熠的光芒,
像燃烧的烈火或太阳冉起升高。
赫克托耳浑身颤抖,当他见着,再也

---

① 比较鲁卡昂的狼狈相(第二十一卷第 50—52 行)。参考第十三卷第 291 行注。

② 参考第十六卷第 35 行注。

站待不住，将城门甩在后面，惊恐，遑跑。
裴琉斯之子急起追赶，自信迅捷的腿脚，
像山地里的鹞鹰，飞禽中最快的羽鸟，
轻捷地追捕一只野鸽，后者索索发抖，
疾飞，从它身下溜掉，飞鹰紧追，尖叫，
再三冲扑，意欲抓捕，心急火燎；
就像这样，阿基琉斯挟着狂烈冲闯，但赫克托耳
摆动迅捷的膝腿，在特洛伊城墙下窜跑。
他们跑过瞭点，跑过迎风摇曳的无花果树，
总是离着墙脚，沿着车道，跑至两泓
清澈的泉溪边旁，两股喷涌的泉水注浇，
斯卡曼德罗斯由此发源，卷着涡涛，
一条流着滚烫的热水，到处是腾发的蒸汽
笼罩，仿佛溪底有一盆烈火，将它煮烧；
而另一条，即使在夏日里也冷若冰雹，
如同彻骨的积雪或止水冻住的冰膏。
这里，两条泉流的近旁，有一些石凿的水槽，
溜滑宽阔，特洛伊人的妻子和美貌的
女儿们常在槽里浣洗闪亮的衣袍，
在过去的和平时期，阿开亚人的儿子们尚未来到。
就在那里，他俩一个追，一个逃，放腿奔跑，
逃者是一位强健的斗士，但快步追赶他的更是
一位了不起的英豪，须知他俩并非为争抢祭畜
或牛皮追赶，跑场上优胜者的奖犒，
而是为驯马手赫克托耳，为争抢他的性命一条。
像坚蹄的赛马，掠过拐弯处的标桩，
跑出极快的速度，为了赢获一份大奖，
一只鼎锅或一个女人，在一位死者的葬礼上争抢；

就像这样,他俩撒腿疾跑,一连三圈[①],绕着
普里阿摩斯的城墙;众神均在凝目观望。
神和人的父亲首先发话,在神明中开讲:
"嗬,瞧哇,我已眼见一个受宠的凡人被追,
绕着城墙。我的心灵为赫克托耳
悲伤,他曾给我烧祭过许多牛腿,有时
在山峦重叠的伊达,在它的峰岗,有时
在高堡的顶上——现在,卓越的阿基琉斯
正撒开快腿追他,绕着普里阿摩斯的城防。
开动脑筋,你等神明,议一议,想出个办法,
是把此人救出,还是让他,尽管十分强健,
翻倒在裴琉斯之子阿基琉斯的手下。"

　其时,灰眼睛女神雅典娜对他说话:
"你说了些什么,父亲,乌云和闪电的主宰?
你打算救出一个会死的凡人,早就注定
不能存活,把他救出可悲的死亡?
做去吧,但我等众神不会一致赞赏。"

　其时,汇集云层的宙斯答道,对她说话:
"不要泄气,我亲爱的女儿,特里托格内娅,
我的话并非完全当真,慈恩是我对你的心想[②]。
做去吧,凭你的意愿,莫再延徨。"

① 当他俩第四次跑到溪泉边旁,宙斯拿起天平,开始最终的决断(第 208—210 行)。所谓事不过三。类似的情况另见第五卷第 436—439 行、第十六卷第 702—706 行、第二十卷第 445—448 行和第二十一卷第 176—178 行。

② 第 183—184 行同第八卷第 39—40 行。

他的话催励早已迫不及待的雅典娜
出发,从奥林波斯峰巅急冲而下。

迅捷的阿基琉斯继续追逼赫克托耳,
不停地逐赶,像一条猎狗,在那岭峦之上,
将一只母鹿的幼仔扑离窝巢,紧追,穿越幽谷壑岗,
尽管小鹿藏隐树丛,身姿曲蜷,
猎狗跟踪追击,一路冲跑,探明藏身的地方①;
就像这样,赫克托耳摆脱不了裴琉斯捷足的儿郎。
每当他径直冲向达耳达尼亚城门,
试图迅速接近筑造坚固的城墙,
寄望于城上的伙伴们帮他一把,投掷矛枪,
但阿基琉斯总会拦在前头,把他逼回
平原,自己则总是飞跑在靠墙的一方。
宛如梦里的情景,两个人一追一赶,
逃者难以跑远,而追者亦难以赶上;
就像这样,地面上一方紧追不达,另一方亦无法逃难。
赫克托耳何以能逃脱死之精灵的追赶,
若非阿波罗最后,是的,最后一次站临
他的身旁,给他注入力气,使他的膝腿快畅?
卓越的阿基琉斯再三摇头,对他的军男,
不让他们投击赫克托耳,用凶蛮的利械击打,

① 鹿生性胆小(参考第四卷第 243—245 行),且不具强大的攻击力,因此总被用来形容或喻指被攻击的一方(尽管鹿的奔跑速度似乎给诗人留下过印象)。参见第二十一卷第 29 行和本卷第 1—3 行。

唯恐屈居第二，让别人夺走荣光[①]。
然而，当他们第四次跑到两条溪泉的边旁，
父亲拿起金质的天平[②]，压上两个表示
命运的秤码，让凡人愁凄的死亡，
一个为阿基琉斯，另一个为驯马的赫克托耳，
提起中端称量，赫克托耳的末日沉重，指向哀地斯，
往下垂压；福伊波斯·阿波罗离去，不再管他。
其时，灰眼睛女神雅典娜临近裴琉斯的儿郎，
站立，用长了翅膀的话语对他说讲：
“宙斯钟爱的壮勇，卓著的阿基琉斯，眼下你我
可望争得巨大的荣光，回返阿开亚人的海船，
我们将杀掉赫克托耳，尽管他嗜战如狂。
现在，他已绝难逃离我们的追赶，
哪怕远射手阿波罗愿意含辛茹苦，
在我们的父亲，带埃吉斯的宙斯面前滚爬。
站住吧，喘气息缓；我这就去，
劝说那人迎战，面对面地与你厮杀。”

雅典娜言罢，阿基琉斯心里高兴，服从，
停住，倚着带铜尖的梣木杆矛枪。
雅典娜离他而去，赶上卓越的赫克托耳，
模仿德伊福波斯不知疲倦的声音，变取他的形象，
站临，用长了翅膀的话语对他说讲：

---

① 在论及史诗和悲剧的区别时，亚里士多德提到了第205—207行所描述的情景（《诗学》第二十四章1460a11—17），并认为“在史诗里，这一点没有被人察觉”（即没有被人看出有什么不合理）。

② 关于宙斯的天平，另见第十六卷第658行和第十九卷第223行。

“亲爱的兄弟，捷足的阿基琉斯确实让你遭殃，
仗着腿快追你，绕着普里阿摩斯的城防。
打吧，站稳脚跟，把他打离我们，决不退让！”

其时，头顶闪亮的战盔，高大的赫克托耳对她答接：
“德伊福波斯，在此之前，你是我最最钟爱的兄弟，
是的，胜似普里阿摩斯和赫卡贝生养的其他男丁。
现在，我说，我比以往更加敬你，敬在心里，
为了我，你有这分胆气，见我前来，
你敢冲出墙基，而他们却都缩留城里。”

其时，灰眼睛女神雅典娜对他说接：
“诚然，我的兄弟，我们的父亲和尊贵的母亲
确曾抱住我的膝盖，苦苦求祈，还有那些伙伴们，
将我围起，求我待在城里，一个个全都吓得可以。
然而，我的内心为你悲苦，为你耗糜。
现在，让我们直冲上去，奋战扑击，投掷
枪矛，决不吝惜，看看到底是阿基琉斯
杀了我俩，回返深旷的海船，携荷
带血的战礼，还是相反，他在你的枪下服帖。”

就这样，雅典娜说话，将他骗欺。
其时，他俩相对而行，咄咄逼近，
高大的赫克托耳首先发话，顶着闪亮的头盔：
“裴琉斯之子，我不打算继续逃离，像刚才那样，
围绕普里阿摩斯宏伟的城堡连跑三圈，不敢
迎对你的冲击。但现在，我的心灵催我与你
照面，站立，要么杀你，要么被你杀灭！

过来，让我们先对神祇誓言，让这些
至高无上的旁证监督我们的誓约。
尽管你很残暴，我不会蹂辱你的尸体，
倘若宙斯答应，让我胜你，夺杀你的性命。
当我剥下你光荣的铠甲，阿基琉斯，我会
把遗体交还阿开亚人，而你也要照此处理。”

捷足的阿基琉斯恶狠狠地盯着他，答接[①]：
“不要对我谈论协约，赫克托耳，我不会饶你！
如同人和狮子之间不会有誓咒靠信，
狼和羊羔之间也无有协和的心意，
二者永远是互相憎恨的仇敌，
所以你我之间无有爱慕，也无须
誓言协议，唯有其中的一人倒下，用鲜血
喂饱阿瑞斯，强健的他操使牛皮的盾牌攻击。
记取你的每一分勇力，眼下正是最需要你的
时机，作为一名枪手，一位无畏的斗士强劲。
你已逃生无望，帕拉斯·雅典娜会借助我的枪矛，
即刻杀除你的性命。你将足报我的悲伤，
为被你杀死的伙伴，用你的枪矛疯烈！”

言罢，他平持落影森长的枪矛投掷[②]，
但光荣的赫克托耳盯视他的举动，躲避过去，
其时全神贯注，蹲曲身子，铜枪飞过肩头，

① 第260行同第一卷第148行、本卷第344行和第二十四卷第559行。赫克托耳“宏论”一番之后，阿基琉斯照例要予以回敬(参考第二十卷第199行注)，口气远为强硬，态度相当恶劣。

② 第273行同第289行和第三卷第355行等处。

扎入泥地，然而帕拉斯·雅典娜将它抢过，
交还阿基琉斯，瞒过兵士的牧者赫克托耳的眼睛。
其时，赫克托耳喊对裴琉斯豪勇的儿子，说及：
“你打偏了，并且，哦，神一样的阿基琉斯，你也不知
我的命运，从宙斯那里，尽管你凭想象假定。
或许，你在骗我，借助花言巧语，
以便使我怕你，忘却我的刚勇，我的战力。
你不会把枪矛捅入我的背脊，见我转身逃逸，
而是扎入我的胸膛，当我直冲逼你，
倘若神明给你这种时机。现在，小心我的
铜矛刺击。但愿它从头至尾扎进你的躯体！
确实，对于特洛伊人，战事要变得轻松容易，
如果你死了，因为你是他们最大的祸疾。”

言罢，他平持落影森长的枪矛投掷，
正中裴琉斯之子的盾牌，不曾偏离，
但被战盾送出老远，挡回。赫克托耳怒火中烧，
只因出手无获，空甩一支枪矛，白费。
他站着，沮丧，手头已无第二支梣木的枪矛用备，
于是亮开嗓门，呼喊盾面苍白的德伊福波斯，
要取一支粗长的枪矛，但后者已不在身边伴随。
赫克托耳心知真情，开口说及：
“完了，神明终于要我死去[1]。
我以为英雄德伊福波斯近临身边，
却不知他在城里，受了雅典娜欺骗。

---

① 赫克托耳临死前“发现”真情（比较亚里士多德所说的悲剧中的“突转”与“发现”），知道自己“受了雅典娜欺骗”（第 299 行）。

现在，邪恶的死亡不再遥远，就在眼前，
我已无法逃离跑开。所以，此事必定早就
使宙斯欢快，还有他的儿子，能从远方射箭，
尽管他们乐于护我，在此之前。眼下死亡已经临来。
然而，别让我死得窝窝囊囊，不做挣扎一番；
我要做出伟烈的举动，让后人听闻流传！”

　言罢，他抽出悬挂在胯边的
锋快的劈剑，宽厚、沉重，凝聚
全身的勇力冲扑，像搏击长空的雄鹰[①]，
穿出浓黑的乌云，俯冲平原，
抓捕一只鲜嫩的羊羔或胆小的野兔食餐；
就像这样，赫克托耳猛扑，挥舞利剑。
阿基琉斯冲锋迎面，心里满注狂烈的粗野，
胸前挡着盾牌，精工铸就，绚美，
点动四支硬角，嵌置在闪亮的头盔，
漂亮的黄金流苏摇摇晃晃，
赫法伊斯托斯将其装饰在冠角旁边。
犹如黑夜里的一颗明星，在群星中动移，
赫斯裴耳[②]，星空中数它最美；
同样，阿基琉斯的枪尖射出光熠，握在右手，
挥舞，对卓越的赫克托耳怀抱凶险的目的，
用眼扫瞄他健美的躯体，寻找最好的部位攻击，

① 第 308 行同《奥德赛》第二十四卷第 538 行。赫克托耳不愧为普里阿摩斯最好和最勇敢的儿子，明知非死不可，却仍要大战一场（本卷第 305 行），像一只“搏击长空的雄鹰”，扑向乌黑的山鹰般的（第二十一卷第 252 行）阿基琉斯。《伊利亚特》中不乏以“鹰”为形象的明喻（参见第十七卷第 674 行注）。

② hesperos，“夜晚之星”，在《奥德赛》第一卷第 423 行里意为“黑夜”。

但见他周身裹着青铜的甲衣，华丽，
剥之于强健的帕特罗克洛斯的肩膀，当他将其杀击。
然而，他还是觅见一个露点，锁骨连接脖子和肩膀的部位，
那是咽喉，生命的毁灭在此最为迅捷。
对着这一落点，卓越的阿基琉斯出枪，当他挟着狂烈
冲来，枪尖长驱直入，将松软的颈肉破开。
然而，梣木的枪矛，挑着沉重的铜尖，不曾切断气管，
所以赫克托耳还能讲话，与对手答谈。
此人翻倒泥尘，卓越的阿基琉斯炫耀在他的身边①：
“毫无疑问，赫克托耳，你以为杀了帕特罗克洛斯
后仍可存活，只因我在远处，无须顾及我的存在——
笨蛋！须知有一位复仇者等在后面，远比他强健，
傍临深旷的海船：此人是我，还在，
我已酥软你的膝盖。狗和秃鹫会吞食你的皮肉，
把你撕得稀烂，而阿开亚人会把帕特罗克洛斯葬埋。”

头盔闪亮的赫克托耳对他说话，奄奄一息：
“求你了，看在你的生命和膝盖的分上，还有你的双亲，
别让犬狗食我，在阿开亚人的船边傍临。
你可收取大量的青铜黄金，我们的库藏丰盈，
这些个财礼，家父和尊贵的母亲自会给你，
赎还我的遗体，让人带回家院，让特洛伊人
和他们的婚妻，在我死后，使我得享火焚的礼仪。”

捷足的阿基琉斯恶狠狠地盯着他，答接：

---

① 比较本卷第330—366行和第十六卷第827—861行（即赫克托耳和濒临死亡的帕特罗克洛斯的对话）。

“别再对我求祈，犬狗[①]，别提膝盖、双亲！
我真想挟着狂烈，卷着我的激情，
割下你的皮肉，生吞活剥，仇报你的所作所为。
所以，谁也不能挡开狗群，从你的头边
挡离，哪怕他们搬来多出十倍、
二十倍的赎礼，并答应还有更多的东西，
哪怕达耳达诺斯之子普里阿摩斯给我与你
等重的黄金——即便如此，你那尊贵的母亲，
是她生你养你，也休想把你放上尸床悼泣。
不，特洛伊的犬狗和兀鸟会将你饱餐，食尽！”

其时，头盔闪亮的赫克托耳对他说及，行将死去：
“我了解你，也知晓我的命数，我不能
说服你——你的胸中长着一颗铁心。
不过，你也要小心，我会引来神的愤怒惩击，
将来，那一天，帕里斯和福伊波斯·阿波罗
会来杀你，在斯凯亚门前，尽管你浑身是劲[②]。”

他言罢，死的终极将他蒙罩，
心魂飘离肢腿，坠向哀地斯的居所，

① 在第二十卷第 449 行里，阿基琉斯已用此语辱骂赫克托耳。他亦曾用相似的词语责辱阿伽门农（见第一卷第 159、225 行和第九卷第 373 行）。另参考第八卷第 299 行和第十一卷第 362 行。

② 帕特罗克洛斯临死前曾预言赫克托耳将“倒死在埃阿科斯的孙子，豪勇的阿基琉斯手下”（详见第十六卷第 844—854 行）。现在，战杀帕特罗克洛斯的赫克托耳又在自己的临终前预告了阿基琉斯的阵亡。关于阿基琉斯将至的死亡，参考第二十一卷第 113 行注。

悲悼她的命运，将青春和刚勇全抛[1]。
其时，虽然已经死去，卓越的阿基琉斯仍对他嚷道：
“死去吧，死掉！我会接受我的死亡，在任何时候，
只要宙斯和列位永生的神明将其兑现送到。”

言罢，他从躯体里拔出铜枪，放在
一旁，剥下血迹斑斑的铠甲，从死者的
肩膀，其他阿开亚人的儿子们跑来围住，
凝视他的体魄，赫克托耳的健美、
强壮；围观者无不刺捅，使他新添痕伤。
人们望着身边的伙伴，都会这样说讲：
“瞧哇，现在的赫克托耳容易摆弄，远为松软，
比之先前，他用熊熊燃烧的火把焚船的时光。”

就这样，他们站临尸体边沿，边说边捅一番。
其时，捷足和卓越的阿基琉斯剥光死者的穿戴，
喊出长了翅膀的话语，站在阿开亚人中间：
“朋友们，阿耳吉维人的首领和统治者们[2]！
既然神明应允让我杀了此人，他使我们
饱受其害，所有的别人加在一起，不及其深，
来吧，让我们全副武装，近逼居城，
弄清特洛伊人下一步的心想打算，
是准备放弃高城，眼下此人已躺倒泥尘，
还是决心坚守，尽管赫克托耳已经丧生。
然而，为何与我争辩，我的心魂？

① 第361—363行同第十六卷第855—857行。
② 第378行同第二卷第79行等处（在《伊利亚特》里出现达八次之多）。

船边还躺着一个死人，尚未哭祭，尚未入坟，
帕特罗克洛斯，我不会把他忘怀，决不可能，
只要我还活在人间，膝腿摆动在我的下身。
虽说在哀地斯的府居，亡魂会忘记故人，
但我仍会记住亲爱的伙伴，即使在那里厮混。
来吧，年轻的阿开亚人，让我们回去，高唱凯歌，
回师深旷的海船，将尸体抬随我们！
我们已争获煌烈的荣耀，已把卓著的赫克托耳杀身，
特洛伊人在城里敬他，仿佛他是一位仙神！”

言罢，他开始谋划如何羞辱光荣的赫克托耳。
他捅穿双腿的筋腱，在脚背后面，
踝骨和后跟之间，穿入牛皮的绳带，
绑上车辆，让死者的头颅倒着拖连，
然后登上马车，把光荣的铠甲提进车内，
扬鞭催马，后者向前飞奔，心甘情愿。
泥尘卷起，赫克托耳被拖裹在里面，乌黑的
头发飘散，曾是那样俊美的头颅在
尘土里滚翻。其时，宙斯已将他交给敌人，
任其在故乡的土地上，由他们污玷。

就这样，尘土沾满他的头脸，他的娘亲
绞拔头发，将纱巾远远甩在后面，
大声号啕哭喊，眼见她的儿男；
受他钟爱的父亲悲声长叹，周围的人群
全都痛哭，哀悼之声在全城响开。
此情此景最似那般，似乎悬耸的
伊利昂已从上至下，整个被吞入了火海。

人们几乎挡不住老人的疯烈，
试图撞出达耳达尼亚门面。
他恳求所有的人，在污泥里滚翻，
叫着每一个人的名字，对他们呼喊：
“让开，我的朋伴，让我独自行动，尽管你等对我
关怀，让我出城，前往阿开亚人的海船。
我要当面向他求告，此人暴戾、凶残，
或许他会尊重我的年龄，可怜我的老迈。
我老了，而他的父亲和我一样，亦是老汉，
裴琉斯，生他养他，使其成为特洛伊人的
祸害。他给了我比谁都多的灾难，
杀了我这许多风华正茂的儿男。
然而，尽管痛心，对所有的他们我不会过多悲哀，
难比我对此儿的伤怀，赫克托耳，绝顶的悲痛
会把我带往哀地斯的房院。但愿他死在我的怀里，
如此，他的娘亲，生下这个不幸的儿男，
便能和我一起举哀，尽情哭喊，悲悼他的死难！”

就这样，他哭着说完，市民们围着他悼哀。
赫卡贝置身特洛伊妇女，领头唱起挽歌伤悲：
“我的儿啊，苦命的我全完！你去了，
我该如何带着忧伤存还；你，我的光荣，
在这座城里的黑夜与白天——你，全城所有
特洛伊男子和妇女的祝愿。他们仰慕你，
仿佛你是一位神仙，因为你是他们巨大的光荣，
在你生前。现在，命运把你逮住，连同死难。”

就这样，她哭着诵道，但赫克托耳的妻子却还

不曾听闻噩耗，此间无有可信的使者来临，
传告她的丈夫站立城门之外拒敌的讯报。
其时，她正缝织里屋，在高耸的府居里制作
一件双层的紫色披篷，精织多彩的花朵美妙。
她招呼房内发辫秀美的侍女们，
把一口大锅架上柴火，使赫克托耳
离战回家，能用热水洗澡——
可怜的女人，她哪里知道，远离滚烫的热水，
灰眼睛雅典娜已通过阿基琉斯之手将他击倒。
其时，她耳闻城墙边传来的哭叫哀号，
禁不住双腿哆嗦，梭子掉在地上，从手中滑落，
复又开口发话，对发辫秀美的侍女说道：
"快来，你们两个随我，前往看看发生了什么。
我已听闻赫克托耳尊贵的母亲哭叫，
心魂已从我的胸腔跳到嘴里，双膝已经麻木；
我敢肯定，普里阿摩斯的孩子们已临近灾祸。
但愿噩耗远离我的耳朵。可我仍在由衷地担忧，
强健的阿基琉斯可能已隔分出勇敢的赫克托耳，
将他独自一人赶向平原，离开城堡，
中止了总是与他相伴的鲁莽高傲——
他从不待在后面，和大队人马一道，
而是远远地冲上前去，狂烈，比谁都勇骁。"

　言罢，像一个疯女，她冲出宫房，
揣着狂跳的心脏，带着两名侍女，随她前往。
当来到城楼，兵勇们聚集的地方，
她止步墙边，探望，眼见丈夫
正被拖颠在城前，疾驰的驭马拽着他

胡乱奔忙，朝着阿开亚人深旷的船舫；
黑沉沉的迷雾飘来，蒙住了安德罗玛刻的眼眶。
她向后倒去，喘出魂息飘荡，
甩出老远，将别卡秀发的头饰闪亮，
有冠条、发兜、精工编织的束带和
金色的阿芙罗底忒的馈赠[①]，头巾一方，
那一天，头盔闪亮的赫克托耳娶她，
给出数不清的财礼，将她引离厄提昂的住房。
她丈夫的姐妹和兄弟的媳妇们围站身边，
把濒临死亡的她抱住，抱扶在人群中央。
但是，当缓过气来，命息随之回返，
她放开喉咙，对特洛伊女人悲喊：
"赫克托耳，我为你举哀！你我生来共有
一个命运，你在特洛伊，普里阿摩斯的宫院，
我在忒拜，林木葱郁的普拉科斯山脚下面，
在厄提昂的宅邸，他将幼小的我关心护爱，
背运的他和倒霉的我呀——但愿他不曾把我生养出来！
现在，你坠走哀地斯的房府，黑魆魆的地表
下面，把我撇在这里，忍受哭悼和悲哀，
宫居里的寡妇，守着尚是婴儿的男孩，
你和我，一对不幸之人的后代。你帮不了他，
赫克托耳，因为你已死难，而他也不能对你帮赞。
即使他能躲过悲苦，阿开亚人的攻战，
今后的日子也注定凄楚，充满烦劳
辛艰，因为别人会夺抢他的土地，不还。
孤儿的生活会使童稚难以结交同龄的朋伴，

① 比较第三卷第64—66行等处。另参考第二卷第827行和第七卷第146行。

他总是耷拉着脑袋,整日里泪水洗面,
迫于穷困,乞找父亲旧时的伙伴,
扯着这个人的披篷,攥着那个人的衣衫,
讨得怜悯,有人对他递出杯子解难,
只够沾湿嘴唇,不能舒缓喉腭的焦干。
某个双亲都还活着的食者会将他打出饮宴,
扔起拳头揍击,对他出言辱骂:
'滚开,你又无有父亲在此食餐!'
男孩走向落寡的母亲,挂着泪水,
阿斯图阿纳克斯[1],从前享坐父亲的大腿,
只吃最肥嫩的羊肉,只吃骨髓,
玩够之后,在那睡眼临来的当口,
卧躺松软的床上,在奶妈的
怀里,带着尽享一切的满足入睡[2]。
如今,他会吃苦受难,失去了尊爱的父亲,
他,特洛伊人称其为阿斯图阿纳克斯,城邦的主宰,
只因你独自一人,保卫城门和高耸的墙垣不受侵害。
但现在,你躺倒弯翘的船边,远离双亲,
蠕动的爬虫会在饿狗饱餐之后食你,蚀噬
一丝不挂的遗体,虽然衣服叠放在你的家居,
做工细腻、华丽,女人手制的精品。
我将把所有的这些付之一炬,烧个干净——

① Astuanax,意为"城邦的主宰"(参见第506—507行,另参考第六卷第402—403行)。

② 诗人对儿童习性的观察不可谓不细。另参考第六卷第466—474行、第九卷第485—491行、第十六卷第7—10和259—265行等处。

你再也不会穿用它们,无须用来包裹尸体[①] ——
以此作为特洛伊男子和妇女对你的奠祭!"

就这样,她哭诉举哀,女人们也都跟着悲泣[②]。

① 普里阿摩斯进礼赎尸(即赫克托耳的遗体)时,阿基琉斯同意给来者留下两件披篷和一件衬衣,"作为裹尸的用物"(第二十四卷第580—581行)。比较第十六卷第680行、第十八卷第352—353行、第二十四卷第588—589行和《奥德赛》第二卷第96—102行。安德罗玛刻决定尽焚衣服,一则因为赫克托耳已经死去(至少不能活着回城),穿用不上,二则想借此作为祭奠,表达对丈夫的哀思。

② 第515行同第二十四卷第746行。

第二十三卷

就这样，他们举哀全城。与此同时，
阿开亚人回兵赫勒斯庞特，回到船边离分，
各回自己的海船，唯有阿基琉斯
不许慕耳弥冬人解散息身，
对着他们喊叫，对嗜喜搏战的伙伴们：
“我所信赖的伴友，驾驭快马的慕耳弥冬人！
不要把坚蹄的驭马卸出战车——
让我们赶着车马，近临他的躯身，哀悼
帕特罗克洛斯，此乃阵亡者应享的仪尊！
然后，待我们唱够悲苦的挽歌，
大家方可宽出驭马，一起在此吃喝。”

他言罢，全军悲恸，阿基琉斯领着他们。
他们驱赶长鬃飘洒的驭马，哀悼，三绕躯身，
兵群中，塞提斯催怂人们痛哭失声。
泪水遍湿众人的铠甲，在沙地里透渗——他们
对驱赶兵群的英壮，对帕特罗克洛斯的悼意至深。
裴琉斯之子领头唱响挽歌，曲调凄楚，
伸出杀人的双手，贴抚挚友的胸脯：“别了，
帕特罗克洛斯！我呼你贺你，即便你去了哀地斯的家府，
因为早先对你许下的一切，我现时正在践付。
我说过要把赫克托耳拉到这里，让犬狗
生吞活剥，在燃烧的柴堆前砍掉十二个

特洛伊人的头颅,以此消泄我对他们杀你的愤怒①。”

言罢,他开始谋划如何对光荣的赫克托耳施辱②。
他扔下死者,使其傍临墨诺伊提俄斯之子的尸床,
头脸贴着泥土;其他人全都卸脱
闪亮的铜甲,将昂头嘶叫的驭马宽出,
在捷足的阿基琉斯的船边坐下,
数千之众。他已备下丰盛的丧宴,
招待他们,许多肥亮的壮牛挨宰,被铁刀
杀屠,还有成群的绵羊和咩咩哀叫的山羊,
一大群肉猪,挂着大片肥膘,白亮的尖牙外露,
被架临赫法伊斯托斯的柴火,将畜毛去除;
牲血在死者周围流动,被人用杯子接住。

其时,阿开亚人的王者们将裴琉斯之子,
捷足的首领引向尊贵的阿伽门农的住处,
好不容易才得说动,伴友的阵亡仍在使他愤怒。
一行人来到阿伽门农的营棚,
当即指令嗓音清亮的信使,要他们
把一口大锅架上柴火,寄望于劝说
裴琉斯之子洗去身上斑结的血污。
然而,他态度顽蛮,拒绝,发誓说诉:
“不,我要对宙斯起誓,他乃至高的天神至尊,
我不要澡水淋头,此举不妥,

① 参见本卷第 179—183 行。关于阿基琉斯的许诺,见第十八卷第 333—337 行。另参考第二十二卷第 354 行。

② 第 24 行同第二十二卷第 395 行。

直到我把帕特罗克洛斯放躺柴火，堆垒坟土，
割下我的发绺祭出，须知在有生之日，
我的心灵不会再承受如此悲戚的哀苦。
眼下，大家可饱餐我所厌恨的食物，
明晨拂晓，王者阿伽门农，你要动员军伍，
伐运薪材，备下礼祭死者所需的一切
用物，供他走下阴森、昏黑的路途，
以便让不知疲倦的烈火将他送出我们的视野，
以很快的速度，而众人亦可离去，做那该做的事务。”

　众人听完他的说诉，遵从，
赶紧动手做饭，然后开始
餐食，人人都有足份的佳肴。
当大家满足了吃喝的欲望①，
他们分手寝睡，各入自己的营棚。
然而，裴琉斯之子却躺倒在惊涛拍响的
滩头，粗声叹息在慕耳弥冬人之中，
在那滩边浪水冲刷的空净之处。
其时，睡感将他逮住，驱他进入甜美的模糊，
松缓了心头的痛楚——闪亮的肢腿确已疲乏②，
为了追赶赫克托耳，朝着多风的伊利昂跑步。
不幸的帕特罗克洛斯出现，是他的魂魄，
一如生前的音容形貌，那双眼睛动人，
一身旧时的打扮，帕特罗克洛斯的穿护，

① 第56—57行同第一卷第468—469行。
② 比较《奥德赛》第二十卷第56—57行。

悬站阿基琉斯的头顶发话，对他说诉①：
“你在睡觉呀，阿基琉斯，你已把我忘除。
在我活着时，你可未有疏忽——现在我死了，对不？
葬我，越快越好，让我通过哀地斯的门户。
那些个幽魂，死人的虚影，将我拒挡远处，
不让我渡过阴河，汇入他们之中，
我只能游荡在宽大的门外，傍临哀地斯的家府。
伸出手来吧，我带着悲痛对你唤呼，
我不会再从冥府归返，一旦你们给我火焚的礼数。
你和活着的我将再也不能坐在一处，
离着亲爱的伙伴们谋图，凶逆的命运随我，
伴随我的出生，已经张开颚嘴将我吞诛。
你也一样，神样的阿基琉斯，也有你的命限，
将会倒死在特洛伊人的城墙下，他们富足。
我还有一事相告，恳求你，倘若你能听从：
不要离着你的，阿基琉斯，分葬我的尸骨，
我要和你一起，就像我俩一起长大，在你的房府。
墨诺伊提俄斯将我带出俄波埃斯，其时我只是童孺，
带入你的宅邸，为了躲避一场命案追捕，
那天我杀了安菲达马斯的儿子，我呀真傻
糊涂，并非故意，在一场掷骰的戏耍中动怒②。

① 第68行同第二十四卷第682行。

② 杀人后亡命他乡的例子在《伊利亚特》中并不罕见（另参考第二卷第661—667行、第十三卷第694—697行、第十五卷第430—432行和第十六卷第570—576行）。躲避“以血还血”的另一种方式是支付血酬，用以平慰死者家属的悲痛和愤怒（参考第九卷第632—636行和第十八卷第497—508行）。另参阅《奥德赛》第十三卷第256—275行和第十四卷第379—381行等处。古希腊人流动性强，移民频繁，此类“浪迹”亦是导致人口移动和移民点建立的“动因”之一（参阅本书第二卷第664—670行等处）。

那时，车战者裴琉斯[①] 把我接进自家的门户，
小心翼翼地把我抚养成人，让我作为你的伴辅。
所以，让同一只瓮罐，高贵的母亲
给你的双把金瓮，殓装咱俩的遗骨。”

其时，捷足的阿基琉斯对他答话，说诉：
“为何回来找我，哦，我的伴友，神圣的头颅，
把这些对我一一吩咐？我会操作，
妥办一切，绝无疑问，照你的叮嘱。
再靠近点，让我俩，尽管短暂，互相
抱住，从痛戚的悲哭中得到满足。”

言罢，他伸出双臂，却不能
把他抱住，灵魂钻入泥地，怪叫一声，
像一缕气雾。阿基琉斯惊醒，凝目视注，
击打双手，道出悲伤的言辞，说述：
“哦，奇妙！即使在哀地斯的府居，仍有某种形物，
人的灵魂和虚像，虽然无有心智依附。
整整一个夜晚，不幸的帕特罗克洛斯站临我的头顶，
他的鬼魂，泣号悲哭，形貌极像真人，
交代每一件要做之事，一一告诉。”

他的话催发人们的激情，都在恸哭[②]，
黎明用玫瑰红的手指送点曙光，射照他们，

① 裴琉斯乃老一辈的英雄，曾与墨勒阿格罗斯等参与围猎卡鲁冬野猪的“壮举”。关于车战者，参考第七卷第 125 行注等处。

② 第 108 行同《奥德赛》第四卷第 183 行。

仍在悲悼，围绕可怜的躯身。强有力的阿伽门农
命令兵勇们牵出骡子集中，走出各自的营棚，
前往伐运树木，由一位出色的人选带着，
墨里俄奈斯，温雅的伊多墨纽斯的伴从。
他们于是出动，手握砍树的斧斤
和密编的长绳，跟在骡子后头，
忽上忽下，行走倾斜的岗峦，崎岖的小路，
来到多泉的伊达，跌宕起伏的岭坡，
挥动锋快的铜斧砍伐，压上全身的
重力，放倒高耸、冠顶枝叶的橡树，发出巨响
轰隆。接着，阿开亚人将树干劈剖，
绑上骡背，后者迈开艰难的腿步，破划
泥地，走向平原，穿过茂密的荆丛。
伐木者人人肩扛树段，遵照墨里俄奈斯的
嘱令，温雅的伊多墨纽斯的伴从。
然后，他们撂下重压，整齐地堆放在滩头，在阿基琉斯
选定的位置，为他自己和帕特罗克洛斯堆筑一座
　高大的坟冢。

　他们从四面甩下大批树段，
在原地汇聚，屈腿下坐。阿基琉斯
当即命嘱嗜喜搏战的慕耳弥冬人
扣上铜甲，并要所有的驭手将马匹
套入战车。众人站起，披甲在身，
登上车辆，驭者和他身边的枪手。
车马先行，大群浓密云朵般的步战者跟在后头，数千
之众；兵群里，伙伴们扛着帕特罗克洛斯的躯身。
众人割下发绺，抛铺，像袍衫一样遍盖

遗体，卓越的阿基琉斯从他们身后托起头颅，
悲恸，送别一位忠实的伴友，前往哀地斯的房宫。

他们来到阿基琉斯指定的去处，
放下遗体，搬动树材，堆垒大量的木段，迅速。
其时，捷足和卓越的阿基琉斯想起另有一事待做，
于是走离柴堆，站定，割下一绺褐黄的发束，
长期蓄留头上，原为献给河神斯裴耳开俄斯的礼物，
凝望酒蓝色的大海，说道，感觉悲凉凄楚：
“斯裴耳开俄斯，家父裴琉斯曾对你许愿，
白白辛苦：当我返回亲爱的故乡，
我将割下发储，举行盛大、神圣的仪式，
宰杀五十只不曾去势的公羊祭出，
给你的水流，傍临你烟火缭绕的祭坛林圃。
此乃老人的许愿，可你却没有让他的企望成真。
现在，既然我已不打算回返亲爱的故乡[①]，
我将献发帕特罗克洛斯，让它陪伴离去的英雄。”

言罢，他把发绺放入挚友的
手心，催发大家悲哭的激情。
其时，太阳的光芒会斜照他们的恸哭[②]，
若非阿基琉斯当即站到阿伽门农身边，说议：
“阿特柔斯之子，阿开亚军勇最愿服从
你的命令；哭够了，中止理应。
现在，你可解散柴堆边的军兵，

① 第 150 行同第十八卷第 101 行。
② 第 154 行同《奥德赛》第十六卷第 220 行和第二十一卷第 226 行。

让他们备餐充饥[1],我等死者最亲密的伴友
会操办一切,只须让首领们留下,和我们一起。”

民众的王者阿伽门农听罢这些,
当即下令解散队伍,傍临线条匀称的海船,
但主要悼祭者们仍然留在原地,添放木块,
垒起一个长宽各达一百步的柴堆,
将遗体搁置顶面,带着沉痛的心情。
柴堆前,他们剥杀和整治了众多肥羊
和腿步蹒跚的弯角壮牛成群。心胸豪壮的
阿基琉斯扒下所有牲畜的油脂,缠裹尸躯,
从头至脚包起,将去皮的畜体堆放在死者周围。
然后,他将双把的坛罐妥放伴友身边,贴依尸床,
分装着油和蜂蜜,将四匹颈脖粗长的
马匹迅速扔上柴堆,大声叫喊哭泣。
高贵的帕特罗克洛斯曾在桌边豢养九条犬狗,
他抹了其中两条的脖子,放上柴堆。
他还杀了心胸豪壮的特洛伊人十二个高贵的
儿子,心怀凶虐的歹意,用铜剑杀击,
把他们付诸柴火铁一样的莽烈[2]。
接着,他悲叹一声,呼叫亲爱伴友的英名:“别了,
帕特罗克洛斯! 我呼你贺你,即使你去了哀地斯的宫邸,
因为早先对你许下的一切,我现时正在践理。

① 比较奥德修斯对阿基琉斯的规劝:“不如让阿开亚人……进食饮酒,那是战士的勇气和强刚。”(详见第十九卷第155—171行)

② 提及杀人祭祀死者以及用马、狗陪葬,此乃荷马史诗中绝无仅有的一例。从第176行的用词来看,我们似乎有理由相信荷马不赞成这种杀人殉祭的野蛮行为。

心胸豪壮的特洛伊人十二个高贵的儿子躺倒这里，
噬食你的烈焰将把他们吞入肚皮。至于赫克托耳，
普里阿摩斯的男丁，我将让犬狗，而非柴火啖尽[①]！”

他如此一番威胁，但犬狗不曾碰触赫克托耳的身体，
阿芙罗底忒，宙斯的女儿，为他挡开狗的侵袭，
日以继夜，用玫瑰香的仙油涂抹他的遗体[②]，
使阿基琉斯的拖跑不致豁裂他的肤肌。
福伊波斯·阿波罗从天上采下一朵黑云，
降落平原，攄住死者卧躺的整片
地皮，阻挡太阳的暴晒，不致
缩萎他的肢腿筋腱和躯体。

然而，帕特罗克洛斯平躺的柴堆不燃，使
捷足和卓越的阿基琉斯复又想起一件要做的事情。
他站离柴堆，祈求两飙风吹，
波瑞阿斯和泽夫罗斯，许下丰厚的祭礼，
端举金杯祀奠，用遍洒的醇酒祈盼
他们来临，以便点发柴火，以最快的速度
火焚堆垛的躯体。听闻他的祷告，伊里斯
急速出动，捎带信息，前往疾风的聚地。
其时，风哥们正会宴在致送狂飙的
泽夫罗斯家里，伊里斯跑来，在石凿的

① 诗人让阿基琉斯基本重复了在本卷起始部分说过的话语(参阅第19—23行)。

② 在荷马看来，仙油或仙液具有防腐的功用，且可润滑和亮丽皮肤。塞提斯亦曾用安伯罗西亚保护帕特罗克洛斯的遗体，将其(连同奈克塔耳)滴入死者的鼻孔(第十九卷第38—39行)。关于ambrosie，另参考第十四卷第170行注和第十九卷第39行注等处。比较第一卷第529行和第十八卷第350—351行等处。

门槛上站立。风哥们眼见她的身影,
即刻跳将起来,争先邀她在自己身边坐定,
但她开口说话,拒绝他们的盛情:
“不能下坐,不行。我必须赶回俄刻阿诺斯的
水流和埃塞俄比亚人的土地,他们正用隆重的
祀仪敬祭神明;我要在那儿分享神圣的宴礼。
不过,阿基琉斯祈求波瑞阿斯和怒号的
泽夫罗斯前去助佑,许下丰厚的答祭,
以便火化帕特罗克洛斯,吹燃焚尸的柴堆,
阿开亚人全都围在死者身边,悼泣。”

伊里斯言罢离去,两位风神一跃而起,
散乱风前的云朵,发出雄奇的响音,
以突起的狂飙扫过洋面,呼啸的旋风
推卷排空的浪水,登临肥沃的特洛伊,
扑袭柴堆,点发凶莽的烈火,呼呼腾起。
整整一个晚上,他俩弄火柴堆,合力,吹送
尖啸的疾风,整整一个晚上,捷足的阿基琉斯
手持双把的盏杯,舀酒金质的
兑缸,一再泼洒,透湿泥地,
呼唤着不幸的帕特罗克洛斯的英灵。
像一位哭悼的父亲,火焚儿子的遗骨成灰,
新婚的儿郎,他的死亡使不幸的双亲愁悲,
阿基琉斯焚烧伴友的尸骨,哭泣,同样,
挪行在火堆周围,悲呻叹陪。

其时,启明星[①] 升空,向大地预报光明的来临,
黎明随之辉洒大海,抖开金红色的袍衣;
柴火偃灭,烈焰已经收熄。
风哥俩掉转头脸,回返家门,
扫过斯拉凯洋面,掀挽巨浪,引发轰鸣。
裴琉斯之子转身离开火堆,躺下,
香甜的睡眠跃上他的躯身,已经筋疲力尽。
这时,阿特柔斯之子身边的人们聚成一堆,
迈步走近,喧杂之声将阿基琉斯吵醒,
他坐起身子,挺直腰板,对他们说及:
“阿特柔斯之子,各位阿开亚人的首领[②],
大家先可扑灭柴堆上的明火,浇泼浆酒晶莹,
所有仍在燃烧的木块均在灭火之列。然后,我们
将收捡墨诺伊提俄斯之子帕特罗克洛斯的遗骸,
不难辨识分开,此举容易,
因他卧躺柴堆的中间,而他者均在
旁边,远离,人和马匹杂在 起。
让我们装骨黄金的瓮罐,用双层的油脂
收藏包紧,直到我也坠入哀地斯的府邸。
我要你们修一座坟茔,不必太大,
只要合适就行;将来,阿开亚人
会把它增高、加宽,在我死后,由那些
傍临凳板众多的海船,那些幸存下来的军兵。”

① 或晨星。在赫西俄德的《神谱》第381行里,此星是黎明的孩子。黎明“把晨光洒向大海和滩头”(本书第二十四卷第13行)。

② 第236行同第七卷第327和385行。

裴琉斯捷足的儿子言罢，众人按他的意愿办理。
首先，他们扑灭柴堆上的余火，浇泼浆酒晶莹，
将每一束火苗熄灭，灰烬掉落，厚铺在地，
接着含泪收捡温良伙伴的白骨遗骸，
用双层的油脂包紧，放入金铸的罐里，
送进他的营棚，用一层轻软的亚麻布盖起。
随后，他们开始规划坟茔，围着柴堆
筑起座基，接着堆上松软的泥土，
垒起坟冢，完工后转身走离。但阿基琉斯
挽留，要他们坐下，举行大规模的集会，
从他的船里搬出竞赛的奖品，有大锅、三脚鼎[①]、
马匹、骡子和颈脖粗壮的健牛，
连同束腰秀美的女子和灰铁。
首先，他为迅捷的车手设置光荣的奖励，
荣获第一名者可带走一位女子，手工绝对精细，
外加一只带把的三脚鼎，拥有可容二十二个
衡度的体积；第二名的奖酬是一匹未曾
上过轭架的母马，六岁，怀揣骡驹一匹；
给第三名，他设下一口未经烧烤的大锅
精美，四个衡度的容量，闪光，簇新的精品；
他拿出两塔兰同黄金，给第四名；第五名
的奖酬是一只未经烧烤的新罐，带着两个把柄。
他站挺起身，在阿耳吉维人中说及：
“阿特柔斯之子，所有胫甲坚固的阿开亚军兵[②]，

---

① 三脚鼎(锅)常被用作竞赛的奖品(参考第十一卷第 699 行和第二十二卷第 164 行)。另参考第八卷第 290 行注。

② 第 271—272 行同第 657—658 行。

竞赛的奖品已经到位,待等驭手取领。
当然,倘若阿开亚人举办祭仪,为了别的
英雄赛比,我本人便可把头奖带回棚营。
你们知道我的驭马可以超赶多少,赛比其他马匹,
那是一对神驹,波塞冬给家父
裴琉斯的赠礼[①],而后者又将其交给我来驾驭。
但今天我不参赛,坚蹄的驭马和我一起,
它们失去了一位勇武和光荣的驭手,他有
温良的心地,生前曾一次次替它们擦洗,
在清亮的水里,然后涂抹鬃毛,用橄榄油的舒怡。
所以,它俩悲苦,木然站立,长鬃
垂落,铺地,心情沉痛,肃立。
但是,你等可以站位,无论是阿开亚人中的谁个,
只要信得过自己的驭马和战车制合坚固的质地。”

裴琉斯之子言罢,迅捷的驭手云聚。
欧墨洛斯远为抢先,民众的王者,
阿德墨托斯的爱子,出类拔萃的车驭。
图丢斯之子,强健的狄俄墨得斯继他而起[②],
套赶两匹特洛伊骏马,从埃内阿斯那里
强行夺取,而埃内阿斯本人则被阿波罗救去。
接着,金发的墨奈劳斯站起,阿特柔斯之子,
宙斯的后裔,套赶一对捷蹄的快马,

① 比较第十六卷第150—151行。古希腊神话中的波塞冬亦是“马神”,擅驾车。

② 我们知道,图丢斯之子狄俄墨得斯已在第十一卷里负伤(见该卷第376—377行);在第十九卷里,他仍和奥德修斯一样,照旧“带着伤痛的悲哀”(该卷第48—49行)。何以时隔不久,诗人就让他参加竞争激烈的车赛,仿佛他已不再是个带伤之人——已经痊愈?这一诘问也同样适用对奥德修斯的参赛(见本卷第709行)。

埃赛，阿伽门农的牝马，和他的波达耳戈斯齐驱。
安基塞斯之子厄开波洛斯赠马阿伽门农，
作为礼物，使其免于跟他进兵多风的伊利昂，
得以居留本地，享受生活的丰足——居家广袤的
西库昂，宙斯给了他充盈的财富。
墨奈劳斯套用这匹母马，后者亟欲竞比跑出。
第四位驭者整备奔马，长鬃飘舞，安提洛科斯，
奈琉斯心志高昂的儿子，王者奈斯托耳之子
光荣，马儿蹄腿快捷，地道的普洛斯血统，
荷拉他的赛车站着。父亲临近他的身边，
道出明智的劝诫，对聪颖的儿子叮嘱[①]：
"你确实年轻，安提洛科斯，但却得到宙斯
和波塞冬的爱护，他们教会你驾车的本领，
全部。所以你并不十分需要我的指教，
你已掌握驾车拐过标杆的技术。然而，你的马最慢，
在这场车赛之中，故而此事，我想，于你不太好做。
他们的马快，但有关驭马的知识，
这些人的所知并不比你更多。
我的好儿子，记住，别让奖品脱手，
发挥你的全部巧智，每一分心术。
一个出色的樵夫，靠的是技艺，而非莽鲁；
而舵手引导迅捷的海船，也须依靠技术，
任凭风吹浪打，在酒蓝色的洋面上穿渡。
驭手超赶对手，同理，靠的也是技巧帮辅。

---

① 作为波塞冬的后代(见第十三卷第 555 行注和本卷第 278 行注)，奈斯托耳是一位谙熟马性的车战者，曾就战式和驭术提出过不少内行的见解(参考第四卷第 297—307 行以及本卷第 306—348 和 638—642 行)。

平庸者把一切寄望于驭马战车，
大大咧咧地驱车拐弯，使车身左右晃摇，
无法控制驭马，看着它们跑离车道。
然而，高明的驭手尽管策赶相对迟缓的驭马，
却总把眼睛盯住前面的杆标，紧贴着它
拐弯，从一开始便抓紧牛皮的缰条，
稳控车马，双眼关注领先的驭手，盯瞧。
我要告诉你一个醒目的标记，你不会错过①。
那是一截干硬的树桩，离地约有一哼之高，
可能是橡树，也可能是松树，不曾被雨水侵蚀，
树干上一边一块，有两方雪白的石头撑靠，
车道在那里交会，周围是一马平坡。
这东西或许是一座古坟的遗迹，
也可能是前人设下的车赛中拐弯的记号，现在，
捷足和卓越的阿基琉斯将其定作转马的坐标。
你必须驱赶车马，紧贴着它奔跑，
自己要在编绑坚实的战车里
略倾向左，鞭击右边的驭马，催动，
宽松缰绳，让它发力冲跃，但对
左边的那匹，你要让它尽量贴近转弯的桩标，
使赛车的轮毂看来像似擦着它的
边沿滚过——但要小心，切莫真的碰着，
否则，你会伤损驭马，碎毁赛车，
如此只能让对手高兴，使你自己蒙羞。
所以，亲爱的孩子，要多思、谨慎。
倘若你能咬住对手，在拐弯之处脱颖而出，

① 第326行同《奥德赛》第十一卷第126行。

那么谁也别想再追，挣扎着把你赶上或者超过，
哪怕他赶的是了不起的阿里昂，迅捷，
神马的后裔，阿德瑞斯托斯的骏足，哪怕他
赶的是劳墨冬的快驹[①]，本地良种马的光荣。”

言罢，奈斯托耳，奈琉斯之子，坐回自己的
位置，已把赛车须知的要点告诉他的男儿。

墨里俄奈斯整备长鬃飘洒的骏马，作为第五位
驭手。他们登上马车，将阄块扔进盔口。阿基琉斯
摆手摇动，奈斯托耳之子安提洛科斯的阄拈
首先跳出，接着是欧墨洛斯拈中，
然后是阿特柔斯之子墨奈劳斯，著名的枪手。
墨里俄奈斯拈得他的位置，狄俄墨得斯，
他们中远为出色的英杰，继他之后。
他们在起点上站等，阿基琉斯指明转弯的杆标，
竖立平原之上，远处，并已派出一位裁判，
神一样的福伊尼克斯，他父亲的随从，
观记车赛的情况，带回真实的报告。

其时，各位将皮鞭举高，在车马上悬摇，
击打，喊出话语，催励驭马急速前进，
冲跑，后者当即出动，扬蹄平原，
顷刻间便将海船远远甩抛，胸肚下
泥尘飞卷翻滚，像那云朵或急旋的狂飙，
马鬃招展，在劲风中荡飘。

① 参考第五卷第265—270行。

赛车疾驰，时而碰沾多产的泥地丰饶，
时而离着地面扑起腾跃，驭手们
站在车里，各自的心儿都在怦怦直跳，
急切企望取胜，人人对着驭马喊叫，
后者掠过平野，冲闯泥尘的裹包。
但是，当快马拼抢最后的赛程，
朝着灰蓝色的大海回奔，驭手们开始各显
其能，驭马受迫，竭尽全力颠腾。很快，
菲瑞斯之孙欧墨洛斯腿步迅捷的牝马抢出，
后面是狄俄墨得斯的两匹儿马，
特洛伊血统，离得不远，稍后紧跟，
似乎随时都可能扑上前面的车身，
滚烫的热气烘烤欧墨洛斯的脊背和
宽阔的肩膀，呼喷，马头悬临他的身子狂奔。
其时，图丢斯之子可能已经赶过，抑或胜负
难分，要是福伊波斯·阿波罗不打落
闪亮的鞭子，使其脱手，出于对他的憎恨。
愤恼的眼泪涌出眼眶，当他目击
欧墨洛斯的牝马远远地跑在前头，
而他自己的那对殿后，只因无有皮鞭驱纵。
然而，雅典娜眼见阿波罗对图丢斯
之子的戏弄，速至兵士牧者的身边，
交还马鞭，使驭马复得勇力，通过输送。
然后，挟着愤怒，她又追上阿德墨托斯的儿子，
她，女神，碎烂轭架，使牝马在车道
两边颠簸，辕杆掉落，欧墨洛斯
本人被甩出马车，倒傍车轮，
擦破手肘，伤裂鼻孔嘴唇，

额头上，眉毛一带，摔得皮开肉绽，
眼里噙含泪水，悲痛噎塞了畅通的喉咙。
其时，图丢斯之子驾赶坚蹄的驭马超出，
远远地冲在其他驭手前头，知晓雅典娜
已给驭马注入勇力，给驭手致送光荣；
阿特柔斯之子，金发的墨奈劳斯驾车随后。
安提洛科斯开口，对他父亲的驭马喊道：
"加油哇，你们两个！快呀，越快越好！
我并非奢望你们和领头的那对赛跑，
那是图丢斯犟勇儿子的骏足，眼下雅典娜
为它俩加速，给驭手致送光荣。
但是，我要你们猛冲，追赶阿特柔斯之子的那对，
别让它们把你俩甩在后头，别让埃赛，一匹骒马，把
你们羞得无地自容！勇敢的驭马呀，为什么落后？
我要警告你们，此事将会成真①：
奈斯托耳，兵士的牧者，不会再给你们爱抚；
相反，他会操起锋快的铜刀，即时宰了你们，
倘若由于你俩的怠懈，我们得获劣等的奖份。
还不给我紧紧咬住它们，以最快的速度发奋，
我自己亦会想方设法，做点什么，在路面
狭窄之处抢先——他呀避不过我的冲争。"

　他言罢，驭马畏于主人的斥诉，
猛跑了一小会儿，加快腿步，骠勇犟悍的
安提洛科斯当即看到前面出现一段凹陷
狭窄的车路，积蓄的冬雨破毁路面，

① 第410行同《奥德赛》第十六卷第440行。比较本书第一卷第212行。

冲出裂痕，破开整片塌陷的去处。
墨奈劳斯驱马该地，希望不至被他者并驾超出，
但安提洛科斯将坚蹄的驭马赶离，
偏出车路，使其与前车间隔细小，紧贴着追扑，
阿特柔斯之子害怕，对他大声疾呼：
“安提洛科斯，你的车术粗鲁！快把驭马收住！
此地路面狭窄，但很快即会宽阔；
小心，不要撞车，毁了你我！”

他言罢，但安提洛科斯越加起劲狠冲，
鞭催驭马，求其更快，仿佛没有听见喊声。
似一块飞旋的饼盘跑过的距程，荷着臂膀的投功，
掷者是一个小伙，试量年轻人的力能——
他俩驱车奔驰，平行了这么一段距程。其后，阿特柔斯
之子落后，让出，因他主动松缓催马的劲头，
担心坚蹄的驭马会在道中撞碰，
翻倒编绑坚固的战车，使驭手一头
扑进泥尘，带着急切的心情，企望取胜。
金发的墨奈劳斯对他斥骂，气愤：
“安提洛科斯，天底下无人比你毒狠！
跑去吧，愿你断魂！阿开亚人都在骗谎，说你知晓分寸。
但即便如此，你也拿不走奖品，不发誓咒出声。”

言罢，他转而喊对自己的驭马，说诉：
“不许减速，切莫停步，尽管你们心里悲苦！
它们的腿脚膝盖会先行软酥，先于
你们，须知它俩已不复年轻，拥有青春！”

他言罢，驭马畏于主人的呵斥，
加快腿步，很快接近，靠拢对手。

其时，阿耳吉维人聚坐一起，凝目，
观望赛马飞奔，疾驰平原，穿越泥尘。
伊多墨纽斯，克里特人的首领，先见驭马回程，
因他坐在高处，离开聚合的众人，
可将一切尽收眼中，其时听闻狄俄墨得斯，
知晓他在远处喊出叫声，看见一匹儿马领先，
瞩目，浑身枣红，除开前额上的
白记，溜圆，似盈满的月亮逼真。
伊多墨纽斯在阿耳吉维人中说喊，站挺起身：
“朋友们，阿耳吉维人的首领和统治者们[①]！
全军中唯我独见驭马，抑或你们也能？
依我看来，另一对驭马已经领先，
由另一位驭手驱控。欧墨洛斯的牝马
一定已在平野的某地受挫，原先跑在前头，
我眼见它们绕过标杆，领先跑动，
现在却无法找到，尽管我扫视
特洛伊平原的每个角落，聚精会神。
想必是驭者脱手缰绳，或许不能
将其抓牢，在拐弯的地方失误——
在那里，我想，他被甩出，赛车碎破，
驭马心里惊惶，闪向一边，失控。
然而，你们亦可起身，亲眼看过。我呀并非
看得十分清楚，但领先者似乎出自

① 第457行同第二卷第79行。

埃托利亚种族,阿耳吉维人的王公,
图丢斯之子,强健的狄俄墨得斯,驯马的好手。”

俄伊琉斯之子,迅捷的埃阿斯说话粗鲁,斥道:
“伊多墨纽斯,为何总爱胡诌唠叨?蹄腿
轻捷的驭马还远离此地,在宽阔的平野迅跑。
你肯定不是阿耳吉维人中最年轻的战勇,
而你脑门上的眼睛也不比别人的犀利更好,
但你却总爱说话炫耀。别再要
你的贫嘴,这里有人比你能说会道。
跑在头里的还是原来的那对,欧墨洛斯
掌控它们,手握缰绳,在马后站牢。”

克里特人的王者动怒,对他当面答道:
“埃阿斯,辱骂的高手,蠢货!除此以外,
你是阿耳吉维人中最次劣的一个,心志倔傲。
让我们打赌,一只三脚鼎或一口大锅,
请阿特柔斯之子阿伽门农仲裁,看看
哪对领先奔跑。在你拿出东西之时,你会知晓。”

他言罢,迅捷的埃阿斯,俄伊琉斯之子起身,
怒火中烧,用难听的话语答对,回报。
其时,他俩还会走得更远,加剧争吵,
若非阿基琉斯亲起调停,对他们说道:
“别再继续,埃阿斯和伊多墨纽斯,别再
互相辱骂,用恶毒的言辞吵闹;此举不好。
假如有人如此这般,你们自己也会恨恼。
坐下吧,和众人一道,观看车赛,驭者正为

夺取胜利拼跑,即刻便会来到。
届时,你俩便可亲眼看瞧,阿耳吉维人的
赛马中,哪对勇抢第一,哪对名列第二见晓。”

他言毕罢了。其时,图丢斯之子驱马疾跑,
临近,抬肩抽打驭马,皮鞭举得高高,
骏马扬起蹄腿扑跃,迅捷,冲闯车道。
赛场上泥尘滚滚,不间断地对着驭手冲扫,
嵌包黄金和白锡的战车飞驰在
撒开的马蹄后,平浅的泥尘上,
滚动的车轮只是印下细微的辙道。
骏马奔腾,迅跑。狄俄墨得斯
勒马人群之中,挥洒的汗水
泼地,从驭马的脖颈和前胸滴落。
他从闪亮的战车跳到地表,
倚着轭架,将马鞭放靠,强健的塞奈洛斯
不敢怠慢,赶紧接过奖品,把女子
和带耳把的鼎锅交由伙伴们带走,
他们心志高豪。狄俄墨得斯释马轭架,离套。

接着,奈琉斯的后代安提洛科斯驱马来到,
凭靠巧诈而非速度,已将墨奈劳斯赶超。
但即便如此,墨奈劳斯策马紧随其后,
间距就像驭马隔离车轮那样微小,马儿
拉着主人,连同车辆,在平原上迅跑,
马尾的梢端擦着滚动的轮缘,
轮子紧追驭马,近离,间距极其
短小,在宽阔的平野上旋摇。

就以此般间距,墨奈劳斯落后于安提洛科斯的
英豪,尽管原先的差距相当于一次摔掷饼盘的路遥,
但以后追赶,凭靠长鬃秀美的
埃赛的腿脚,阿伽门农的母马,奋力扑跃。
其时,倘若赛程更长一些,墨奈劳斯
便可将他赶超,他俩也就无须为此争吵。
墨里俄奈斯,伊多墨纽斯强健的伴从,
落在光荣的墨奈劳斯后面,隔距相当于一次投矛,
因为他的驭马鬃发秀美,却是最慢的主儿,
而他自己亦是车赛场上最次的夺标。
阿德墨托斯之子殿后,迟于他者跑到,
拖着漂亮的轮车,赶着驭马行走,
捷足和卓越的阿基琉斯心生怜悯,见瞧,
起身站立阿耳吉维人中,用长了翅膀的话语说道:
“一位最好的驭手,策赶坚蹄的驭马最后来到。
这样吧,给他一份奖品,不多不少,
第二名的——头奖已让图丢斯之子揽包。”

他言罢,提议得到众人的赞赏。其时,他会
让对方牵走母马,因为阿开亚人均已同意奖赏,
若非心胸豪壮的奈斯托耳之子安提洛科斯
起身答辩,索要,话对阿基琉斯,裴琉斯的儿郎:
“我将非常生气,阿基琉斯,倘若你最终
按你说的发奖。你打算调拨我的奖品,
考虑他的战车和快马遭损,自己受伤,
而他本是一位行家。他应该祈求长生者
帮忙;如此,他就不会殿后,最后一个到达!
不过,倘若你可怜他,心里对他喜欢,

那么,你的营棚里有的是黄金、青铜、
羊畜、女仆和坚蹄的骏马。
日后,你可拿出点什么给他,一份更丰厚的奖赏,
亦可马上兑现,博得阿开亚人的赞扬。
我绝不会放弃这匹母马。谁想把它带走,
那就让他上来,手对手地与我开打!”

他言罢,捷足和卓越的阿基琉斯微笑①,
喜欢安提洛科斯,因为此人乃他钟爱的伙伴,
吐送长了翅膀的言语,对他说话:
“安提洛科斯,倘若你要我从营棚里搬出另外一件,
作为特殊的礼物对欧墨洛斯封赏,我愿意照办。
我要给他一件胸甲,剥自阿斯忒罗派俄斯身上,
青铜铸就,甲边镶着白锡
闪光。他会珍视这份贵重的礼赏②。”

言罢,他让亲密的伴友奥托墨冬
从营棚里取甲,后者离去,携着回还,
放入欧墨洛斯手上,后者高兴地予以收下。

其时,墨奈劳斯心里楚痛,站起在人群之中,
怀着对安提洛科斯难消的愤恨。信使
把权杖交给他手握,呼喊,要求阿耳吉维人

① 阿基琉斯一直为愤怒和悲痛裹缠,这是他在《伊利亚特》中第一次,也是唯一的一次微笑。雄浑和凝重构成了《伊利亚特》的基调。

② 阿基琉斯曾剑杀裴勒工之子阿斯忒罗派俄斯,剥得他的铠甲(第二十一卷第179—183行)。比较《奥德赛》第八卷第401—405行。

静默。他于是站立，说话，神一样的凡人：
“过去，安提洛科斯，你通情达理，但眼下却干了些什么！
你羞辱我的车技，滞阻驭马的腿步，
驱马冲挤，尽管它们比我的慢出许多。
来吧，阿耳吉维人的首领和统治者们，
给我俩评个理，现在，不要徇私袒护，
以便使身披铜甲的阿开亚人日后不致这样谈论：
‘墨奈劳斯击败安提洛科斯，凭靠谎称，
带走牝马假胜，他的驭马远为缓慢，
但他却凭仗权势，以地位压人。’
这样吧，还是由我自己处置，我将公平办事，
达奈人中，我想，谁也不会对我指控。
过来，宙斯哺育的安提洛科斯，依照传统，
站在你的车马前，将那根马鞭握在手中，
细长，你刚才用它把赛车赶动，
手搭驭马起誓①，对环绕和震撼大地的
尊神②，说你不曾使坏，歪阻我的赛车奔腾。”

其时，聪颖的安提洛科斯对他答述：
“别说了，王爷墨奈劳斯，我比你年轻
许多——而你比我年长，也更为杰出。
你知道年轻人总爱逾矩闯祸，
虽说心智敏捷，但判识浅肤③。

① 起誓是一件庄重的事情，破毁誓约会受到神的惩击。比较第一卷第 233—239 行、第十卷第 321 行和第十四卷第 271—274 行。

② 指波塞冬，骏马和御车之神。

③ 参考第十八卷第 250 行注。然而，从上下文来判断，安提洛科斯虽说年轻，却很会说话，亦知如何讨得阿基琉斯的欢心。

所以我劝你静心、宽容；我会给你
赢得的母马，此外，如果你还要更好的什么，
取自我的家中，我也乐于，宙斯哺育的
王者啊，当即让出，而不愿今生
失去你的宠爱，得罪众神。”

言罢，心胸豪壮的奈斯托耳的儿子牵马走去，
交到墨奈劳斯手中，后者心里高兴
放松，宛如谷穗沾碰露珠，沉熟，
在那茎秆簇拥的农田，庄稼婆娑。
就像这样，墨奈劳斯，你的心田已被平慰宽松，
送去长了翅膀的话语，对他说诵：
“现在，安提洛科斯，我愿消懈对你的愤怒，
谅你过去一向谦达、稳重，只是今天，
这一回，年轻人的鲁莽把你的理智压服。
注意，下次别再欺诈，对比你卓杰的人们。
其他阿开亚人难以把我说动，
但你为我受苦，历经众多煎磨[①]，
为了我，偕同你高贵的父亲，还有弟兄。
所以，我愿接受你的求诉，甚至愿意交还
牝马，虽然已是我的所属，以便让众人见证，
我的心灵既不矜傲，也不顽固。”

言罢，他把牝马交给诺厄蒙，安提洛科斯的
伙伴牵走，自己则提取那口闪亮的大锅。

---

① 参考第五卷第570行注。这段话说得颇为精彩，既表现了墨奈劳斯的大度，又体现了他性格中高贵和刚强的一面。

墨里俄奈斯名列第四，拿走黄金，两
塔兰同的净获。所剩第五份奖品，那只双把的坛罐
尚无得主。捧着他，阿基琉斯穿走阿耳吉维人的
群伍，赠给奈斯托耳，站临他的身边说道：
“收下这个，老人家，把它当作一份珍宝，当作
纪念帕特罗克洛斯的礼葬之物藏好——从今后，
阿耳吉维人中你将再也见他不到。我给你这份
奖品，无须胜获，因你再也不会参加拳击摔跤，
也不会走向赛场投枪，或撒开腿步
竞跑——年龄的重压已迫挤你的身腰。”

　言罢，他送礼奈斯托耳手中，后者高兴，接过，
吐出长了翅膀的话语，对他说道：
“是的，孩子，你的话在理，一点没错①。
我的膝腿已不再坚实，亲爱的朋友，脚足和手臂
不如以前，已不能在肩头轻松甩抛。
但愿我依旧年轻，浑身都是力豪，
那一天，厄培亚人正忙着埋葬王者阿马仑丘斯，
在布普拉西昂，他的儿子们亦以赛会对先王致悼。
那里无人胜我，无论是厄培亚人，本族的普洛斯人，
还是心胸豪壮的埃托利亚人，全都不能赶超。
拳赛中我战胜克鲁托墨得斯，厄诺普斯的儿郎，
摔跤中我击败普琉荣的安凯俄斯，与我对撞，
赛跑中我力克伊菲克洛斯，尽管他是一条好汉。
枪赛中我超出波鲁多罗斯和夫琉斯，
只是在车赛时我输给了阿克托耳的一对儿郎，

① 第626行同《奥德赛》第十八卷第170行。

他们仗着人多硬挤，超前，玩命似的拼夺奖品，
只因最丰厚的赏酬，留给了此项赛事的参与者争抢。
他们乃孪生的哥俩，一位从容操缰，
是的，一位控缰，另一位鞭催驭马。
这便是从前的我，现在，此类竞比
要让年轻人承当；我得顺服悲苦的
晚年——但那时，我确曾在豪杰中闪光。
去吧，继续葬礼中的比赛，尊祭你的伙伴。
我接受你的礼物，感激你的情长，心里高兴，
你没有把我遗忘，给我荣誉，
使我在阿开亚人中能把应有的荣誉得享。
为此，愿神明报答，使你幸福、昌达。”

他言罢，裴琉斯之子走回大队阿开亚人
集聚的地方，听完奈琉斯之子的每一句赞扬，
搬出奖品，准备包孕痛苦的拳击开打。
他牵出一头壮实的骡子，缰系在竞技场上，
六岁的牙口，那类最难驯服的犟种，从未上过轭架；
拿出一只双把的酒杯，给负者的赐赏。
他站挺起身，在阿耳吉维人中说讲：
“阿特柔斯之子，所有胫甲坚固的阿开亚兵壮！
我们邀请你们中最出色的两位斗士争夺奖品，
举起拳头赛打。谁个受到阿波罗
助佑[①]，击倒对方，得获全体阿开亚人见证，
便可拉走这头壮实的骡子，牵回营棚收藏。
负者得获酒杯，拿走，安着双把。”

① 据说阿波罗乃拳击的主持和保护神。

他言罢，听者中随即站起一人，强健、硕大，
擅长拳打，厄培俄斯，帕诺裴乌斯的儿郎。
他手搭壮实的骡子，开口喊话：
“谁个愿领这个双把的酒杯，上来挨打！
拳击中，我说，阿开亚人里谁也不能把我打趴，
带走骡子获奖——这里数我最棒。
难道这还不够，战场上我算不得咋样？谁也
不能样样都行，事事在行，我想。
我这里有话在先，此事会成为现状：
我将撕裂对手的皮肉，把他的骨头打断。
让关心他的人们候等在身旁，
以便把他抬走，当我挥拳将他打翻！”

他言罢，全场静默，众人无言悚然[1]。
唯有欧鲁阿洛斯起身应战，神一样的凡人，
塔劳斯之子，王者墨基斯丢斯的儿男，
其父曾前往忒拜，参加刚刚死去的俄狄浦斯[2] 的
礼葬，击败了所有的卡德墨亚壮汉。
图丢斯之子，著名的枪手充当帮办，
鼓励，对他说话，衷心希望他拿下这场拳打。
首先，他替拳手系妥腰带，然后给出

① 第 676 行同第三卷第 95 行和第七卷第 92 行。

② 如此看来，俄狄浦斯似乎死在忒拜（另参考《奥德赛》第十一卷第 275—280 行），而不像后世传说的那样，说他卒于雅典或克洛诺斯。

切割齐整的扎条,取自漫步草场的壮牛的皮张[1]。
系扎完毕,两人阔步赛圈中央,
迎面站立,同时举起粗大的拳头对打,
逼近,强健的双臂你来我往,
牙齿咬出可怕的响声,汗水从全身
每一个部位滴淌。神勇的厄培俄斯扑进,
当对手偏离防范,拳捣他的脸颊,后者站立
不稳,摇动,光荣的膝腿瘫软。
像一条鱼儿,跃出经由北风吹拂的水面荡漾,
颠扑在水草丛生的浅滩,掉进一峰涌起的黑浪;
就像这样,欧鲁阿洛斯扑跃,遭受拳打,心胸豪壮的厄培俄斯
伸手将他怀抱扶起,亲密的伙伴们围站,
将他架出赛场,后者拖着双腿,
口吐混浊的血浆,脑袋耷拉在一旁,
迷迷糊糊,被带回放置在人群集聚的地方,
伙伴们离去,替他领取那只杯盏双把。

其时,为第三项赛事,裴琉斯之子拿出两份酬奖,
为包孕痛苦的摔跤,在达奈人面前陈放。
优胜者将获一只大鼎,可架于火上,
按阿开亚人私下里估算,值得十二头牛的换价。
他带出一名女子,置于人群,酬慰输家,
此女精熟多种活计,四头牛的换价。
他站挺起身,在阿耳吉维人中说讲:

---

① 开赛前,拳击者通常以皮条扎绑指掌,以为防护。生活中,人们可用拳脚(用不绑皮条的"光拳")解决争端。拳术是显示英雄本色的手段之一(参阅《奥德赛》第十八卷第66—107行)。

"起来吧,要两个人,能够争夺这些酬奖!"
他言罢,人群里即时站出忒拉蒙之子埃阿斯高大,
足智多谋的奥德修斯亦即起身,心智狡诈[1]。
两人系扎完毕,阔步迈入赛圈中央,
互相抓扭,绞连粗壮有力的臂膀,
宛如紧搭的木椽,抵御强劲的风吹,
被一位著名的工匠密连在高耸的住房。
强健的手臂粗莽,绞拧身躯,脊背发出
嘎嘎的声响,汗水淋淋,倾盆泼淌,
伤痕累累,双肋和肩膀上勒出殷红的
血浆,二位拼死拼活,为了夺取
胜利,将那只精工制铸的鼎锅争抢。
奥德修斯扳不倒埃阿斯,将他扔倒地上,
埃阿斯亦然,奥德修斯的巨力将他抵挡。
终于,当旷时的争搏使胫甲坚固的阿开亚人腻烦,
忒拉蒙高大的儿子对他说话:
"宙斯的后裔,多谋善断的奥德修斯,莱耳忒斯的儿郎,
抱举我,要不我会把你提抓;宙斯会决定谁是赢家。"

　言罢,他使劲抱扳,但奥德修斯不忘招数,
从后面蹬踏,一脚踢中膝窝,酥软了
他的筋腱,将他仰面摔倒在地上,奥德修斯
顺势扑压他的胸脯——人们凝目观望,惊诧。
接着,历经磨难和卓著的奥德修斯使劲提抱,
但只能将其稍稍离移地表,不能悬空抱抓,

① 和狄俄墨得斯一样,奥德修斯亦应有伤在身(参考第 290 行注)。在这里,荷马把埃阿斯身材的高大和奥德修斯心智的聪灵形成对比。

于是便用膝盖顶弯他的腿脚，双双
倒地，临近跌躺，全身污泥，沾满。
其时，他们会一跃而起，开始第三轮角斗较量，
若非阿基琉斯本人起身，出言阻止冲撞：
“别摔了，不要弄得精疲力竭，避免致伤。
你俩全都赢了，即可均分奖酬，然后
退下，以便让其他阿开亚人竞比登场。”

他言罢，双方认真听完，服从他的安排，
抹去身上的灰泥，穿上自己的衣衫。

裴琉斯之子随即设置另一批奖品，准备跑赛，
一只银制的兑缸，工艺精湛，只能容纳
六个衡度，但瑰丽典雅，人世间无有他者
绚美与之成双，西冬工匠的手艺[①]
精湛，腓尼基商人[②] 将其运过深渺的大洋，
泊岸港口，作为礼物，让索阿斯收下。
伊阿宋之子欧纽斯把它给了英雄帕特罗克洛斯，
赎回普里阿摩斯之子鲁卡昂。
现在，阿基琉斯以此作酬，纪念他的伙伴，
授予腿脚最快的赛者，作为褒奖。
给荣获第二的赛手，他设下一头肥壮的牧牛悬赏，
另有半塔兰同黄金，由名列最后的赛者捧拿。

---

① 西冬(尼亚)人以工艺精巧蜚声海外(另参考第六卷第 289—290 行)。西冬人可能即为下文中的腓尼基人。

② 在《伊利亚特》中，《奥德赛》里多次出现的腓尼基人(Phoinikes)仅出现(这)一次。“腓尼基人”大概是西冬人在海外更常用的称谓。腓尼基人不仅商贸货物，而且还贩卖奴隶(参考《奥德赛》第十四卷第 287—297 行和第十五卷第 415—484 行)。

他站挺起身，在阿耳吉维人中说讲：
“起来吧，谁个有意争夺这些酬奖！”
他言罢，迅捷的埃阿斯随即起身，俄伊琉斯的儿郎，
足智多谋的奥德修斯亦即站起，接着是奈斯托耳
之子安提洛科斯，年轻人中腿脚最快的是他。
他们在起点上站等，阿基琉斯指明转弯的标杆，
赛者急奔，从标明的起点出发。
很快，俄伊琉斯之子抢出，但卓越的
奥德修斯紧追不放，间距有如线杆近离织女的
乳房——束腰秀美的女子动作娴熟，把线轴
穿过经线，拉拢线杆，贴近自己的胸膛。
就像这样，奥德修斯殿后，但紧追不放，
踏踩前者的脚印，不等扬起的泥尘落下。
卓著的奥德修斯喘气，喷吐在埃阿斯的后脑勺上，
迅猛，急速追赶，所有的阿开亚人为他鼓劲，
为他的争胜呐喊，纵情欢呼，当他跑出最快的步伐。
然而，当他们跑入最后的赛段，奥德修斯开始在
心里祈祷，对眼睛灰蓝的雅典娜说话：
“听我说，女神，行行好，替我的腿脚帮忙！”

祷毕，帕拉斯·雅典娜听闻他的祈讲，
于是轻舒他的肢腿，他的双脚和双手臂膀。
当他们准备进行最后的冲刺，争获酬奖，
埃阿斯于奔跑中滑倒，被雅典娜搅乱步伐，
倒在满地的粪堆里，粗声吼叫的壮牛临死前泄下，
捷足的阿基琉斯宰了它们，祭祀帕特罗克洛斯的死亡。
他的嘴里鼻孔塞满牛的粪便，
神勇和坚忍的奥德修斯赶超，首先冲过终点，

捧走兑缸；光荣的埃阿斯牵得牧牛作赏。
他站着，将牧放的畜牛，它的犄角抓在手上，
吐出嘴里的牛粪，对阿耳吉维人嚷嚷：
“呸，臭死我了！女神作梗，将我绊翻，总是
站守奥德修斯身边，疼爱，像似他的亲娘。”

他言罢，逗得全场的阿开亚人欣喜，大笑。
安提洛科斯拿走末奖，走过，
嬉笑着在阿耳吉维人中说道：
“朋友们，我要说的事情你们全都知晓，
长生者们一如既往，仍然偏爱年长的同胞。
你们看，埃阿斯比我大不了多少，而那个人
则属于另一个时代，老一辈的人物——
人们说，可算是老当益壮的英豪——除了
阿基琉斯，别的阿开亚人很难与之赛跑。”

他赞美裴琉斯捷足的儿子，如此说道。
阿基琉斯针对他的话语作答，说告：
“你的赞誉，安提洛科斯，不会没有回报。
我将再给你半塔兰同黄金，作为犒劳。”

言罢，他把黄金放入对方手中，后者高兴，接过①。
裴琉斯之子搁置赛场，提来一支投影
森长的枪矛，随之放下一面盾牌，一顶盔帽，
萨耳裴冬的甲械，帕特罗克洛斯剥取的战获。

① 比较第624行和第一卷第446—447行。

他站挺起身，在阿耳吉维人中说道[①]：
“我们邀请你们中最出色的两位斗士，争夺奖犒[②]。
让他们披上铠甲，抓起裂毁皮肉的铜枪
打斗，互相搏击，在众人面前试比身手。
哪位首先刺中，捅入对方闪亮的皮肉，
放出黑血，触及内脏，透穿甲胄，
我将赐赏这把嵌缀银钉的斯拉凯劈剑，
精美，夺自阿斯忒罗派俄斯的尸首。
二位可以共享这些甲械，带走；
我们将盛宴营棚，款待他们回头。”

　他言罢，人群里即时站出忒拉蒙之子高大，
强健的狄俄墨得斯继他而起，图丢斯的儿郎。
二位在各自的群队里完成披挂，
大步跨入赛场中央，挟着拼斗的烈狂，
眼里射出凶狠的光闪，令所有的阿开亚人惊讶。
他们相对而行，咄咄逼近对方，
一连三次冲击，一连三次扑打。
其后，埃阿斯枪刺狄俄墨得斯边圈溜圆的盾牌，
但未能触及皮肉，里面的护甲挡住了枪尖。
图丢斯之子从硕大的盾面上频频出手，
闪亮的枪尖不时划动在埃阿斯颈脖的边沿；
阿开亚人见后担心埃阿斯的安全，
呼求他们停战，均分奖品离开。
英雄阿基琉斯提起硕大的战剑，交给

① 第 801 行同第 271 等行。
② 第 802 行同第 659 行。

狄俄墨得斯，连同剑鞘和切磨齐整的背带。

接着，裴琉斯之子搬出一大块生铁，
曾是强有力的厄提昂投扔的物件，
以后捷足和卓越的阿基琉斯将其杀害，
抢夺铁块，连同其他财物，一并船运归来。
他站挺起身，在阿耳吉维人中说喊：
“谁个有意争夺这份奖酬，起来！
须知尽管他那丰足的农庄距此遥远，
然而此物够他使用连转的五年，
他的牧人或耕夫无须因为缺铁
进城，有这一大块东西备用在他们身边。”

他言罢，骠勇犟悍的波鲁波伊忒斯站立起来，
连同强健的勒昂丢斯，神一样的凡男，
另有忒拉蒙之子埃阿斯和卓越的厄培俄斯在内。
他们站立，成排，卓越的厄培俄斯拿起铁块，
旋转抛甩，阿开亚人全都大笑，眼见。
勒昂丢斯接着掷甩，阿瑞斯的后代，
第三位是忒拉蒙高大的儿子，挥动粗壮的
臂膀投摔，超越，落在其他标痕前面。
其时，骠勇犟悍的波鲁波伊忒斯抓起铁块，
投程之远宛如牧人丢甩棍棒，飞旋着穿过空间，
落在牛群牧食的草野；就似这般遥远，
他的投掷飞出宽广的赛场，众人欢呼，为之喝彩。
强健的波鲁波伊忒斯的伙伴们跳将起来，
抬着王者的奖酬，走向深旷的海船。

其时,作为弓赛的奖品,裴琉斯之子拿出灰黑的
铁器,十把双刃,另十把单刃的斧斤,
竖起一根取自乌头海船的桅杆,
在远处的沙滩,用细绳拴住一只胆小的鸽子,
缚住它的腿脚,连接杆端,挑战弓手
将其射落下来:"谁个射中胆小的鸽子,便可
持物回家,取走所有的斧斤双面。
然而,倘若没有击中鸽子,却射断绳线,
此人虽是输者,仍可拿走这些单刃的斧片。"

他言罢,强有力的王者丢克罗斯[①] 站立起来,
还有墨里俄奈斯,伊多墨纽斯骁勇的伙伴。
他们投入阄块,摇动青铜的盔盖,
丢克罗斯拈得先射之便。于是,他发射
一支强劲的飞箭,但没有对弓箭之王许愿,
承诺举办隆重的牲祭,奉献羔羊头胎。
所以,他未能精中目标,阿波罗不让他实现,
但还是击中鸽脚边缚绑的绳子,撕咬的
箭矢疾冲,切断绳线,鸽鸟
直飞云天,断绳摇荡,朝着
泥地垂悬;阿开亚人欢呼赞叹。
墨里俄奈斯心急火燎,一把抢过弓杆——

① 丢克罗斯是大埃阿斯的同父异母兄弟,通常使用弓箭战斗(第八卷第 266 行以下),被伊多墨纽斯称作"全军最好的弓手"(第十三卷第 313—314 行),但似乎"运气"不是太好(参阅第八卷第 323—329 行和第十五卷第 463—470 行)。在云聚的希腊将领中,就弓手而言,《伊利亚特》提及的只有丢克罗斯和下行中的墨里俄奈斯,尽管在《奥德赛》里奥德修斯声称,他乃特洛伊城下仅次于菲洛克忒忒斯的弓手(参考该诗第八卷第 219—222 行)。

趁着丢克罗斯瞄准的当口,早已抽出一支矢箭——
随即对远射手阿波罗许下心愿,
承诺举办隆重的牲祭,奉献羔羊头胎。
他瞄准胆小的鸽子,高飞在云层下面,
盘旋,发箭正中鸟翅下的要害,
深扎鸟体,透穿出来,掉落,
坠插墨里俄奈斯的脚边。鸽鸟下落
木条的顶端,在那根取自乌头海船的桅杆,
低垂着脑袋,羽毛浓密的翅膀松蓬,命息
飘离它的肢腿,刹那之间,从高远的桅顶
跌躺地面。人们凝目观望,惊诧一番。
墨里俄奈斯拿取所有十把斧斤,锋刃双面,
而丢克罗斯则返回深旷的海船,带着单刃的斧片。

接着,裴琉斯之子拿出一支投影森长的
枪矛和一口未经柴火烧烤的大锅,放置场内,
锅上铸有花纹,一头牛的价位。枪手们站起准备。
阿特柔斯之子起身,阿伽门农,统治辽阔的疆界,
还有墨里俄奈斯,伊多墨纽斯骁勇的伴陪①。
然而,捷足和卓越的阿基琉斯在人群中开言:
“我们知道,阿特柔斯之子,你远比众人强健,
作为最好的枪手,全军无人可以比及。
所以,拿取这份奖品,回返你深旷的海船。
不过,让我们把这支枪矛赏给英雄墨里俄奈斯,
倘若你的心灵赞成——此乃我的意见。”

① 第 888 行同第 860 行。

他言罢，民众的王者阿伽门农不予抗违[①]。
于是，阿基琉斯把铜枪交给墨里俄奈斯，而英雄[②] 则把
大锅交给信使塔尔苏比俄斯，一件奖品精美。

① 第 895 行同第二卷第 441 行。

② heros，指阿伽门农。

第二十四卷

赛事结束，人群分散离去，朝向各自的
快船走回。众人都在盼想吃喝
和睡眠的甜美，唯有阿基琉斯仍然
哭泣，怀念亲爱的伴友，所向披靡的睡眠
难以靠临。他辗转反侧，念想着
帕特罗克洛斯，他的刚毅和巨大的勇力，
回想他俩一起做过的事情，他所遭受的苦辛，
共闯人间的战争，经历汹涌的海浪磨砺。
他回忆着这些往事，泪水滚涌簌滴，躺着，
时而侧卧，时而仰面，时而头脸
朝下伏地，然后起身站立，精神恍惚，
抬脚漫走在大海的滩沿，注意到黎明
把晨光洒向大海和滩头，降临。
其时，他把快马套入轭架下面，
将赫克托耳的尸躯绑在车后，赶马拉起，
绕着墨诺伊提俄斯阵亡之子的坟冢连跑三圈，
然后折回营棚休息，扔下尸体，
任其摊展，头脸贴着尘泥。然而，阿波罗
对他怜悯，虽然已经死去，保护他的
遗体，使其免遭各种豁凌，用金制的埃吉斯

遍遮尸躯，使阿基琉斯的拖拉不能把它毁裂[1]。

就这样，阿基琉斯蹂躏高贵的赫克托耳，挟卷怒气。
眼见他的处境，幸福的神明产生同情，
再三催促眼睛雪亮的阿耳吉丰忒斯偷盗尸体。
此举可以愉悦别的神明，却不能博得赫拉、
波塞冬和灰眼睛姑娘的欢欣，
仍像当初那样痛恨神圣的伊利昂，痛恨
普里阿摩斯和他的兵民，只因亚历克山德罗斯的恶行，
后者屈辱二位女神，当她俩在他的羊圈落临，
反倒垂青那个，催怂情欲，引向灾祸致命。
其后，那是赫克托耳死后的第十二个黎明，
福伊波斯·阿波罗说话，在长生者中说起：
"狠酷，残忍，你等神明！难道赫克托耳
不曾焚烧肥美的山羊和牛的腿件，敬祭各位？
眼下，你们不愿救他，尽管已是一具尸体，
让他的妻子看上一眼，也让他的儿子、母亲，
让他的父亲普里阿摩斯和城里的兵民——
他们会即时火焚遗体，举行葬祭的礼仪。
然而，你等众神，你们却只想帮助狠毒的阿基琉斯，
此人的胸腔里呀，无有正直的用心，
偏拗、固执，像一头狮子，沉溺于
自己的高傲，凭借它的勇力，
撕食它们，扑向牧人的羊群。
同样，阿基琉斯已荡毁怜悯，把羞耻

① 比较第二十三卷第 184—191 行以及第十五卷第 307—311 行和第十八卷第 203—206 行。

抛弃——羞耻,它既使人受害至深,也使人受益。
凡人必然会失去关系更为密切的至亲,
比如儿子,或一母同胞的兄弟,
然而他会在感觉悲伤、痛哭流涕之后,适时终结:
命运给会死的凡人安置了忍耐的心灵。
但是,这个人,他夺走高贵的赫克托耳的性命,
把他绑在车后拖拉,围绕亲爱伴友的坟茔,
此举既不能为他增光,也不会给他带来进益。
他是个了不起的人,不错,却不要惹发我们生气。
看见了吗,他正泄发狂虐,羞浊无有知觉的土地!”

其时,白臂女神赫拉嗔怒,对他答接:
“银弓之王,你的话或许在理,倘若你等
愿把阿基琉斯和赫克托耳放在同样尊荣的地位。
不过,赫克托耳是个凡人,吸吮凡女的乳汁,
而阿基琉斯乃女神的儿子——是我亲自
把她养大,照料关心,嫁给神祇由衷
喜爱的凡人,嫁给裴琉斯为妻。你们各位,
所有的神明,全都参加了婚礼,包括你,宴饮在他们中间,
弹奏你的竖琴①。哦,邪恶者的朋友,你从来不讲信义!”

其时,汇集云层的宙斯对她发话,答接:
“赫拉,不宜对神明大发雷霆;
这两个凡人的荣誉自然不会等立。但是,赫克托耳

① 在第一卷里,阿波罗弹奏精工制作的竖琴,伴和缪斯姑娘们的轮唱(第603—604行)。关于裴琉斯与塞提斯的婚事,参考第十八卷第428—434行。另参阅第十六卷第380—381行和第十七卷第194—197行等处。

也一样，在特洛伊人中他最受宠于神灵。
我亦钟爱此人，他从来不吝啬礼物，使我欢欣。
我的祭坛从来不缺丰美的供品，
不缺奠酒和烟香，此乃我们应得的尊誉①。
我们不能同意偷取尸体，此举难以通行，
从阿基琉斯身边盗出勇敢的赫克托耳，
须知他的母亲白天黑夜都会去往那里。
倒是可让一位神明，去把塞提斯招来此地，
让我对她嘱告几句，使阿基琉斯接受
普里阿摩斯的赎礼，交还赫克托耳的遗体。”

他言罢，驾踩风暴的伊里斯疾行，捎带口信，
从萨摩斯和岩壁粗皱的英勃罗斯之间跳入
浪水的昏黑，大海在她周围轰鸣。
她一头扎到洋底，像沉重的铅块坠入水里，
拴系在一支取自漫步草场的壮牛的硬角，
送去死亡，给生吞活剥的海鱼②。
她在岩洞深处觅见塞提斯的踪影，身边围坐着
海里的女神姐妹，嘤嘤哭泣在她们
之中，悲恸她豪勇儿子的命运，行将在
土壤肥沃的特洛伊死去，远离家乡故地。
腿脚迅捷的伊里斯对她说话，行至身边站定：
“起来吧，塞提斯。谋出必果的宙斯召见于你。”

① 第69—70行同第四卷第48—49行。

② 尽管史诗里的英雄们对食鱼或许不屑一顾，但荷马却并不因此避讳将“钓鱼”纳入他的拿手好戏——明喻。另参考第十六卷第406—408行和《奥德赛》第十二卷第251—254行。

其时，银脚女神塞提斯对她答回：
“大神要我前往，有何意味？我无颜
和长生者们聚首，心里有无穷的伤悲。
不过，我会就去；他不说空话，不会。”

言罢，闪光的女神拿起一条黑色的
头巾，黑过所有的袍裙，动身出行，
迅捷、腿脚追风的伊里斯引路，走在
头里，海浪破开，在她俩身边分离。
她们登上滩岸，飞向天际，
见到沉雷远播的克罗诺斯之子，身边
围坐着各位幸福、长生不老的神祇。
她下坐父亲宙斯身边，雅典娜让出的位置，
赫拉将一只绚美的金杯放入她手里，
好言宽慰；塞提斯喝过，递还金杯。
神和人的父亲在众神中首先开口，说及：
“你来到奥林波斯，塞提斯，女仙，带着你的哀愁，
心里难以慰藉的伤悲；我知道，知晓这些。
但尽管如此，我还要对你告知，为何召你过来。
知道吗，针对赫克托耳的遗体，针对荡劫
城堡的阿基琉斯，长生者们已经争论九天。
他们再三敦促眼睛雪亮的阿耳吉丰忒斯偷尸，
但我仍坚持赐誉阿基琉斯，从而使你
能在日后保持对我的尊敬和热爱。
去吧，尽快前往军营，把我的嘱令转告你的儿男，
告诉他众神已对他恨怒，尤其是我，
在长生者中间，恨他心志狂野，扣留
赫克托耳的遗躯，不予回交，在弯翘的船边。

或许，他会慑于我的愠怒，将赫克托耳交还。
我会派伊里斯找他，给心志豪莽的普里阿摩斯传言，
要他赎回亲爱的儿子，前往阿开亚人的海船，
带上礼物，舒慰阿基琉斯的怒怨。”

他言罢，银脚女神塞提斯不予抗违，
急速出发，冲下奥林波斯的峰巅，
来到儿子的营棚，只见他正在
悲哭举哀，身边忙碌着他的亲密伙伴，
几个人准备食用的早餐，营棚里平躺一只
硕大的绵羊，已经被宰，一身浓密的毛卷。
尊贵的母亲前行，下坐儿子身边，
伸手抚摸，呼唤，对他说劝：
“折磨你的身心，我的孩儿，既不想进食，
也不思睡眠，你还要折腾多长时间？
就是找个女人，那也不坏，同床睡觉，
欢爱。你已来日不多，不能与我同在，
死亡和强有力的命运已站等你的身边。
认真听我说传，因我带着信息，从宙斯那边过来。
他说众神已对你恨怨，尤其是他，
在长生者中间，恨你心志狂野，扣留
赫克托耳的遗躯，不予回交，在弯翘的船边。
做去吧，收取财礼，将遗体交还。”

其时，捷足的阿基琉斯对她说话，答接：
“好吧，就这么办。他可以送来赎礼，收回躯干，
倘若奥林波斯神主亲自下令，此乃他的意愿。”

　　就这样，在船队云聚的滩沿，母子俩倾吐
长了翅膀的话语，长时间交谈。
克罗诺斯之子催令伊里斯前往神圣的伊利昂，开言：
"去吧，迅捷的伊里斯，离开奥林波斯，你的家院，
去往伊利昂，找见心志豪莽的普里阿摩斯，
要他赎回亲爱的儿子，前往阿开亚人的海船，
带上礼物，舒慰阿基琉斯的怒怨[①]，
独自一人，不带别的随员，除开
一位年迈的信使跟在身边，为他驱赶
骡子和轮圈溜滑的货车，把死者的遗体，
此人已被卓越的阿基琉斯杀害，拉回城来。
让他不要担心死亡，要他无所惧畏，
我将给他派送一位向导，须知阿耳吉丰忒斯的
手段，引着他行走，直到和阿基琉斯见面。
当神明将他引入阿基琉斯的棚寨，
后者不会杀他，也不会让其他任何人加害，
阿基琉斯不笨，不会冒犯，也不会胡来，
他会满怀善意，宽恕祈求者的进见。"

　　他言罢，驾踩风暴的伊里斯疾行，捎带信言[②]，
抵达普里阿摩斯的家院，眼见人们都在号哭举哀。
儿子们坐在父亲周围，在自家的庭院，
泪水透湿衣面，老人置身其中，
用披篷紧紧裹掩，头颅和
颈项上撒满泥屎，由老者自己双手抓来，

① 第146—147行同第118—119和195—196行。
② 第159行同第77行。

当他在污秽里滚翻。女儿们悲恸哭喊，
会同他儿子的媳妇们，在整座宫居里面，
怀念那些个男人，众多，骠健，
被阿耳吉维人手杀，全都躺翻。
宙斯的信使说话，站临普里阿摩斯身边，
虽说声音轻微，却把他吓得浑身嗦颤：
“勇敢些，别怕，普里阿摩斯，达耳达诺斯的儿男。
我来到此地，绝无歹毒的心念，
而是带着对你友好的意愿。我乃宙斯的使者，
他虽远离此地，却十分关心，怜悯你的艰难[1]。
奥林波斯神主命你赎回卓越的赫克托耳，
带上礼物，舒慰阿基琉斯的怒怨，
独自一人，不带别的随员，除开
一位年迈的使者跟在身边，为你驱赶
骡子和轮圈溜滑的货车，把死者的遗体，
此人已被神勇的阿基琉斯杀害，拉回城来。
你不要担心死亡，而要无所惧畏，
他将给你派送一位向导，须知阿耳吉丰忒斯的
手段，引着你行走，直到和阿基琉斯见面。
当神明将你引入阿基琉斯的棚寨，
后者不会杀你，也不会让其他任何人加害，
阿基琉斯不笨，不会冒犯，也不会胡来，
他会满怀善意，宽恕祈求者的进见。”

捷足的伊里斯离去，当她言罢。
老王命属儿子们备妥骡拉的车辆，轮圈

---

[1] 第174行同第二卷第27行。

溜滑，将一只柳条编制的篮筐绑在车上，
自己则步入宫内的藏室，散发出雪松的
清香，挑着高高的顶面，满堆珍宝闪光。
他呼喊妻子赫卡贝，对她说讲：
“宙斯的信使找我，夫人，来自奥林波斯山岗，
命我前往阿开亚人的海船，赎回亲爱的儿郎，
舒慰阿基琉斯的怒怨，将礼物带上。
来吧，对我说讲，我该如何行事，依你的见解心想？
我的心绪和勇力一个劲地催我
前往阿开亚人的海船，进入他们宽阔的营防[①]。”

他言罢，夫人尖叫哭喊，对他答讲：
“哦，苦哇！过去，你的智慧在外邦人和
自己的臣民中传扬，如今不见，在哪？
你怎能设想只身独闯阿开亚人的海船，
面对那个人的目光，他杀了你这许多
勇敢的儿郎？你长着铁的心肠！
知道吗，如果你落到他的手里，让他盯上，
那家伙生性粗野，背信弃义，既不会怜悯你，
也不会尊仰。不，还是让我们坐在自己的宫房，
哭悼赫克托耳的死亡。这是强有力的命运
编织，用生命的纺线，当他出身之际，我把他生养，

① 换言之，普里阿摩斯的愿望和神的意向完全一致。在荷马史诗里，神意和人意有时趋于一致，形成主客并举、内外合一的“动因”(另参考第八卷第 218—219 行、第九卷第 702—703 行和第十一卷第 713—716 行等处)。尽管如此，在类似情况下，神意似乎仍是第一动因，是起引导作用的因素，尽管它常常会符合并顺应人的意愿，能直接或间接地调动人的积极性。参考并比较《奥德赛》里的相关注释。诗人显然更愿意避繁就简，借用神的干预简化心理图像和内心活动的复杂性。

让快腿的犬狗生食，远离他的爹娘，
被一个比他强健的人击杀。我真想饱餐，
咬住那家伙的肝脏，以此仇报他的作为，
对我的儿郎：他杀戮我儿，其时并非懦汉，
而是站挺保卫特洛伊男子和束腰秀美的
妇女，压根儿不想逃跑，全然不思躲藏！”

　　其时，年迈的普里阿摩斯，神明一样，对她答道：
“我决意要去，你可不要拦阻，也不要在我的
宫房，做那报示凶兆的飞鸟！你说服不了我。
如果是别的谁个，栖身大地的一介凡人，或是某个
祭卜的先知或祭司对我施令发号，
我或许会斥之为谎言，把它放置一边拉倒。
但现在，我亲耳听闻神谕，目睹她的相貌，
所以我非去不可，她的话不会白说。倘若
我命该死在身披铜甲的阿开亚人的船边，
我愿接受这一结果，阿基琉斯可以即刻杀我，
只要能让我拥抱儿子，哭够，尽情哀悼！”

　　言罢，他提起做工精美的箱盖，
拿出十二领绝顶绚丽的衫袍，
十二件单层的披篷，等量的床毯，
同样数量雪白的披裹，连同等量的衫衣装好。
他拿出十塔兰同黄金，秤足，搬出
两只闪亮的三脚鼎，四口大锅，另有一只
精美绝伦的酒杯[1]，斯拉凯人赠送的礼物，

① 比较《奥德赛》第二十四卷第 274—279 行开出的“礼单”。

在他出使该地的时候。现在,老人连它一齐
割爱,从厅堂清出,赎回爱子的愿望强烈,
使他啥也不顾。他大声吆喝,驱赶柱廊里的
每一个特洛伊人,用斥责的言辞骂辱:
“滚开,不要脸的东西,废物!
难道你等自家无有悲事,跑来这里恼我?
难道这还不够,宙斯,克罗诺斯之子夺走我最好的
儿子,给我致送悲苦?你们自己亦会清楚,
赫克托耳死了,如今,你们将被阿开亚人
更为轻松地杀屠。但愿我能
离去,在眼见城市被劫、民众
挨宰之前坠入哀地斯的家府!”

言罢,他提着棍杖追扑,吓得众人撒腿,
慑于老人的狂怒。接着,他转而对儿子们发火,
咒骂赫勒诺斯、帕里斯和卓越的阿伽松,
咒骂帕蒙、安提福诺斯、啸吼战场的波利忒斯、
德伊福波斯、希波苏斯和高贵的狄俄斯——
对这九个儿子,老人语气粗暴,号令斥诉:
“赶快行动,败家的孩子,我的羞辱!但愿
你们顶替赫克托耳,在迅捷的船边全被杀除!
哦,我的命运,好苦!我有宽广的特洛伊地面
最高贵的儿种,然而,告诉你们,没有一个为我留存,
包括神一样的墨斯托耳,喜好骏马的特罗伊洛斯,
还有赫克托耳,凡人中的仙神:他似乎不是
凡人的儿子——他们会死——像由神明所生。
阿瑞斯杀了所有的他们,而留给我的却使我丢人,
一帮骗子、舞棍、歌舞场上的佼佼者,从自己的

属民手里抢夺羊羔和小山羊的盗贼是真!
还不给我赶快,动手备车,把所有的
东西搬到车上,让我赶路登程!”

　　他言罢,听者惧怕老人的责惩,
拖出轮圈溜滑的骡车,精美的手工,
新近制作,将一只柳条编制的篮子绑上车身。
他们从挂钩上取下骡轭,用黄杨木制成,
带着浑实的突结,上面安着导环平稳,
取来九个肘尺长度(连带轭架本身)的轭绳,
把轭架牢牢置于滑亮车杆的
端头,将导环套入钉栓,
绑连突结,两边各绕三圈,然后
拉紧长绳,拴匝在车杆后部的挂钩。
随后,他们从藏室里抬出难以计数的财物,
堆上光滑的骡车,用以回赎赫克托耳的头颅,
将蹄腿强健的骡子套入轭架,一对苦干的牲口,
慕西亚人将其赠送普里阿摩斯,作为光荣的礼物。
最后,他们牵过普里阿摩斯的驭马,在轭架下套住,
老王本人的属有,在滑亮的厩槽前养护。

　　其时,车马备套完毕,在高耸的房宫,
为使者和普里阿摩斯,二者都能在心中设谋。
赫卡贝前趋,临近他们,心里悲痛,
右手握拿金杯,满斟甜美的浆酒,
以便让他们在上路之前,奠酒祭神。
她驻足驭马前面,叫着普里阿摩斯的名字,说称:
“接过酒杯,给父亲宙斯洒斟,祈求保你平安

归返，从敌人的营棚，既然你执意
要去他们的海船，尽管我不愿让你登程。
祈祷吧，对克罗诺斯席卷乌云的儿郎，
雄居伊达，俯视整片特洛伊地方，
求他遣送一只示兆的羽鸟，他的迅捷的使者，
飞禽中最受他钟爱，力气最大，让其
显现在右边前方①，使你一旦目睹，
便会信它，前往驱赶快马的达奈人的船旁。
不过，倘若沉雷远播的宙斯不送信使，不愿送发，
如此，我便不会劝你，也不会要求你前往，
去往阿开亚人的海船，哪怕你一心只想。”

其时，神祥的普里阿摩斯对她说道，答话：
“夫人，我不会轻视你的劝讲。此举妥帖，
对宙斯求央，倘若他能怜悯，因为我们双手高扬。”

老人言罢，告嘱侍候他们的管家
倒出纯亮的清水，淋洗他的指掌，女仆
遵嘱走上前来，端着洗盆和水罐侍立一旁。
他洗净双手，接过妻子递来的酒杯，
站在庭院中央，对神祈祷，洒出酒浆，
仰望青天，朗声祈诉，说讲：
“父亲宙斯，至尊、至伟，你从伊达山上治察，

① 通常的情况是，神遣送兆示，让凡人（被动）接收，做出卜释，然后决定行动。这里，赫卡贝主动并明确要求神明遣送兆示，为《伊利亚特》中所绝无仅有。这是一个神人杂处、信息在人神间往来沟通的世界，一个存在于先民和诗人想象之中并“接受”他们参与的广阔天地。

答应让阿基琉斯欢迎我,怜悯我的愁伤。
给我遣送一只示兆的羽鸟,你的迅捷的使者,
飞禽中最受你钟爱,力气最大,让其
显现在右边前方,使我一旦目睹,
便会信它,前往驱赶快马的达奈人的船旁。"

　　言罢,精擅谋略的宙斯听闻他的祷告[①],
随即遣下一只苍鹰,飞禽中示兆最准的羽鸟[②],
掳劫者,人亦称之为黑鹰,长着幽暗的羽毛。
像那偌大的门面,封挡富人的
财库老高,被粗重的门闩插牢,
雄鹰展开翅膀,也有这般大小,一边一个,
穿越城空,在右边翔翱。人们翘首仰望,
无不为之振奋,胸腔里的心灵乐陶。

　　其时,老人迫不及待地登上轮车,
驱马穿过回声轰响的柱廊,穿过大门,
骡子拉着货车四轮,跑在前面,
由经验丰富的伊代俄斯操掌缰绳,马车
跟行,老人扬鞭催赶,策马迅速
穿跑居城,亲人们全都跟随后面,
痛哭流涕,仿佛他此行难以还生。
当他俩穿过城区,出离,踏上原野的平整,
送行者们折回伊利昂,普里阿摩斯的儿子和
女婿们于是回城。沉雷远播的宙斯,当他俩在

① 第 314 行同第十六卷第 249 行。
② 鹰是宙斯的使者,故而在诗人看来,理所当然地"示兆最准"。

平原上出现，自然不会不见他们，望着老人的模样，
怜悯油然萌生，当即发话爱子，要他动身：
“赫耳墨斯，你比别的神明更喜伴引凡人，
你爱倾听他们的诉说，那些你愿意帮助的人们。
去吧，出发，把普里阿摩斯导向阿开亚人的
海船旷深，别让达奈人看见，发现他的
行踪，直到抵达阿基琉斯的营棚。”

他言罢，导者阿耳吉丰忒斯不予抗争，
当即将精美的条鞋系连脚跟，
永不败坏，黄金铸成，载着他跨越苍海
和无垠的陆地，快得像似疾风。
他操起节杖，用以催睡凡人，弥合他想
合拢的瞳眸，亦可使睡者眼睛开睁[①]。
手握这支节杖，强健的阿耳吉丰忒斯飞起动身，
很快抵达特洛伊大地和赫勒斯庞特，改为步行，
变取一位年轻人的模样，高贵，
留着头茬的胡子，正是风华最茂的人生[②]。

其时，两人驱车跑过伊洛斯高大的坟茔，
勒住骡子马匹，让其汲饮河水，
这时夜色已经落降，遮蒙大地。
信使眼见赫耳墨斯，从不远的前方走近，
于是开口说话，对普里阿摩斯送去话音：

① 赫耳墨斯的节杖具有神奇的功效，可以兼司睡眠（即睡神、催眠之神）的职责。参考《奥德赛》第二十四卷第1—10行。

② 第348行同《奥德赛》第十卷第279行。

"想一想吧,达耳达诺斯的后裔,有动静,须要仔细,
我眼见一个人影,担心他会把我们撕裂,当即。
赶快,让我们赶着马车逃逸,要不
就去抱住他的膝盖,求他手下留情。"

他言罢,老人心里混沌昏乱,吓得不轻,
浑身汗毛竖指,在佝曲的肌体,
站着,瞠目,幸好善喜助佑的神明走近,
握住他的手[①],对他说话,提出问题:
"你赶着骡马,敢问阿爸,去往哪里,
在这神赐的夜晚,其他凡人已经入睡?
难道你不怕阿开亚人,他们吐喘狂烈的气息,
是你的敌人,恨你,就在不远的此地?
要是让他们中的谁个瞅见,见你运送这许多财宝东西,
穿行在乌黑、迅捷的夜晚[②],想过吗,将会发生什么事情?
你本人已不年轻,而你的侍从亦有一把年纪,
无力打退肇事的汉子,对你无事生非。
然而,我却不会害你,相反,还会帮你
打开害你的谁个——你看来像似我尊爱的父亲。"

其时,年迈的普里阿摩斯对他答话,像似神明:
"是的,亲爱的孩子,事情大致这样,如你说及。
尽管如此,仍有某位神灵伸手,将我护起,
送来像你这样的行者见我,带来

① "握住他的手"以示友好,亦为压惊(参见第671—672行)。另参考《奥德赛》第十卷第280—282行。

② 另见第653行。"迅捷的"亦可作"即逝的"解。参考第十卷第394行注。

运气——瞧瞧你的身段，美得出奇，还有
你的心智，聪灵。幸运的爹娘啊，能够生你养你！”

　　其时，导者阿耳吉丰忒斯对他答话[1]：
“是的，老人家，你的话在理，一点不差[2]，
不过，告诉我此事，要准确地说讲[3]，
你带着这许多珍贵的财物，是否打算
运往域外，让人替你保管收藏。
抑或，你们正倾城出逃，害怕，丢弃神圣的
伊利昂，只因你们中最出色的斗士，一位如此杰卓的英才
　　已经死亡——
你的儿子，战阵中从不在阿开亚人面前退却彷徨。”

　　其时，年迈的普里阿摩斯对他答话，神明一样：
“你是谁，高贵的年轻人，谁是你的爹娘？
你怎能讲得这样确切得体，关于我命运险厄的儿郎？”

　　其时，导者阿耳吉丰忒斯对他答话：
“你在试探我，老人家。你问及卓越的赫克托耳，
我曾多次见他，在人们争获荣誉的战场，
在他把阿耳吉维人逼回海船的时光，
挥舞青铜的利械，不停地砍杀。
我们惊诧不已，站着观望，阿基琉斯
愤恨阿特柔斯之子，不让我们参战。

① 第 378 行同第 389、410 和 432 行。
② 第 379 行同第一卷第 286 行和第八卷第 146 行。
③ 第 380 行同第十卷第 384 行等处。

我是阿基琉斯的随从，乘坐同一条制作坚固的海船
到来，我乃慕耳弥冬人，父名波鲁克托耳，
殷实、富有，和你一样年迈。
他有六个儿子，除我以外；我们
拈阄决定，结果是我拈中，出征前来。
现在，我刚从海船来到平原，因为拂晓时分，
眼睛闪亮的阿开亚人将要围城开战。
他们坐等太久，已经不甚耐烦，而阿开亚人的
王者们，亦已无法遏制他们求战的意愿。”

　其时，年迈的普里阿摩斯对他答话，像似神仙：
“如果你真是裴琉斯之子阿基琉斯的随员，
那就请你真实地告诉我，我的儿子是否还
卧躺船边——抑或，眼下已被阿基琉斯
肢解分开，抛出，扔在他的犬狗面前。”

　其时，导者阿耳吉丰忒斯对他答言：
“老人家，狗和鹫鸟都还不曾把他食餐，
他还躺在营棚，完好如初，傍临
阿基琉斯的海船。眼下已是第十二个黎明，
他在那里躺着，尸身不曾腐坏，也未被
蛆虫咬开，它们总爱蚀食阵亡将士的躯干。
不错，阿基琉斯拖着遗体发泄，围绕他亲爱
伙伴的坟茔胡来，每日如此，当神圣的黎明显现，
但他不能使其损坏[①]。到那以后，你会亲眼看见，

① 神已对尸体实施有效的保护（参见第二十三卷第 184—191 行和本卷第 18—21 行）。

他的肌肤沾着露水，躺卧，何其新鲜。污血已被洗去，
身体没有腐败，所有击打招致的伤口都已
愈合完全——许多人曾用青铜刺捣他的躯干。
由此看来，是幸福的神明关照你的儿男，
出于对他的由衷喜爱，尽管他死了，只是一具遗骸。”

他言罢，老人对他说话答接，高兴喜欢：
“我的孩子，供奉长生者，用合宜的礼品，日后必有
报还——就说我的儿子，倘若我真的有过这位儿男，
他从不忽略家住奥林波斯的神仙，在厅堂里面。
所以，神祇记着他，即便他已撒手人寰。
来吧，收下这只精美的杯盏，
护卫我的安全，凭借神的助佑，送我上路，
直至抵达裴琉斯之子的棚寨。”

其时，导者阿耳吉丰忒斯对他答言：
“你在试探我，老人家，因为我是青年，但你说服
不了我，要我接受礼物，趁着阿基琉斯不知时冒犯。
我打心眼里怕他，敬畏①，断然不敢
抢夺他的东西，害怕日后它会给我带来悲难。
不过，我愿充当你的护导，哪怕前往光荣的
阿耳戈斯地面，小心侍候，步行或者乘坐快船。
无人胆敢攻击，对你，小看你的导伴。”

① 看来，阿基琉斯确是一位使部下惧畏的人物（赫耳墨斯显然知道这一点，故而说话贴切、合宜），连他最亲密的伙伴帕特罗克洛斯也称他“可怕呀，甚至会对无辜者突发脾气”（第十一卷第653行）。阿波罗批评他偏拗、固执、“沉溺于自己的高傲”（详见本卷第40—44行）。

言罢，善喜助佑的神明从马后跃上
车辆，迅速抓过皮鞭绳缰，
吹出巨大的勇力，注入骡子驭马。
他们来到围护海船的壕沟护墙，
哨兵们正忙忙碌碌，开始整备晚餐。
导者阿耳吉丰忒斯给所有的他们抛去
睡眠，然后迅速开门，拉开门闩，
送入普里阿摩斯和整车绚美的礼件。
他们行至裴琉斯之子的住所，一座高大的
棚寨，为他们的王者，由慕耳弥冬人合力兴建，
劈开松树的木段，用厚实的茅草
压铺顶面，蓬松虬杂，从泽地里割采。
围着棚屋，他们为王者栏出一个大院，
排着密密匝匝的木杆，由一根粗木插牢，
作为门闩，需要三个阿开亚人将其送入孔眼，
三个人的力气方能拉出硕大的长杆——三个普通的
阿开亚人；至于阿基琉斯，仅凭一己之力，便可合关[①]。
其时，赫耳墨斯，善喜助佑的神明，替老人把大门打开，
运进光荣的礼物，给裴琉斯捷足的儿男，
然后从马后下车，说话，站立地面：
“老人家，我乃神明，长生不衰，赫耳墨斯，
站助你的身边，父亲要我导护于你，差我前来。
现在，我要就此回还，不愿出现在

① 阿基琉斯乃《伊利亚特》里的头号英雄，自然力大，非一般人可以比及。诗人迎合了听众的接受心理，对阿基琉斯的豪力进行了“可接受”的夸张（另参考第十六卷第140—142行、第十七卷第76—78行和第十九卷第387—389行）。阿基琉斯亦非“当今之人”，后者一般不如古时的勇士豪强，所以他的伟力肯定（在诗人看来）也远非当今之人所可以比攀（比较第五卷第302—304行等处）。

阿基琉斯眼前——此举会激起愤怒，
让一位永生的神明公开接受凡人的款待。
然而，你却可以上前，抱住裴琉斯之子的膝盖，
以他父亲、长发秀美的母亲和儿子的
名义恳求，以此说动他的心怀。”

赫耳墨斯言罢，返回高耸的奥林波斯的峰峦。
普里阿摩斯从马后跃下，脚踏地面，
留下伊代俄斯看守，将骡子和驭马
手牵，自己则迈步，直接朝着宙斯钟爱的
阿基琉斯息坐的营棚行迈。老人发现
他置身棚内，伙伴们离着他坐待，只有
英雄奥托墨冬和阿瑞斯的后代阿尔基摩斯
其时正围着他忙开；此人刚刚进食完毕，
吃喝了一番，餐桌仍在身边。
高大的普里阿摩斯走进，不为众人所见，站临
阿基琉斯身边，展臂抱住他的膝盖，亲吻他的双手①，
这双可怕、屠人的大手曾杀死他众多的儿男。
像有人陷入极度的迷乱，在故乡
杀人，事后逃到别国避难，
求援一位富人，使旁观者惊异一般，
阿基琉斯惊讶，望着普里阿摩斯，神样的凡胎；
众人亦面面相觑，表情诧然。
这时，普里阿摩斯开口，说出祈求的话言：

① 比较《奥德赛》第二十一卷第 225 行和第二十二卷第 499—500 行。普里阿摩斯此举需要多大的勇气——他的心里忍受了多大的悲伤！关于祈求者的姿势，参考本书第一卷第 501 行注。

"念想你的父亲,神一样的阿基琉斯,
他和我一样老迈,跨站暮年痛苦的门槛。
居舍边的乡里邻人想必会窘迫骚扰,
而家中却无人挺身而出,为他挡离破毁和苦难。
然而,当他听知你还活在人间,喜悦
之情会在心里荡开,满怀希望,一天一天,
想望见到亲爱的儿子,从特洛伊回返家园。
而我,我的命运充满艰险。我有过最好的儿子,
在特洛伊地面,然而,告诉你,他们无一存还。
我有五十个儿子,当阿开亚人进兵前来,
十九个出自同一个女人的娘胎,
余下的由别的女人生养,在我的宫殿。
强悍的阿瑞斯酥软了他们中大部分人的膝盖,
但给我留下一个,保卫我的城国和人民安全。
此儿已经被你杀害,当他为保卫故土而战,
赫克托耳,为了他我来到阿开亚人的船边,
带来难以计数的财礼,打算从你手中把他赎还。
敬畏神明,阿基琉斯,体恤我的老迈,
念想你的父亲,而我比他还要可怜。
我忍受了世间无人忍受过的苦痛,
用双唇贴吻别人的双手,他杀死我的儿男!"

他言罢,在对方心里激起伤悲,哭念亲爹。
阿基琉斯握住老人的手,把他轻轻推还,
两人忆想死者,哭泣,普里阿摩斯坐着,
悲悼屠人的赫克托耳,缩蜷在阿基琉斯脚边,
而阿基琉斯则时而哭念他的父亲,时而又为
帕特罗克洛斯举哀;悲惋的哭声在营棚里传开。

然而，当卓越的阿基琉斯哭够，
悲悼的激情随之消逝他的肢体心怀，于是
起身离座，握着老人的手，将他扶站起来，
怜悯他头发和胡须的灰白①，
对他说话，用长了翅膀的语言：
“唉，不幸的人啊，你的心灵必定承受着众多恶难！
你怎敢独自跑临阿开亚人的海船，
来到我的眼前——我曾杀死你这许多
勇敢的儿男？黑铁铸成你的心灵，狠坚。
来吧，坐息这方椅面，尽管忧伤，
让我们把悲痛静压，在心底藏埋，
凄楚的哭喊不会给我们把进益带来。
此乃神纺的命线，给不幸的凡胎，
生活在悲苦之中，而神明自己则无有愁哀。
那里有两只瓮罐，停放在宙斯宫居的地面，
盛满不同的礼件：一只装载福佑，另一只填满祸害②。
倘若喜好炸雷的宙斯混合它们，送给一个凡胎，
此人便会时而走运，时而陷入恶难。
但是，当宙斯用清一色的悲苦相赠，他会使人毁败，
邪恶的饥饿驱使他浪迹神圣的大地，
颠沛，失去神和凡人的关爱③。

---

① 这里，诗人描写了阿基琉斯性格中的另一面，表述了他对老人和弱者的恻隐之心。或许，这是阿基琉斯心中对人性的一次“发现”，一次可贵的闪光。

② 第525—528行阐述了神与人的一个根本区别。

③ 换言之，凡人不可能（或一般不可能）享领清一色的福佑，至多也只能过上混合欢乐与痛苦的生活（连婚娶过女神的英雄裴琉斯也只能如此）。此乃古希腊人悲剧意识的基点，在一系列重要的方面影响了他们对世界和人生的思考。另参考第十七卷第444—447行和第447行注等处。

就像这样，神祇给裴琉斯光荣的礼件[①]，
自从他被生养出来，超比所有的凡人，富有和
财产谁也无法比攀，成为慕耳弥冬人的王爷主宰，
神还给他一位长生的女仙为妻，而他只是一介凡胎。
然而，即便是给他，神明也堆起了祸害，
他未曾生养一整代强健的王子，在宏伟的宫殿，
只有一根独苗，注定会过早死难。我无法
照顾，当他面临暮年，因我远离故乡，
坐临特洛伊的墙垣，给你和你的孩子们送去悲哀。
还有你，老人家，我们听说你曾走运盛繁，
疆土朝向大海，远至莱斯波斯，马卡耳的地界，
上抵弗鲁吉亚，及达宽渺的赫勒斯庞特水域，你的显赫，
老人家，比儿子，论财富，人们说你把所有的人超盖。
但现在，天神运送我们前来，使你们遭灾，
城边酷战不止，军勇多被杀害。
你必须忍受，心里不要悲恸没完，
此举无有进益，哭悼你的儿男；
你不能使他复活——你会有另一场悲愁，很快。”

其时，年迈的普里阿摩斯对他答话，神明一般：
“别叫我坐下，宙斯哺育的王子，只要赫克托耳
仍然弃躺营棚，无人看管。不，把他交还于我，
尽快，也好让我亲眼看视我的儿男；你可收下
丰足的财礼，我们已给你带来。任你享用
这些礼件，回返你的故园，既然你已

① 参考第十六卷第380—381行、第十七卷第194—197行和第十八卷第83—84行等处。

放我一命，存活，得见白昼的光闪。”

捷足的阿基琉斯恶狠狠盯着他，说接[1]：
“不要惹我发火，老人家，我已决意把
赫克托耳交还于你。一位信使来过，从宙斯那里，
那是我的生身母亲，海洋长老的千金。
我知道，普里阿摩斯，在我的心灵，是某位神祇——
此事瞒不过我——把你引到阿开亚人的快船，来临。
凡人中谁也不敢闯入我们的营区，哪怕是个
壮汉，年轻。他躲不过哨兵的眼睛，无法
轻而易举，将牢插门扇的闩杆拉移。
所以，老先生，你可别再惹我动怒，在我伤愁
之际，免得我在营棚里对你不起，不顾你
祈求者的身份，错恶，违背宙斯的谕令。”

他言罢，老人只有听从，怕悸。
像一头狮子，裴琉斯之子大步向门口扑去，
身后跟着两位伴从，并非单行，
英雄奥托墨冬和阿尔基摩斯——帕特罗克洛斯
死后，伙伴中二位最得阿基琉斯的爱敬。
他俩从轭架下宽出骡子马匹，
引入信使，他为老王传话，让他
息坐凳椅，然后从溜光滑亮的骡车里搬出
难以计数的财礼，回赎赫克托耳的头颅躯体，
留下两件披篷和一件织工精细的衫衣，
作为裹尸的用物，当二人载着他回家之际。

① 第 559 行同第一卷第 148 行。

阿基琉斯招呼女仆们洗净尸躯，涂抹油清，
但要先将它移开，以免让普里阿摩斯
看见儿子，动发怒气，出于伤心，
从而触发阿基琉斯的盛怒，在他心里，
杀死普里阿摩斯，错恶，违背宙斯的谕令。
其时，女仆们洗净遗体，抹上橄榄油，
用一件衫衣和一领漂亮的披篷掩起，
阿基琉斯亲自动手，将其抱上尸床，然后
由伙伴们帮持，把尸床抬入溜光滑亮的骡车里。
他长叹一声，叫着亲爱伴友的英名：
“不要生我的气[①]，帕特罗克洛斯，倘若你得知此事，
虽然去了哀地斯的家里：我已把卓著的赫克托耳
交还他钟爱的父亲，他已给我分量相当的赎礼，
我将给你拿出一份，丰足，和你的身份相宜。”

言罢，卓越的阿基琉斯走回棚营，
下坐刚才站起离身的椅子，做工精细，
靠着对面的墙壁，对普里阿摩斯发话，说起：
“我已交还你的儿子，老人家，按你的求祈，
他已在尸床上躺息。你可目睹他的容颜，当黎明
示现，将他领回之际。现在，你我应念想晚餐充饥。
即便是长发秀美的尼娥北也会想起进食，
尽管她的十二个子女被杀在宫里，
六个女儿，六个风华正茂的儿子，死尽。

---

① 古希腊人相信，对死者，活人有责任抚慰他(们)的亡灵，以免后者“动怒”，给活着的亲友招来厄运。在这里，阿基琉斯或许没有考虑这么多——他已知自己来日不长，将和帕特罗克洛斯一样，倒死在特洛伊城下。

阿波罗箭发银弓射杀男儿，出于对尼娥北的
恨忌，而泼洒箭矢的阿耳忒弥斯则尽杀她的女儿，
只因尼娥北曾与美颊的莱托攀比，
说后者只生了两个，而她是众多儿女的娘亲。
然而，尽管只有两个，他俩痛杀了对方的成群。
死者横躺血泊，一连九天，无人收埋
尸体——克罗诺斯之子已把他们变作石头，
直到第十天上，天神方才将死者埋起。
尼娥北想起吃喝，虽然已被哭悼疲靡。
如今，在某峰嵯峨的岩壁，在西普洛斯
荒僻的岭脊，人们说那是神灵的眠息之处，
那帮山林女仙，将阿开洛伊俄斯的滩沿作为舞地，
就在那里，化作石头的她仍在苦思神明致送的愁凄。
来吧，尊贵的老先生，我们也一样，必须念想
餐饮。你可放声哭祭，待把亲爱的儿子
拉回伊利昂，让大串的眼泪淌滴。”

言罢，迅捷的阿基琉斯跳起，把一只白亮的
绵羊宰掉，伙伴们剥皮整治，做得井井有条，
然后把羊肉切成小块，动作精巧，
挑上叉头，仔细炙烤后脱叉备好。
奥托墨冬拿出精美的条篮，放于食桌，
装着面包，由阿基琉斯分放肉烧，
各位伸出手来，抓起面前佳美的餐肴[1]。

① 在这里，诗人沿用了整备食餐的表述程式(参考第七卷第 316—320 行、第九卷第 205—221 行和《奥德赛》第十九卷第 420—423 行等处)。另见本书第一卷第 458 行注。

当他们满足了吃喝的欲望，
达耳达诺斯之子普里阿摩斯凝目阿基琉斯，诧慕
他的伟岸，长相如此俊美，看来像似神的外表。
阿基琉斯亦在注目达耳达诺斯之子普里阿摩斯，
惊慕他高贵的长相，聆听他的谈讨[①]。
当他俩看够，相互间凝视盯瞧，
神一样的普里阿摩斯首先发话，老人说道：
“宙斯哺育的壮勇，快给我安排一个地方息脚，
以便让我们享受熟眠的甜美，好好地睡上一觉。
我的眼睑从未合下，将眼睛掩罩，
自从我儿丧命，在你的手下性命不保，
我总是悲恸，冥思我难以计数的哀恼，
在围起的院落里，在粪堆里打滚苦熬。
现在，我已吃饱食物，把闪亮的浆酒
灌下咽道；在此之前，我啥也没有尝过。”

他言罢，阿基琉斯命嘱女仆和伙伴们
在门廊下整备床铺，抖开厚实、
紫红色的垫褥，用床毯罩覆，
铺上羊毛曲卷的披袍，作为盖物。

① 吃饱喝足后，二位英雄开始欣享对方的美貌。敌人可以是美的，这不仅是一个“现象”，而且还是一个事实。诗人可以借此展现人物的胸怀和情操（参考第三卷里普里阿摩斯对阿开亚将领的赞美）。荷马无疑继承并且亦可能发展了一种传统，一个把敌对和审美区分开来的文学观。其结果是一种难能可贵的中性意识的产生，由此缩小了敌我之间的隔阂，升华了共性的丰采，在摆脱狭隘的同时宽拓了作品的人文纵深，极大地增强了它的感召力。史诗人物对美的“体验”极其敏感。即便置身紧要关头，即便有极为重要的大事有待处理，他们仍能念念不忘对美的细致察觉（和恰如其分的提及）。另参考第376—377行和第三卷第161—198行等处。

女仆们手举火把，从厅里走出，
动手干活，顷刻间备妥两张床铺。
捷足的阿基琉斯看着普里阿摩斯讽谑，说诉：
“睡在外面吧，亲爱的老先生，怕有阿开亚人
进来商讨谋图——他们常来常往，
履行各自的责职，坐在我身边策划谈吐。
若让他们中的一个穿行乌黑、迅捷的夜晚，在此见着，
他会当即走去，报告阿伽门农，兵士的牧主，
从而迟延还尸，迟缓你的回赎。
说吧，告诉我此事，要准确地计数，
你需要多少时间，让了不起的赫克托耳入土，
在此期间我将打住，同时制止全军动武。”

其时，年迈、神样的普里阿摩斯对他答诉：
“倘若你真的愿意，让我盛葬卓越的赫克托耳，
那么，阿基琉斯，你的决定称合我的心衷。
你一定知晓，我们被逼挤在城中，砍伐烧柴要到
远处的山坡，而特洛伊人胆怯，不敢出动。
我们要用九天时间哭悼在房宫，
第十天上葬人，大家伙丧宴一顿，
第十一天上我们将为他垒土筑坟，
第十二天上可以再战，倘若必须拼争。”

其时，捷足和卓越的阿基琉斯对他答道：
“好吧，年迈的普里阿摩斯，一切按你说的去做。
在你需用的时间内，我将按兵不动。”

言罢，他握住老王的右手，将他的

手腕握住,使他不致惊怕心中。两位
来者,普里阿摩斯和信使都能在胸中设谋,
其时在房居里就寝,在前厅里睡卧,
而阿基琉斯则入睡坚固棚屋的深处,
由脸颊秀美的布里塞伊斯陪同。

此时,其他神和驾驭战车的凡人
均已息躺整夜,被温柔的酣睡缠绵,
但睡眠逮不住善喜助佑的赫耳墨斯,
心中思考着如何护导王者普里阿摩斯
离开海船,不被忠于职守的门卫看见。
他悬站老王的头顶发话,对他说开[①]:
“你不曾想到,老人家,眼前的祸灾,以为可以
睡躺敌营之中,只因阿基琉斯没有把你伤害。
是的,你已赎回爱子,付出一大笔浮财,
然而你留在家中的儿子将支付三倍于此的财礼,
赎释你的生命回还,假如阿特柔斯之子阿伽门农
闻知此事,其他阿开亚人知晓你在这边。”

他言罢,老人感到害怕,叫醒使者起床。
赫耳墨斯替他们套好骡子车马,
亲自驱赶,无人眼见他们迅速穿过营防。

然而,当他们跑至一条水流清澈的长河,
打着漩涡的珊索斯的渡口,其父宙斯永生,
赫耳墨斯离开他们,返回奥林波斯的巅峰,

① 比较第二十三卷第 68 行。

黎明遍洒大地，抖开金红色的裙袍，
他们赶着马车回城，悲号，哭声
阵阵，骡车拉着尸身。城中，谁也不曾
先见他们，无论是男子，还是束腰秀美的女人，
只有卡桑德拉，和金色的阿芙罗底忒同等，
早已登上裴耳伽摩斯的高端，眺见她钟爱的父亲
站立马车，由他的信使和传话人陪同，
眼见赫克托耳平躺尸床，被骡子拉着回城。
她尖叫一声，对着全城悲喊出声：
“来呀，特洛伊的男子和女人！看看赫克托耳，
倘若从前的你们，兴高采烈地看着他从战场
还生；他是巨大的喜悦，对全体人民，对他的居城！”

她言罢，人们倾城出动，所有的男子
和女人，个个悲苦异常，痛不欲生，
迎见运送死者归来的普里阿摩斯，傍临城门。
赫克托耳的爱妻和尊贵的母亲首先扑向
轮圈溜滑的大车，撕绞自己的发根[①]，
抚摸他的头颅，众人围站，号啕出声。
其时，他们会在大门前痛哭终日，
挥泪悲悼赫克托耳，直到太阳落沉，
若非老人从车上发话，面对众人：
“闪开，让路我的骡车！稍后，
当我停尸宫房，你们可尽情号呻。”

他言罢，众人分站两边，给轮车让出过路。

① 即绞拔头发，以表示极度的痛苦(另见第二十二卷第77—78行)。

他们把赫克托耳抬入那座光荣的房宫，
停放在一张穿绑的床铺，歌手们下坐他的
身边，领唱挽歌的他们引吭曲调的凄楚，
悲歌阵阵，女人们哀号，答呼。
白臂膀的安德罗玛刻引导女人的哭诉，
怀抱屠人的赫克托耳，丈夫的头颅：
“你去了，抛弃青春，我的丈夫，撇下我
留守你的房居，一个寡妇，带着尚是婴儿的男孩，
你和我，一对不幸之人的苗根！我想他不会
长大成人，在此之前这座城市将被荡翻，从头直到
脚跟，因为你，它的保卫者，已经丧生——你，曾经
护卫我们的城邑、城内高雅的妻子和无辜的孩童。
被掳者很快会被运走，乘坐深旷的船舟，
我将跟随一起，而你，我的孩子，
将与我同走，在异乡操做与你身份不配的苦工，
劳役于恶劣的主人。或许，某个阿开亚人
会抓住你的手，把你扔下墙楼，
暴死，怀着对赫克托耳的愤恨，后者曾杀戮
他的兄弟、父亲或男童——众多阿开亚人
已死于赫克托耳手下，嘴啃宽广的泥尘：
惨烈的拼斗中，你的父亲并非慈软之人。
所以，全城的民众为你号哭，
赫克托耳，你给双亲带去难言的悲愁，
带去苦痛。然而，你留给我的凄苦和悲伤至深，
超比别人，因你未在床上死去，未将双臂对我出伸，
也不曾讲几句贴心的话语，对我，能够永远
记在心中，当我白天黑夜为你啜泣声声。”

就这样，她哭诉举哀，女人们也都跟着悲哼。
其时，赫卡贝引唱曲调忧楚的哀歌：
“所有的儿郎中，赫克托耳，你是我最最心爱的一个！
在活着的时候，你是神明宠爱的凡人，
即便走了，死去，他们仍然疼爱挚诚。
我的那些儿子，让捷足的阿基琉斯逮住，
会被送过奔腾不息的大海，当作奴隶卖出，
卖往萨摩斯、英勃罗斯和莱姆诺斯，弥漫着烟雾。
然而当他杀你，用锋快的铜剑抢夺，此人
却拖着你一圈圈地跑动，围绕他亲爱伙伴的坟墓，
帕特罗克洛斯，被你杀屠——但即便如此，他也未能把死者
救回生路。现在，你卧躺厅中，俊美，鲜嫩，
挂着露珠，像似被银弓之神阿波罗，
用温存的箭矢击中、放倒的凡生。”

她言罢，泪水涟涟，引发不绝的号哀。
其时，海伦领唱挽歌，接续二位，第三：
“在我丈夫的兄弟中，赫克托耳，你是我最亲的至爱！
亚历克山德罗斯，我的婿男，神样的凡人，
把我带到特洛伊前来——我真该死去，在此之前！
我的侨居，至此已是第二十个长年[①]，
自从来到这里，离弃故园。然而，在此
期间，我从未听你对我出言羞辱，从无苛厉的言谈。
此外，若有别人在宫居里口出恶言，我丈夫的

---

① 二十年，可谓时间不短，后一层意思大概是海伦旨在表述的要点。“二十”是荷马惯用的数字（另见第十三卷第 260 行、第十六卷第 847 行、《奥德赛》第四卷第 360 行和第五卷第 34 行等处）。

某个兄弟或姐妹，或某个兄弟的裙衫绚美的妻爱，
即便是我夫婿的母亲——但他的父亲却总是那么和善，
像我的亲爹一般——你就会出面制止，
把他们劝开，用你善良的心地和温文尔雅的论谈。
所以，我为你哭悼，心里伤悲，也为自己的厄运举哀。
在宽广的特洛伊大地，再不会有人对我
亲好，友善；所有的人见我后颤抖，出于弃嫌。”

她言罢，泪水涟涟，人群随之悲喊。
这时，年迈的王者普里阿摩斯对民众开言：
“现在，特洛伊人，可去集伐柴薪，运回城来，不必
担心阿开亚人用兵险恶，伏埋。阿基琉斯对我
承诺，当他让我从乌黑的船舟边回还：
保证决不伤害我们，在第十二个黎明到来之前。”

他言罢，众人将牛和骡子套入
轮车，很快在城前聚集合伙。
一连九天，他们运来难以计数的柴烧。
当第十个黎明垂着玫瑰红的手指显照，
他们抬出勇敢的赫克托耳，悲号，
将遗体平放高耸的柴堆顶部，点发火苗。

当早起的黎明重现天际，手指玫瑰嫣红，
人们复又在焚烧光荣的赫克托耳的柴堆边聚首。
当全体集合完毕，在场地里站好，
他们首先扑灭柴堆上的余火，用晶莹的浆酒泼浇①，

① 第791行同第二十三卷第250行。

熄灭所有的木块，仍在燃烧；其后，
赫克托耳的兄弟和伙伴们收捡白骨，
哭悼，泪水涌注，顺着脸颊泼倒。
他们把汇捡的骨骸放入一只金瓮，
覆掩包裹，用松软的紫色衫袍，
即刻放入空敞的坟穴，搬用
巨大的石块，密排，予以压牢。
然后，他们全速堆筑坟冢，四面布设岗哨，
谨防胫甲坚固的阿开亚人提前攻捣。
他们堆毕坟茔，回走，其后集聚
汇拢，有序，举行光荣的丧宴，在
宙斯哺育的王者普里阿摩斯的宫邸进用餐肴。

就这样，他们礼葬了驯马的赫克托耳。

专名索引

A

① 指第六卷第22行。下同。

2.559;(2)整个阿耳戈斯地区,阿伽门农统治的地域,2.108;(3)泛指希腊,2.287;(4)裴拉斯吉亚的阿耳戈斯,即阿基琉斯统辖的地域,2.681。

阿耳格阿斯(Argeas) 波鲁墨洛斯之父,16.417。

阿尔基摩斯(Alkimos) 慕耳弥冬首领之一,19.392。

阿尔基墨冬(Alkimedon) 即阿尔基摩斯,慕耳弥冬首领之一,莱耳开斯之子,16.197,19.392,24.474。

阿耳吉丰忒斯(Argeiphontes) 即宙斯之子,神使赫耳墨斯,16.181。

阿耳吉萨(Argissa) 塞萨利亚城市,受波鲁波伊忒斯制统,2.738。

阿耳吉维人(Argives) 即阿开亚人。

阿耳卡底亚(Arkadia) 地域名,位于伯罗奔尼撒中部,南连墨塞尼亚和拉科尼亚,2.603。

阿尔卡苏斯(Alkathoos) 特洛伊人,埃内阿斯的堂表兄弟,埃苏厄忒斯(2)之子,被伊多墨纽斯所杀,13.428—444。

阿尔康得罗斯(Alkandros) 特洛伊盟友,鲁基亚人,被奥德修斯所杀,5.678。

阿耳开洛科斯(Archelochos) 安忒诺耳之子,被埃阿斯(1)所杀,14.463。

阿耳开普托勒摩斯(Alcheptolemos) 特洛伊人,伊菲托斯之子,赫克托耳的驭手,被丢克罗斯所杀,8.312。

阿尔开斯提斯(Alkestis) 阿德墨托斯之妻,欧墨洛斯之母,2.714。

阿尔克马昂(Alkmaon) 阿开亚人(作泛指解,与"特洛伊人"形成对比),被萨耳裴冬所杀,12.394。

阿尔克墨奈(Alkmene) 安菲特鲁昂之妻,赫拉克勒斯之母,14.323。

阿尔库娥奈(Alkuone) "翠鸟",玛耳裴莎的小名,9.562。

阿耳奈(Arne) 城市,在波伊俄提亚,2.507。

阿尔莎娅(Althaia) 墨勒阿格罗斯之母,9.555。

阿耳忒弥斯(Artemis) 狩猎女神,宙斯及赫拉之女,阿波罗的姐妹,5.51。

阿尔忒斯(Altes) 莱勒格斯国王,其女劳索娥乃普里阿摩斯的妻室之一,21.85。

阿耳西努斯(Arsinoos) 赫卡墨得之父,11. 625。

阿法柔斯(Aphareus) 阿开亚人,被埃内阿斯所杀,13.541。

阿芙罗底忒(Aphrodite) 宙斯和狄娥奈之女,埃内阿斯的母亲,3.374。

阿格莱娅（Aglaia） 尼柔斯之母，2.672。

阿格劳斯（Agelaos） (1)特洛伊人，夫拉得蒙之子，被狄俄墨得斯所杀，8.257；(2)阿开亚人，被赫克托耳所杀，11.302。

阿格里俄斯（Agrios） 卡鲁冬王子，波耳修斯之子，14.117。

阿格诺耳（Agenor） 特洛伊勇士，安忒诺耳之子，曾拼战阿基琉斯，21.550—598。

阿伽克勒斯（Agakles） 特洛伊人，厄培勾斯之父，16.571。

阿伽门农（Agamemnon） 阿特柔斯之子，墨奈劳斯的兄长，慕凯奈国王，阿开亚联军的统帅，1.25。

阿伽墨得（Agamede） 慕利俄斯之妻，11.739。

阿伽裴诺耳（Agapenor） 安凯俄斯之子，阿耳卡底亚人的首领，2.609。

阿伽塞奈斯（Agasthenes） 厄利斯人，奥格亚斯之子，波鲁克塞诺斯之父，2.624。

阿伽斯特罗福斯（Agastrophos） 特洛伊人，被狄俄墨得斯所杀，11.338。

阿伽维（Agaue） 奈柔斯之女，海仙，18.42。

阿基琉斯（Achilleus） 《伊利亚特》里的头号(即战力最强的)英雄，裴琉斯和塞提斯之子，慕耳弥冬人的首领，1.6。

阿卡马斯（Akamas） (1)特洛伊人，安忒诺耳之子，被墨里俄奈斯所杀，16.342；(2)斯拉凯首领，欧索罗斯之子，被埃阿斯(1)所杀，6.8。

阿开洛伊俄斯（Acheloios） (1)希腊境内最长的河流。21.194；(2)河流，位于鲁底亚境内，24.616。

阿开萨墨诺斯（Akessamenos） 斯拉凯(即色雷斯)首领，21.142。

阿开亚（Achaia） 泛指希腊。

阿开亚人（Achaians） 希腊人[即来自(或生活在)当时的希腊本土及相关岛屿的希腊人]。

阿克里西俄斯（Akrisios） 阿耳戈斯先王，达娜娥之父，14.319。

阿克苏洛斯（Axulos） 特洛伊盟友，居家阿里斯贝，被狄俄墨得斯所杀，6.12。

阿克泰娅（Aktaia） 奈柔斯之女，海仙，18.41。

阿克托耳（Aktor） (1)阿宙斯之子，阿斯陀开之父，2.513；(2)克忒阿托斯和欧鲁托斯的前人，2.620；(3)墨诺伊提俄斯之父，帕特罗克洛斯的祖父，

11.784；(4)厄开克勒斯之父，16.189。

阿克西俄斯（Axios） 河流，亦即河神，裴勒工之父，位于派俄尼亚，2.850。

阿拉斯托耳（Alastor） (1)阿开亚人，普洛斯首领之一，4.295；(2)鲁基亚人，被奥德修斯所杀，5.677；(3)特罗斯(2)之父，20.463；(4)阿开亚人，丢克罗斯的军友，8.332。

阿莱苏里亚（Araithurea） 城市，受阿伽门农制统，2.571。

阿勒格诺耳（Alegenor） 阿开亚人普罗马科斯之父，14.503。

阿雷俄斯（Aleios） 平原，在小亚细亚，6.201。

阿雷鲁科斯（Areilukos） (1)阿开亚人，普罗梭诺耳之父，14.450；(2)特洛伊人，被帕特罗克洛斯所杀，16.308。

阿雷苏斯（Areithoos） (1)墨奈西俄斯之父，别名"棒槌斗士"，被鲁库耳戈斯(2)所杀 ，7.10，137；(2)特洛伊人，被阿基琉斯所杀，20.487。

阿里昂（Arion） 阿德瑞斯托斯的名马，23.346。

阿里摩伊（Arimoi） 族民，居家基利基亚，2.782。

阿里斯巴斯（Arisbas） 雷俄克里托斯之父，17.345。

阿里斯贝（Arisbe） 城市，位于特洛阿德地区，2.836。

阿里娅德奈（Ariadne） 米诺斯之女，18.592。

阿鲁贝（Alube） 哈利宗奈斯人的城，在小亚细亚，黑海以南，2.857。

阿洛欧斯（Aloeus） 厄菲阿尔忒斯和俄托斯之父，5.386。

阿洛培（Alope） 城镇，受阿基琉斯制统，2.682。

阿洛斯（Alos） 城镇，受阿基琉斯制统，2.682。

阿马仑丘斯（Amarungkeus） 厄利斯英雄，阿开亚人狄俄瑞斯之父，2.622。

阿玛塞娅（Amatheia） 奈柔斯之女，海仙，18.48。

阿门托耳（Amuntor） 福伊尼克斯之父，9.448。

阿米索达罗斯（Amisodaros） 鲁基亚男士，阿屯尼俄斯和马里斯之父，6.328。

阿莫帕昂（Amopaon） 特洛伊人，被丢克罗斯所杀，8.276。

阿慕冬（Amudon） 派俄尼亚城市，2.849。

阿姆克莱（Amuklai） 城市，邻近斯巴达，2.584。

阿奈莫瑞亚（Anemoreia） 城市，在福基斯境内，2.521。

阿派索斯（Apaisos） 城市，位于特洛伊以（东）北，2.828。

阿丕萨昂（Apisaon） (1)特洛伊人,被欧鲁普洛斯所杀,11.577;(2)特洛伊人,被鲁科墨得斯所杀,17.348。

阿普修得斯（Apseudes） 奈柔斯之女,海仙,18.46。

阿瑞奈（Arene） 城市,位于普洛斯附近,2.591。

阿瑞斯（Ares） 宙斯和赫拉之子,战神,特洛伊人的助佑,5.30。

阿瑞塔昂（Aretaon） 特洛伊人,被丢克罗斯所杀,6.31。

阿瑞托斯（Aretos） 特洛伊人,被奥托墨冬所杀,17.517。

阿萨拉科斯（Assarakos） 特罗斯(1)之子,伊洛斯和伽努墨得斯的兄弟,埃内阿斯的曾祖父,20.232。

阿赛俄斯（Asaios） 阿开亚人,被赫克托耳所杀,11.301。

阿斯卡拉福斯（Askalaphos） 阿开亚人,阿瑞斯之子,俄耳科墨诺斯首领,2.512,被德伊福波斯所杀,13.518。

阿斯卡尼俄斯（Askanios） 阿斯卡尼亚首领,2.862,13.792。

阿斯卡尼亚（Askania） 城市,在弗鲁吉亚,2.863。

阿斯克勒丕俄斯（Asklepios） 大医士,阿开亚人马卡昂和波达雷里俄斯之父,2.731。

阿斯普勒冬（Aspledon） 米努埃人的城国,在俄耳科墨诺斯附近,2.511。

阿斯忒里昂（Asterion） 塞萨利亚城市,受欧鲁普洛斯制统,2.735。

阿斯忒罗派俄斯（Asteropaios） 特洛伊盟友,派俄尼亚首领,被阿基琉斯所杀,21.140—183。

阿斯图阿洛斯（Astualos） 特洛伊人,被波鲁波伊忒斯所杀,6.29。

阿斯图阿纳克斯（Astuanax） “城邦的主宰”,赫克托耳和安德罗玛刻之子,6.403。

阿斯图努斯（Astunoos） (1)特洛伊人,被狄俄墨得斯所杀,5.144;(2)特洛伊驭手,普罗提昂之子,15.455。

阿斯图普洛斯（Astupulos） 特洛伊盟友,派俄尼亚人,被阿基琉斯所杀,21.209。

阿斯陀开（Astuoche） 阿斯卡拉福斯和亚尔墨诺斯之母,2.513。

阿斯陀开娅（Astuocheia） 特勒波勒摩斯之母,2.658。

阿索波斯（Asopos） 河流,在波伊俄提亚,4.383。

阿索斯（Athos） 山岬,位于爱琴海北岸,14.229。

阿特柔斯（Atreus） 裴洛普斯之子，阿伽门农和墨奈劳斯之父，2.105。

阿特鲁托奈（Atrutone） 宙斯之女雅典娜的别称，2.157。

阿屯尼俄斯（Atumnios） （1）特洛伊人，慕冬之父，5.581；（2）特洛伊人，马里斯的兄弟，被安提洛科斯所杀，16.318。

阿西俄斯（Asios） （1）呼耳塔科斯之子，特洛伊盟友，被伊多墨纽斯所杀，13.383—389；（2）赫卡贝的兄弟，赫克托耳的舅舅，16.717。

阿西奈（Asine） 城市，在阿耳戈斯地区，2.560。

阿宙斯（Azeus） 阿克托耳（1）之父，2.513。

埃阿科斯（Aiakos） 宙斯之子，裴琉斯之父，21.189。

埃阿斯（Aias） （1）萨拉弥斯人，猛将忒拉蒙之子，2.557；（2）洛克里斯人，俄伊琉斯之子，2.527—530。

哀地斯（Aides） 克罗诺斯和蕾娅之子，宙斯和波塞冬的兄弟，掌管冥府，15.188—193。

哀多纽斯（Aidoneus） 哀地斯的别名，5.190。

埃俄洛斯（Aiolos） 西绪福斯之父，6.153。

埃俄奈（Eionai） 城市，位于阿耳戈斯地区，2.561。

埃俄纽斯（Eioneus） （1）阿开亚人，被赫克托耳所杀，7.11；（2）特洛伊盟友雷索斯之父，10.435。

埃伽洛斯（Aigialos） 帕夫拉戈尼亚城市，2.855。

埃勾斯（Aigeus） 塞修斯之父，1.265。

埃吉阿蕾娅（Aigialeia） 狄俄墨得斯之妻，5.412。

埃吉昂（Aigion） 城市，位于阿伽门农的属地内，2.574。

埃吉利普斯（Aigilips） 城市，受奥德修斯制统，2.633。

埃吉纳（Aigina） 岛屿，受狄俄墨得斯制统，2.562。

埃伽伊（Aigai） 阿开亚城市，8.204。

埃伽昂（Aigaion） 巨神，神们称其为布里阿柔斯，1.404。

埃勒西昂（Eilesion） 城市，在波伊俄提亚，2.499。

埃蕾苏娅（Eileithuia） 妇产之神，16.187。

埃内阿斯（Aineias） 安基塞斯和女神阿芙罗底忒之子，达耳达尼亚兵勇的首领，2.820。

埃尼俄斯（Ainios） 特洛伊盟友，派俄尼亚人，被阿基琉斯所杀，21.210。

埃诺斯（Ainos） 斯拉凯城市，4.520。

埃培亚（Aipeia） 城镇，位于普洛斯境内，9.152。

埃普（Aipu） 城市，在普洛斯附近，2.592。

埃普托斯（Aiputos） 阿耳卡底亚英雄，2.604。

埃赛（Aithe） 阿伽门农的牝马，23.295。

埃塞波斯（Aisepos） (1)河流，在泽勒亚附近，2.825；(2)特洛伊人，被欧鲁阿洛斯所杀，6.21。

埃塞俄比亚人（Aithiopians） 族民，1.424。

埃斯拉（Aithra） 海伦的侍女，3.144。

埃松（Aithon） 赫克托耳的驭马，8.185。

埃苏厄忒斯（Aisuetes） (1)英雄，坟冢筑在特洛伊平原上，2.793；(2)阿尔卡苏斯之父，13.427。

埃苏墨（Aisume） 城市，在斯拉凯，8.305。

埃苏姆诺斯（Aisumnos） 特洛伊人，被赫克托耳所杀，11.303。

埃托利亚人（Aitolians） 来自希腊西部的埃托利亚兵勇，由索阿斯率领，2.638—644。

埃西开斯人（Aithikes） 塞萨利亚部族，2.744。

安德莱蒙（Andraimon） 索阿斯之父，2.638。

安德罗玛刻（Andromache） 厄提昂之女，赫克托耳之妻，6.371。

安菲昂（Amphion） 阿开亚人，厄培亚人的首领，13.691—692。

安菲达马斯（Amphidamas） (1)库塞拉壮士，10.268；(2)俄普斯英雄，其子被帕特罗克洛斯所杀，23.87。

安菲俄斯（Amphios） (1)墨罗普斯之子，统领阿德瑞斯忒亚盟军，2.830，被狄俄墨得斯所杀，11.328—334；(2)特洛伊盟友，塞拉戈斯之子，被埃阿斯(1)所杀，5.612。

安菲格内亚（Amphigeneia） 城市，在普洛斯附近，受奈斯托耳制统，2.593。

安菲克洛斯（Amphiklos） 特洛伊人，被墨格斯所杀，16.313。

安菲马科斯（Amphimakos） (1)阿开亚人，厄利斯首领之一，被赫克托耳所杀，13.185；(2)特洛伊盟友，卡里亚人的首领，2.870。

安菲诺墨（Amphinome） 奈柔斯之女，海仙，18.44。

安菲索娥（Amphithoe） 奈柔斯之女，海仙，18.42。

安菲特鲁昂（Amphitruon） 赫拉克勒斯名义上的父亲（真正的父亲是宙斯），5.392。

安福忒罗斯（Amphoteros） 特洛伊人，被帕特罗克洛斯所杀，16.415。

安基阿洛斯（Anchialos） 阿开亚人，被赫克托耳所杀，5.609。

安基塞斯（Anchises） (1)卡普斯之子，埃内阿斯之父，5.268—273，20.230—239；(2)阿开亚人，厄开波洛斯之父，23.296。

安凯俄斯（Angkaios） (1)阿伽裴诺耳之父，2.609；(2)普琉荣人，摔跤中被奈斯托耳击败，23.635。

安塞冬（Anthedon） 城镇，在波伊俄提亚，2.508。

安塞米昂（Anthemion） 特洛伊人，西摩埃西俄斯之父，4.473。

安塞亚（Antheia） 城镇，位于普洛斯附近，9.151。

安忒诺耳（Antenor） 特洛伊首领，"参议"，有子数人，《伊利亚特》中多有提及，3.148，7.347等处。

安特荣（Anteron） 城市，在塞萨利亚，受普罗忒西劳斯制统，2.697。

安忒娅（Anteia） 普罗伊托斯之妻，曾试图勾引伯勒罗丰忒斯，6.160—161。

安提法忒斯（Antiphates） 特洛伊人，被勒昂丢斯所杀，12.192。

安提福诺斯（Antiphonos） 特洛伊人，普里阿摩斯之子，24.250。

安提福斯（Antiphos） (1)阿开亚人，塞萨洛斯之子，统领来自科斯及附近岛屿的兵勇，2.678；(2)迈俄尼亚首领之一，2.864；(3)普里阿摩斯之子，被阿伽门农所杀，11.101。

安提洛科斯（Antilochos） 奈斯托耳之子，阿基琉斯喜爱的战勇，4.457。

安提马科斯（Antimachos） 裴桑德罗斯(1)和希波洛科斯(2)以及希波马科斯之父，11.123，12.188。

昂凯斯托斯（Onchestos） 城市，在波伊俄提亚，2.506。

奥德修斯（Odysseus） 阿开亚人，莱耳忒斯之子，忒勒马科斯之父，伊萨卡及其周围岛屿的主宰，2.631—637。

奥格埃（Augeiai） (1)城市，在洛克里斯，2.532；(2)城市，在拉凯代蒙，2.583。

奥格亚斯（Augeias） 厄利斯(即厄培亚人的)王者，11.700。

奥利斯（Aulis） 波伊俄提亚沿海城镇；进兵特洛伊时，希腊舰队曾云集该地，2.304。

奥林波斯（Olympos） 山脉，位于塞萨利亚，神的家居，1.499。

奥瑞斯忒斯（Orestes） 阿伽门农之子，9.142。

奥托福诺斯（Autophonos） 波鲁丰忒斯之父，4.395。

奥托鲁科斯（Autolukos） 奥德修斯的外祖父，10.266。

奥托墨冬（Automedon） 阿基琉斯和帕特罗克洛斯的军友和驭手，16.145，17.429。

奥托努斯（Autonoos） （1）阿开亚人，被赫克托耳所杀，11.301；（2）特洛伊人，被帕特罗克洛斯所杀，16.694。

B

巴利俄斯（Balios） 阿基琉斯的神马，16.149。

巴苏克勒斯（Bathuklos） 慕耳弥冬人，被格劳科斯所杀，16.594。

包格里俄斯（Boagrios） 河流，在洛克里斯境内，2.533。

比阿斯（Bias） （1）奈斯托耳的部将，4.296；（2）雅典人，墨奈修斯的部将，13.691；（3）达耳达诺斯（2）和劳格诺斯（2）之父，20.461。

比厄诺耳（Bienor） 特洛伊人，被阿伽门农所杀，11.92。

波达耳戈斯（Podargos） （1）赫克托耳的驭马，8.185；（2）墨奈劳斯的驭马，23.295。

波达耳格（Podarge） 女妖，受西风吹拂，孕产阿基琉斯的良驹，16.150。

波达耳开斯（Podarkes） 阿开亚人，继兄弟普罗忒西劳斯后，成为夫拉凯人的首领，2.704—708。

波达雷里俄斯（Podaleirios） 阿开亚人阿斯克勒丕俄斯之子，医者、斗士，和兄弟马卡昂一起统领来自俄伊卡利亚等地的兵勇，2.732。

波得斯（Podes） 特洛伊人，厄提昂（2）之子，被墨奈劳斯所杀，17.575—581。

波耳修斯（Portheus） 埃托利亚英雄，阿格里俄斯、墨拉斯和俄伊纽斯之父，14.115。

波利忒斯（Polites） 特洛伊人，普里阿摩斯之子，2.791。

波鲁埃蒙（Poluaimon） 特洛伊人阿莫帕昂之父，8.276。

波鲁波斯（Polubos） 特洛伊人，安忒诺耳之子，11.59。

波鲁波伊忒斯（Poluboites） 阿开亚人，裴里苏斯之子，拉丕赛人的首领之一,2.740。

波鲁丢开斯(Poludeukes) 阿开亚人,海伦的兄弟,3.237。

波鲁多拉(Poludora) 裴琉斯之父,阿开亚人墨奈西俄斯之母,16.175—178。

波鲁多罗斯(Poludoros) (1)特洛伊人,普里阿摩斯最小的儿子,被阿基琉斯所杀,20.407—418;(2)枪手,被奈斯托耳击败,23.637。

波鲁丰忒斯(Poluphontes) 卡德墨亚人,被图丢斯所杀,4.395。

波鲁菲摩斯(Poluphemos) 和奈斯托耳同辈的英雄,1.264。

波鲁菲忒斯(Poluphetes) 特洛伊将领,13.791。

波鲁克塞诺斯(Poluxeinos) 阿开亚人,阿伽塞奈斯之子,厄培亚人的首领之一,2.615—624。

波鲁克托耳(Poluktor) 赫耳墨斯对普里阿摩斯编造的父名,24.397。

波鲁墨莱(Polumele) 欧多罗斯之母,16.179—190。

波鲁墨洛斯(Polumelos) 特洛伊盟友,鲁基亚人,被帕特罗克洛斯所杀,16.417。

波鲁尼刻斯(Poluneikes) 俄狄浦斯之子,七勇攻忒拜的首领,4.377。

波鲁伊多斯(Poluidos) (1)特洛伊人,欧鲁达马斯之子,被狄俄墨得斯所杀,5.148—151;(2)科林斯卜者,欧开诺耳之父,13.663。

波罗斯(Boros) (1)法伊斯托斯之父,5.43;(2)波鲁多拉之夫,16.177—178。

波瑞阿斯(Boreas) 北风(或东北风),9.5。

波塞冬(Poseidon) 克罗诺斯及蕾娅之子,宙斯之弟,主宰海洋,15.184—193;阿开亚人的保护神,13.10—124。

波伊北(Boibe) 塞萨利亚城市,受欧墨洛斯制统,2.711。

波伊贝斯(Boibeis) 湖泊,在波伊北地域,2.711。

波伊俄提亚人(Boiotians) 族兵,居家希腊中部的波伊俄提亚,2.494。

伯勒罗丰忒斯,或伯勒罗丰(Bellerophontes, Bellerophon) 科林斯英雄,萨耳裴冬和格劳科斯的祖父,6.155—202。

伯萨(Bessa) 城市,在洛克里斯,2.532。

布代昂(Boudeion) 城镇,位于慕耳弥冬境内,16.572。

布科利昂(Boukolion) 劳墨冬之子,埃塞波斯(2)和裴达索斯(1)之父,6.

22。

布科洛斯(Boukolos) 斯菲洛斯之父,亚索斯的祖父,15.338。

布里阿柔斯(Briareos) 百手巨怪,1.403。

布里塞伊斯(Briseis) 布里修斯之女,阿基琉斯的女伴,1.184,19.282—300。

布里修斯(Briseus) 布里塞伊斯之父,1.392。

布鲁塞埃(Bruseiai) 城市,在拉凯代蒙境内,2.583。

布普拉西昂(Bouprasion) 城市,位于厄利斯境内,伯罗奔尼撒的西北部,2.615。另见 11.755—759。

D

达娜娥(Danae) 裴耳修斯之母,14.319。

达耳达尼亚(Dardania) 达耳达诺斯的王国,20.216。达耳达尼亚人为埃内阿斯统领的部族,2.819。

达耳达诺斯(Dardanos) (1)宙斯之子,厄里克索尼俄斯之父,特洛伊王家的祖先,20.215;(2)特洛伊人,比阿斯之子,被阿基琉斯所杀,20.460。

达马斯托耳(Damastor) 特勒波勒摩斯(2)之父,16.416。

达马索斯(Damasos) 特洛伊人,被波鲁波伊忒斯所杀,12.183。

达奈人(Dannans) 即阿开亚人,或阿耳吉维人。

达瑞斯(Dares) 特洛伊人,赫法伊斯托斯的祭司,菲勾斯和伊代俄斯(2)之父,5.9—10。

代达洛斯(Daidalos) 克里特著名工匠,18.591。

代俄科斯(Deiochos) 阿开亚人,被帕里斯所杀,15.341。

代俄丕忒斯(Deiopites) 特洛伊人,被奥德修斯所杀,11.420。

代科昂(Deikoon) 裴耳伽索斯之子,埃内阿斯的伙伴,被阿伽门农所杀,5.534。

黛墨忒耳(Demeter) 宙斯的姐妹,裴耳塞丰奈的母亲,主司种植和收获的女神,5.500。

代托耳(Daitor) 特洛伊人,被丢克罗斯所杀,8.275。

道利斯(Daulis) 城市,在福基斯境内,普索附近,2.520。

德克莎墨奈（Dexamene） 奈柔斯之女，海仙，18.44。

德克西俄斯（Dexios） 阿开亚人，伊菲努斯之父，7.15。

德拉基俄斯（Drakios） 阿开亚人，厄利斯首领之一，13.692。

德鲁阿斯（Druas） (1)和奈斯托耳同辈的英雄，1.263；(2)鲁库耳戈斯之父，6.130。

德鲁俄普斯（Druops） 特洛伊人，被阿基琉斯所杀，20.455。

德谟科昂（Demokoon） 特洛伊人，普里阿摩斯的私生子，被奥德修斯所杀，4.499。

德摩勒昂（Demoleon） 特洛伊人，安忒诺耳之子，被阿基琉斯所杀，20.395。

德慕科斯（Demouchos） 特洛伊人，被阿基琉斯所杀，20.457。

德伊福波斯（Deiphobos） 特洛伊人，普里阿摩斯之子，13.156，402。

德伊普罗斯（Deipuros） 阿开亚人，被赫勒诺斯所杀，13.576。

德伊普洛斯（Deipulos） 阿开亚人，塞奈洛斯的伴友，5.325。

德伊塞诺耳（Deisenor） 特洛伊将领，17.217。

狄昂（Dion） 城市，在欧波亚，2.538。

狄俄克勒斯（Diokles） 俄耳提洛科斯之子，阿开亚人俄耳西洛科斯(1)和克瑞松之父，5.542。

狄娥墨得（Diomede） 福耳巴斯之女，阿基琉斯的女伴，9.665。

狄俄墨得斯（Diomedes） 阿开亚骁将，图丢斯之子，阿耳戈斯(1)国王，被帕里斯所伤，11.368—400。

狄娥奈（Dione） 阿芙罗底忒之母，5.370—417。

狄俄尼索斯（Dionusos） 宙斯和塞墨勒之子，酒和狂欢之神，6.132。

狄俄瑞斯（Diores） (1)阿开亚人，厄培亚人的首领之一，2.622，被裴罗斯所杀，4.517；(2)阿开亚人，奥托墨冬之父，17.429。

狄俄斯（Dios） 特洛伊人，普里阿摩斯之子，24.251。

丢卡利昂（Deukalion） (1)克里特英雄，伊多墨纽斯之父，12.117；(2)特洛伊人，被阿基琉斯所杀，20.478。

丢克罗斯（Teukros） 阿开亚人，忒拉蒙的私生子，埃阿斯(1)的同父兄弟，出色的弓手，8.266—334。

丢斯拉斯（Teuthras） (1)阿开亚人，被赫克托耳所杀，5.705；(2)特洛伊人阿克苏洛斯之父，6.13。

丢塔摩斯（Teutamos） 莱索斯之父，2.843。

杜利基昂（Doulichion） 岛屿，在墨格斯的属地内，2.625。

杜马斯（Dumas） 赫卡贝和阿西俄斯(2)之父，16.718。

杜娜墨奈（Dunamene） 奈琉斯之女，海仙，18.43。

多多那（Dodona） 得取宙斯谕示的圣地，位于希腊西北部的厄培罗斯，2.750，16.233。

多里斯（Doris） 奈柔斯之女，海仙，18.45。

多隆（Dolon） 特洛伊侦探，被狄俄墨得斯和奥德修斯所杀，10.314—464。

多鲁克洛斯（Doruklos） 普里阿摩斯之子，被埃阿斯(1)所杀，11.489。

多洛裴斯人（Dolopes） 族民，居家弗西亚，受福伊尼克斯统治，9.484。

多洛丕昂（Dolopion） 特洛伊人，斯卡曼德罗斯的祭司，呼普塞诺耳(1)之父，5.77。

多洛普斯（Dolops） (1)阿开亚人，被赫克托耳所杀，11.302；(2)特洛伊人，被墨奈劳斯所杀，15.525—543。

多托（Doto） 奈柔斯之女，海仙，18.43。

E

俄波埃斯，或俄普斯（Opoeis, Opous） 城市，在洛克里斯，2.531。

俄底俄斯（Odios） (1)特洛伊盟友，哈利宗奈斯人的首领之一，被阿伽门农所杀，2.856；(2)阿开亚信使，9.170。

俄狄浦斯（Odipous） 莱俄斯之子，忒拜英雄，23.679。

俄耳科墨诺斯（Orchomenos） (1)米努埃人的城市，位于希腊中东部，和波伊俄提亚接壤，2.511；(2)城市，在阿耳卡底亚，2.605。

俄耳墨尼昂（Ormenion） 塞萨利亚城市，受欧鲁普洛斯制统，2.734。

俄耳墨诺斯（Ormenos） (1)特洛伊人，被丢克罗斯所杀，8.274；(2)阿门托耳之父，9.448；(3)特洛伊人，被波鲁波伊忒斯所杀，12.187。

俄耳内埃（Orneiai） 城市，受阿伽门农制统，2.571。

俄耳塞（Orthe） 塞萨利亚城市，受波鲁波伊忒斯制统，2.738。

俄耳赛俄斯（Orthaios） 特洛伊将领，13.791。

俄耳提洛科斯（Ortilochos） 狄俄克勒斯之父，5.546。

俄耳西洛科斯（Orsilochos） (1)阿开亚人，狄俄克勒斯之子，被埃内阿斯所杀，5.542—560；(2)特洛伊人，被丢克罗斯所杀，8.274。

俄菲尔提俄斯（Opheltios） (1)特洛伊人，被欧鲁阿洛斯所杀，6.20；(2)阿开亚人，被赫克托耳所杀，11.302。

俄菲勒斯忒斯（Ophelestes） (1)特洛伊人，被丢克罗斯所杀，8.274；(2)特洛伊盟友，派俄尼亚人，被阿基琉斯所杀，21.210。

俄卡莱（Okalea） 城市，在波伊俄提亚，2.501。

俄开西俄斯（Ochesios） 埃托利亚人裴里法斯(1)之父，5.843。

俄刻阿诺斯（Okeanos） 环地长河，1.423；养育神祇的水流，14.201。

俄勒尼亚石岩 厄利斯边界的标示，2.617。

俄勒诺斯（Olenos） 城市，在埃托利亚，2.639。

俄蕾苏娅（Oreithuia） 奈柔斯之女，海仙，18.48。

俄里昂（Orion） 星座，18.486。

俄利宗（Olizon） 塞萨利亚城市，受菲洛克忒忒斯制统，2.717。

俄卢松（Olooson） 塞萨利亚城市，受波鲁波伊忒斯制统，2.739。

俄洛斯（Oros） 阿开亚人，被赫克托耳所杀，11.303。

俄奈托耳（Onetor） 特洛伊人劳格诺斯(1)之父，16.604。

俄丕忒斯（Opites） 阿开亚人，被赫克托耳所杀，11.301。

俄瑞斯比俄斯（Oresbios） 波伊俄提亚人（阿开亚人），被赫克托耳所杀，5.708。

俄瑞斯忒斯，或奥瑞斯忒斯（Orestes） (1)阿开亚人，被赫克托耳所杀，5.705；(2)特洛伊人，被勒昂丢斯所杀，12.193。

俄斯罗纽斯（Othruoneus） 特洛伊人，卡桑德拉的未婚夫，被伊多墨纽斯所杀，13.362—382。

俄特仑丢斯（Otrunteus） 特洛伊人伊菲提昂之父，20.383—384。

俄特柔斯（Otreus） 弗鲁吉亚首领，3.186。

俄托斯（Otos） (1)阿洛欧斯之子，曾和兄弟厄菲阿尔忒斯一起囚禁阿瑞斯，5.385；(2)阿开亚人，来自库勒奈，被普鲁达马斯所杀，15.518。

俄伊卡利亚（Oikalia） 塞萨利亚城市，在波达雷里俄斯和马卡昂统治的地域内，2.730。

俄伊琉斯（Oileus） (1)洛克里斯壮士，埃阿斯(2)之父，2.527；(2)特洛伊人,被阿伽门农所杀,11.93。

俄伊纽斯(Oineus) 卡鲁冬英雄,波耳修斯之子,14.117,图丢斯和墨勒阿格罗斯之父,5.813。

俄伊诺毛斯(Oinomaos) (1)阿开亚人,被赫克托耳所杀,5.706;(2)特洛伊人,被伊多墨纽斯所杀,13.506。

俄伊诺普斯(Oinops) 阿开亚人赫勒诺斯(1)之父,5.707。

俄伊图洛斯(Oitulos) 城市,在拉凯代蒙,2.585。

厄菲阿尔忒斯(Ephialtes) 巨人,曾和兄弟俄托斯一起绑禁阿瑞斯,5.385。

厄芙拉,或厄芙瑞(Ephura, Ephure) (1)城镇,在塞雷斯河沿岸,2.659;(2)科林斯的别名,6.153。

厄夫罗伊人(Ephuroi) 族民,居家塞萨利亚,受过阿瑞斯攻打,13.288—301。

厄基俄斯(Echios) (1)阿开亚人,墨基斯丢斯之父,8.332;(2)阿开亚人,被波利忒斯所杀,15.339;(3)鲁基亚人,被帕特罗克洛斯所杀,16.416。

厄基奈(Echinai) 墨格斯统治的一群岛屿,2.625。

厄开波洛斯(Echepolos) (1)特洛伊人,被安提洛科斯所杀,4.458;(2)阿开亚人,安基塞斯之子,23.296。

厄开克勒斯(Echekles) 慕耳弥冬人,阿克托耳(4)之子,16.189。

厄开克洛斯(Echeklos) (1)特洛伊人,被帕特罗克洛斯所杀,16.694;(2)特洛伊人,阿格诺耳之子,被阿基琉斯所杀,20.474。

厄开蒙(Echemmon) 特洛伊人,普里阿摩斯之子,被狄俄墨得斯所杀,5.160。

厄克萨底俄斯(Exadios) 和奈斯托耳同辈的英雄,1.264。

厄拉索斯(Elasos) 特洛伊人,被帕特罗克洛斯所杀,16.696。

厄拉托斯(Elatos) 特洛伊盟友,被阿伽门农所杀,6.33。

厄勒昂(Eleon) 城市,在波伊俄提亚,2.500。

厄勒菲诺耳(Elephenor) 阿邦忒斯人的首领,2.540,被阿格诺耳所杀,4.463—470。

厄里波娅(Eeriboia) 厄菲阿尔忒斯和俄托斯的继母,5.389。

厄里娥丕斯(Eriopis) 俄伊琉斯(1)之妻,墨冬(1)的继母,13.696。

厄里克索尼俄斯(Erichthonios) 达耳达诺斯(1)之子,特罗斯(1)之父,特洛伊先王,20.219。

厄里努斯(Erinus) 复仇女神,9.454,571。

厄利斯(Elis) 城市,伯罗奔尼撒西部,和奈斯托耳统治的普洛斯毗邻,2.615。

厄洛奈(Elone) 塞萨利亚城市,受波鲁波伊忒斯统治,2.739。

厄鲁劳斯(Erulaos) 特洛伊人,被帕特罗克洛斯所杀,16.411。

厄鲁马斯(Erumas) (1)特洛伊人,被伊多墨纽斯所杀,16.345;(2)特洛伊人,被帕特罗克洛斯所杀,16.415。

厄鲁斯莱(Eruthrai) 城市,在波伊俄提亚,2.499。

厄鲁西诺伊(Eruthinoi) 地名,在帕夫拉戈尼亚,2.855。

厄马西亚(Emathia) 位于希腊以北,即以后的马其顿,14.226。

厄奈托伊人(Enetoi) 帕夫拉戈尼亚部族,特洛伊盟军,2.852。

厄尼俄裴乌斯(Eniopeus) 塞拜俄斯之子,赫克托耳的驭手,被狄俄墨得斯所杀,8.120。

厄尼奈斯人(Enienes) 阿开亚族兵,居家塞萨利亚西北;2.749。

厄尼斯培(Enispe) 阿耳卡底亚城镇,2.606。

厄诺培(Enope) 墨塞尼亚城镇,在普洛斯附近,9.150。

厄诺普斯(Enops) (1)特洛伊人萨特尼俄斯之父,14.444;(2)特洛伊人塞斯托耳之父,16.402;(3)克鲁托墨得斯之父,23.634。

厄努阿利俄斯(Enualios) 即阿瑞斯,8.264。

厄努娥(Enuo) 战争女神,5.333。

厄努欧斯(Enueus) 斯库罗斯国王,9.668。

厄帕尔忒斯(Epaltes) 鲁基亚人,被帕特罗克洛斯所杀,16.415。

厄培俄斯(Epeios) 阿开亚人,出色的拳手,23.665—699。

厄培勾斯(Epeigeus) 慕耳弥冬人,被赫克托耳所杀,16.571—580。

厄培亚人(Epeians) 或厄培俄伊人(Epeioi),居家厄利斯北部一带(所以,也是厄利斯人),2.619,4.537 和 11.687 等处。

厄丕道罗斯(Epidauros) 城市,受狄俄墨得斯统治,2.561。

厄丕克勒斯(Epikles) 特洛伊盟友,鲁基亚人,被埃阿斯(1)所杀,12. 379。

厄丕斯托耳(Epistor) 特洛伊人,被帕特罗克洛斯所杀,16.695。

厄丕斯特罗福斯(Epistrophos) (1)阿开亚人,福基斯首领,2.517;(2)特洛伊人,鲁耳奈索斯王者,被阿基琉斯所杀,2.692;(3)特洛伊盟友,哈利宗奈斯人的首领,2.856。

厄普托斯(Eputos) 裴里法斯之父,17.324。

厄柔萨利昂(Ereuthalion) 阿耳卡底亚壮士,被奈斯托耳所杀,7.136。

厄瑞克修斯(Erechtheus) 雅典英雄,2.547。

厄陶诺斯(Eteonos) 城市,在波伊俄提亚,2.497。

厄忒俄克勒斯(Eteokles) 俄狄浦斯之子,忒拜首领,曾抵抗阿耳吉维人的进攻,4.386。

厄提昂(Eetion) (1)忒拜国王,安德罗玛刻之父,被阿基琉斯所杀,6.414—420;(2)特洛伊人波得斯之父,17.575;(3)英勃罗斯国王,普里阿摩斯的朋友,21.42。

F

法尔开斯(Phalkes) 特洛伊人,被安提洛科斯所杀,14.513。

法里斯(Pharis) 城市,在拉凯代蒙,2.582。

法乌西阿斯(Phausias) 特洛伊人阿丕萨昂(1)之父,11.578。

法伊诺普斯(Phainops) (1)特洛伊人珊索斯(3)之父,5.152;(2)特洛伊人福耳库斯之父,17.312;(3)特洛伊人,阿西俄斯(1)之子,阿波罗曾以他的形貌出现,17.582—583。

法伊斯托斯(Phaistos) (1)城市,在克里特,2.648;(2)特洛伊盟友,波罗斯(1)之子,被伊多墨纽斯所杀,5.43。

菲达斯(Pheidas) 阿开亚人,雅典首领墨奈修斯的部将,13.690。

菲底波斯(Pheidippos) 阿开亚人,塞萨洛斯之子,率领来自科斯及附近岛屿的兵勇,2.678。

菲勾斯(Phegeus) 特洛伊人,达瑞斯之子,被狄俄墨得斯所杀,5.11—19。

菲莱(Pherai) (1)塞萨利亚城市,受欧墨洛斯制统,2.711;(2)城市,在普洛斯附近,5.543,9.151。

菲勒托耳(Philetor) 特洛伊人德慕科斯之父,20.458。

菲鲁莎(Pherousa) 奈柔斯之女,海仙,18.43。

菲洛克忒忒斯(Philoktetes) 塞萨利亚首领,统带来自墨索奈的兵勇,遭蛇咬伤,被留在莱姆诺斯,2.716—725。

菲纽斯(Pheneos) 城市,在阿耳卡底亚,2.605。

菲瑞克洛斯(Phereklos) 特洛伊人,哈耳摩尼得斯之子,曾为帕里斯造船,被墨里俄奈斯所杀,5.59—68。

菲瑞斯(Pheres) 阿德墨托斯之父,欧墨洛斯的祖父,2.763。

腓尼基人(Phoenicians) 族民,一说居家叙利亚沿岸,善航海,精商贸,23.744。

斐亚(Pheia) 城市,位于普洛斯附近,伯罗奔尼撒西南,7.135。

夫拉得蒙(Phradmon) 特洛伊人阿格劳斯(1)之父,8.257。

夫拉凯(Phulake) 塞萨利亚城市,在普罗忒西劳斯统治的地域内,2.695。

夫拉斯(Phulas) 波鲁墨莱之父,16.180。

夫勒古厄斯人(Phlegues) 塞萨利亚部族,13.302。

夫琉斯(Phuleus) 阿开亚人墨格斯之父,2.628,在枪赛中被奈斯托耳击败,23.637。

福耳巴斯(Phorbas) (1)莱斯波斯王者,狄娥墨得之父,9.665;(2)特洛伊人伊利俄纽斯之父,14.490。

福耳库斯(Phorkus) 特洛伊盟友,弗鲁吉亚人,被埃阿斯(1)所杀,17.312。

福基斯(Phokis) 地域,位于希腊中部,和波伊俄提亚接壤,2.517。

弗鲁吉亚(Phrugia) 位于特洛阿德以东,特洛伊盟邦,2.862。

芙洛墨杜莎(Phulomedousa) 阿雷苏斯(1)之妻,阿开亚人墨奈西俄斯(1)之母,7.10。

芙荣提斯(Phrontis) 潘苏斯之妻,17.40。

弗西荣(Phthiron) 山脉,在米勒托斯(2)附近,2.868。

弗西亚(Phthia) 阿基琉斯的家乡,在塞萨利亚南部,2.683。

福伊波斯(Phoibos) 阿波罗的指称(或别称),1.43。

福伊尼克斯(Phoinix) (1)阿门托耳之子,阿基琉斯的老师和伴友,9.432—495;(2)欧罗巴之父,14.321。

G

戈耳工(Gorgon) 女怪,目光可使凡人变成石头,5.741。

戈耳古西昂(Gorguthion) 特洛伊人,普里阿摩斯之子,被丢克罗斯所杀,8.303—308。

戈耳图那(Gortuna) 克里特城市,2.646。

戈诺厄萨(Gnoessa) 阿开亚城市,受阿伽门农制统,2.573。

格拉夫莱(Glaphulai) 城市,在塞萨利亚,受欧墨洛斯制统,2.712。

格拉亚(Graia) 城市,在波伊俄提亚,2.498。

格劳凯(Glauke) 奈柔斯之女,海仙,18.39。

格劳科斯(Glaukos) (1)萨耳裴冬的助手,鲁基亚军队的副帅,2.876;(2)西绪福斯之子,伯勒罗丰忒斯之父,格劳科斯(1)的曾祖父,6.154—155。

格利萨斯(Glisas) 城市,在波伊俄提亚,2.504。

格瑞尼科斯(Grenikos) 河流,在特洛阿德,12.21。

格瑞尼亚的 奈斯托耳的指称(或饰称),2.336。

古耳提俄斯(Gurtios) 慕西亚人,其子呼耳提俄斯被埃阿斯(1)所杀,14.512。

古耳托奈(Gurtone) 塞萨利亚城市,受波鲁波伊忒斯制统,2.738。

古格(Guge) 湖泊,即古伽亚湖,20.390。

古伽亚(Gugaia) 湖泊,在迈俄尼亚,2.865。

古纽斯(Gouneus) 阿开亚人,统领来自多多那一带的兵勇,2.748。

H

哈耳马(Harma) 城镇,在波伊俄提亚,2.499。

哈耳摩尼得斯(Harmonides) 特洛伊铜匠,5.59。

哈耳帕利昂(Harpalion) 帕夫拉戈尼亚人,特洛伊盟友,被墨奈劳斯所杀,13.643—659。

哈利阿耳托斯(Haliartos) 城市,在波伊俄提亚,2.503。

哈利俄斯(Halios) 鲁基亚人,被奥德修斯所杀,5.678。

哈莉娅(Halia) 奈柔斯之女,海仙,18.40。

哈利宗奈斯人(Halizones) 特洛伊盟军,来自黑海南岸,由俄底俄斯(1)和厄丕斯特罗福斯(3)率领,2.856。

海伦(Helen) 墨奈劳斯之妻,被帕里斯带出斯巴达,由此引发了特洛伊战争,3.121。

海蒙(Haimon) (1)阿开亚人,普洛斯首领之一,4.296;(2)迈昂之父,4.394;(3)莱耳开斯之父,17.467。

赫蓓(Hebe) 宙斯和赫拉之女,青春女神,4.2,5.722。

赫耳弥俄奈(Hermione) 城市,受狄俄墨得斯制统,2.560。

赫耳摩斯(Hermos) 河流,在弗鲁吉亚,20.392。

赫耳墨斯(Hermes) 宙斯之子,导者,又名阿耳吉丰忒斯,2.104。

赫法伊斯托斯(Hephaistos) 火神,赫拉之子,1.571,21.330—382;神匠,1.607。

赫卡贝(Hekabe) 杜马斯之女,普里阿摩斯之妻,赫克托耳之母,6.251,22.79。

赫卡墨得(Hekamede) 阿耳西努斯之女,奈斯托耳的女伴,11.623。

赫克托耳(Hektor) 普里阿摩斯之子,特洛伊首领,杀死帕特罗克洛斯,16.816—842,被阿基琉斯所杀,22.274—363。

赫拉(Hera) 克罗诺斯和蕾娅之女,宙斯的姐妹和妻子,阿开亚人的保护神,1.55。

赫拉克勒斯(Herakles) 著名力士,宙斯和阿尔克墨奈之子,14.324,特勒波勒摩斯(1)和塞萨洛斯之父,2.658,679。

赫拉斯(Hellas) 地域,受裴琉斯制统,2.683。

赫勒奈斯人(Hellenes) 居家赫拉斯的兵民,2.684。

赫勒诺斯(Helenos) (1)阿开亚人,被赫克托耳所杀,5.707;(2)特洛伊人,普里阿摩斯之子,先知和武士,6.75。

赫勒斯庞特(Hellespont) 海峡,位于特洛阿德和斯拉凯之间,现名达达尼尔(Dardanelles)海峡,2.845。

赫利俄斯(Helios) 太阳,3.277。

赫利卡昂(Helikaon) 特洛伊人,安忒诺耳之子,劳迪凯(1)之夫,3.123。

赫利开(Helike) 地域,受阿伽门农制统,在科林斯海峡边岸,2.575。

赫洛斯(Helos) (1)城市,在拉凯代蒙,2.584;(2)城市,位于普洛斯附近。

赫普塔波罗斯(Heptaporos) 河流,在特洛阿德,12.20。

赫斯裴耳(Hesper) 黑夜之星,22.318。

呼安波利斯(Huampolis) 城市,在福基斯,2.521。

J

伽努墨得斯（Ganumedes） 特罗斯(1)之子，貌美，众神使其成仙，当了宙斯的侍斟，20.232—235。

K

喀戎（Cheiron） 马人中最通人性者，阿斯克勒丕俄斯的老师，4.219；裴琉斯的朋友，16.143；阿基琉斯的老师，11.831。

卡北索斯（Kabesos） 城市，特洛伊盟邦，可能位于特洛阿德，13.363。

卡德墨亚人（Kadmeians） 即忒拜人，4.388。

卡耳达慕勒（Kardamule） 城镇，位于普洛斯附近，9.150。

卡尔基斯（Kalchis） (1)城市，在欧波亚，2.537；(2)城市，在埃托利亚，2.640；(3)鸟名，14.291。

卡尔卡斯（Kalchas） 阿开亚人，卜者，1.69—100，2.300—332。

卡尔科冬（Chalkodon） 厄勒菲诺耳之父，2.541。

卡莱罗斯（Kalliaros） 城市，在洛克里斯，2.531。

卡勒托耳（Kaletor） (1)阿开亚人，阿法柔斯之父，13.541；(2)特洛伊人，被埃阿斯(1)所杀，15.419。

卡勒西俄斯（Kalesios） 特洛伊人，阿克苏洛斯的驭手，被狄俄墨得斯所杀，6.18。

卡里斯（Charis） 女神，(在《伊利亚特》里为)赫法伊斯托斯之妻，18.382。

卡里亚人（Karians） 特洛伊友军，家居小亚细亚南部，米勒托斯(2)一带，2.867。

卡莉娅娜莎（Kallianassa） 奈柔斯之女，海仙，18.46。

卡莉娅内拉（Kallianeira） 奈柔斯之女，海仙，18.44。

卡鲁德奈（Kaludnai） 群岛，位于爱琴海东南部，2.677。

卡鲁冬（Kaludon） 埃托利亚城市，受索阿斯制统，2.640。

卡鲁斯托斯（Karustos） 城市，在欧波亚，2.539。

卡罗波斯（Charopos） 尼柔斯之父，2.672。

卡罗普斯（Charops） 特洛伊人，被奥德修斯所杀，11.427。

卡迈罗斯（Kameiros） 城市，在罗得斯，2.656。

卡帕纽斯（Kapaneus） 阿开亚人，塞奈洛斯之父，2.564。

克拉帕索斯（Krapathos） 岛屿，位于爱琴海东南部，2.676。

克勒俄布洛斯（Kleoboulos） 特洛伊人，被埃阿斯(2)所杀，16.331—334。

克勒俄奈（Kleonai） 城市，受阿伽门农制统，2.570。

克勒娥帕特拉（Kleopatra） 伊达斯和玛耳裴莎之女，墨勒阿格罗斯之妻，9.556。

克雷昂（Kreion） 阿开亚人，鲁科墨得斯之父，9.84。

克雷托斯（Kleitos） 特洛伊人，普鲁达马斯的驭手，被丢克罗斯所杀，15.445—453。

克里萨（Krisa） 城市，在福基斯，2.520。

克里特（Krete） 岛屿，位于爱琴海南部，受伊多墨纽斯制统，2.649。

克鲁墨奈（Klumene） (1)海伦的侍女，3.144；(2)奈柔斯之女，海仙，18.47。

克鲁塞（Chruse） 城镇，位于特洛伊附近，克鲁塞斯的家乡，1.37。

克鲁塞斯（Chruses） 阿波罗的祭司，居家克鲁塞，克鲁塞伊斯之父，1.11。

克鲁塞伊斯（Chruseis） 克鲁塞斯之女，阿伽门农的女伴，1.111—115。

克鲁索塞弥斯（Chrusothemis） 阿伽门农之女，9.145。

克鲁泰奈斯特拉（Klutaimnestra） 阿伽门农之妻，1.113。

克鲁提俄斯（Klutios） (1)特洛伊人，劳墨冬之子，普里阿摩斯的兄弟，卡勒托耳之父，3.147，15.419，20.238；(2)阿开亚人，多洛普斯之父，11.302。

克鲁托墨得斯（Klutomedes） 拳手，被奈斯托耳击败，23.634。

克罗库勒亚（Krokuleia） 地域名，位于伊萨卡，2.633。

克罗弥斯（Chromis） 慕西亚首领，被阿基琉斯所杀，2.858。

克罗米俄斯（Chromios） (1)奈斯托耳的伴从，4.295；(2)普里阿摩斯之子，被狄俄墨得斯所杀，5.160；(3)鲁基亚人，被奥德修斯所杀，5.677；(4)特洛伊人，被丢克罗斯击杀，8.275；(5)特洛伊首领，17.218。

克罗诺斯（Kronos） 乌拉诺斯之子，宙斯、哀地斯、波塞冬、赫拉、黛墨忒耳之父，1.502；被宙斯打入塔耳塔罗斯，8.479—481。

克罗伊斯摩斯（Kroismos） 特洛伊人，被墨格斯所杀，15.523。

克洛尼俄斯（Klonios） 阿开亚人，波伊俄提亚首领之一，2.495，被阿格诺耳所杀，15.340。

克诺索斯（Knosos） 城市，在克里特，2.646。

克荣纳（Kromna） 城市，在帕夫拉戈尼亚，2.855。

克瑞松（Krethon） 阿开亚人，被埃内阿斯所杀，5.541—560。

克忒阿托斯（Kteatos） 阿克托耳（2）名义上的儿子（其生身父亲是波塞冬），欧鲁托斯（2）的孪生兄弟，安菲马科斯（1）之父，2.621。

库福斯（Kuphos） 城市，位于希腊西北部，2.748。

库勒奈（Kullene） 山脉，在阿耳卡底亚北部，2.603。

库鸣迪斯（Kumindis） 鸟，14.291。

库摩索娥（Kumothoe） 奈柔斯之女，海仙，18.41。

库莫多凯（Kumodoke） 奈柔斯之女，海仙，18.39。

库诺斯（Kunos） 城市，在洛克里斯，2. 531。

库帕里塞斯（Kupariseeis） 城市，在普洛斯附近，2.593。

库帕里索斯（Kuparissos） 城市，在福基斯，2.519。

库普里斯（Kupris） 即阿芙罗底忒，5.330。

库瑞忒斯人（Kouretes） 埃托利亚部族，曾和卡鲁冬人交战，9.529—599。

库塞拉（Kuthera） 岛屿，位于拉凯代蒙以南，15.431。

库托罗斯（Kutoros） 城市，在帕夫拉戈尼亚，2.853。

L

拉达门苏斯（Rhadamanthus） 宙斯和欧罗巴之子，米诺斯的兄弟，14.322。

拉凯代蒙（Lakedaimon） 城市及其附近地带，位于伯罗奔尼撒南部，受墨奈劳斯制统，2.581。

拉里萨（Larissa） 裴拉斯吉亚城市，特洛伊盟邦，2.841。

拉丕赛人（Lapithai） 塞萨利亚部族，由波鲁波伊忒斯和勒昂丢斯统领，12.128—130。

拉斯（Laas） 城市，在拉凯代蒙，2.585。

莱耳开斯（Laerkes） 慕耳弥冬人，阿尔基墨冬之父，16.197。

莱耳忒斯（Laertes） 奥德修斯之父，2.173。

莱克托斯（Lektos） 突岬，位于特洛阿德，14.284。

莱勒格斯人（Leleges） 小亚细亚部族，特洛伊盟军，10.429。

莱姆诺斯（Lemnos） 岛屿，位于爱琴海东北部，特洛伊以西，1.593。

莱斯波斯（Lesbos） 岛屿，城市，位于小亚细亚海面，特洛伊以南，9.129。

莱托（Leto） 阿波罗和阿耳忒弥斯之母，1.9，21.498—504，24.607—609。

朗波斯（Lampos） (1)特洛伊人，劳墨冬之子，多洛普斯(2)之父，15.526—527；(2)赫克托耳的驭马，8.185。

劳达马斯（Laodamas） 特洛伊人，安忒诺耳之子，被埃阿斯所杀，15.516。

劳达墨娅（Laodameia） 伯勒罗丰忒斯之女，萨耳裴冬（其父宙斯）之母，6.197—199。

劳迪凯（Laodike） (1)普里阿摩斯之女，赫利卡昂之妻，3.124；(2)阿伽门农之女，9.145。

劳多科斯（Laodokos） (1)特洛伊人，安忒诺耳之子，雅典娜曾以他的形貌出现，4.87；(2)阿开亚人，安提洛科斯的驭手，17.699。

劳格诺斯（Laogonos） (1)特洛伊人，俄奈托耳之子，被墨里俄奈斯所杀，16.604—607；(2)特洛伊人，比阿斯(3)之子，被阿基琉斯所杀，20.460。

劳墨冬（Laomedon） 特洛伊国王，伊洛斯之子，普里阿摩斯之父，20.236—238。

劳索娥（Laothoe） 阿尔忒斯之女，替普里阿摩斯生子波鲁多罗斯(1)和鲁卡昂(2)，21.85—91。

勒昂丢斯（Leonteus） 阿开亚人，科罗诺斯之子，和波鲁波伊忒斯一起统领来自阿耳吉萨的拉丕赛人，2.745。

莱索斯（Lethos） 特洛伊人希波苏斯之父，拉里萨国王，2.843。

雷俄克里托斯（Leiokritos） 阿开亚人，被埃内阿斯所杀，17.344。

蕾奈（Rhene） 阿开亚人墨冬(1)（其父俄伊琉斯）之母，2.728。

雷索斯（Rhesos） (1)特洛伊盟友，埃俄纽斯(2)之子，斯拉凯王者，被狄俄墨得斯所杀，10.435—502；(2)河流，在特洛阿德，12.20。

雷托斯（Leitos） 阿开亚人，和裴奈琉斯一起统领波伊俄提亚兵勇，2.494，被赫克托耳击伤，17.601—604。

蕾娅（Rhea, Rheia） 宙斯之母，另有子波塞冬和哀地斯，有女赫拉和黛墨忒耳，15.187—188。

里格摩斯（Rhigmos） 裴瑞斯之子，特洛伊盟友，斯拉凯人，被阿基琉斯所杀，20.484—489。

里培（Rhipe） 城市，在阿耳卡底亚，2.606。

利昆尼俄斯（Likumnios） 赫拉克勒斯的舅舅，被特勒波勒摩斯(1)所杀，2.

663。

利莱亚（Lilaia） 城市，在福基斯，2.523。

莉诺蕾娅（Limnoreia） 奈柔斯之女，海仙，18.41。

林多斯（Lindos） 城市，在罗得斯，2.655。

琉科斯（Leukos） 奥德修斯的伴友，被安提福斯（3）所杀，4.491—493。

鲁耳奈索斯（Lurnessos） 城市，在特洛阿德，伊达山下，布里塞伊斯的家乡，2.690。

鲁基亚（Lukia） （1）位于小亚细亚南部，萨耳裴冬和格劳科斯（1）统治的地域，2.877；（2）潘达罗斯的故乡，位于泽勒亚一带，特洛伊附近，5.105，172。

鲁卡昂（Lukaon） （1）特洛伊人，潘达罗斯之父，2.826；（2）普里阿摩斯和劳索娥之子，被阿基琉斯所杀，21.35—135。

鲁卡斯托斯（Lukastos） 城市，在克里特，2.647。

鲁科丰忒斯（Lukophontes） 特洛伊人，被丢克罗斯所杀，8.275。

鲁科弗荣（Lukophron） 阿开亚人，马斯托耳之子，埃阿斯（1）的伙伴，被赫克托耳所杀，15.430—435。

鲁科墨得斯（Lukomedes） 阿开亚人，枪杀阿丕萨昂（2），17.345—349。

鲁克托斯（Luktos） 城市，在克里特，2.647。

鲁孔（Lukon） 特洛伊人，被裴奈琉斯所杀，16.335—341。

鲁库耳戈斯（Lukourgos） （1）德鲁阿斯之子，因攻击狄俄尼索斯而受到神的惩罚，6.130—140；（2）壮士，战杀阿雷苏斯（1），7.142—149。

鲁桑德罗斯（Lusandros） 特洛伊人，被埃阿斯（1）所杀，11.491。

鲁提昂（Rhution） 城市，在克里特，2.648。

罗得斯（Rhodes） 岛屿，位于爱琴海东南部，兵勇们由特勒波勒摩斯（1）统领，2.654。

罗底俄斯（Rhodios） 河流，在特洛阿德，12.20。

洛克里斯（Lokris） 位于希腊中东部，俄伊琉斯之子埃阿斯统治的地域，2.527。

洛克里斯人（Lokrians） 家居洛克里斯的兵民，2.535，也叫洛克里亚人。

M

玛耳裴莎（Marpessa） 欧厄诺斯之女，伊达斯之妻，9.557。

马革奈西亚人（Magnesians） 塞萨利亚族兵，由普罗苏斯统领，2.756。

马卡昂（Machaon） 阿开亚人，阿斯克勒丕俄斯之子，战勇，医者，和兄弟波达雷里俄斯一起统领来自特里开和俄伊卡利亚的塞萨利亚兵勇，2.732，被帕里斯击伤，11.506—520。

马卡耳（Makar） 莱斯波斯先王，24.544。

马里斯（Maris） 鲁基亚人，特洛伊盟友，被斯拉苏墨得斯所杀，16.319—329。

马塞斯（Mases） 城市，受狄俄墨得斯制统，2.562。

马斯托耳（Mastor） 阿开亚人鲁科弗荣之父，15.430。

迈安得罗斯（Maiandros） 河流，在小亚细亚，2.869。

迈昂（Maion） 卡德墨亚人，曾率兵伏击图丢斯，4.394—398。

迈俄尼亚人（Maionians） 特洛伊盟军，家居迈俄尼亚，古格河畔，小亚细亚中部，2.864。

迈拉（Maira） 奈柔斯之女，海仙，18.48。

迈马洛斯（Maimalos） 裴桑德罗斯(3)之父，16.194。

曼提奈亚（Mantineia） 城市，在阿耳卡底亚，2.607。

门忒斯（Mentos） 基科尼亚人的首领，阿波罗曾以他的形貌出现，17.73。

门托耳（Mentor） 英勃里俄斯之父，13.171。

弥底亚（Mideia） 城市，在波伊俄提亚，2.507。

米勒托斯（Miletos） (1)城市，在克里特，2.647；(2)卡里亚城市，位于小亚细亚南部，2.868。

米诺斯（Minos） 宙斯和欧罗巴之子，丢卡利昂(1)之父，克里特先王，13.450—454。

米努埃俄斯（Minueios） 河流，位于伯罗奔尼撒西部，奈斯托耳王国的边界，11.721。

米努埃人（Minuai） 俄耳科墨诺斯(1)族兵，由阿斯卡拉福斯和亚尔墨诺斯统领，2.511。

摩利俄奈斯（Moliones） 孪生兄弟克忒阿托斯和欧鲁托斯(2)，11.708。

摩洛斯（Molos） 阿开亚人，墨里俄奈斯之父，10.269。

墨得昂（Medeon） 城市，在波伊俄提亚，2.501。

墨得茜卡斯忒（Medesikaste） 普里阿摩斯之女，英勃里俄斯之妻，13.173。

墨冬(Medon) (1)阿开亚人,俄伊琉斯(1)的私生子,2.727,13.694—697。协助统领来自墨索奈的塞萨利亚兵勇,被埃内阿斯所杀,15.332;(2)特洛伊将领,17.216。

墨耳墨罗斯(Mermeros) 特洛伊人,被安提洛科斯所杀,14.513。

墨格斯(Meges) 阿开亚人,夫琉斯之子,统领杜利基昂和厄利斯兵勇,2.627—628,13.692。

墨基斯丢斯(Mekisteus) (1)欧鲁阿洛斯之父,2.566,塔劳斯之子,杰出的拳手,23.678—680;(2)阿开亚人,厄基俄斯(1)之子,被普鲁达马斯所杀,15.339。

墨伽斯(Megas) 特洛伊人裴里摩斯之父,16.695。

墨拉尼波斯(Melanippos) (1)特洛伊人,被丢克罗斯所杀,8.276;(2)特洛伊人,希开塔昂之子,被安提洛科斯所杀,15.576;(3)特洛伊人,被帕特罗克洛斯所杀,16.695; (4)阿开亚首领,19.240。

墨拉斯(Melas) 波耳修斯之子,俄伊纽斯的兄弟,14.117。

墨朗西俄斯(Melanthios) 特洛伊人,被欧鲁普洛斯所杀,6.36。

墨勒阿格罗斯(Meleagros) 俄伊纽斯之子,图丢斯的兄弟,卡鲁冬王子,9.529—599。

墨里俄奈斯(Meriones) 阿开亚人,伊多墨纽斯的助手,2.651。

莫利昂(Molion) 特洛伊人,苏姆勃莱俄斯的助手,被奥德修斯所杀,11.322。

墨利波亚(Meliboia) 塞萨利亚城市,受菲洛克忒忒斯制统,2.717。

墨莉忒(Melite) 奈柔斯之女,海仙,18.42。

莫鲁斯(Molus) 特洛伊人,希波提昂之子,被墨里俄奈斯所杀,14.514。

墨罗普斯(Merops) 裴耳科忒卜占,阿德瑞斯托斯(2)和安菲俄斯(1)之父,2.831。

墨奈劳斯(Menelaos) 阿特柔斯之子,阿伽门农的兄弟,海伦的前夫,拉凯代蒙国王,2.586—590。

墨奈塞斯(Menesthes) 阿开亚人,被赫克托耳所杀,5.609。

墨奈西俄斯(Menesthios) (1)阿开亚人,阿雷苏斯(1)之子,被帕里斯所杀,7.9;(2)阿开亚人,慕耳弥冬将领之一,16.173—178。

墨奈修斯(Menetheus) 裴忒俄斯之子,雅典兵勇的首领,2.552—556。

墨诺伊提俄斯(Menoitios) 阿克托耳(3)之子,帕特罗克洛斯之父,1.307。

墨农(Menon) 特洛伊人,被勒昂丢斯所杀,12.193。

墨塞(Messe) 城市,在拉凯代蒙,2.582。

墨塞斯(Messeis) 井泉,具体位置不明(一说可能在塞萨利亚的赫拉斯),6.457。参考**呼裴瑞亚**。

墨斯勒斯(Mesthles) 特洛伊盟友,迈俄尼亚人的首领,2.864。

墨斯托耳(Mestor) 特洛伊人,普里阿摩斯之子,24.257。

墨索奈(Methone) 塞萨利亚城市,受菲洛克忒忒斯制统,2.716。

慕冬(Mudon) (1)特洛伊人,阿屯尼俄斯之子,普莱墨奈斯的驭手,被安提洛科斯所杀,5.580;(2)派俄尼亚人,被阿基琉斯所杀,21.209。

慕耳弥冬人(Murmidons) 弗西亚族民,居家塞萨利亚南部,受裴琉斯统治;在特洛伊前线,慕耳弥冬兵勇由阿基琉斯统领,2.684。

慕耳西诺斯(Mursinos) 城市,在厄利斯,2.616。

慕格冬(Mugdon) 弗鲁吉亚兵勇的统帅,3.186。

慕卡勒(Mukale) 山脉,位于卡里亚,小亚细亚南部,贯穿米勒托斯(2),2.869。

慕卡莱索斯(Mukalesos) 城市,在波伊俄提亚,2.498。

慕凯奈(Mukenai) 即迈锡尼,城市,阿伽门农的"都城",位于阿耳戈斯城以北五英里,名城提仑斯以北,2.569。

慕里奈(Murine) 亚马宗女壮士,神祇以她的名字称呼特洛伊城前的一座土丘,2.814。

慕利俄斯(Moulios) (1)厄利斯壮士,被奈斯托耳所杀,11.738;(2)特洛伊人,被帕特罗克洛斯所杀,16.696;(3)特洛伊人,被阿基琉斯所杀,20.472。

慕奈斯(Munes) 特洛伊人,鲁耳奈索斯国王,欧厄诺斯之子,19.296。

慕奈索斯(Mnesos) 特洛伊盟友,派俄尼亚人,被阿基琉斯所杀,21.210。

慕西亚人(Musians) 特洛伊盟军,居家特洛伊以东,2.858。

N

拿波洛斯(Naubolos) 福基斯英雄,伊菲托斯(1)之父,2.518。

纳斯忒斯（Nastes） 特洛伊盟友，诺米昂之子，卡里亚人的首领，被阿基琉斯所杀，2.867—875。

奈里同（Neriton） 山脉，在伊萨卡境内，2.632。

奈琉斯（Neleus） 奈斯托耳之父，普洛斯先王，11.691。

奈墨耳忒斯（Nemertes） 奈柔斯之女，海仙，18.46。

奈柔斯（Nereus） 海神，"海洋老人"或海之长老，塞提斯及其姐妹们的父亲，1.556，18.38。

奈赛娥（Nesaie） 奈柔斯之女，海仙，18.40。

奈斯托耳（Nestor） 阿开亚人，奈琉斯之子，普洛斯国王，首领，安提洛科斯和斯拉苏墨得斯之父，9.81，5.565。

尼娥北（Niobe） 弗鲁吉亚女子，所生六男六女分别被阿波罗和阿耳忒弥斯所杀，24.602—617。

尼俄普托勒摩斯（Neoptolemos） 阿基琉斯之子，19.327。

尼柔斯（Nireus） 阿开亚人，卡罗波斯之子，苏墨兵勇的首领，2.671。

尼萨（Nisa） 城市，在波伊俄提亚，2.508。

尼苏罗斯（Nisuros） 岛屿，位于爱琴海东南部，科斯附近，2.676。

诺厄蒙（Noemon） (1)特洛伊盟友，鲁基亚人，被奥德修斯所杀，5.678；(2)阿开亚人，安提洛科斯的伴友，23.612。

诺米昂（Nomion） 特洛伊人安菲马科斯(2)和纳斯忒斯之父，2.871。

努萨（Nusa） 或努塞昂，山脉，在欧波亚，狄俄尼索斯的圣地，6.133。

O

欧埃蒙（Euaimon） 欧鲁普洛斯(1)之父，2.736。

欧波亚（Euboia） 岛屿，位于希腊大陆以东海面，2.536。

欧多罗斯（Eudoros） 神使赫耳墨斯和凡女波鲁墨莱之子，慕耳弥冬将领，16.179。

欧厄诺斯（Euenos） (1)厄丕斯特罗福斯(2)和慕奈斯之父，2.693；(2)玛耳裴莎之父，9.557。

欧菲摩斯（Euphemos） 特洛伊盟友，基科尼亚人的首领，2.846。

欧菲忒斯（Euphetes） 厄芙拉(1)王者，15.532。

欧福耳波斯 (Euphorbos) 达耳达尼亚人,潘苏斯之子,击伤帕特罗克洛斯,16.808—815,被墨奈劳斯所杀,17.43—60。

欧开诺耳 (Euchenor) 阿开亚人,被帕里斯所杀,13.663—672。

欧鲁阿洛斯 (Eurualos) 阿开亚人,协助狄俄墨得斯统领阿耳戈斯(1)兵勇,2.565。

欧鲁巴忒斯 (Eurubates) (1)阿伽门农的信使,1.320;(2)奥德修斯的信使,2.184。

欧鲁达马斯 (Eurudamas) 特洛伊人,释梦者,阿巴斯和波鲁伊多斯(1)之父,5.149。

欧鲁墨冬 (Eurumedon) (1)阿伽门农的驭者,4.228;(2)奈斯托耳的驭者,8.113。

欧鲁诺墨 (Eurunome) 俄刻阿诺斯之女,18.399。

欧鲁普洛斯 (Eurupulos) (1)欧埃蒙之子,统领来自俄耳墨尼昂的塞萨利亚兵勇,2.736;(2)科斯国王,2.677。

欧鲁托斯 (Eurutos) (1)俄伊卡利亚国王,2.596;(2)波塞冬之子,阿开亚人萨尔丕俄斯之父,和兄弟克忒阿托斯并称"摩利俄奈斯",2.621,11.709,750。

欧鲁修斯 (Eurustheus) 塞奈洛斯之子,裴耳修斯之孙,曾给赫拉克勒斯拨派苦役,8.363,19.123。

欧罗巴 (Europa) 福伊尼克斯(2)之女,米诺斯和拉达门苏斯之母,14.322。

欧墨得斯 (Eumedes) 特洛伊使者,多隆之父,10.315。

欧墨洛斯 (Eumelos) 阿开亚人,阿德墨托斯和阿尔开斯提斯之子,来自菲莱的塞萨利亚人的首领,2.714。

欧纽斯 (Euneos) 莱姆诺斯国王,伊阿宋和呼浦茜普莱之子,7.468。

欧索罗斯 (Eussoros) 特洛伊人,阿卡马斯(2)之父,6.8。

欧特瑞西斯 (Eutresis) 城市,在波伊俄提亚,2.502。

欧伊波斯 (Euippos) 特洛伊盟友,鲁基亚人,被帕特罗克洛斯所杀,16.417。

P

帕耳慕斯 (Palmus) 特洛伊将领,13.791。

帕耳塞尼俄斯(Parthenios) 河流,在帕夫拉戈尼亚境内,2.854。

帕夫拉戈尼亚人(Paphlagonians) 特洛伊盟军,家居黑海南岸的帕夫拉戈尼亚,2.851。

帕拉斯(Pallas) 即雅典娜,或帕拉斯·雅典娜,1.200。

帕拉西亚(Parrhasia) 城市,在阿耳卡底亚,2.608。

帕里斯(Paris) 即亚历克山德罗斯,特洛伊人,普里阿摩斯及赫卡贝之子,将海伦带出拉凯代蒙,由此引发了特洛伊战争,3.16,346。

帕蒙(Palmmon) 特洛伊人,普里阿摩斯之子,24.250。

帕诺裴(Panope) 奈柔斯之女,海仙,18.45。

帕诺裴乌斯(Panopeus) (1)城市,在福基斯,2.520;(2)阿开亚人厄培俄斯之父,23.665。

帕特罗克洛斯(Patroklos) 阿开亚战将,墨诺伊提俄斯之子,阿基琉斯的助手和伴友,1.307,被赫克托耳所杀。

帕茜塞娅(Pasithea) 典雅女神,14.269,276。

派昂(Paion) 特洛伊人阿伽斯特罗福斯之父,11.339。

派俄尼亚(Paionia) 位于希腊东北部,特洛伊盟邦,后世划入马其顿版图,17.350。

派厄昂(Paieon) 神界的医者,5.899。

派索斯(Paisos) 城市,在特洛阿德,特洛伊以(东)北,5.612。

潘达罗斯(Pandaros) 鲁卡昂(1)之子,率领来自泽勒亚的特洛伊兵勇,2.827,被狄俄墨得斯所杀,5.280—296。

潘迪昂(Pandion) 丢克罗斯的军友,12.372。

潘多科斯(Pandokos) 特洛伊人,被埃阿斯(1)所杀,11.490。

潘苏斯(Panthoos) 特洛伊长老,3.146,普鲁达马斯、欧福耳波斯及呼裴瑞诺耳之父,13.757,16.808,17.23。

裴达索斯(Pedasos) (1)特洛伊人,布科利昂之子,被欧鲁阿洛斯所杀,6.21;(2)城市,在特洛阿德,萨特尼俄埃斯河畔,6.35;(3)城市,在普洛斯附近,9.152;(4)阿基琉斯的驭马,16.152。

裴代昂(Pedaion) 或裴代俄斯,城市,在特洛阿德,13.172。

裴代俄斯(Pedaios) 特洛伊人,安忒诺耳的私生子,被墨格斯所杀,5.69—75。

裴耳科忒（Perkote） 城市，在特洛阿德，2.835。

裴耳伽摩斯（Pergamos） 特洛伊城的高堡，4.508。

裴耳伽索斯（Pergasos） 特洛伊人代科昂之父，5.535。

裴耳塞丰奈（Persephone） 黛墨忒耳之女，哀地斯的妻子，9.457。

裴耳修斯（Perseus） 宙斯和达娜娥之子，14.320，欧鲁修斯的祖父，19.116。

裴拉工（Pelagon） (1)阿开亚人，普洛斯将领，4.295；(2)特洛伊盟友，鲁基亚人，萨耳裴冬的军友，5.694。

裴拉斯吉亚（Pelasgia） 阿耳戈斯（4），阿基琉斯的家乡，2.681；但来自拉里萨的裴拉斯吉亚人却是特洛伊的盟友，2.840—843。

裴莱比亚人（Perrhaibians） 族兵，来自多多那，由古纽斯统领，2.749。

裴莱俄斯（Peiraios） 普托勒迈俄斯之父，4.228。

裴勒工（Pelegon） 阿克西俄斯之子，特洛伊人阿斯忒罗派俄斯之父，21.141。

裴勒奈（Pellene） 阿开亚城市，位于阿伽门农统治的地域内，2.574。

裴里波娅（Periboia） 裴勒工之母，21.142。

裴里厄瑞斯（Perieres） 波罗斯之父，16.177。

裴里法斯（Periphas） (1)埃托利亚人，俄开西俄斯之子，被阿瑞斯所杀，5.842；(2)特洛伊人，安基塞斯的信使，17.323—324。

裴里菲忒斯（Periphetes） (1)特洛伊人，被丢克罗斯所杀，14.515；(2)阿开亚人，来自慕凯奈，被赫克托耳所杀，15.638—652。

裴里摩斯（Perimos） 特洛伊人，墨伽斯之子，被帕特罗克洛斯所杀，16.695。

裴里墨得斯（Perimedes） 阿开亚人斯凯底俄斯(2)之父，15.515。

裴里苏斯（Peirithoos） 阿开亚壮士，宙斯之子，波鲁波伊忒斯之父，2.741。

裴利阿斯（Pelias） 伊俄尔科斯国王，阿尔开斯提斯之父，2.715。

裴利昂（Pelion） 山脉，在马革奈西亚，马人的故乡，2.744。

裴琉斯（Peleus） 老英雄，埃阿科斯之子，21.189，阿基琉斯之父，1.1，女神塞提斯的丈夫，18.84。

裴罗斯（Peiros） 特洛伊盟友，斯拉凯人，英勃拉索斯之子，被索阿斯所杀，4.520—538。

裴洛普斯（Pelops） 阿耳戈斯先王，阿特柔斯之父，阿伽门农和墨奈劳斯的祖父,2.104。

裴奈琉斯（Peneleos） 阿开亚人,和雷托斯一起统领波伊俄提亚兵勇,2.494。

裴内俄斯（Peneios） 塞萨利亚的主要河流,2.752。

裴瑞斯（Peires） 里格摩斯之父,20.484。

裴瑞亚（Pereia） 地名,在塞萨利亚,阿波罗养育欧墨洛斯的牝马的地方,2.766。

裴桑德罗斯（Peisandros） (1)特洛伊人,安提马科斯之子,被阿伽门农所杀,11.122—144;(2)特洛伊人,被墨奈劳斯所杀,13.601—619;(3)慕耳弥冬首领之一,16.193。

裴塞诺耳（Peisenor） 特洛伊人克雷托斯之父,15.445。

裴忒昂（Peteon） 城市,在波伊俄提亚,2.500。

裴忒俄斯（Peteos） 阿开亚人墨奈修斯之父,2.552。

皮杜忒斯（Pidutes） 特洛伊盟友,来自裴耳科忒,被奥德修斯所杀,6.30。

皮厄里亚（Pieria） 奥林波斯一带山峦,14.226。

皮推亚（Pitueia） 城市,位于赫勒斯庞特边岸,特洛伊以北,2.829。

皮修斯（Pittheus） 埃斯拉之父,3.144。

普革迈俄伊人（Pugmaioi, Pugmaians） 族民,曾受到鹤群攻击,3.6。

普拉耳忒斯（Pulartes） (1)特洛伊人,被埃阿斯(1)所杀,11.491;(2)特洛伊人,被帕特罗克洛斯所杀,16.696。

普拉科斯（Plakos） 山脉,俯瞰忒拜(1)大地,6.396。

普拉克提俄斯（Praktios） 河流,在特洛阿德,2.835。

普拉姆内亚酒 一种葡萄酒,11.638。

普拉索斯（Purasos） (1)城市,受普罗忒西劳斯制统,2.695;(2)特洛伊人,被埃阿斯(1)所杀,11.491。

普拉塔亚（Plataia） 城市,在波伊俄提亚,2.504。

普莱俄斯（Pulaios） 特洛伊盟友,莱索斯之子,和兄弟希波苏斯一起统领来自拉里萨的裴拉斯吉亚人,2.842。

普莱克墨斯（Puraikmes） 特洛伊盟友,派俄尼亚人的首领,被帕特罗克洛斯所杀,16.287。

普莱墨奈斯（Pulaimenes） 特洛伊盟友,统领帕夫拉戈尼亚兵勇,被墨奈劳斯所杀,5.576—579。

普勒奈(Pulene) 城市,在埃托利亚,2.639。

普雷阿德斯(Pleiades) 星座,18.486。

普里阿摩斯(Priamos) 劳墨冬之子,特洛伊国王,赫克托耳、帕里斯和许多儿女的父亲(有五十个儿子,24.495),3.161。

普里斯(Puris) 特洛伊人,被帕特罗克洛斯所杀,16.416。

普琉荣(Pleuron) 城市,在埃托利亚,2.639。

普隆(Pulon) 特洛伊人,被波鲁波伊忒斯所杀,12.187。

普鲁达马斯(Pouludamas) 特洛伊人,潘苏斯之子,智囊,斗士,12.210—229,18.249—283。

普鲁塔尼斯(Prutanis) 特洛伊盟友,鲁基亚人,被奥德修斯所杀,5.678。

普罗马科斯(Promachos) 阿开亚人,阿勒格诺耳之子,被阿卡马斯(1)所杀,14.477。

普罗努斯(Pronoos) 特洛伊人,被帕特罗克洛斯所杀,16.399。

普罗索昂(Prothoon) 特洛伊人,被丢克罗斯所杀,14.515。

普罗梭诺耳(Prothoenor) 阿开亚人,阿雷鲁科斯之子,波伊俄提亚首领,2.495,被普鲁达马斯所杀,14.450—451。

普罗苏斯(Prothoos) 阿开亚人,马革奈西亚人的首领,2.756。

普罗忒西劳斯(Protesilaos) 伊菲克洛斯之子,夫拉凯头领,第一个登陆特洛伊(亦即第一个被杀)的首领,2.698,708。

普罗提昂(Protiaon) 特洛伊人阿斯图努斯(2)之父,15.455。

普罗托(Proto) 奈柔斯之女,海仙,18.43。

普罗伊托斯(Proitos) 厄芙拉国王,曾图谋杀死伯勒罗丰忒斯,6.157—170。

普洛斯(Pulos) 奈斯托耳的王国,位于伯罗奔尼撒西部,1.252,2.591。

普索(Putho) 阿波罗的圣地,位于福基斯,2.519,9.405;后世称之为Delphoi。

普忒琉斯(Pteleos) (1)城市,受奈琉斯之子奈斯托耳制统,2.594;(2)城市,受普罗忒西劳斯制统,2.697。

普托勒迈俄斯(Ptolemaios) 阿开亚人欧鲁墨冬(1)之父,4.228。另见**裴莱俄斯**。

S

塞墨勒（Semele） 忒拜公主，狄俄尼索斯之母，14.323。
塞奈劳斯（Sthenelaos） 特洛伊人，伊赛墨奈斯之子，被帕特罗克洛斯所杀，16.586。
塞奈洛斯（Sthenelos） (1)阿开亚人，卡帕纽斯之子，同狄俄墨得斯和欧鲁阿洛斯一起统领阿耳戈斯(1)兵勇，2.564；(2)裴耳修斯之子，欧鲁修斯之父，19.116,123。
塞浦路斯（Cypros） 岛屿，位于地中海中部，11.21。
塞萨洛斯（Thessalos） 赫拉克勒斯之子，安提福斯(1)和菲底波斯之父，2.679。
塞萨摩斯（Sesamos） 帕夫拉戈尼亚城市，2.853。
塞斯裴亚（Thespeia） 波伊俄提亚城市，2.498。
塞斯托耳（Thestor） (1)阿开亚卜者卡尔卡斯之父，1.68；(2)阿开亚人阿尔克马昂之父，12.394；(3)特洛伊人，厄诺普斯(2)之子，被帕特罗克洛斯所杀，16.402。
塞斯托斯（Sestos） 城市，位于赫勒斯庞特北岸（即欧洲），特洛伊盟邦，2.836。
塞提斯（Thetis） 奈柔斯之女，海仙，婚配裴琉斯，生子阿基琉斯，1.351—428,18.35—147。
塞修斯（Theseus） 埃勾斯之子，雅典英雄，1.265。
莎勒娅（Thaleia） 奈柔斯之女，海仙，18.39。
珊索斯（Xanthos） (1)河流，在鲁基亚，2.877；(2)河流，位于特洛阿德，凡人称其为斯卡曼德罗斯，6.4；(3)特洛伊人，法伊诺普斯(1)之子，被狄俄墨得斯所杀，5.152；(4)赫克托耳的驭马之一，8.185；(5)阿基琉斯的驭马之一，16.149。
史鸣修斯（Smintheus） 阿波罗的指称，1.38。
斯巴达（Sparta） 拉凯代蒙城市，墨奈劳斯的故乡，2.582。
斯菲洛斯（Sphelos） 布科洛斯之子，阿开亚人亚索斯之父，15.338。
斯卡耳菲（Skarphe） 城市，在克洛里斯，2.532。
斯卡曼德里俄斯（Skamandrios） (1)特洛伊人，斯特罗菲俄斯之子，被墨奈劳斯所杀，5.49—58；(2)赫克托耳之子阿斯图阿纳克斯的别名，6.402。
斯卡曼德罗斯（Skamandros） 特洛伊平原上的主要河流，2.465；河神，神祇称其为珊索斯,20.74。

斯凯亚门 特洛伊城门之一,3.145。

斯凯底俄斯(Schedios) (1)阿开亚人,伊菲托斯(1)之子,福基斯人的首领,2.517,被赫克托耳所杀,17.306—311;(2)阿开亚人,裴里墨得斯之子,福基斯首领,被赫克托耳所杀,15.515。

斯康得亚(Skandeia) 城市,在库塞拉,10.268。

斯考诺斯(Schoinos) 城市,在波伊俄提亚,2.497。

斯科洛斯(Skolos) 城市,在波伊俄提亚,2.497。

斯库罗斯(Skuros) 岛屿,位于爱琴海中部,欧波亚海面,9.668,19.331。

斯拉凯(Thrake) 即色雷斯,爱琴海以北地域,特洛伊盟邦,9.5,10.434。

斯拉苏墨得斯(Thrasumedes) 阿开亚人,奈斯托耳之子,和兄弟安提洛科斯一起统领普洛斯兵勇,9.81。

斯拉苏墨洛斯(Thrasumelos) 特洛伊人,萨耳裴冬的驭手,被帕特罗克洛斯所杀,16.463。

斯拉西俄斯(Thrasios) 特洛伊盟友,迈俄尼亚人,被阿基琉斯所杀,21.210。

斯鲁昂(Thruon) 城镇,受奈斯托耳制统,一说可能即为斯罗厄萨,2.592。

斯罗尼昂(Thronion) 洛克里斯城市,2.533。

斯罗厄萨(Thruoessa) 城镇,在普洛斯,阿尔菲俄斯河畔,11.710。

斯裴娥(Speio) 奈柔斯之女,海仙,18.40。

斯裴耳开俄斯(Spercheios) 河流,在弗西亚,阿开亚人墨奈西俄斯(2)之父,16.174。

斯特拉提亚(Stratia) 城市,在阿耳卡底亚,2.606。

斯特罗菲俄斯(Strophios) 特洛伊人斯卡曼德里俄斯(1)之父,5.50。

斯腾托耳(Stentor) 阿开亚人,嗓音洪亮,赫拉曾以他的形貌出现,5.785。

斯提基俄斯(Stichios) 阿开亚人,雅典将领,被赫克托耳所杀,15.329。

斯图克斯(Stux) 冥界的河流,神们以它起发誓咒,2.755。

斯图拉(Stula) 城市,在欧波亚,2.539。

斯屯法洛斯(Stumphalos) 城市,在阿耳卡底亚,2.608。

索阿斯(Thoas) (1)阿开亚人,安德莱蒙之子,埃托利亚人的首领,2.638;(2)莱姆诺斯国王,14.230;(3)特洛伊人,被墨奈劳斯所杀,16.311。

索昂（Thoon） (1)特洛伊人,被狄俄墨得斯所杀,5.153;(2)特洛伊人,被奥德修斯所杀,11.422;(3)特洛伊人,被安提洛科斯所杀,13.545。

索娥（Thoe） 奈柔斯之女,海仙,18.40。

索科斯（Sokos） 特洛伊人,希帕索斯之子,被奥德修斯所杀,11.427—455。

索鲁摩伊人（Solumoi） 小亚细亚族兵,伯勒罗丰忒斯曾和他们战斗,6.184—185。

苏厄斯忒斯（Thuestes） 裴洛普斯之子,阿特柔斯的兄弟,2.106。

苏摩伊忒斯（Thumoites） 特洛伊长老,3.146。

苏墨（Sume） 海岛,位于爱琴海东南,罗得斯以北,兵勇们由尼柔斯统领,2.671。

苏姆伯瑞（Thumbre） 城镇,位于特洛伊附近,斯卡曼德罗斯河畔,10. 430。

苏姆勃莱俄斯（Thumbraios） 特洛伊人,被狄俄墨得斯所杀,11.320。

苏忒斯（Thootes） 阿开亚人,墨奈修斯的信使,12.342。

T

塔耳菲（Tarphe） 城市,在洛克里斯,2.533。

塔耳奈（Tarne） 迈俄尼亚城市,5.44。

塔尔苏比俄斯（Talthubios） 阿开亚人,阿伽门农的信使,1.320。

塔耳塔罗斯（Tartaros） 哀地斯的最底层,宙斯监禁被击败者(包括其父克罗诺斯)的去处,8.13—16,481。

塔莱墨奈斯（Talaimenes） 特洛伊人墨斯勒斯和安提福斯(2)之父,2.865。

塔劳斯（Talaos） 墨基斯丢斯(1)之父,2.566。

忒拜（Thebe, Thebes） (1)厄提昂的城国,位于特洛伊附近,被阿基琉斯荡劫,1.366;(2)卡德墨亚人的城,在波伊俄提亚,受过波鲁尼刻斯和他的伙伴们的攻击,4.376—381,被他们的儿子们攻破,4.404—409;(3)低地忒拜(2)的下面,2.505。

忒格亚（Tegea） 城市,在阿耳卡底亚,阿耳戈斯城以西,2.607。

特拉基斯（Trachis） 城市,在裴拉斯吉亚的阿耳戈斯,裴琉斯和阿基琉斯统治的地域,2.682。

忒拉蒙（Telamon） 埃阿斯(1)和丢克罗斯之父, 2.528。

特勒波勒摩斯(Tlepolemos) (1)阿开亚人,力士赫拉克勒斯之子,统领罗得斯兵勇,2.653—670,被萨耳裴冬所杀,5.628—669;(2)特洛伊盟友,鲁基亚人,被帕特罗克洛斯所杀,16.416。

忒勒马科斯(Telemachos) 奥德修斯和裴奈罗佩之子,2.260。

特里卡(Trikke) 塞萨利亚城市,受马卡昂制统,2.729。

特里托格内娅(Tritogeneia) 雅典娜的别称,4.515。

特摩洛斯(Tmolos) 山脉,在迈俄尼亚,2.866。

忒奈多斯(Tenedos) 岛屿,位于爱琴海东北部,特洛伊海面,1.38。

特罗斯(Tros) (1)特洛伊先王,厄里克索尼俄斯之子,伊洛斯、阿萨拉科斯和伽努墨得斯之父,20.230—240;(2)特洛伊人,阿拉斯托耳之子,被阿基琉斯所杀,20.463—471。

特罗伊洛斯(Troilos) 特洛伊人,普里阿摩斯之子,被阿开亚人所杀,24.257。

特罗伊泽诺斯(Troizenos) 特洛伊人欧菲摩斯之父,2.847。

特罗伊真(Troizen) 城镇,位于阿耳戈斯海岸,受狄俄墨得斯制统,2.561。

特洛阿德(Troad) 特洛伊人居住的(整个)地区,6.315,9.329。

特洛伊(Troy) 特罗斯和特洛伊人的城,1.129,亦名伊利昂或伊利俄斯(Ilios)。

特瑞科斯(Trechos) 埃托利亚人,被赫克托耳所杀,5.706。

忒瑞亚(Tereia) 山脉,位于赫勒斯庞特附近,特洛伊以北,2.829。

忒苏斯(Tethus) 俄刻阿诺斯之妻,14.201。

藤斯瑞冬(Tenthredon) 普罗苏斯之父,2.756。

提仑斯(Tiruns) 城市,位于阿耳戈斯城以东,受狄俄墨得斯治辖,2.559。

提索诺斯(Tithonos) 劳墨冬之子,普里阿摩斯的兄弟,20.237,黎明的夫婿,11.1。

提塔诺斯(Titanos) 塞萨利亚某地,受欧鲁普洛斯制统,2.735。

提塔瑞索斯(Titaresos) 河流,裴内俄斯的支干,在塞萨利亚,2.751。

图丢斯(Tudeus) 阿开亚英雄,俄伊纽斯之子,狄俄墨得斯之父,14.112—125。

图福欧斯(Tuphoeus) 巨怪,被宙斯囚禁在阿里摩伊人的土地下,2.783。

图基俄斯(Tuchios) 工匠,居家呼莱,曾制作埃阿斯的皮盾,7.220—224。

W

乌卡勒工 (Oukalegon) 特洛伊长老,3.148。

X

希波达马斯 (Hippodamas) 特洛伊人,被阿基琉斯所杀,20.401。

希波达摩斯 (Hippodamos) 特洛伊人,被奥德修斯所杀,11.335。

希波达墨娅 (Hippodameia) (1)裴里苏斯之妻,波鲁波伊忒斯之母,2.742;(2)安基塞斯(1)之女,特洛伊人阿尔卡苏斯之妻,13.429。

希波科昂 (Hippokoon) 特洛伊盟友,雷索斯的堂表兄弟,10.518。

希波洛科斯 (Hippolochos) (1)特洛伊人格劳科斯(1)之父,6.119;(2)特洛伊人,安提马科斯之子,被阿伽门农所杀,11.122—147。

希波马科斯 (Hippomachos) 特洛伊人,安提马科斯之子,被勒昂丢斯所杀,12.189。

希波摩尔戈伊人 (Hippomolgoi) 北方族民,"喝马奶的"游牧部族,13.5—6。

希波努斯 (Hipponoos) 阿开亚人,被赫克托耳所杀,11.303。

希波苏斯 (Hippothoos) (1)特洛伊盟友,莱索斯之子,裴拉斯吉亚首领,2.840,被埃阿斯(1)所杀,17.288—303;(2)特洛伊人,普里阿摩斯之子,24.251。

希波提昂 (Hippotion) 特洛伊人阿斯卡尼俄斯和莫鲁斯之父,阿斯卡尼亚首领,13.793,被墨里俄奈斯所杀,14.514。

西冬 (Sidon) 腓尼基城市,6.289。

希开塔昂 (Hiketaon) 劳墨冬之子,20.238,墨拉尼波斯(2)之父,15.546,特洛伊长老。

西库昂 (Sikuon) 城市,曾由阿德瑞斯托斯(1)统宰,在阿伽门农的王国内,2.572。

西摩埃斯 (Simoeis) 斯卡曼德罗斯的支流,5.774。

西摩埃西俄斯 (Simoeisios) 特洛伊人,以西摩埃斯河为名(比较斯卡曼德里俄斯),被埃阿斯(1)所杀,4.474—489。

希帕索斯 (Hippasos) (1)卡罗普斯、索科斯之父,11.426;(2)呼普塞诺耳之父,13.411;(3)阿丕萨昂(2)之父,17.348。

西普洛斯 (Sipulos) 山脉,在鲁底亚,24.614。

希瑞 (Hire) 城镇,在普洛斯附近,9.150。

希斯北 (Thisbe) 城市,在波伊俄提亚,2.502。

希斯提埃亚 (Histiaia) 城市,在欧波亚,2.537。

西绪福斯 (Sisuphos) 科林斯英雄,埃俄洛斯之子,伯勒罗丰忒斯的祖父,6.153。

新提亚人 (Sintians) 莱姆诺斯族民,1.594。

徐佩里昂 (Huperion) 赫利俄斯 (太阳)的指称,8.480。

Y

雅典 (Athens) 厄瑞克修斯的城国,位于希腊中东部,2.546。

雅典娜 (Athene) 或帕拉斯·雅典娜,亦名特里托格内娅,宙斯之女,阿开亚人的保护神,1.194。

亚马宗人 (Amazons) 一个骠勇善战的妇女部族,曾入侵小亚细亚的弗鲁吉亚,3.189,6.186。

亚耳达诺斯 (Iardanos) 河流,位于伯罗奔尼撒西部,普洛斯和阿耳卡底亚边境,7.135。

亚尔墨诺斯 (Ialmenos) 阿开亚人,米努埃人的首领,2.512。

亚历克山德罗斯 (Alexandros) 3.16,即帕里斯。

亚鲁索斯 (Ialusos) 城市,在罗得斯,2.656。

亚墨诺斯 (Iamenos) 特洛伊人,被勒昂丢斯所杀,12.193。

亚娜莎 (Ianassa) 奈柔斯之女,海仙,18.47。

亚内拉 (Ianeira) 奈柔斯之女,海仙,18.47。

亚裴托斯 (Iapetos) 大力神之一,8.479。

亚索斯 (Iasos) 阿开亚人,斯菲洛斯之子,被埃内阿斯所杀,15.332—387。

伊阿宋 (Iason) 阿尔古(或阿耳戈)英雄,欧纽斯之父,7.468。

伊埃拉 (Iaira) 奈柔斯之女,海仙,18.42。

伊达 (Ida) 山脉,在特洛阿德,2.821。

伊达斯 (Idas) 玛耳裴莎之夫,克勒娥帕特拉之父,9.558。

伊代俄斯（Idaios） (1)普里阿摩斯的信使,3.247;(2)特洛伊人,达瑞斯之子,5.11。

伊多墨纽斯（Idomeneus） 丢卡利昂之子,克里特国王,2.645。

伊俄尔科斯（Iolkos） 塞萨利亚城市,受欧墨洛斯制统,2.712。

伊俄尼亚人（Ionians） 即雅典人,13.685。

伊菲阿娜莎（Iphianassa） 阿伽门农之女,9.145。

伊菲达马斯（Iphidamas） 特洛伊人,安忒诺耳之子,被阿伽门农所杀,11.221—247。

伊菲克洛斯（Iphiklos） 或伊菲克勒斯,赛跑中被奈斯托耳击败,23.636。参考并比较2.705,13.698。

伊菲努斯（Iphinoos） 阿开亚人,被格劳科斯所杀,7.14。

伊菲斯（Iphis） 帕特罗克洛斯的女伴,9.667。

伊菲提昂（Iphition） 鲁基亚人,被阿基琉斯所杀,20. 382。

伊菲托斯（Iphitos） (1)阿开亚人,斯凯底俄斯(1)和厄丕斯特罗福斯(1)之父,2.518;(2)阿耳开普托勒摩斯之父,8.128。

伊菲乌斯（Ipheus） 鲁基亚人,被帕特罗克洛斯所杀,16.417。

伊卡里亚（Ikaria） 岛屿,位于小亚细亚水面,2.144。

伊克西翁（Ixion） 裴里苏斯名义上的父亲（真正的父亲是宙斯）,14.317。

伊里斯（Iris） 女神,宙斯的信使,2.786。

伊利昂（Ilion） 即特洛伊,亦即 Ilios,“伊洛斯的城”。

伊利俄纽斯（Ilioneus） 特洛伊人,被裴奈琉斯所杀,14.489—499。

伊洛斯（Ilos） 特罗斯(1)的长子,劳墨冬之父,普里阿摩斯的祖父,20.232。

伊萨卡（Ithaka） 岛屿,位于希腊西部海面,奥德修斯的家乡,2.632。

伊赛墨奈斯（Ithaimenes） 特洛伊人,塞奈劳斯之父,16.586。

伊桑德罗斯（Isandros） 伯勒罗丰忒斯之子,6.197。

伊索墨（Ithome） 塞萨利亚城市,在波达雷里俄斯和马卡昂统治的地域内,2.729。

伊索斯（Isos） 特洛伊人,普里阿摩斯之子,被阿伽门农所杀,11.108。

伊同（Iton） 塞萨利亚城市,受普罗忒西劳斯制统,2.696。

伊图摩纽斯（Itumoneus） 厄利斯人,被奈斯托耳所杀,11.671。

英勃拉索斯（Imbrasos） 斯拉凯人,裴罗斯之父,4.520。

英勃里俄斯（Imbrios） 特洛伊盟友，普里阿摩斯的女婿，被丢克罗斯所杀，13.171。

英勃罗斯（Imbros） 岛屿，位于特洛伊西北海面，13.33。

英诺摩斯（Ennomos） (1)特洛伊盟友，慕西亚首领兼卜占，被阿基琉斯所杀，2.858—861；(2)特洛伊人，被奥德修斯所杀，11.422。

Z

扎昆索斯（Zakunthos） 岛屿，位于希腊西部海面，属奥德修斯管辖，2.634。

泽夫罗斯（Zephuros） 西风，9.5。

泽勒亚（Zeleia） 城市，在特洛阿德西北，兵勇们由潘达罗斯统领，2.824—827。

宙斯（Zeus） 克罗诺斯及蕾娅之子，赫拉的兄弟和丈夫，奥林波斯的主宰，众神之王，主管天空，1.5，15.192。

译 后 记

广州花城出版社于1994年8月出版了我的贴近于散文(即非韵律文)风格的诗体译著《伊利亚特》。这次本人在于一些方面显得不甚成熟的原译的基础上重译了这部文学名著,试用了韵文体形式,有意识和更多地借用了分句和“填词”的手法,以增强作品的节奏感,浓添它的诗味。本译著纠正了原译中的一些错失(包括印刷上的讹误),精简了一些不必要的繁复,在行文上进行了较大程度的凝练,在提高译作的精度方面亦进行了新的尝试。翻译时本人逐行核对了原译的主要文本依据,即洛伯丛书中 A. T. Murray 校勘的《伊利亚特》古希腊原文本(*Homer: The Iliad*, in two volumes, Massachusetts and London, first published 1924/1925, reprinted 1985/1988)。翻译过程中除参照该书 Murray 教授的英语译文外,还(有比较地)参考了其他几种原文本以及一些成熟的英、法文译本,包括 R. Lattimore 的 *The Iliad of Homer* (Chicago, 1951)和 R. Fitsgerald 的 *Homer: The Iliad* (Garden City, New York, 1975)。在个别行次和词句的释译上,译者还参考了人民文学出版社于1994年11月出版的中文本《伊利亚特》(罗念生、王焕生译),并参照原文进行了细致的甄别。为了便于查索,本译著按原文程序标行,译文后附专名索引。原译序约五万四千字,本次修订前为适应出版需求做了精减,侧重点亦调整至凸显荷马史诗在西方文学史与人文发展史上的作用和地位,更名为序言。要想真正读懂《伊利亚特》或许离不开注解。基于这一考虑,本人针对诗文中的一些难点和某些应该向读者交代的内容进行了详简不一的注释，作注过程中先后查阅和参考了数十种外文书籍，包括 R. Bespaloff 的 *On the Iliad*（New York, 1947），G. S. Kirk 主编的 *The Iliad: A Commentary*（in six volumes, Cambridge University Press, 1985—1991），W. Leaf 的 *The Iliad*（in two volumes, London, 1900—1902, reprinted Amsterdam, 1971），A. J. B. Wace 和 F. H. Stubbings 编纂的 *A Companion to Homer*（New York, 1963），P. Vivante 的 *Homer*（New Haven, 1985）以及 M. M. Willcock 的 *A Companion to the Iliad*（Chicago, 1976）等。鉴于篇幅上的考虑，同时也出于对“回顾”式的解析或许会更加有利于读者释读并欣赏荷马史诗这一接受学观点的趋同认识，我对规模上明显小于（但在人文和学识信息的含量上却同样深邃的）《伊利亚特》的《奥德赛》进行了较为详尽的注释。读者和研究人员可以结合《奥德赛》译文及相关注释阅读《伊利亚特》，如此或许能在鉴别、融会和互补的基础上形成一个更为宽阔的文学和审美视野，增添阅读的趣味性，加深对某些难点和“问题”的洞悉与理解。专名索引的编制主要参考了 Lattimore 教授上述英译本所提供的名称索引。除了将“俄底修斯”改译作“奥德修斯”并做了其他一些必要的调整外，本译著基本沿用了原译对专名的处理办法。

中国社会科学院外国文学研究所为本次译事及注释的完成提供了时间和其他方面的便利，希腊亚里士多德大学人文学院图书馆为译者提供过宝贵的资料支持，译林出版社施梓云先生热情约稿并在译事进行和编辑过程中多方合作，提出过中肯的建议。作为本书的责任编辑之一，赵奕女士亦不辞辛劳，兢兢业业，做了大量的工作。鲍迎迎女士自 2020 年 9 月接手《伊利亚特》和《奥德赛》的编校修订事宜，在本人对拙译进行修葺的过程中提供了诸多帮助。借此机会，本人谨向上述各方表示由衷的谢忱。我要特别感谢贤妻王雪梅女士，感谢她在百忙中抽时间帮我整理、归类并核对资料，以其特有的认真负责精神一丝不苟地阅读译稿并予全文抄正，为本译著的初版和以后的修订重印出力甚多。

翻译荷马史诗的难度自不待言，而以笔者的功力、阅历和文学修养翻译一部合成于公元前八世纪的长达一万五千多行的西方史诗巨篇，自然会有捉襟见肘和勉为其难的一面。译文中可能会有种种谬误错讹，会有一些不尽如人意之处，还望学界同人和广大读者不讥肤浅，坦诚相见，予以指正、批评。但愿日积月累的诚惶诚恐和如履薄冰式的感受能促使我更加兢兢业业地勤奋工作，以期弥补学识上的不足，在实践中得到磨炼，不断提高自己的翻译水平和治学能力。

思考没有终极，研讨不会辍息——因此，学习弥足珍贵，催人奋发，不生烦厌，无有止境。

陈中梅

2000 年 3 月于北京

2022 年 10 月修订

经典译林

Yilin Classics

书名	单价	书名	单价
艾青诗集	35.00 元	爱的教育	39.00 元
癌症楼	78.00 元	安娜·卡列尼娜	65.00 元
安徒生童话选集	42.00 元	奥德赛	92.00 元
傲慢与偏见	36.00 元	八十天环游地球	32.00 元
巴黎圣母院	42.00 元	白洋淀纪事	39.00 元
百万英镑	35.00 元	包法利夫人	38.00 元
悲惨世界（上、下）	98.00 元	背影	28.00 元
被侮辱与被损害的人	39.00 元	边城	36.00 元
变色龙：契诃夫中短篇小说集	39.00 元	变形记 城堡	38.00 元
草叶集：惠特曼诗选	39.00 元	茶馆	32.00 元
茶花女	35.00 元	查拉图斯特拉如是说	38.00 元
沉思录	29.00 元	城南旧事	29.00 元
大卫·科波菲尔（上、下）	79.00 元	稻草人	29.00 元
地心游记	32.00 元	飞鸟集·新月集：泰戈尔诗选	39.00 元
飞向太空港	39.00 元	福尔摩斯探案集	58.00 元
复活	42.00 元	傅雷家书	49.00 元
富兰克林自传	36.00 元	钢铁是怎样炼成的	39.00 元
高老头	39.00 元	格列佛游记	35.00 元
格林童话全集	49.00 元	给青年的十二封信	38.00 元
古希腊悲剧喜剧集（上、下）	118.00 元	海底两万里	38.00 元

书名	单价	书名	单价
红楼梦	55.00 元	红与黑	49.00 元
呼兰河传	35.00 元	呼啸山庄	39.00 元
基督山伯爵（上、下）	108.00 元	纪伯伦散文诗经典	42.00 元
寂静的春天	35.00 元	假如给我三天光明	32.00 元
简·爱	39.00 元	金银岛	35.00 元
荆棘鸟	45.00 元	静静的顿河	128.00 元
镜花缘	49.00 元	局外人·鼠疫	38.00 元
菊与刀	35.00 元	宽容	32.00 元
昆虫记	39.00 元	老人与海	32.00 元
理想国	45.00 元	聊斋志异	55.00 元
列那狐的故事	39.00 元	猎人笔记	38.00 元
林肯传	39.00 元	鲁滨逊漂流记	39.00 元
鲁迅杂文选集	36.00 元	绿山墙的安妮	36.00 元
罗马神话	16.80 元	罗生门	39.00 元
骆驼祥子	32.00 元	麦田里的守望者	38.00 元
美丽新世界	35.00 元	名人传	39.00 元
拿破仑传	49.00 元	呐喊	29.00 元
牛虻	38.00 元	欧·亨利短篇小说选	36.00 元
欧也妮·葛朗台	32.00 元	彷徨	32.00 元
培根随笔全集	38.00 元	飘（上、下）	88.00 元
普希金诗选	42.00 元	乞力马扎罗的雪	39.80 元
热爱生命·海狼	38.00 元	人类群星闪耀时	36.00 元
人性的弱点	39.00 元	儒林外史	42.00 元
三个火枪手	59.00 元	三国演义	59.00 元

书名	单价	书名	单价
沙乡年鉴	42.00 元	莎士比亚喜剧悲剧集	49.00 元
少年维特的烦恼	28.00 元	神秘岛	48.00 元
神曲（共三册）	128.00 元	圣经故事	35.00 元
十日谈	68.00 元	双城记	45.00 元
水浒传	69.00 元	四世同堂（上、下）	78.00 元
苔丝	39.00 元	谈美	26.00 元
谈美书简	36.00 元	汤姆叔叔的小屋	45.00 元
汤姆·索亚历险记	32.00 元	唐诗三百首	39.00 元
堂吉诃德	78.00 元	天方夜谭	42.00 元
童年	38.00 元	童年·在人间·我的大学	49.00 元
瓦尔登湖	36.00 元	我是猫	39.00 元
物种起源	42.00 元	雾都孤儿	44.00 元
西顿野生动物故事集	38.00 元	西游记	48.00 元
希腊古典神话	49.00 元	乡土中国	36.00 元
小妇人	45.00 元	小王子	29.00 元
星星离我们有多远	35.00 元	羊脂球	38.00 元
一九八四	36.00 元	伊利亚特	82.00 元
伊索寓言全集	35.00 元	尤利西斯	58.00 元
约翰·克利斯朵夫（上、下）	98.00 元	月亮和六便士	45.00 元
战争与和平（上、下）	108.00 元	朝花夕拾	22.00 元
中国民间故事	39.00 元	中国哲学简史	48.00 元
子夜	49.00 元	最后一课	36.00 元
罪与罚	66.00 元		